2016
05·09

2020
06·14

# 創作的祕寶日記

橫尾忠則

創作の秘宝日記

二〇一六年

**二〇一六年五月九日**

在近鄰宮地眼科介紹下，去看日本大學醫院眼科的島田（宏之）大夫。做完幾種視力檢查與眼球攝影的結果，得知自己得到黃斑前膜與網膜分支靜脈阻塞這些聽起來很嚴重的病。之前給宮地大夫看，他還擔心是不是因為糖尿病的關係，結果沒有直接影響，島田大夫診斷：「這種病治得好，努力有價值。」我的眼球出現了以前就有的症狀，他說是疲勞引起的。疲勞的期間和日常生活最繁忙的時期不謀而合，簡直像算命師一樣準。飛蚊症就跟重聽一樣沒藥醫！兩三年後我應該就會開白內障手術吧？治療方式是吃藥改善血流，每天走三十分鐘，多吃黃綠色蔬菜，吃白肉魚，少鹽。另外就是不要勉強做多餘（不願意做）的事情。第一期修復作業順利結束。

**二〇一六年五月十日**

與美國的太空人登陸月球。月球表面的景色就像電視看到的一樣。我覺得靠近地表的地方有異狀，便展開調查。調查結果是地面已經是人為的鋪裝物，發現月球的內部是空洞。這則消息經由NASA傳遍世界新聞報導，在日本也造成騷動，報社發送號外。在睡覺的時候，夢可以讓我和地球以外的衛星心神互通。來自《世界報》（Le Monde，法國）、《DEPARTURES》雜誌（德國版）與《儲油槽》（Oiltanking，荷蘭）的作品刊載委託。

**二〇一六年五月十一日**

左腳尖的皮膚發紅潰爛，去玉川醫院皮膚科看診。病名：錢幣狀溼疹。

南天子畫廊*001*的青木（康彥）委託創作的繪畫已經完成，他來取件。青木談起以前生病的經驗便滔滔不絕。

晚上前往《朝日新聞》的書評委員會。幾乎完全聽不到大家的對話。我的重聽只有越來越嚴重。

**二〇一六年五月十二日**

在畢卡索開在南法的畫室，拍攝全身只穿一條內褲的畢卡索。畢卡索全神貫注地移動著掛在畫室牆上的一大面畫布。拍照的時候，一隻蒼蠅實在太吵，他跳起來把蒼蠅打下來，手上滿是蒼蠅的血。他拿起黏在地上的口香糖往嘴裡一塞，開始嚼起來，「就算是野孩子也不會這樣呀！」這種場面會直接變成繪畫——做了這樣的夢。

日經影視的深堀與二瓶要進入「我的履歷表」節目拍攝作業最後階段，下週拍完老家就會殺青，先來跟我打聲招呼。

今天下午，傳出蜷川幸雄[002]死亡的消息。本來會與蜷川進行一場以〈高齡與創造〉為主題的對談，如今只覺得：不會吧？他到死前都希望我幫他畫海報，卻未實現。

**二〇一六年五月十三日**

夏晴。但沒看到積雨雲。

東京車站藝廊的富田（章）與《每日新聞》的立川來訪。對他們委託的主展場大空間與其他三區構成的計畫提出構想。想創造出大動態的空間。

二瓶與攝影組等四人來訪。在工作室陽台拍攝訪談。

**二〇一六年五月十四日**

說不定是上了年紀的錯，不明原因整天都想睡。在工作室昏昏欲睡。就像是被擺了幾個月還未完成的畫作不高興地盯著看一樣。我連瞪回去的力氣都沒有。

這兩三個月正在進行飲食療法，但是在外面用餐就麻煩了。碳水化合物、鹽分、糖分、油膩食物、無法提高血糖的食物，什麼都不能吃，整天只能吃青菜，像隻蟋蟀一樣。

一下那兒不舒服，一下這兒疼，我的日記每天只有這種內容。比起日常生活，夢還有趣個好幾倍。我好想一整天都在做夢。我希望只消舉手之勞，夢變成現實，現實變成夢。但是今早的夢卻是在美國某企業公司的一間辦公室裡，設計他們的商標。這種充滿現實感的夢，毫無任何價值。

**二〇一六年五月十五日**

傍晚前往身體均衡研究所。「如果身體是一台車，橫尾先生您就是司機，再加把勁。」

夢到火車相撞。三名正在流血的機關手抱怨無法下車。車上乘客應該都動彈不得吧？

上午繪製太田治子[003]的肖像。決定好工作時間，在結束前畫完。時間一過就停筆。

只為散步而散步二十分鐘並不有趣。

神津善行[004]帶來不甜的奶油蛋糕。最近我少鹽少糖，不知不覺就感受到自然的風味。

**二〇一六年五月十六日**

在巴黎的飯店過夜。從房裡的窗戶看出去，正前方的房子看起來像卡地亞當代藝術基金會[005]，建築造型卻不一樣。想要聯絡總監艾爾菲·尚德斯，卻不知道他電話幾號。就算搭上線，我也得趕到機場。不知所措時醒來。下一個夢是南國某處的島上。我在這座島上擁有一間畫室。除了東京，還有這裡，共兩個據點。在愉快心情下醒來。

義大利的「DIESEL」與「吉田手提包」合作生產數種手提包，要求我「加一些藝術元素」。設計帶來功效，但藝術不會，加上去好嗎？我又想了一下。

前陣子夢到火車對撞，昨天國內外發生兩起火車事故。

**二〇一六年五月十七日**

雨。在新橫濱車站與《東京新聞》的岩岡、日經影視的二瓶會合。從新神戶車站搭車前往西脇[006]。在飯店討論明天的專訪拍攝地點。

**二〇一六年五月十八日**

與岩岡吃完早餐，離中午還有三小時，接受《東京新聞》專欄「這條路」專訪。因為重聽，話越說越大聲，喉嚨很痛。在老家談老家的事，心就被拉回那個時代，過去的時光從記憶最底端浮現。然而現實的光景變化如此激烈，剎那間消滅了記憶的光景，讓我昏頭轉向。老朽化的建築物與新建築發出悲痛的不和諧音，古老建築如今面臨著被洪水吞沒的局面，這般光景俯拾皆是。我的記憶被埋葬在墳場，靈魂在地底室息致死，這裡不過是一個名為「我不知道的故鄉」之異鄉。

小學建物幾乎與我同樣年紀，是典型的昭和建物，也是地方唯一文化財。我的老家被拆，唯一留存下來的庭院老樹，歷經四場大風雪考驗，穩穩地紮根於土地上。這是我出生以前就有的生命象徵。看到這棵樹，甚至產生一種父母的靈魂聚集在此的錯覺。不論我身在何處，都覺得自己與這棵樹緊密相連，像是我的臍帶。附近的商店街看起來一片蕭條，悲慘令人無法卒睹。往日的喧囂到底消失到哪裡去了？擠滿商店街的近萬名女工，現在又在何處？連一隻小貓都看不到。故鄉不在遠方，只是消失而已。

在旅行目的地很難遵守規律飲食習慣。選到什麼都不能吃。為了維持體力，有時必須犯規。

**二〇一六年五月十九日**

回到故鄉也表示拜訪祖先。所以有墳墓我覺得還是比較好。

下午，在西脇小學校二年一班教室接受日經影視二瓶訪問。我陷入一種虛實交錯的奇妙心理狀態。停戰那年，三台格魯門戰鬥機從操場後面的八日山上俯衝而來的畫面，如今仍映入眼簾。訪問組返回東京。

晚上與（片山象三）市長聚餐。市長的母親與我在學校同屆，聽起來令人驚訝，但現實也是各種輪迴。

**二〇一六年五月二十日**

上午都在房裡趴著看書，拿出稿紙，沒有特別做什麼事。在飯店餐廳一邊吃午餐，一邊整理日記到一點。

下午在西脇市岡之山美術館討論兩三年後預定地「西脇」主題個展，與學藝員山崎（均）、好岡（輝壽）館長與美術館資深員工藤原、戶田兩氏討論，中間移動到中庭花園，聊到天荒地老。一邊吃西瓜一邊享受近乎無所事事的時光。對我來說，是一種只有在故鄉才能享受的美味時光。

返回飯店後，又到附近散步。到處只見大型超市、便利商店，一座充滿無個性立方體箱子的地方，即使我不想稱之為故鄉，但也是現實。

**二〇一六年五月二十一日**

無法熟睡，疲勞感如影隨形。

從一早就開始洗內衣褲。

為拍攝街景也走了三十分鐘，街上完全沒人影。午睡之城？

與好岡館長夫婦、戶田一起在市政中心體育館打乒乓球。運動會發揮神祕的力量。街上沒人，但這裡有人。西脇好像是長途接力賽跑與乒乓球的王國。

傍晚舉行同學會。大家都保養得很好，活到八十歲。雖然街道的樣貌大幅改變，不變的則是同屆的青春時代。只要同班同學在場，我的西脇就健在。今後西脇應該也會變成該有的樣子吧？

**二〇一六年五月二十二日**

把昨晚沒睡好的分補回來。手拿相機，在面目全非的西脇街上只走了三十分鐘。

傍晚坐在夕陽照耀下的飯店陽台書寫「這條路」的文章。

**二〇一六年五月二十三日**

終於對旅行產生倦怠感，開始想家了。明明回到家鄉，想的又是哪一個家？我造訪的又不是陌生的土地。對我而言，出生地本應是比其他地方更加舒適的處所，現在的我在這無立足之地的故鄉，卻不過是一個異鄉人。記憶的處所被時間的洪流沖走，只能勉強在網膜底部留下緊縮的殘影。

在舊西脇市的市界有一間庭園，看起來就像是從北歐原封不動移植而來，對了，就像赫曼．赫塞*008*在瑞士山谷間蓋房子的林地那樣，各種樹木圍繞池塘，被森林簇擁的庭園。庭園中聳立的大眾花園木屋附設餐廳賣的咖哩，向來是我的最愛。只要能待在這種優閒寧靜的地方，即使在工作不穩定，每天只能喝西北風的情況下度過餘生，至少能在夢裡看到想見到的事物。

鷲田清一寄來本刊（《週刊讀書人》）連載日記改名為《橫尾忠則 一千零一夜日記》（日本經濟新聞出版社）後，單行本書腰的「小語」。這種遵照哲學家所言去做的生存方式，我確定是好的。鷲田，謝謝你。

**二〇一六年五月二十四日**

從西脇皇家大飯店退房，搭車前往我在神戶的美術館（橫尾忠則現代美術館）。山本（淳夫）*009*、平林（惠）、林（優）正在等著和我討論下一檔與下下檔展覽。開會的時候請不用刻意擺出認真的表情。

他們幫我預約神戶大倉酒店，但我很早就先回東京。可能是因為高峰會*010*加強警戒，新神戶車站的乘客屈指可數。

搭新幹線看富士山是樂趣之一。晚霞中的靈峰幻影，看起來就像是北齋也沒畫過一樣往天上飛昇而去。

我突然回家，辦公室的「雙色」、「ＰＣ子」與家裡的「黑輪」011都很高興。

**二〇一六年五月二十五日**

在西脇那陣子都是晴天，今天變陰天，感覺隔了很久。

讓新鮮的空氣進入密不通風的畫室。未完成的畫作還是一樣不高興地瞪著我。旅途上我都在避免自己心生怠惰，但該上工的時候，咦，腦袋卻轉不動了。想要逃離繪畫現場，竟然想要去應徵公園巡邏員。

Princess天功012打來電話關切，說是夢到我，不知道我出什麼事。

**二〇一六年五月二十六日**

說起來在西脇發生的頭痛，到現在還在痛。也為了轉換心情，前往玉川醫院。院長（中嶋昭）一邊記錄我在西脇那幾天的狀況一邊跟我說：會不會是因為現實的西脇與我記憶中的故鄉落差太大造成的壓力？血壓正常，沒有照斷層的必要。也沒開處方箋。在便利商店買了大篇幅報導都知事醜聞的週刊，在院內餐廳吃套餐，帶著好心情回家。

傍晚前往身體均衡研究所。每次去都接受不同治療。「有時候需要增加一些方法，減少一些方法。」數學療法？

平面設計師佐藤晃一013（七十二）死去。高齡者的肺炎是奪命刀？畢卡索與野口勇014都死於肺炎。巴特勒大學來信申請授權使用作品圖像。說是要刊登在學術書籍上。海外委託未必會寄送樣書。

**二〇一六年五月二十七日**

久違的七小時不中斷睡眠。頭痛也不藥而癒。疾病都來自失眠。疾病另一根源是不畫圖。畫畫是健康的根源。明明知道，卻偏偏不畫。無法抗拒不想畫的心理，結果導致疾病。

《週刊現代》專欄「好想回到那裡」訪問。懷舊的心理會因為年老後時間不足，在往後的時間裡形成。偶爾品嘗一下那種充滿鄉愁的甘甜滋味還不錯。年輕時只有看不到的未來，老了以後看到的過去全都成了未來，依靠過去注入的點滴而持續生存。

**二〇一六年五月二十八日**

上野動物園的「花子015」過世了。花子剛到日本的時候還是頭小象，所以我作了一幅等比例的版畫。因為尺寸太大，無法垂直掛在畫廊裡，我記得展示時只能斜掛。

陰。嚴重飛蚊症，眼內充滿左右盤旋的煤煙狀斑點。

從西脇回來後便一直在想：什麼是我滯留一星期的故鄉？在故鄉怎麼尋找自己的故鄉？舊家遺址倖存的老樹就是故鄉？怎麼想都覺得故鄉已經不在人間。難道母親孕育我的子宮不是故鄉嗎？子宮深處將直通死亡。肉體的死去即為新生命的誕生。總之對我來說，醫院就是我的故鄉！說來也挺有趣。如果三天後就是忌日的「小玉」也在故鄉的話，那裡就會是故鄉了吧？

二〇一六年五月二十九日

兩星期沒有與山田洋次[016]導演見面，上次和他一起吃蜜豆的時候聽到他說一些故事。山田小時候還在滿洲的時候，有武士後代的老爺爺從內地帶了滿滿一箱長崎蛋糕。當他睜大眼睛盯著那塊蛋糕看，那個老爺爺突然把五隻手指伸進蛋糕裡，在他眼前挖起一大把蛋糕。聽起來就覺得充滿大魄力。用鄉土的思考因應西洋的文明。實在是了不起的評論。傍晚前往整體院。整體師表示頭痛應該是源自肩膀。

二〇一六年五月三十日

雨。前往日大眼科。因為重聽會聽不到大夫的話，帶了德永[017]一起去。檢查結果與上次一樣，不如說是明白更加惡化。左眼有網膜分支靜脈阻塞（眼底出血）、黃斑前膜、白內障三種症狀。右眼有黃斑前膜、白內障兩種。必須住院一週，分日逐一動手術。為了評估是否適合手術，從抽血、驗尿、心電圖、普通X光逐一確認。這兩三年不斷遭受各種病魔侵襲，到了一種有趣的地步。我只能想成是自己的命，並且全盤接受。赫塞曾經說過：「肯定一切。」傍晚前往身體均衡研究所。「有些患者狀況更糟。橫尾先生您的病況稱不上糟糕。」所長草野（健朗）這樣安慰我。

二〇一六年五月三十一日

昨天黑輪在床墊上撒尿。莫非因為今天是小玉的忌日[018]，才要開路？還是在爭風吃醋？下午暫時離開未完成的畫作，寫作《東京新聞》專欄「這條路」十天存量的原稿。之前在日經「我的履歷表」連載一個月，「這條路」連載四個月。內容當然是虛構，但隨年齡增長，有時會採虛實交錯。我寫什麼文章都會變成自傳。曾經好幾次都想像成一個在賽之河原上堆石成塔的傻孩子[019]去寫。即使是我的畫，也是在賽之河原上的反覆工作。正因為菁英教育是一種養成笨蛋的必要，只要我能成為那個笨蛋也就夠了。

**二〇一六年六月一日**

和山田洋次導演一起搭乘小田急浪漫特快車，在長男陪同下前往箱根湯河原。雕刻之森美術館的黑河內（卓郎）專車接送我們前往高原上的美術館[020]。聽說幾乎每天都有很多外國遊客參觀。說起來今天也聽到很多人在說「you[021]」。我在旁邊偷聽負責為山田導演解說的學藝員與田（美樹）講解，身為作家的我也直呼「原來如此」覺得受益匪淺。主觀的藝術行不通。客觀的眼光是必須的。

**二〇一六年六月二日**

雖然不是因為箱根一日遊太累，我足足睡了十小時。

做了一場強烈的夢。在西脇老家門前眺望夜空。簡直跟在看天象儀的星座圖沒兩樣。在外面站了一下，不久後即回到屋內。這時妻子腦海裡浮現出一道聲音「請到外面去」，於是又走出屋外。夜空變得更加強烈。繁星滿布天空，幾億幾兆顆星星閃閃發光。眼前世界美到令人目瞪口呆，魂魄都要出竅，就像一座雕像逐漸凝固。即使醒來，那種光景也無法從網膜消去。這種意象是繪畫無法表現的。我只能稱為一種參觀神明瓊樓玉宇的感覺。

一個住在紐約的美國詩人來信要求借用我的作品當作書籍封面。據說是一個關心當代藝術的詩人，寫過一本關於克萊門特022的書。

今年秋天「杜蘭．杜蘭023」樂團會來日本演出，團長委託我畫一張海報。用絹版做一張海報尺寸的版畫好了。

**二〇一六年六月三日**

大概是因為昨天睡了十小時，還是什麼不明原因陷入失眠。

在整體院油壓。殘破的身體需要經常保養。

香港的出版社提案想出版我的繪畫作品。亞洲各國常常來問這種事，世界藝術界確實都在關注亞洲市場。

北海道小學二年級學童失蹤，今天早上已被發現救回。讓人以為中間一定是被神藏起來了。美國似乎發生過很多起民眾被飛碟綁架，消除記憶後突然出現的案例。我覺得這次失蹤事件是飛碟綁架案的日本版。儘管如此，在奇蹟生還的背後，必定還有超越人類智慧的助力。

**二〇一六年六月四日**

失眠的隔天睡太多。假日意外無聊。打電話給應該沒事幹的朋友，都是語音訊息。大家到底都在忙什麼？假日就好好去玩吧！沒人陪我，還是畫畫好了。

買了一本《百分之九十九的好運與百分之一的戰略：印度人的超發想法》。書中舉了我和三島的例子。作者說她長久以來都想找出「有去得了印度的人，也有去不了的人」這段話的出處，結果是因為在我的書裡發現，三島由紀夫在自決的三天前，曾經對我說過「現在你差不多也可以去印度了」。雖然這些話是我寫出來的，在印度迷之間好像是相當重要的「名言」。出處是三島。

**二〇一六年六月五日**

深夜精神還很好，便開始讀《杜立德醫生航海記[024]》。回到童年狀態可能會比較好睡。

一口氣完成兩幅ＮＹ藏家委託的未完成作品。委託作品共四幅，另兩幅還沒動工。

日經影視拍攝的電視節目「我的履歷表」（上集）播出。緊張得快要窒息了。

**二〇一六年六月六日**

沒有夢境的夜晚讓我覺得可惜。夢是白天的延長，也是另一種現實。而且夢中正能展現自己的本性。白天的我會扯謊，晚上的我不會。

飛蚊症越來越嚴重。整個視野充滿了無數煤煙一樣飛散的物體，我發現飛蚊不只左右移動，還分遠中近三層，形成類似３Ｄ的立體空間。只要我一睜開眼睛，現實的景色總是伴隨著點描畫的３Ｄ空間，讓我產生一種自己也成為「藝術」的錯覺。但是這樣的「藝術」又有誰能評斷？畢竟只有我自己才是鑑賞者。

辦公室的雙色突然失蹤。北海道的小二學童大河小朋友，雖然剛開始被發現失蹤的時候大家都很擔心，結果是在二樓堆積如山的紙箱裡躲了三天一動也不動才被尋獲。

**二〇一六年六月七日**

向瀨戶內（寂聽）[025]師父報告健康狀況。「橫尾，你也有不少狀況呢，不過成為一個老人就是這回事喔。」

平野啟一郎[026]在電話上也說了一樣的話：「事情會接二連三地發生。」唉，我覺得不過是報應降臨罷了。

有電視節目問我，距今四十五年前的大阪世博會「纖維館[027]」蓋到一半，鷹架就擺在那邊無人聞問的理由是什麼？他們想製作一篇奇怪建築的特別專題嗎？

**二〇一六年六月八日**

一大清早神津善行就帶我去虎之門醫院。神津是求醫與選醫院的專家，到現在都還在靠醫院維護健康。醫院人滿為患，不是外表看起來似乎空無一人的空間。我忍不住驚嘆了一聲，接下來陸續完成外科、內科、耳鼻喉科各式各樣的檢查，我又驚訝。腳趾頭骨折的痛似乎還會持續三十年的樣子。難道我死了以後還會繼續痛嗎？經過今天的第二觀點，明白身上各種疑問與謎題，也加深了理解。

**二〇一六年六月九日**

今天是元旦。在許許多多的賀年卡之中，包括了石原裕次郎[028]寄來的信。橫寫在信紙上的文章，看起來像是什麼事情的感謝信，信上好像還有像是他親筆用沾水筆畫的插畫，是一群被海浪侵襲的鯊魚。

一回神發現太陽在頭頂上，已經中午了。明明是元旦，妻子卻還在睡覺。時鐘還停在七點。夢裡的時間與太陽，到底是什麼樣的關係？更何況這時候夢見元旦？這場夢說不定是遲來的初夢。

去年七月開始連載的《東京新聞》晚報專欄「這條路」編輯部長加古陽治來訪。他看了五十回連載，因為「很有趣」，就期待增加連載回數。

本刊連載的日記連載改名為「一千零一夜日記」，集結成四百六十九頁的厚書。

**二〇一六年六月十日**

黑輪半夜衝到我的被子上又跑又跳，我就醒來。仔細一看牠嘴裡叼了一隻小老鼠，神采飛揚。貓與老鼠從臥房一路追出來，到了早上又抓一隻小老鼠出來。妻子一邊發出「啊！」「唉唷！」的慘叫，徒手把小老鼠挖出來。

為了在《文藝》上連載的三人對談「畫室會議」，保坂和志[029]與磯﨑憲一郎[030]來訪。和我在貓與人生上具有共通性的保坂，在對談一開始先報告自家貓咪的病況。磯﨑問我是不是很喜歡在畫上寫字，問我「為什麼？」我說我也不知道。他再問，為什麼大家都有手機，您卻沒有？我也只能說「沒什麼理由」。那些用語言做生意的人，需要意義之類的理由嗎？在吃完「炸豬排椿」後，保坂因為擔心貓咪的病況先回去，我和磯﨑又去「阿爾卑斯」喝茶。

**二〇一六年六月十一日**

夢到之前去那個大和小朋友躲藏的自衛隊營區調查。仔細觀察門鎖的鑰匙孔。

為了轉換心情去修了兩邊頭髮，結果臉看起來顯得很長。「niko picabia [031]」美容院的價目表像咖啡店的一樣密密麻麻，還可以試喝各種飲料。水素水、石榴汁、印度拉茶、抹茶等。

**二〇一六年六月十二日**

八點進入畫室。寫了好幾篇給《東京新聞》的稿子。在「增田屋[032]」與山田導演、房[033]一起吃午飯。房送我一盒紅豆餡大福。在增田屋又遇到不認識的人送來手工玄米麻糬與米菓。山田導演給我一本他下一部片《家人真命苦 2[034]》的劇本，我說實在記不住出場角色的名字，他就把家譜畫給我看。結果還是看不懂，他一邊對著劇本一邊把角色的照片用手機秀給我看，才比較清楚。

**二〇一六年六月十三日**

一整晚都夢到自己在大阪心齋橋[035]迷路的景象。反映日常？在畫畫的時候總是思路不通。思路不通的日文「立往生」是站著死去，所以在畫畫的時候立往生，是表示被畫殺死嗎？畫一幅畫的時候，我已經死了好幾次。

放在玄關養稻田魚[036]的水缸，因為快被雨水灌到溢出來，於是在上面放了一把雨傘。雨天無法騎腳踏車，走著走著自然就變成散步。為了身體健康，有時候喜歡下雨。

辦公室兩隻貓的母親原來是野貓，離開自己的孩子在外面生活，有時會走進院子，小貓察覺到母親來了的前兆，興奮地衝到院子去。似乎不必看到本尊就可以察覺出來。

**二〇一六年六月十四日**

陰天。仰望天空看到滿滿的黑色飛蚊，就像看著戰場被汙染的暴力天空。

接受ＮＨＫ的「藝術場景」節目訪問，介紹雕刻之森美術館。他們頑強地問，畫裡為什麼要描繪那些東西？那些東西的意義？一幅畫不是用右腦解讀，是希望觀者用左腦解讀。那些不懂得放空思考妙用的人，說不定都喜歡辛苦的生存方式。

**二〇一六年六月十五日**

為了要拋棄失眠的固執，才停止服用助眠劑，就睡得很好。換句話說，執著就是導致失眠的原因。

MoMA（紐約當代美術館）表示希望能把我在一九六八年創作的拼貼作品（〈New York〉）印成海報銷售。他們真的這麼熱愛這幅作品嗎？又印月曆、明信片，又做成徽章的。

**二〇一六年六月十六日**

去找玉川醫院的今村（吉彥）大夫。想知道自己實施減少鹽分三個月的效果如何，結果沒有什麼起色，看起來反而更糟。「不必期待比現在更好的狀況，繼續維持現狀，並且不要抱持身體會變健康的自覺。」好喔，無動於衷就是最好的特效藥是不是？

看實況轉播，見證一朗[037]打破彼得．羅斯[038]的四二五六支安打紀錄一枝獨秀的瞬間。不讓人看見自己努力軌跡的一朗，努力的方法果然是天才獨有。在此之前，他已經充分發揮領悟力。他的正對面站著今天迎向終結的都知事[039]。

**二〇一六年六月十七日**

上午去給人油壓。按摩師石井的一歲半小孩只要一出門，就會發出「喵，喵」的聲音，伸手做出撫摸隱形貓咪的動作，明明周圍沒有任何人，都會發出「拜，拜」的聲音。小一點的孩子似乎有一種看得見大人無法察覺事物的能力，就像我辦公室的貓一樣。

傍晚五點出門散步。繞了一大圈遠路前往公園。天色還很亮，但人煙稀少。烏鴉的叫聲在寧靜的公園裡顯得很響亮。一邊走一邊覺得汗流浹背，想把襯衫脫下來。腳越走越慢，爬過最後一個陡坡的難關後，回到畫室。時間花了四十五分鐘，距離大概也有幾公里。

**二〇一六年六月十八日**

不靠外力（沒有助眠劑）就睡得著，感到欣慰。

路易斯．威格登[040]夫婦從紐約來訪。委託創作的四幅畫中有兩幅已完成。他們好像預定會分別掛在紐約、夏威夷與東京三間房子裡。除了家人肖像以外，還會畫其他三個地方在同一時間拍攝的Y字路。東京（午夜零點＝夜景）、夏威夷（凌晨五點＝早晨）、紐約（上午十點半＝中午）。他在夏威夷的家，是高倉健[041]生前的泳池別墅。「想來隨時歡迎。」

與路易斯在畫室地下樓的桌球台打乒乓球。因為路易斯是美國人，力氣特別大，殺球也很強。以前在亨利．米勒[042]家打乒乓球的時候，他年事已高所以打回來的球不快，但又因為他手長腳長，像不動明王一樣站著，就把我打去的球全部打回來。結果我完全沒有得分，輸了。

傍晚走和昨天不同的路線前往公園，散步約四十分鐘。在今年最熱的一天慢慢地散步。滿身大汗。

一朗今天又打出一支安打，離大聯盟累積三千支安打還有二十支。

**二〇一六年六月十九日**

為了改變心情，到車站前的「阿爾卑斯[043]」一邊喝香蕉汁，一邊查資料。

在「桂花[044]」吃完中華沙拉與水餃，去「三省堂[045]」巡視一圈後回到畫室。腦袋不知在空轉什麼，一天就這樣結束。充滿皺褶的雲飄過淺藍色的天空，半透明的鏡月正飄浮在空中，並微微地顫動。

**二〇一六年六月二十日**

到那個東京大學與京都大學畢業的平野啟一郎對談。人生第二遭踏進赤門[046]。第一次是到東大醫院檢查顏面神經麻痺。今天在校內學生面前回答平野對於我的批判性質詢，內容與其說是六〇、七〇、八〇年代狂飆的文化氣氛，也許更像關於個人史的提問。後面的質疑性回答，面對同學的左腦思考發問，一律以右腦思考迴避。

座談結束後的《一千零一夜日記》簽書會上，書的銷路是過去的三倍，學生福利社跑來道謝，說是創下紀錄。雖然我剛才說的內容都很俗氣。

**二〇一六年六月二十一日**

瀧澤直己[047]寄來第二套夏季西裝。話說回來，我還有什麼機會在夏天穿西裝？

MoMA之前提到要把我的〈New York〉印成海報的企畫，表示最後會印成四種尺寸，並寄來印樣。在東京的 MoMA 商品部也買得到。

傍晚在野川附近散步近一小時。看到拴貓散步的人。貓不安分地爬上矮牆，好像一隻猴子。這主人對貓很自私，根本不把牠的地盤觀念放在眼裡。

**二〇一六年六月二十二日**

早上起來校對《文藝》的三人座談。「咦？」飛蚊症不見了。錯覺？到哪裡看都一樣。煩惱我的飛蚊症到哪去了？可能只是一瞬間的奇蹟。

在騎腳踏車往畫室的路上，飛蚊症又突然冒出來？果然剛才就一直躲著。

人這種生物，不，光講我自己就好，在身體不舒服的時候，心情就會以一種純文學形式消沉下去，有時候想要讀書，但又不可能真的去讀。當我在身體健康，充滿創作心情的時候，就會與讀書無緣。當我覺得自己充滿創造力，健康到可以整個人掉進不讀書的生活時，讀書對我而言反而成為一種不健康的行為？

MoMA 通知將在六〇年代典藏展「From the Collection: 1960-1969」中展出作品〈續·這就是美國！〉。

**二〇一六年六月二十三日**

在澀谷一邊東張西望一邊走的時候，天野祐吉[048]就靠過來問：「我在ＮＨＫ音樂廳辦座談會，可以來參加一場嗎？」因為沒別的事，就跟他過去。現場已經擠滿觀眾。我穿上瀧澤給我的夏季西裝上台。台前放了三張坐墊，天野已經坐在上面了。「咦？」天野旁邊還跪坐另一個人，才在想是誰，原來如此，不就是天野先生的搭檔島森路子[049]嗎？三人坐在小小的座墊上顯得侷促，既然都來了就別管了吧。兩人的身影看起來都很稀薄，難怪，因為他們都是死者。雖然是夢，久久不見這兩人，覺得懷念。

我在神戶的美術館下一檔展覽「橫尾狂熱主義 Vol.1」的專刊設計討論，設計師服部一成[050]、學藝員平林出席。對於平林的狂熱個性在策展上全開充滿期待。

距離一朗的三千安打紀錄還有十七支。

**二〇一六年六月二十四日**

松竹的製片與宣傳部同仁來委託山田洋次導演預計八月開鏡的《家人真命苦 2》意象海報。這次改一下標題字造型，做出一張截然不同的海報吧。

據說隈研吾[051]氏設計的新國立競技場以「謙虛」與「樸素」為概念，待人接物的話就算了，藝術這檔事是不能講謙虛與樸素的。

**二〇一六年六月二十五日**

終日享受無為。享受是一種恰到好處的比喻，就像是「洗澡水溫度恰到好處」的恰到好處。恰到好處不是西洋的狀態，而是日本或日本人的特性。

**二〇一六年六月二十六日**

去母校西脇中學。在校舍的一個陰暗角落，正在舉行韓國式葬禮。就像是一種死亡的慶典。從遠處觀看的同時，一個不知道是誰的熟人走來，說要介紹Ａ畫廊給我。我拒絕以後，自己前往商工會議所後面巷子的南天子畫廊。不知何時已經到這裡了。是一個沒有人的巨大空間。牆上的油漆還很新，但刷痕很顯眼。不久後，青木社長與他父親（前社長）就回來了。前社長早就不在，最近的夢裡卻時常出現故人。

攝影師廣川泰士[052]來訪，說要來拍我生日前一天與當日的照片。今天讓我穿黑色西裝，扮演赤腳的死者，拍攝七十九歲最後一天的照片。明天就要八十歲，就要住進日大眼科的病房，就穿上象徵重生的白西裝給他拍攝好了。

一朗距離三千支安打紀錄還有十六支。

## 二〇一六年六月二十七日

八十歲生日竟然讓我在醫院度過，是怎麼回事？小野洋子[053]八十歲的時候曾經在電話上跟我說：「我八十歲了呢，你不覺得很厲害嗎？」宇野亞喜良[054]跟我講電話的時候也說過：「我八十了！」本來以為，人到八十難道就一定要大驚小怪嗎？結果我的這一天既沒有地震也沒有大風大雨，過得一如往常。而且我也頭一次知道一般會贈禮祝賀「傘壽」。以前說不定人到八十就好像天要塌下來似的，現在反而更覺得是在迎接第二幼兒期。

明早就要去動加齡性黃斑病變與白內障的手術，為了保持足夠體力，今天晚上希望可以好好睡一覺。但是聽說入院後每兩小時都會有人進病房檢查。不要過來！眼睛開刀已經讓我神經緊張了，你們會讓我有意無意一直醒著吧？結果護理長親自過來直接拿規矩嚇我：「法律沒有規範檢查的效力。」既然醫院跟我講道理，我即使沒有跟他們說到「我也有我的道理。這種道理就是不要向肉體內在的聲音妥協。所以請讓我回家」，但我一個人還是抱著三個人搬進來的大量住院用品，三更半夜自主出院。

**二〇一六年六月二十八日**

昨天過了一個不得了的八十歲生日。究竟八十歲象徵了什麼？動盪不安的八字頭人生展開了序幕。一如預料，是第二幼兒期的叛逆。我身上像幼兒一樣的鬧事能量如今安在哉？

瀨戶內師父上次寄來西瓜，這次寄來鳳梨與櫻桃。是送來探病？還是祝壽？

**二〇一六年六月二十九日**

打電話給瀨戶內師父回禮。她問：「你手術動得怎樣？」我仔仔細細告訴她與護理師的對話。「哈哈哈，院方一定嚇一大跳吧？」「好像騙人一樣。」「不過你做得很好，藝術家真是麻煩呢，哈哈哈哈。」

「說起來是沒錯啦，我整天就像貓一樣只想睡覺，師父您呢？」「我也一樣整天想睡，你如果想睡就在那兒睡著吧。」「畢竟是永眠的彩排呀。」「我才想早點死死算了。活到九十四歲，覺得很浪費時間。」

加橋克己[055]兩年來首次來電：「想見您一面。」與有事前來相比，沒事來打個招呼反而更好。

**二〇一六年六月三十日**

儘管不願意，眼睛還是越早開好刀越好。那麼我應該去哪一家醫院？我問看病專家神津善行，他告訴我國立醫院機構東京醫療中心有名醫，便聯絡了他們耳鼻喉科的角田（晃一）大夫，下週就可幫我看。唉呀唉呀。

距離一朗的三千支安打紀錄還有十二支。買來《一朗思考》回家研讀。他很有藝術家的思維呢。

**二〇一六年七月一日**

上午去油壓。過程中睡個瀨戶內式的覺。

減糖很長一段時間，卻想吃鄉土風味的年糕紅豆湯，便帶員工去「凬月堂056」。結果都沒人吃年糕紅豆湯。該不會是因為鄉土感不被接受吧？

傍晚在公園的長椅上一邊晒著夕陽，一邊讀鴻巢友季子057寄來她翻譯的埃德加．愛倫．坡058的《威廉．威爾森059》。是關於模仿者的故事。一句話就把故事大意說透了。這篇故事就像我想的一樣，完全照著我的預料進行，連結局都不出我意料。愛倫坡的小說就好像依照我的想像在寫。而且這篇小說的手法就像我畫畫一樣。但是如果繪畫一變成文學就沒戲唱了。

晚上看《愛麗絲夢遊仙境》。絢爛奪目到刺眼的強烈色彩，難道就不是死後世界的重現嗎？我認為愛麗絲以為自己身陷夢中，並想要從這個色彩詭異令人發狂的世界清醒過來。狂野的美感也是一種凶器。

**二〇一六年七月二日**

請成城漢方診所開家庭常備藥的處方箋，然後去身體均衡研究所。外面熱到令人中暑。

在桂花遇到寶田明060，想去打聲招呼，結果看到旁邊還有司葉子061與星由里子062，就沒走過去了。

大約一九七〇年，我曾擔任電視連續劇《新平四郎千鈞一髮》（寶田明主演）的固定演員，與寶田有點緣分。

**二〇一六年七月三日**

只要中斷畫畫很長一陣子，就會進入畫不出來的狀態。一覺得害怕，就會不知所措，身陷迷宮寸步難行。這時候就會進書店衝動亂買幾本書。只需要這種單純的行為，迷宮的牆就會崩塌。如果再和山田洋次導演一起吃個蕨餅，眼睛開刀的焦慮與恐懼都會消失，呈現無動於衷的狀態。

距離一朗的三千支安打紀錄，還有十一支。

**二〇一六年七月四日**

明明是盛夏，天上卻看不到積雲。積雲與草帽已經成為夏天的象徵。我想起了童年愛讀的《少年俱樂部》、《少年》、《棒球少年》雜誌封面。我對那種童年的故鄉並沒有執著的懷念，但繪畫的原點到頭來還是故鄉。我身上的血管總是流著故鄉注射的點滴。觀賞畢卡索、德奇里訶[063]、夏卡爾[064]的畫作，也總是讓我想起故鄉風光。

好，總算挺直沉重的腰桿子坐在畫布前。開始畫出與過去不同的畫。這是一場尋找陌生自我的嶄新冒險。我總是在找尋「非我之我」。

傍晚雷聲大作，彷彿天搖地動。巨大的聲音遇到重聽也沒轍。

**二〇一六年七月五日**

夏天冷得不像七月，把畫室的冷氣切換成暖氣。

下午，加橋克己提了兩手禮物來玩。「同學會演唱會」長達一年的巡迴告一段落，他說會休息到九月。他說他的重聽也妨礙音樂活動？好像「習慣了也就沒什麼」的樣子。看到我畫上的署名「T．Y」，就對我說：「以後不要再用T．Y了，看起來根本是高中生的簽名，你應該用更帥的簽名才對。」這樣呀，原來我還不出高中生程度嗎？

英國與巴西委託我提供作品用於即將發行的新書上。

距離一朗的三千安打還有十支。

**二〇一六年七月六日**

一朗只要一坐回板凳，我就充滿壓力。雖然他自己可能擅長克制自己的感情，說不定還不以為意。

下午去東京醫療中心眼科找野田徹大夫。我盡可能想要避免開刀，但他會怎麼回應我呢？眼球檢查的結果，我確實出現眼底出血的症狀，但位於眼球中心重要部分之外，所以沒有馬上開刀的必要。暫時先靠投藥與觀察變化，讓血流得以分散，並且定期回診。所以在手術前一晚提前離開日大醫院，現在證明是對的。當時順從身體的聲音果然是好事，船到橋頭自然直。感謝命運女神，感謝！總算從兩個月以來的壓力中解放出來。今晚得以好眠。

**二〇一六年七月七日**

本來還以為壓力沒了，昨晚沒了的壓力反而又變成失眠的壓力。有心事也有壓力，高興起來也有壓力，我終於明白釋迦佛祖「情感克制」的意義。

《朝日新聞》書評主編吉村千彰與依田來訪。我眼睛與耳朵都差，很久沒見到書評委員會的人，我對他們的來訪表示歡迎。

關於畫畫，我總是從意想不到的地方開始，所以無法預測結果如何。只有「現在」的處理方式。我展開一場沒有航海圖的航海，不知接下來會入哪一個港。一個航海冒險小說的世界。

**二〇一六年七月八日**

《讀賣新聞》記者森田來訪，詢問我在箱根雕刻之森美術館的個展「橫尾忠則 迷畫感應術」。我的藝術是對藝術史的批判。不只是向名作致敬或諧擬而已，還包括對於素材一種抱持惡意的敬意。正因為藝術史就是依循這種方式發展變化而成。你看畢卡索筆下的委拉斯開茲065或杜象筆下的蒙娜麗莎就知道了。

今天花在畫畫的時間，反而沒有停下來看自己的畫來得久。雖然繪畫靜止不動，在我心中卻天馬行空。繪畫越接近完成，就會變得越無聊。一幅畫最美的瞬間，就是懸宕在空中的狀態下。也就是未完成，並曝露在有成為失敗作危險的時候。

傍晚去公園散步，只走了二十分鐘。空氣潮溼，一下就滿身汗。

加橋又寄來佃煮。

**二〇一六年七月九日**

我認為人在十來歲形成的性格，不管活到幾歲基本上都不會變。兒童時代沒有主體性。跟隨對方的主體性，隨外界狀況改變帶來快感。節省過度的麻煩，並且進入一種必然的預料外狀況。我小時候的這種性格，到現在也沒什麼變。如果可以，以後也不想變。以一個年幼的老人而言。

**二〇一六年七月十日**

參議員選舉，去投票所投下反戰的一票。

山田導演的《家人真命苦 2》預定八月在東寶攝影棚開拍。他說這次也會在劇組休息室裡留一個我專屬的畫室。因為換一個地方畫畫，內容也有所不同，我太高興了。據說有些人只能在自己的畫室或書房工作，我則靠轉移焦點與心情，展現出自己未知的一面。我沒有個人風格，內容應有盡有，不會特別挑工作場所。

**二〇一六年七月十一日**

放眼望去，丘陵被一片枯草染成金黃色，隨風掀起層層大浪，有時像女體般扭動，從地平線彼端不斷靠近。一轉眼觀看眼下如同深淵般的凹陷，清澈如翡翠寶石的湖水，反射著粼粼波光，高聳黑色柏樹圍繞四周，形成一片小森林。樹木繁茂只限此處，在廣大的丘陵上，找不到其他這樣的綠洲。有凹陷的黑色綠洲，看起來宛如女陰，具有某種把看到的人吸引過去的魔力。這到底是什麼地方？就像是置身一個把《咆哮山莊》那座山丘放大幾十倍一樣的不明行星表面，感覺極為強烈。回頭一看，突然發現眼前更高的丘陵頂，有一棟西洋風格的大型農舍。我與那塊土地的地主在屋裡見了面，並且討論要買他的地。我想在這片杳無人煙，如詩如畫的土地終老，晚年以畫出「什麼都沒有的畫」為志業。醒來看一下時鐘，現在是四點十五分。

共同通信社的高橋夕季來採訪，詢問《一千零一夜日記》的問題。她說看完我的日記，覺得我把日常與夢境的區隔打散，覺得很奇怪。

我的美術館新任的理事長山本（亮三）從神戶來訪。即使說是比我小二十歲，今年也已經六十歲了呀！

永六輔*066*死去。雖然沒有直接往來，以前確實收過他寄來兩張明信片。

**二〇一六年七月十二日**

緊接著昨天的採訪，今天JFN電台又來訪問關於《一千零一夜日記》的問題。說是公開日記令人感到不可思議。不可思議？雖然汽車排放廢氣擾人，日記卻是一種沒有惡臭的廢氣。沒有排放廢氣的人生也無法前進，日記是一樣的道理。當然，畫畫也一樣。

購入山田風太郎*067*的《人間萬事，盡是謊言》。謊言莫非就是人求生存的日常必需品？

**二〇一六年七月十三日**

搭神津善行的車去虎之門醫院。現在看起來沒有明顯的問題，但神津介紹有名的醫師，為了建立病歷表，進行驗血與驗尿，結果顯示現在正在採用的食療法反而讓體力更差，必須中斷，也沒有額外開立處方。診斷結果是只要充分睡眠，每天散步三十分鐘，固定測量體重，不攝取過多鹽分，充分喝水，這種程度的生活下，有問題也還不到腎病或糖尿病的程度。預計今後將繼續進行其他部位檢查。

在華沙維拉諾海報美術館[068]的個展閉幕。館方回報展期中每天客滿。

**二〇一六年七月十四日**

與三菱一號館美術館的高橋明也館長在畫室會議，為了下一檔展覽「雷諾瓦吾師尊鑒——梅原龍三郎[069]銘記在心的恩師教誨」討論雷諾瓦。我對雷諾瓦畫作的主題沒有太大興趣，然而對他曖昧的手法與草率的部分就有興趣。

紐約安德烈雅．羅森美術館預定明年一月至二月辦展，委託東京都現代美術館出借我的作品。國外的畫展來邀展都這麼輕鬆，這種輕鬆感日本似乎很缺少呢。

從今天起，每天傍晚散步三十分鐘。

**二〇一六年七月十五日**

上午去做油壓。

下午，與町田市立國際版畫美術館的瀧澤（恭司）、町村（悠香）與南天子畫廊的青木老闆一起討論明年秋天的版畫展。可以從六〇年代的設計與繪畫出發，但畫到「粉紅色女孩[070]」之後，曾經中斷一陣子。到八〇年代轉向成為畫家之前，經過了十五年的空白，但版畫方面則從設計師時代至今依舊持續進行，想一想我一直都是設計人呢。

傍晚散步三十分鐘，今天為第二天。

二〇一六年七月十六日

可能因為洗澡水不夠熱，晚上睡到一半咳醒。覺得自己有一點感冒了，但到了中午又沒事。我得生出新作給兩場國內的聯展才行。有什麼靈感呢？我的畫裡什麼都有，動腦去想反而很怪就是了。

夏天散步三十分鐘，滿身是汗。

距離一朗的三千支安打還有九支。

二〇一六年七月十七日

在飯店櫃台正要領回寄放的大衣與圍巾，圍巾卻不見了。在夢裡不見的圍巾，有沒有可能得到賠償，我在半夢半醒間陷入沉思。在現實中解決夢裡發生的問題，有一定的難度。如果他們要賠償，我希望是一條三宅一生的圍巾，不論是朱紅色還是黑色都好，我在意識矇矓中這樣想著。

下午完成一幅肖像畫。首次使用的手法。

傍晚走進陌生的森林。離開公園，在住宅區巷弄中迷路。我分不清自己身在何處。一邊心想可能回不了家，一邊讓直覺帶路。眼前出現一台自動販賣機。補給水分。咦？我見過這台自動販賣機！原來我往畫室的反方向走嗎？走一走也正好三十分鐘。人體是否內建導航系統？還是歸巢本能帶領我找到回家的路？我的直覺實在太了不起了。

二〇一六年七月十八日

四點起來打開電視，看到一朗上場。第一棒先發打出三支安打。最近幾場以坐板凳居多，只要一上場一定上壘，希望他可以多上場。

今天不知是什麼日，總之是國定假日[071]。想要找一個人一起吃午餐，就約了磯﨑憲一郎一起去吃增田屋。吃完接著去風月堂。我是個懶鬼，不會每天都畫畫。一停筆可能就拖將近一個月，跟我比起來，磯﨑真的是勤勞楷模。即使今天來跟我見面，出門前還寫了三小時的稿，據說三小時也只寫出三行。更何況他說他把那三行全都刪了。小說家是用腦袋賺錢的工作，想起來就覺得很累。只要畫家身體能動的話，一天就可以畫出一幅畫來。而且以我而言，一樣的畫我可以重複畫出好幾幅。畢卡索一生畫了幾千幅畫。畫家不必動腦，要畫多少幅畫都沒問題。

### 二〇一六年七月十九日

以前的員工風間來訪，幫我把畫室地下層資料庫的照片整理過一遍。他很高興地對我說：「有很多珍貴的照片喔。」

Poplar 社新書系列的淺井與及川來繼續之前的訪問。書名未定，但預計今年秋天出版。整本書都是全新內容。及川原來是平凡社的編輯，曾經負責我的畫集、《別冊太陽》特集、新書系列等等許多單行本的編務，為了讓這本書的內容不至於與其他書重複，花了相當苦心。

平林來搬走我在神戶的美術館下一檔展覽「橫尾狂熱主義 Vol. 1」的展品資料。看起來這次的展覽似乎會用一種推理的手法呈現：從筆記與素描等各種資料，一邊看創作過程，一邊探究作品完成的軌跡，會讓我戰戰兢兢的。

OFF DESIGN 的小山（英夫）[072] 來電表示灘本唯人[073]（九十歲）過世。去年寄一封信去慰問他，沒有收到回信。早年我還未進入業界，與幾個年輕投稿畫家一起在元町某家咖啡館舉辦五人聯展的時候，灘本先生在不知情狀況下進店看到我的作品，就跟同行的神戶新聞社美工課長說：「你覺得讓他去你們那兒上班怎樣？」因為他的推薦，我就想也不想一頭栽進美工設計的世界。

「人生與命運，令人摸不透。」

儘管如此，最近一直死人，死訊像一種流行病一樣接二連三地來。難道最後會變成「一個都不留[074]」的結局嗎？

**二〇一六年七月二十日**

下午前往國立東京醫療中心。去朋友介紹的耳鼻喉科找角田大夫。看到自己的臉，他就會提起自動販賣機在賣的鯛魚燒或車輪餅。今天是車輪餅。「醫院都叫我減少糖分攝取呢，大夫，我不是不能吃嗎？」

四點去眼科找野田大夫回診。沒有變好，也沒有變壞。如能維持現狀則ＯＫ。

傍晚前往《朝日新聞》書評委員會。一到了會議室，編輯部的人就用手機給我看「講談社隨筆賞」公布得獎者的電子郵件，說是現在正在轉播。雖然是頒給《不需話語[075]》（青土社發行）的獎，寫書不是我的本行，總覺得又高興又害羞。

**二〇一六年七月二十一日**

雨天。上個月就向玉川醫院腎臟科預約看今村大夫。他也說維持現狀即可。然而膽固醇指數下降。食療的成果？

不小心忘了關窗就睡，半夜氣喘有點復發。總覺得身體不大爽快，就前往附近的水野診所。距離一朗的三千支安打還有四支。

**二〇一六年七月二十二日**

無法判斷天氣是熱是冷。明明已經收藏了好幾本貝原益軒*076*的《養生訓》，卻又買了新的。而且這兩本又由不同譯者翻成白話文。分別放在自家枕頭邊與畫室的書桌上。

**二〇一六年七月二十三日**

半夜醒來。繪畫靈感不斷湧現。到早上都睡不著。失眠害得我頭與身體都沉甸甸的，於是前往整體院。想要放鬆一下身體，結果去放鬆的變成骨頭。不論如何都要養生，養生！

**二〇一六年七月二十四日**

多雲時晴。透過平坦的雲層可以看到積雲，這梅雨到底什麼時候才會停？

「精靈寶可夢 GO」是什麼？我根本搞不懂。

SEZON 現代美術館的難波英夫來訪，一年不見。我們聊了美術的各種話題，一共聊了八個半鐘頭。我們兩個都不覺得累呢。

**二〇一六年七月二十五日**

畫一幅南天子畫廊委託的「睡魔」系列作。只要一坐下來畫，我是可以工作一整天的，從不煩惱畫不下去，所以快。

廣川泰士帶著我在八十歲生日前與當天拍下的照片來畫室。是我生日入院，當天深夜自主出院的紀念照。

昨晚看了一部紀錄片，描述蘇聯時代操作米格戰鬥機非法降落在函館機場後流亡美國的年輕飛官，當初是如何脫離九機編隊飛向千歲機場的過程。太厲害了！只要一有差池，就會挨同袍的飛彈。最後是以秒為單位的死亡飛行與著陸。雖然最後降落在函館機場，在他背後守護的無形力量令人感動。

畫室院子的樹林傳來蟬發出的發條玩具般鳴叫聲，穿透身體上下。

華沙海報美術館寄來「橫尾忠則八十年誕辰」展的圖錄。這是我在華沙第三次舉行的個展，也就是說我成為城裡家喻戶曉的全球化創作者了吧（笑）。

NY的亞伯茲．班達畫廊寄來 MoMA 畢卡比亞展的圖錄。我人在東京，卻老是收到馬克寄來的NY空氣。

**二〇一六年七月二十六日**

《藝術新潮》大久保與田中來為達利特輯訪問我，問我在力加特港的達利宅邸與達利夫婦見面時的經過。當時的情形我記得很清楚。詳情請看我的小說《力加特港的房子[077]》。

**二〇一六年七月二十七日**

一朗還在原地踏步。又不是代打！

昨晚十點黑輪又發現老鼠，在走廊追來追去，害我陷入失眠狀態。

早上與磯崎新[078]站在家鄉老家後院，一邊喝著印度拉茶，一邊討論梅原猛[079]的多義性，但因為

是夢，表示我還是睡了一陣，

《Sunday 每日》讀書版專欄「著者專訪」來訪，詢問《一千零一夜日記》內容。這位編輯的記性真好呀。

校對《東京新聞》「這條路」專欄一個月程度的版面。

黑輪逗老鼠的騷動帶來了失眠，失眠盤據一整天。

距離一朗三千安打，還有三支。

**二〇一六年七月二十八日**

半夜容易突然醒來，結果就一直很難再睡著。南天子畫廊的青木來取畫。青木一天睡四到五小時。真久呀。

《週刊 Playboy *080*》迎向創刊五十週年，說要重新刊載舊報導。他們創刊那年也是我發表「粉紅色女孩」的一九六六年。已經過了半世紀了嗎？

**二〇一六年七月二十九日**

三天連續失眠？直奔油壓店。

導演日經影視「我的履歷表」的二瓶說他想重拍。拜託隔久一點再來好不好？

昨天梅雨季結束，進入酷暑的夏天。喔？那不是積雲嗎？蟬很吵不是嗎？

傍晚沒有目的地散步。我變成一個迷路的小孩，迷失方向的地方總是每天都會經過的路途。

距離一朗的三千安打還有兩支。

該睡了，才上床躺平，瀨戶內師父來電。「他們說你得了講談社隨筆獎。」「嗯。」「哪本書？」「那個，我想想看，那個什麼？我一下子想不起來。總之，有點痴呆我覺得還不錯。」「算了別想了，我知道了，一定是那本書對吧？」「對！」儘管我這麼說，還是記不起自己寫的書名。「但是橫尾呀，像你這樣心神不寧地享受，現在都稱為老活喔。」「老活？」享受老年的痴呆心境？

**二〇一六年七月三十日**

酷暑。我發現今年為什麼還沒中暑。因為我還像童年一樣喜歡大熱天。

一朗上場四回，沒有安打。

**二〇一六年七月三十一日**

去寄席[081]。喔？今天有圓朝[082]，真開心。鋪著榻榻米的會場觀眾席上，大部分是穿著和服的女性。坐在我隔壁的年輕女性向我搭話：「我是都倉俊一[083]的妹妹。」「喔！都倉現在好嗎？」寒暄一陣，但距離開演好像還有一點時間。在圓朝進場就座前醒來。

找不到都知事選舉公報。記得三個候選人的長相，但沒有名字。這不是夢，是現實。

晚上散步完很累，只要去投票，卻馬上恢復精神。說不定人本來就是一種社會性的生物。把眼鏡忘在投票所，再回去找卻找不到。結果在家裡發現。

**二〇一六年八月一日**

昨晚看都知事選舉即時報導，打亂原先就寢的時間，早上又因為前相撲力士千代之富士的死訊嚇了一跳。在我設計千代之富士[084]專屬刺繡兜襠布前垂[085]的時候，他與他師父九重親方一起來我家裡，我還記得那晚千代之富士像小孩一樣怕狗的樣子。謹祈冥福。

下午騎腳踏車往畫室途中，被大雨淋得渾身溼透。神津善行在身體還硬朗的時候曾經說過：「散步到一半如果累了就先休息一下。」我休息了一下又繼續前往畫室。老人家之間的對話可以一直這麼口無遮攔嗎？

前陣子瀨戶內師父才提到「老活」，她又說：「網路上也找得到喔。」「老人就是舒舒服服度過愉快的每一天」似乎是種避免成為老後難民的方法。

大概一九六五年初期化的畫作，在拍賣會上被NY的亞伯茲．班達畫廊買走。差一點就下落成謎，好在有救了。

**二〇一六年八月二日**

在畫室陽台看到一個飛行物體從東向西飛快掠過，目瞪口呆。等到站在旁邊的土屋嘉男[086]發現的時候，已經只剩下像飛機雲一樣淡淡的軌跡。「土屋先生，這是夢，別灰心。」

為了去雕刻之森美術館參加《文藝》主辦的三人座談「畫室會議」，與保坂和志、磯崎憲一郎和編輯一起前往箱根。在箱根湯本吃到的鰻魚飯最棒了。遲到的保坂只能可憐地坐在登山列車裡吃鐵路便當。第一次搭登山列車，感覺很不舒服。沒有冷氣，車廂噪音增加了聽覺障礙的痛苦。三人座談在作者導覽展場的同時進行，我隨口解說自己的作品。不說別的，另兩人都是了不起的小說家，我說再詳細他們應該都不會信。所以就像適溫洗澡水一樣隨口說明。

二〇一六年八月三日

昨天去箱根體力耗盡，結果睡過頭。睡過頭了反而更累。

為了《美術手帖》達利特集的內容，成相肇087等五人來訪。「為什麼日本人喜歡達利呢？」我自己並不喜歡。因為我是少數與達利本人見過面的日本人，他們才想問我。那又為什麼日本人會喜歡他？難道不是因為畫裡的過度解說嗎？而且他不也是文學上的過度與無意識過度的人物嗎？

二〇一六年八月四日

晚上前往朝日新聞書評委員會。最近對自己的發言缺乏自信，便隨口說出「我用畫畫寫書評」的話。很久不見的細野晴臣088，還是一如往常地抽著菸。不怕死的就是了不起！

二〇一六年八月五日

為《東京新聞》的專欄〈這條路〉寫下七十天份量的存稿。連載似乎要到快一百回才會結束。

傍晚散步三十分鐘。與健走者擦身而過，會聞到汗臭。

二〇一六年八月五日

與妻前往神戶。最近常在新幹線列車上休息。我在神戶的美術館來了山本、田中（敬一）在新神戶車站接我。在兵庫車站附近的蕎麥麵店吃午餐。兩點半記者會。本次的「橫尾狂熱主義Vol. 1」非常有趣。個人美術館就一定要這樣玩。會場展出四十五年間寫作的日記、筆記、調色盤等物。會場內也實際示範展品典藏作業，是一場最能表現出作者有趣面的展覽。

四點半開幕典禮。依照慣例，從家鄉西脇開出一台接送載滿現年八十歲前女高中生的專車，與我一起開同學會。井戶（敏三）知事也依照慣例贈送兩闕讚詞。「縱橫斜觀，驚奇作品齊聚一堂並陳」「歡迎來到這個世界，接下來請慢慢欣賞」

與蓑（豐）館長、理事長、副館長、學藝員在「東天閣」吃晚餐。與蓑館長大談六〇年代在紐約的往事，怎麼大家看起來好像以前的故事比較沒興趣？往事都是現在發生過的事呀。

入住神戶大倉酒店。

**二〇一六年八月六日**

退房後前往兵庫縣立美術館參觀「藤田嗣治[089]展」。我實在是沒辦法喜歡這個畫家。雖說入境隨俗就必須肯定藤田的畫，那些隨俗的人，在某種程度上也應該是順著美術史的王道文脈發言，這到底是怎麼回事？忠實再現速寫的特色，也很像日本畫家，或說是日本畫的思維，這樣一來與過度強調自己是日本人，又有什麼區別？說不定迎合現在年輕一輩日本人的日本畫風格上的喜好傾向，反正青菜蘿蔔各有所好，和我無關。

**二〇一六年八月七日**

有外面的野貓闖進家裡，於是走到外面小門把牠趕走。那裡出現了一個看起來很凶的陶器人在我腦中說悄悄話：「我是聽到你說叫我進來才進來的。」好像是侍奉神的精靈。這時已經進屋裡的白色西裝年輕人右手拿著手槍，朝自己的太陽穴開了一槍，當場倒下。如果有什麼東西是可以藏在物體之中，也有什麼東西是可以從肉體中跑出來，我做了這樣的夢。

昨晚，自從我到家以後就一直沒發現的黑輪，到了深夜才橫躺在玄關的高台上。原來一直在家呀。

星期天上午一定會到增田屋報到的山田導演沒來。原來他的《家人真命苦 2》昨天就開鏡了呀。

在便利商店買了醫學博士寫的《自律訓練法》。每天早晚會來的病懨懨流浪貓，這陣子都沒出現，妻子在擔心。那隻貓寂寞的眼神無意間暗示著死期。

**二〇一六年八月八日**

有人提供一間視野良好的西洋式古典建築大酒店的房間給我當畫室。如此一來，包括東寶攝影棚山田劇組導演休息室、成城的畫室在內，我就有三個工作空間了。當然剛剛提到的酒店套房是早上的夢。在夢的畫室裡畫夢境，具體成為現實物質，假如有一天這種技術能成為現實，地球應該也會天翻地覆吧？

一朗的第三千支安打，對我而言有一種夢裡自己化身成為一朗的奇怪真實感。

難波館長開車開到一半，才覺得「奇怪？」就馬上失去意識，在護欄邊撞上其他車。在救護車裡清醒。我本想問他還好嗎？但我沒有這種四度空間的感知，所以也無從知道他的「感受」。

在本刊（《週刊讀書人》）與建畠哲、加治屋健司三人對談拙著《一千零一夜日記》。感覺上就像是自己化身成為星體，從一點點高的位置俯瞰兩名外科醫師在解剖台上看自己正在動手術，被開腸剖肚的樣子。

**二〇一六年八月九日**

一年兩度的三宅一生巴黎時裝發表會，四十九年來都找我設計邀請函，這一屆的主題是「種子」。上一屆是「宇宙」。種子就是宇宙的雛型。這次試著畫出大地的意象。

小……小野洋子突然帶來驚喜。她每次都來這招。每次我都會嚇一跳呀。畢竟藝術就是充滿醜聞的遊戲嘛。「You來日本做什麼？」「我摔跤傷到膝蓋，回來日本看醫生。」我自己去年除夕也跌到骨折。人到這種年紀，身體都會像油燈的燈影一樣搖搖晃晃，容易摔到。她還說每次來日本，每次只要一進我的畫室就會感到放鬆。「想來隨時都可以來喔。」「那下次我可以什麼時候來？」「Everytime, everyday都OK喔。」對我們而言，NY與TOKYO零時差。

自從滾石合唱團到日本開演唱會以來，就一直沒有田島照久[090]的消息，打電話一問，他才說：「我摔斷腿了。」到什麼地方都有人摔得東倒西歪。

那麼從樓梯上摔下來的土屋嘉男呢？電話打不通，經紀公司的人也不知道，他到哪去了呢？他今年也八十歲了，很令人擔心。

會來院子的流浪貓還不見蹤影。之前看起來病懨懨的，也沒有食欲。本來以為是因為察覺到自己死期將近才失蹤的嗎？結果傍晚才又出現，已經好幾天沒來了。妻子拿出生肉。第一次餵牠吃這種東西。是誰說牠死期將至的？

**二〇一六年八月十日**

去東京醫療中心眼科定期回診。無異狀。耳鼻喉科角田大夫在餐廳請我吃午餐。「老師，您看十四年。十四年讓人難以想像，但是如果換成北齋的心境去想，就是「明明多活十年就可以畫出宇宙的真理……」這是北齋九十歲說的話。八十歲的我還沒資格說這種話就是了。

回到ＮＹ的洋子寄來前幾天的合照，上面還寫著「人類 need beauty and dignity! Yokoo-san has in this photo by Yoko」兩行字。

一朗因為外野手受傷缺席，本球季可能會每場比賽都上場。其實我心底偷偷期待這件事。

**二〇一六年八月十六日**

趁著晚上睡不著，擬定今後創作計畫。五年內奠定基礎，十年內完成，但我又不是北齋。

《UOMO[095]》來拍攝人像照。心想如果被拍出隱藏人格的肖像也無妨的話，就壓低帽子，再戴上墨鏡遮住臉。

**二〇一六年八月十七日**

黑輪從一大清早就一直黏著我喵喵叫。異狀？還是身體不舒服？我讓牠吃下一粒六神丸。從小體弱多病的我，只要身體一有問題，家裡一定拿六神丸給我吃，如今也是家庭常備良藥。貓也是家裡的一部分，所以應該不至於沒效。

**二〇一六年八月十八日**

與三賢社的林[096]、文字工作者中村、德永、妻子五人一起搭林的車去河口湖ＮＨＫ出版社富士文獻中心度假三天兩夜。中間在高速公路的休息區小歇。下車同時突然覺得四周變成半模糊狀態。在店裡稍微趴了一下，但不放心的妻子突然開始大叫「叫救護車！叫救護車！」德永急忙打了一一九。急救隊員馬上跑來問：「姓名？生日？今天幾號？」我回答：「今天大概是終戰日後的兩三天。」他們把我抬上輪椅與擔架合體的推車後送上救護車，又說：「送到日野市立醫院。」然後出發。救護車裡也一片模糊，但一戴上眼鏡又變清楚。我才發現眼睛會模糊是常有的狀態，不是什麼特別的疾病，完全沒有急救隊員擔心的頭暈或胸悶現象。常常會在人家店裡覺得視力模糊，才會突然恐慌？算了，這也是一種體驗。只能隨當下狀況做出反應。在急診間，躺在病床上被推來推去，量血壓、抽血、打點滴，然後照腦部斷層掃描、胸腹部Ｘ光。全無異常。但是都來這裡了，就只能假裝自己是病人。兩小時後終於出院。診斷結果「疑為輕度脫水？」突然餓了，大家一起去吃牛排。

編輯福田、遲到三小時的糸井重里[097]父女與他的員工都趕來了。馬上開始打桌球。醫生叫我「不要亂動！」但是我現在靠著點滴維持能量。桌球讓我充滿活力。晚上還看了中村（遊遊亭烏龍）等人的落語演出，聊到十點半。因為糸井抱著睡大通鋪的心情來過夜，到了晚上顯得很有精神。「我才剛生完一場大病，先睡了。」十點半就寢。

**二〇一六年八月十九日**

「八點就吃早餐，很早嘛？」糸井看起來不大高興。

接著來畫畫好了，鼓起勇氣想畫底稿，因為太久沒和糸井見面，先打一局桌球社交一下。因為兩邊差不多強，有時我贏，有時我輸。糸井發現這裡的交誼廳有卡拉ＯＫ房，大家就一起進去了。我的生活與卡拉ＯＫ無緣，對於唱歌還是有點排斥（而且我重聽，也唱不出來），但是第一

「因為我聽說橫尾老師在這裡創作……」突然出現在眼前的人，讓我懷疑自己的眼睛一下，但毫無疑問是現實。眼前站著的人是吉永小百合[105]。不要嚇我好嗎♥♡★♡？本來有種迷走神經反射的預感，一下就被震撼療法治癒。

**二〇一六年八月二十五日**

坐神津善行的車去虎之門醫院進行心臟超音波檢查。第一次透過錄影觀看自己的心臟。對八十年間從不中斷跳動的心臟，我不禁感激起來。過往接受的多種檢查結果全都沒有異狀。會感受到身體不舒服，主要是心理因素。治療方法是即使感到焦慮也不過度去想。要帶有自己身體沒什麼不好的自覺（相信大夫的話）。焦慮只會帶來更多焦慮，最後產生恐慌症狀。不要過度擔心身體狀況，樂觀地從事自己喜歡的事情以減輕壓力。為求心安，一個月與大夫寮一次。沒有再檢查，沒有開藥。

下午Poplar新書的淺井建議，新書可以叫做《我打算不要死[106]》。不論怎麼叫都好，總之萬事拜託。

**二〇一六年八月二十六日**

上午去做油壓。說是養生，不如說是調適心情。

去世田谷美術館，與很久不見的酒井忠康館長、塚田（美紀）[107]一起午餐。不打算特別談藝術的話題，只是因為約好「下次一起在成城吃豬排飯吧」。看完塚田策展的「阿瓦雷茲．布拉佛[108]展：墨西哥，寧靜的光與時間」回家。

黑輪沒幾天又在棉被上撒尿，然後一直躲在後院旁邊的屋簷裡，很少爬下來。妻子負責拿水與飼料去餵。「我不會生氣，快點進來家裡吧。」

**二〇一六年八月二十七日**

雨天。下午前往東寶攝影棚。為了繪製《家人真命苦2》形象海報，試拍預計畫在海報上的演員照片，於是走進攝影棚。我拍了帶點懸疑風格的照片。家族經常面對正在等待他們的懸疑事態。

黑輪還是一樣待在外面吃飯，流浪貓進來吃。已經不知道哪隻貓無家可歸了。

**二〇一六年八月二十八日**

與德永一起去我在神戶的美術館聽細野晴臣與糸井重里的對談。

在神戶大倉酒店休息到傍晚，傍晚前往美術館。細野與糸井都已經到了。我原本沒有上台的計畫，卻自然而然地被拉上台，卻因為重聽太嚴重，幾乎聽不到兩人的對話。糸井像是座談的主持人，細野談起我原本預定成為ＹＭＯ團員的經過，第一次從他口中得知這件事，我卻幾乎完全聽不清楚。我說了當時無法出席ＹＭＯ組成記者會的故事，覺得無法加入與命運的支配有很大的關係。如果事事都能如願以償，現在的我說不定已經變成另一個人。我認為就這種意義而言，聽天由命的結果才有現在的樣子。如果那時候勉強參加ＹＭＯ，那時候應該會產生相當激烈的反彈。說起來聽天由命說不定就是最容易存活下來的方法。

回到酒店又聊到很晚。糸井教我用 iPhone，不管怎麼教我還是覺得很難用。

在攝影棚的日子其實很愉快。畫到膩了就去看他們拍戲，與演員對談，有新進女演員來訪，也有老牌導演進出，就像看到虛實一體的人生縮影。

從昨天就找不到太陽眼鏡。最首說：「您確實戴過，因為我見過。」那就是我搞丟了。只能覺得沒辦法而已。

傍晚突然感到頭痛與心悸，去隔壁的水野診所看診。心電圖檢查卻沒有異狀。因為出現氣喘症狀，診斷可能與氣喘有關。秋天是容易氣喘的季節。

**二〇一六年九月三日**

因為昨天的狀況，今天上午先在家休息，後來還是去了東寶攝影棚。午餐吃的是不知道誰送來的紅豆飯便當。吃完以後就開始看毛片。似乎演員自己都沒看過，只有劇組能看。稔侍的角色死後那些鬧劇看起來還是有點不自然。人死後大家的反應真的這麼荒唐嗎？死亡本身是嚴肅的，場面卻演成喜劇。

下午又像昨天一樣。也就是頭隱隱作痛，心臟狂跳。雖然不像稔侍在電影裡一樣死得痛快，總想在畫室裡直接躺平。松竹公司的製片濱田把腳踏車塞進廂型車裡，自己載來畫室。以為搞丟的太陽眼鏡原來還在畫室。兩天前戴著太陽眼鏡到東寶，大家都說看到我戴太陽眼鏡，也是一種集團心理作祟，只是一種幻覺。人真是一種奇怪的動物。光是想這件事，頭痛與心悸似乎也消失了。

在我家後院隔壁的橋爪家，到了晚上都在忙什麼？一定是演員上門找他玩了。

**二〇一六年九月四日**

久違的假日，與山田導演一起去增田屋。討論從毛片看到的圍著遺體上演的荒謬劇，編排上很有趣味。當我知道看起來像是即興表演的細微表演，其實都是導演的指示，我又吃驚了兩三次。

下午萬里無雲。總算有點秋天要來的感覺了。

為集英社《從主題鑑賞世界名畫》第五卷「裸體篇」寫下十張稿紙份的隨筆。

與瀨戶內師父說了很久的電話。想睡多久就睡多久，想吃多少就吃多少，想看多少書就看多少書，似乎沒什麼不好。請不要把我當人看，把我想成一頭怪物。

**二〇一六年九月五日**

NHK電視台「週日美術館」的達利專題想找我上節目。據說是對於我去過達利與加拉夫婦在卡達克斯力加特港的宅邸訪問的經歷有興趣，希望我談當時的情形，順便評析達利的作品。與達利夫婦的會面顯得莫名其妙。我並不喜歡達利的作品，儘管如此，我還是畫了五幅向他致敬的作品。該說是懷著惡意的讚美作嗎？

今天也去了東寶攝影棚。進行向盧梭致敬的第四幅畫。

中午照例去食堂吃午餐。濱田（漢堡套餐），橋爪功（烏龍麵），橫尾（豬肉咖哩）。

山田好像也是從哪裡聽來的故事：大江健三郎[114]有一天夢見一頭河馬出現在自己的書房。他兒子大江光聽到夢的內容就說：「成城是沒有河馬的。」父子間的對話實在像是一道深淵。

**二〇一六年九月六日**

連續幾天在東寶攝影棚畫畫，本來打算今天休息一天，身體卻不知不覺往東寶前進。很長一段時間遠離繪畫形成懶惰癖好，只要換個地方工作，就產生了工作的癖好。不需要特別擔心，身體就會隨心所欲地控制住。

去看小林稔侍遺體的模型放在攝影棚的樣子。只是遺體的模型，就讓人心裡發毛，這個模型的完成度很高，連岡本太郎[115]的人像都無法與之相比。

《瑞士時報》記者喬納斯．普爾瓦來訪，詢問關於本月十八日在科幻美術館開幕的聯展「Pop Art, mon Amour[116]」（普普藝術吾愛）。開幕將由神戶橫尾美術館的山本代表我出席。

**二〇一六年九月七日**

山田劇組前往千葉拍攝外景，東寶攝影棚沒人。

去找東京醫療中心眼科的野田大夫看診。檢查過程中發生地震，訓練有素的護理師敏捷的反應讓我特別佩服。眼睛的檢查結果和往常沒有不同，不好不壞。耳鼻喉科的角田大夫送我車輪餅。

今天點的眼藥好像會讓我兩眼模糊四個小時。回到畫室，卻必須停止工作。

**二〇一六年九月八日**

這幾天都沒有夢到像夢的夢，與現實無法區分的夢就沒有什麼價值了。

品牌「CASHYAGE」委託我聯名設計他們的喀什米爾羊毛產品。這陣子海內外許多流行相關產業都來找我聯名。喀什米爾羊毛光以高級品而言，完成度就已經很高。我想應該會成為全球性商品。

下午前往東寶攝影棚。本來預定完成第四幅畫，卻因為天氣有點不妙，先在餐廳吃完午餐，再回畫室工作。

**二〇一六年九月九日**

小林稔侍睡在我家鄉的老家裡。早上我一醒來，稔侍已先起床。我去上廁所，他也跟過來。我常常夢見鄉下的廁所。只要夢到上廁所，百分之百都是老家的廁所。

上午去做油壓。血流不通的地方好像很硬。師傅用手掌心一直揉一直揉。

「吉田包」與「DIESEL」送來三個合作聯名款提袋與兩個錢包。非常精美。

**二〇一六年九月十日**

亨利・盧梭把成城的街道畫成畫。我當場把那幅畫臨摹起來，我才慢慢發現，自己的臨摹已經把他的畫、現實的成城全混進去了。為什麼會在這裡開始混亂，越想越遠。這種狀況又讓我感覺像是成城居民黑澤明導演從空中俯瞰的意識。山田洋次導演就開始數盧梭的電線桿與我的電線桿。當我醒來，我混亂的意識還在被窩裡盤旋一陣。

自從骨折住院[117]以來，便對於週刊上的醜聞緋聞報導抱興趣。各種大小事都因循著因果報應的法則。看起來就像佛教的世界。

**二〇一六年九月十一日**

王貞治總教練送我一座他家院子裡抽象青銅雕刻（前面可清楚看到王的容貌）的迷你複製品。看起來是為了紀念什麼紀錄（大抵是軟銀鷹隊得聯盟冠軍之類）才做的。信的結尾還註明希望我回報他已經收到禮物。做了這樣的夢。

重聽越來越嚴重，對方的話有一半聽不清楚。連自己的聲音都聽不清楚。視力也變差，變成猴子看不見、猴子說不出、猴子聽不到的狀態。是不是我已經不再需要知道多餘的資訊了呢？

晚上散步三十分鐘。走到一半經過三省堂，結果店內都變成散步路線。

黑輪這次改在妻子的被子上撒尿。家裡不知不覺間充滿了貓尿的臭味。就這點而言，小玉還有點道德。

**二〇一六年九月十二日**

做了一場醒來同時像大門一樣砰咚一聲關上，就什麼都不記得的夢。就像抓到手的魚又從手上咻一聲溜走。手上還殘留著那種感覺。透過無意識的外顯化，移除夜晚與白晝的邊界，就是我創作在幹的事。對我而言，夢就是靈感的泉源，最後卻消失無蹤，徒留一種兆頭。總覺得一天的開始卻有種不好的感覺。但是獵物應該還跑不遠。一定要抓到牠。

**二〇一六年九月十三日**

上午《POPEYE》雜誌採訪到一半，突然問我「請告訴我今天早上的夢。」咦？根本是看穿我心底的問題吧？我都已經與早上的夢訣別了，在記者提問的同時夢境又浮上心頭。

這場夢是某個電影導演要我演太宰治的角色。我說如果我可以不必學津輕[118]口音，直接以關西口音扮演我就接。在扮演之前就醒來了。

雨天。傍晚開始拍攝《家人真命苦 2》海報用的演員照片。西村雅彥、林家正藏、夏川結衣、中嶋朋子等人出席。在照片中拍出可能藏在家庭喜劇背後的懸疑氣氛。

**二〇一六年九月十四日**

我在六〇至七〇年代，只要一到紐約一定投靠的川西浩史[119]來訪。生肖屬鼠，今年六十八歲，小我一輪。他提到今年將會再去紐約重啟絹印工作室，揭曉活力背後祕密的一端。

去東寶攝影棚參加劇組大合照。

傍晚拍攝橋爪功與吉行和子的人像照。

**二〇一六年九月十五日**

去「如水會館」出席講談社散文賞的頒獎典禮。評審委員坪內祐三[120]拿三島賞[121]得主[122]恰巧與我同樣是一九三六年出生作為引子，簡短評論我的作品，而我也想以一個什麼話題當成引子，以得獎者身分寫在紙上的文章拿上台朗讀，但是得獎感言限定在兩分鐘以內，我只要超過時間就會被中斷，結果在無聊的內容中結束。不過很多記者都要求「請讓我看看您的原稿」。

一到家，玄關開滿了祝賀的花朵。

**二〇一六年九月十六日**

島田紳助[123]跪坐在雜草與鐵絲網包圍的野外舞台上，說了一則題目不明的落語。下一個畫面是電梯車廂不斷上下，但從未開門的惡夢。

我美術館的山本理事長與田中副館長從神戶帶著紺綬褒章[124]與兵庫縣知事頒發的感謝狀來訪。

**二〇一六年九月二十五日**

久久未去野川的公園，在長凳上讀《一覺醒來變成畢卡索[128]》，整理兩星期日記。走在路上，明明沒看到住宅，卻聞到燒香的味道。誰的忌日？

**二〇一六年九月二十六日**

夢到自己在畫一幅日活老電影風格的海報畫，石原裕次郎披著一件大立領的風衣，兩手緊握一把手槍。

國立新美術館的南雄介與東京都現代美術館的藤井亞紀[129]來訪。南曾去力加特港與達利故居參觀，我則與達利見過面，我們下個月將在展場對談。藤井說她在美術館內部保養期間去東京都廳上班。好像還「沒看到」小池都知事的影子。

**二〇一六年九月二十七日**

讀完《一覺醒來我就是畢卡索》。能完全假冒他人，與修行求開悟很接近？

請古書店把我買的四百本書運回來。

**二〇一六年九月二十八日**

早上走進院子，發現地上到處都是土堆。鼴鼠出沒？

這幾天總覺得手腳癢癢。小玉還在的時候跳蚤很多。黑輪的地盤是樓梯轉角，所以還不會進臥室。但是我在床墊上發現跳蚤跳來跳去。據說如果跳蚤像人一樣大，就可以輕易跳過國會議事堂的高度[130]。我會愛上這種追殺跳蚤的方式。

**二〇一六年九月二十九日**

一走出站前三省堂就開始下雨。衝進成城石井[131]買了一把傘。店家就要打烊，一個年輕店員與我一起走出來並問我：「可以跟你一起走嗎？」成城的內側好像有一個巨大的公寓大樓群，而他是裡頭的居民。我發現他住的地方與我家不同方向。雨不知何時已經停了。兩人走在田埂上，四周一片黑暗。在山道入口處看到自己小小的家。我與那位店員道別正要進屋內，一對自稱附近鄰居的中年男女突然出現，問我：「可以打擾一下嗎？」到玄關迎接我的妻子看到我帶了三人進門，一臉吃驚的樣子。我跟她說，是住附近的良美，讓她進來吧。但是因為我家很小，玄關只有一點空間。妻子好像在玄關旁邊的廚房燒水泡茶，發出咚咚咚的聲音。我一下要招待這三個臉皮很厚的客人，趕到實在很不情願。

下一個夢：坐在西脇杉原川對面某戶人家裡，面前是山田洋次與印刷廠的人拿著《家人真命苦2》的校正刷海報。山田導演：「我才想你會不會在這裡，果然你在。」從屋內的窗戶往外看，河岸草地上很多遊客。對岸馬路上有一對情侶。山田導演拿著雙筒望遠鏡邊看邊說：「要觀看兩人接吻的口唇，還是非用特寫不可呀！」他果然還是用很電影的方式觀察呀。

東京車站藝廊的富田與《每日新聞》立川為了預定十一月舉行的「高倉健展[132]」來諮詢與我有關的展示區。我是覺得只要順利一定好玩，但是可以多順利呢？

**二〇一六年九月三十日**

脈絡似有若無的工作委託接二連三地來，但都不是難搞的案子。

岩波文庫「我的三本書」叫我舉三本書，我舉了書桌的常備書《論老年[133]》（西賽羅）、《斐多篇[134]》（柏拉圖）、《東京日記》（內田百閒[135]）三本。

山田導演與松竹的濱田、祕書最首三人無預警來訪，討論《家人真命苦 2》片頭的設計。這次想做出與上一集完全不同的風格。既然是喜劇，想做出讓人笑得出來的片頭。

山田導演借我看一本久里洋二[136]八十八歲創作的五百頁漫畫，整本書都很色情。八十八歲老人的情色魂令人戰慄。他的漫畫不久以後也將進入藝術領域，他已經超越藝術，全速奔向性的彼岸。小野洋子好像也說：「受到他的革新性創造力感化，我才得以踏入次世代藝術的世界。」（書腰推薦）

我一直看到晚上，對於久里導演絕倫的精力甘拜下風。

**二〇一六年十月一日**

可能是我搞錯什麼，早上看到報紙廣告，結果買了《怪人二十面相[137]》（新潮文庫）。明明已經是少年時期到成人後都一讀再讀的書，不知為何又買。辻村深月[138]在解說中表示：「讀二十面相，在對這部作品的喜愛之中長大成人，是我的驕傲。」成不了大人是我的驕傲。

**二〇一六年十月二日**

森村泰昌[139]在我洗澡的時候來訪。下一個畫面是酒井忠康[140]在西脇的某戶民宅裡給森村看我個展的專刊。這些夢實在太不像夢了。

隔了一個月，終於與山田導演一起去增田屋。他說齋藤寅次郎[141]導演的編劇寫出好笑的場面或台詞，齋藤導演當時好像拒絕了：「把場面拍得好笑的是我。沒有特別寫劇本的必要。」又說了一則有趣的故事。喜劇演員高勢實乘[142]的兒子搶走他的情婦。他好像說：「反正我再不多久就會死，等我死了你再帶走！」

會去充滿自然景觀的野川綠地廣場，是因為透過與日常生活斷絕，可以帶來無壓力狀態。到了傍晚，這裡到處都是慢跑者。

## 二〇一六年十月三日

打算從神戶返回西脇，末班車卻已經開走。坐計程車回去又太遠。接下來怎麼辦？想著想著，一回神人就已經在西脇車站前，車站卻是拆除前的樣子。想叫計程車回老家，結果現在是深夜的關係，已經沒有計程車可叫。那就用走的好了。夢在這裡結束，但以夢的價值而言是零。

Poplar 新書的淺井與及川來訪，告知單行本《我打算不要死》已推出。書名由編輯淺井所取。意義不明。似乎在暗示什麼，也可能意味著一個什麼會引來另一個什麼。

平面設計師服部一成與學藝員平林來訪，告知我在神戶的美術館舉行的「橫尾狂熱主義 Vol. 1」專刊性質的作品集已經完成平面設計。展覽本身就已經很奇怪了，作品集當然也怪。會買的一定也是怪人吧？

平林明天會去莫斯科，代替我出席我在俄羅斯國立東方藝術博物館個展的開幕典禮。他好像還會幫我演講。山本上星期才幫我去了一趟瑞士科幻美術館。接下來還有一些海外展出，據說美術館間的交流，都是以研究員出面為原則。有時候創作者也會受邀出席，但要我出國我實在敬謝不敏。一方面我已經不再像年輕時候一樣，對於看得見摸得到的東西一則以喜、一則以憂，另一方面我創作的過程就是旅行。

**二〇一六年十月四日**

夢境漸漸成為現實。潛意識與顯意識已無以區分。二十四小時全部呈現顯意識，我認為對老年人而言是長壽時間的象徵。所以夢不應該只當夢看，應該當成現實的一部分看待。所以寫日記時，說不定不需要特別去區分這是夢這不是夢。如此一來既帶著超現實主義風格，似乎也不再需要藝術了。

**二〇一六年十月五日**

上午去東寶攝影棚的試映室看片，那裡根本已經是電影院了吧？看《家人真命苦 2》未配樂的剪接版。據說死亡是喜劇的禁忌，但一人的死亡造成全家大亂，這種狀態下的眾生相就是喜劇。

傍晚與山田導演去看久里洋二的個展。八十八歲老人的創意令人讚嘆不已。回程遇到宇野亞喜良。老人似乎會引來老人。八字頭的朋友共有四人。八十八、八十五、八十二、八十，我最年輕。

**二〇一六年十月六日**

與八十四歲的神津善行、妻子、德永同車前往虎之門醫院。全身各處毫無異狀。只向醫師報告近況。妻子只有檢查。醫院一樣到處都是老人。

## 二〇一六年十月七日

我家孤立在田埂間，榻榻米掀開是幾百隻蟑螂。才拿起掃帚趕跑，黑輪就充滿好奇地跳進蟑螂堆。想要把打死的蟑螂拿去丟，該丟進糞坑？還是在地上挖個洞埋進去？怎麼辦？隨便。

上午去做油壓，一直像坐在夜行列車一樣打盹。

## 二〇一六年十月八日

下雨天我走得遠。拖著長靴走路時，發現身體產生一種奇妙的特性，有時覺得有趣。

把畫布擺在畫架上，呈現出僵直狀態的繪畫，與自我綑綁的狀態一樣。為了要拯救這種狀態，我偶然發現只要改變習慣活動空間的位置。只要把畫室移到其他場所，畫作與我自己都會提起幹勁。舉手之勞即可解決大問題。因為只要遵從「只做想做的事」這種自然需求，就可以從無聊畫室至上的教條主義主導的身體桎梏解放出來。繪畫需要一種身在何處都可以創作的自由。畢卡索在什麼地方都可以畫畫，就算在屋頂上也一樣。馬格利特[143]在家裡不只在自己畫室裡畫畫，即使在廚房還是其他地方都行。說起來當年我去谷內六郎[144]家玩的時候，我記得他是在餐桌上工作的。我自己也曾經坐在電視前的矮桌畫畫，也曾去到不少地方公開創作。像是美術館大廳、電視台的置物櫃、拳擊比賽的會場，我都去畫過畫。我的作品沒有特別風格，一定是因為我沒有固定活動空間。個性不安分特別附贈的紅利。

雖然成為像山下清[145]那樣的放浪畫家是我的理想，但我還是不會放棄原始的風格。我必須在畫裡保有狂野與輕薄。必須有一些不屬於禪或母性的反開悟成分。接下來展開的創作，不會是小氣的集大成，而是推翻過去一切，才會是與年紀相呼應的生存方式。

**二〇一六年十月九日**

如果想去按摩師傅萩原家，發現在東京都外。坐在沒有衛星導航的車上，妻子說會回不了家。如果這是一場夢，我做了跟沒做一樣。現實生活會越來越不像夢。

山田導演從久里口中聽來一則故事：他每天晚上都想去銀座找漂亮大姐姐，所以在家放了一個籠子，把自己關在籠子裡頭畫漫畫。雖然把籠子的鑰匙丟到籠外，結果還是想要出門。他把紙團丟到籠外，把籠外的鑰匙拉到籠邊，自己打開籠子逃走。聽了覺得久里的人生全是夢境。

**二〇一六年十月十日**

聽說今天是體育節。我總是在做頭腦體操，但別說給大腦長肌肉了，整個人都變成酒囊飯袋一個。

整天都在寫《東京新聞》連載〈這條路〉的原稿。依據時間順序決定故事主題，但我的才幹無法像小說家一樣能讓讀者期待明天的內容。

從畫室回家路上心想，今天放假，不知道辦公室的雙色與ＰＣ子現在怎麼樣了，但去了沒找到。牠們到底跑哪去了？

**二〇一六年十月十一日**

與辦公室的德永一起走在國道上，一個騎腳踏車的男人往我們衝過來，差點撞上我們。那男的大叫：「危險！」但又轉身騎向我們。我看他快生氣了就先開口：「真是不好意思呀！」他不以為意，並從口袋中掏出一張紙片給我看。我看到紙上是一台唱機的名稱與型號，就對他說：「我今天就是要去買這個呀。」他：「咦？真是有共時性呢！」我對他說：「我今天要去東京都現代美術館買一台跟這個一模一樣的唱機喔！」環顧四周，在不知不覺間已在一像是神社庭院內的地方。

最近預定舉行四場座談會，因為不戴助聽器就無法參加討論，就請東京助聽中心帶一組助聽器來給我。我長久以來日常生活不用助聽器，聽力越來越差。助聽器還是裝起來對耳朵比較好，但助聽器連周圍的聲音都收進來了，問我會不會覺得吵，還是吵。雖然大腦需要時間習慣，大腦是自己的嗎？我在認為大腦是自己所有之時，我真的是我嗎？

山田導演驚喜來訪。和我討論正在進行的片頭計畫。

地盤從樓梯轉角變到衣櫃上的黑輪，在經過半年之後，又進了我的臥室。牠一臉借地無方住的表情，無聲無息地走進來。

**二〇一六年十月十二日**

本以為《我打算不要死》（Poplar 新書）書名沒什麼太深的含意，如果要我解釋，人類現在已經可以選擇不死，需要的是一種與長壽時代無關，因應肉體消滅之後的生存方式，這種長期展望是我現在正在身體力行的計畫。

上午為瀨戶內師父在《東京新聞》的隨筆連載專欄繪製一幅岸朝子[146]肖像當插圖。

去國立東京醫療中心眼科給野田大夫做定期檢查。我其實已經隱瞞大夫，兩個月沒有吃藥了。

原本擔心結果，聽說這次比上次改善。我才向大夫自招沒吃藥，他就診斷我應該是體力恢復，身體發揮了自然痊癒的效果。

本年度高松宮殿下紀念世界文化賞的繪畫部門頒給辛蒂．雪曼[147]，她人已在日本。因為十八日的頒獎典禮人多，勢必會變成給耳朵劇烈刺激的環境音，我就打電話聯絡日本美術協會的野津（修敏）說我不會去，結果收到辛蒂．雪曼傳來的簡訊。

**二〇一六年十月十三日**

為了在軟銀創意發行的新對談集，前往埼玉造訪金子兜太[148]住處。以「創造為什麼可以延長人的壽命」為題，我問他各種問題。他提到泛靈論在創造與生命方面都有重大的關聯，我覺得非常有趣，與今年九十七歲的俳人趣味相投。只要能住得近一點，就可以常常與他見面聊天。

今年的諾貝爾文學獎頒給了巴布．狄倫，而不是村上春樹。我喜歡他的音樂但沒讀過他的歌詞，不太清楚他唱了什麼，心想那些文學家頒贈文學獎的時候心裡想著什麼？把流行音樂的歌詞包含進文學領域，就好像是把美術界最高榮譽（其實沒有那種獎項）頒給商業設計一樣，即使在文學的世界裡，High & Low 的分界線似乎也變得曖昧不明了。儘管如此，狄倫的沉默又意味著什麼呢？萬一他拒絕領獎呢？大約在八四年，他曾經想委託我設計專輯唱片封面，因為我正要出國旅行就沒有答應了，事到如今才開始覺得可惜。

**二〇一六年十月十四日**

剛從瑞士科幻美術館聯展「Pop Art, mon Amour」我的專區回來的神戶山本，帶著專刊、資料與紀念商品來訪。山本說：「我幫橫尾老師您度過了一段很愉快的時光。」出國旅行靠體力輸贏，我就沒辦法度過很愉快的時光。

**二〇一六年十月十五日**

天氣終於有秋高氣爽的樣子。會覺得熱。公園的涼亭日照太刺眼，無法讀書。騎腳踏車的孩子在眼前摔倒。如果摔倒的是大人，就會是重傷。

**二〇一六年十月十六日**

已故的養父與生父來家裡。他們明明不會知道地址，卻還是來了。

在增田屋與和田惠美[149]見面。她好像說正在為北京的電視影集設計戲服。日本政府的文化水準已經低到無法與中國相比，令我無法忍受。物質經濟主義國難道就無法擺脫成為文化落後國的命運嗎？

**二〇一六年十月十七日**

在莫斯科舉行的個展代替我演講的平林回國，帶著展覽專刊與紀念品來向我報告。他好像一邊播放多媒體影片一邊講解。他們好像已經從山塔納等專輯的封面知道我的存在，但是這次是一些新作在那裡第一次展出，現場笑聲不斷似乎是預料外的事。

我的「Y字路」系列畫作早在莫斯科的現代藝術展裡展出過了，所以不是第一次在那裡辦展。他們好像從我還在當設計師的時代就已經引介我的作品，並且保持某種程度的關注。儘管如此，平林拍下的莫斯科街景還是很暗。紅場上沒什麼人。觀光客多半也以中國觀光團為主。

參加ＮＨＫ「週日美術館」外景訪問，在國立新美術館舉行的「達利」展會場一邊鑑賞展示作品，一邊回答問題。展品中以最晚年即使能量大半消耗，仍然創作不懈的作品最有趣。在達利的畫作中，很少見地表自然流露出與生命盡頭搏鬥的決心，其中又以貼在畫板上的畫作最甚，他筆下的單色支撐物，看起來既像是形成的過程，又像是完成的畫消失的過程，其實是一幅以上皆非的曖昧作品，既具有未完成的魅力，又讓往年的畫工看起來像塗鴉一樣膚淺。這種力量的匱乏，在我看來卻特別有魅力。這幅看似要馬上消失的畫面裡，唯一精神抖擻的部分，只有黑色落款「Dalí」像他的招牌翹鬍子一樣有力，同時也喚起了觀者的生命力。

**二〇一六年十月十八日**

昨天在展覽場地連續站了兩個鐘頭，結果足底筋炎或足底末梢神經症或莫頓神經腫，加上骨折以來腳底肉球部分的不舒服，還有以前就固定發生過的腳部錢幣狀溼疹發作，去玉川醫院請各科主治醫師診治。

**二〇一六年十月十九日**

久違不見的中嶋院長說我臉上的倔強表情已經沒了，是健康的有力證明。咦，是這樣呀？

昨天進行的「週日美術館」外景採訪，今天移師我的畫室。他們要我說當年在力加特港的達利寓所與達利、加拉見面時的經過。詳情我都已經寫在小說《力加特港的房子》裡，成為光是問答無法感受的故事。

**二〇一六年十月二十日**

前往多摩美術大學美術館。看完韓國畫家柳根澤[150]的個展「柳根澤 被召回的繪畫全量」，與館長峯村敏明對談。柳作畫時的陶醉感，到底是從哪裡召喚出來的呢？在他的身上，我看到了自己的近未來。我已經走在與他同一條路上，但我和他恐將在三岔口上各奔西東。說不定我們已經開始走在不一樣的路上了。與峯村館長的對談，也提到了喬吉歐．德．奇里訶。我與奇里訶的邂逅並非始於「畫什麼」，而是從「怎麼畫」開始，然而接下來我將遇到的是「怎麼活」的問題。

二〇一六年十月二十一日

早上睡在床頭飾板的黑輪突然摔下來掉在我臉上，爪子壓在我臉上但沒有刮破皮。可惡的黑輪，竟然睡到掉下床。

去給人油壓。不論是油壓師傅還是按摩的客人，都感到工作的壓力。對於巴布．狄倫的沉默，委員會的人終於也忍不住生氣了。但如果改以狄倫的立場來看，他一定對於諾貝爾文學獎有所不滿吧？既然出於一種對人類的進一步貢獻的自負感，他真正想得的諾貝爾獎，一定不是聚焦於個人創作的文學獎，而是更實至名歸的和平獎吧？他難道不是因為自己的想法不被理解才心生不滿的嗎？這種思考上的大相逕庭，一定會變成狄倫畢生痛苦的根源。

二〇一六年十月二十二日

在虛構縣虛構市接受虛構市場對於虛構成就的虛構表揚。這樣的夢是不是虛構的夢呢？

與以前相比，我能夠用更舒服的姿勢與更緩慢的速度畫畫。總之就是有時間可以再微調自己的作品。這種創作環境無色無臭地飄浮著寒山拾得[151]那種瘋狂與嚴肅的對比。

**二〇一六年十月二十三日**

一陣子沒有和山田導演一起在蕎麥麵館會面。山田導演夢想拍出一部科幻片。如果得以實現，會是一部非常有趣的電影。故事發生在不久將來，現實中可能會發生，將是一齣關係到全人類命運的大悲劇，同時也是一部喜劇。

在《東京新聞》晚報上連載一〇五天的〈我的路〉（自傳）總算告一段落。在八十歲終於有機會回顧自己的八十年間。一邊像一盞可以看到死亡瞬間的走馬燈一樣轉動，一邊看到未來的景象。

**二〇一六年十月二十四日**

中西夏之[152]過世。繼高松次郎[153]、赤瀨川原平[154]離去後，高·赤·中[155]空無一人。同輩藝術家之中，活著的越來越少。本來以為死是一種電影或小說裡的虛構，如今現實也被虛構吸收了。

關於流浪貓：失蹤至今已經快一個月了。牠總是在晚餐時間到廚房乖乖坐在妻子腳邊等吃飯，某次在看了我的臉一眼之後，就轉半圈颼一聲走出屋外，從此再也沒有回來過，前陣子我的身體恢復健康。

有人說貓可以敏銳觀察飼主的身體狀況並做出反應，有時可以成為療癒的存在。由於妻子餵牠吃很多肉，讓牠眼睛的問題好轉，說不定這是牠給我們的「白鶴報恩[156]」。貓與人的感人故事。

不是都市傳說。

**二〇一六年十月二十五日**

時常夢到的三間書店，第一間是西脇的後藤書店（以前在成城站前的書店老闆開的），第二間是成城通與世田谷通十字路口邊的虛構書店（老闆是現在砧文庫的老闆），第三間是為在新宿虛構大樓一樓的某間進口書店（老闆同第一間）。

《淡交[157]》雜誌來訪，問我崇拜的英雄。泰山與怪人二十面相是我的英雄。為了超越現實，就需要虛像的力量。

繼續進行暫時停擺的亨利．盧梭系列作品。說什麼盧梭是樸素的夢幻詩人，讓我用我的心眼揭穿他心底愚笨的惡意！（才怪）

晚上去看牙。咦，原來這麼晚都可以看喔。晚上可以好好睡覺了。

**二〇一六年十月二十六日**

「咦？」天空遠方出現的黑點是飛蚊症？過不多久，黑點變成了巨大的物體，瞬間移動到高樓大廈上方。像是古早熱水袋的物體表面輕微振動，然後在天上一動也不動。這時，又有另一艘第一機低空盤旋，在我頭上數公尺高處，正要像一陣微風一樣輕輕通過。這艘飛行體明明沒有窗戶，我卻能透視出機內搭乘者的臉。是膚色淺黑，容貌像拉丁美洲人的類人形宇宙人。他們傳達了親切的意念。然而飛行體就這樣以一種比光還快的速度，被吸進天空的另一端了。一種分不清是夢是半夢半醒是幻覺的感覺，讓我一時說不出話來。

在東寶製片廠檢查《家人真命苦 2》片頭的試作版。
昨天開暖氣，今天開冷氣。

**二〇一六年十月二十七日**

與山田導演、我辦公室的員工一起前往國立新美術館。在達利展與南雄介副館長公開對談。南一邊播放剪接過的影片一邊解說。達利的畫作，神奇地讓我管不住自己的嘴。讓我不知不覺滔滔不絕。如果有一種畫可以讓觀者沉默，也有一種畫會像達利的作品一樣讓人說話。但當時在力加特港，達利的沉默讓我在如同凝結般的時間中體驗到一種不適感。相對於達利的沉默，加拉的話一直沒停過。

**二〇一六年十月二十八日**

再度檢查東京車站藝廊「高倉健」展的確認事項，不知已經確認第幾次。只要和電影公司有關的工作，就很難用上創意發想。

伊莎貝·朵爾特[158]十年來首次來訪。大部分外國訪客，都會先去過直島、豐島[159]之後再來找我。她給我看瑞士報紙上對我個展的報導。這篇全版報導還包括展場照片，但國外的美術館或雜誌社幾乎不會寄給我看。海外的研究員或策展人與日本不同，會覺得一場展覽的成果屬於自己，所以會當成美術館的紀錄保存起來。

晚上與德永一起去東鄉紀念館參加灘本唯人的追思會。因為到得有點晚，只能在發起人發表引言的時候偷偷進場。在這種人多的場合，誰說了什麼話，完全聽不清楚。聽眾聽到什麼好笑的事情在笑，在我看來反而詭異。

**二〇一六年十月二十九日**

正在把自宅外牆與柱子分別漆成朱色、粉紅色與白色等拉丁色調。我應該是想在成城做出一個梵蒂岡吧？這是一種透過住宅外觀逼迫居住者內觀的色彩新健康戰略。（什麼跟什麼嘛）

**二〇一六年十月三十日**

從昨天開始就在找的東西，總是不在固定位置上。把不尋常的地方全都找遍了，就是沒有。我只能再找。我漸漸開始執著於那些不見了的東西。這種時候越是執著一定越找不到。我只能暫時不去想那些東西，但只要那些東西自己出現了，我反而更煩惱。我可不想把健忘看成老化引起的症狀。因為我從以前就丟三落四的。這種毛病好像跟性格毫無關係。然而這陣子我的重聽越來越嚴重，越來越難與人對話了。我會假裝聽懂，一直以「嗯嗯嗯，好好好」敷衍過去，事實上我是聽不到的。只要家裡的妻子或與辦公室的德永跟我說話，我一定會再聽幾遍確認。

這陣子睡前一定抽一本佐藤愛子的散文來看。感覺從佐藤老師痛快的人生論得到淨化。然後睡得很好。

**二〇一六年十月三十一日**

參加一個在偏僻鄉下地方舉辦的無名聯展，用車把畫運到展場聽說要花一小時半。因為場地就在不遠的地方，走路只要十五分鐘。坐計程車聽說要五十萬圓。這裡是怎麼回事？在演《愛麗絲夢遊仙境》嗎？

找了三天，找到兩眼充血都找不到的資料，靠德永的靈活腦袋與心眼終於找出來了。當我在一股腦執著的時候，時間也會為之停滯，才會找不到吧？

在電視上看到兩隻貓一起喝一盤牛奶，還把盤子推給對方。一開始本來還以為是打架，這次竟然開始讓來讓去。貓也會這套？原本自大的動物，卻懂得推己及人。貓隻的美德展現？

「通販生活」來訪，詢問枕頭話題。愛枕如痴的我，床上有六個枕頭。所以我能像海豚在海中泅泳一樣好睡。

菲律賓總統杜特蒂離開日本回國飛機上，突然聽到神的聲音：「如果你還敢說那些瘋言瘋語，我就讓這架飛機墜毀！」他就嚇得對天發誓：「我再也不敢了！」並在機場召開記者會報告：「我被神罵了一頓。」我不知道神會不會嘲笑一個像小孩子一樣單純的總統，但是像韓國的朴總統好像也不相信活神仙的話，只要聽信天上的聲音，就不會發生這麼多問題了，不過她有沒有聽得到天上聲音的資質，倒是一個問題。

二〇一六年十一月一日

雨天。毫無秋天的氣氛，便直接進入冬天。

NHK「團塊風格」來拍攝我散步的鏡頭。他們說我走路的速度以八十歲而言「實在太快」，所以用小跑步跟著我。我走快只是因為想早點結束才走快一點呀。

二〇一六年十一月二日

在如今已經消失的老家後院裡把盆栽一盆一盆拿起來砸。妻子看著摔碎的花盆嘆氣：「實在好可憐振栽呀。」「什麼振栽？」字典上找到的「賑災」是災後援助的意思。此外還有「震災」。我突然大喊什麼「破壞是創造的起點」。

傍晚山田導演突然來訪，來討論電影片頭設計的事情。

**二〇一六年十一月三日**

今天是文化節，晴空萬里。

談到文化，像是高等動物群體後天養成那些特定生活樣式：把甘藷洗乾淨再吃、泡溫泉清潔身體等等，也可以視為文化的一部分，但是這些動物在文化節就從來不曾被頒獎表揚過。

拿著保坂和志送我的《地鳴輕如鳥啼[160]》在公園涼亭的西晒日光下，半睡半醒間有種點滴為血液帶來溫暖一般的感受，這種時間的流動一定不是源自思考，而必定是這本刺激想像的書帶來的效果吧？

傍晚山田導演突然來訪。

**二〇一六年十一月四日**

數量驚人的死者，而且其中大多數都是知名人士，裡頭還有幾個我叫不出名字。這麼多的死者聚集在一起，到底是發生什麼事？而且召集這麼多死者的人，是唯一的活人安藤忠雄[161]。我站在高處眺望這一場面。

美國聖地牙哥現代美術館館長親率二十人參訪團造訪畫室。我忘了問他們「You 來日本做什麼？」總之先放影片介紹我的作品。他們常常會提問「為什麼？」我想問，藝術需要「為什麼？」嗎？把思考轉換成思念，應該就不再有提問「為什麼？」的必要了。

**二〇一六年十一月五日**

今天從上午到下午都在車站周圍徘徊，神津善行好像在某一瞬間與我擦身而過。只要我一開始想事情，說不定人家撞過來我都還沒反應。

老家鄰居送來一張我家很久以前的照片。這是居民揮舞著日之丸旗，在老家屋子前歡送出征士兵的戰前鄉下風景照。因為這棟房子差不多是我出生那年蓋成，照片大約拍攝於昭和十年。四處突起的隧道口，就好像森林的入口一樣。

晚上看電視播出的卓別林《舞台春秋》。重看老電影就好像臨終前人生種種如同走馬燈一般從眼前晃過。片尾卓別林一邊看著人家跳舞一邊死去。

晚上去按摩。按摩師一直在說小池都知事的話題，所以多幫我按了一小時。

**二〇一六年十一月六日**

秋日大晴天，今天是連續第三天。

回電給昨晚打電話來的神津善行道謝。也與夫人中村五月子[162]通話。我重聽，有一半都聽不清楚。

保坂和志來電，我不在。他只告訴我，他新作的書評與報導之中，有一些收錄在他沒有訂閱的報紙或雜誌上。他說：「我要去圖書館查。」他說只要能看到那些報導就夠了。沒有那麼深的執著真好。

再怎麼想也無法回想起現在住處的平面圖。想要找出來的反而越想不出來，最後只記得家鄉老家的平面圖。想到的空間也只有起居室往外走的灶腳（土窯）周圍的水泥地，這樣的空間，在現代住宅裡又要怎麼找才找得到呢？這種過往的懷念空間，早已被下落不明的貓、已死的貓埋沒，而這些貓多半又是我家放養的貓，這些貓如今都已經回到我的老家住了。艾兒、巴掌、麥可、蚌殼、魯恩、明尼、八五、小玉都在。

傍晚從畫室回家，看到一隻貓正在吃餐盤的飯。這不就是流浪貓嗎？自從上次從廚房轉半圈跳出屋外以來，也過了一個月。「你真的回來啦。」我叫妻子來，她也嚇了一跳。「你終於知道要回來嘛。」本以為不會再遇到，這樣的重逢真令我感動。今後牠說不定又會出現在廚房喔。

**二〇一六年十一月七日**

無緣無故與前陣子剛過世的灘本唯人見面。他的樣貌還是生前平常時的樣子。旁邊站著的是前日宣美（日本宣傳美術會[163]）辦事處的唐木田女士。大概四十五年沒見到她了吧？十年前還是更久以前，有一天她打電話來，說還留著我六〇年代為《宣傳會議[164]》封面繪製插畫的原圖，說是「想還回去」，但後來就再也沒有她的消息了。我問了站在灘本旁邊的唐木田女士：「現在您都在哪？幹些什麼？」她說：「最近常常和菊村到[165]見面。」然後給我看一個坐在酒場吧台吃著拉麵，疑似菊村的男人與他的朋友所在店家的視覺意象。才期待著總算可以把失蹤已久的畫作拿回來，就不小心醒來了。本來心想糟了，能問個電話號碼也好，然而夢與現實隔著一道肉眼看不到的高牆。我居然夢到菊村先生，並且冒昧地問他唐木田女士的消息，遇到這種狀況我該怎麼辦才好？總之我上網一查菊村先生的消息，才明白他早已在十幾年前就過世了。

**二〇一六年十一月八日**

最近搬到附近的編輯中川千尋來問我要不要與穗村弘[166]合作新繪本，與出版社的人帶著追分丸子一起來訪。「追分」指的是岔路。傍晚打電話給穗村，他不在家。

昨天才說流浪貓說不定會再出現於廚房，今天果然就出現了，還一如往常，靠攏手手正襟危坐，在妻子腳邊等著生肉料理的完成。

**二〇一六年十一月九日**

與荒俣宏[167]一起出國旅行，在機場辦理手續時才發現護照竟然忘了帶出來！夢裡一直發生在現實世界會很麻煩的事情，只要一想起夢能幫我迴避現實會發生的恐慌，就對夢充滿感激。重聽在剎那間治好了！♥◎☆才覺得「太好了！」才發現原來是夢。但是即使只有須臾片刻，夢確實把我從現實的苦難中救了起來。這時候也該感謝♥美國新總統川普的誕生則是惡夢。

**二〇一六年十一月十日**

為新書《我打算不要死》（Poplar 新書）接受九家媒體訪問。編輯表示大家都是被書名吸引才拿來看的。想出這種奇怪書名的正是編輯淺井。書評還沒出現，就收到「決定再版」的消息。預定明年四月在町田市立國際版畫美術館舉辦全版畫展，參加企畫會議。好像是我第一場大型版畫展。同時也會推出新書。

二〇一六年十一月十一日

與《朝日新聞》書評版編輯依田、大上一起去增田屋→阿爾卑斯→庵屋[168]。

與保坂和志、磯﨑憲一郎進行《文藝》雜誌「畫室會議」專欄三人座談。保坂聽到我說「耳朵聽不進人家的話，所以話也很難說出口」，便回答：「最健談的就是橫尾先生您。」

二〇一六年十一月十二日

幫我打聽唐木田女士消息的ｇｇｇ北澤向我報告，只打聽到她十年前入院的消息，從她獨居以及高齡兩個線索看來，可能有心照不宣的事實。

二〇一六年十一月十三日

星期天與山田導演有默契地一起前往增田屋→凮月堂。

從一早到傍晚都在創作。繪畫我總是避開隨心所欲創作，而依照我意想不到的方向去進行。所以創作帶給我一種驚悚感。這艘船到底是誰在掌舵？想這問題的時候是我，但沒想這問題的時候，則由謬思女神為我掌舵。為了超越自己的極限，會放棄「思考」並把自己逼近一種危險的局面。然後靈魂就會動搖，並由一股外力驅動創作。對我來說，這是一種創作的醍醐味。

二〇一六年十一月十四日

早上例行公事：去玄關信箱拿早報，並為才吃過宵夜的街貓（黑瓶子、多騰八扣、還沒命名的橘貓）準備早餐。遇到冷天由妻子出門拿早報。

去ＮＨＫ攝影棚錄製「團塊風格[169]」節目。一邊繞開主持人國井雅比古與風吹純的尖銳質詢一邊回應。我與風吹前一陣子在東寶攝影棚《家人真命苦 2》拍攝現場見過一次面，沒想到真的會上她主持的節目。我聽說她被山田導演罵，便搭話：「山田導演不會罵沒有才華的人。」

**二〇一六年十一月十五日**

在可以俯瞰家鄉西脇街道的大樓上，看見聳立南北兩端的高塔猛烈燃燒。怎麼看都像遭受恐怖攻擊。

為我下一檔在神戶舉行的個展「歡迎光臨！橫尾溫泉鄉」設計圖錄的矢萩（喜從郎）170 帶來設計成品，一口氣來了七人。這些人和矢萩是什麼關係？我頂多只和其中兩人說到話。

玉川醫院的大夫有急事，另外安排出三十分鐘去看皮膚科岩渕（千雅子）大夫的門診。今天來治的是一年多前腳上長出的皮膚炎。以前拿的處方似乎不合用，來換一種新藥用用看。看完以後與久未見面的中嶋院長有說有笑地聊了一小時左右，但院長的聲音不是說給重聽者聽得的，所以需要德永的翻譯。連她幫我翻譯過我都聽不懂，所以叫她回去後再聽寫成逐字稿。唉，真是難為她了。

**二〇一六年十一月十六日**

《躍進171》雜誌來訪，詢問《我打算不要死》內容，我就把書中寫過的內容覆誦一次。你們不如直接刊一篇書評不就得了？

傍晚確認在東京車站藝廊後天開幕「高倉健展」我負責的錄像與瀑布裝置藝術的效果。我把六部江湖片的預告片投射在正方體的天花板與牆上，但是反光會互相干涉，讓影像顏色變淺，是技術上的難題。我沒有測量到那麼仔細，但是已經沒有別的方法。瀑布風景明信片的裝置固然成功，但又有誰會在乎七、八千張瀑布明信片之間，埋葬著高倉健的照片呢？

二〇一六年十一月十七日

在故鄉的「蓬萊座[172]」外牆上貼著一張有三船敏郎、吉永小百合、宮澤理惠等五、六位明星肖像的現代主義風海報，我看到當下還有點被打動，但醒來就明白是平庸至極的設計。

時事通信社與《北海道新聞》來訪，詢問《我打算不要死》的內容。對前者我無法流暢回答，對後者的回答差強人意。這陣子許多媒體為了這本書特地來訪問我，又是為什麼？

岡部版畫工房的牧島來訪。我打算為了明年的版畫全作品展創作新的絹印版畫，所以他來和我談。自從上次上海的畫廊委託我創作版畫以來，大概隔了四年之久？我會做出什麼樣的作品？點子太多，不縮小範圍會很麻煩。想要用這個，還想要用這個。我根本就像個孩子。在現在正在創作的畫上，好幾個點子也陸陸續續集中起來，連從哪一個開始下手都煩惱起來，變成一種奇怪的毛病。

傍晚妻子在回家路上，看到天上有奇怪光點一邊閃爍一邊走走停停，就佇足眺望了一個小時。她問我：「那到底是什麼？」我又沒看到是什麼，只好反問：「難道不是不明飛行物體嗎？」

二〇一六年十一月十八日

夢見與小玉吵架。

上午去給人油壓。油壓我七年的石井師傅，說他年底就要退休。前陣子才跟他預約一年分的時段，一下子說不幹了又是為什麼？問得太深入又怕得罪人。

下午與山田導演、我的員工、妻子等人去東京車站藝廊參加「追悼特別展 高倉健」的特別導覽。他們依序分別接待影壇人士與藝壇人士參觀。全兩百零五件作品可以在縮短的時間裡參觀，但與其說是美術展，感覺上更像阿健影迷專屬的遊樂設施。

**二〇一六年十一月十九日**

去世田谷美術館出席「館藏的五篇故事」與「全部都是一九八六年」兩場展覽的開幕典禮。我在兩場展覽都提供了作品，但也是與自己作品的久別重逢。被拉回過去的時空，是一種二重身（靈魂同時出現在兩個地方）體驗。

**二〇一六年十一月二十日**

腳上的皮膚炎大抵痊癒。

無法同時掌握好幾個靈感，一決定像混合泳[173]一樣，先畫出好幾幅作品再說，結果困擾馬上不見了。

新作是一幅摻雜天堂與地獄意象，虛無且混亂的畫，難道這不也是一種《神曲》嗎？我確認這是一種來自未來的靈感。而且我覺得有一種自己在創作諷刺繪畫的感覺。那就命名為「諷刺作煉金術」好了。

**二〇一六年十一月二十一日**

兩年後在都心的知名百貨公司裡會新開一間現代藝廊，居然會以我的個展作為開幕展？那還不如盡力蓋一間夠大的美術館。百貨公司的藝文空間怎麼看都像賣畫的地方，如果想介紹新人，就不要再找老人啦。

二〇一六年十一月二十二日

《東京新聞》專欄連載〈我的路〉結束，去向責任編輯道謝。有些連載作者會把自己的連載集結成書，我連載一百零五天總是停留在缺牙狀態，如果沒有裝活動假牙或固定假牙，是無法成書的。因為我打算不要死，就先把眼下繼續發生的事情都記錄下來再出書。

來廚房報到的本來只有資歷較長的流浪貓，今天來訪的是黑瓶子、多騰八扣與牠的新生兒三隻。我家還沒有收容難民的地方，自己去吃化緣用的飯飯吧。

二〇一六年十一月二十三日

聽說是入秋以來第二次強風。這樣說來凸版印刷的木枯先生也過世五十年了呀[174]。室內設計師內田繁[175]過世。倉俣史朗[176]走得太早，內田先生七十三歲也走得太早。我與倉俣一起設計過台北亞都大飯店的阿拉伯餐廳[177]，並為內田設計的博多某爵士俱樂部規畫擺飾。他們兩人現在都前往南方淨土了。

今天是勤勞感謝日。活到七老八十還能幹活，不得不心存感激。現在要挑戰新系列的第三幅畫。我要放棄既有的風格。話雖如此，沒有風格的風格，就是我的風格！光是這一點就是艱苦修行。我被緊追不捨的魑魅魍魎逼上一座白色獨木橋，搖搖晃晃地走在獨木橋上，腳下一邊是惡水一邊是烈火，這種充滿恐懼的快感帶我前往的彼岸，坐著阿彌陀佛[178]，我就是因為相信貝緹麗彩[179]會牽著我的手往前走，才會放膽去做的呀。

**二〇一六年十一月二十四日**

如同現實的夢，如同夢境的現實，硬要用「這是夢。這是現實」的方式逐一區別，又有多大意義呢？有意識與無意識，難分難捨地糾纏在一起。在日常生活中發現藝術，並在藝術中導入生活。我現在已經無法活在一種把夢境或異境從現實脫離出來的狀態。一個自稱與美國新總統當選人同姓的男人，在我從巴黎戴高樂機場回國的途中，突然跑過來向我提案一個有點可疑的委託，希望我參加一場在柏林舉行的國際展覽。他給我一張寫著電話的紙條，叫我有需要可以打電話給他。我有什麼需要？我生氣地問他：「這是怎麼回事？」

屋內聽得到窗外傳出歌舞伎用來模仿下雪的太鼓聲。黑輪睜大雙眼倚窗盼望的樣子充滿風雅。我看到院子裡的落葉裹著殘雪，美醜不分地呈現出一種盆景般的感覺。

**二〇一六年十一月二十五日**

十點半去畫室，發現一群松竹的人已經在那裡等我了。問他們「來幹嘛？」原來是要校對《家人真命苦2》的電影海報與片頭動畫。「我都忘得一乾二淨了。」兩邊一起「哈哈哈哈哈」。與鴻巢友季子為「翻譯問答」專欄進行對談。在《昴[180]》月刊的連載將收錄在鴻巢的對談集裡。先從巴布．狄倫的〈隨風而逝〉歌詞裡尋找語病，再慢慢發現歌詞原來不是我們想像的這樣那樣，並且逐漸被帶往語言背後的高尚次元。換言之就是從個人發展到個別的普遍性，以及從人發展到神人的世界。在我的胃裡，小鯛魚燒與巧克力正在融合。

義大利知名策展人弗朗切斯科·博納米[181]傳話，義大利某時尚品牌有意洽談合作，包括以視覺意象為主體的展覽與發行在內。這陣子海外的委託案不斷到來，覺得這些海外的案子來自未來世界。

**二〇一六年十一月二十六日**

三省堂成城店內部動線大幅修整。客人也因此減少許多。漫畫像大水一樣沖來，一般書籍分成更細並不見蹤影。我買了一本關於一朗的書與一本道元[182]的書，兩種書都與「道」有關。

**二〇一六年十一月二十七日**

深夜，黑輪又從外面叼小老鼠進來，像在托排球一樣把小老鼠往上拋再接住。太吵了我睡不著，便讀起自己寫的《我打算不要死》，越讀越有趣（笑），結果更睡不著。

山田導演來看我住所的外牆。只要在有點長的步道兩旁鋪滿白色石礫，再立起一座鳥居，紅色、粉紅色、白色與金色自然形成了神社的氣氛。我沒有打算蓋神社或城寨，只求透過繪畫得到一些變化的快感。這種閒暇餘興是可以驅魔的。

散步的時候遇到磯崎，他也問我：「那我可不可以去參觀一下？」於是就往我家走過去。如果能對他的文學創作帶來影響，他一定會更加瘋狂吧？他從以前得到最多影響的來源本來就是我呀。

**二〇一六年十一月二十八日**

去鎌倉拜訪李禹煥[183]。在佛寺與樹木零星佇立的屋舍間，焚香把人帶往寂滅的境地，在他的畫室裡，我豎起重聽的耳朵，傾聽李的藝術論。我們談論畫家的身體性與林布蘭的普遍性兩樣共通話題，時間不知不覺就過去了。李與我同年生，但在美工領域他是前輩。人家說時常活動筋骨是創意與健康的泉源，但他的風格卻讓人覺得源自於高度的無為精神。關於肉體時間與藝術時間的牴觸，收錄於對話集（軟銀創意新書）裡。

**二〇一六年十一月二十九日**

MIYAVI委託設計全球發行專輯CD封面。試聽的兩首單曲充滿了前衛風格的鄉愁，令我穿梭回搖滾的故鄉。

不知從哪裡冒出來的巧克力，分別是美國、俄羅斯、瑞士、比利時、法國製造。我一視同仁地送給來訪的客人（松竹、凸版印刷）。他們收到人情巧克力時，臉上有苦有樂的表情令人愉快。

**二〇一六年十一月三十日**

專注於聖保羅海報大展、義大利時裝秀專案、全版畫展、新版畫作品創作，激動的二〇一七年我難以避免地必須與世界同步。我得嘗試一邊袖手旁觀一邊慢慢從旁邊通過，避免被捲入時代洪流。

在中國發行的雜誌《知日》打算出一本YOKOO專題。他們是專門介紹日本文化的雜誌，過去曾經出過「貓」、「妖怪」、「鐵道」、「山口組」專題，前不久還推出CCC總裁增田宗昭[184]的專題，總共印了三十九刷，銷量超過十萬本。我的名字能與貓、妖怪、山口組擺在一起，成為百鬼夜行的伙伴之一，甚感榮幸。

翻譯赫曼．赫塞的德國文學專家岡田朝雄寄來問候信與赫曼．赫塞的書評介紹，以及他翻譯的《流浪者之歌》。我並不認識他，但他有八本譯著與一本散文書都是我的愛書，收到就覺得好像得到「赫塞親筆信」一樣感動。據說「不論在德國還是在日本，文學專家對赫塞的評價都不好」，但是專家的研究領域本來就很狹窄。

**二〇一六年十二月一日**

心頭湧現一股超色情的意象：京町子[185]身上被植入男性器，常常不聽她的使喚隨便鑽進自己的女性器進行交合，我把這樣的情景投影在乒乓球桌上，並且畫成一幅妄想畫。我做了這麼猥褻，簡直會被各界非難的妄想夢。

與神津善行一起去虎之門醫院。驗血驗尿的結果，數值高於以往，必須減少糖鹽與高熱量食物。只要一天補充五百毫升的水分就沒問題了。

與神津一起吃完牡蠣蕎麥麵，就去接受日本電視台節目「久米書店[186]」訪問。原本以為以前不認識久米宏[187]，他說：「其實當時您來過資生堂提供的『美麗時間[188]』。」但我毫無記憶。每天他都要迎接許多來賓，居然還記得這麼清楚。總之他的記憶力驚人，連我自己都不記得的事情，他都可以在流暢的對話之中逐一拋出，他的腦袋轉得太快太炫目，讓我的陣腳大亂。助理主持人壇蜜[189]，則是一個會帶來涼意，像空氣一樣的人。我讓「久米書店」幫我宣傳新書《我打算不要死》。雖然被迫朗讀內容，但我一下選不出段落，乾脆直接朗讀書腰上的內文字句，既節約能源又可以矇混過關。

**二〇一六年十二月二日**

晚上NHK教育台播出「團塊風格」，看了還是掉入自我憎惡的坑裡。一定會有人回應：當初別答應就好了呀！但是當時答應也意味著一種對非日常體驗的挑戰，所以錄影與播出在我來看是兩回事。節目結束的同時，瀨戶內師父打電話來：「我看了！你在電視上看起來很年輕，所以我打來跟你說一下。就這樣，下次見！」

**二〇一六年十二月三日**

三天前覺得有點拉肚子，現在不拉了但還有點不舒服，我感冒了嗎？如果只是感冒，只要像貓一樣動也不動自然會好，如果腹瀉症狀持續的話，喝OS-1[190]就會好。

**二〇一六年十二月四日**

住居外牆重新粉刷即將完成，粉刷的作業相當愉快，中間一想到就換個顏色。一開始本想漆成梵諦岡風格，中間又變成神社風格，完成的時候應該會變成龍宮吧？如果覺得只有自己家充滿幻想風格，就想把附近都漆得五顏六色。想必沒人願意。事實上我曾經參加過家鄉西脇市的城鎮再造計畫，拿出戰略構想圖向市長提案重新粉刷全市的建物，最後只得到「很厲害，蠻有趣的」之類回應，看不出實行的意願，但有一戶知名人家突然跑來自告奮勇：「請來我家吧！」如果發表總天然色[191]都市宣言，觀光客會從世界各地蜂擁而來。第一步就是先從自己家做起，結果大受好評。但是沒人想要仿效也是現狀。

**二〇一六年十二月五日**

在家鄉市中心有一座「廉價市場」，市場裡有一間服裝店。我看到店裡有套喜歡的西裝，連價格都不看，就拿出信用卡準備買下來。我想一套七十萬圓的西裝對我而言並不相稱，便走到市場內的管理處，要求換成其他東西，但是他們說貨既售出就不可退換，而且還要向我收一萬圓顧問費。我本來還為自己的一時糊塗感到後悔，結果在恰到好處的時間點醒來。這一瞬間感到自己被夢中的陰德解救，不由得產生感謝生命的心情。活在日夜間的虛實之間，讓我的人生時樂時憂。

《生活手帖[192]》雜誌來訪，詢問關於花森安治的故事。這本雜誌從我小時候就有了，但類似這種解剖生活的雜誌，不管從道德上還是倫理上，我從來沒喜歡過，也就沒當一回事。我不關心的雜誌會來訪問我，不知何故讓我內心產生動搖。在我回答的時候，才發現我現在的作品缺乏生活感。然而我的生活需要的是藝術的狂野。

義大利某時尚品牌來委託我和他們合作，講得神祕兮兮的，「某」是多大的名堂呢？是企業機密嗎？答案揭曉，是「范倫鐵諾」。咦？這麼厲害？他們委託我主導一個從各種商品設計、發表會到櫥窗裝飾的綜合專案。好歹像一個拉丁人一樣，正大光明地自報家門好不好？

**二〇一六年十二月六日**

雖然是晴天，卻飽受刺骨寒風驚嚇。

為調整心情，打了一瓶點滴。在點滴的一小時之間，我看看畫集，假裝放空，想像自己是一個生化人，所以覺得自在。

小野洋子依照慣例寄來了歲末福袋（雖然是用托特包裝的）。袋子裡有三張CD、一件T恤，還有約翰的豪華月曆。洋子是我畫作的主要藏家之一。

**二〇一六年十二月七日**

中國雜誌《知日》上門專訪。非常優秀的記者。不只是日本，外國採訪記者幾乎都是女性。男性思考的點子往往一步也離不開書房，女性卻具有一種從肉體與生理出點子的知性，並且引出受訪者的動物本能。這種場合總是有一個不是自我的自我從我身上噴出，就像是在家鄉的山中小徑奔跑一樣暢快。換言之就是回歸兒童狀態。

傍晚，身上還流動著點滴帶來的能量，我前往很久沒造訪的《朝日新聞》書評委員會。大家都對我說：「好久不見。」這麼久沒和大家見面，應該也是重聽惹的禍。人們說話的聲音，都像是一整團物體朝我丟來，我只聽得到「隆隆」作響。笑聲之類的聲音變得巨大，讓我感到空間出現裂痕對我嘲笑。結果書評對象只剩下一本書。反正這樣也已經夠了。

**二〇一六年十二月八日**

平林從神戶把借展的作品帶回來。她順便帶來一套滾石合唱團的運動服與一盒茶點。她每次來時挑禮物都挑得很精明，真是個心有餘力的人呀。從長崎開完廢核會議回東京的山田導演突然跑來找我。他說明天要去北京參觀《家人真命苦》中國版的拍片現場。對於無法再出國旅行的我而言，八十五歲的山田導演還有這麼強的行動力，我十分感慨。

晚上看租來的《泰山傳奇》DVD。因為是沒有字幕的配音版，我百分之百聽不到。沒有那種哀傷的吼聲，穿著緊身長褲的泰山、像蜘蛛人一樣穿梭在電腦動畫的世界裡，反而把原始世界變成了一種超文明。

**二〇一六年十二月九日**

在《BRUTUS》雜誌上連載四回以八字頭年齡讀者為訴求對象，描述怎麼活過這八十年的文章。原來如此，我的人生到頭來還是只能以「隨遇而安」描述呀。一個沒當成郵務人員的平面設計師，然後平面設計做膩了就改行當畫家，這些都是隨遇而安，接下來的進展能不能一樣地隨遇而安呢？仔細想想，這些都是挑戰命運失敗的結果，我也找不出挑戰的必然性。所謂的隨遇而安，就像是沒有航海圖就直接把船開往大海，雖面臨觸礁或沉船的危險，但航海本身不也是種隨遇而安的過程嗎？所以我才總是以一種沒有成就感的狀態，讓一切在未完結的狀態下完成。人就是誕生於未完結的狀態，在未完結的狀態下活著，並在未完結狀態下死去。這樣也就夠了。

**二〇一六年十二月十日**

豐島橫尾館[193]的福武（美津子）寄來豐島蜜柑。

**二〇一六年十二月十一日**

與《朝日新聞》的依田一起去增田屋→凮月堂。無所不說地聊了三個鐘頭之久。籌備以來總是狼狽不堪的奧運會，到底還開不開得成？把奧運會徽[194]底下的一個小方塊拿掉，就會掉進像帕運會徽中間一樣的空洞，在底下堆積一堆方塊[195]。看到這兩個會徽，就可預感出一種不祥的暗示。

晚上用DVD播放器看卓別林《馬戲團》。卓別林走鋼索場面的編排與演技足以獲得諾貝爾獎。永久保存！

二〇一六年十二月十二日

凸版印刷富岡與金子[196]來訪。他們來委託我製作一個大阪博覽會纖維館的模型。金子對我設計的纖維館非常有興趣，還收藏了只有相關人士才能取得的纖維館資料。他們計劃明年秋天在龐畢度中心梅斯分館[197]舉行建築展，展出纖維展的海報與其他資料，所以想要展出一個纖維館的模型。金子還送我一本一九七六年威尼斯雙年展設計五人展時發行的畫冊，這本畫冊非常貴重，在日本藝術圈可能還沒人收藏。

最近出的書《橫尾狂熱主義 Vol. 1[198]》已經在二十天前上市，結果作者自己都還沒收到樣書。以前從沒發生過。問我生不生氣，我還覺得這家出版社不負責任，蠻橫到極點。我跟幫我在書裡寫解說的平野啟一郎提起這件事，他很驚訝地說：「我從沒聽過這種事。」

二〇一六年十二月十三日

黑輪這小子又在三更半夜叼一隻老鼠在床上玩來玩去。我被吵醒了！真是不舒服！這就是現實的惡夢。

討論三宅一生明年巴黎秋冬裝發表會的邀請函設計。主題是極光。我以前曾經在飛機上連續看了四個鐘頭的北極光。我在看到極光以前，就畫過極光的畫，所以就好好利用一番。

到了歲末年終的季節，就會收到各種禮物。大半是食品類，裡頭可能還有令人「咦？」的禮品，畢竟還是出自善意。我之前忘了聽誰說過，如果抱怨禮物，會錯失好運。感謝，感激，感動。

讀完《菜根譚》就察覺到身體也需要修養，就去按摩。

**二〇一六年十二月十四日**

京都某料亭裡，六〇年代的前衛藝術家齊聚一堂。找來的特別來賓是都春美199。據說淺丘琉璃子與吉永小百合晚點也會到場。因為宴會在另一個場地舉辦，大家就一起前往玄關。沒有我的鞋子。中居說：「我去買。」於是跑去便利商店。我的鞋子是從義大利買回來的，所以便利商店不會賣。

今天下雨，距離上次下雨已經好久了。我不討厭在下雨天散步。雨天可以穿雨鞋出門，我就開心。某某雜誌（名字我想不起來）來訪。來詢問關於《我打算不要死》的雜誌社已經超過十家。創作到傍晚。心想著不是這樣，也不是那樣，畫筆與心情都搖擺不定，但畫的內容還是看不到最後著地點。以前常常被人說「你畫的畫不夠格成為藝術」，現在還是一樣全心全意地不正經，想著如何擺脫藝術性。

睡不著的晚上，讀《菜根譚》比喜利得工具或安眠藥更有效。

**二〇一六年十二月十五日**

整晚與陌生人在一起，最後散開時仍未自我介紹。

《岐阜新聞》來訪，詢問我的八〇年代回憶。我才想起自己八〇年代轉行當畫家以後，就開始在世界各地跑來跑去。該不會是為了明年秋天我在由日比野克彥200擔任館長的岐阜縣立美術館

「八〇年展」預先採訪吧？

創作到傍晚。才想該怎麼做，不知不覺也產生一個方向出來。問題解決之道有好幾個方向。不管選哪一條走，都是自己的畫作。

因為明天要去神戶，傍晚去洗了頭。

**二〇一六年十二月十六日**

與妻子、德永一起搭英[201]的車去新橫濱車站。

下午與橫尾忠則現代美術館包括館長在內的數十人一起開綜合會議。散會後舉行「歡迎光臨！橫尾溫泉鄉」展的記者會。井戶知事依照慣例在開幕典禮上吟詠祝詞：「縱橫遨遊，找遍山谷與稜線，直至祕境，夢想於溫泉源流地飛馳。」

本次同樣有十餘名同學從西脇趕來。全員八十歲。全員活力充沛。全員隱居。全員白髮。全員樂天知命。全員已婚。全員操西脇口音。

晚餐在東天閣吃中華料理。以前總是在蓑館長致詞結束後，大家就靜靜地用餐，但今天館長去東京而缺席，晚餐就變得很熱鬧。橫尾忠則現代美術館首先為獲得米其林綠色指南[202]★評價乾杯。★的評價與國立西洋美術館同等，大家都很開心。

在大倉酒店與來自大阪的定本同學與西脇的民岡同學（兩人都是學校同屆）一起聊到十點半。與兩人在住在同酒店。

**二〇一六年十二月十七日**

在酒店與定本同學、民岡同學吃過早餐後話別，回到東京。
昨天自己看家的黑輪看到我們回家，就興高采烈起來：「你們回來了！」但是也許是因為我們放牠不管的關係，身上有股尿味。我在畫室裡只工作了兩小時。

**二〇一六年十二月十八日**

這是一個充滿殺伐之氣的世道。戰爭的腳步聲不知從何處傳來。街上處處可見的海報盡是鼓舞士氣的內容。如果不是未來的預言夢也就算了。
昨天本來打算從神戶打電話給瀨戶內師父，結果沒有打通，所以今天她打過來。她還是那句老話：「我已經不想活那麼久了呀。」不一直想著怎麼活怎麼活，最棒了！

**二〇一六年十二月十九日**

鷲田清一[203]在《朝日新聞》的專欄〈偶發小語〉上提到我說過的話。「做過多少次的『次數』其實比行為的時間重要。」如有人問這怎麼說，我會說因為我天生容易感到膩，所以重視對新事物的不斷嘗試，並且盡想到自己已經八十歲之類以時間衡量的事情。如果以人生衡量時間，就會從事類似終活之類的行為。我沒有太多時間，但有很多套票。
佐藤愛子老師要來，所以我必須清理我的畫室迎接她。九十三歲的佐藤老師，為什麼看起來還是那麼年輕？「大概是因為我平常我行我素慣了。」提到我行我素，我也不遜色。「我第一次見到你，還以為你單身呢。」那時候我才七十幾歲呢。「你看起來根本不像有老婆小孩的樣子。」是這樣呀？這樣說來我的生活感說不定很稀薄。在生活裡找出藝術的技術，明明應該是藝術才對。今天花了整整八小時的時間，神遊佐藤老師的世界。不知何故有種一見如故的靈魂親和感。在訪客留言本上得到一句：「讓我們在那個世界手牽手一起玩吧。」

二〇一六年十二月二十日

穗村弘與編輯中川千尋來訪。他們正在策畫用美美204的插畫出一本繪本。穗村的文章有一種魔力，近乎繪畫。

范倫鐵諾日本分公司氏原千佳子來訪。他們想要重新組合我在六〇至七〇年代的圖像，作為個人訂做套裝的圖案，並且委託我設計時裝秀的美術（空間裝置）與櫥窗。這是義大利的工作。

二〇一六年十二月二十一日

ggg藝廊的北澤帶了明年月曆與昆布乾來訪。

岡部版畫工房的牧島送來很多蔬菜，並討論新版畫創作事宜。

電視節目畫面裡突然出現以之字形航線飛行的幽浮。因為是有趣的現象，就以紅筆寫在日記本上。在夢裡寫夢日記。

二〇一六年十二月二十二日

與山田洋次導演的對談，主題本來是高齡期創作的幸福感之類，最後全都在聊中國電影界的現狀、荷多羅夫斯基的電影、松竹電影的雨都是小雨，東寶電影的雨都像黑澤明電影一樣大，從電影的下雨場面去看電影公司的作風，山田導演一開口還是不離電影。

二〇一六年十二月二十三日

與家人一起在調布的東京現像所[205]觀看《家人真命苦 2》試映。很久沒有聽小林稔侍提高倉健的往事了。我與稔侍的共通話題，到頭來還是高倉健。他跟我說：健哥有一天感受到自己需要一些生活感，就一個人去坐地下鐵，於是從銀座上車。稔侍先搭車去青山的地鐵站出口等他，健哥就滿頭大汗，像一隻落荒而逃的鴿子一樣從樓梯衝出來。《家人真命苦 2》說的是稔侍死掉的故事，電影後半他的演出只有假裝屍體，這種缺席感反而成為整部片的核心。電影放完。坐在隔壁的稔侍看起來怎麼覺得像鬼。

**二〇一六年十二月二十四日**

在路邊畫畫，路過的高中生就鼓勵我：「請繼續加油，不要受任何人的影響。」

富山縣立近代美術館預定舉辦屋島主題聯展。片岸（昭二）離職後，由學藝員及川擔任我的責任學藝員，我就說我有一幅一百號的畫。結果一醒來發現我在現實世界沒有一百號[206]的畫，館方也沒有人姓及川。夢到底是誰的創作？夢常常說謊。

冬至過了。是不是我的錯覺？每一天的時間比以前更長了。創作的時數也增加了。

**二〇一六年十二月二十五日**

沒有夢的日子就像是去電影院看電影，從開始睡到散場一樣。以前幫一部法國片《藍白紅三部曲》設計海報，一進試映室坐下，就遭睡魔侵襲。當我醒來時，演職員表已經由下往上冒出來了。本來還以為這片子一開始就打出片尾字幕？結果抬頭一看，試映室的燈已經亮了，觀眾也陸陸續續離場。結果我在沒看本片的情況下完成海報的設計。

山田導演上次來是傍晚時分，就說希望白天可以再看看我家外牆的顏色，於是今天來看。難道我就不能把成城的房子漆成五顏六色的嗎？

趁太陽還沒下山，我想去公園涼亭寫岩波文庫〈我的三本書〉特刊的推薦文，但是太陽一下山就變好冷。一回到畫室，太陽還在天上，夕陽照進房裡。我這才明白畫室有一個角落是高台。

晚上看錄影存檔的全國高中長途接力賽跑。我的母校西脇工業本來常常奪冠，最近都不行了。

**二〇一六年十二月二十六日**

在醒來同時被作畫靈感帶來啟示還是什麼能量刺激全身。本以為「這個點子一定行得通」，但是「信不信由你！」

《天然生活[207]》來訪，詢問《我打算不要死》。《我打算不要死》就是天然生活的實踐。

**二〇一六年十二月二十七日**

今年頭一次前一年底就開始寫賀年明信片。這也是生活的一部分。

請來造園師傅整理院子。師傅告訴我在禪寺裡，整頓環境就是心靈淨化。

**二〇一六年十二月二十八日**

六點起床。鼻水沒停過。在被窩裡看《大衛．鮑伊訪談集[208]》。想要成為超級巨星這件事，也是一種與死亡的合約。

為《週刊ＮＹ生活》寫不定期連載隨筆文，並且寄到紐約。

繼續畫昨天的畫。化成了自己不認得的畫。以前畫家元永定正[209]曾經罵我：「你有精神分裂症嗎？你的畫風根本歪七扭八！」這樣嗎？你的意思是沒有固定風格就是一種病？

去 Jeans Mate 買了一雙手套。六百六十圓。

**二〇一六年十二月二十九日**

坐在電車上，突然感到激烈的橫向搖晃。有人大叫：「地震！」如果真的危險，列車應該會停下來。好像還在搖，在夢裡也能體驗身體感覺。

才準備進入元旦連假，街上的行人都不見了，聲音也消失。沒有聲音的世界，就是重聽的世界。如果隨心所欲地畫，就會畫出一幅作者不明的畫作。如果自己畫一畫就消失了也好。

**二〇一六年十二月三十日**

住處近到騎腳踏車就可以來我家的依田來我畫室。叫我明年繼續在《朝日新聞》上寫書評。每次都來說再寫一年、再寫一年，已經七年了。

**二〇一六年十二月三十一日**

從那件事發生以來已經滿一年。去年除夕日，我在家滑了一跤，摔斷一隻腳。元旦連假醫院休息還不能入院，只要一想到去年除夕與今年元旦昏天暗地，今年也就露出滿意的笑。

照例每年最後一天都要與 SEZON 現代美術館的難波一邊吃飯，一邊總結今年這一年。

031 美容院 nico Picabia：位於世田谷區成城。

032 增田屋：成城的蕎麥麵店。

033 房俊介（西元一九八四年至今）：山田洋次弟子，曾以書僮身分在山田家裡住過五年，擔任其電影製作助理、編劇助理、製片等職。

034《家人真命苦》（家族はつらいよ，台灣串流及家用媒體片名《家族真命苦》）：山田洋次從《男人真命苦 寅次郎紅之花》（西元一九九六年）以來首部家庭喜劇片，探討平成時代的家庭問題，系列共三集。

035 心齋橋：大阪市中央區的商店街，全長五百八十公尺。

036 稻田魚：又名日本青鱂（音同昌）、魚目娘、米鱂、彈魚，淡水魚，體長四公分左右，生後七週可繁衍後代，可在鹽度高水域或溫泉生存，會吃孑孓。

037 鈴木一朗（西元一九七三年至今）：前日本、美國職棒安打王。當時隸屬於邁阿密馬林魚隊（Miami Marlins）。

038 彼得・羅斯（Peter Rose，西元一九四一至二〇二四年）：前辛辛那提紅人隊（Cincinatti Reds）球員、教練，因簽賭問題被大聯盟永久除名，但因球員時代表現而被列入紅人隊名人堂。

039 當時的東京都知事舛添要一於六月十五日向東京都議會提出辭呈，都知事選舉於七月三十一日舉行。

040 路易斯・威格登（Louis Vigden）：菸商，藝術藏家。

041 高倉健（西元一九三一至二〇一四年）：日本性格演員，一九六〇年代以東映製片廠的多部江湖片系列聞名，七〇年代後轉戰文藝路線，並主演多部好萊塢片。

042 亨利・瓦倫丁・米勒（Henry Valentine Miller，西元一八九一至一九八〇年）：美國半自傳體小說家，多部小說曾因露骨的性描寫在美國被禁。生平結婚五次均以離婚收場，一九六七年與最後一任妻子日本爵士歌手霍琪・德田（Hoki Tokuda）結婚，隔年在日本舉辦水彩畫展，海報與專刊由橫尾設計。

043 成城阿爾卑斯（成城アルプス）：西點蛋糕咖啡店。

044 成城的家庭式中華料理。

045 三省堂書店位於成城小田急 Corty 商場的分店。

046：東大本鄉校區位於本鄉通側的側門，興建於西元一八二七（文政十）年，原來是加賀藩主把女兒嫁給幕府將軍時興建的御守殿門，也是日本僅存的同型建築物（重要文化財）。西元一八七七（明治十）年東京大學醫學院用作正門，成為東京大學的象徵。

047 瀧澤直己（西元一九六〇年至今）：前三宅一生創意總監，離職後創立自有品牌 NAOKI TAKIZAWA，並擔任成衣品牌 UNIQLO 設計總監。

048 天野祐吉（西元一九三三至二〇一三年）：《廣告批評》月刊社長。

049 島森路子（西元一九四七至二〇一三年）：《廣告批評》共同創辦人，第二代發行人暨主編。

050 服部一成（西元一九六四年至今）：美術指導，平面設計師，多摩美術大學教授。

051 隈研吾（西元一九五四年至今）：木造建築大師、工藝設計師，台灣、香港均有其作品。

052 廣川泰士（西元一九五〇年至今）：國際級攝影大師，攝影作品被世界多家美術館納入館藏。

053 小野洋子（Yoko Ono，西元一九三三年至今）：前衛藝術家。二十世紀大眾文化象徵之一。長久以來被搖滾迷視為披頭四樂團解散元凶。

054 宇野亞喜良（Aquirax，西元一九三四年至今）：日本插畫家、設計師，曾擔任寺山修司（西元一九三五至八三年）多齣舞台劇美術及海報設計，並與橫尾合作。

055 加橋克己（加橋かつみ，西元一九四八年至今）：前日本偶像歌謠曲樂團 The Tigers 主唱兼吉他手，橫尾的音樂界好友之一。

056 凮月堂：「凮」為「風」之異體字。十八世紀中期創業的和菓子與西點店，現存上野、東京、神戶三大系列。

057 鴻巢友季子（西元一九六三年至今）：英文譯者，隨筆作家。

058 埃德加．愛倫．坡（Edgard Allan Poe，西元一八〇九至四九年）：美國懸疑小說家。

059 〈威廉．威爾森〉（William Wilson，西元一八三九年）：短篇小說，描述同名主角與數個同名同姓、同日出生的死對頭周旋。

060 宝田明（西元一九三四至二〇二二年）：東寶製片廠長青樹小生，自從擔任《哥吉拉》（ゴジラ，西元一九五四年）人類男主角以來，共演出七部續集。

061 司葉子（西元一九三四年至今）：東寶製片廠頭牌清純派女星，曾主演小津安二郎《秋日和》（西元一九六〇年）、黑澤明《大鏢客》（用心棒，一九六一年）、成瀨巳喜男遺作《亂雲》（乱れ雲，一九六七年）、小林正樹《奪命劍》（上意討ち 拝領妻始末，一九六七年）等片。

062 星由里子（西元一九四三至二〇一八年）：東寶製片廠女星，代表作為音樂片《若大將》系列，並與寶田共演《魔斯拉對哥吉拉》（モスラ対ゴジラ，西元一九六四年）等東寶大片。

063 喬吉奧．德．奇里訶（Giorgio De Chirico，西元一八八八至一九七八年）：義大利形而上藝術大師。

064 馬克．夏卡爾（Marc Chagall，西元一八八七至一九八五年）：以描繪兩任愛妻著名的「愛之畫家」。

065 迪亞哥．羅德里蓋茲．迪．席爾瓦．委拉斯開茲（Diego Rodríguez De Silva Y Velázquez，西元一五九九至一六六〇年）：西班牙巴洛克時期畫家，十九世紀初拿破崙入侵西班牙後才被重視。

066 永六輔（西元一九三三至二〇一六年）：知名編劇、作詞家，歌詞代表作為坂本九的成名曲〈昂首向前走〉（上を向いて歩こう，西元一九六一年，日本第一首美國排行冠軍曲）。

067 山田風太郎（西元一九二二至二〇〇一年）：日本大眾小說大師，擅長忍者、時代劇與推理故事，代表作為《甲賀忍法帖》、《魔界轉生》等。

068維拉諾海報美術館（Muzeum Plakatu W Wilanowie）：位於波蘭華沙維拉諾宮（Palac W Wilanowie）內的國立博物館，成立於西元一九六八年，係世界最早海報博物館。

069梅原龍三郎（西元一八八八至一九八六年）：日本西洋畫大師，藝術院院士。西元一九〇九年於巴黎師事雷諾瓦後歸國，一九一四年於日本與多位藝術家共同成立民間美術團體「二科會」。

070「粉紅色女孩」（ピンクガールズ）系列：橫尾跨足當代藝術圈一鳴驚人的連作，共通符號為目瞪口呆的女性正面表情。

071海洋日：七月第三個星期一。

072小山英夫：時裝插畫家。西元二〇二三年病逝。

073灘本唯人（西元一九二六至二〇一六年）：東京插畫家協會創辦人。

074《一個都不留》（And Then There Were None，西元一九三九年）：推理女王阿嘉莎．克莉絲蒂（Agatha Christie，西元一八九〇至一九七六年）的代表作。

075《不需話語》（言葉を離れる）：發行於西元二〇一五年的隨筆集，二〇二〇年由講談社重新發行文庫版。

076貝原益軒（西元一六三〇至一七一四年）：本名篤信，號損軒，晚年改號益軒。福岡藩醫，精通本草學與朱子學。

077《力加特港的房子》（ポルト・リガトの館）：文藝春秋社，西元二〇一〇年發行，收錄三篇中篇魔幻寫實小說。

078磯崎新（西元一九三一至二〇二二年）：後現代建築大師，威尼斯雙年展金獅獎、普立茲克獎得主，英國皇家建築院榮譽院士。橫尾位於成城畫室的設計者。

079梅原猛（西元一九二五至二〇一九年）：京都學派代表學者，存在主義哲學家，前京都藝術大學校長、名譽教授，前日本筆會主席，曾為「超級歌舞伎」、「超級能」擔任編劇。文化勳章得主。

080《週刊 playboy》（週刊プレーボ～イ）：集英社發行成年男性向娛樂雜誌。後來推出的《月刊 playboy》為美國 playboy 正式授權日文版。

081寄席：表演落語（單口相聲）、漫才（對口相聲）、漫談（站立喜劇）等傳統曲藝或雜技的場地。

082三遊亭圓朝：東京落語家名號，第一代活躍於幕末至明治前期，將落語提升至文學層次。第二代被贈予名號後未曾登台即病逝，名號即空懸至今，然而弟子組成的「三遊派」至今仍為江戶落語主流。

083都倉俊一（西元一九四八年至今）：玉女紅星山口百惠、偶像重唱組合「粉紅淑女」等藝人成名曲的作曲者。

084千代の富士貢（西元一九五五至二〇一六年）：昭和最後一個橫綱（相撲全國冠軍），西元一九九二（平成四）年引退後成為相撲教練。

085刺繡兜襠布（化粧廻し）：大相撲比賽之前，關取級（十兩與幕內的前頭、小結、關脇、大關、橫綱五順位總稱）選手進場，或橫綱持弓儀式穿著的高級兜襠布（早年直接穿上擂台），通常由贊助者提供，前垂布面上的圖樣，在二戰後發展成為各種廣告版面。

086 土屋嘉男（西元一九二七至二〇一七年）：影視劇場演員，曾主演黑澤明《七武士》（西元一九五四年）、科幻片《地球防衛軍》（一九五七年）與哥吉拉系列《怪獸大戰爭》（一九六五年）的反派外星人。

087 成相肇（西元一九七九年至今）：策展人、藝評家，現任東京國立近代美術館主任研究員。

088 細野晴臣（西元一九四七年至今）：奠定「日語搖滾」典範的樂團 happy End（はっぴいえんど）與日本第一支國際級電子搖滾團體 yellow Magic Orchestra 成員，成立自有廠牌並擔任專輯與配樂製作，是日本流行音樂界國寶級人物。

089 藤田嗣治（Léonard Tsuguharu Foujita，西元一八八六至一九六八年）：留法洋畫與雕塑家。一戰後轟動法國，「巴黎派」兩位日本代表之一，畫作融入日本畫技法，擅於畫貓與乳白色的女性肌膚。一九三三年歸國，二戰期間以陸軍從軍畫家身分繪製戰爭畫，戰後被盟軍與日本藝壇圍剿，晚年歸化法籍。

090 田島照久（西元一九四九年至今）：平面設計師、攝影師，日本商用電腦繪圖先驅，早年任職 cbs Sony 唱片美工部門期間，大膽啟用橫尾拼貼畫作，推出卡洛斯・山塔納（Carlos Santana）的現場錄音《蓮花》（Lotus，西元一九七三年）與爵士小號手邁爾士・戴維斯（Miles Davis）大阪現場錄音《阿嘉塔》（Aghartha，一九七五年）等經典封套。田島本人負責邁爾士《阿嘉塔》同一天另一場演出《潘格亞》（Pangaea，一九七六年發行）的平面設計。

091 佐藤愛子（西元一九二三年至今）：直木賞、菊池寬賞、紫式部文學賞得獎小說家，以毒舌聞名。

092 五木寬之（西元一九三二年至今）：作詞者，暢銷小說家，泉鏡花文學賞評審（橫尾曾以小說《藍色樂園》〔ぶるうらんど，西元二〇〇八年〕獲得第三十六屆泉鏡花賞）。

093 盂蘭盆節：融合佛教與神道教儀式的節日。日本廢除陰曆後，以陽曆八月十五日為祭祖掃墓之日，後來發展成連休，許多神社晚上也會舉行祭典「盂蘭盆會」。

094 蒙福聖母馬利亞榮光日（Assumption Of Mary）。

095《Uomo》：集英社發行的男性時尚月刊，訴求對象為「四十開外」的男性。每月二十四日發行。

096 林良二：賽馬、釣魚專門書籍出版業者「三賢社」創辦人。

097 糸井重里（西元一九四八年至今）：日本廣告文案教父，流行歌作詞家，暢銷書作家，編劇，家用電玩遊戲創作者，備忘錄品牌「Hobonichi 手帳」老闆。糸井與橫尾交友已久，西元二〇二一年於東京舉辦聯展，並發行對談集。

098 大上朝美：《朝日新聞》資深藝文主編，西元二〇一八年退休。

099 ggg：大日本印刷株式會社（現 dnp）經營的平面設計主題藝廊，西元一九八六年開幕。

100 北澤永志：Dnp 文化基金會策展人。

101疑為廣告導演最首英也。

102亨利・朱利安・費利・盧梭（Henri Julien Flix Rousseau，西元一八四四至一九一〇年）：法國樸素派畫家，公職退休後才全心投入繪畫，擅長描繪充滿陰影的幻想叢林。

103橋爪功（西元一九四一年至今）：影視及劇場演員，榮獲四座日本金像獎。

104車寅次郎：《男人真命苦》全五十部電影主角，流浪日本的叫賣師，前四十八集由渥美清（西元一九二八至九六年）飾演，渥美死後推出的最後兩集（外傳），所有寅次郎出現的鏡頭出自前四十八集片段或電腦合成。

105吉永小百合（西元一九四五年至今）：日本昭和時代傳說級清純派玉女紅星。

106《我打算不要死》（死なないつもり）：台灣版書名《人生唯一不變的就是變：橫尾忠則的快人快語》，陳嫻若譯，時報出版，西元二〇一八年九月。

107塚田美紀：世田谷美術館學藝員。

108馬努埃爾・阿瓦雷茲・布拉佛（Manuel Ivarez-Bravo：西元一九〇二至二〇〇二年）：墨西哥攝影巨匠。

109曼陀羅山寂庵：天台宗佛寺，瀨戶內寂聽宅邸，文化財。

110小林稔侍（西元一九四一年至今）：知名反派配角，轉型扮演慈父廣受歡迎，並成為山田洋次晚期固定班底。曾演出侯孝賢唯一日語片《珈琲時光》（西元二〇〇四年）。

111伊藤正幸（いとうせいこう，西元一九六一年至今）：日本饒舌歌手，全方位藝人，作家。

112亞利安卓・荷多羅夫斯基・普魯楊斯基（Alejandro Jodorowsky Prullansky，西元一九二九年至今）：智利神祕主義邪典片導演。

113森英惠（西元一九二六至二〇二二年）：國際時裝設計大師，西元二〇一二年兼任雕刻之森與美之原高原（長野縣上田市）兩座美術館館長。

114大江健三郎（西元一九三五至二〇二三年）：川端康成以來日本第二位諾貝爾文學獎得主（西元一九九四年）。

115岡本太郎（西元一九一一至九六年）：日本抽象藝術大師，代表作為西元一九七〇年大阪世界博覽會主題雕塑「太陽之塔」。讚賞橫尾的才華。名言：「藝術就是爆炸！」

116「Pop Art, Mon Amour」：二〇一六年九月至二〇一七年四月於瑞士西部伊韋爾東萊班（Yverdon-Les-Bains）幻想美術館（Maison D'ailleurs）展出。

117西元二〇一五年底。

118津輕：位於日本東北的青森縣。

119川西浩史：以紐約蘇活區為據點的版畫家。

120坪內祐三（西元一九五八至二〇二〇年）：散文家、評論家。

121三島由紀夫賞：發行《三島由紀夫全集》的新潮社為紀念三島生前貢獻，於西元一九八七年設立，翌年頒發第一屆。

122 日本資深影評人，前東大校長蓮實重彥。得獎作《伯爵夫人》是他的第二本小說，但本人抗議評審不把獎頒給年輕人。

123 島田紳助（西元一九五六年至今）：前吉本興業喜劇藝人，西元二〇一一年因爆發與幫派關係密切而被迫完全退出演藝圈。

124 紺綬褒章：內閣府頒贈給公益捐款功績顯著個人或團體的褒揚獎章。

125 成城的西點喫茶店。

126《假畫大師》（Art And Craft，西元二〇一四年）：描述專畫假畫的畫家馬克・藍迪斯（Mark Landis）如何把自己的偽作賣給藝廊。

127 南雄介（西元一九六九年至今）：東京國立新美術館副館長兼主任學藝員。

128《一覺醒來變成畢卡索》（Autoportrait D'un Faussaire，日版西元二〇一六年發行，鳥取絹子譯）：法國天才偽作畫家基伊・利貝（Guy Ribes）自傳。

129 藤井亞紀：東京都現代美術館學藝員。

130 日本國會議事堂中央高塔，高度約六十五公尺。

131 成城石井：連鎖精品超市。

132 高倉健展：性格演員高倉健回顧展，除展出電影海報劇照、個人物品以外，也邀請橫尾與攝影家森山大道提供作品。西元二〇一六年十一月十九日至二〇一七年一月十五日。參觀採完全預約制。

133《論老年》（Cato Maior De Senectute）：古羅馬政治家・哲學家西賽羅（Marcus Tillius Cicero，西元前一〇六至四三年）晚年著作，由自身與晚輩的對話構成。

134《斐多篇》（Phaedon）：又名《裴洞篇》，古希臘哲學家柏拉圖以蘇格拉底弟子斐多為主角寫成，辯證靈魂與肉體的關係。

135 內田百閒（西元一八八九至一九七一年）：夏目漱石門人之一，擅長噩夢般的幻想。黑澤明導演遺作《一代鮮師》（まあだだよ，西元一九九三年）描述百閒在辭去法政大學德語講師職務後，繼續與學生交流的故事。

136 久里洋二（西元一九二八年至今）：動畫短片大師，曾於歐美、紐約當代館舉辦個展。

137《怪人二十面相》：推理小說家江戶川亂步（西元一八九四至一九六五年）於西元一九三六（昭和十一）年首度於少年雜誌上連載之推理小說系列反派，主角明智小五郎與弟子小林負責解謎。

138 辻村深月（西元一九八〇年至今）：女性懸疑小說家，直木賞得主。

139 森村泰昌（西元一九五一年至今）：擅長將自己照片嵌入世界名畫的「自畫像藝術家」。

140 酒井忠康（西元一九四一年至今）：藝評人，前神奈川縣近代美術館學藝員、館長，東京世田谷美術館館長。

141 齋藤寅次郎（西元一九〇五至八二年）：電影導演，執導喜劇超過兩百部，人稱「喜劇之神」。

142 高勢實乘（西元一八九七至一九四七年）：新劇嚴肅角色轉行電影喜劇演員，後來以模仿「勞萊哈台」的瘦子「勞萊」轟動日本。

143 雷內・馬格利特（Ren Magritte，西元一八九八至一九六七年）：比利時超現實畫家。

144 谷內六郎（西元一九二一至八一年）：樸素派畫家，西元一九五六年《週刊新潮》創刊以來，共繪製一千三百三十六幅封面畫。一九七五年在神奈川縣橫須賀市成立自己的畫室。

145 山下清（西元一九二二至七一年）：幼年因病損害智能與語言能力，進入啟智學校展現藝術天分被發掘，十八歲開始浪跡天涯，被稱為「赤裸大將」或「日本梵谷」。畫作特色是視覺記憶的重現度極高。

146 岸朝子（西元一九二三至二〇一五年）：女子營養大學食譜雜誌《營養與料理》（ 養と料理）資深主編，料理研究家，富士電視台廚藝競賽節目「鐵人料理」評審之一。

147 辛蒂・雪曼（Cindy Sherman，西元一九五四年至今）：美國攝影師，代表作多為自拍肖像。

148 金子兜太（西元一九一九至二〇一八年）：前衛俳句家。

149 和田惠美（ワダ・エミ，西元一九三七至二〇二一年）：戲服設計大師，曾因黑澤明的《亂》榮獲奧斯卡最佳服裝設計獎。

150 柳根澤（Yoo Geun-Taek，西元一九六五年至今）：結合韓國傳統繪畫筆法與抽象表現的畫家。

151 寒山拾得：唐天台宗兩禪師，與拾得師父豐干一起住在天台山國清寺，人稱「國清三隱」，寒山拾得後來雲遊四海，民間相傳是文殊菩薩與普賢菩薩的化身。

152 中西夏之（西元一九三五至二〇一六年）：前衛畫家，行為藝術家。

153 高松次郎（西元一九三六至九八年）：觀念藝術家。

154 赤瀨川原平（西元一九三七至二〇一四年）：前衛藝術家，作家，路上觀察「超藝術托馬森」理論提倡者。

155 高・赤・中（High Red Center）：以高松、赤瀨川、中西三人為中心，於西元一九六三年成立的行為藝術團體，在東京都內各處進行游擊式展演。

156 日本民間傳說，一個老翁從陷阱救起一頭鶴，鶴化身成為美女，以自身羽毛織成衣服贈與老翁後飛走。一說主張「白鶴報恩」源自魏晉南北朝傳奇故事。

157 《淡交》：京都茶道裏千家出版社「淡交社」發行的茶道藝術月刊。

158 伊莎貝・朵爾特：前述「Pop Art, Mon Amour」館方代表。

159 瀨戶內國際藝術祭。

160 《地鳴輕如鳥啼》（地鳴き、小鳥みたいな，西元二〇一六年）：小說集，收錄四篇短篇。

161 安藤忠雄（西元一九四一年至今）：國際級建築大師。

162 中村五月子（中村メイコ，西元一九三四至二〇二三

年）：兩歲就進入演藝圈的天才童星，早在日軍侵華期間就參加ＮＨＫ實驗電視廣播演出。戰後主持許多電視節目（包括「紅白大對抗」），灌錄多首電視廣告歌。

163 日本宣傳美術會（Japan Advertiseing Artists Club）：西元一九五一年成立，成為日本商設界權威團體，一九五三年起舉行新人展，橫尾曾於一九五八年參展，獲選年度新人。一九六九年展場被學運團體鬧場，七〇年宣布解散。

164《宣傳會議》：日本第一部專門報導廣告業界動態的期刊，西元一九五四年創刊至今。

165 菊村到（西元一九二五至九九年）：報社記者轉行懸疑小說家，曾獲新人賞與第三十七回芥川賞，多部小說被改編成電影。

166 穗村弘（西元一九六二年至今）：新浪潮短歌代表人物之一。

167 荒俁宏（西元一九四七年至今）：橫跨科幻與妖怪類型的小說家，京都國際漫畫博物館館長。代表作包括《帝都物語》、《妖怪大戰爭》等系列。與橫尾合作過兩本書。

168 成城凮月堂姊妹店，和菓子店內用區。

169「團塊風格」（団塊スタイル）：「團塊世代」指西元一九四七至四九年出生，經歷日本高度經濟發展、升學戰爭、左翼學潮、集團就職等重大社會活動之世代，當團塊世代進入退休生活之後，也成為少子化社會、醫療崩壞的加害者。本節目於二〇一二至一六年播出，介紹團塊世代消費生活資訊，包括「終活」在內。

170 矢萩喜從郎（西元一九五二年至今）：日本前衛藝術家，攝影家，平面設計師。

171《躍進》（やくしん）：法華經團體「立正佼成會」內部刊物，限信徒訂閱。

172 電影院，已拆除。

173 混合泳（Medley Swimming）：選手必須依序使用蝶式、仰式、蛙式、自由式四種泳姿游完全程。

174 秋季強風日文稱為「木枯らし（Kogarashi）」。與姓氏「木枯」諧音。

175 內田繁（西元一九四三至二〇一六年）：世界級室內與家具設計大師，前桑澤設計研究所長。室內設計代表作包括山本耀司時裝店全店裝潢與北九州門司港普樂美亞飯店（Premier Hotel Mojiko）。

176 倉俁史朗（西元一九三四至九一年）：世界級室內與家具設計大師，代表作包括三宅一生時裝店裝潢、Ｓ形櫥櫃與玻璃材質的「布蘭琪椅」。

177 目前亞都麗緻飯店內的兩間餐廳均已變更裝潢。

178 淨土宗以「二河白道喻」解釋極樂往生信念，典出祖師善導（西元六一三至八一年）《觀經四帖疏》。東方是娑婆世，白色窄橋往北看是貪欲之水，南方為瞋恚之火。鎌倉時代（約十三至十四世紀）流傳的〈二河白道圖〉（重要文化財）在阿彌陀佛兩旁又畫了觀世音菩薩與大勢至菩薩。

179 貝緹麗彩・坡提納里（Beatrice Di Folco Portinari）：但丁《神曲》中的地獄導遊。

180《昂》（すばる）：日本五大純文學刊物之一，集英社發行。

181弗朗切斯科・博納米（Francesco Bonami，西元一九五五年至今）：曾任第五十屆威尼斯雙年展（西元二〇〇三年）、惠特尼雙年展（二〇一〇年）總策展人。杭州天目里美術館長。

182永平道元（西元一二〇〇至五三年）：曹洞宗祖師，南宋天童寺如淨（西元一一六三至一二二八年）弟子，永平寺開山住持。代表作《正法眼藏》主張「只管打坐」默照法門。

183李禹煥（西元一九三六年至今）：韓國旅日當代視覺藝術巨匠，「物派」代表人物。

184增田宗昭（西元一九五一年至今）：Culture Convenience Club總裁兼創辦人，多家企業董事，Tsutaya前身「蔦屋書店」創辦者。

185京町子（京マチ子，西元一九二四至二〇一九年）：大映製片廠頭號豔星，因主演黑澤明《羅生門》（西元一九五〇年，威尼斯影展金獅獎）、溝口健二《雨月物語》（一九五三年，威尼斯銀獅獎）、衣笠貞之助《地獄門》（一九五三年，坎城最佳影片、奧斯卡榮譽獎）享譽國際。

186久米書店（久米書店midnight～夜の本の虫～）：日本電視台衛星頻道的三十分鐘談話節目，主持人久米擔任店長，副主持人壇蜜擔任店員。

187久米宏（西元一九四四年至今）：前廣播電視主持人，新聞主播。

188美麗時間（おしゃれ）：日本電視網播出的十五分鐘談話節目，西元一九七四至八七年播出，由資生堂獨家提供。久米是第四代主持人，擔任至節目結束為止共七年。

189壇蜜：日劇《半澤直樹》（西元二〇一三年）配角。

190 Os-1：日本大塚製藥（運動飲料「寶礦力水得」商標保有者）推出的醫療用鹽分補充飲品。

191總天然色：紅綠藍三色感色層成像法拍出的照片或電影，色澤較其他彩色成像法更為自然，在日本稱為「總天然色」。日本於一九五〇年代以後許多自製彩色電影海報上標示總天然色，表示全片以彩色膠捲拍攝。

192《生活手帖》（暮しの手帖）：西元一九四八（昭和二十三）年由花森安治（西元一九一一至七八年）與大橋鎮子（一九二〇至二〇一三年）共同創刊編輯的婦女生活雜誌，一九五三（昭和二十八）年改為現名稱，一九六八年由季刊改為雙月刊。

193豐島橫尾館：西元二〇一三年開館，瀨戶內國際藝術祭展覽一部分，由古老民宅改建，空間由永山裕子設計，以「生與死」為主題。

194（西元二〇二〇年東京）奧運（及帕運）會徽：日本奧委會於西元二〇一五年七月二十四日發表競圖結果，由佐野研二郎設計的標誌，遭指出酷似比利時列日劇院（Thâtre De Liège）標誌，被侵權的設計師與劇院向國際奧委會提出控訴，東京奧委會緊急宣布取消原訂會徽另尋圖案，會徽評選委員會宣布十一月起重新接受各界投稿，翌年四月二十五日決定以野老朝雄設計之幾何組合黑方格圓圈「組市松紋」為正式版東京奧運與帕運會徽。

195 方塊崩落也呼應橫尾為《家人真命苦》第一集由方塊組成的標題字：片頭標題字在久石讓的輕快旋律中不斷崩解，最後一個不剩。

196 金子真吾：凸版印刷（現名 toppan）母公司 toppan 控股集團總裁，時任凸版印刷社長。

197 龐畢度中心梅斯分館（Center Pompidou-Metz）：西元二〇一〇年啟用，由日本建築師坂茂設計。

198《橫尾狂熱主義 vol. 1》（ヨコオ・マニアリスム Vol. 1，現代企畫室發行）：橫尾忠則現代美術館文件展單行本，除平野解說文外，也收錄橫尾與細野晴臣的對談記錄。

199 都春美（都はるみ）：演歌歌手，國語歌〈月兒像檸檬〉、台語歌〈我是男子漢〉日文原曲演唱者。

200 日比野克彥（西元一九五八年至今）：紙箱畫家，東京藝術大學校長。

201 橫尾英（西元一九五七年至今）：橫尾忠則長男，負責父親周邊商品的網路銷售。

202 米其林綠色指南（Guide Vert）：相對於餐廳指南的紅色封面，綠封面的指南書專門介紹旅遊行程與景點。西元二〇〇七年發行日本版後，才陸續增加亞洲其他城市版本。

203 鷲田清一（西元一九四九年至今）：京都市立藝術大學校長，哲學家。

204 作者長女。

205 東京現像所：彩色電影膠捲沖印廠與電影後製中心。早年台灣電影在此沖洗及製作字幕，字幕往往誤植為東京現「象」所。電影數位化後專營電影修復與數位後製，現由東寶集團收購。

206 一百號（日規）：長邊一六二公分的畫布。

207《天然生活》：扶桑社（富士產經集團）發行的生活品味月刊。

208《大衛・鮑伊訪談集》（Bowie On Bowie）：由尚恩・伊根（Sean Egan）選錄西元一九六九至二〇〇三年的三十二篇代表性訪談而成。

209 元永定正（西元一九二二至二〇一一年）：具體美術派畫家轉行繪本作家。

二〇一七年

**二〇一七年一月一日**

元旦才過沒多久就傳出訃聞。原本打算年假結束就去拜訪的石坂敬一[210]在除夕過世了。石坂在東芝ＥＭＩ上班的時候，我為他畫過披頭四的海報。石坂到底出了什麼狀況呢？

今天早上《朝日新聞》的鷲田（清一）在〈偶發小語〉上寫：「今年更應該立志成為耳朵人。」這一年四個月以來，我一直都以一介耳朵人的身分度日，不過我再怎麼努力聽，還是聽不清楚呀。

我不因為今天是元旦就覺得特別，一如往常地騎腳踏車去畫室。去年的元旦我骨折不能吃烤年糕，連年糕湯都不能喝，腳上裹著厚厚的繃帶，上個廁所都像下地獄一樣痛苦。

**二〇一七年一月二日**

今年的箱根接力賽跑一樣由青山學院大學一馬當先。就像看去年比賽的ＤＶＤ一樣無聊，於是前往畫室。不管是人聲還是電話聲都聽不到，現實是個重聽的世界。

**二〇一七年一月三日**

一月二日的夢被稱為「初夢」。所以入睡後想著夢見神明。我的初夢是「十字架」。我想像的神明是日本神，結果夢到西洋神！？耶穌基督不去找我那個信天主教的女兒，跑來找我是不是找錯人了？江戶川亂步曾經引用愛倫坡的話：「白天的世界如同架空的夢境，夜晚的夢才是現實。」

二〇一七年一月四日

夢到西洋的神也好，我不要臉地祈求連續兩晚的初夢，希望這次能夢到日本的神明，結果夢到自己在拍武田鐵矢[211]與「海援隊」樂團主演的電影。我正在編導片尾寶物船啟航的音樂劇場面。船上固然沒有七福神[212]，總之還是日本神明搭的船。前途一片安泰，可喜可賀。
去年今日發生入院騷動，是展開兩個半月新生活的紀念日。今年我在天堂。
因為 g g g 的北澤也是住在走路就可以到我家的鄰居，就與他約在野川遊客中心的陽台見面。太陽下山後就往畫室移動。

二〇一七年一月五日

平野啟一郎來電，說他打來我不在。喜歡提問的平野一打來，我們依舊講了很久。

二〇一七年一月六日

台灣有出版社說想出《我打算不要死》。之前台灣已經有出版社出過我的自傳[213]了呢。

天皇、皇后的專屬設計師瀧澤直己在蔦屋書店挑了幾種健康食品，包裝成福袋後帶來送我。他對都市傳說的宅味喜好與皇室有關嗎？
傍晚著手新作繪製。

二〇一七年一月七日

依照愛倫坡的啟發「夜晚的夢才是真實」，從夢境找尋靈感畫畫。

**二〇一七年一月八日**

與山田導演討論夢到底是誰創造的。在黑澤明注視下，山田導演走在大樓間鋼索上的時候突然一腳踩空墜落。這時天使降落，拯救了還是小孩的黑澤。我小學一年級做過一樣的夢，山田也做過，但夢裡的天使是一個女人。我對父親說了這件事，父親只問我：「女人嗎？」這句話帶給我強烈的印象。

**二〇一七年一月九日**

不知道今天是什麼日，咦？今天是國定假日[214]。令人苦悶的陰雨天。假日就應該要晴空萬里。假日的慶典不都讓人心情愉快嗎？

早餐總是在外面吃。我作品範圍廣大，但在外面吃的範圍狹小。

想起這一年都還沒有與土屋見過面。土屋指的是演員土屋嘉男。他之前每天都會到公園。很久沒通電話，幾十年都會寄賀年明信片，今年卻沒有。說到年紀，他也不小了（八十九歲），我很擔心。難道他入院了嗎？

**二〇一七年一月十日**

我夢到自己在郵局上班，騎腳踏車在家鄉挨家挨戶寄送賀年明信片。這是我十幾歲白天的夢想，卻在六十年後成為晚上的夢。但是有更多晚上的夢，反而在白天的時候成真了。愛倫坡說過的話，開始帶有現實感起來。

椹木野衣[215]為《東京人》採訪，詢問我對諧擬的看法。杜象與安迪．沃荷的作品裡，不可能找不出諧擬的源流。與椹木的對談充滿刺激感，話題源源不絕。以諧擬為入口，是否有深入藝術森林祕境的可能？

終於與土屋夫人取得聯繫。他果然入院。但不是因為生病，而是受了傷。好像又從樓梯跌下來，而且已經是第二次了。我也連續兩年骨折，但希望你趕快好起來，我們兩個好好聊聊這個話題吧。

**二〇一七年一月十一日**

受邀去羽村市生涯學習中心舉行的「神津善行文化講座音樂會」上與神津對談。主要演出是蕭邦鋼琴大賽得獎者，來自俄羅斯的年輕鋼琴家的演奏會。重聽者不適合去聽音樂會，不過也因此台上演奏時，我睡得很熟。

**二〇一七年一月十二日**

我的人生聽天由命地順其自然至今，但畫起畫來總是無法隨心所欲。但是只要順其自然地面對不能隨心所欲的事實，就不至於產生煩惱。

不，繪畫其實是一種令我束手無策的麻煩生物。首先定出一幅畫的創作方向，但是想起來這幅畫不可能完成。創作過程往往導致破綻，只要一出現破綻就開始失控。這時候一幅畫就越來越不像是一幅畫。畫還是畫的時候，還沒有離開原來的樣子，就算我有意抽離也抽離不了。我一回神就發現已經進入了不可思議的境界。事實上這瞬間正是一幅畫自然抽離繪畫的剎那，這就是成為自由自在狀態的片刻。如果無法讓自己與繪畫進入迷失自我的極限，一幅畫就無法得到生命。也就是消滅創作的意識，兩腳得以踏入真正的迷宮。這就叫做禁藥藝術。

喉糖加了生薑作為擴張支氣管的成分。但據說這種成分對運動員而言是種禁藥。我患氣喘所以需要生薑。雖然畫家也類似運動員，到了這個年頭，我就開誠布公地創作不碰禁藥的禁藥藝術。

**二〇一七年一月十三日**

首次與荒川修作[216]見面。我還不知道中間接洽的人是誰，總之也是個藝術家。我們三人走在銀座的小巷子裡，並且進入某間劇場。我與荒川沒有說太多話，他的表情一直很祥和。以夢而言缺乏非現實性。如果依照愛倫坡所說夢是現實，這就是那樣的夢。我一醒來才覺得咦？奇怪，我與荒川修作這個人在現實中從未會面過，而且他也已經不存在於現實中了。對我而言，夢是與死者交流的空間。從對方看來，我應該就是常常造訪死者之國的遊客。

冬天飽受氣喘困擾。去成城漢方內科診所請他們開(01)與(29)兩帖藥方。這兩種方子不互斥，可以同時服用。(01)是開始出現感冒症狀時服用，(29)是氣喘發作才用，但也可以早晚各服一包。說到氣喘，通常醫生都會建議用吸入器往喉嚨噴，但只要一說話就會痛，我不喜歡。

《不需話語》（青土社）決定增刷。

**二〇一七年一月十四日**

開始細讀《我是貓》。第一章裡的人類實在太任性了。貓只是沒有人類那樣的語言，但能讀取人類的想法，這點說中了。

買了《夏洛克．福爾摩斯大圖鑑》（三省堂）。我很喜歡書中插圖，但對於福爾摩斯的世界仍未充分掌握。

**二〇一七年一月十五日**

今年第一次與瀨戶內師父通電話，因為兩邊都重聽，變成相當誇張的各說各話。京都大雪。全國女子接力賽在暴風雪中舉行，看起來最為過癮。有時電視畫面雪白一片，就像是一群鬼魂在奔跑，感到一股寒冷的顫慄。

**二〇一七年一月十六日**

竟然要我為松竹東寶合作的電影設計海報？小津安二郎與黑澤明，不就像是水與油、靜與動的衝突嗎？不過，等一下，兩人的元素我身上不都有嗎？不需要再編出各種藉口，只要順其自然地構思，不就設計得出來了嗎？「我做出一張與電影很搭的成品。」於是他們也很爽快地採用了。如果我沒有說這是夢，在現實裡似乎也說得通。

會員刊物《Senior She[217]》來訪，詢問《我打算不要死》內容。他們帶來自己公司的蜂王乳、藍莓、葡萄糖胺等健康食品。無農藥自然商品（非營養補給品）大歡迎。至於銅鑼燒、大福之類的甜點，對我而言已經過時了。

**二〇一七年一月十七日**

又是一場像夢的夢。在故鄉老家門前，原來的幫傭一邊左顧右盼，一邊說：「剛才天上有人掉下來，但看不到了。」剛剛也有兩三人聚集，一邊看天空一邊騷動。那時有一架飛機飛過，馬匹與狗從飛機上掉下來。有一堆想必是從飛機上掉下來的動物，已經變成一塊一塊矗立在旱田的一角。我才突然想到：「唉呀，原來是天上的挪亞方舟嘛。」
我神戶美術館的平林帶著蜂蜜生薑來訪，討論下一檔展覽細節。自然食品大歡迎。
寒意刺骨，提早回家。

**二〇一七年一月十八日**

大衛．鮑伊這陣子住在我畫室，明天終於要回去了。今天說要出去買東西。但是等等，鮑伊不是已經死了嗎？果然是我的夢呀。不過，我常常夢到死者來找我。
山本與田中從神戶來訪，在畫室與平林會合。
去看了一部號稱史科西斯、史匹柏、科波拉都說讚的電影。地球創造、人類誕生之類像夢一樣的畫面，難道是NHK的科普片？請不要把宣傳用的評語放在海報上。

**二〇一七年一月十九日**

開演警報響起才坐進觀眾席。因為美輪明宏[218]臨時趕到，想確定附近的空位，隔壁的女性先開口：「我們換位子坐吧？」於是把自己的位子讓給美輪。一場夢只有這樣而已！不值得特地夢見的夢呢。
榎本了壹[219]與住隔壁町的北澤一起來訪。榎本送了一本他改編澀澤龍彥[220]《高丘親王航海記[221]》的繪本。以執著畫出的圖，背後的熱情令人震驚。這是實話。

**二〇一七年一月二十日**

兩個男人在公廁裡對話。「男人已經無法繼續走下去的時候，女人還可以走。這是尼采說的。」

黑澤導演、小津導演、鮑伊、美輪，現在連尼采都出來了，我百花撩亂的夢還會繼續下去。睡一覺起來，穿著浴衣走往溫泉浴室，眼前出現一個身材纖細的裸女，肌膚在朝陽照耀下閃閃動人。好像是同行編輯的太太。我馬上就知道這個還是夢。

上星期拿的漢方藥已經吃完了，這次除了(01)與(29)，他們還開了(85)，以及我一向拒用的氣喘用吸入器。

**二〇一七年一月二十一日**

走在通往伊勢丹百貨新館的長長通道，遇到前陣子採訪我的攝影記者。他告訴我怎麼去進口書賣場。真是一場太過稀疏平常無色無味的夢。

一幅夜景的油畫，畫布下又擺了好幾幅裱了框的小畫。這些小畫變成動畫，仔細看覺得差勁到不堪入目。不論如何，這些畫似乎都是我的作品。難道就沒有更像樣的夢了嗎？

深夜從床上醒來，電視上正在轉播美國新任總統川普的就職演說。如果他那麼想要否定國際間協調，除了在美墨邊界築牆以外，更應該在墨西哥灣沿岸蓋一座圍牆把外國船都擋在外面，只用自己製造的產品，僱用自己國人，在牆內自給自足不就得了！我不想和惡夢打交道，想做美夢。我蒙頭繼續睡。

**二〇一七年一月二十二日**

在片場接受一位自稱高倉健妹妹的女性獻花。不論如何好像都是因為東京車站藝廊「高倉健展」的關係。我回禮：「沒什麼，高倉先生生前對我也百般照顧。」他妹妹看起來比實際年齡年輕許多。雖然是夢，卻是一場難分虛實的夢。

很久沒有與山田導演一起去增田屋了。我與他在店內貼著的《家人真命苦 2》海報前合影。畫室的暖氣故障，於是把畫具整組搬去公園的涼亭，並且把剛買來的吉田真樹著《平田篤胤：靈魂的去向》（講談社學術文庫）拿起來讀。

最近時常丟三落四。各種東西就像每隔幾分鐘自動消失一樣不見。不是東西不見，就是記憶喪失。我一整天都在找。我不知道前面是迷宮還是冥府，到頭來究竟是身在迷宮之中。這種狀況不論是外在因素還是內在因素，難道就不是神明開玩笑偷藏起來嗎？我進入一種現實與非現實分界曖昧不明的時期了嗎？

**二〇一七年一月二十三日**

畫室的三台暖氣都故障了。你覺得會是什麼原因？壁虎鑽進室外機裡取暖，結果觸電自爆死亡卍南無阿彌陀佛卍。所以我跑到車站前的咖啡館讀書評本。走出店外沒多久就被人追上：「先生您剛才結帳找五十圓沒有拿。」他不會接受我要求店家收下當小費的要求，老老實實退還給我。前陣子每一個月去一次的漢方診所也曾經對我說過：「您上次掉了一圓銅板。」如果我說不用還了，反而顯得失禮，當然收下也感到慚愧。

**二〇一七年一月二十四日**

高橋睦郎[222]在我畫室地板上鋪平兩百號畫布創作精細畫。他本人不在場，但以前也做過小型鐵塊雕刻。當然都是夢。

女劍俠淺香光代[223]在一間京都風料理店裡吃著飯盒裝的套餐。她說：「在成就大事業的人背後，都有好幾個靈魂在幫著他呢。」又說以前的資深徒弟回到她門下，成為一個展現優雅氣韻的演員。已故的母親在旁邊一邊聽著，一邊默默點頭。

因為壁虎帶來的災難，我今天到風月堂二樓雅座寫稿。店的對面是「成城石井」。因為他們的招牌設計太醜，我畫了修正案底稿。我並不打算跟他們要錢，只是一時無聊而已。

**二〇一七年一月二十五日**

到天亮都處在失眠狀態，所以夢劇場本日休演。

大阪國立國際美術館的安來（正博[224]）為收藏我二〇一〇年以後設計的海報來訪。我的海報裡有幾幅沒有業主名稱，也有虛構公司或盜用的名稱，但全部都是藝術行為。不過在不同時期、不同場合之下，也有可能出現業主名稱。所以無法以海報、版畫、美工設計一概而論。像片岡千惠藏[225]一樣「有時候是獨眼運轉手，有時候是多羅尾伴內，有時候是藤村大造[226]……」，就是我作品的特徵。所以我這些具有類似雙性戀或二重身之類兩義性特質的作品，今後可以套用新語「二重媒體」。

**二〇一七年一月二十六日**

昨晚的失眠，今晚就像謊言一樣消失，我不間斷地睡了七小時。做了夢，本來是不值得記下的內容，還是寫下來好了。大概五十個男人戴著歌舞伎的光頭頭套。頭皮不是青綠色，反而是黑色。你看，所以我說不是值得記下的夢吧？

《文藝》雜誌記者岩本為了山塔納的專題來訪，還順便為兩個作家詢問可不可以到「畫室會議」專欄的採訪現場旁聽。是不是看現場沒有第三者，就開口問是吧？那應該去問對談的另兩人保坂與磯﨑。

**二〇一七年一月二十七日**

我這些夢的缺點不是佛洛伊德味，而是欠缺夢境特有的情色感。想起來我上週的夢裡出現了全裸女性。但她在夢裡也只是全裸站著而已。

本日的夢是特例中的特例。在家鄉老家前的路邊，有一排狹長的木造樓房。樓房前的馬路邊，有一個阿拉伯肚皮舞孃在跳舞。周圍的觀眾之中有一人被拉到中間，居然是我。她一邊激烈扭腰熱舞，一邊像變魔術一樣把我身上的衣服都扒光，然後馬上朝我的重要部位親下去★☆★！才想到╳〇卍☆♥♡的瞬間，就清醒過來☆φ

夢Part 2：巴黎瘋馬夜總會[227]到新宿演出。妻子說：「想看♥」於是就去看。我說：「我想看麗都[228]秀。」結果去了才發現沒穿晚禮服的觀眾不得入場。這是美國總統的命令嗎？

夢Part 3：從演藝夢變成藝術夢。三島（由紀夫）說：「橫尾留下的是『日本』的表現。」接著谷崎（潤一郎）與黑澤（明）也出現了。「三島的邏輯引發聽者的危機感。不必特別意識到日本特色（谷崎）。」「橫尾筆下這種不知所云的東西就是你的日本喔（黑澤）。」在夢與清醒的夾縫間，朦朧地聽到虛擬的對話。

馬克．班達[229]從紐約來訪，打算明年四月在紐約舉辦我的個展。他對我正在畫的作品充滿興趣，還說想直接拿去展覽。

光文社新書的小松說一直希望把我在《朝日新聞》寫的書評編成單行本。預計七月發行。

荒俣宏送來寒冬禮物。我才被下令禁止吃甜食，結果「唉呀又來了230」。但是高級茶點我就會開心收下。

**二〇一七年一月二十八日**

紐約當代美術館推出新款檔案夾。我在六八年的作品〈NEW YORK〉看起來出乎意料地受歡迎，已經開發海報、月曆、明信片等商品。

下午去公園涼亭寫五篇隨筆文。不過加起來也只有十六張稿紙。

傍晚去整體院放鬆身體。

**二〇一七年一月二十九日**

川普過世！葬禮參加者打的領帶不是一片紅，反而是綠色。夢裡也存在諧擬的精神。

與山田導演一起吃蕎麥麵，他說：「阿寅的角色只有渥美清可以勝任，但我也可以選用阿健當主角。」我問：「難道就不能用三島這種選項嗎？」

傍晚去 niko picabia 美容院洗、剪頭髮。

晚上看白天錄下來的大阪國際女子馬拉松。因為他們想讓日本人得冠軍，然後趁機大大宣傳奧運，才不邀請外國的優秀選手。是走國內第一主義嗎？

思考會走向現實化，空想會在腦海裡狂轉。

**二〇一七年一月三十日**

壁虎對文明生活發動的自殺炸彈攻擊，造成畫室暖氣壞掉，也已經是八天前的事了。本誌（《週刊讀書人》）的責任編輯角南說：「燒焦（電死）的壁虎是愛的靈藥。還有這種典故呀。兩隻燒死的壁虎性別不明，這種死法可說是「夫妻蛤蚧畫室殉情」吧？

我美術館的平林從神戶帶來尺寸大到驚人的蜜柑來訪。維他命C是因應傷風感冒的必需品。創作到傍晚。如果能維持這種節奏，就可以放心去畫，無須擔心。

我家的流浪貓一如往常，為了避開寒冷躲到廚房賴著不走取暖。（給新讀者：流浪貓是我家專屬的街貓）

**二〇一七年一月三十一日**

不知與掉格[231]的睡眠有何關係，總之我胃食道逆流胸口悶痛。

平林今天又來，下檔展覽的圖錄專刊交由中島英樹設計。

下午太陽西晒，讓畫室內變暖和。失眠的詛咒讓我像掉進洞穴的愛麗絲一樣，身體越來越沉，越來越想睡。

**二〇一七年二月一日**

山本從神戶來訪，帶了田中一起，還送我一盒草莓。我的美術館開張進入第五年，他們來和我討論是不是開找機會調整經營方向，或是經營型態？是不是應該恢復目前暫停的公開創作？然而這種活講求的是體力、氣力、持續力、忍耐力、意志力、直觀力、想像力、創造力、破壞力、幻想力、造型力、腕力、畫力、磁力、引力、重力、他力、自力、魄力、狂信力、離心力、神力、佛力、人力、能力、智力、愚蠢力、腦力、傻力、非力、眼力、筆力、構造力、分析力、握力、動力、訊息發出力、訊息接收力、全力。總之一定要是充滿整個宇宙的靈力、魔力我才畫得出來，實在很累，累到我得了症候群。

傍晚前往《朝日新聞》書評委員會。完全聽不到他們在討論什麼。難道是我聽不到別人的話，耳朵才被遮蔽的嗎？他們認真地回答我：「不不不，沒有這回事。」

回家後從晚報上看到木村重信[232]過世的報導。文章如行雲流水的木村館長寄來的親筆信，是我的無價之寶。身邊死者越來越多，生者越來越少。

**二〇一七年二月二日**

夢到別人針對我寫的穗村弘書評，又寫了一篇評論，真是搞不懂。夢的魅力就在於這種搞不懂的感覺。比起文字，更接近繪畫。換句話說，不需要合情合理。夢才是真實。

同時有三家出版社說想出我在《朝日新聞》寫的全書評。我都已經連載八年了，為什麼偏偏集中在這時候問？不約而同的默契實在太神奇了，是宇宙的等級。

我在車站前的阿爾卑斯寫《朝日》的書評。回家路上又到三省堂買了一本《路易斯・卡羅[233]作品集》與忘記丟到哪去了，只好重買的三島《英靈之聲[234]》。

**二〇一七年二月三日**

范倫鐵諾從義大利派了策展人弗朗切斯科・博納米來訪，討論綜合空間展場空間架構。當初預定展示會的會期大大延後至十一月。因為與町田市立國際版畫美術館的個展撞期，本來還在煩惱：「嗯？慘了！」現在覺得得救了。這陣子的巨大壓力逐一解除。思考就像拿破崙．希爾[235]主張的「思考致富」一樣付諸實現。

山田導演在日生劇場[236]執導音樂劇。因為練習提早結束，於是突然來訪帶來驚喜。他這次導的是一齣號稱《男人真命苦》系列原型，法國經典喜劇[237]的山田版。

長男得了流感。我發現我和妻子還沒打流感疫苗，便騎腳踏車衝向水野診所。他們說藥效要兩週後才會發揮。

**二〇一七年二月四日**

還是一樣冷。氣喘喉嚨咻咻叫。黑輪臉色大變，豎起耳朵聽。看起來覺得好玩，又故意裝出那種聲音，牠的表情越來越奇怪。

雖然冷，外面晴朗無風。在野川公園的遊客中心涼亭晒太陽讀書。常常來公園的婆婆也在隔壁桌讀書。她讀的依然是宗教類善書。

拿卓別林《舞台春秋》DVD出來看。最後卓別林與巴斯特．基頓同台飆戲的場面，是名垂影史的經典場面。卓別林的人生哲學，在各個角落產生意義。

**二〇一七年二月五日**

是誰？找我吃飯，卻發現自己沒帶錢出門。這是一種察覺故事將迎向恐怖結局的懸疑劇主角會有的心境。但是我在夢裡總是能在千鈞一髮之際得救。只要想起這些現實中無法體會的經驗，更恐怖的夢帶來更豐富的人生。

起床同時感到身體輕飄飄的。是流感疫苗的後遺症嗎？是早餐的冰洋香瓜讓體溫下降嗎？還是流感本身？滿腦子充滿幻想。

晚上看白天錄的別府大分每日[238]馬拉松。中本健太郎勇奪第一面金牌。

今天又是未完成的一天。明天又要在未完的一天中開始。睡前我習慣吃一顆蜜柑。

**二〇一七年二月六日**

在半夢半醒間，以一種被類似禪門公案沒有提問、沒有答案的昏沉感迎接早晨。把夢帶進創作並非徒勞無功的事，是把點子累積在無意識層的行為。白天清醒的時候，就會發現已經成為作品。

岡部版畫工房正在製作我預定在四月開幕，町田市立國際版畫美術館舉行的個展展出的版畫。印出一張校正刷，但對於接近完成的原稿完稿（對自己）略有不滿，所以必須進一步分解，並且給工廠看我的創作過程。以我的作風來說，創作過程就是半途而廢。半途而廢是一種我還沒完全變成自己的狀態，需要的條件是像別人多過像自己。

接下來寫作《朝日新聞》書評兩篇。沒寫文章的時候，可以連續兩個月沒寫，但是對我而言，成為一個神出鬼沒的人，就是寫作（畫畫）的核心。

為瀨戶內師父在《東京新聞》上的散文，提供井上光晴[239]與荒野[240]父女的肖像畫。這種例行公事型的插圖，能火速完成最好。

**二〇一七年二月七日**

與昨晚的失眠（來無影去無蹤）對決，過程很慘烈。今天就只能與強大的重力相處了。長男的流感治好了，但是昨天開始，妻子的狀態不太妙，硬是把她帶去隔壁的水野診所。這時候直覺比理性有用多了。為了預防再次感染，只好各鬧一次家變。連黑輪的動作都變得十分詭異，最後爬到人類身上大吐特吐！嘔吐物散亂一地，我身兼主婦角色，很忙。

日本道觀的道長早島妙瑞[241]過世（登仙）。她四十年前教過我導引術，現在我依舊隨興地實行中。透過肉體的修行（肉體開悟）達到洗心目的的修行術。我到了這個年紀，有過緣分的人一一先行離世，這也是天地之理。

**二〇一七年二月八日**

連續兩夜的失眠消失了。

新聞說現在流感的威脅尚未減弱。我去玉川醫院看看，篩檢結果是陰性。

**二〇一七年二月九日**

連續看到三場夢，只記得看見夢的結尾，伸手一抓就像老鼠鑽進洞裡一樣消失了。做夢的喜悅雖然是見到真實自我，但莊子又以一句「聖人無夢」把凡人趕跑。真掃興。你只是想說做夢的人都執著於邪念吧？那種邪念就是夢的創造者，我就是靠這種邪念混飯吃的呢。夢幻小說《愛麗絲夢遊仙境》之類的書也稱得上邪念文學吧？那麼文學藝術全都是邪念的產物。

「高倉健展」下檔，東京車站藝廊的富田（章）館長、《每日新聞》的立川帶著銅鑼燒來訪。

現在正於北九州市展出中。

**二〇一七年二月十日**

總覺得前列腺怪怪的，便去玉川醫院的泌尿科看診。在這裡的篩檢結果也是陰性。焦慮因素會成為壓力來源，所以必須使之徹底成為放心的因素。中嶋（昭）升格成為名譽院長，雖然我不覺得他是在求我恭喜，總之還是讓他招待了神田菊川的鰻魚料理。

UNIQLO設計師瀧澤來訪。我在畫室裡一字排開的新作旁對他說：「這些都是我的畫！」然後對這些過去終止形一一吐痰。「不要呀！這些都是會在紐約發表的作品。」

**二〇一七年二月十一日**

做了一場具有某種宇宙視野的殘像夢。這星期沒有什麼值得記錄的夢境。

我在思考上花的時間遠多於創作。一直想，一直想，想到底再放手，等到進入無心狀態才拿起筆來。這時候我連要想都忘了。在我思考大大小小事情的同時，會突然發出一句「好，再見」就全部否定掉。這種排中律[242]就沉在我藝術汪洋的海底（我一樣會放手）。我就是在和這種沒有定論的觀念打交道的呀。排中律一方面是我嶄新感性，同時也是能源，這種能源形成了我輕浮的創作核心。所以我才不會變成《羅生門》裡的大盜多襄丸，而變成一個情感豐富的人，不斷朝向各種風格、各種主題與樣式前進。多麼快活的一件事呀！這是《羅生門》巫女的世界呢。

**二〇一七年二月十二日**

在既不是毫無意識，也沒有邪念，更不可能有趣的心情裡，迎接一種猶如《莊子》的早晨。西日本降下記錄性的大雪。蜜月狀態的美日高峰會，將去向何處？插畫家原田治[243]與漫畫家谷口治郎[244]先後在前陣子與昨天過世，這世界雖然不大但還算舒服，何苦這麼趕著往來世前進呢？與山田導演聊電影。他說宇野重吉[245]不願意和三種對象演對手戲。一種是小孩，一種是狗，還有一種是笠智衆[246]。笠是一種用本性演戲的人？如同成為山水畫風景一部分的姜太公，從空弓射出無形的箭，還是以看不見的筆畫畫之類。活一活就死了，死了又復活。如果能成為鬼魂一樣的存在將有多好。所以那種令人摸不著頭腦的排中律，才是我的第一考量。

**二〇一七年二月十三日**

椎根和[247]年紀七十多，和我同輩，從六〇年代就是我在《平凡PUNCH》的責任編輯，因為聽說我重聽了，便特地從鎌倉送來電話擴音器材。他也是助聽器的使用者。最近我在電話上的對話，常常變成言不及義的胡說八道，讓對方一頭霧水。前陣子雖然打了電話給人，對方的聲音聽起來卻像人造人，於是我就問對方：「請問您哪裡找？」對方也問：「我才想問您哪裡找？」我去人家店裡購物，收銀台一定會說幾句話，我根本沒聽懂。我要怎麼讓人看出自己是一個聽不見的老人，能事先準備應對方式呢？因為我看起來不符合實際年齡，通常會被別人當成可疑人士：「這傢伙有點怪怪的。」耳朵的問題也就算了，我從以前就不擅長認臉，就算對方認識我很久，我還是會問：「你哪位？」今天在增田屋就遇到人家來打招呼，我花了好幾秒才想起來對方是加山雄三，當下沒有頭緒就胡說八道一通。這種事情多如家常便飯，人生的第二階段就像是理外之理，在某個路口好整以暇地等著我。

**二〇一七年二月十四日**

作品社的渡邊編輯來訪。他在青土社的時代曾經擔任過我的責編，把《不需話語》編成單行本，後來跳槽到作品社，向我提出一個新企畫案「我家也有一本必備書」。

德永突然染上諾羅病毒，病得不輕。家裡已經有三人病倒，包圍網越來越狹窄，本來應該最糟糕的我到現在都沒有異常狀況，是最大的異常。

《文藝春秋》以安樂死、尊嚴死為主題對六十人進行調查，結果五十六人贊成。只有四人反對。這四人之中，有一人是我。其他三人分別是上野千鶴子[248]、篠澤秀夫[249]、外山滋比古[250]。

**二〇一七年二月十五日**

與高橋鮎生[251]、橫尾忠則現代美術館的平林三人，一起在地下室整理我收藏的兩千多張唱片。六〇年代我去紐約的時候，高橋還是小學生，卻和我一起去看搖滾演唱會，要來搖滾樂最新消息並一一告訴我，那樣的搖滾兒童，現在已經成了作曲家與吉他手。平林策展的「Yokoo World Tour」正在神戶布置。看起來得意洋洋地平林還說會印製T恤，並且介紹了製造商北村與設計者中島給我認識。

攝影家吉田大朋[252]過世。他看起來明明就很硬朗。

**二〇一七年二月十六日**

夢到去參加一場講習，學習怎麼製作宣稱重聽特效藥的食品。說是用蟬取代壽司捲的海苔，把蟬一字排開，實際示範看起來像加州捲一樣令人倒胃的料理做法。這種噁心的食物有人吃得下嗎？

妻子看起來已經恢復不少，又在我不知不覺中洗好我的衣服，我總算可以喘口氣。黑輪活潑地在家裡跑來跑去，完全看不出人類流感或諾羅病毒的影響，有時直接在我臥室裡睡覺，好像父女兩人同住一樣。

德永的諾羅病毒感染痊癒，今天恢復上班。

為了去除晦氣，我就去了 nico picabia 美容院。

**二〇一七年二月十七日**

保坂和志與磯﨑憲一郎為《文藝》的三人對談來訪。從各自的近況報告開始，聊到貓，聊到文學，聊到藝術，漫無邊際地東扯西扯各種不中用的訊息整整五小時，就像是黑住教的宗忠神[253]為了成為愚者而修行。

**二〇一七年二月十八日**

在寬一百公尺的馬路兩旁，矗立著像看板一樣大的繪畫。看起來像是年輕藝術家的作品，用色上與我不同，看起來感覺格外新鮮。我一個晚上見了兩場在畫前徘徊的夢。

妻子問我：「今晚想吃什麼？」我今天只想發呆。

昨天是春天第一道強風，而今天又吹來冷風。

頭一次知道《愛麗絲的房間》是《愛麗絲夢遊仙境》的精華版。最後從夢裡醒來的愛麗絲，我覺得就像我的重複性作品。

晚上去整體。過程中一直在想著童年的事。

**二〇一七年二月十九日**

與石川次郎[254]幾個人一起在看起來像橫濱南京街一樣的商店街散步的時候，他給我看一幅雜誌上的全頁彩色照片，是我打扮成棒球選手的樣子。那是一張看起來就知道不一樣的照片，我並沒有意識到自己被拍，但攝影者據說是專拍時裝的女性攝影師。回程走進她工作的相機行。只夢到這樣，沒有其他值得記下的內容。最近的夢品質日益低下。

越畫畫越覺得能量由體內發散。很久沒像今天一樣盡情地畫了。

十三天沒有在家吃飯。慶祝妻子痊癒，晚上吃我喜歡的咖哩。

放棄完成，對未完成的祈願——畫家就是描繪提問的人。

**二〇一七年二月二十日**

非雷姆睡眠[255]的時間偏短，沒有做夢就迎接早晨。就怪失眠，肩頸痠痛。

以油彩未乾與失眠疲勞為由暫停創作。

像今天一樣整天不會客的日子，重聽就像是沒發生一樣。

**二〇一七年二月二十一日**

試著以電視節目上教的四步快、四步慢的健康步行法前往畫室，要一直四步四步地數，反而帶來壓力。

田村正和[256]穿著卡其色大衣與毛線帽迎面走來，越走越近。我本來想向他說聲「好久不見」，卻又怕打擾他散步，只能任他擦身而過。睜開眼睛覺得是夢，不過這是現實發生的事。

中川千尋等三人來訪，來洽談把穗村弘的文章和我長女美美的圖做成繪本。故事講的是天使與各種動物或物件說話，讓讀者看著看著就覺得自己被天使吸引，並且被吸進天使瞳孔的特寫畫面，與天使合而為一，讓讀者得以透過天使的眼光體驗天使居住的世界。

**二〇一七年二月二十二日**

在家鄉小學的大禮堂舉辦當代藝術研討會。我提出對當代觀念藝術的疑問，從美國回來的故．石岡瑛子就以我看法偏離當代觀點回答：「橫尾你輸了。」我對自己偏離世面大為滿足，做了一個會笑的夢。二月二十二日是「喵，喵，喵」的貓咪日。

把未完成的畫並排在畫室裡，不是我去問畫，而是畫來問我。這件事我很明白。這種提問不像禪門公案想想就會懂。畫畫不是為了要提出答案，而是提出問題。以我而言，因為沒有完成的時候，也就不會有答案。我不是為了要追求答案而畫，而是畫出問題讓觀者去回答。這就是兩者間的關係。所以繪畫是肉體的體驗，畫家不是解答者，而是提問者。

鈴木清順[257]導演過世了。以前我曾經寫過一封類似影迷告白的信給他，他在明信片上貼上手工拼貼畫回贈給我。

**二〇一七年二月二十三日**

與神津善行一起去虎之門醫院。心情像例行野餐會一樣輕鬆，診斷結果也就令人開心。結果沒有生病。不必擔心半夜起來上廁所，總之白天充分補充喝水，避免脫水症狀。看迪士尼的《海底兩萬里》。凡爾納[258]的原作結局沒有解決的問題，在電影裡又銜接《神祕島》的結局[259]。同一角色在兩篇不同作品裡出現的手法，從前盧布朗[260]就曾經善加運用過，再往前推，則有巴爾札克或左拉等前輩。我是半個慣犯，在畫作品的時候會用上這招。

**二〇一七年二月二十四日**

記不住夢境的日子，一種人生掉了一塊的記憶喪失感朝我逼近。玄關前的水缸在太陽下出現缺水狀態，有點擔心水缸裡的幾條稻田魚是不是還活著。光看樣子布覺得能生存下來。

有些時候想做的事情太多，結果整天一事無成。但是沒有經過這樣的日子，就不會繼續畫畫。到頭來人這種生物，或者說我，心境上不斷往懶惰鬼的方向移動，這也算是一種逃避，不過不充分體會偷懶的快感，在幹活的時候就感受不到真實快樂的爆發。

聽說重聽放著不管就會增加失智症的風險。似乎重聽會加速腦萎縮的傾向。我沒有遇到別人就沒機會開口說話，所以也用不到言語。不用言語的話，也就寫不了文章。然後言語就此喪失。言語喪失後，意識與意志力也會衰退。然後就是我的衰亡？×☆◎！

**二〇一七年二月二十五日**

可能是因為昨晚睡前看了柯南道爾《夏洛克．福爾摩斯的冒險》收錄的〈波西米亞的醜聞〉，福爾摩斯那種明察秋毫的觀察力反而擾亂了我的睡意。難道就沒有比較隨便、沒條理一點，比較能引人入睡的書嗎？

在畫好七成的畫布上塗滿白色顏料，完成一幅奇怪的作品。這算是一種對完成的放棄，一種對未完成的盼望嗎？逐漸崩塌的畫能帶來的快感，只有作者自己知道。畫畫和寫推理小說是一樣的道理。

四年前在辦公室裡生下三隻貓（其中一隻是黑輪）後離家出走的母貓，隔了四年又回來了，而且記得自己的地盤是最高的地方，於是跳上去睡。野性的超能力超越了文明。

心中怎麼想都不是的時候，畫出來的畫自然就變成迷宮。對於觀者而言，這種迷宮就帶有魅力不是嗎？

**二〇一七年二月二十六日**

我家好像變成農舍。在院子裡擺出長桌大宴賓客。主客好像是吉永小百合。一場多麼樸素的夢。

早上在被窩裡讀《愛麗絲鏡中奇遇記》。書中錯綜複雜有如置身博斯[261]繪畫的世界讓人坐立不安，該不會是寫給不做夢的人看的書吧？

「週日美術館」節目介紹提香[262]。希望解說者不要只關注畫中人物性格或畫作的故事性，也提一下後來奇里訶不探究看出他畫了什麼，而從怎麼畫得到啟發，並且接觸到繪畫行為的本質之類的事情。繪畫與心理小說又不一樣。

**二〇一七年二月二十七日**

對五木寬之說：「人工智慧實現的話，人不就可以長生不老了嗎？政府好像可以試試看呢！」

的夢（其一）。

黑色的森林圍繞下的廣大草地，旁邊是映照藍天的湖水，這些都是一間歐洲農莊的庭院。我在這裡畫畫度過餘生。我趕緊把稻田魚倒進湖裡的夢（其二）。

在成城車站前突然遇到久米宏。「我想介紹幾個人給您認識，能不能跟我走一趟呢？」於是把我帶到一間豪華的日式木造宅邸。從屋內走出兩個貴婦：「唉呀，我昨天才收到你送的簽名板……」「咦？你們兩個認識呀？」久米一臉尷尬的夢（其三）。

在畫室聽鶴田浩二[263]的歌。因為重聽，別人的歌我都聽不清楚，唯獨他的歌總算聽得到。鄉愁、異國情調與死亡的香氣，總讓我不由得想起谷崎潤一郎的異國小說。

**二〇一七年二月二十八日**

老師在我最害怕的自然科學課上向同學提問。「液體用什麼基準測量？」本來還心想，我怎麼會知道？腦海馬上浮現「溫度！」我一回答「溫度」，老師就說：「答對了！」回答接下來的問題，老師全都說「答對了！」的夢（其一）。

與唐十郎[264]站在路邊聊天，他一問「怎麼樣？」我回答「不算正常表現，至少還很有精神」。他說：「那就再幫我設計一張海報吧！」說完就道別的夢（其二）。

「載了一百名乘客的巴士被劫持後墜崖，多數人受傷，但只有傷者被送進醫院。」野見山曉治[265]解說的夢（其三）。

向町田市立國際版畫美術館的瀧澤（恭司）詢問版畫的工房名稱，結果沒記起來。這就好像是被一百條委員會[266]拉出來，不斷坦承「我不記得了」的人一樣。

**二〇一七年三月一日**

六點起床。讀《日本靈異記》。這本書更像夢。橫跨這個世界與另一邊世界之間的因果報應故事，讓週刊與電視節目上的醜聞顯得無聊。

晚上讀上田閑照[267]的《西田幾多郎[268]》，這本書也很有趣，看著看著就超過該睡的時間。

**二〇一七年三月二日**

在大阪的大飯店吃完晚餐，突然想回家鄉的老家看看，一到了神戶，末班巴士已經開走了。因為沒有向父母說「我現在就回去」，心想明天回去也好，但又想了一下，我老家已經沒了，父母也早已在五十年前過世了的夢（其一）。

我成為一個心理測驗講師，對電視台的播報員講課，結果跟說我教課內容「沒頭沒腦！」的學員吵架的夢（其二）。

好久沒有下雨，一想起稻田魚住的水缸也會積水，心情就好了起來。

在畫室睡個午覺，山田導演突然來訪，問我：「要不要來日生劇場看我導的音樂劇《馬留斯》綵排？」我決定星期一去。

Hiroshi Kamayatsu[269]過世。記得他以前曾經與尾藤功男[270]一起來我這裡玩。他只是露出笑容，幾乎不曾開口，應該是想要讓我自己發現說太多話了吧？

**二〇一七年三月三日**

才想著昨天的夢已經結束，今天早上又回到家鄉了。但是我身上沒有半毛錢可以回東京。家裡也沒有半毛錢。這是為錢所困的夢。

十和田當代美術館小池一子[271]館長來訪。我以前曾經在美術館裡還是市區某處設計過一座莫札特擺出彌勒菩薩姿勢的雕像模型，這次希望可以實現擴大的版本，特來討論。

**二〇一七年三月四日**

磯崎憲一郎為我在神戶個展專刊寫了一篇有趣的文章，所以我就找他：「雖然稱不上回禮，總之一起吃個飯。」每次打電話給他，他都在寫小說。不只他，每一個小說家都是這樣。像草間彌生那樣一天到晚都可以畫畫的人很特別，我卻只能在心情好的時候才會工作。

在公園涼亭，每次都讀宗教善書的婆婆就在隔壁桌。一個流著鼻涕的小鬼一直呆呆地看著路人的臉。這個流鼻涕小鬼應該是鄉下小孩吧？

看了一部講費里尼[272]與維斯康提[273]水火不容的紀錄片。他們做出一支不錯的節目呢。

在被窩裡讀吉田麻子[274]著《平田篤胤》。前陣子看的《西田幾多郎》有趣，這本也不錯。

**二〇一七年三月五日**

常友啟典[275]死了！「為什麼！」才過兩個多月就走了七個我認識的人，未免太多了。大多數是做完自己分內的事情就「好了，大家再見」的感覺。我有這種印象。所以還活著就表示還有事情還沒做完的意思嗎？

下午快傍晚的時候，ggg的北澤打電話來通知，長友兩週前從病房打電話給他，但病房還是禁止探視的樣子。聽起來好像是癌細胞轉移的樣子。

看錄影的琵琶湖每日盃馬拉松。被非洲實力派選手輾壓的日本，難道就沒派出明星級選手出來嗎？

背負著生老病死的宿命，人要怎麼活下去？親愛的佛祖。

**二〇一七年三月六日**

明天要從巴黎回國，不過再過一星期又要回到巴黎。不認識的年長女性跑來說一句「這時候就來蒸一鍋紅豆飯吧！」的夢。

下一場夢：今天要去日生劇場看音樂劇《馬留斯》，但沒有時間吃午飯，就叫德永去買安徒生[276]的三明治來，準備在車上吃。把和剛才夢到一樣的三明治帶去劇場，發現後台已經幫我準備好便當了，結果我就沒有把三明治吃掉，直接帶回家。這種夢不過是現實場面的重現。

話說回來，《馬留斯》裡扮演郵差的北山雅康[277]，是山田電影裡一定出場的固定配角，但他的存在感就像空氣一樣輕飄，夾雜在個性強烈的演員之間則很容易被埋沒，但是這種非存在性卻會反過來把其他存在感強的演員吃掉。他之前記得我，在後台遇到我就主動打招呼，我就回他：「啊，你就是那個郵差嘛。」他就給了我滿面笑容。這種笑容充滿了一個非存在的自我得到認知時的喜悅。

**二〇一七年三月七日**

在小學對面的椿坂與同屆會合。因為有人帶了螯蝦，我就把那隻螯蝦活生生地往嘴裡丟。雖然只是嚇嚇那些同學，螯蝦跑進我的肚子以後，在我的胃裡造反，肚子就開始痛起來了。好像還要一些時間，胃酸才能溶解牠。才覺得不得了的時候就醒來，肚子卻還在痛。

在台灣之後，中國也有出版社想出《藝術不撒謊[278]》的中譯本，因為已經是以前的書了，現在看起來發現好像都在撒謊。接下來應該出一本《藝術會撒謊》吧？

晚上頭痛，但已經超過醫院看診時間，於是就去隔壁水野診所看。有很多時候只要一看到醫生，頭痛就會自己好起來。

**二〇一七年三月八日**

在歌舞伎座的餐廳歇腳，就遇到猿之助（現名猿翁）[279]與好幾個人一起入店。與他們握手寒暄「真是好久不見了呢！」之後，他們來我桌子一起坐下，開始聊起與外國友人的交遊。我高中時代曾經寫影迷信給伊莉莎白．泰勒，並且得到她的回信，她來日本的時候我也和她見了面。我在夢裡說的話，現實裡都發生過。怎麼想都覺得最近的夢缺乏夢該有的謊言性，所以顯得無聊。

**二〇一七年三月九日**

為《朝日新聞》寫文章，所以去看「大衛．鮑伊展」。似乎早已預料到自己早死的鮑伊，也先策畫了一場遺作展，展出關於自己的龐大收藏把自己轉化成一則傳說。這是在他得絕症之前就最想實現的一件事，既已實現，他應該也含笑九泉了。一個超級搖滾巨星因為強烈的明星意識，燃燒生命能量讓自己短命。他們在過程中總是繫念著死。鮑伊對死亡充滿憧憬。

**二〇一七年三月十日**

坐在畫布前，思考與不思考曾經同時發生。這種時候自己就可以在夾縫中創作。就像是在隨波逐流、聽天由命之中，亟欲消去自然本我的存在。

從昨天開始就重讀谷崎潤一郎、內田百閒[280]、江戶川亂步等人的短篇，這些文章以前就一直覺得有趣。不是在大夢未醒之中結束的作品，就不能稱為藝術。醒來的瞬間就形成了藝術性。

**二〇一七年三月十一日**

與昨天大同小異的一日。

**二〇一七年三月十二日**

音樂劇《馬留斯》首演成功，很久沒有與山田導演一起去增田屋，就一起去。似乎有一種演員是演一演就會在台上消失。難道可以說是一種忍者般的存在嗎？演郵差的北山不是會消失的存在，但觀眾會一直留意他。郵差這種職業本來就可以進出自如，是無法不留意的。我十來歲的時候真的想成為一個郵差，就是因為郵差即使穿得很鮮豔，卻不引人注目，當時才會對郵差充滿興趣。當然我當時沒有想得那麼多。

現在我想畫出一種畫著畫著就不知道是何者創作的畫，可能在某一部分與這種郵差的思想有著連結。

為了解消運動不足的問題而去散步，北澤突然來電，於是與他約在野川遊客中心見面。他從家裡騎腳踏車出來，只要幾分鐘就可以到。因為他是前陣子過世的長友啟典的好友之一，便向他打聽長友的事情。長友一月十五日去打高爾夫球，打完吃飯突然發現沒有味覺。去醫院檢查沒有味覺的原因，發現已經太遲了。人無法逃離生老病死的定局。像三島那樣沒有老與病兩種煩惱的人是另外一回事，難道人面對這種背負著這種理所當然的宿命活著的局面，只能叩問佛祖嗎？

被某種不明物在無意識下洗腦，有時候超越了個體。

**二〇一七年三月十三日**

左腳長出兩塊溼疹，而且開始逐漸惡化，就去找玉川醫院皮膚科的岩渕（千雅子）大夫，給他看患部：「又冒出來了。」大夫沒有發出「唉呀！」之類的驚嘆，我就放心了。看起來我隨著年齡增長，也進入一種未知的領域。

冷天出門移動，以腳踏車代步為主。有時候一走路就會直搖橫搖，有時候差點四腳朝天。我這種生命身[281]不會引人注目，在成城的街上散步，就像在夢裡飄浮一樣。

**二〇一七年三月十四日**

老家的玄關外，從以前就養了很多貓，現在又多了一隻兔子，把牠們全部放進家裡，女兒就警告：「不要讓兔子進來！」我與女兒吵架的夢。

東京車站藝廊的富田、成相（肇）帶來了已完成校稿的「諧擬展[282]」畫冊。我從事諧擬的原點是小時候的模仿畫，這些模仿逐漸變成了故事創作，並且對於描繪對象產生惡意，發展成為喪失權威的諷刺畫，不斷反覆引用古今中外的名畫、重新編排、借用、盜用、剽竊性的譬喻，最後回歸到對自己作品的諧擬之類，到底怎麼回事呢？

**二〇一七年三月十五日**

一場充滿各種畫面片段，就像在看電影毛片一樣拼貼呈現的夢，很難以文字描述。這場夢是在站在澀谷某電影院的西部片風格看板前產生的幻想，這個地方是過去出現過很多次的虛構空間。

傍晚出席《朝日新聞》書評委員會的歡送會。今天很重要，無人缺席。我是固定出席的落榜組，已經進入第八年。常駐組包括柄谷行人[283]（十三年）、我、同期保坂正康三人。我因為重聽，完全聽不懂畢業委員的感言。連自己發出的聲音都變質到自己辨認不出來，變得跟他者一樣。

**二〇一七年三月十六日**

攝影師廣川泰士叫我在代代木公園擺出三十多年前同樣的姿勢，以拍攝場面重現照。我猜想廣川有一種透過新舊兩幅照片表現時間喪失意象的惡趣味，想看可怕的事物，於是就讓他拍了。

以前與亞力安卓·荷多羅夫斯基會面時，他曾說過他在拍新作，這部片《歡迎來到詩樂園[284]》已經殺青。他將布紐爾與達利合拍的《安達魯之犬[285]》視為創作原點，表示想拍出「藝術片」，雖然描寫出藝術上的狀況，如果電影本身可以成為一種藝術，又會如何呢？他以前就活用了日本古典表演藝術的手法，這種手法如果給日本人執行，就會發出腥臭，但是荷多羅夫斯基一用就會成功。這種手法反過來用在繪畫上，說不定會產生比電影更棒的效果。

**二〇一七年三月十七日**

岡部版畫工房的牧島帶來絹版畫校正用印樣。這種共同作業，只要能讓自己的實力與他者的實力妥善搭配，可以為作品帶來異化效應。

瀨戶內師父入院超過一個月，預定明天出院。「我明明沒有感覺什麼症狀，就要開刀。挺麻煩的。不過活到這把年紀還要動手術，說起來還真丟臉。」儘管如此，這把年紀（九十四歲）還能動手術，實在很了不起。「你這樣說是沒錯，我不早點死的話很丟臉呢！」如果我達到這種心境，畫出來的畫一定包羅萬象，看起來非常有趣吧？我想到這種心境，但我還要多活十四年才會變成九十四歲。

**二〇一七年三月十八日**

不知道今天是什麼節[286]，總之從今天開始三連休。可能是因為回籠覺的關係，白天常常頭痛，這種頭痛應該就是令人頭痛的根源吧？

與住在附近的《朝日新聞》依田通了兩小時的電話，什麼都聽不清楚，是不是應該直接見面比較快？主要是希望我還是寫一些書評，柄谷去洛杉磯待三個月，還有想何某某人見面，我就回答等天氣暖一點再說……之類的話。

**二〇一七年三月十九日**

與山田洋次導演、他的女兒吃增田屋。山田導演好像會一邊寫本一邊想：「為什麼自己要想這些奇怪的事情，寫出這種笨故事？」我也一樣。我自己也不明白「為什麼？」一定是被某種不明物在無意識下洗腦。所以有時候我才能就此超越個體的存在。

山田導演去做整復的時候，我去三省堂買了《希區考克電影讀本》、卡夫卡《變形記》、《卡夫卡短篇小說》、《絕望名人卡夫卡的人生論》來看。從其他領域接收的想像力，能為畫作帶來謎樣的效果。

**二〇一七年三月二十日**

今天像夏天一樣熱。走上下坡偏多的路線散步三十分鐘。到處都可看見貼在電線桿上的尋貓啟事。寵物不見了會比愛貓過世更令飼主肝腸寸斷。這種情感在內田百閒的《尋貓啟事[287]》中表現無遺。我也經歷過許多寵物貓失蹤的情形，只要有貓走失，我就寢食難安。與貓相遇是一種命運的安排，只覺得都是貓讓我不斷修行。

**二〇一七年三月二十一日**

想把昨天完成的畫放在外面晒乾，就把畫放在畫室的陽台上直接回家。不過昨晚下了一場雨，畫布在外面淋溼。不知是萬幸還是不幸，這幅油畫上的油彩沒有因雨剝落或流失，也沒有預期的損害，虛驚一場。據說孟克[288]的畫室沒有屋頂，把風吹雨淋都納入創作手法之中。孟克畫作的特徵，就是經常使用直線下筆，這種直線應該也來自顏料（水彩？）的向下流動？我擅自揣測而已……

昨天舉辦婚禮的中川千尋[289]來訪，說她「從飯店趕過來」。就是這種個性的人，我才有辦法一起工作。

以前找我畫婚禮宣傳海報的久保田，介紹我去一間腳底按摩館。腳底按摩特別痛，但是「越痛越快好」，我只能忍住。腳底的穴位反映全身，我覺得按摩腳底對大腦具有治癒能力。

**二〇一七年三月二十二日**

田村正和夫婦說他們在靜岡濱海高地上買了一片兩百坪的土地，打算蓋房子在那裡養老。我想像著那裡風景的夢。

五點半起床，讀完卡夫卡的《變形記》。格里高爾臨死的場面充滿詩歌的美感。有一段寫著格里高爾的脖子應聲而斷並發出長長的嘆息，實際上應該是先發出長長的嘆息，脖子才斷掉不是嗎？高倉健的養女就曾經對我說過，高倉健最後發出長長的嘆息，然後頭就轉向一邊斷氣。這種描寫說不定是出於德國死法與日本死法不同。

八點神津載我去筑波市。在筑波市的NOVA展演廳舉辦一場神津策畫的「日本戰後爵士風潮」主題音樂會，我參加座談單元。我怕爵士樂，因為聽不懂。但是我設計過邁爾士·戴維斯、奇克·科瑞亞[290]與約翰·科川[291]等人的專輯封面。我把握座談開始前的兩三小時，畫了一幅十號尺寸的畫。這幅畫描繪已故的小玉。我畫出的大部分小玉都是在入院、旅途中，或是東寶攝影棚的導演室之類，在畫室以外的場所完成。至於為什麼人一到外面就會想畫小玉，我自己也說不上來。

**二〇一七年二月二十三日**

在夢中閱讀酒井忠康館長寫的藝評。印象最深刻的還是他一段內容，描述中東女性難民以近乎逃難的速度走在險路上，看到泥巴地上開了一朵小花的情景，展現出人性的溫柔與淒美。從早上到傍晚有四組訪客接連上門，啊！好忙。

可能是因為之前去做腳底按摩產生好轉反應，肚子周圍開始痛起來，所以去了整體院。啊！真清爽。

**二〇一七年二月二十四日**

忘東忘西到一個自己都想笑的程度。因為連普通名詞都說不出來，日常會話也變得麻煩。這陣子石原慎太郎[292]說不出平假名單字，我則是說不出片假名單字[293]。片假名基本上用於外來語，我近期內很可能連「うどん（烏龍麵）」「おはぎ（牡丹餅[294]）」都說不出來，到時候我就會吃不了這些食物。說不定以後我只剩下「這個」與「那個」[295]兩種說法，連畫畫都只要畫出「那個」、「這個」兩種內容。關於忘東忘西與大腦的疲勞，電視節目上說每天發呆可以改善，即使五分鐘也好。

**二〇一七年三月二十五日**

深夜突然醒來，發現自己在床底的腳正朝著妻子，她頭上包著毛巾，赤裸裸地站在另一端。房間明明已經全暗，這時卻籠罩在一片微光之中。我一起來確認，妻子卻又不見了。她晚上九點鐘就洗好澡。剛剛看到的妻子難道是鬼魂？還是暫離肉身的靈魂？如果是鬼魂，表示她已經在洗澡的時候死了。我心想：不會吧？於是上了二樓的浴室，電燈是關的，所以她沒死。那我睡著的時候看到的遊魂，應該是她睡著的時候脫離肉身後，以剛洗好澡的樣子出現在我房間裡的。如果這種事並非事實，我所見的就是夢，但現實的房間原封不動地進入夢中，在我身上並不常發生。

二〇一七年三月二十六日

晚上去參加淺田彰[296]的花甲慶生會。出席者差不多三十人左右，我認識的就有磯崎新、坂本龍一、齋藤環[297]、田中康夫[298]、中森明夫[299]、矢野優[300]，但我除了與淺田交談以外，無法與其他人好好聊聊。一定有人會覺得：淺田也已經六十了？但從八十歲的我看來，就像是「才六十呀？」的感覺。淺田八十歲的時候，我就已經一百歲了。他是最常來看我展覽的人。「橫尾是從死亡的擬態出發，與三島恰巧相反。」原來如此。

二〇一七年三月二十七日

下雨。冷回冬天。

過去我一直有空位恐懼症，如果沒有把空間填滿就坐立難安，但如今我反過來，傾向盡量把多餘的物品排除掉。三島好像也因為空隙沒有被填補起來就不安，而形成自己的文學性。簡潔令我焦慮，不過像小津電影那種簡潔性，對我而言卻充滿一種不明所以的魅力。達利的畫很複雜，但是杜象則捨棄了複雜。

問我有沒有睡不著的時候，我想到像昨天我就睡過頭，有時候也搞不清楚天氣是冷是熱。中田師傅第二次上門照顧我的腳。他說腳底按摩或許可以減輕腳的壓力，於是從腳底按摩開始。聽說失智症可以讓人沒有壓力，如果那樣的人又不巧是癌症患者，連癌細胞都會消失。可能癌症患者會者麼多，也跟壓力有關係吧？

原本以為今年在美術館舉行的個展，只有町田市立國際版畫美術館一場，又來了一則個展的邀請。聽說美術館名稱要等下個月十四日才會公開。委託來得這麼急，不過我老早就已經準備好展覽用的作品，所以隨時都可以拿出來展覽。

**二〇一七年三月二十八日**

繼續討論昨天的展覽邀請。

晚上看租來的《正宗哥吉拉》ＤＶＤ。我重聽所以聽不到對白，只能憑畫面猜劇情。這部片為什麼會賣座，如果祕密就在那些會議裡，重聽者等同於沒有觀影的資格。都市明明已經陷入毀滅狀態，卻沒有表現出東京都民的恐懼感。哥吉拉的眼睛像義眼一樣無神。

**二〇一七年三月二十九日**

大島渚[301]在我家鄉的家裡，經營夜間學堂定期開班授課，我每堂都去，但今晚帶去的書實在太有趣了，於是在候車室讀著讀著就想，不如看完就直接回家算了，這時候我就知道自己在夢裡。

下午因為想聽聽玉川醫院東洋醫學科的木村（容子）大夫怎麼說，就想去問問看是不是該重開漢方藥的處方。因為談得很久，外面候診患者會不會等得不耐煩？回程途中還遇到中嶋名譽院長，於是亂聊一通。院長分享了與醫師打交道的要領：「如果沒有適可而止地接受醫師的話，就很容易生病喔。」

出席《朝日新聞》本年度第一次書評委員會的會議。因為椹木野衣成為新委員，似乎會增加對藝術類新書的介紹。開完會後再去「阿拉斯加[302]」續攤。重聽，說起話來綁手綁腳。喝完一杯牛奶就馬上回家。

**二〇一七年三月三十日**

一離開地下餐廳，發現外面已經變成一口巨大的黑洞。幾人進入洞穴深處，依據他人說法，這口洞穴竟然可以通到歐洲。走到一半，說不定還可以看到亞特蘭提斯遺址或是地底人。我想親眼見證地球空洞說，但是沒有照明器材，實在說不上探索。當然我是說夢裡的世界。

**二〇一七年三月三十一日**

我展望眼前一大片像是分批完成的海岸景色。以為是畫出來的海，突然冒出海浪不斷逼近。波浪撲向山丘，據說造成嚴重損害。我穿梭時空出現在事故發生前日海岸的夢。

第三次在家做腳底按摩。據說手主宰精神，腳主宰肉體。就如同觸碰手部可以傳達感情，觸碰腳部則可以活化肉體。

聽說國立新美術館南雄介副館長收到通知，兩天後就要接任愛知縣美術館的館長，所以臨時帶著妻小三人前往拜訪。看完正在舉行的「草間彌生　我的永恆靈魂」個展，就去找南副館長。時常來我畫室玩的南副館長，接下來會有四年時間不在東京，雖然我會感到寂寞，只要他一年能來個一兩趟，我也心滿意足了。「草間」展與其說是個展，感覺更像置身世界博覽會的主題館。

**二〇一七年四月一日**

像水彩一樣流動的黃昏天空下，一道光影在接近地平線的低空蛇行，並且以高速忽南忽北地移動，過程大約只有一秒。聽人說夢是剎那間事件被擴大的體驗，這場夢正是夢的實際時間。在雨天徒步前往畫室，卻發現忘了帶鑰匙，於是又回去拿。是我應該多走路的意思嗎？唉呀唉呀。

當一幅畫快要完成的時候，又重新塗白重畫的行為，就像是把時間也整個塗白。這樣也不是，那樣也不是。

去中國出差的平野啟一郎，很久沒打電話來了。聽他在電話裡說，中國的霧霾嚴重，他的喉嚨很痛。

看了三十七年前還覺得很新穎的鈴木清順導演作品《流浪者之歌》。藝術至上主義反而讓人感到過氣。不過同時又帶來懷舊感。

**二〇一七年四月二日**

沒有做夢的日子總覺得沒了夢想。

山田洋次導演提出一種類似禪門公案，關於「自我」與「非自我」的問題。我的印象是這就像林布蘭[303]的自畫像不斷打扮成他人的樣貌，同時超越自我達到普遍性的非自我。換言之就是從個人到個體的蛻變。

腳底按摩的好轉反應帶來腰痛。我去了成城健康整體院。吃完晚餐我畫了小玉的畫。從今以後，晚餐後可以開始花一兩小時畫些小品。

**二〇一七年四月三日**

一旦產生一種「只要心存夢想就能活著」的幻覺，便有可能在浪漫主義者的日常生活裡招來一心逃避的精神亡靈。

傍晚突然傳來春雷。雷神出訪，宣告冬天結束。

昨晚開始的晚餐後畫畫時間，今天用完了。

**二〇一七年四月四日**

美國聖地牙哥當代美術館想舉辦我與賈斯珀．瓊斯[304]的聯展，想來借展品。聽起來像夢一樣的邀請，還真的是夢。

「我們美美說想當新聞主播，你怎麼看？」妻子問。女主播？如果這是命中注定，千萬別反抗。這還是夢。

五點起床。昨天超過時間沒畫完的畫，早上看起來已經畫得差不多了。畫好像是一種放著自己會完成的東西。

普普藝術家詹姆斯．羅森奎斯特[305]過世。不管畫家多麼偉大，死期一到終究難逃一死。死亡不是特別的事情。把自己的死看成唯一特別的事情，是一種特別的歧視。

櫻花也一齊綻放。去野川卻看到大規模的治水工程。保留原來的樣子，至少還有一百條鯉魚可以看，這樣一搞，可能變成一條鯉魚都找不到的河流。

## 二〇一七年四月五日

去世田谷美術館在學藝員塚田美紀小姐的導覽下，看完「花森安治的工作」展。戰後就有一本雜誌叫《生活手帖》，現在還在繼續發行。花森本身就是一個媒體，在我這種在文化圈外的人對他沒有興趣，但他這種自成蹊徑，與世無爭的獨特生存方式，我則抱持著一種好感。他想必就是那種量產出許多讓人搞不清圖案有沒有樣式，甚至稱不上圖案的畫來，以自己的步調一點一滴改變社會的人。

中午在館長酒井忠康與塚田陪同下，在館內附設餐廳一邊賞花一邊用餐。對於上上週本刊連載中關於酒井館長的描寫，酒井館長說：「我想到了攝影家娜夏特[306]。另外D．H．勞倫斯[307]在《伊特魯利亞遺跡[308]》裡描述狗的情節，也有類似的構造……」夢就像是人類的遺產，可以超越時空，說不定總是奔馳在地球的每一個夜晚之間。

在武藏野美術大學負責典籍部門的五個人來報告現狀。他們的工作很不得了。

今天的晚餐後繪畫作業，因為「太累了」臨時停工。

## 二〇一七年四月六日

睡得著的日子與睡不著的日子交替到來。這種樣式從我年輕以來一直維持到現在。在睡不著的日子裡，永遠羨慕永眠狀態。

四十七年前在《平凡PUNCH[309]》上刊登的二十個女星的裸女圖被翻拍成幾百張照片發表，國書刊行會的清水以前就對這些照片很有興趣，看過這些照片以後，就要求我：「來出一本書吧！」

我還把距今五十年前，一九六七年在紐約聽音樂的經驗，一五一十說給北中正和[310]聽。今天說了兩篇像是《今昔物語[311]》的故事。

**二〇一七年四月七日**

種在後院的七棵巨大櫻花樹，上一次茂盛到遮住天空只看得到樹梢光影是前年的事，現在一樣壓倒性地大過其他樹。

美美家的貓喜歡講電話，會順著對方的聲音大聲地喵喵叫。

波士頓美術館的賈姬來訪。新上任的館長親自否定了正在舉行的展覽。這種狀況每一個地方都在發生，應該不會與川普的美國優先主義無關。

**二〇一七年四月八日**

駿台補習班[312]先斬後奏，報告他們在東大等級的全國模擬考題裡引用了《不需話語》的一段文章。我心想自己的文章居然可以成為東大入學考的考題！一挑戰這題，就沒有答錯的本錢。看了三題，「丈二燈台[313]，燈下黑」。

**二〇一七年四月九日**

夢見穿整套西裝跳進翡翠色的深河流游泳。夢中也經驗到確實的體感。

美國攻擊敘利亞，連北韓問題都呈現出不妙的氣氛。寫出《文化防衛論[314]》的三島，像是在對我炫耀：你看，最近是不是越來越像我說的那樣呢？（怕）

上午去做腳底按摩。只要搓下去會覺得酸澀、會痛的部位，都表示有問題。舒服的痛都是正常的。

繪畫的終極訊息就是「無」。像自己家一樣舒服的寂庵，貓的反應最誠實。

**二〇一七年四月十日**

最近的夢盡是一些即使不侷限於「夢」本身，也可以通用於現實中的場面。昨晚夢見的是黑輪與流浪貓窩在同一張坐墊上睡覺。我心想：「唉呀，又多了一隻嗎？為了這些貓，我應該活久一點。」

光文社新書總編輯小松現帶來我在《朝日新聞》書評集的校對本來訪。書名決定叫做《書讀很慢的我是這樣讀書的[315]》。預計七月發行。

**二〇一七年四月十一日**

在飯店大廳和幾個來送客的人一起等電車離站，現在只剩兩分鐘就要出發。我得先上接送的車去車站，上車的時候已經過了兩分鐘，恐慌症都要發作了。如果是夢，就會在這時候醒來：「還好只是夢。」但是這時候我還在夢裡希望這是夢。實在是充滿觀念性的一場夢。

因為來訪問豐島橫尾館的外國媒體越來越多，小學館中川就帶著新書企畫書來訪，說希望出一本因應外媒訪問的書。

《GALLERY》月刊來訪，問「我最好的十幅作品」。對自己的作品，我無法就優劣排名。要判斷作品的好壞，靠的是鑑賞者喔。

晚餐後創作進入第三幅。

**二〇一七年四月十二日**

「HANGA JUNGLE」是這次在町田市立國際版畫美術館個展的名稱。因為我的版畫具有一種多樣性特徵，就像叢林裡充滿各種植物一樣，新舊作品齊聚一堂，就像是叢林的生態系一樣，就取了這種標題。實際的展品中也包含了叢林與泰山的圖。把「版畫」寫成羅馬字拼音「HANGA」，也是因為「HANGA」就像「北齋」一樣具有國際性，慢慢會成為世界性的語言。今年以來，我愛看的書以週刊為主。因為我聽不到電視的聲音，就從週刊接收最新資訊。每一篇報導都是因果報應、自作自受，看不到佛教的救濟思想。從這些報導中可看出現今的時代特徵。

**二〇一七年四月十三日**

有一名東大錄取生的父母只有高中學歷，並不要求自己的孩子一定要用功，結果這孩子就順其自然地沉迷於鐵道、日本將棋與昆蟲採集。這種把用功讀書放在一邊的孩子，居然還能考上東大。考題的答案並不來自學習，反而來自遊玩之中，還不是玩笑話。

去虎之門醫院進行定期健診。沒有檢查，只有問診。我的情況：避免飲食過量，體重維持現狀，活動身體，為了保持身體動能盡量外出與旅行，維持少鹽，不必擔心。報告完畢。

**二〇一七年四月十四日**

與妻子、德永三人從新橫濱搭乘新幹線前往新神戶，參加個展「YOKOO WORLD TOUR」開幕記者會與開幕典禮。本次的策展人是平林惠，走海外旅行與海外展出交錯的作品與照片文件風格。這次只有十個老同屆，在市長帶領下從西脇來。晚上與蓑（豐）館長和淺田彰一起吃牛排館。

**二〇一七年四月十五日**

從成田機場起飛的巨無霸客機遇到恐攻，造成一百八十死的夢。好像是白隱[316]還是誰說：繪畫的終極含意在於「無」的夢。

上午又慢慢地看了一次展覽，然後去京都找瀨戶內師父。能撐過腳與心臟手術的瀨戶內師父，肉體強韌令人驚訝。我一進門，就端來年糕紅豆湯、木瓜與散壽司飯招待。至於豆沙糕點與小西點，我只能婉謝。回想起來，我已經一陣子沒來過寂庵，卻有一種回到家的心情。窗外好像正在下櫻花雨，結果是飄雪。同時還下起隆重迎賓的大雷雨。

晚上歸宅。兩天沒回家，一到家黑輪就特別高興，自己跑來跑去。平時默不吭聲的黑輪，這時一直叫。憑直覺與情感生存的貓，一舉一動都是誠實的。

三宅一生送來一套皺褶款西裝與設計燈具。

**二〇一七年四月十六日**

中午與山田洋次導演一起去吃增田屋。他說山本嘉次郎[317]導演有一些片段都丟給黑澤明拍。山田導演說：「有些鏡頭怎麼看怎麼像黑澤明拍的，如果是我的話，絕對不會叫別人幫我拍。」那黑澤又是怎麼回事呢？他怎麼看都不像會幫人拍片的導演呀。如果是我又會怎麼樣呢？我也不會讓別人幫我畫畫。畫畫的樂趣都被別人搶走了嘛。

在田村正和家門前遇到很久不見的夫人。每次看到她都不同樣子。她看起來很開心：「老公正在京都參加《眠狂四郎[318]》的最後公演。」我以前也曾經在梅田陀螺劇場參加過井上昭[319]導演的《眠狂四郎》公演，不過我負責的是舞台美術。

想去拍下野川的櫻花，結果去了發現花都掉光了，去做腳底按摩。到底是有問題在痛，還是好轉反應的痛，我自己都搞不清楚。

黑輪跟昨天晚上一樣一直跟我撒嬌。

晚飯後完成第三幅畫，保持未完成的狀態。

少年時代的生活樣式，原封不動地成為我的藝術樣式。

## 二〇一七年四月十七日

國書刊行會的清水說《橫尾忠則全版畫 HANGA JUNGLE》的印樣已經出來了，就帶來給我看。書中刊登了我大約五十年間兩百六十幅版畫作品，也有關於版畫的文字記錄。我從來不覺得自己是一個版畫家。所以只要有感覺就做版畫，不論創作時期還是主題也都十分零散。如果我不做，在做下一幅版畫之間，可能產生十年空白，但昨天加拿大一場國際版畫展剛好來邀展，我才知道自己成為日本十個受邀版畫家之一

光文社新書的小松帶來書評集的最終校對本。舊的評論文已經是八年前的事情了，現在讀起來，已經完全不記得以前讀過評過這些書。這些忘掉的時間都到哪去了？

**二〇一七年四月十八日**

如果我十四天內不回應參加就不公開的個展，在青森縣十和田市當代美術館舉行。小池一子館長在開幕前已經與我協調很多次。館長說為了要炒熱展覽氣氛，想把我以前畫的驅邪貓精品做成貼紙，讓店家貼在櫥窗上，讓市區充滿節慶的氣氛。除此之外，與貓有關的提案還包括把我過去大量創作的小玉畫像，在小屋子裡做成貓咪之家等等。

「Bunkamura 雙叟文學獎[320]」的主辦單位問我要不要擔任評審委員，我大吃一驚。我平時沒在看當代小說，這種工作我實在不行、不行。聽說他們每一個項目都要靠單一評審審查。當然我推掉了。

**二〇一七年四月十九日**

晚餐後，畫第四幅小玉的畫。雖然是以快筆畫出的粗獷作，其實沒有那麼糟糕。

**二〇一七年四月二十日**

從早上開始就繼續完成昨晚的畫。

隔了半年再去東京醫療中心看眼科野田（徹）大夫的診。因為我很長一段時間沒有接受治療與吃藥，眼底出血可能還在持續進行，想起來才嚇一跳。然而他說：「改善到令人驚訝的地步。看起來這半年之間，血液似乎又流進原來失去功能的微血管裡，並保持順暢的循環，只要血液繼續通過這些細微的血管，眼底出血的症狀自然就會痊癒。」看起來均衡營養、充足睡眠、避免堆積壓力都是恢復健康的理由。眼睛改善，說不定也可以為其他器官帶來好的影響。

町田的《TOWN NEWS》來訪，詢問版畫展詳情。

《朝日新聞》書評的責任編輯從大上變成加來，我提出第二篇原稿。

因為明天要出席町田市立國際版畫美術館的開幕，先去 niko picabia 洗一個頭。

晚餐後想繼續畫小玉，但才畫了幾筆就停下來了。

**二〇一七年四月二十一日**

與妻子、美美三人一起出席版畫展開幕。廣大的展場已經被來賓擠得水洩不通。已經沒有可以優閒看展的感覺了。他們說開館以來第一次遇到這麼多人進來。人多到我無法逐一叫出認識的人與朋友的名字。我勉強認出山田洋次導演、李麗仙[321]、大和悠河[322]、小池一子、山口春美[323]，小中陽太郎[324]、大野慶人[325]、園山晴巳[326]等人。其他還有很多向我打招呼，我卻叫不出名字來的來賓。我只能以笑容逐一回禮，臉部的肌肉也因過度緊繃而變得怪怪的。

**二〇一七年四月二十二日**

昨天的來賓多到我差點喘不過氣來，今天誰都不想遇到。

版畫個展裡的作品，大部分沒有固定樣式。可說是直接反映著我的性格。一般而言，樣式通常會被認為是藝術形式上的分類，但是我的樣式並不反映在藝術上，毋寧說更重視生活的樣式，其中又注重在童年的生活樣式上。我在家鄉與大自然為友抓魚抓蟲，手作玩具給自己玩，收集飲料瓶標籤、尪仔標與郵票，還包括各種臨摹，關於生活所有領域的必需品，都成為我的樣式。等我長大以後，童年的生活樣式又變得複雜起來，並且成為我知性與教養的一部分。所以那些尚未複雜化的部分，就發揮出一種根源的力量。換言之，如果生活方式也跟著樣式化，我在作品上就沒有必要刻意把樣式當成一種問題提出來。我的作品裡之所以沒有恆定的特定樣式，是因為我童年的生活樣式，在我長大之後，還愛不釋手地持續下去。別人有時候會稱為一種反知性。如果把藝術樣式與生活樣式分開來想，我發現不需要再故意創造出藝術樣式來了。

晚餐後，一邊想著我與小女友[327]之間的生活樣式，一邊進行未完成的小玉畫像。

**二〇一七年四月二十三日**

町田市立國際版畫美術館的「橫尾忠則 HANGA JUNGLE」展昨天開放一般參觀第一天，就湧進一千名參觀者（通常展覽平均每天六百人），館方好像非常滿意的樣子。今天去聽椹木野衣的專題講座，卻因為重聽，只聽出「版畫」「卡拉瓦喬」「橫尾先生」三個字，其他內容完全聽不清楚。即使他們為聽障者提供手語翻譯，我又沒學過手語，所以一樣不懂意思。因為來了幾個認識的貴賓，就約了大家一起去餐廳吃飯。以前吃過這裡的藥膳咖哩覺得不錯，就再點一客來吃。餐廳的菜單上也有年糕紅豆湯，一定是因為我喜歡才列上去的吧？

晚餐後開始畫第五幅小玉的畫作。希望今後也能持續晚餐後畫畫的習慣。因為我晚上十點睡覺，只要能在晚餐後洗澡前畫畫，執念會隨之消失，晚上就會很好睡。

**二〇一七年四月二十四日**

本來以為養在院子裡的稻田魚早已死光，後來確定還有一條活下來。我想在水盆中多加幾條年輕的稻田魚，多繁衍一點子孫。

坂本龍一寄來他八年來最新的創作專輯《async》。光是他使出渾身解數製作而成這點就很了不起了。即使我重聽都能聽得到他的音樂，說不定是因為他的音響作品已經跟我這對音響化的耳朵同化了的關係。連重聽的耳朵也能體驗到這張專輯神奇的聲響，本來希望與坂本分享我的喜悅，但不可能實現，實在可惜。

傍晚去成城助聽器行檢查聽力，因為我的聽力比以前更差，為了訂做新助聽器，先用矽膠為我外耳道打模。光是把試用助聽器裝起來，就感覺出明顯的不同。試用機可以一直用到新助聽器完成為止。原來聽不清楚的電視聲，終於又聽得見了。

繼續進行晚餐後的例行繪畫作業。這次畫的小玉是寫實風格，我打算像運動員每天練習一樣去畫。平常我不會畫寫實畫，但打算讓自己回歸初學者的心情，假如我再不養成基本的繪畫習慣，也就無法畫出誇張的變形。

**二〇一七年四月二十五日**

晚餐後畫畫讓我放空腦袋，所以晚上都會很好睡。當然洗澡也有關係。在浴缸裡泡到全身發熱，兩腳剛踏在地板上又會冷下來。體溫一下降就會想睡。如果再同時搭配胸式與腹式呼吸，副交感神經就會活躍，達到自律神經的平衡。

突然想吃甜食，就去便利商店買了紅豆湯圓丸子串來吃。順手買了一本《文藝春秋》的五月號。我一直讀到傍晚。

**二〇一七年四月二十六日**

法國的電視台好像做了一個關於夢的專題報導，說要訪問世界各地的藝術家各自做了什麼夢。我時常做夢，但是他們說其實沒有那麼多人做夢。是這樣嗎？我以為自己的人格是透過白天與晚上的生活形成的。如果只有白天的人生，精神不就無法取得平衡了嗎？換言之，我認為潛意識與表面意識可以讓想像力開花。也就是感性與理性的平衡。沒有夢境的人生就沒有夢想，至少我是這樣覺得。

我開始為「DIESEL JAPAN」創作版畫。此外，他們提出一個有趣的提案：同時陳列分別在義大利與日本的巨大版畫〈WONDERLAND〉的紅版與藍版。

傍晚出席《朝日新聞》的書評委員會。去年我不太寫評論，今年每個月至少要寫出一篇可以的話希望可以交兩篇，但現在讀書實在太吃力了。之前每次都會為委員準備便當，今天的菜色是壽喜燒，但是我今天中午就吃過壽喜燒。

**二〇一七年四月二十七日**

走在一條以前火車的客車通道，沿途不斷碰撞其他乘客的身體。突然發現年事已高的母親正坐在座位上。小玉就睡在她的腳邊，看到我下了一跳，但隨即露出興奮的表情。母親與小玉都已經過世，在夢裡就像是在生與死之間徬徨的感覺。

豐島橫尾館的金主，福武基金會的福武美津子、宇野（惠信）與齊藤來訪，討論介紹豐島橫尾館的全新專書企畫與新海報設計。我好像會在初夏走訪一趟。

西脇市岡之山美術館的好岡（輝壽）館長與山﨑（均）副館長邀請我明年舉行個展。他們預計讓我以西脇為主題發表新作。只要能利用這個機會，新作就會增加。

**二〇一七年四月二十八日**

我隸屬於一個像SMAP的熱門團體。團體的其他成員還包括保坂和志與磯崎憲一郎在內。負責主唱的是團員中長得一副大餅臉的傢伙。做了這種夢，我五點鐘就清醒過來，並且直接開始畫畫。

因為心情不暢快，就去美容院找老闆弄頭髮。

在新宿東京柏悅酒店與明天就要回國的卡洛斯．山塔納見面。妻子同行。不同於以往，卡洛斯一見面就突然拋出艱澀的音樂論點。難道他以為我是雜誌找去與他對談嗎？他希望之後能有足夠的時間，可以好好討論共同創作的事。他去羅浮宮看到蒙娜麗莎像大受感動，想做出歌頌女性的音樂。

回家路上與小澤征爾偶遇。站著聊了一下。

傍晚與山田導演一起去二子玉川的109 CINEMAS看《樂來越愛你》。模仿與獨創，未完成與完成，未成熟與圓熟。我明明不是電影導演，卻一邊批評「如果是我的話就會這樣拍」一邊看下去。

**二〇一七年四月二十九日**

躲在被窩裡寫朝日的書評。

《圖書》刊登岩波文庫「我的三本書」特集。我也提出我的三本，但對幾個認識的人推薦的名單更感興趣。

**二〇一七年四月三十日**

在成城的房仲門市裡，一個長得像江戶晴美[328]的店員，對我展示適合第二畫室用的物件。我問她：「有沒有我以前在夢裡看到那個林子裡的物件？」她回答：「那個剛才給您看過了。」為什麼江戶晴美會知道我夢裡出現的物件？我稱這種夢叫夢中夢。

在町田國際版畫美術館舉行《文藝》連載「畫室會議」座談會版。這是我與保坂、磯崎三人的對談。怎麼談都沒有以前那種輕浮的感覺。隨意的言談都變得嚴肅，是一場失敗的對談。但是三人簽名的單行本（《畫室會議》河出書房新社）賣得很好。

**二〇一七年五月一日**

南天子畫廊也要開我的新作版畫展，所以青木來訪。

傍晚去成城助聽器門市領取新助聽器。連紙張摩擦的聲音都變得很大聲，著實大吃一驚。簡直就是電影院的音響。從今天開始，日常生活就變成電影院囉！

**二〇一七年五月二日**

上伊集院光[329]在ＴＢＳ電台主持的節目。距離上次擔任來賓，好像已經過了十一年。不過伊集院對於以前的訪問都記得很清楚。這種記憶應該就是他的才華吧？

傍晚送出昨天開始寫第二篇的朝日書評。加來嚇了一跳。我很想再看到那種表情，也開始寫第三篇稿好了。

**二〇一七年五月三日**

下午去按摩腳底。畫畫到傍晚。我不拿筆就進入白痴狀態，腦袋什麼都想不出來，但拿起筆的瞬間，點子就會轟隆隆地冒出來。

**二〇一七年五月四日**

突然想吃町田版畫美術館的咖哩與年糕紅豆湯，就去了町田。因為我不太常搭電車，光是買票就折騰了好一番工夫。總算上了車，座位兩邊都坐著頭髮染成棕色，戴著口罩的女孩子，其中一個把頭靠在我的肩膀上沉沉睡去。在對面座位上的年輕情侶，可能看到我興奮的樣子，不時露出笑容。

黃金週期間，美術館的售票口大排長龍。瀧澤請我吃藥膳咖哩。日經新聞出版社的苅山夫婦也在，我們四人一起吃年糕紅豆湯。結果我根本沒看展覽。反正來的目的是咖哩與年糕紅豆湯，吃到了就達成目的。在苅山夫婦的陪伴下，總算平安坐回成城學園站。夫妻倆可能還不放心，又陪我到家門外的路口。我感受到自己變成一個貨真價實的老人。

晚飯後暫停畫畫，觀看《魔境夢遊：時光怪客》的ＤＶＤ。片中有一場戲說是「過去無法改變，但未來可以」，並且用時光機越過時間的障礙，簡直像是對死後世界的模擬。

**二〇一七年五月五日**

早餐前畫了一幅小玉的畫。不知不覺，我也畫出六幅。只要環境改變，畫作的風格也會變。我只要不努力，風格就會變，所以沒什麼話可說。

「嗨！磯﨑，我們常碰到呢！」我又在路上遇到他。我每天騎車的路線與他散步的一樣，騎腳踏車就會遇到出來散步的他。他認真走路的樣子讓人感到訝異，看起來是想要降低自己的血壓。

**二〇一七年五月六日**

下午在初夏陽光下，面對野川的涼亭裡閱讀《文豪掌中怪談[330]》（東雅夫編），非但沒有讀得背脊發涼，還熱到大汗淋漓。因為這本書收錄了我寫的怪談，我就可笑地成為「文豪」之一（笑）。

**二〇一七年五月七日**

黃金週期間的戶外活動，只有去町田吃咖哩與年糕紅豆湯。

整天無所事事，但只要一想起小時候追著放流進水田的稻田魚跑的情景，在童年天真幻想的遊戲氣氛中，畫畫的靈感突然浮現，於是起身一鼓作氣畫出來。

**二〇一七年五月八日**

今天是黃金週最後一天。

與山田導演去吃蕎麥麵（我點烏龍麵）。他說他接下來會幫前進座[331]導演《駱駝男小馬》（又名《裏長屋騷動記[332]》），他希望引用我在前陣子日記裡對於《論老年》提出的論點，用在抬棺夫的對白上。我早就忘了自己說了什麼，不過對人有用我就覺得安慰了。

傍晚去辦公室，聽說ＰＣ子從門縫鑽出去，經過院子後不見了。雙色在房間裡，發現大門一直是開的，就跟著溜出去了。想來想去，也只有把門關好一種方法。這樣下去的話，PC子整晚都會在外面。不論就此失蹤還是明天自己回來，我今天晚上總不可能留在辦公室過夜吧？這時候，身為貓咪博士的保坂和志一定會說：「不是出去找回來，就是在辦公室睡一晚。」母貓地盤範圍小，所以只能相信牠的歸巢本能。

卡洛斯．山塔納寄來新專輯的CD與DVD，還特別要求：「還不能外流！」NHK「週日美術館」的「藝術場景」單元是可以報導我在町田的版畫展，不過記者問的問題實在太過膚淺，令人苦惱。還指導沒看展覽的另一個工作人員影片該怎麼剪。

**二〇一七年五月九日**

在十和田市現代美術館的個展，決定取名「橫尾忠則十和田浪漫展 POP IT ALL」。專刊的文章將考慮委託年輕的暢銷小說家撰寫。

**二〇一七年五月十日**

昨晚整晚擔心PC子，有點失眠。如果牠無法進屋內，可能會因為在外面喵喵叫一整晚，連嗓子都啞了。還是讓牠在屋裡的好。

傍晚出席《朝日新聞》書評委員會。因為有書等我寫評論，他們就為我加油打氣：「加油！來拿書吧！」於是我就挑了沒人寫的新書帶回家。這一兩年間很少寫書評，所以他們說「請好好加油」。但是書讀得慢的我，實在很難交出書評。而且我又超不擅長歸納重點。

**二〇一七年五月十一日**

昨天搭計程車去朝日新聞社的路上喝了一瓶勇克爾[333]的關係，晚上一上床睡覺就發揮功效，讓我一直醒到天亮。到早上一直持續但丁《神曲》的煉獄狀態。

法蘭西斯．科波拉的兒子羅曼．科波拉[334]，現在已是優秀的電影導演。小科波拉說要拍一部以莫札特為主題的電視影集[335]，委託我設計劇中會出現的莫札特專輯封面與海報。虛構專輯封面與海報，聽起來很好玩不是嗎？好像最近就會來討論了。

最近我也收到了法國和義大利的工作委託。加上美國的案子，今年秋天好像會充滿國際色彩。

**二〇一七年五月十二日**

傍晚南天子畫廊舉辦版畫與周邊快閃展售會。青木（康彥）社長策畫一個娛樂性質的展，說是「很想做一次按日計酬的工作」，與賣畫不同，周邊販售讓收銀機差點爆掉，店員高興得都要哭出來了。依照慣例，舊雨新知一直讓我懷疑：「他是誰呀？」我就在一直不記得的狀態下不斷點頭哈腰、笑臉迎人四處打招呼，笑得臉部肌肉都痠了。

結束後就在南天子附近的中華小館，與青木、主辦人酒井忠康、瀧澤恭司、安來正博等人，在我的家人陪同下，從以前的事一直聊到最近的事。

回家時已經超過十一點。黑輪露出「你總算回來了！」的表情，自己跑來跑去。

**二〇一七年五月十三日**

與已故的小玉在森林裡重逢。想過去抱牠，才說：「過來！」牠就變成一隻猴子，朝我衝過來。

我心想，「好！」於是變成黑猩猩給牠看。猴子受到驚嚇，突然變成大猩猩。我心想，「我怎麼能輸呢？」於是就變成大金剛。大猩猩果然打不過大金剛，於是小玉就變回原形。我也從大金剛變回人樣，抱住小玉走在森林裡。第一次夢見自己變成其他動物。但是我又是以另一個自己的型態，從高處俯瞰一切過程。

一早就下起雨來。好天氣會騎腳踏車出門，下雨天走路。所以為了身體好，反而希望下雨。就算下雨是走路的理由，我還是不得不走，因為人家說年紀是用腳走出來的。

傍晚著手很久沒畫的一百號。因應在十和田當代美術館舉行的個展，在畫布上畫下十和田的Y字路與十和田的馬。

深夜零點我還是睡不著，會影響明天座談會的表現，我不如以痴呆狀態與談吧。

**二〇一七年五月十四日**

整晚沒睡，就去參加町田市立國際版畫美術館的版畫展演講。妻子與德永同行。這場演講前所未見，當然對美術館來說也是開幕以來少見的趣事。學藝員瀧澤也因應活動的熱鬧氣氛，把自己打扮成歌舞秀的主持人。「讓我們歡迎大和悠河小姐為我們帶來精彩的表演！」突然傳出一陣大音量播放的樂音，大和一邊唱著個人專輯《ELOISE》的單曲〈寶石的時間〉一邊進場的編排，完全看不到「學藝員」瀧澤的影子。大和悠河的強大舞台魅力，吸引了全場觀眾發出此起彼落的尖叫聲。她穿著紅黑雙色的長披風，臉上戴著面具，一邊揮舞著手上的手杖，一邊變身成為怪盜方托馬斯[336]，並且以華麗的舞台動作跨過銀色的道具橋。前寶塚（宙組）

花旦大和悠河震撼全場，讓大廳陷入一股讓人如痴如醉的漩渦。請想像我與這一個虛構角色的對談，將是何種情狀。我覺得頭腦大概也會變不正常吧？下一段節目她又換了一套獵裝，在黑暗中拿手電筒照著展覽名「HANGA JUNGLE」的字樣，一邊把顏色詭異的燈光投射在大猩猩與泰山的畫上（我連這幅版畫何時掛上去的都不知道），一邊脫下身上的獵裝，變成一個活生生的芭比娃娃。我中間多次被帶上帶下銀橋，雖然我很難照著館方指示冷靜演說，事到如今也只能硬著頭皮上了。眼前簡直是一片虛擬世界。累死了！如果讓這種像小精靈一般的女孩在我的畫室裡又唱又跳，我的作品也會充滿這樣的活力。

晚上回家就累垮，睡得很好。

**二〇一七年五月十五日**

為光文社新書系列發行的《朝日新聞》書評集拍攝封面照。八年間我一共寫了一百五十本書，如果沒有寫書評，實際讀書量可能只有十分之一吧？

全家去附近的餐廳為英慶生。英說：「你知道我也六十了吧？」我當然不知道，他以後應該也會比他父母活得更久。

**二〇一七年五月十六日**

陰天。《TRANSIT[337]》雜誌的主編加藤（直德）創了新雜誌《ATLANTIS[338]》。他說會聚焦於看不到的事物。看不到的事物，就是現在日本的政治！

**二〇一七年五月十七日**

十年來停止海外旅遊。可能也因此而時常夢見身在海外飯店的夢。而且都是一個人被留在飯店裡的夢。想吃拉麵，就站在飯店前等，霍琪．德田突然冒出來對我說：「我們走吧！」並攔下一台計程車。我的口袋裡半毛錢都沒有。這種時候不可能讓女性出錢。我找遍全身口袋，終於發現五百圓。這不是一場值得一提的夢。

今天一直畫一直畫。頭與手不爭氣，無法協調合一。進度逐漸陷入泥沼。這是邁向新局面不斷前進的證據。

**二〇一七年五月十八日**

一片漆黑的寢室突然變得十分明亮，妻子站在房裡，穿著以往的連身洋裝。我問她：「又起來了嗎？」房間的燈光突然變回原來的一片黑暗，我醒來。那剛才那是夢？夢與現實處在同一狀況，又是怎麼回事？以前也有過一樣的夢，但是那也是妻子，然而如果房裡出現的是別人，就表示我見鬼了。

**二〇一七年五月十九日**

又夢到出國。走出飯店，在一家很大的酒吧裡，發現了田中一光、永井一正[339]、淺葉克己[340]三人圍坐一張大桌子。看起來他們才出席了一場設計會議。永井攤開《讀賣新聞》，語帶不滿：「看不到關於會議的報導，實在傷腦筋。」

美國聖路易美術館透過我在紐約的畫廊，表示想租借我的作品在日本版畫展上展出。

二〇一七年五月二十日

今天的天氣像盛夏，早上八點半前往畫室。前往玉川醫院皮膚科。回程上前往成城助聽器調整助聽器。聽到自己的聲音變了個樣，覺得很不舒服。

在三省堂買了《九成疾病光靠走路就可以治好！》《「戒藥方法」事典》《不靠藥物降低血壓的方法》三本書。

照著書上所寫走了四十分鐘的路。氣喘吁吁，但有種快感。

二〇一七年五月二十一日

早上六點半出門散步。公園裡已經滿滿都是散步者。連螞蟻都匆忙地散步。我拖著還帶幾分睡意的腳往前走。年紀比我大的老人們，不斷超越我。我的後背挨著從河川歸來的涼風，走路的速度雖然增加，卻無法縮短與走在前面老人間的距離。走到高台上的公園，發現三四十位高齡者正在大草皮上打著太極拳。我坐在板凳上參觀了一會。附近的水池旁，一個老人正在餵池中的鯉魚。他一邊自言自語「來吃的都只有大隻的鯉魚而已」，一邊捏碎手上的吐司麵包往池子丟。長得像稻田魚的鯉魚幼魚在水中聚集。我走下高台，在樹蔭下的草皮邊一張板凳上喝茶的時候，看到一個穿著像是弗拉戈納爾[341]畫中跑出來的洛可可貴婦從眼前走過，還特地對我稍稍點頭致意，我看了急忙點頭回禮。一個戴著白色手套，頭戴大遮陽帽的老婦人，看起來就像身材高挑，而上了年紀的高峰三枝子[342]。一大清早，這位穿一身正式禮服散步的老婦人到底是何方神聖？我本以為剛才看到的只是幻覺，她卻又出乎意料地健步如飛，越走越遠。回程我走另一條來時沒走的路線。我看到四、五位高齡者正在談嚴肅事，他們的腳邊卻有一隻大貓舒服地靠著睡大覺。路的另一邊，一棟房子的門柱上，纏著一條蛇。這條蛇應該會鑽進屋裡吧？我對山田導演描述早上遇到的事情，只要一提到本文提到的貴婦，他就說：「下星期天我也要去」。今天說「看到」，不像每星期天「會看到」，屬於清晨的白日夢。

晚上帶著山田一起去成城健康整體院。

**二〇一七年五月二十二日**

今天是不是熱到快三十度？出門挑戰高溫，花四十五分鐘繞行公園一圈。

說各種語言的各國人一同造訪畫室。

雖然不是來開高峰會，墨西哥藝術交流基金會參訪團的成員卻來自墨西哥、德國人、瑞士與美國。有一人對於我對其提問「為什麼您的作品常常出現紅色？」的回答似乎不太滿意，只要我以社會，不，民族性的理由隨便吹噓幾句，對方就會一直點頭。

**二〇一七年五月二十三日**

在某棟有高台的建築物的窗邊往外看，發現腳下就是滿布岩礁的海岸。聳立在海上的岩石不斷被海浪侵襲發出沙沙聲，浪都很大。高三十到四十公尺的浪，轟轟轟地激發出水柱，簡直像炸彈一樣。我茫然地看著這種光景的夢，卻成為醒來後心情差的原因。我心想「該不會是中暑？」就去隔壁的水野診所，結果大夫診斷「有中暑危險」，我必須吊一支點滴。點滴雖然像是一種療癒的咒語，只要能帶來痊癒的心情，就是可貴的寶物。

二〇一七年五月二十四日

醒來又與昨天一樣。今天也去玉川診所看看。「可能是散步時脫水過多。」於是幫我打比昨天更多的點滴。打點滴好像與喝 OS-1 有一樣的效果。既然都來了，就請他打點滴，我不會討厭點滴。診察費包含掛號費總共五百五十圓。如果五百五十圓就可以買來安心，就算是便宜的價格。

二〇一七年五月二十五日

我將一星期七天分成白、黃、紅、藍、綠、金、黑七種顏色，要求繪畫課學生依照自己生日星期幾，把那種顏色塗在臉上的觀念藝術夢。

去町田市立版畫美術館舉行與蜷川實花的對談，妻子與德永同行。本來預定在蜷川幸雄死前就舉行對談，現在變成跟他女兒實花對談，其實話題幾乎一樣，但我才中暑過，對談於我而言不至於太辛苦。

二〇一七年五月二十六日

悶悶不樂的下雨天，不過山本與田中從我在神戶的美術館跑來討論下一檔展覽與各種小事。我提案一年舉辦兩至三場展覽，但因為空檔太長，還是希望一年能舉辦三場。好的，明白了，就這麼辦。

傍晚巴黎卡地亞當代藝術基金會美術館的館長艾爾菲．尚德斯來訪，他昨天才到日本，明天就要去韓國，在非常緊湊的行程下，還特地撥空來畫室找我。聽說首爾當代美術館的卡地亞典藏展明天就要開幕，會展出我幫一百多位藝術家畫的肖像畫343。下檔後就會去上海巡迴展出，問我想不想接受他們的邀請去上海一趟，但是我實在沒有力氣出國了，只好婉謝他的好意。因為我總是想接觸新作品，我就希望他盡量用電郵轉貼新作照片。卡地亞一百藝術家肖像畫集的專文，他希望能交給負責這次策展的研究員海倫344（現在任職於法國駐阿根廷大使館）撰寫。要寫這種文章，再也沒有比她更合適的人選了。

**二〇一七年五月二十七日**

我家是一棟坐落在海邊的古典洋樓，其實是一個很舒服的環境。這是一個伸出手臂就可以觸摸海浪的地方。最近的夢越來越缺乏故事性。到底與畫作極力排除故事性的特點間有沒有關聯，到現在我還是不清楚。

傍晚去按摩。我覺得按摩應該可以使交感神經與副交感神經得到平衡，恢復自律神經的正常功能。

**二〇一七年五月二十八日**

深夜兩點清醒過來。早上《朝日新聞》刊登我寫的書評，我看完就醒醒睡睡了兩小時。星期天早晨（七點左右）可能遇得到那個弗拉戈納爾畫出來的貴婦。可能是我第一次見到後描述得太誇張，害得山田導演也說想一起來看，但出門說不定又要中暑，只好暫時不散步。當時她突然把視線轉向我，才讓我猜想她可能是個美女，如果仔細看又會如何，我反而越來越沒信心。

昨天上映的《家人真命苦 2》我好像還有機會去戲院再看一次，聽說比第一集更有後勁。今年秋天即將開拍的第三級令人期待。

下午在畫室一口氣完成一幅一百號畫布的作品。這是為十和田當代美術館個展畫的新作。

**二〇一七年五月二十九日**

中國《知日》雜誌幾乎把整個篇幅都拿來刊登我的特輯，卻又因為想刊登作品或照片數量過於龐大，特別來討論可否把刊登圖片數減到一半以下。他們接下來好像又要出三島由紀夫特別號，所以又找我談過去和三島之間的小插曲。

**二〇一七年五月三十日**

本來以為十和田當代美術館的新作已經完成，結果中間一改再改，又不斷產生變化。我心想差不多可以收手，打算採用破壞手法，就把顏料往畫布上一潑，好，完成！

**二〇一七年五月三十一日**

去箱根雕刻之森美術館看正在舉行的「篠山紀信攝影展」，因為以前他幫我用「篠山廣角[345]」拍過畫室的照片。我把三十年前在富士電視台藝廊展出過的作品擺滿畫室，照片上的自己看起來根本很年輕，我卻覺得是前陣子才拍的照片。

搭小田急電鐵浪漫特快到車站下車，到美術館之前先去鰻魚料理店「友榮」吃飯。以前去美術館參加《文藝》三人對談之前，曾經與保坂、磯﨑一起去吃，吃完一直惦記著這裡菜色的口感，今天點的鰻魚像乳酪一樣入口即化，我一說：「再來一客！」妻子就說：你剛才已經叫了最貴的套餐了，是不是太高級了？是《文藝》當時太小氣，沒有招待我們最好的菜色嗎？我總不可能開口問這種事，就不對妻子與德永抱怨，直呼「好吃，過癮」。

黑河內（卓郎）從美術館出車到友榮接我們。雕刻之森美術館位於高原上，聽說比小田原涼上一兩度。一抵達美術館，先參觀了整個攝影展，又去院子看雕刻作品，我在院子裡得到畫畫的靈感，所以就拍了一些照片。最吸引我的照片是雕刻之森車站旁邊的Y字路，其中一條岔路是電車軌道，是一個非常特別的路口。我自從十七年前開始畫Y字路至今，只要一想到還是會慢慢地畫下去，每次畫出來的風格都不一樣。我對於統一的樣式沒有興趣，漸漸地大家也分辨不出來這是誰的畫作。堅持特定樣式是畫家的事，我卻不堅持特定樣式，說不定等我死了，鑑定的結果全都是偽作。

我們請黑河內把我們送到箱根湯本車站。妻子在車站買了很多當季的生鮮食品。

不到七點就到家。我整天不在家，平時很安靜的黑輪一看到我就輕輕地「咪」了一聲。

因為《朝日新聞》、《東京新聞》、《日本經濟新聞》都會刊登町田版畫展的評論，所以授權他們刊登版畫作品〈泰山來了〉。可能是因為展覽名是「HANGA JUNGLE」，他們才聯想到泰山。日經的宮川匡司在評論裡指出，「驚訝」、「喜悅」與「共鳴」等象徵，表現出我童年時代的森林泰山。沒錯，這些元素就是我創作核心裡的童心。

**二〇一七年六月一日**

小學校舍的樓梯間轉角面積很大，我抬著棺材下樓，爺爺的遺體從棺材裡掉出來。護理師蒼井優就在樓上的房間裡。她是我妹妹。這場夢簡直跟《家人真命苦2》一模一樣。被裝進棺材的小林稔侍也是在樓梯上掉出來。蒼井飾演的是護理師。為什麼我會夢到電影改編的場面呢？我從以前就對報紙的訃聞專區很有興趣。男性的死亡年齡平均為八十幾歲。我的年紀也已經進入八字頭，但以畫家而言，八十幾歲就死了算英年早逝。像畢卡索、夏卡爾、奇里柯、北齋全都是九十幾歲才死。八十幾歲正是意氣風發的年紀。

**二〇一七年六月二日**

下一幅畫要畫什麼？我無為地過了一整天。

**二〇一七年六月三日**

我突然開始想：活了八十年，何時體驗過幸福的瞬間？六〇年我隻身前往東京，半年後父親猝逝，為了趕回家鄉，在前往澀谷的路上，周圍的景色突然閃閃發亮。我發現當我開始想「從此我可以自力更生」的瞬間，就是人生最幸福的一刻。

**二〇一七年六月四日**

我問山田洋次導演「人生最幸福的一刻」。他說他初中三年級開始打工，從山口海邊工業區的一間魚漿工廠批進竹輪，拿到草皮賽馬場外黑輪攤，拜託賣黑輪的阿姨：「我是戰後歸國者。請買我的竹輪。」阿姨說：「你的竹輪我全包了。明天記得再帶喔！」他說他回程路上就有一種言語無法形容的幸福感。

與山田導演去二子玉川看《異星入境》。巨大太空船出現在世界十二個地點。一個想與外星人溝通的女性語言學家，企圖解讀外星人以能量輸出的表意文字，過程中經歷了時光倒轉。反正他用誇大的場面描述陳腔濫調的溝通，來襯托男女之間的愛情就是了嘛。

**二〇一七年六月五日**

十和田當代美術館小池一子館長帶了戌井昭人[346]造訪畫室。我才覺得與戌井第一次見面，即使如此，他就告訴我他之前曾經幫我寫過《藝術不撒謊》（筑摩文庫）的解說文。失敬失敬。這次我在十和田的展出，將請戌井寫圖錄的解說。住在隔壁町的戌井，好像常常趁經過我畫室旁邊的步道時一直盯著畫室裡面看。那麼今天你就從畫室裡面，盯著外面的步道看個夠。

**二〇一七年六月六日**

在東寶攝影棚的一間房間裡編輯一本將由國書刊行會發行的攝影集，內容是四十七年前在山中湖拍攝的二十個裸女。如果有人問，為什麼現在要編輯四十七年前拍攝的人體照片，我應該怎麼回答？如果我回答「這些照片想要出來晒點太陽」，不是太牽強了嗎？

**二〇一七年六月七日**

以預測人類一百歲以前的命運為前提，與梅原猛一起開啟延命計畫的如夢之夢。

攝影家田原桂一[347]（六十一歲）死了！去年我在六本木為 Mercedes Benz Connection 特展彩繪車體，舉行發表會的時候，他還突然跑來找我。他還在巴黎的時候，我看到的他還是田村正和等級的美男子，在賓士展的時候已經變成一個光頭胖子，令人吃驚！前一陣子還特別寄了展覽邀請函來，對他對作品的盡責，我只能讚嘆不已。他的訃聞旁邊，又有另一個攝影家山崎博[348]（七十歲）

的訃聞。我曾經與他見過一兩次，因為已經幾十年沒見了，也就認不得他的臉。人的死訊總是這樣傳來。死亡是理所當然的，人還活著反而變得超乎想像。

十點一樣去東寶攝影棚。大屋哲男[349]的公司就在行政大樓的隔壁，所以我就順便去找他。他們公司負責製作電影的電腦動畫，於是就帶我參觀工作環境。

傍晚去《朝日新聞》的書評委員會。我最想寫的書已經在決定前被人家先下標搶走了。透過這種過去終止形，喊價得標就已經成為現實。

**二〇一六年六月八日**

今天一樣去東寶攝影棚。每年山田團隊在拍片的時候，我都會去探望，所以對這裡不免有種像家一樣熟悉的感覺。這裡的員工餐廳供應的午餐，也是我來這裡的一大享受。菜單上的每一道菜色都好吃。最貴的菜色也不過五、六百圓。攝影集的編輯工作，也在昨天差不多完成了。下午，羅曼．科波拉導演委託我協助完成他的新片，與他通了視訊。他拍的上一齣戲裡，指揮家羅德利果．迪．蘇沙[350]到監獄裡演奏奧利維埃．梅湘[351]的作品，當時的演奏錄成的專輯，要在本次播出時上市，所以導演希望我設計劇裡專輯的封面。他好像會在唱片行擺滿這張專輯作為道具，就算是這一個場面，也要特別委託外國藝術家設計，是令人驚訝的一件事。我感受到美國文化的厚度。日本比起做出好貨色，更優先考慮的卻是花更多錢去做更麻煩的事情。

在我與科波拉討論的時候，山田導演拿來兩只酒標上印著「科波拉」字樣的酒瓶，我就向羅曼介紹山田導演。山田導演對科波拉說：「這是我第一次跟國外通視訊電話。」科波拉笑著說：

「這個以後可以拿來誇口喔。」

**二〇一七年六月九日**

將十和田市當代美術館展出用的畫作搬上卡車。趁貨運公司與館方學藝員聊得正熱，我寫了《北海道新聞》委託的「月光畫師　月岡芳年」展覽專文，寫掉四張稿紙。外面越熱鬧，我反而越能安定下來。

堆在畫室一角從未發表的小玉畫像，講談社想拿去出一本畫集。另一方面，我卻把五月三十一日是小玉忌日這事忘得一乾二淨。

**二〇一七年六月十日**

看起來像是我畫室的建築，卻與實際的建築物有點不同。大批大批的人群湧進，想來委託案子，但我不擅長區分權衡輕重，顯得拖泥帶水，這時山田導演就高明地挑出重要的案子。不愧是電影導演。

在三省堂買了《老子的教誨》。老子的書我收了好幾本，不同的譯者會讓「教誨」都不一樣。我覺得老子的覺悟與其說發生在現世，更像是發生在死後。

晚上去按摩。按摩是肉體的開悟。

**二〇一七年六月十一日**

和昨天一樣，今天也貪圖著享受無為的時光。下午神津善行來訪。他說他用電腦作曲。現在的年輕人好像可以簡單做出莫札特的曲子。因為音樂也漸漸用電腦作了。他說他想早點死一死。

不要跟我說這種話，我覺得有一種畫只有老人才畫得出來，所以請做出老人的音樂。老人的作品，年輕人絕對做不出來。如果要說會發抖的繪畫還是音樂，我們才不會輸呢。

**二〇一七年六月十二日**

迅速完成《怪盜方托馬斯》封面插圖。只花十五分鐘。方托馬斯是包括馬格利特在內的超現實主義藝術家鍾愛的大盜。

**二〇一七年六月十三日**

野上照代[352]女士把她接受《電影旬報》訪問，提到美國版《黑澤明之夢》DVD與我為山田洋次《家人真命苦2》設計的片頭的文章剪報寄來。九十歲的野姐前陣子跌了一跤，受傷不能走路，去做核磁共振，發現沒有傷到頭，真是不幸中的大幸。

包括我在內，大家都跌倒。小野洋子也跌了一跤。妻子也在大和證券跌了一跤。

**二〇一七年六月十四日**

腳底按摩的中田師傅早上四點就起床，從輕井澤搭首班車專程來訪。我一邊聽師傅談養生祕訣，一邊被他按腳，痛得舒服。明天要去十和田。

**二〇一七年六月十五日**

英開車把我、妻子與德永載到東京車站。東北新幹線的特等車（GranClass）看起來簡直就是飛機的頭等艙座位，車廂內也有像飛機餐一樣的服務，不過我吃的是車站的便當。很難吃。可能是因為喝了勇克爾的關係，身體開始變熱，覺得快中暑了。車廂有點熱，請車掌把冷氣開強一點，車掌說車內定溫。我只穿一層T恤，用毛巾包冰袋纏在脖子上，大口喝下運動飲料，總算讓體溫下降一點，但車內還沒有變涼。我中暑這麼難過，其他乘客睡覺卻必須蓋毛毯，到底是哪一邊出現異常？

明天是我在十和田市當代美術館個展「十和田奇談展」的開幕。小池一子館長親自在各展間導覽。我對第一次發表的新作品還不熟，覺得像是別人的作品。之前累積的三十幅小玉畫像也是第一次發表。

今晚住的旅館是「蔦溫泉」，離市區非常遠，是一間在奧入瀨川附近山谷裡的老旅館。我很久沒泡溫泉，但第一天泡澡，最好還是不要超過三分鐘比較保險。

**二〇一七年六月十六日**

五點起床。早上泡澡。八點吃早餐前就一直畫小玉。我從來沒有在畫室畫過小玉，總是在旅途中、住院時的病房或車上畫。與其覺得是作品，更覺得是一種給小玉的安魂曲。在其他地方畫，也是一種小玉好像還陪著我的思念。

本來要開往美術館的計程車，突然改變路線開往十和田湖。在地司機自告奮勇強迫推銷路線，說要看風景就要看最美的風景，就一直走山路，結果把車停在路上，帶我們往險峻的山上走。我們被迫一邊撥開山間小徑的雜草，一邊爬上陡峭的山崖。我越想越氣，就直接向司機抱怨。但是既然都已經在深山裡，也就只能往「最美的風景」前進。從目的地俯瞰十和田湖，景色固然漂亮，但為什麼沒在這裡蓋一座觀景台？還是連這裡的居民都不知道這個景點？根據司機的說法，這一帶有很多熊的蹤跡，前陣子才有四個人被熊殺死，說是危險區域。那你又為什麼把我們帶來這麼危險的地方？不過我們沒被熊吃掉，究竟還是可喜可賀。

下午在美術館舉行記者會與開幕典禮。現場的盛況據說是開館以來第一次，平時人煙稀少的小鎮，到底從哪裡湧入這麼多遊客參觀，連館方都很驚訝。小池致詞時說：「希望你也說一下剛才在最美的十河田湖差點送命的事情。」我才說完，市長（小山田久353）就突然大聲讚嘆：「精彩！」真是奇怪的市長。

唉，好累。火速回到旅館，連泡溫泉的氣力也沒有，直接躺平！

**二〇一七年六月十七日**

四點半起床。泡完溫泉就開始畫小玉。上午開館進行公開創作。觀眾超乎預料。預定兩小時完成的畫，加速在一小時內完成。為了不中斷意識的流動，只能使用快速度完成。連森美術館的館長南條史生都從東京趕來看我。雖然沒見到面，淺田彰也來了。

小池館長始終笑容滿面，很好很好。我趕緊回到東京，從東京車站直奔整體院。

**二〇一七年六月十八日**

町田市立國際版畫美術館的個展最後一天，舉辦簽名會。一小時簽了三百人！昨天公開創作，今天簽名會，我卻詭異地感受不到疲憊。昨天有一百人來看，今天我想更多。有一種變成運動員的感覺。所以畫家果然是肉體勞動者，最好不要覺得自己是什麼藝術家，以職業工匠的本性去創作就是了。不過那樣的「本性」其實我是用不到的。

## 二〇一七年六月十九日

我睡的時候，黑輪來了雖然沒把我叫醒，我卻自己清醒。我一醒來意識就開始流動，黑輪捕捉到我的意識，並且判斷：「啊，人類醒了！」

在十和田市與町田市兩天連續的肉體勞動，帶來一種中暑脫水的感覺？我起床的時候，突然感到恐慌。下午腳底按摩的師傅來訪。因為他是搭四點鐘從輕井澤發的早車來，在幫我按摩的時候好像一直被睡意侵襲，手指的動作有時停頓。

傍晚突然覺得很久沒僵硬的肩膀又僵硬起來，便去整體院請師傅揉肩膀。

## 二〇一七年六月二十日

我以一般報名身分參加一場馬拉松。因為我對長跑有信心，就打算跑到前幾名。超越無數年輕跑者感覺很爽。本來應該可以進入決勝範圍，還來不及知道結果就醒來了。

可能是因為昨天先後做了腳底與肩膀的按摩，足足睡了七個小時。

與世田谷美術館酒井忠康和塚田美紀很早以前就約好要吃成城「炸豬排·椿」，中午終於成行。酒井對於昭和十一年出生的當代藝術家向來充滿興趣。例如荒川修作、磯邊行久[354]、高松次郎、若林奮[355]、李禹煥還有我。但是這年以天干地支而言是子年，已經有三人不在了。塚田總是這麼會穿著，每次都很好看。可惜妻子每次拍出來的照片都是糊的。

下午去東京都當代美術館，去幫策展人長谷川祐子[356]挑選龐畢度中心梅斯分館「JAPANORAMA」展的展品。他們好像要為我開一個獨立展間。

**二〇一七年六月二十一日**

聽說今天會下大雨。養稻田魚的水缸好像快沒水了，這場及時雨不論對小魚還是對我來說，都是久旱甘霖。不過水缸裡還有生存者嗎？

**二〇一七年六月二十二日**

昨天我沒去《朝日新聞》書評委員會，責任編輯用簡訊通知我，想寫的三本書都被別人搶走的夢。

我去法國開某場會。大會司儀用法文對我說：「請介紹自己的繪畫。」但我又聽不懂法文，只能靠讀心術理解意思。我又重聽，雖然喪失聽覺，心電感應能力比以前更強的夢。

《朝日新聞》書評責任編輯來信：「昨天預約的書，已確保兩本。」所以我證明了夢裡的話都是假的。

NHK教育節目部的長井問我要不要參加錄影，與「爆笑問題[357]」對談，還提議到我神戶的美術館出外景。以前他提案我曾經拒絕他一次，這次就接接看。我重聽以來談話不太方便了，應該怎麼做才好？

在十和田與南條碰面的時候，他問我有沒有用過BOSE一款可以控制周圍音量的消噪耳機「QuietConfort35」？經由他的建議，我馬上聯絡BOSE請他們提供試用品。這副耳機真是不得了，我非常驚訝。我本來以為這輩子已經無緣再聽音樂了，這副耳機真是奇蹟。厲害了。

**二〇一七年六月二十三日**

自從七年前在大阪國立國際美術館舉行個展以來，也已經累積將近八十張新作，《IDEA[358]》的室賀（清德[359]）看完之後，就說他希望能趕快介紹給策展人。我想，這些海報與當代設計的潮流相當不同喔。

覺得運動不足，晚上就散步走到車站前。在三省堂買了鈴木大拙[360]《佛教的大意》（中央公論新社）。

**二〇一七年六月二十四日**

天色暗沉的陰天。清理稻田魚水缸裡的汙泥。就算度過了連續三年非常冷的冬天，到現在看起來似乎仍有四五條還活著。對此我驚嘆不已。

**二〇一七年六月二十五日**

在車站前的「阿爾卑斯」一邊喝可可，一邊整理日記。

在「增田屋」與山田導演吃飯，要求他讓我把第三部《家人真命苦》的片頭做長一點。以前索爾．巴斯[361]設計的片頭就引起很大的討論，至今仍然被大家拿出來講。

去公園的遊客中心看他們養的稻田魚。和我家養的相比，公園的看起來好像比較幸福。我總該做點什麼才對。

傍晚去成城健康整體院。按摩是生活與創造的一環。

自從在十和田市當代美術館的個展畫新作以來，就沒再拿過畫筆。我是不是開始偷懶成性了呢？只要動筆畫就可畫出一幅自己沒看過的畫，但我是不是並不想看這幅畫呢？我想要問自己，結果內在自我卻給了句回答：「沒想過呢。」我又覺得，萬一畫出來的是一幅傑作呢？但我心裡住的那位畫家，卻假裝自己不知道，還扯了一個謊：「想畫就畫出來。」

**二〇一七年六月二十六日**

包圍畫室四周的樹木，繁茂到與亞馬遜雨林沒什麼兩樣，只差沒有猴子與鱷魚，我一樣想起蔥鬱熱帶的溼熱氣息。

有一陣子沒有打電話向瀨戶內師父請安了。「我說呀，那個人來了喔。橫尾，你一定也認得這個寫小說的人。」我心裡知道是平野啟一郎，卻假裝不認識。「他很年輕，帶兩個小孩來，太太很漂亮，也一起來了。」「喔？太太很漂亮？」「你不認識他嗎？」「到底會是誰呢？」我裝傻了一下。「我和他一直聊了五個鐘頭。」我終於沉不住氣，回答她：「一定是平野吧？」「對對對對！平野！」「那他也跟你說了五個鐘頭的話嗎？」「平野一邊笑一邊點頭，他太太也一直沒說過話。」「瀨戶內師父您只要一開口，別人根本沒有搭腔的機會。」「哈哈哈！是嗎？那橫尾你最近又過得怎麼樣？」「還算過得好。」「我忘了誰跟我說你還在住院。為什麼他要說呢？」「因為我常常入院呀！說來那位仁兄的資訊，未免也太舊了。都已經兩年多前的話題了，我現在每天都在讀八卦週刊呢。」「真的呀？我每天也只看八卦週刊，八卦週刊最有趣了。」

我看了一些探討死亡的哲學書，只要想起為什麼我無法認同，主要是因為那些書的論點以人死即化為虛無當成前提，就變成不適用於我身上的哲學。報上說，過半數美國人不認為人死就會化為虛無。

**二〇一七年六月二十七日**

幾年前過世的電影製片藤井浩明[362]介紹一個住在家鄉長屋的作家，名字很怪，叫做「川原志乃潮」。我告訴她：「今天是我的八十一歲生日，男人的八字頭，是最意氣風發的年紀。」說著說著我就醒了。在夢裡記得自己的生日，未免太詭異。

在羅馬車站（？）月台請一個打扮妖豔的中年婦女唱出電影《火車駕駛》的主題曲，我拼命抄下歌詞讀音。「阿莫累，阿莫累，阿莫累，阿莫累米歐，因普拉秋帖每，斯扣魯德，尼多洛雷，白歐列斯塔可帖，辛諾美摩洛，白歐列斯塔可帖，辛諾美摩洛，比安努，比安努，阿莫列米歐。」唱著唱著我就醒來，並在被窩裡繼續唱下去。

按摩腳底做到一半，平野來電。我一邊請師傅繼續按，一邊告訴他瀨戶內師父不記得他的名字。我告訴他：「今天的通話內容真蠢呀。」他的回答讓我笑出聲來：「下次就提醒她好了。」

**二〇一七年六月二十八日**

早上繼續清理稻田魚專用水缸的汙泥，因為長時間保持低姿勢，發生類似胃食道逆流之類的狀況。

下午去國立東京醫療中心進行眼科定期回診。被日大醫院診斷出白內障，開刀前一晚逃出醫院是對的，白內障是誤診。

晚餐與工作室同仁一起在成城「Polaire」西餐廳補辦生日宴。

**二〇一七年六月二十九日**

與神津善行一起去虎之門醫院回診。我明明不菸不酒，也不吃大魚大肉，尿酸值卻偏高。「如果橫尾先生您不想吃藥，就以飲食療法控制吧。」一天光喝兩寶特瓶量的水，大夫說還不夠。用餐時要喝兩三杯茶。

**二〇一七年六月三十日**

王貞治叫我：「橫尾老哥！」我就和他在一間飯店的套房裡討論合作出書的計畫。某報社的高層跑來，給了某些麻煩的要求。一起在場的紫吹淳363一臉困惑。窗外是中學時代教室外的田野風景。根據容格的說法，記錄夢境會產生共時性，事實上這種共時性常常在我身上發生。山本與林（優）從神戶帶來下一次展覽的企畫提案，我想，再讓我一點時間想想。山本今晚就會前往十和田市當代美術館的個展展場。

**二〇一七年七月一日**

眼前有幾個認識的人，其中包括大約三十五年前就已去世的編輯黑澤。「你死後不久，森也跟著走了，你在那邊遇到過他嗎？」他沒有回答。難道在夢裡都不想說嗎？

今天的天氣看起來要下雨不下雨，沒有一個著落。我是想畫畫還是不想畫，我也沒有一個著落。

**二〇一七年七月二日**

晚上出門散步，明明沒有喝酒，卻步履蹣跚。

整晚沒有睡著的印象。

和山田導演吃完增田屋，就去投都議員的票，然後去凮月堂吃湯圓年糕紅豆湯。創造的基底，具有愚蠢可笑的元素。我們聊著聊著，山田導演就從齋藤寅次郎的故事一直往下挖掘，最後從土裡冒出來，已經到了北海道。就算問他：「為什麼會到北海道？」他也會說：「我也不知道。」這種沒有頭緒的言行就是藝術。

自民黨在都議員選舉得到史上最大敗績，以及藤井四段[364]無法突破二十九連勝的報導，我一直看到深夜。

**二〇一七年七月三日**

我（好像）具有一種毫無用處的超能力。以前可能已經提過了，只要我一去書店，站在附近的人手上拿的書一定會掉到地上，這種現象已經持續了三十年以上。我不只遇過一兩次，可能已經遇到三十到四十次了。而且這種現象不只發生在特定的書店，即使我在鄉下地方還是海外的書店，只要感覺會遇到的時候，就一定會遇到。今天到三省堂也一樣，一進店裡，站在我後面店員的整捧書就掉落在地上。就算我不必負責，但覺得一半與我的超能力有關，於是就幫店員一起收拾。有時候一天會遇到兩次，實在太過頻繁，有一陣子我還在日記欄外的空白處記下「今天又有書掉下來了」幾個字。

高平哲郎[365]在大阪為吉本興業蓋了三間劇場，其中最大的演藝廳將要上演一齣叫做〈外連國小洒落日本[366]〉的戲，想以誇大華麗敷衍風格的舞台表現邪門歪道的故事，並且需要一張象徵COOL（難道不是脫軌〔kuruu〕嗎？）JAPAN的海報，所以隔了二十年又找上了我。當時我們都認識一個A先生，我順便打聽關於他的消息。結果他回答：「已經自殺了。」哪天我再遇到他，他看起來應該已經像是印度的聖人了吧？

**二〇一七年七月四日**

臨時去參加長谷工[367]主辦的講座。講座以現場三百四十名高齡聽眾為對象，我本來預料自己都不知道自己在說什麼，可能是因為與談的社長年紀還輕，話題就逐漸往與高齡者問題無關的方向前進。我們在偏離原訂主題方面很像。聽眾之中也有四十多年未見的老同事，我問她：「某某人現在怎麼樣了？」她說：「G與S都死了。」以後我不想再去問想到的人後來怎樣了，因為大家都已經死了。只要我開始在意一個人，就表示那個人已經不在了，是否都只是偶然而已？

**二〇一七年七月五日**

昨天是充滿妄想的一天。所以晚上被妄想困擾，一夜不得好眠。

虎之門醫院的石綿（清雄）大夫前陣子指出我尿酸值偏高，我一直擔心，卻又不想吃化學成分，所以就去玉川醫院東洋醫學科找木村大夫諮詢。「漢方藥裡沒有降低尿酸值的藥，只能靠西洋醫學的化學成分。」所以趕緊預約下星期石綿大夫的門診。

去《朝日新聞》的書評委員會。我開玩笑問他們，是不是認為晚餐準備鰻魚飯，我就會出席吧？結果他們回答讓我大吃一驚：「今天準備的確實就是鰻魚飯。」他們說是築地名店某某亭的鰻魚，但鰻魚小小條，口感也和我家附近的店大同小異。

我挑了兩三本關於死亡的書帶回家讀。

**二〇一七年七月六日**

為了降低尿酸值，一天必須喝掉四個寶特瓶量的水。整天光是喝水就忙不過來。國書刊行會的清水把人體攝影集的原寸裝訂樣本帶來讓我過目。他們採用大開本。某報正在連載某作家的新聞小說，他們委託我畫插圖。於是我用簡訊回答：「我最不想接的案子就是新聞小說的插圖，接了會折壽。」報社回答：「本社將與作者再行討論。」

**二〇一七年七月七日**

要回國的當天，才發現完全沒有打包行李。糟了！國內旅行團的其他團員，全都換上浴衣，只有我還找不到纏腰帶。糟了！兩場出糗夢。今天是三個七的幸運日。會發生什麼好事呢？

**二〇一七年七月八日**

這是哪裡？在山腳下有兩三個朋友，其中一人是中澤新一[368]。中澤以前來我家玩的時候，曾經站在我家長椅上，帶動作演唱田谷力三[369]的歌：「我拿起擺在岩壁邊的槍……如此這般。」他唱得很引人入勝，後來只要遇到他，妻子一定會對他說：「請你再唱一次那首歌。」因為有過這樣的經驗，今天遇到他也一樣問他：「你可以再唱那首歌嗎？」結果他唱的是另一首歌。他朗聲唱出第一段歌詞。我問他：「這是土井晚翠[370]的歌詞嗎？」他笑而不語。前幾天我也夢見一個義大利女人唱出整首《火車司機》主題曲，今天又做了唱歌的夢。

傍晚去公園散步。比我年輕的老人們聚在一起看人下將棋。我上去瞄了一眼，卻看不出哪一邊比較占上風。

**二〇一七年七月九日**

昨晚散步時間較晚，泡澡的溫度又偏低，覺得好像著涼了。自己想辦法把微熱壓下來。

與山田導演在增田屋碰面，他每次提到的電影話題都很好玩。齋藤寅次郎的電影現在幾乎全部失傳，山田導演只能從劇本解讀。戰前有一種類型叫「空腹劇[371]」，不管前面怎麼演，結局一定是自來水管破了，家裡淹大水。櫥櫃浮在水上，一家大小在家裡游泳。齋藤可以面不改色地拍攝這種荒唐不堪的片，難道他是非主流藝術嗎？

在本刊（《週刊讀書人》）看完自己的日記連載，接下來會看的是田原總一朗[372]的〈採訪筆記〉。自民黨的慘敗，是東京都民對於「那件怪事」憤怒的結果，議員之中卻沒有任何一人察覺出「那件事」就是他們的敗因。是因為就算察覺了也不想講，還是不敢講？

**二〇一七年七月十日**

完全無法入睡而陷入妄想的時候，突然被一個強烈的印象「ZAIDANHOJIN！」侵襲。怎麼搞的！一個想也沒想過的概念不請自來，我就衝進妻子的臥室，叫妻子馬上準備早餐：「我馬上要去畫室，馬上準備早餐！」現在是凌晨四點。後面發生什麼我就不記得了，好像吃完早餐我就睡著了。等我再醒來已經早上八點，只覺得肚子空空。於是我又叫妻子「馬上準備早餐」。妻子問：「你四點不是才吃過嗎？」我不記得自己吃過，就反問：「我吃了什麼？我不是吃了那個嗎？」「那是昨天的早餐。」我竟然不記得自己四小時前吃了什麼。我以前聽人說過，記不得自己吃了什麼還好，記不得自己有沒有吃，就是失智症。總之連我也得失智症嗎？我可不這麼覺得，不過我確實沒有自己已經吃過的記憶。

「ZAIDANHOJIN！[373]」到底是什麼？與其說是直覺，更像是強烈的衝動。我今天凌晨的舉動根本是夢遊。父親生前就有夢遊症狀，他對於自己的舉動毫無記憶。因為我記得自己做了什麼又說了什麼，所以不是夢遊症。沒有自己吃過早餐的記憶像是失智，如果真的是失智症，我應該也就沒有那樣的自我認知了。

二〇一七年七月十一日

如果真不在意自己的尿酸值偏高，就去了一趟虎之門醫院。石綿醫師說我的處方藥不能中斷。想吃藥，要不要採取食療法？尿酸值好像會因為吃了高普林食物而跟著變高，放著不管會產生痛風的危險。我買了關於普林的書，從今天開始研究尿酸值。研究自己的身體以了解「自己」不是難事，不過對於準備三餐的妻子來說，我覺得會很累，只能請她配合。

二〇一七年七月十二日

終於得了夏日型感冒。去玉川醫院呼吸內科接受檢查。沒有肺炎的危險，不過病毒已經造成體內發炎，所以必須禁止外出，建議入院以避免與人接觸。我留下來打了兩小時半的點滴很累。預計明天入院。

帶入院行李去醫院，結果以前習慣住的病房，要等到明天才會空出來，所以先回家等。

二〇一七年七月十三日

昨晚完全沒睡著。燒完全沒退。我打了點滴，又做噴霧吸入療法。下午進單人病房。本次住院的主治醫師是梅澤（弘毅）大夫。認識很久的名譽院長中嶋大夫，以及前天掛號的長（晃平）大夫一個接一個地進房探視。我今天拿到書評集《書讀很慢的我是這樣讀書的》（光文社新書）的樣書。

因為入院等於與世隔絕，就沒有外部壓力，心情也就相當良好。因為病人餐不合胃口，只向院方要求早餐。

因為我說最近一直失眠，院方開了無害的助眠劑，我沒吃就睡了。

二〇一七年七月十四日

半夜一點鐘醒來一次。總算不靠助眠藥得到了三小時的雷姆睡眠。我躺在床上，隔著大窗子凝視廣大的夜空。明明已經很晚了，卻看得到很多夜間飛行，我大為驚訝。

五點醒來。日出染紅的天空，像長條的棉絮一樣美。量體溫、量血壓、量血氧、吃早餐、吸蒸氣，忙不過來。三位大夫輪流看診。「您怎麼了？」總之，請大夫今天傍晚先讓我出，等海之日連假結束後，我再慢慢和大夫商量。中嶋大夫說：「今天是最高溫。接下來燒就會逐漸退了吧？」如同他所說，體溫一回家就馬上從攝氏三十六點九度降到三十五點七度。妻子被我傳染感冒。

二〇一七年七月十五日

知覺只剩下頭與屁股，中間都是失眠的空洞。常常覺得看到鯉魚在清澈的河流游泳，不過都不是夢。

夏天的風吹進畫室。現在還在咳嗽，但我打算等它自然痊癒。

正在首爾市立美術館舉辦的卡地亞當代藝術基金會典藏展，寄來了相當體面的展覽目錄，裡頭刊登了三十幅我畫的當代藝術家肖像。下檔後應該會去上海美術館展出。

有一陣子沒遇到辦公室裡的雙色與PC子了，去看看牠們。

**二〇一七年七月十六日**

我睡得很不安穩。嗓子變啞，而且還拉肚子，真慘。

畫不出畫的日子還在持續，我的壽命不可能一直持續下去。彎個腰都吃力，什麼時候會好呢？

上午與山田導演先去增田屋再去風月堂。他告訴我預定九月開鏡的《家人真命苦3》故事大綱。一本系列每一集都是現在的主要社會問題。希望他下下部作品就直接把現代問題拍成時代劇。一個導演的話也不能照單全收。

為了找回原來的體力，晚餐在附近的和食館子吃了鰻魚。

**二〇一七年七月十七日**

感冒（？）看似反撲。今天好像因為是「海之日」，連醫院也休診。今天和昨天一樣整天躺在床上養病。

**二〇一七年七月十八日**

醒來同時發現嗓子啞了無法說話。德永與玉川醫院的中嶋大夫討論的結果，收到入院通知十一點回到之前的病房。一進醫院就馬上抽血、照X光、做心電圖。嗓子啞了是因為昨晚臥室窗戶沒關好，似乎不需要特別治療，主治醫師梅澤大夫說應該會自然好。X光與心電圖都沒有發現異常。體溫也從上星期的三十六點九度下降到三十六點五度。與本次生病無關的尿酸值與血糖值也低於基準，腎臟的測量值也比上次低，我吃了一驚。說不定是因為我盡量避免高普林飲食，並且攝取大量水分，才有這樣的成果。本來預定要打點滴，因為代替護理師來幫我扎針的年輕實習醫師技術太差，我就拒絕他，要求直接喝 OS-1 補充電解質。

德永從桂花外帶糖醋排骨給我當晚餐。

**二〇一七年七月十九日**

失眠。凌晨依稀有點做夢的記憶，我中間睡著（幾分鐘？）嗎？

今天沒有另外檢查或點滴注射。下午，請東洋醫學的木村大夫依照我的現狀開兩種漢方藥。預定明天去神戶的中嶋大夫與本次主治的梅澤大夫來問診，只發現嗓子的問題。

傍晚，德永帶來了十和田市當代美術館的個展圖錄校對本。沒有問題。晚餐是外帶的韓式海鮮煎餅。

**二〇一七年七月二十日**

可能是因為醫院開給我睡前服用的助眠劑發生效用，終於得到一夜好眠。明明還沒醒來，六點卻被護理師大聲叫醒。因為我飽受失眠所苦，要叫我的話細心一點好不好？

我的嗓子還像是響尾蛇的尾巴一樣沙啞。診察結果並沒有發現胸腔發出異音，至少肺部沒有問題，會慢慢好起來。但是只要響尾蛇的聲音還在，我的體力就回不來。

**二〇一七年七月二十一日**

每天早（中、晚）餐前都要戴吸入器做治療，從嘴裡吸入像煙一樣的水蒸氣。喉嚨裡的響尾蛇還在嘎啦嘎啦響著。可能也因為失眠，醫師交代今晚也要吃助眠藥。

上午完成一幅小玉，下午又畫另外一幅。

本刊（《週刊讀書人》）編輯部送鮮花來慰問，並恭喜連載第三百回。

晚餐吃便利商店的牛肉蓋飯。

**二〇一七年七月二十二日**

吃了助眠劑，卻沒什麼睡著。好在有夢證明睡過。

在今上天皇（現上皇）還是皇太子的時代，成為我國的最高司令官，就像冒險片、動作片、戰爭片一樣對抗惡勢力。另一場夢是一出院回家，就看到黑輪興奮地跑來跑去，跑來迎接我，讓我抱牠。事實上，黑輪就算我不在家，也故意裝作不知情。看起來像是時間觀念認知上就不一樣。

五點醒來，又睡了差不多一小時的回籠覺。七點到醫院的院子晒太陽。晨光會促進人在睡眠狀態下的褪黑激素分泌，以幫助睡眠。我都來醫院了卻忘了這檔事。能趁入院順便晒太陽，實在太好了。

上午繼續畫昨天動工的畫。

傍晚六點突然呼吸困難，胸口激烈起伏，收縮壓達到前所未有的一七五，體溫也一下子上升到三十六點八度。到底是怎麼回事？我陷入恐慌。我記得今天早上和傍晚都拉過一次肚子。但是拉肚子與呼吸困難一般認為互不相關，這種因果關係連護理師都搞不懂。明天後天大夫都不會在。是不是焦慮引起的身體異常？

晚上好像有多摩川煙火大會。我的病房就是特等席，煙火好像夢境。我幾乎可以在日記裡寫自己在做夢。

**二〇一七年七月二十三日**

呼吸這麼不順暢還是第一次遇到。肚皮與胸口像地震一樣上下晃動，陷入完全無法呼吸的狀態。護理師也手忙腳亂地跑去找點滴。一下子叫我吸入水霧，一下子叫我吸氧氣，護理師也陷入一片混亂。如果自己不是入院，想起來會膽戰心驚。主治醫師長大夫正好出來處理急症患者（我太幸運了），如果他沒來，我的呼吸就這樣一直不穩定，又將如何？在看到大夫的臉之前，本來還擔心自己會死於休克，這種節骨眼上才感受到醫療的力量原來這麼強。在現代醫學出現前，一定有很多人等不到救治吧？死於氣喘的人其實很多。

山田洋次導演與他的千金[374]坐著英開的車來探病。因為剛剛才走出恐慌，壓力就不見了？我最好別亂動，今天就不吃便利商店的便當，改吃醫院的病人餐。

趁恐慌症沒發作，拿起《文藝春秋》來讀。自民黨的村上誠一郎對於安倍的作為提出近乎口無遮攔的忠告，讀起來雖然痛快，我還是想說：最好有行動來！前《讀賣新聞》編輯委員中西茂說他對於東家，也一直敢怒不敢言。羽生善治[375]的藤井聰太論，體現了羽生的人性耿直令人動容。井上光晴的女兒荒野，與父親的前女友瀨戶內師父對談，關於父母與情婦關係的話題，從他們口中說出，似乎可以感受到一家和樂融融的氣氛。（唉！真可怕）

六科醫師一起提供的養生講座，再加上妻子全力照護下，天之岩戶[376]洞開，毒素排除！

**二〇一七年七月二十四日**

脫離昨日險境？因為主治的梅澤大夫不在，我的狀況能被掌握的有多少程度？

下午，女兒美美說在附近辦事，就順道來探病。她回去之後，山田洋次導演知道我聽不到電視的聲音，就送了一套電視擴音器給我。我驚訝的是音色幾乎與平常沒什麼不一樣。這樣一來我好像就可以看配音版的西洋片了。

吸入療法必須早午晚各一次，從今天起睡前也要做一次。

**二〇一七年七月二十五日**

大部分疾病起因來自壓力。平常我都會留意不受壓力影響，在國家壓力警報等級的現實生活中，每一個人如何能在影響下保有各自的自由，幾乎是不可能的事。因為大家多少有病，我也想不出辦法。我只好以壓力中浮現的點子，畫出帶著壓力的作品。就算畫家可以靠畫畫紓壓，在工作場所以外則盡量避免發洩或承受壓力；如果這個地球或宇宙都是壓力的產物，我們只有承認壓力一途。

我這次的氣喘發作，看起來應該就是肉體對於人為環境與自然難以對應的結果。此外還有睡眠與呼吸的問題。氣喘患者需要充分的睡眠。根據《最高睡眠法[377]》指出，白天的生活會影響睡眠品質，此外還有呼吸。關於呼吸，還有另一本書叫《長壽呼吸法[378]》作者又是玉川醫院心血管內科的坂田隆夫大夫。這次入院得到六科醫師的綜合健康管理，我對他們充滿信心。入院中發生的怪事：我的尿酸、血糖與腎功能指數都超標，四年前腳拇指骨折留下的刺痛一直困擾著我。他們說我必須等三十年才能擺脫疼痛，結果這次入院就不痛了。發生這種事的原因到現在還不清楚，但我必須承認狀況的改善。對我來說，是一種出乎預料的驚喜。

**二〇一七年七月二十六日**

今天中嶋名譽院長、佐藤（良治）副院長、胸腔內科的長大夫與梅澤大夫、心血管內科的坂田大夫，東洋醫學的木村大夫來教我今後肉體改善的健康術，也就是養生訓。現在好像是地球磁場的逆轉期，伴隨而來的異常氣候變動、暖化、地震、豪雨等現象，同時全球也籠罩在政治、紛爭與戰爭等重大危機之中；同樣的危機也會發生在人的身上。我的血糖、尿酸、骨折等問題的突然痊癒（？）也是磁場反轉影響導致，那種反作用很有可能也讓我的氣喘發作。

**二〇一七年七月二十七日**

昨天晚上稀罕地睡了一點覺。下午，辦公室的同仁全員出動協助我出院。妻子的感冒也拖了很久，但她至少不是氣喘，應該不用擔心吧？黑輪一直黏著我不想走。到了晚上我的氣喘又發作，連黑輪都嚇了一跳。畢竟回到家了，也就比較放心。

晚上與山田洋次導演談了一下。他問我要不要陪他去海邊待個兩三天。我只知道森林的芬多精與海水的臭氧對氣喘有效。

**二〇一七年七月二十八日**

昨晚嚴重氣喘，愛知縣美術館的南雄介館長與東京都當代美術館的學藝員藤井亞紀來訪。每年過生日，他們兩人都會送我一件大衛．鮑伊的T恤。我在住院的時候體力很差，與這兩人談到一些充滿刺激的藝術話題後，逐漸找回一點能量。而且我們談了快六個鐘頭。本來還想著要一口氣恢復，唉，還是不能急，不能急。

**二〇一七年七月二十九日**

日本男女平均壽命竟然高居世界第二，我吃了一驚。相對於女性的八十七點一四歲，男性平均壽命八十點九八歲。這個數值和我差不多。我才剛滿八十一歲，已經抵達壽命的平均值。從腦容量與人體之間比重的關係[379]來看，到了八字頭的年紀，身體會逐漸消失。換句話說，應該避免用八字頭的身體活下去。

**二〇一七年七月三十日**

唉呀，完了完了，住院期間缺乏運動導致便祕。宛如人間地獄。幸虧有妻子的獻身（？）努力，天之岩戶總算打開，全心全意排出毒素！身心得到充分的解脫。

**二〇一七年七月三十一日**

中午去 nico picabia 美容院洗頭。

出院後第一次小旅行。到了新橫濱車站，想買週刊，口袋沒有半毛錢。我換上的牛仔褲，直接穿來車站。我以前出差通常是一個人，這次因為剛痊癒，有德永同行，就請她幫我付。過去曾經好幾次都這樣化險為夷。

到了新神戶車站，我美術館的田中與平林就來接我們，直接前往蕎麥麵館。明天ＮＨＫ電視台會進行採訪，趁足夠的空檔，在美術館三樓一邊看著窗外的摩耶山，一邊畫小玉。我在畫畫的時候狀態最好。我的聲音還像響尾蛇的尾巴一樣沙啞。

晚餐在神戶全日空皇冠廣場飯店吃鐵板牛排。這是我最喜歡的料理。一邊看主廚表演一邊吃飯是快樂的事。

**二〇一七年八月一日**

對了，今天開始就是八月了。我偶然想起小時候畫了一幅描述夏天到來的畫，被少年週刊拿來用封面插圖。

猶豫不決了一下，為了今天的訪問，需要充分的睡眠，還是吃了助眠藥，結果熟睡。

十點到美術館接受電視台訪問。在「橫尾忠則 WORLD TOUR 380」個展的展場解說。節目內容現在好像還不能公開，明明就不是什麼祕密的節目。拍攝大約花了三小時。與蓑館長一起在附設餐廳吃漢堡排咖哩，再花三小時坐新幹線回東京。在車上用推特直播。

**二〇一七年八月二日**

想像一個不會生病的居住空間，首先要改善畫室的生活環境。我稱之為生活革命。

可能是旅程太過勞累，今天聲音更加沙啞，幾乎說不出話。

傍晚去整體院。一整完又可以出聲了。

二〇一七年八月三日

下午去玉川醫院重新檢查身體。醫師說喉嚨還有點紅，呼吸恢復正常。很久沒去辦公室了，雙色與PC子一看到我就很開心。這是生活革命宣言的效果嗎？

二〇一七年八月四日

沒有助眠藥就睡得著。

岡部版畫工房的牧島帶來五幅版畫成品，我在大約三分之一的作品上落款。我家（我的房間）在多了新的空氣清淨機之後，又裝了剛上市的銀髮族冷氣。我的三個居住環境都漸漸改善了。冷氣會自己說話，令我吃了一驚。我重聽就聽不到，但冷氣自己好像會自言自語。

二〇一七年八月五日

家裡的藏書差不多有小書店的規模，但不知道要從哪一本讀起。這時候就不挑書，只要買一本就會一直讀。我買了《亂步與正史[381]》（內田隆三[382]）與《半身棺桶[383]》（山田風太郎）。

磯崎憲一郎說：「您總是騎著腳踏車從我前面走掉。」今天換他從騎車從我面前走掉。我家隔壁的診所外面，今天竟然停了八台車，候診室人滿為患。想到大家都在生病，反而有種放心的感覺。

傍晚去整體院。我聲音還很沙啞的時候，讓他一按聲音就回來了，隔了兩天，又回來請他按。晚上一回家，妻子說黑輪從中午就沒回來。我就算出門找，也不知道要往哪個地方找。黑輪的年紀還不足以成為迷途老人。光是想著現在黑輪會在哪裡，就睡不著覺。我只能幻想著深夜黑輪突然跳到我床上的場面。我試著向動物的守護神「馬頭觀音」祈念。結果五分鐘後，十點五分黑輪就自己回來了。甚大功德一件。

**二〇一七年八月六日**

與山田導演和他剛從馬略卡島[384]回來的女兒一起去吃增田屋與凮月堂。她讓我看米羅[385]的畫室與達利住所的照片。

山田導演說，在電視播出的費里尼與維斯康提紀錄片裡，費里尼曾經說過：「只要自由就夠了。」畢卡索隨著年齡增長，也說過自己「隨年齡增長變得更加保守」。即使是這種稀鬆平常的單純字句，從他們的口中說出，也會成為一句沉重的話。

很久沒有逛舊書店了。我買了百水[386]、曼．雷[387]、亨利．盧梭與樸素派的畫集。只要我買畫集，就是要激發自己創作意願的時候，人家來勸我也沒用。購買這種身體行為就是行為引擎啟動的起點。觀看畫集與畫畫一樣。我一邊看別人的畫，一邊在腦海裡描繪著同樣的線條。對，一邊描繪一邊不時改變線條。不畫畫的時候，可以從別人的畫作空想或妄想，體驗創作的過程。

在夜晚嬉鬧的黑輪　野貓的ＤＮＡ　今晚應該也會有快樂的夢吧？

**二〇一七年八月七日**

天空被一大片烏雲遮蔽，令人呼吸困難。

我不太會為了截稿日傷腦筋，因為我都會提早交稿。截稿日帶來的壓力最糟糕了。但是現在有兩件海外的案子在跑。空間對我工作的延誤多過時間。兩個案子之一，羅曼・・科波拉的案子總算告一段落，上傳到網路。業主是電影，所以不確定能不能一桿進洞。

二〇一七年八月八日

說來我也有一陣子沒做夢了。沒做夢跟睡得著有關係嗎？那麼，夢就是淺眠的產物。睡得著固然令人開心，沒有夢就顯得乏味了。

為《朝日新聞》寫三篇書評，寫到傍晚。這種工作法我以前從來沒試過。

頭髮長長了，去剪一個適合夏天的短髮。

最近黑輪常常整天不在家。到了晚上才突然在家出現，但牠白天到底上哪去了？

二〇一七年八月九日

最近好像因為同時進行好幾件事，思緒就陷入混亂。要整理腦袋，還是一定要從整理環境開始。以前我在禪寺參禪的時候，坐禪以外的時間以雜務為主，他們一直叫我打掃。他們說掃除使身心安寧，目的在於清心。禪不是從頭感受，是從身體。

與年輕設計師宮前[388]一起討論三宅一生明年巴黎春夏發表會的邀請函。他們好像說這一次的主題是冰島荒涼的大地，他們以時裝表現出那種感覺。

二〇一七年八月十日

早餐幾乎都在外面吃，不過會去的店都很固定。反正，只要依照菜單的順序點，就不用再三心兩意要吃什麼。因為成城住了很多名人，那些店也就成為社交場所。今天去一間中華館子，也與戶田菜穗[389]不期而遇。就算遇見很多次，我還是記不起對方的長相，結果不小心說了：「你是……？」

回畫室以後，又到很久沒去的野川遊客中心抽了一根菸。天還是很熱。

在床上讀著二十二年前發行的《費里尼[390]》慢慢睡著。費里尼的電影以夢為原點。希望今晚也能有快樂的夢。

**二〇一七年八月十一日**

高中一起畫畫的朋友與從以前到現在美術界的相關人物全員上場的夢。簡直就是費里尼電影的場面。這是一場宴會，人們都打著黑色領結。現場實在太多人了，我必須與每一個夥伴都打到招呼，結果我就一直站在一個地方不動。結果大衛・鮑伊帶著惡魔的微笑走來。

早上，才在外面玩了一整晚的黑輪在我床上撒尿。突發災難讓家中大亂。我為了遠離臭味，就逃往畫室。

我想了想，還是把快要失敗的畫強行完成。

**二〇一七年八月十二日**

怕黑輪又亂撒尿，就把牠帶到屋外。把牠放到院子，就快步走進人車往來頻繁的馬路上，然後就不見蹤影。我根本就沒料到黑輪會衝到馬路上，大吃一驚。我騎腳踏車追上去，卻看不到牠的蹤影。我才在想前幾天牠整天不在家的原因，看起來是到了我家以外的地盤。我一邊看著黑輪從院子小徑衝向馬路的背影，就覺得牠終於要拋棄這個家了。小女生黑輪的父母原本就是野貓，擁有這種DNA的黑輪，說不定就想在外面求得自由的天地。牠的母親還在辦公室外面徘徊著。是黑輪媽媽在呼喚著自己的女兒，還是黑輪開始思念自己的媽媽？總之可能就是黑輪要斷絕與我家的關係。貓的城府太深，人不會明白的。

傍晚去辦公室探望黑輪的姊妹PC子與雙色，想找出黑輪的行蹤。

隔了十一小時後，晚上黑輪終於回家了。我已經懶得理了。

**二〇一七年八月十三日**

深夜黑輪又不見了。

三天連假最後一天。

星期天與山田導演不約而同一起吃午飯，話題一直是電影。他從黑澤明拍《七武士》找宮口精二[391]來演，在黑澤身上看到的與其說是感性，不如說是超越美感的瘋狂。費里尼也擅長透過一個超乎想像的角色，讓一個演員從平凡蛻變成非凡。

買了兩本日野原重明[392]醫師的書。書裡完全沒有一句理論，全都是透過身體實踐的哲學。

外出過了二十個小時，黑輪還是沒回來。

**二〇一七年八月十四日**

晚上就回來，一早又出門的黑輪大小姐，到底是何方神聖？

在畫室裡一邊東翻西翻，一邊讀日野原重明大夫的書。兩本書都是以死為前提，以平易語調講述深度內容的生存指南，是一種現代版的養生訓。

## 二〇一七年八月十五日

昨晚過八點才回家的黑輪大小姐，居然在家沒出門，太稀奇了。

在 J-WAVE 電台接受專訪，播音室在森大樓[393]的三十二樓。籠罩在雨中的都心，就是當代的朦朧派[394]。主持人的聲音用耳機傳送，我總算能理解了。訪談內容主要是宣傳最近出的《書讀很慢的我是這樣讀書的》。

收到十和田市當代美術館通知，個展入場人數快要突破兩萬了。

## 二〇一七年八月十六日

我才剛升上高三，還要繼續上學一年，試問這樣有意義嗎？我應該把那些對將來沒用的上課與考試的時間，全都用在畫畫上才對。在我決定要輟學的時候就醒來了。

我想忠實地呈現名畫，就算是臨摹，也不需要一筆一畫完全忠實地描繪，應該更自由地遠離原作，大膽地畫出來，並且在短期間大量製作。接下來應該就可以找得出下一個階段該努力的目標。我在向自己確認的時候，才發現是夢。

第三個夢裡，我好像被阪神虎隊僱用了。阪神總裁也到場。話說回來，我在阪神虎幹什麼呢？

昨天整天下雨，黑輪總算待在家裡，雨一停，就從早上不見蹤影，似乎又去了「祕密花園」。

與妻子、美美、德永四人一起去東京車站藝廊看不染鐵[395]的畫展[396]，我第一次聽說有這位畫家，他的大尺寸風景畫，在田園歌的悠閒氣氛之中，總讓我覺得帶著一種難以言喻的神祕感。我聯想到各種樣式，但對於追溯樣式源流並沒有興趣。

一回到家，發現黑輪竟然在家。

二〇一七年八月十七日

在飯店房間裡睡覺，半夜時女房務員居然帶著被子進房，我嚇了一跳。我也想嚇回去，結果發出妖怪的聲音，她就尖叫著落荒而逃。我應聲醒來，像這樣睡著睡著就被叫醒的夢，還是第一次看到。

黑輪在玄關外面，我偷偷朝黑輪瞄了一眼，牠就偷走我的眼珠子，從院子小徑衝向馬路，並且跳進隔壁人家的屋簷下。看起來黑輪的「祕密花園」就在這裡。

中午與山田詠美[397]一起在澀谷的鰻魚料理店吃飯。見面的理由現在還不能講。這家店的鰻魚飯是三大片裝的豪華版。山田吃不下是因為她小時候住過濱松[398]的關係吧？

後來我才知道，黑輪昨天晚上又在我床上撒尿了。原來是為了在人類的床上撒尿才回來的呀。

我已經無話可說了。

二〇一七八月十八日

看深夜電視節目播巴布·狄倫特集。尼爾·楊、艾瑞克·克萊普頓、喬治·哈里森等豪華陣容，讓同台的狄倫看起來更容光煥發，一定是諾貝爾獎的關係吧[399]？

連象龜都要脫逃[400]的時代，黑輪想脫逃想起來也不新鮮了。

西脇市岡之山美術館的好岡館長與山崎學藝員來訪，來討論將於明年舉行的家鄉主題個展。原來少了牙齒的山崎，露出兩排完整的牙。「白爍爍！☆☆」

二〇一七年八月十九日

昨晚十點回來的黑輪，今天凌晨四點就出門，為宮崎駿原作、編劇與導演的《崖上的波妞》文庫本寫隨筆，找DVD來看，卻因為重聽無法理解台詞，而看了漫畫版（共四冊）。令人感動的場面大概有兩三個。對海的描述充滿大魄力，以動畫表現是高難度的挑戰。我也想用隨筆文挑戰這種描述。

傍晚突然下起雷雨。八點左右，身上還有點溼的黑輪回來了。

二〇一七年八月二十日

昨天傍晚的雷雨太猛烈，院子裡的滿地斷掉的樹枝與落葉。

山田洋次導演兩天前做的夢：在中國地方[401]的某外景，他突然對自己正在拍的電影失去信心。這種衝動驅使他想辭掉這部半成品的導演，也會讓他與出品公司之間發生摩擦。唉，真麻煩。所以和寅次郎時代的攝影師[402]討論。說著說著，他才開始懷疑自己是不是在做夢，並且向劇組說：「這一定是夢！」他一發現是夢，就突然感到一種非常幸福的情緒。這是一種身在夢中知道自己在做夢的夢中夢。越是惡夢，醒來的時候越感到幸福。這是夢的救濟。

去成城INSpiRAL眼鏡店。山田導演配了一副讀書用眼鏡，我領了一副他們配好的眼鏡，也是讀書用。

買了兩本日野原重明大夫的書。總共收了九本。

我認同貓的神祕，黑輪大小姐的舉動卻太無法理解。

**二〇一七年八月二十一日**

平野啟一郎已經一年沒來畫室了。他的樣子與十年前幾乎一樣呢。髮型沒變，一身黑衣，尖頭皮鞋也是黑的。「來這裡就可以放鬆，是個好地方呢。」這裡不也可以做森林浴嗎？「你今年幾歲？喔？四十二歲？」我轉行當畫家是四十五歲，三島自決時也是四十五歲。你還有三年。「我不可能有橫尾老師您那種能耐呀。」對呀，畢竟我是開拓命運的那種人。我看了四十二歲的平野，就想起我自己在差不多的年紀就轉行，嗯，真是感慨呢。

**二〇一七年八月二十二日**

糸井重里問：「您想吃點什麼？」老人還是吃牛排吧。和風鐵板牛排。所以中午就去六本木的牛排館。讓你請我和妻子了唷。糸井對美食有很好的品味，過去就曾送我各種好東西。其中紅豆泥更是天下一品。我一稱讚他，送來的東西就更好吃。

吃太飽，去按摩。又與山田導演碰面。山田導演說他去看了這陣子非常賣座的《我想吃掉你的胰臟[403]》，簡稱「你胰」。「那你覺得怎樣？」山田評價「差不多拍出三分之二」。另外還有一部《銀魂[404]》也很座，原作漫畫聽說賣了五千萬本。這是我不知道的日本現狀。

**二〇一七年八月二十三日**

這陣子胃食道逆流變嚴重了。該不會是因為晚餐後或睡前吃的水果？只要不吃，就沒再發生了。不過我還是硬跟虎之門醫院的石綿大夫約診。要不要照胃鏡，他還是想先看診療結果，很有醫德。在診間入口有一個人向我打招呼：「我是森。」我記不起來：「森什麼？」他又說：

「我姓森，森林的森。」我心裡把姓森的名字都數過一遍，但想不起來。直到他說：「我是森進一[405]。」我才想起來就是那個唱歌的。真是過意不去呀！以前森眼睛出問題的時候，我曾經介紹認識的治療師到他家出診過呢。

**二〇一七年八月二十四日**

黑輪從昨天出門後，整晚沒回來。不過房間的樣子有異。所以有可能先回來一趟，早上又溜出去了。

時常跑來廚房接受妻子招待特餐的流浪貓這陣子完全沒出現。前陣子本來還會在院子小門旁邊躺著，妻子說牠可能是要看我們家最後一眼。

軟銀創意發行的《橫尾忠則×九位經典創作者的生命對話》原訂最後一章讓我與一柳慧[406]對談，到了六本木卻因為突發性的嚴重重聽而無法對話。可能是因為場地是大樓的個別房間。結果只能請他回答事先整理好的提問要項，取消對談項目。對一柳實在是過意不去。

黑輪在二十四小時後回家。

**二〇一七年八月二十五日**

黑輪早上九點外出。我認同貓的神祕性質才養貓，黑輪大小姐的舉動卻太無法理解。黑輪到底把我家當成什麼地方來著？擔心黑輪的能量，成為我的壓力。那我不如不跟牠好了！黑輪只差沒有把這些話說出口：人有流於感情的特質，對自己所有物太過執著。本大小姐看你晚上不想讓我出來，才故意深夜在外面流連呢。你懂嗎？

我才碎念一下，深夜牠就偷偷跑回來了。

**二〇一七年八月二十六日**

黑輪這臭貓。晚上吐了一地，又因為肚子餓了，再把嘔吐誤吃回去。笨蛋！儘管如此，妻子還是滿面歡欣地高八度誇獎：「黑輪大小姐回來啦？真了不起呢！」

放在玄關的街貓食物都不見了，旁邊出現了六腳朝天的蟬。我才要伸手去撿，蟬就自己飛走了。原來這隻蟬還沒死呀。能撐到現在真可喜可賀。我看養稻田魚的魚缸，裡頭的水已經混濁不堪，原來有二十條，現在只剩一半。怎麼看都是貓的傑作。我家的大小生物都任牠們擺布。

**二〇一七年八月二十七日**

黑輪昨晚九點多回來。看起來已經什麼都玩膩了，不是躺著就是坐著。如果我也是貓，只要一覺得無聊，一定想要往什麼地方跑。我慢慢理解黑輪的行為模式了。

我每天都讀日野原重明大夫的書。他的生存之道本身就值得透過藝術行為原封不動地模仿起來。他即使過了一百歲，對於新的事物還是充滿挑戰精神，結果才活過一百零五歲吧？我不是因為自己已經活超過八十一歲才這樣想，而是只要意識到自己也已八十一歲，就會萌生好奇心，產生挑戰新事物的意欲。

**二〇一七年八月二十八日**

《朝日新聞》的「be」別刊的岡本太郎特集希望我對於大阪世博會「太陽之塔[407]」發表一句評語。

那時候慶典廣場的建物與太陽之塔一體化。如果以現在從廣場分離的情形看來，作為藝術作品的自主性顯得薄弱。所以那座塔是以設計發揮功能。這陣子只要動到膝蓋就覺得痛。大概是我入院、出院到現在都很少運動的關係吧？傍晚去成城健康整體院按摩，但不算是直接的治療。

**二〇一七年八月二十九日**

我和山口薰[408]並沒見過面。卻收到他寄來的信。與其說是信，更像是備忘錄，上面條列許多對於婚姻的怨恨：「別結婚，行不通的。沒有必要。」另一場夢是不知道是誰的外國人對我說：「請畫出一幅天堂般的畫。」我回答，光畫一幅是不夠的，也需要畫出地獄。

感受到走路的重要性，就不騎腳踏車出門，徒步前往畫室，從較陡的休閒步道下山，到野川綠地廣場走了半圈。比我年輕很多的磯崎憲一郎從後面叫住我，並且小跑步接近。他每天都要走很長一段距離。不過我時常遇到他。我們一個是走路的小說家，一個是騎腳踏車的畫家。

**二〇一七年八月三十日**

昨天我好像在二谷英明[409]夫婦家裡過了一夜。早上一起床想照個鏡子，臉已經充滿整面鏡框。如果是與我一起在這裡過夜的大臉演員，可能無法從鏡子裡看到自己的整張臉，我就問他：「請用鏡子看自己的臉。」結果這位大臉演員就一邊說：「怎樣怎樣？」一邊走來把臉靠近鏡子。結果他的臉與鏡框合而為一，頭拔不出來。這演員難道是大友柳太朗[410]嗎？這種誇張的場面，也只會在夢裡出現。

一定有哪個傢伙來玩弄院子的稻田魚缸。我覺得是街貓，如果一直喝魚缸的水，該不會就是黑輪吧？

傍晚去《朝日新聞》的書評委員會。想寫兩本書，結果沒人跟我搶，於是兩本都到手，不過明早我要回家鄉一趟，於是早退回家。

**二〇一七年八月三十一日**

搭英開的車去新橫濱車站。到新神戶接我的是西脇市岡之山美術館的竹內（輝代），她帶我去全日空皇冠廣場飯店地下樓的印度餐廳吃飯。

在西脇皇家飯店與美術館的好岡館長與山﨑學藝員會合。我們明天會一起去市區的商社、美術用品社與文具店等，收集在杉原紙研究所[411]以紙漿完成的作品資料和原材料。

**二〇一七年九月一日**

好岡館長與山﨑準備好鮮花，和我一起去掃墓。本來擔心墓地長滿雜草，不知何時有一面已經長滿青苔。為我長成京都的苔寺[412]那樣，我自己是開心的。

想吃大阪燒，於是中午三個人一起去吃大阪燒。與高中劇團同伴來住榮一的妹妹見面。八十四歲的來住學長好像也因為重度聽障無法與人交談。到處都有重聽的夥伴。

下午在杉原紙研究所製造和紙的現場即興創作一幅作品，本來以為今天只有觀摩，結果創作四件作品。

附近有一間青玉神社，就順便去參拜。據說從前有一個旅人因為腰痛，氣喘吁吁地坐在一塊大石頭上，卻發現不痛了，便把這奇妙體驗告訴村裡的長老，長老說是神明的力量，於是就在該處建立了這座青玉神社。我也坐上那塊大石頭，試著祈求膝蓋可以不再疼痛。之前只要一上下車膝蓋就會痛，後來又不痛了難道是我的錯覺？

回到美術館後，辦公室傳來一大堆國內外的案子委託，我就逐一回覆。

**二〇一七年九月二日**

從巴黎出發，預計明天回國，但我對於平安歸國沒有信心。同行的大衛．鮑伊今天就要自己去倫敦。大衛從淋浴間走出來，「See you again」，我和一絲不掛的他擁抱之後就先走了。現在我變成孤獨一人，正煩惱著接下來怎麼辦的時候就醒了。夢總是把我從絕境解救出來。

今天也去杉原紙研究所。為了還膝蓋的願，又去了一趟青玉神社。今天創作兩件作品，是意想不到的收穫。總共六件。

下午三點半左右先與好岡館長與山﨑學藝員知會過，自己回到飯店休息一下。

**二〇一七年九月三日**

凌晨兩點，星空突然出現兩道高速移動的光體。「不會吧？那是什麼？」

今天休息。上午在房裡無所事事。傍晚在二十年從來沒回來過的故鄉街道上，漫無目的地走著。這也是我最幸福的時光。

晚餐與好岡館長去吃鰻魚。關西的鰻魚好像只靠燒烤而不經過蒸煮的過程，卻與關東的蒸鰻魚相去不遠。這家吃起來差強人意，但是只要覺得好吃，什麼都好吃。

**二〇一七年九月四日**

葡萄糖胺、膝蓋支撐帶與青玉神社的三位一體，帶來一種膝蓋好像康復又沒康復的感覺。
上午好岡館長與學校同屆的民岡同學一起去舊家遺址附近，以及回憶景點拍照，附近變化太大根本認不出原來的樣子。故鄉山河正在逐漸遠去。我心想至少故鄉的烏龍麵沒變吧，結果找出四家，全部公休。那麼去找大阪燒好了，那些店也都公休。以前差不多只有理髮店才會休星期一。
山下裕二[413]為了審查明天開幕的「拇指孔大賞展[414]」抵達西脇市。市長在飯店的餐廳舉辦歡迎晚宴。山下，我們家鄉引以為傲的黑田庄和牛吃起來怎麼樣？幾年前在全日本牛肉大賽裡，我們的黑牛拿了冠軍。我家也從那次以來定期收到西脇的和牛肉。以神戶肉的品牌暢銷全國的頂級肉，就是黑田庄的黑牛。

**二〇一七年九月五日**

今年總共有一千六百四十六件作品應徵拇指孔大賞。這些畫全都被陳列在體育館地板上接受評審過目。花了兩小時決定入選作品。一開始本來以為很低調的作品，最後留下展覽入圍的高水準作品。
山下搭兩點的客運去新大阪車站。
回飯店畫第二幅畫。畫的是在飯店房間窗邊伸懶腰的小玉。背景是西脇的群山。這是〈小玉歸鄉圖〉。

## 二〇一七年九月六日

上午在房間裡一邊畫畫，一邊讀日野原重明大夫的書。

中午去美術館附近的餐廳參加小學同學會。心情也變回小學生，大家用「男同學」「女同學」互相稱呼，顯得怪怪的。男同學之一藤井良己同學一聽到我點薑汁汽水，就想起高中時代一起演英語話劇《謀殺》裡我的一段台詞。良己同學演客人，走進我的店，我演酒保，他問：「有什麼喝的？」我就回答：「銀標啤酒、金髮美女、薑汁汽水[415]。」他對於我還記得六十二年前的台詞驚嘆不已，這是什麼天才記憶力？他擅長英語，是曾經在縣內英語模擬測驗拿過第二名的秀才。

## 二〇一七年九月七日

我已經知道土屋嘉男曾經因為從樓梯摔下來住院兩次，也以為他出院就會通知我，但這次入院未免也太久，打電話到他家或經紀公司也打不通。結果才知道他已經在超過半年前，二月八日就已經去世了。土屋生前就喜歡開玩笑嚇人，難道連自己死了都要給人驚喜嗎？土屋住的地方離我家近，過去常常遇到，總覺得他看起來有點脫離現實，肉體在人間，靈魂卻彷彿屬於另一個世界，所以就算他死了我卻不感到意外，也不吃驚。我開始覺得彼岸日漸充實，死已經不是什麼大不了的事情了。

第三次造訪杉原紙研究所。今天研究所所在地小學的前任校長小林信次加入，好岡館長、山﨑學藝員與我共四人一起去。我即興創作了一件新作，總共七件。回程路上又為了膝蓋去青玉神社參拜。

回飯店完成第二幅畫（小玉）。

**二〇一七年九月八日**

從西脇往神戶移動，出席「橫尾忠則HANGA JUNGLE」開幕。記者會上本應該充滿振奮人心的問答，不管是不是每次都這樣，我的重聽越來越嚴重了，所以對話都要先請人先翻譯。開幕典禮上，井戶（敏三）知事依照往例送了一首短歌「繁榮之影在都市叢林留下深色，散發出哀愁」。淺田彰對於本次知事贈送的短歌，給了特別好的評價。晚餐與蓑館長、町田市立國際版畫美術館、《東京新聞》、南天子畫廊的青木與貴客淺田一起去吃東天閣。

**二〇一七年九月九日**

離開大倉神戶飯店，走路去兵庫縣立美術館觀賞正在舉辦的「恐怖畫」主題展。展出畫作以浪漫派為中心，卻因為展名「恐怖畫」而大獲好評。如果以學院式的命名「歐洲浪漫派展」，應該不會吸引這麼多人吧？現實中北朝鮮比這些畫可怕太多，但也可能是因為大家對內在身心靈的關注高過外在世界的恐懼。浪漫派繪畫是我的靈感來源，所以我不希望這些畫對人們提供太多線索。

**二〇一七年九月十日**

在我旅行不在家的期間，畫室被工作人員整理得乾乾淨淨，連院子的雜草也拔過一遍，看起來很清爽。

我正打算在畫室一角鋪上榻榻米當成和室。環境改變的話，心情與作品也跟著改變。

可能是旅途上又找回了每天例行創作的習慣，一回畫室馬上投入創作。

土屋嘉男的太太打電話通知追思會的日期。

傍晚，前往過去曾與土屋一起走過的野川公園。有一種與土屋一起散步的感覺。

一口可以在黑暗中，從門板上的有趣圖案看到無數星辰的保險箱運抵畫室。

**二〇一七年九月十一日**

為動畫片《崖上的波妞》文庫本寫解說文。五歲的宗介與魚的女兒波妞的神祕戀愛故事。這部壯觀的作品超越時空的魔幻世界，也暗示了死後世界，只要仔細看，就會發現各式各樣的問題。

羅曼．科波拉影集一個鏡頭出現的畫作，以及為杜蘭．杜蘭樂團畫的海報，業主都很滿意，鬆了一口氣。

為《文藝》的三人對談連載〈畫室會議〉，保坂和志與磯﨑憲一郎光臨畫室。把這些沒有大方向的街巷雜談整理成文字的責任編輯應該給予肯定。

**二〇一七年九月十二日**

為《DANCE[416]》雜誌講述墨利斯．貝嘉[417]、喬治．唐[418]、吉安尼．凡賽斯[419]等人在米蘭斯卡拉歌劇院合作芭蕾舞《戴奧尼索斯[420]》的幕後花絮。

法國的奧林匹亞．勒丹[421]決定推出以我的作品為主題的三款刺繡手提包。出價購買的客戶好像是好萊塢女星，我想知道是誰。

**二〇一七年九月十三日**

法國駐阿根廷大使館海倫來訪。我為卡地亞當代藝術基金會三十週年展畫了一百多位藝術家的肖像，這些畫即將集結成冊，她當時是策展人，所以請她寫解說文。

**二〇一七年九月十四日**

下午，東京都攝影美術館的笠原（美智子[422]）來訪。

**二〇一七年九月十五日**

長谷工高齡者生活事業控股[423]社長浦田慶信來訪。

**二〇一七年九月十六日**

日經新聞來洽談長篇訪談內容。

去拜訪原美術館[424]的館長原俊夫。我與原同年，他的美術館也是我第一次舉辦「Y字路」展的場所。

**二〇一七年九月十七日**

今天開始放三天連假。繼續過著不接見任何人的無聊日子。

大飯店挑高中庭掛了一幅川合玉堂[425]的壁畫，高度超過十公尺。畫裡把水面下的植物與魚都畫出來，仔細一看會發現連水中抬頭看水面的細節都被畫出來了。不過我也發現這幅畫應該不是玉堂的作品。這是夢。

今天好像是敬老日。我已經無老可敬了。

今天早上的《東京新聞》刊登了荒俁宏為我書評集寫的評論。

與山田導演吃完午飯，就去東寶攝影棚。我帶了《家人真命苦 3》的電影劇本回家。

下雨天誘發氣喘。

以前買的太陽眼鏡鏡片破了，拿去給人換。他們說現在很少太陽眼鏡用玻璃鏡片。四五十年前買的太陽眼鏡，現在已經變成骨董。

**二〇一七年九月十八日**

每天像寅次郎一樣來無影去無蹤的黑輪，不知道想到什麼，這幾天一步也沒踏出家門。我行我素也就算了，對飼主而言反倒成為擔心的事。

**二〇一七年九月十九日**

很久沒有與細江英公[426]通電話。一聊就超過一個小時的樣子，他還很有活力。

**二〇一七年九月二十日**

有時候會想去東寶的員工食堂，今天就約了松竹的濱田一起去吃拉麵。

傍晚去美容院 nico picabia 洗頭修頭髮。

**二〇一七年九月二十一日**

杜蘭．杜蘭招待我去看他們的演唱會，但因為我重聽，就讓英、美美、相島幫我去。

與德永、英、美美一起去十和田市當代美術館。在東京車站與小池館長會合。可能是車廂種類的關係，與東海道新幹線相比，車內總覺得暗暗的，坐三個小時覺得很累。從車站轉搭接送專車到美術館，簡直像機場到市區一樣遠。明天下午要與小池舉行座談會，今天太累，所以就去溫泉宿・森之旅社入住。一到旅館就先去泡溫泉，所以晚餐時間身體就變冷，一邊吃晚餐一邊與睡魔搏鬥。晚餐後在小池的房間裡與德永、英、美美一起續攤喝啤酒。喝不了酒的我，自己去中庭仰望星河。天上無數的星星，加上近乎三百六十度的視野，我就這樣看了一個小時。能體驗這種景色的地方，國內大概只有這裡而已吧？這裡像是被群山包圍的谷底，我說想看星星，旅社就把外牆照明關掉，旅社四周也一片漆黑。

**二〇一七年九月二十二日**

早上泡完澡再吃早餐，泡澡後食欲也變強。坐接送專車去美術館。與小池的對談大約一小時半。他們妥善運用麥克風，所以小池的聲音我聽得很清楚。四點五十分回東京，東京下雨。

**二〇一七年九月二十三日**

正在日本演出的英國搖滾樂團杜蘭・杜蘭的貝斯手約翰泰勒帶來我幫他們畫海報的謝禮與印上海報圖案的T恤來到畫室。他自己除了我畫集的英國版以外，還有好幾本我的其他作品集。這種率性的風格，怎麼看都像個搖滾人。即使他比我年輕二十歲以上，我還是把他當好朋友。有這種朋友真好。

**二〇一七年九月二十四日**

中午與山田導演一起吃蕎麥麵。他好像去看了大林宣彥[427]的新作，看起來從製片廠體系培育出來的山田導演，與入行前幹過各種工作的大林導演之間有很大的不同。

**二〇一七年九月二十五日**

和田誠[428]帶來《週刊文春》最新一期。他一句話也不說，我也沉默以對。和田不知何時突然消失不見，我則去了百貨公司的賣場。樓上好像在舉行插畫家聚會，但我一個人走進日式餐廳。這間在百貨公司裡的餐廳，看起來更像料亭。我吃完就去櫃台結帳。才要掏錢包付錢的時候，跑堂大姐就來告訴我：「阿母已經付過了。」不收我的錢。阿母？哪間店的老闆娘？我才在想是誰，大姐又說；「我們阿母希望你快點把她女兒的畫像畫好。」我聽了嚇一跳。話說大約十年前，神戶料理店「大島」的老闆娘千金已經成為花隈[429]的現役藝旦，所以希望我幫她女兒畫一幅肖像作為紀念。不過也已經是十年前的事了。老闆娘給我一張她女兒穿著藝旦服裝的照片，卻不在手邊。我老早不知道放哪去了。這下可好，我只能拜託德永幫我找出照片。如果店家不收我的錢，會讓我更加焦慮。我突然醒來，卻還想著要早點畫好交差。不過這件事都已經超過十年了，我沒臉再開口要求再寄一張照片來。我想著想著又醒來，剛剛原來還在夢裡，雖然覺得自己醒來，其實問題還是沒解決。就算拒絕了其他工作邀約，我也希望早早完成這件委託案，卻因為夢一層一層地醒來，才發現原來沒有這回事。

在從惡夢中醒來的同時，即使被夢境之神解救，卻還覺得自己在夢與現實的邊界徬徨，絲毫沒有因為得救而鬆了一口氣。

雖然從夢中醒來，卻覺得胃在翻滾，帶點嘔吐感，很不舒服。昨晚還沒出現這些症狀，疾病這種東西都是這樣說來就來的嗎？

松竹的房開車載我去東寶攝影棚。山田劇組的導演室角落新增一間畫室，我趁上午完成了一幅畫。

還是覺得胃怪怪的。去了玉川醫院。大夫診斷是舟車勞頓與座談帶來的壓力引起。

杜蘭·杜蘭的團長尼克·羅德斯[430]來訪。他對我的研究好像ＦＢＩ的身家調查追根究柢，挖了又挖。

**二〇一七年九月二十六日**

在都心摩天大樓裡的時候，遇到強烈地震。是因為摩天大樓搖得比較激烈，還是因為地震本身就很強？如果只是夢也就算了，我卻因為下定決心而沒陷入恐慌，也太妙了。

泡了相島從韓國帶來的高麗人參茶，胃的翻騰感就不見了。一定是在十和田泡過溫泉以後，周圍突然變冷，又吃了三支霜淇淋，所以內臟才會偏涼。跟疲勞、壓力根本是兩回事呀。

去國立新美術館出席「安藤忠雄展——挑戰[431]」的開幕記者會。在黑川紀章[432]設計的建築物裡，安藤創造出非凡的建築空間。

**二〇一七年九月二十七日**

號稱在日本史上有名的平安時代[433]活神仙復活，我與幾個人一起跪坐在和室大堂裡等著。然後有一個男人，抱著一個用布蓋住頭的老婆婆走進來，並掀起老婆婆頭上的布。這個活神仙長得像象人[434]，但並不讓人感到恐怖，毋寧更有種神聖感。這是場奇妙的夢。

上午去東寶攝影棚。今天也畫了一幅畫，畫的是小玉。在食堂與濱田一起吃午飯。
晚上出席《朝日新聞》的書評委員會。

**二〇一七年九月二十八日**

上午在東寶攝影棚又畫了一幅畫，還是小玉。
中午在成城一邊吃壽司，一邊討論《家人真命苦3：願妻似薔薇[435]》的片頭動畫。
下午接受渡邊真理在《Eclat[436]》連載專欄的訪問。

**二〇一七年九月二十九日**

前往東寶攝影棚。又畫了一幅畫，但今天都沒人進來。
下午用訪談當作《橫尾忠則×九位經典創作者的生命對話》的後記。
與工作室的同仁一起在鰻魚料理「神田菊川」上野毛店為妻子舉行生日宴。明明可以找近一點的地方吃的。

**二〇一七年九月三十日**

只要一開始畫畫，畫中就會一直出現鼻子。這是因為氣韻的流向改變。
洛杉磯的杜蘭·杜蘭文獻館因為喜歡我畫的海報，希望我再為他們畫一張海報。海報對我來說，與其說是本行更像兼差。

**二〇一七年十月一日**

星期天，大晴天。與山田導演吃午餐。松竹的人一起來凮月堂吃年糕紅豆湯。只要一看到日野原大夫的書，想也不想就買下來了。晚上去整體院。

**二〇一七年十月二日**

花太多時間想畫畫的事情，睡得支離破碎。

腳底按摩記錄經過三個月的空白，中田師傅又來幫我按腳。他上身只穿一層T恤，就從已經開始變冷的輕井澤，搭新幹線早班車來幫我治療，看起來還是充滿活力。

傍晚ｇｇｇ藝廊的北澤說想策畫一場後年的展，展出我幫瀨戶內師父報紙連載小說《幻花》畫的插圖原稿。是一個和美術館展覽一樣長久的提案。事先預約就像是命中註定，我該感謝命運的安排嗎♥

**二〇一七年十月三日**

日本惠普的深野、大西來訪。要我跟他們合作不久將來舉行的攝影展。

下午ＮＨＫ國際台日本線的「Direct Talk」來錄製全長一個半小時的訪問，講完氣喘吁吁。這個節目是國內攝製的海外版，到時候可以收到ＤＶＤ，不過海外電視節目來訪問，從來沒有把成品的ＤＶＤ寄來過。以前我去巴西，曾經在飯店泡澡的時候，從房裡電視聽到日文，我一衝出浴室，發現電視上竟然在播我的專訪，我當時對這種偶然還會大吃一驚，現在就只覺得接受訪問都是有去無回。所以我後來對於海外的案子通常不抱期待。我去年參加四支法國電視節目錄影，每一個電視台都沒寄ＤＶＤ給我。所以日本的電視台千萬不要學它們那套呀。

我在神戶美術館的蓑館長、理事長山本（良三）報告，為了進行建物漏水修復，將休館一個月。

內田裕也[437]在「開運鑑定團[438]」拿出一張我四十幾年前幫他演唱會設計的海報上場。如果以平版印刷海報而言，頂多賣到二十萬日圓，裕也卻本著搖滾（Rock）精神堅持叫價六十九（Rokku）萬日圓。結標價格五十萬日圓，他的臉色很臭。這種印刷品一開始喊低一點比較好呢。

**二〇一七年十月四日**

從國外回國，路上嚴重焦慮。不認識的旅伴是韓國人。這種去海外旅行回國的時候飽受壓力與恐慌侵襲的親身經歷具現夢，我過去時常夢到，但我已經七、八年沒有出國了，為什麼還會夢到？

五點起床。在被窩裡寫一篇書評。

上午《SAPIO》[439]的「我的人生書櫃」專欄來訪。我推薦了江戶川亂步與南洋一郎[440]的少年小說、赫塞《流浪者之歌》、貝原益軒《養生訓》、布勒東[441]的《超現實主義宣言[442]》、朱樂．凡爾納的「驚奇」系列作品，以及但丁的《神曲》。

下午，與從輕井澤趕來的高平哲郎討論他導演的〈外連國小洒落日本〉海報設計。好像是一齣演給外國觀眾看，類似超級歌舞伎[443]的舞台劇。這是吉本興業新劇場落成後上演的第一齣戲。

**二〇一七年十月五日**

受委託畫一幅五層樓高的銀杏樹。每一片樹葉都塗上不同顏色，後來應該把樹葉全部塗成黑色，樹幹塗成白色，還是反過來塗得五顏六色？一場不論結果如何都很無聊的夢。

上午我長久以來在《文學界》的責任編輯豐田跳槽到《週刊文春》從頭開始，所以帶了年輕的清水一起來訪。清水穿粉紅底花朵圖案的外套與橘色底的條紋長褲。《文學界》也是怪人一堆。他來是為了委託我寫一篇小說。要說姿色我還有一點，但我沒有那麼高的才華喔。

中午去東寶攝影棚。與山田洋次導演、橋爪功、小林稔侍、妻夫木聰、蒼井優、夏川結衣、中嶋朋子一起在員工食堂吃午餐。我與稔侍都認識高倉健，等其他人都回去休息以後，我們兩個還一直交換高倉健的小故事。一般對健哥的印象，會整個大翻轉喔。

昨晚是農曆十五滿月，卻因為雲層太厚看不到。今天十六，能向月亮請安嗎？要說「十六茶」的話，我家倒是有一瓶。

**二〇一七年十月六日**

年輕時候很迷的安娜．維亞傑姆斯基[444]（享年七十），以及同樣很迷的「鶴岡雅義與東京鶴岡雅義與東京Romantica[445]」第一代主唱三條正人[446]過世。青春夢，從腳底開始崩解。

每年日本都期待諾貝爾文學獎會頒給村上春樹，今年讓石黑一雄[447]獲獎應該讓不少人跌破眼鏡吧。國內為了「希望之黨[448]」的出現雞飛狗跳之時，這是從國外傳來，意料之外的好消息。

中午在東寶攝影棚與濱田一起吃午餐。

**二〇一七年十月七日**

今天的午餐一樣與濱田在東寶攝影棚吃。今天劇組在都內出外景，只有濱田留在攝影棚。我完成一幅畫。總共畫了四幅，每一幅看起來都是未完成的樣子。以前我就這樣了，隨著年齡增長，未完成的畫也越來越多。怎麼畫都覺得自己的意志力好像很薄弱，米開朗基羅也留下很多未完成的雕刻，但全都是傑作。

下午回到畫室，為了寫給《朝日新聞》刊登的書評，開始看書。

**二〇一七年十月八日**

吃完午飯，想到好久沒去野川遊客中心的涼亭。在那裡完成書評文。天氣熱得像初夏，額頭上的汗一直流往眼睛去。所以往公園的長凳移動。眼前有十種顏色鮮豔的花，上面聚集著蜜蜂與蝴蝶。暫時度過無為的時間。

去找虎之門醫院的石綿大夫，說自己從十和田回來以後，胃的狀況就有點遭，之前請神津老師幫我聯絡，卻找不到大夫，所以忍了兩星期……但大夫話鋒一轉：「去大使館，就聽說橫尾先生您還在神戶的時代，常常去明石的海水浴場玩水，現在您應該已經在紐西蘭了。」做了這種夢。

玄關的稻田魚缸又被侵襲，少了三條魚。凶手是貓？還是烏鴉？

**二〇一七年十月九日**

準備街貓的飯，看到一隻跟黑輪一模一樣的新面孔。以前流浪貓的孩子走路晃晃悠悠，自從來見我最後一面以後，就沒再出現過了。

走路到畫室途中遇到十三個人，只有一個沒戴眼鏡。自從韓流偶像劇《冬季戀歌[449]》以來，我發現戴眼鏡的人就變多了。電視劇裡戴眼鏡的演員也變多了，通告藝人也是。

**二〇一七年十月十日**

藤原新也[450]給我看他在分屍命案現場拍的照片。另一場夢是江戶時代的行刑現場。兩場都是不祥之兆。

差不多今天開始就覺得胃的翻騰感消失了。之前原本還這麼不舒服，難道是自然痊癒的力量？

最近的黑輪像是變一個樣，整天都在家裡。

**二〇一七年十月十一日**

明天就要去河口湖，氣象預報看起來卻都不像是好天氣。原先預定要去的難波英夫說他發現身體狀況不對，先退出。糸井重里預定參加。我去畫畫跟打乒乓球。悠悠亭烏龍（中村）擅長落語，糸井的卡拉ＯＫ。一年一度放空腦袋的外宿聯誼。卡拉ＯＫ大會也是放空大會。畫畫的時候也可以把頭腦放空。

下午去虎之門醫院進行定期檢查。我最近一直擔心的胃問題，應該是疲勞引起的急性腸胃炎吧？要花兩星期治療，所以遵從醫囑。檢查結果是慢性腎炎，但還沒到必須極度控制蛋類、碳水化合物與鹽分程度的數值。

去看東京車站藝廊的夏卡爾雕塑展。他還是畫畫比較強。

晚上去《朝日新聞》書評委員會。

**二〇一七年十月十二日**

三賢社的林老闆開車來接我、妻子、德永去河口湖ＮＨＫ出版富士資料中心。一進去馬上開始畫畫。中村、福田也陸續抵達。糸井要等我們快吃飯的時候才到。悠悠亭烏龍先說了一段落語。糸井他們開始唱卡拉OK。留下我一人還是畫畫好了。依照慣例，還是畫出為小玉安魂的畫。

**二〇一七年十月十三日**

天氣差勁，看不到富士山。一整天打乒乓球、畫畫、吃點心。晚餐去糸井朋友開的「糸力」吃高級和食。晚上九點後，糸井他們開始唱卡拉OK他人打乒乓球。趁中間空檔繼續畫畫。

**二〇一七年十月十四日**

政府說女兒美美私人收藏的繪畫是國寶級的珍品，希望她能捐給國家。她奮力拒絕的結果，在政府想來看隨時都可以來看的條件上讓步。為了手續奔忙的夢。後面還接一個學習昭和史的夢，不知道與這場夢有沒有關聯。

早餐後打一盤桌球再畫一下畫。

德永買了一台 iPhone 給我，操作好複雜，我根本搞不懂。不然教我用內建鏡頭拍照吧，但聽了我還是覺得無法學會。

中午要去成城增田屋吃飯，所以我就早退。到成城時還不到一點鐘。最擁擠的時段，只剩下八人大桌空著。只差一兩分鐘，店裡就超級客滿。

回家後，待在家裡三天的黑輪發出奇怪的歡呼聲，並到處亂跑

晚上吃的是豬排飯「椿」的外送。

## 二〇一七年十月十五日

早上開始下雨。

《朝日新聞》的書評主編吉村千彰送我京都昆布、魩仔魚乾與鹽漬梅子的綜合禮盒。我就回送他中學時代以來的偶像杜蘭．杜蘭樂團的一張海報。

下雨天總讓我不由得顯露出純文學一般的心情，無心畫畫。畫畫是一種運動員的心情，如果不能把文字與畫與從頭腦排除，進入一種零思考的無念無想狀態，身體是無法動彈的。

晚上按摩，讓在河口湖畫畫打乒乓球累壞的身體得到恢復。

早早就寢。

## 二〇一七年十月十六日

松竹的濱田打電話來：「妻夫木聰與蒼井優剛好有空，所以我們要拍他們的海報用照片。我開車去接您。」所以我就被載去東寶攝影棚。我本來打算自己拍，妻夫木說：「橫尾老師，您快門按太快了。」我不知道發生什麼事，總之好像是我不熟悉數位相機亂按的結果。於是交棒。「濱田幫我拍。」拍完照片後，便與兩人＋橋爪功、夏川結衣一起去食堂。吃完午餐後我就進了導演辦公室。我有一陣子沒遇到山田導演，又遇到帶著人形燒炭般的廣井王子[451]。自從與廣井合作《櫻花大戰[452]》以來就沒見過面了。「從那次以來，已經過了十三年了。」那時候染金髮的廣井，現在已經活脫脫地成為一個大叔。

兩點在畫室為《文藝春秋》錄製對談。《讀書到死[453]》的作者丹羽宇一郎[454]與我討論《書讀很慢的我是這樣讀書的》內容。丹羽老闆是只要一有空檔就一直讀書的書狂。他透過讀書探究「人是什麼？」我則透過身體探究「我是什麼？」

**二〇一七年十月十七日**

在新幹線裡從自己的座位移到其他座位後，發現前面坐的是松方弘樹[455]。他對隔壁的朋友說：「我打電話給鶴田的爸爸試試看。」然後拿出手機。場面轉換成西脇的老家。鶴田浩二與松方弘樹抵達。我對鶴田說：「我夢到自己在搭新幹線的時候，從後面看到松方打電話給你。」我一邊訴說自己的夢，夢又變成松方參加演出的《柳生一族的陰謀[456]》，松方一跳到空中，馬上變成插圖，如果我那時候能說那個插圖其實是我畫的就好了，結果完全清醒後才在心裡反省。《日本經濟新聞》的岩本想策畫一個「轉機」跨版大特輯，帶著攝影記者一起來訪。我說了一則考美術大學那天，因為老師一句「別考了，回去吧」而造成人生大亂的故事。

**二〇一七年十月十八日**

夢見去聽日野原大夫的演講，我問他：「下次你來演講，我應該吃什麼？」他回答：「想吃什麼就去吃吧。」

朝日衛星台製播的高倉健紀錄片來訪問，因為提問太令人不愉快，我當場中斷訪問。每十年左右會遇到一次令人倒胃口的日子。今天就是這樣的日子。

**二〇一七年十月十九日**

去東寶攝影棚。今天拍西村雅彥、夏川結衣、中嶋朋子三人。下午在導演室裡畫畫，但未完成。

因為在電視上看到好幾次加藤一二三拿起一整瓶蘇打水一飲而盡的畫面，想試試看能不能防止胃食道逆流。喝下去胃酸馬上停止作怪。小偏方到處都找得到。現在我的作品正在巴黎龐畢度中心的梅斯分館同時舉行的「日本全景」展與「日本的」展裡展出。我寫電郵去住在巴黎的白羽明美[457]幫我照這兩個展場的樣子，她就打電話過來。「您的重聽現在怎麼樣了？」我回答：「我聽不到人的聲音，但聽得到神的聲音喔。」她反而嚴肅起來：「這樣可不行呀！神告訴你可以這樣嗎？」我就回答：「對呀，我就算不動腦，神也會告訴我，方便就好。」我一直在想，如果真是如此，就什麼也不用想，也不需要努力，沒有比這種狀態更方便的了。

**二〇一七年十月二十日**

全球聲音設計的小林送我一組內建麥克風與喇叭的桌上型擴音裝置，叫我「試試看」。不畫畫就產生壓力，喃喃自語以為可以找到理由開脫。但是時間的壓力又逼我不得不畫出什麼來。

DeNA隊繼續打敗廣島鯉魚隊，從本球季排名第三下剋上。

**二〇一七年十月二十一日**

上午在東寶攝影棚拍橋爪功、吉行和子與林家正藏的照片。八人照片全部拍攝完畢。與橋爪在食堂談天說地。橋爪家與我家牆角緊緊相鄰。時常來我家的黑貓，好像就是賴在橋爪家的野貓。我覺得這隻以野貓而言顯得胖，因為兩家的貓食牠都吃。

柄谷行人送我一本《坂口安吾論》。我做過安吾[458]的海報，以及筑摩文庫版全集的封面設計，安吾是我有興趣的作家之一，所以我馬上從本文的「美學的批判」讀起。高橋克彥[459]寫的《我是作家的貓》也寄來了。他的愛貓叫「玉子」，與我家小玉小時候的乳名一樣。

**二〇一七年十月二十二日**

朝相撲土俵衝刺。對面有另一個男人衝過來。這是一場把對方手上的紙牌搶來丟在土俵正中間的遊戲。我們在土俵上對撞的瞬間，他手上的紙牌就浮在空中，我馬上一把搶來，放在土俵中間，我贏了。一場不明所以的夢。

在雨中參加眾議院選舉的投票。在外面吃過飯，就在三省堂買了波赫士[460]、空海[461]與金正恩的書共三冊。去阿爾卑斯一邊喝熱可可，一邊跳著看買來的三本書。雨還是一樣大。傍晚去整體院。整天在下著大雨的車站前徘徊。接著昨天繼續畫畫，但今天用今天的畫風畫。

**二〇一七年十月二十三日**

早上發現院子裡到處散亂著樹枝。看起來是昨天颱風的痕跡，我卻渾然不覺。天上的雲散去，一片廣闊。

花柳壽應[462]來信，提議要不要與植田紳爾[463]、轟悠[464]一起做一齣新的舞台劇。除了轟以外，剩下三個男的年紀都是八字頭。要像世阿彌[465]一樣綻放出老年的花嗎？

DeNA 在敵軍主場三連勝，從本季排名第三前進聯盟決賽！

**二〇一七年十月二十四日**

自從看到若嶋津[466]摔腳踏車的新聞以來，就停止騎腳踏車，切換到走路模式。小學生從後面追上，一臉臭屁地往前衝去。我以前也有過這種臭小子時期呢。

悠悠亭烏龍（中村）買了一副遠視用的紅框眼鏡給我戴。前陣子新配的眼鏡要價上萬圓。一樣拿來看遠，他給我的這副只花了一三三〇圓。不是貴了就一定好呢。

唉呀唉呀，DeNA一舉打入冠軍賽。

**二〇一七年十月二十五日**

深夜清醒後就睡不著，到了天亮後才半睡半醒一個小時。當時夢到的是黑輪又吐在被子上。與三宅一生道別時說「明天十一點四十五分，倉俣（史朗）的展場上見」的夢。

今天也是細雨綿綿的天氣。在失眠狀態下來回踱步。

我寫電郵問坂本龍一關於他推薦的《不疲累、不疼痛的究極身體》內容上的問題。他回答：「我每天都照做。」好像每天做十分鐘程度就夠了。那我也買一本。

晚上去《朝日新聞》書評委員會，拿到想寫的書。

**二〇一七年十月二十六日**

昨天失眠，所以拿出很久沒用的戀多眠吃了一顆。熟睡。

遠藤賢司[467]（七十）過世。我好像設計過他《東京嘿咻》專輯的封面吧。他曾經在澀谷開過一家金字塔造型的咖哩店，那陣子正在流行金字塔。不要說認識的人了，一輩子只遇見過沒幾次的海內外音樂家也走了好幾個。

鷲田清一把他看了我在上星期《朝日新聞》上刊登關於《都市與野性的思考》評論的感想寫在明信片上寄給我：「如果是這種書，我一定會想去書店買回來看，我在想我也應該讀讀看。」不過那是在夢裡的書評。我很久沒有夢見鷲田，即使在報上看到他也好。

今天從早上開始就覺得腰腹部刺痛。昨晚在書評委員會還好好的，昨晚到底發生了什麼事了呢？我自己判斷是從在前大關若嶋津出事那天開始的。那起事件帶給我一個教訓，停止騎腳踏車改用走路，換言之就是我走太多路，結果腰腹部的肌肉突然開始活性化。我跑去玉川醫院整形外科向佐藤大夫報告完以後，他說：「正是如此。」我說對了。我又問：「那我只能繼續走路了嗎？」他回答：「正是如此。」

晚上為了調適心情，前往成城健康整體院。萩原師傅的按摩搭配岡師傅的波動治療雙管齊下，心情卻沒有變化。

**二〇一七年十月二十七日**

可能是整體院的藥布，按摩與波動治療，還是一覺到天明的關係，不確定是哪一種方法奏效，腰痛稍微好一點了。

小林聰美在《朝日新聞》上介紹了我的《不需話語》。她為我《書讀很慢的我是這樣讀書的》寫的書評，也刊登在前陣子的《Sunday 每日》上。

《家人真命苦》第三集的海報想用我的畫作，於是我就開始畫了。到時候會畫出什麼，不試試還不會知道。

**二〇一七年十月二十八日**

從西脇的老家前往韓國人居住的角落，路上看到中年男女各一。我一直跟在兩人後面，抵達的是一口巨大的洞窟。從剛才的穿著換成舞台裝的兩人，開始從洞窟底端向我一些什麼，但我聽不清楚。難道我在夢裡也會重聽嗎？

繼續畫昨天開始的畫，樣式又和昨天不一樣了。那就以今天的風格畫吧。

晚上，安田登[468]親自送我他寫的《能：延續六百五十年的布局》，於是我就開始看。

**二〇一七年十月二十九日**

在雨中走路。道路與其說是積水更像是河流。水能帶給乾燥的腦部與皮膚滋潤，在雨中行走連腰痛都不藥而癒。難道我之前有脫水症狀嗎？如果連腦都脫水了，我的身體就會在空虛裡打轉，連重聽時聽不到的聲音都聽得很清楚。

在這下雨天，腳底按摩師中田師傅從輕井澤來訪。

**二〇一七年十月三十日**

在一個臨時展場上遇到了高階秀爾[469]。「老奶奶剛剛也來過了！」我沒見到高階院長的母親，覺得失望。在高階背後的挑空牆上展示了四幅巨大的繪畫，是年輕畫家結合具象與抽象的單色作品，具有壓倒性的大魄力。看到這麼偉大的畫，我自嘆不如，覺得只能丟下畫筆，臣服於畫布下變成一個沒有用的侏儒。

旁邊還擺著幾幅自己的作品，但全都是過期品。在角落彎曲的牆上，展示著一幅應該是自己畫出來的素描，畫的是橫躺在海岸上的裸女，自己並不記得畫過。逼真的夢。儘管如此，這幅巨大作品既然出現在我的夢裡，作者應該就是我吧？什麼都不必擔心。我的畫都是無意識中創作而成，只要把無意識顯現出來不是很好嗎？

回家前瀨戶內打電話回家，由妻子接聽。說了兩三句話：「您能跟這麼任性的男人結婚六十幾年，算非常了不起了。請叫他為您買一副新的手提包。」「我用不到手提包。」「那就叫他請吃好吃的。」「我會胖，不要。」（中略）「橫尾老師耳朵不好，文章反而越寫越好了呢。」「畫呢？」「畫技本來就很好了，文章變好不是更好嗎？」這些好像又是夢。

平林從神戶來訪，送我一本沃荷的立體繪本，說是「巴黎來的伴手禮！」

岩波文庫推出亂步的少年讀物。在岩波發行的書，總覺得哪裡怪怪的，於是挑了《少年偵探團：超人尼可拉》來讀。讀了感到熱血沸騰，已是往事。

**二〇一七年十月三十一日**

看見老家內隔間有一隻蜥蜴在快速移動，黑輪一掌撲上去，蜥蜴馬上發出像電線短路一樣的哀鳴，並且跳得比人還高，與黑輪轉來轉去纏鬥不休。蜥蜴一邊發出像仙女棒火花一樣的哀鳴，一邊在空中轉出漩渦。打鬥場面就像表演，我正看得入神。像夢的夢。

在靠近橫濱的住宅區裡，有一戶人家是《家人真命苦》的舞台。我與濱田一起去拍照。我對那戶人家的女主人說：「妳看起來好像是古裝劇的漂亮女劍俠呢。」濱田馬上打圓場：「不不不，更像住在這一帶的上流太太。」

回東寶攝影棚，與在片場待命的橋爪功、小林稔侍與風吹純[470]聊天。

**二〇一七年十一月一日**

法國紅歌星來我老家唱歌。最後與我對唱〈月之沙漠[471]〉。重聽在夢中被治癒。場所變成銀座，人在進口書店想買漫畫，才發現自己穿著睡衣，趕緊披上藍外套。這是一間精品店，還有名牌時裝。我挑選老明信片，找到一張要寄給我的明信片。水準低於平均值的夢。

八點德永來接送我去玉川醫院。我在意自己的胃食道逆流，便做了幽門螺旋菌的檢查，一週後看檢驗報告。因為檢查前不能吃早餐，做完檢查就在醫院裡吃鬆餅。

回家路上發現以前畫過一張Y字路中間的房子已經拆了，就在廢墟前拍了一張照片。我可以來畫一張使用前使用後的畫。

在畫室讀谷崎潤一郎的《白晝鬼語[472]》。故事結局無法猜測。我覺得作者一定瘋了，但瘋的是主角，更瘋的其實是讀者。

**二〇一七年十一月二日**

中午去東寶攝影棚的員工食堂吃咖哩豬排飯。去棚邊大部分演員的待機場所叨擾。

傍晚蜂飼耳[473]帶了高級中西點心來畫室。我想請她為我在神戶下下檔的個展「橫尾忠則的冥土旅行」展品目錄寫解說。蜂飼是我在《朝日新聞》書評委員會的同事。

**二〇一七年十一月三日**

讀吉田真樹的《平田篤胤：靈魂歸處》（講談社學術文庫）。自從讀過篤胤的《仙境異聞　勝五郎再生記聞[474]》（岩波文庫），一直被篤胤深深吸引。晚上讀魯道夫．史坦納[475]的《自由鬥士尼采[476]》（岩波文庫）。高橋巖[477]的解說大大增進我對原文的理解度。

聽從身體的聲音，讓腰部的不適改善許多。身體的聲音就是我的主治醫師。

**二〇一七年十一月四日**

我繼續完成擱了一陣子，不記得放到哪去了的新作，是一系列女性肖像。一邊畫一邊決定結果，所以總是覺得，剛開始的事最令人焦慮。

晚上讀貝原益軒的《慎思錄》。《養生訓》養生，《慎思錄》養心。

**二〇一七年十一月五日**

很多人來我家玩。其中一個是以前住在畫室的鄰居，帶了很多外國毛衣與運動服來，說是要「希望大家帶回去穿」，放著就回去了。夢就這樣而已。

腳底按摩師從輕井澤趕來。下午在公園不斷更換座位，閱讀科林．威爾森寫的《魯道夫．史坦納》。

**二〇一七年十一月六日**

看保坂和志在本期《昴》月刊上連載的小說《讀書實錄》，發現文章裡有兩三個地方提到我。

這幾天持續失眠。一提到對策，我想到的是讓早上的陽光逼出褪黑激素這種睡眠荷爾蒙。想到就做。

小野洋子從紐約打來的☎太抽象，完全聽不懂。我重聽，跟她說我的話都在胡說八道，她說：「這些沒關係。」我就回答，那我就只能 Imagine 而已了。「你這不就聽到了嗎？」把聽到的片段銜接起來，就只能唱出♪Imagine all the people 而已呀。「妳等我一下，我去找會說日本話的人來接電話。」這是我第一次講☎需要有人幫我翻譯日文。「我希望能回日本過年。」我跟她約等天氣暖和一點，就一起去泡草津溫泉，順便泡腰泡腳。「草津在哪裡？」我就唱了：♪草津是好地方，來泡一次全身舒暢……「唉呀，這歌我還真沒聽過呢。」

《日本經濟新聞》伊藤、茹山為了展覽的事情來訪。「若沖[478]展」總共吸引四十四萬六千名遊客進場，售出十五萬本展品目錄。近年的展覽都在比統計數字嗎？排隊老人一個一個倒下，出動四台救護車，護理師全面出動。難道是做年輕人生意的文化朝老人文化流動的傾向？

傍晚，紐約藏家路易斯．威格登來訪，委託創作全新的紐約、夏威夷、東京 Y 字路繪畫。我馬上訂了特別尺寸的畫布。

**二〇一七年十一月七日**

心情進入年底要到了的感覺，心神不寧，難以專心。應該減少委託案。以前走來者不拒路線，現在必須領悟到「忙」會導致心亡。

**二〇一七年十一月八日**

在一間飯店套房（我這樣寫，你就知道是我的夢吧？沒錯）的洗手間刷牙的時候，有一通☎打來說要找妻子。從電話內容推測，她好像在跟她丈夫通電話。看起來她除了我還有其他丈夫。那麼那個丈夫是誰？住在哪裡？我也應該是她六十年來的丈夫才對。重婚？難道是同時出現在兩個地方的同時異地現象？哪一個是真，哪一個是假？妻子在☎裡報告了我和她的旅程，但有一半是捏造的故事。我醒來後覺得，只要寫得好，會是一篇有趣的短篇小說呢。

去玉川醫院檢查幽門螺旋菌的結果是陰性，暫時鬆了一口氣。我可能還得了流行感冒，可能三十分鐘後會出現異狀，在二十四小時內盡可能靜養，說不定有入院可能，一聽說到這些判斷，今天先不工作。

**二〇一七年十一月九日**

六點起床，重讀梅原猛的《人類哲學序說》（岩波新書）。如果日本文化以「草木國土悉皆成佛」為核心，是否能超越西方哲學？

在東寶攝影棚與山田導演討論片頭字幕設計。電影主要舞台所在的住宅在Y字路口。導演希望能把這間房子畫成畫，並把畫直接變成電影鏡頭。據說是從《西城故事[479]》片頭得到的靈感。

**二〇一七年十一月十日**

《IDEA》臨時決定要在年內推出我的未發表海報特輯，派了室賀與西岡來訪。至於美國、英國、台灣、日本的專文，都已經找好作者。

傍晚去整體院。今天請他們幫我拉筋。

**二〇一七年十一月十一日**

每年到了這個時期就會擔心氣喘，今年夏天就因為氣喘發作入院十天。難道氣喘也會有季節錯亂的時候？

在冷天的公園一邊喝著歐樂那敏C口服液，一邊開始讀磯﨑憲一郎送來的《鳥獸戲畫[480]》。像是一邊左顧右盼一邊畫圖一樣的文筆，始終讓讀者忐忑不安，久讀不膩。

到了星期六就要因為節氣上的「土用[481]」而常常吃鰻魚飯，但因為之前習慣吃的店已經搬到輕井澤，只好重新再找。在等出門吃鰻魚飯的時間，繼續進行未完成的畫作。這種過程真麻煩呢。真想不再碰那些話，直接讓那些畫維持未完成的狀態算了。

吃完鰻魚飯，回家路上又在砧文庫買了一本歐姬芙[482]與一本墨西哥繪畫的展覽目錄（舊書）來看。

**二〇一七年十一月十二日**

腳掌上的肉球連醫生都搞不清楚，我卻從報紙廣告上知道是腳尖內側伴隨高齡而來的「腳拇趾外翻」硬化現象。無法治療，但好像可以透過人工肌肉輔助。如果連醫師都不知道這種症狀，高齡化社會的醫療還撐得住嗎？

我為了寫赤塚不二夫[483]回憶錄《激進爆笑劇場[484]》文庫版解說，把本文看了一遍，發現他的靈感就是縱橫無盡地自在引用電影、電視、新聞等各種媒體，才創造出那樣的爆笑漫畫。他對於柘植義春[485]的評論也是一等一。

晚上看白天錄的埼玉國際馬拉松。現在是馬拉松的季節，樂趣又變多了。

**二〇一七年十一月十三日**

為了九點半到我的畫室，早上五點就坐上輕井澤出發的新幹線早班車，來找我之前還先在新宿完成另一工作才來的中田師傅今年四十開外，從寒冷的輕井澤上身只穿一層T恤出門，不知疾病為何物的整復師。全身器官都集中反映在人的腳底穴位上，他就從邊邊開始用力揉捏，像要把病灶壓爛一樣。一開始會發出哀叫，但現在覺得痛得很舒服。他說也有人做到一半睡著。

傍晚一到家就開始頭痛，馬上☎給隔壁水野診所的大夫，想請他們開止痛處方，但剛才服用的葛根湯已經讓我的頭鎮定下來。

接著妻子又接著感到膝蓋刺痛。她本來說：「明天我想去整形外科一趟。」但還沒開口之前，前陣子才生過病的萬屋藥房藥劑師安阪就已經在☎上傳授非常詳細的治療法。為防範未然，最好有醫師的朋友，或更應該說，最好也有藥劑師與整復師朋友。

**二〇一七年十一月十四日**

《IDEA》為了編特輯，特別派伊藤亞紗[486]來問我關於《粉紅色女孩》的問題。伊藤與磯崎憲一郎都是東京工業大學的文學副教授。對於她出其不意的提問，我也報以出其不意的回答，真有一套。

卡地亞當代藝術基金會委託多畫六幅藝術家肖像畫。包括布魯斯·瑙曼[487]、克里斯提安·波坦斯基[488]，大衛·林區[489]等。

在龐畢度中心梅斯分館舉辦的日本當代美術展相關報導，刊登在《紐約時報》上，並以彩色照片介紹我的參展作品。

**二〇一七年十一月十五日**

岡部版畫工房把我的版畫印好了，我在每一個成品上署名。一個作品推出四十至五十版次是少見的特例。我想挑戰油彩畫的重現可以做到什麼程度。

**二〇一七年十一月十六日**

在開演前的寶塚劇場偶遇鳳蘭[490]。都已經和她見過多少次了，每次都對我說：「初次見面。」我不知道她是玩笑話還是真忘了。但是今早的夢裡她第一次沒對我說「初次見面」。

小野洋子寄來三本美國暢銷書《食療聖經》的「飲食篇」、「疾病篇」，以及《改變是大腦的天性[491]》。我們已經到了興趣一致的年齡了呢。

傍晚去 nico picabia 洗頭剪髮，發現店家的二樓就是整體治療院。

**二〇一七年十一月十七日**

趕快帶妻子一起去昨天發現的治療院整膝蓋。我自己也試整了一下，對幾天前的腰痛立刻有效。後來被睡意侵襲，就在畫室打了個盹。

畫畫到傍晚。

**二〇一七年十一月十八日**

在布洛涅林苑[492]？散布著巨石。一大群人默默地往一個方向前進。我也是其中一人，但不清楚自己是被帶著走還是怎麼樣。行走中的人們一樣白，卻都死氣沉沉。就算說成死者的行進也不奇怪。我記得以前也做過一樣的夢。

對我來說，夢是與現實一樣重要的經驗。有時候我發現夢裡包含著比現實更有價值的訊息。我認為日常生活的表面意識可以當成理由，但夢裡的意識都是真心話。絕對是真心話。只要觀察自己的夢，就能明白自己的本性。史坦納認為，人身上存在著生命身與意識身，生命身殘留在肉體中，只有意識身可以離開肉體，並看見夢境。肉體醒來同時，意識身會馬上回到肉體，並與生命身合體，描述夢境的內容。總之，以我貧乏的知識，覺得自己好像又不是這樣。

我醒來才發現還沒到十二點。我才走出老家的廁所，就發現黑輪與二十幾年前就死了的魯恩看起來很要好地一起走來。在夢裡，死者與在生者共享同一空間。

**二〇一七年十一月十九日**

不知為何我穿上了晚禮服，參加一場自己主辦的聚會。要走進會場，必須攀爬一座架在深谷上的梯子。昨天的夢與今天的夢都像是模擬死後審判的場面。就因為是夢，可以在活著的時候模擬死亡，想起來我還真幸運。

濱田十一點半來訪，我們在增田屋吃湯烏龍麵，然後去片頭字幕素材的那戶人家拍照。在拍外景的時候，四周總是被一股祭典的氣氛支配。我讓片頭字幕以這棟在Y字路口的獨棟住宅的畫為背景，再以動畫逐漸變化周圍細節。

回到成城以後，又與山田導演、濱田與房一起去吃點心。

看一個電視節目，有的貓會專門殺死野貓的小寶寶，而有的公貓會保護自己的寶寶。研究貓科生態的年輕學者卻驚訝自己「以前還不知道」。以前我家的小貓寶寶也曾經被小寶寶殺手貓殺死。有時候母貓會自己把死掉的小貓寶寶吃掉。

**二〇一七年十一月二十日**

新加坡攝影師萊斯禮．紀[493]帶著大陣仗團隊來訪，要拍攝《IDEA》的封面照片。一邊自言自語一邊彎腰改變姿勢，按下的每一次快門都毫無廢話。我被拍著拍著，也開始有了對決的感覺。光是想到以前《IDEA》雜誌拍照預算不會大到做特效，還看到攝影師的工作節奏一直被年輕編輯西小姐一再打亂，本來還很擔心，卻發現西其實有著過人的膽識。這期一定是不負讀者期待的內容。

傍晚讓中田師傅整腳，他好像說按摩部位也會隨季節變化移動。身體也是自然的一部分，會換位子也是當然的吧？

**二〇一七年十一月二十一日**

舞台又是飯店。我的飯店夢好像百做不厭。在大宴會廳的角落站著一個看起來像旅日亞洲人的英俊中年男性，像是預言家一樣對我自己不知道的人生滔滔不絕。他說著類似如何以靈魂參與影響支配我的命運，當我醒來一個字都記不得。這種時候是應該要深入無意識層探索，還是當成一種沒條沒理的雜念夢比較好呢？

去東寶攝影棚準備明天開始進行的片頭動畫製作。我一格一格畫給電影觀眾看，但畫的結局如何，連自己都不知道。因為需要維持片頭時間，有些畫出來的內容必須先消去，然後再畫上去，同樣的流程也應該重複了幾十回、幾百回吧。

今天就像嚴冬一樣寒冷。距離冬至還有一個月，時間感像是墜入夜晚深淵一樣漸漸消失。

**二〇一七年十一月二十二日**

一回家發現家裡一片漆黑，我心想妻子應該不在家，發現她就在唯一點燈的廚房自己吃飯。有一隻大黑狗不知何時走進家裡，正四腳朝天躺在她腳邊睡著。我仔細一看，有二十隻小貓，其中還有一隻長著漩渦白毛的小貓，正在吸那隻大黑狗的奶。我不需要特別聲明這是夢，總之就是夢到這樣的畫面。

九點半濱田來接我去東寶攝影棚。今天開始拍片頭動畫，卻無法預測全部需要幾天畫得完。快則兩天，也有可能超過三四天。結果定勝負的作業，是我的風格。其實比較接近最原始的手工動畫作業[494]。

下午，磯﨑憲一郎與講談社的森山悅子來訪。磯﨑新作《鳥獸戲畫》本文提到我的名字，所以送我一本書。前陣子保坂和志的小說裡也提到我，更早以前野坂昭如[495]也曾在小說裡直接寫出我的名字。這不就是實像入侵虛構了嗎？我原本還在想，新浪潮電影曾經有一陣子流行虛構世界的現實化……。

**二〇一七年十一月二十三日**

雨天。濱田來接我去東寶攝影棚。我繼續進行昨天開工的麻煩作業。畫完成後投影在銀幕上，空無一物的白色銀幕上逐漸出現線條色塊，這種手法其實一點也不新。午休的樂趣就是在員工食堂吃午餐。我通常會避免油炸類，以拉麵之類的麵類居多。樣子不太賞心悅目，但吃起來倒還名副其實。這是最適合肉體勞動者的餐點。

**二〇一七年十一月二十四日**

晴天，微風，寒冷。

在東寶攝影棚的第三天。一下子把昨天畫出來的畫塗改成另一樣子看似痛快，那幅畫的命運只有畫自己知道，好像不讓我知道的樣子。

三點回到畫室，全球聲音設計的老闆親自到訪，介紹重聽補助器材的使用方法。我只要沒了助聽器，看電視的歌唱節目就只覺得是差勁的歌手演唱差勁作曲家寫的曲，只要有了這件新武器，就能讓那些歌聽起來好一點。

**二〇一七年十一月二十五日**

今天是三島由紀夫去世四十七週年。如果他還活著，今年應該是九十二歲？就算他現在還在寫作，我想他天縱英才的聰明與天縱英才的尖酸刻薄，也不會有太大改變。

在東寶攝影棚的屋頂觀摩二戰結束時東京一片狼藉的模型攝影。電影的魅力也是道具的魅力。一群大人像小孩一樣聚集「遊玩」，就是一種幸福。我身為一個看熱鬧的閒人，就這麼覺得。

傍晚，才畫好最後一幅圖的剎那，才從長野外景趕回東京的山田導演就出現了。我超乎導演的預期？

**二〇一七年十一月二十六日**

在東寶攝影棚的最後一天。明天劇組所有人就會開拔到廣島拍片。拍片期間每天晚上都睡不好，就去前陣子第一次去的整體院 Kahuna Seijo 整體。

**二〇一七年十一月二十七日**

一個優柔寡斷的笨拙男人出國，卻在機場登機櫃台取消旅程的夢。

早上一走進院子，發現堆滿地上的落葉像海浪一樣迎風撲來。畫室也被樹木包圍，也發生相同的現象。

山田導演新片的海報截稿日將近。因為是油畫，進度一直停滯不前。

得知幾條消息：《IDEA》刊登我的特輯，找了米爾可．伊利克[496]寫隨筆，文中提到我在一九六六年創作的自主海報〈上吊自殺〉在紐約被賣出五萬二千八百美元的價格；本書的平面設計者王[497]先生也提到我自傳的台灣中文版《海海人生！！橫尾忠則自傳》得到了二〇一三年度「開卷好書獎」翻譯大獎。這兩件事我還頭一次知道。

傍晚我去賣舊書的砧文庫買了《往生要集[498]》、《野口體操[499]》與五木寛之從十四歲到六十歲的日記。

**二〇一七年十一月二十八日**

在池袋西武百貨才發現拖出門的小玉不見了，只能在這裡找。如果這時候覺得貓有歸巢本能，一定會自己回去的話就太天真了。我陷入恐慌，不過好在是夢。

上午去玉川醫院皮膚科。全身裡裡外外都是病。在醫院中庭的涼亭吃便利商店的便當，又遇到好幾個不記得名字的大夫，便向他們報告近況。

《歌德[500]》雜誌為了做貓專題來訪，問我對土門拳[501]拍三島由紀夫與貓合影那張照片的感想。在貓面前抽菸的三島，缺乏對貓的禮節。本來應該是以貓為主體的照片，看起來卻像是三島的心沒放在貓身上。

## 二〇一七年十一月二十九日

比現在畫室大的新畫室裡，有一隻黃綠色蝴蝶飛向四五個正在交談的人們。黃綠色是我的幸運色。蝴蝶從空中數度停在我的指尖。當我在高興的時候，一邊叫著「多桑！父親！倒閉！[502]」一邊跑來的是檀蜜。好像夢見什麼都不講道理呢。

夢又繼續下去。打開電影院放映廳的側門，眼前的座位上正坐著大島渚[503]導演。他對我說：「橫尾，可以幫我找一下篠田嗎？」我又不知道是哪個篠田，本來還以為是他的同行篠田正浩[504]導演，那我又應該怎麼找呢？

今天天氣晴，外面暖鬆鬆的，關西都會用「暖鬆鬆」形容這種天氣，意思就是「暖和宜人。」這陣子又開始頭痛，在接待完來賓之後，馬上前往玉川醫院。做完電腦斷層，梅澤大夫診斷我上了年紀腦部萎縮，就算出現空洞也還算正常範圍，其他部分還很緊密。漢方內科的木村大夫重新調整漢方藥處方。這間醫院的整型外科、胸腔內科、泌尿科、耳鼻喉科、眼科、皮膚科、復健科主任都照顧我，我想除了婦產科以外，我幾乎已經看過他們所有的科別。

**二〇一七年十一月三十日**

聽到黑輪在吐的聲音，發現房間已經被嘔吐物淹沒。房裡又出現了以前養過的貓咪們：八五、明尼、魯恩、蚌殼……。「聽到貓的嘔吐聲後醒來」是指夢到自己從夢裡醒來嗎？去巴黎拜訪荒木經惟[505]夫婦，他問：「要不要一起吃個飯？」於是走進一間黑人開的餐館。餐館內有一口大鍋，鍋裡正煮著滾燙的咖哩。用炸法國麵包的切片去沾咖哩來吃，味道真是極品！該不會我第一次做有味覺的夢吧？

磯崎新用電郵告知他已經把戶籍遷移到沖繩的訊息。這種現實就像夢一樣虛幻。

**二〇一七年十二月一日**

從鹿兒島出發，不知不覺也走到傍晚時分了。走過幾個小村，身上沒錢，肚子餓到窩在路邊，覺得就快要直接消失了。結果發現自己不知何時已經變成十幾歲少女的變身夢。

21_21[506]的高與齋藤來訪，贈一組由三宅一生設計的對錶，上面寫著「兩夫婦惠存　北村翠[507]贈」。

受《東京人[508]》委託書寫關於東京夜晚的隨筆文，只花了一小時左右就交稿。本來以為責任編輯一定會被我嚇一跳，結果人家整天都在外面，害我失望了一下。

**二〇一七年十二月二日**

在夢中訪問住在巴黎的大竹伸朗[509]（上次是找荒木），從頭到尾全在討論現實的美工設計。「一起去吃飯吧！」（也和荒木一樣）我們走進法國餐館，他點印度甩餅。餅皮切成兩半，內部塞滿蔬菜。

看起來真好吃！我也來一客。

傍晚去成城健康整體院，按摩頭頸肩，頭痛全都不見了！

**二〇一七年十二月三日**

上午腳底按摩的中田師傅來訪。「請您務必活到一百歲！一百歲的畫家很少，畫出來的畫一定能畫得出別人畫不出來的東西。」

看福岡國際馬拉松。第三名（日本排名第一）的大迫（傑）[510]會變成新的英雄嗎？

**二〇一七年十二月四日**

最近常常用最新武器重聽補助器，但別人的話還是無法聽得十分清楚。再這樣下去連自己的聲音都變成機器音，所以聽自己的聲音比別人的聲音更痛苦。在喉嚨深處置入變聲裝置之類的機器，然後發出自己不認得的第三者聲音對人講道理，是我無法接受的事。但是如果想到我必須與這第三者相處到死，又不至於感到不高興。難道要怪我活太久還不死嗎？只要想到我能體驗一種別人沒什麼機會遇到的事情，我又能感謝誰呢？

**二〇一七年十二月五日**

一種就好像好萊塢大場面電影海報一樣的畫面，一個由《上空女英豪[511]》珍芳達[512]扮演的女英雄，掉進地面冒出來的巨大裂縫裡，背景是轟隆隆不斷倒塌的黃金神殿。她手上拿著神劍，大喊一聲什麼話，這種末日場面的重現，我在一萬兩千年前姆大陸沉入海底的時候就曾經目擊過。很久沒有因為這種非現實的夢境感到激動了。

把這種夢見超自然畫面的日常生活記錄起來，其實也挺無聊的。

**二〇一七年十二月六日**

島田雅彥[513]提案只靠三個人就拍出一部片。第一場戲由島田執導，島田的嘴裡被誰塞入一顆飯糰，下一場戲是我導演，島田怪叫一聲，從嘴裡噴出飯糰。我坐在島田旁邊畫一幅耳朵的畫，飯粒噴得滿畫布都是。一直到我捏起一粒米往嘴裡送的場面都是電影鏡頭。場面再轉換，我與島田坐在地球上空的飛碟上，本想飛向宇宙，結果只像遊樂園裡的雲霄飛車一樣搖搖晃晃，不知不覺我們已經進入一片漆黑的宇宙空間了。眼前是全長幾百公尺的母艦，我們的飛碟要從母艦補給燃料，然後母艦就漸漸接近我們的飛碟，簡直是科幻片的場面。

這兩天一直夢到古文明或太空之類的超自然場面，讓現實看起來更加乏味。做了這麼大規模的夢之後，又看到黑輪抓來一隻大老鼠，像丟籃球一樣朝我床上一丟。這不是夢，是現實。

**二〇一七年十二月七日**

河鍋曉齋[514]紀念美術館館長河鍋楠美來訪。館長是曉齋的曾孫，也是眼科醫師。他語氣猛烈而快速，我完全聽不清楚，兩小時只理解出曉齋酒量很好，五十七歲就死了。

《IDEA》以特刊號精選出我最近（二〇一〇年以後）創作海報。這些海報都是畫畫閒暇之餘畫成，本來想當成一種興趣，咦？該怎麼說才好？我只好問問別人的意見了。

**二〇一七年十二月八日**

西脇還能靠布料維持景氣的時代，我看到高倉健穿著深藍色絨毛大牛仔帽走在商店街上。雖然牛仔帽不適合他，本人卻因為自信散發帥氣，反而產生一種怪異的存在感。啊，對了，我想到帥氣來自於自信，就想著「我也來試試看吧！」然後就醒來了。

這陣子日常生活一直被夢境吞噬，沒有特別想記錄的事，我想應該是吧？

**二〇一七年十二月九日**

日記內容逐漸被夢境取代，如果這樣下去，就有一種夢境取代日常的感覺。所以最好想成自己同時住在兩種世界裡。例如我今早做夢，在夢裡我就可以自問現在遇到的是不是夢？我去磯崎新的辦公室，然後與他一起去展場，突然瞥見篠山紀信也現身，最後只有我一個人走在街上。這時有人叫住我，該不會是伊東順二[515]吧？這時我正在穿越川流不息的青山通，從草月會館前面往澀谷方向前進。剛才叫我的伊東突然出現在我旁邊對我說：「就算是內容嚴肅的畫，看起來也一定要像短時間就完成的畫才行。」那應該是我說的話呀！這種夢直接重現日常生活，算是缺乏創意的夢。

**二〇一七年十二月十日**

與山田導演、松竹的濱田約在濱田屋見面，順便討論電影片頭動畫。這種工作都是我無意間畫出來，並在不知不覺間即完成，完全不造成壓力。對，不論是本行的畫畫還是寫文章，幾乎都沒帶來過什麼壓力。所以也不會有「完成了！」的成就感。我從一開始就不期待這種成就感。

**二〇一七年十二月十一日**

交給印刷廠的完稿隔了很久還不出來，與編輯一起去印刷廠打算求他們早點完成，但他們只說：「我們會努力的。」我們就默默地回去了。

在朝日新聞社走廊偶遇美編大西。雖然他臨時要策畫奧運的主題展，對奧運冷感的我是不是與社會脫節了呢？這兩個畫面都是昨晚的夢，但我總覺得是故意讓我看起來覺得像夢的安排，只能感嘆夢這種東西的非獨創性。

我有一陣子沒買週刊來看，買來兩三本，內容依舊是描述因果報應、自作自受的報導。不過只要轉變一下觀看角度，就可以發現底下的人類學與人生哲學。

**二〇一七年十二月十二日**

聽說今天是今年第一個寒冬型天氣。天空一片湛藍，看不到風起雲湧的徵候。整片深藍色的極簡風空間，只讓我感到不自在。突然產生一種「這種天很適合死亡」的感觸。

腳底療法是一種遠距操作。光是刺激大腳趾，就可以消解頭痛。東洋醫學的超自然治療，把人體當成宇宙看待。

**二〇一七年十二月十三日**

去虎之門醫院。東洋醫學與西洋醫學，感性與理性在我體內搖晃中混合。本次定期健檢，血糖、尿酸、腎功能指數全都下降。「您是怎麼做到的？」我只差說出我去做腳底按摩，回答讓大夫高興的答案：「全部遵照大夫們的指示，充分喝水喝茶。」對我而言，水與茶就是我的萬能良藥。

森美術館的南條館長打電話來說，我十五年前創作，由他們保管的「橫尾版羅馬許願池[516]」巨大模型已經開始風化，想要分解廢棄。這東西本來就已經屬於森大樓集團所有，要怎麼處置都是他們的自由，我只希望上面裝的幾個人物模型可以送往我在神戶的美術館。所以我就聯絡了我美術館的蓑館長，希望他可以妥善處理。

野見山曉治老師惠贈《一點一滴的畫室日記》。我把自己的日記都丟進垃圾桶，卻把別人的日記當寶。年紀都快要九十七歲，還常常去銀座上畫廊之類的地方。這可能也是他長壽的祕訣。他一直提到文化勳章，文化勳章的沉重，恐怕也只有得主才會明白。

**二〇一七年十二月十四日**

太空居民（不是外星人）對我悄悄說：「你爸爸以前常帶你去『絹屋』吳服店，他回來以後也順道去了。」我想去，卻因為老闆生病而取消的夢。那麼「太空居民」又是什麼人？

沒來沒由走進三省堂，買了一本《康德〈通靈者之夢〉》。這本書看起來就像是對史威登堡[517]的批判。不懂得理性的人，難道就無法成為形而上理論的對象了嗎？這是哲學家的說詞。

**二〇一七年十二月十五日**

去 Kahuna Seijo 嘗試運動按摩。渡部昇一[518]曾經說過，哲學家只思考專門知識，鮮少付諸行動；而我對身體的興趣多過頭腦。

**二〇一七年十二月十六日**

為野上照代指引怎麼到一間離東京很遠的個人診所，結果時間已是半夜十二點。我上了廂型車才發現連醫師的名字與診所的地址都不知道。腦袋像是滿地碎玻璃般混亂，每一片碎玻璃都可以看到不一樣的景象，卻已無法收拾的夢。

前陣子，成城健康整體院的一個女性按摩師送我一張關於我的性格與命運分析的資料表當禮物。這些判斷很精準，就像被神看透了一樣，令我很驚訝。例如我的創作比較像是從現成物衍伸或改造成新作品，多過於對原創性的信仰之類。而且上面還說我會突然中斷快要完成的創作，使之成為「未完成」作品。這也是我性格的一小塊，與我的思考結果之類毫無關聯，好像是因為「只是因為想要這樣做，就這樣做了」。對於「自我」樂此不疲的提問，其實讓我充滿興趣。

**二〇一七年十二月十七日**

買了渡部昇一寫的《度過知性餘生的方法》與《實踐．快意老年生活》兩本書。

著手新作。工作結果百分之百不明。這種過程稱得上是黑暗中摸索前進吧？看電視播的《星際大戰》。高科技的人類肉體操作破爛機械的未來，還有希望可言嗎？

**二〇一七年十二月十八日**

想繼續進行昨天開始畫的畫，卻不知道從哪裡繼續。我每次都會遇到同樣的問題，但是每次畫畫心情都像不帶航海圖就第一次出海一樣。每次不經過計劃就著手，心情就會一半焦慮一半期待。我本來想要感受世阿彌回歸初衷的感覺，卻因為累積了八十年的缺陷，而無法再感受到初衷。坐在變成迷宮的畫布前，拿起渡部昇一的《實踐．快意老年生活》，結果一不小心就讀完了。

傍晚腳底按摩。

**二〇一七年十二月十九日**

距離冬至還有三天。時間的底端越陷越低。

下午，《朝日新聞》的依田突然帶了兩只寶特瓶裝的果菜汁來訪。依田住得不遠，常常來找我。

瀨戶內師父打☎來：「前首相細川護熙[519]想蓋一座五輪塔，放在寂庵院子裡當作他的墳墓，你可以幫他設計一下嗎？」自從幫柴田鍊三郎設計墳墓以來，這是第二件。啊，不對，把自己的墳墓算進去就是第三件設計。

**二〇一七年十二月二十日**

香取慎吾來畫室玩，跟他一來一往聊了快三個鐘頭。他的話有趣的地方，就在房間裡常常出現紅眼睛的黑毛兔。不過當他開始畫畫的時候，兔子就會消失，所以就畫了一隻黑毛兔給我。演藝圈很多這種經歷過超自然現象的人呢。土屋嘉男以前也告訴我很多親身經歷的靈異故事，不過土屋也已經啟程前往超自然界了。

我把《週刊ＮＹ生活》週報上的連載散文忘得一乾二淨，電郵說「希望元旦刊登，請儘速寄來」，我就當場寫好寄去。

在寫完史威登堡的文章之後，放在書櫃上的史威登堡肖像圖片就掉下來砸中我的腳，痛不欲生但沒什麼大礙。不論如何，他是史上少有的通靈者呀。這是什麼兆頭？

**二〇一七年十二月二十一日**

我一直希望能在家鄉的童子山半山腰蓋一間房子住。從房子的窗戶可以看到太平洋（根本不可能看到）。突然有人叫我「換上浴衣」。浴衣有谷崎潤一郎、永井荷風[520]、泉鏡花三種款式。我不管三七二十一，挑了永井荷風款穿上。當然是夢。

中午在東寶攝影棚的員工食堂吃完味噌拉麵，便向山田洋次導演展示海報與片頭動畫。一陣子沒見面的山田導演，忙到連午餐都不碰。忙碌在某種意義上是長壽的祕訣？

畫畫到傍晚。完全摸不著頭緒呀。

傍晚為了改變氣氛，去整體院被動運動。

**二〇一七年十二月二十四日**[521]

我家是神道教與淨土真宗的神佛習合，再加上女兒的天主教。為了女兒教堂在聖誕夜的聖餐禮，參加了聖依納爵教堂的聖歌隊。

**二〇一七年十二月二十五日**

早上五點起床，在被窩裡讀瀨戶內師父的《生命》。這是一篇描述三位個性迥異女作家愛恨糾纏的故事。

法德合營的公共電視台 ARTE 製播的文化節目「Tracks」來訪，馬修·布魯涅[522]送我一張法國鄉村風景明信片。他們那邊也有看起來不錯的 Y 字路，我希望可以畫一些 Y 字路海外版。

年關將至，大量訂購畫布。

報上常常刊登尋人啟事，這種日常畫面不太需要特別變成夢吧？

**二〇一七年十二月二十六日**

買了《湯姆歷險記》與鈴木大拙的《禪佛教入門》去平時不為人知的舊山田邸[523]。把家裡、辦公室、畫室裡一大堆可能一輩子都不會再看的書全部賣出去。

傍晚與辦公室同仁一起吃韓國料理「李朝」。

**二〇一七年十二月二十七日**

ggg北澤來訪，討論明年秋天《幻花》插畫原稿展的詳情。先預約檔期，有一種承諾延長壽命的感覺

**二〇一七年十二月二十八日**

我演歌舞伎旦角。接下這個大角色的同時，我也領悟在日常生活裡的感知與身體性也要以男扮女裝的觀點實踐，卻又覺得正在遭遇人生最大危機。就算我醒來，也覺得無意識已經顯在化了。

**二〇一七年十二月二十九日**

在劇場舞台邊，幾個人圍著一張桌子開始邊喝茶邊聊天。認識的女浪曲[524]師玉川奈奈福[525]帶著茶點走來。有一個來得有點晚的年輕女性任性地說：「我要巧克力好了。」玉川就罵：「想吃就自己去買！」她把手提包放在椅子上就走了。另一個夢是看到故鄉西脇市中心的杉原川邊馬路上，一個年輕女孩騎著腳踏車前進，堆在腳踏車上的書卻一本一本地掉。外面還很暗，妻子卻先出門去市場辦年貨。這就不是夢，是現實。

傍晚回家時，看到玄關前面插的不是門松而是大量的門竹擺飾，像張牙舞爪的妖怪一樣。

**二〇一七年十二月三十日**

為了死在京都，與妻子去京都找最後住處。在小丘上俯瞰的京都，就好像長崎一樣，海上一艘一艘的小船停靠在一起，又好像南蠻畫。只要有機會搬去住，希望能找到一個畫畫的老師，成為他的徒弟。這是夢。

晚上去按今年最後一次摩。

**二〇一七年十二月三十一日**

在沒有蓮花的泥塘裡，幾個裸男只有頭冒出水面，朝我這裡看。每一個人都帶著大佛面具。如果在一月二日才夢到就好了。

今天除夕又稱大晦日，如果今天下筆，元旦離筆，就會畫出一幅歷時兩年的畫。

大晦日的電視上全是綜藝節目。我關掉電視，讀森鷗外的《寒山拾得》[526]。我之前也看過好幾遍，三島也說這篇小說裡藏著祕密，對我來說繪畫也是一樣的。總之是一種成為愚者的修行。

# 譯註

210石坂敬一（西元一九四五至二〇一六年）：前東芝emi唱片宣傳主任，日本寶麗金、環球音樂總裁，華納音樂日本法人名譽總裁，日本唱片協會主席。

211武田鐵矢（西元一九四九年至今）：民歌三人組「海援隊」主唱，校園連續劇《三年b班金八老師》（3年b組金八先生，西元一九七九至二〇一一年）系列與偶像劇《101次求婚》（101回目のプロポーズ，一九九一年）男主角。「海援隊」取自幕末革命家坂本龍馬（一八三六至六七年）成立的同名私人商社。

212七福神：惠比壽、大黑天、福祿壽、毘沙門天、布袋、壽老人、辯財天。

213《海海人生！！橫尾忠則自傳》（波乱へ！！横尾忠則自伝，文藝春秋社，西元一九九八年發行）鄭衍偉譯，臉譜出版source書系，二〇一三年發行（絕版）。

214每年一月第二個星期一為成人之日，西元一九九九年以前為每年一月十五日。

215椹木野衣（西元一九六二年至今）：藝評家、策展人，多摩美術大學美術系教授。

216荒川修作（西元一九三六至二〇一〇年）：首位於紐約古根漢美術館展覽的前衛藝術家，曾參加威尼斯雙年展。

217《Senior She》：由銀髮族健康食品、護具郵購業者tub House發行的會員刊物。

218美輪（丸山）明宏（西元一九三五年至今）：昭和妖豔派香頌、歌謠曲歌手，早年以女性化打扮大受好評。三島切腹後，更改藝名為美輪明宏。

219榎本了壹（西元一九四七年至今）：寺山修司電影《拋掉書本上街去》（本を捨てよ、町へ出よう，西元一九七一年）美術指導，次文化雜誌《Bikkuri House Super》主編，商業設計師，京都造形藝術大學研究所客座教授，大正大學表現學系主任。

220澀澤龍彥（西元一九二八至八七年）：薩德侯爵與巴塔耶研究者，超現實小說家，評論家。曾因為翻譯薩德侯爵的《惡之華》違反日本刑法「猥褻物發布罪」陷入九年官司，最後敗訴繳交罰金。

221《高丘親王航海記》：澀澤晚年因癌症入院，在病床上完成的幻想文學長篇小說，以平安時期真實人物高岳親王（西元七九九至八六五年，一作高丘親王）出家至天竺失蹤為藍本。

222高橋睦郎（西元一九三七年至今）：廣告文案出身的作家，創作俳句、短歌、現代詩與劇作。

223淺香光代（西元一九二八至二〇二〇年）：大眾演劇演員，擅長鬥劍動作場面。

224安來正博：時任大阪國立國際美術館上級學藝員，後來成為主任研究員。

225片岡千惠藏（西元一九〇三至八三年）：默片時代入行，活躍至彩色電視時代的男星。

226片岡時裝劇代表作，名偵探「多羅尾伴內」在收拾反派之前的台詞。「藤村大造」為主角化名之一。

227瘋馬夜總會（Crazy Horse）：西元一九五一年成立，以充滿藝術性的脫衣舞及高度裸露的歌舞秀著名。與一八八九年成立的紅磨坊（Moulin Rouge）、一九四六年成立的麗都並稱巴黎三大夜總會。

228麗都（Lido）：西元一九四六年開始經營夜總會，除了品質極高的歌舞秀及「藍鈴女郎」（Bluebell Girls）表演，也曾有許多巨星登台獻藝。一九七七年遷移至香榭麗舍大道，成為巴黎夜生活重要景點。二〇〇一年舞團曾於台北演出原裝「麗都秀」（台北國際會議中心）。經營權幾經易手，二〇二二年受感染性肺炎影響結束夜總會營業，轉型音樂表演場地。

229馬克．班達（Marc Benda）：紐約亞伯茲班達（Albertz Benda）畫廊老闆之一。

230感嘆語日語原文「アラマッター（Aramattah）」發音類似「荒俣（Aramata）」。

231以電影一秒二十四格畫面比喻。

232木村重信（西元一九二五至二〇一六年）：民俗藝術學暨當代美術史學家，前京都、大阪大學教授，兵庫縣立美術館名譽館長。

233路易斯．卡羅（Lewis Carroll，西元一八三二至九八年）：英國數學家、兒童文學家，代表作《愛麗絲夢遊仙境》（Alice In Wonderland，西元一八六五年）。

234《英靈之聲》（英靈の聲，西元一九六六年）：三島由紀夫短篇小說，描述第一人稱主角透過觀落陰儀式，看見兵變「二二六事變」（一九三六年）失敗被槍決的青年軍官磯部淺一（一九〇五至三七年）與海軍航空隊自殺特攻隊「神風」死亡隊員等忠烈英魂不滿裕仁天皇被迫發表「人間宣言」（一九四六年元旦）的故事，以能劇「修羅物」體裁寫成。

235奧立佛．拿破崙．希爾（Oliver Napolion Hill，西元一八八七至一九七〇年）：勵志作家。

236日生劇場：位於東京有樂町日本生命日比谷大樓內的中型劇場，西元一九六三年開幕。

237法國編導馬歇．帕紐爾（Marcel Pagnol，西元一八九五至一九七四年）的劇本「馬賽三部曲」第一部《馬留斯》（Marius，西元一九二六年完成）。

238別府大分每日馬拉松：每年第一個星期日舉辦，由大分市海底宮殿水族館出發，在別府市區折返回大分田徑場。

239井上光晴（西元一九二六至九二年）：以描寫日本不可觸民見長的戰後派小說家，人生最後五年被記錄片作家原一男拍成《全身小說家》。瀨戶內寂聽坦承因為想清算與井上的不倫而出家，後來維持友好關係。

240井上荒野（西元一九六一年至今）：光晴長女，小說家，兒童文學譯者。在寂聽鼓勵下，把父親出軌的故事改編成小說《在那邊的鬼》（あちらにいる鬼，西元二〇一九年；中文版時報出版，蘇文淑譯，二〇二三年發行）。

241早島妙瑞：台南正一嗣漢張天師府弟子，台南市道教會首席顧問，道家道學院第二代院長，具道士、日蓮宗住職與針灸師資格。

242 排中律（Tetrium Non Datur）：邏輯學用語，思維規律之一，同一思維過程中，互相矛盾兩個思想都不能為假，必有一真，否則會產生模稜兩可情況。

243 原田治（西元一九四六至二〇一六年）：插畫家，零嘴「加樂比洋芋片」、速食連鎖「Mister Donuts」商標設計者，畫風深受美國報紙四格漫畫影響。

244 谷口治郎（谷口ジロー，西元一九四七至二〇一七年）：美食漫畫《孤獨的美食家》（孤独のグルメ）作者。曾受法國卡地亞、LV 委託繪製短篇漫畫。法國文化騎士勳章得主。

245 宇野重吉（西元一九一四至八八年）：舞台影視演員，影劇導演。黑澤明電影演員寺尾聰之父。

246 笠智眾（西元一九〇四至九三年）：以小津安二郎多部電影中的父親角色聞名，多部《男人真命苦》固定角色。

247 椎根和（西元一九四二年至今）：資深編輯，Magazine House 多部雜誌主編與董事。

248 上野千鶴子：日本女性主義作家。

249 篠澤秀夫（西元一九三三至二〇一七年）：法國文學研究者，明治大學教授，學習院大學名譽教授。

250 外山滋比古（西元一九二三至二〇二〇年）：語言學者，御茶水女子大學名譽教授。

251 高橋鮎生（Ayuo，西元一九六〇年至今）：當代作曲、鋼琴家高橋悠治的兒子。早年在日本從事即興演奏，曾為灰野敬二「不失者」樂團早期成員。

252 吉田大朋（西元一九三四至二〇一七年）：日本時尚攝影教父，在巴黎與紐約活動。

253 黑住宗忠（西元一七八〇至一八五〇年）：教派神道「黑住教」開山祖，平時事親至孝，父母相繼病逝後，突然成為天照大神的化身，人稱「黑住教」。

254 石川次郎（西元一九四一年至今）：前大眾週刊《平凡 Punch》編輯，《Popeye》、《Brutus》、《Tarzan》等雜誌創刊編輯。

255 非雷姆睡眠（Non-Rapid Eye Movement）：非快速動眼期，腦波活動較平緩且眼球靜止。

256 田村正和（西元一九四三至二〇二一年）：影劇舞台性格小生，代表作為電視推理劇《神探古畑任三郎》系列。

257 鈴木清順（西元一九二三至二〇一七年）：日本新浪潮導演，視覺風格強烈，代表作包括銀幕邪典《殺手烙印》（殺しの烙印，西元一九六七年）、《流浪者之歌》（ツィゴイネルワイゼン，一九八〇年）、《陽炎座》（一九八三年）、《夢二》（一九九一年）、《手槍歌劇》（ピストルオペラ，二〇〇一年）等。

258 朱樂．加布里耶．凡爾納（Jules Gabriel Verne，西元一八二八至一九〇五年）：法國小說家，科幻小說先鋒之一。

259 庵野秀明與樋口真嗣執導的 nhk 電視動畫《海底兩萬里》（ふしぎの海のナディア，又稱《藍寶石之謎》，一九九〇至九一年）沿用迪士尼電影版的架構，但加入各種日本動畫、特攝典故。

260 莫里斯・馬里・艾米爾・盧布朗（Maurice-Marie-Émile Leblanc，一八六四至一九四一年）：法國小説家，怪盜亞森羅蘋（Arsne Lupin）系列作品作者。

261 耶羅尼米斯・博斯（Hieronymus Bosch，西元一四五〇至一五一六年）：荷蘭幻想畫家，為二十世紀超現實主義帶來重要啟發。

262 提香（Titianus）：本名提奇安諾・維伽略（Tiziano Vecellio，西元一四八八至一五七六年），文藝復興時代威尼斯畫派代表性畫家。

263 鶴田浩二（西元一九二四至八七年）：演歌〈湯島白梅〉原唱者，曾與高倉健聯名主演多部黑道片。

264 唐十郎（西元一九四〇至二〇二四年）：劇作家，劇場導演、演員。新宿地下劇場四天王之一「狀況劇場」創辦人。橫尾曾經受邀設計公演海報。

265 野見山曉治（西元一九二〇至二〇二三年）：西洋畫家，東京藝術大學教授，文化勳章得主。

266 一百條委員會（百条委員会）：各地方自治體議會依照地方自治法第一百條規定成立的特別委員會，調查自治事務與法定受託事務，具有法律效力。

267 上田閑照（西元一九二六至二〇一九年）：京都學派哲學家，京大名譽教授。

268 西田幾多郎（西元一八七〇至一九四五年）：京都學派之父，京都帝大名譽教授。

269 Hiroshi Kamayatsu（かまやつひろし／ムッシュかまやつ，西元一九三九至二〇一七年）：前偶像樂團「The Spiders」團員，演員，主持人。對後來的 city Pop 及澀谷系之影響甚鉅。

270 尾藤イサオ（西元一九四三年至今）：雜技藝人出身的搖滾歌手，曾為披頭四東京公演暖場。後來轉行演員。

271 小池一子（西元一九三六年至今）：廣告文案出身，曾與田中一光共同規畫「無印良品」品牌。西元二〇一六至二〇年擔任十和田當代美術館館長。

272 費德利科・費里尼（Federico Fellini，西元一九二〇至九三年）：義大利電影大師，與瑞典柏格曼、日本黑澤明並稱世界三大電影名導，代表作《大路》（La Strada，西元一九五四年）、《甜蜜的生活》（La Dolce Vita，一九六〇年）、《八又二分之一》（8½，一九六三年）、《阿瑪珂德》（Amacord，一九七三年）等。

273 路奇諾・維斯康提（Luchino Visconti，西元一九〇六至七六年）：義大利劇場、歌劇、電影導演，代表作《洛可兄弟》（Rocco E I Suoi Fratelli，一九六〇年）、《浩氣蓋山河》（Il Gattopardo，一九六三年）、《魂斷威尼斯》（Death in Venice，一九七一年）等。

274 吉田麻子（西元一九七二年至今）：平田篤胤後人授權的研究專家。

275 常友啟典（西元一九三九至二〇一七年）：日宣美得獎平面設計師，插畫家。

276 安徒生（Andersen）：成城 CORTY 購物中心的麵包店。

277北山雅康（西元一九六七年至今）：十一部《男人真命苦》系列片、《學校》系列、《釣魚迷日記》（釣りバカ日誌）系列片、《正宗哥吉拉》等電影配角。

278《藝術不撒謊：橫尾忠則對談錄》（芸術ウソつかない 橫尾忠則対談集，筑摩書房，西元二〇一一年）：由十五篇對談組成，橫尾與十四位朋友、女兒美美談藝術的起源與深淵。

279三代目市川猿之助（本名喜熨斗政彥，西元一九三九至二〇二三年）：歌舞伎武生，演出結合舞台特技，人稱「喜熨斗大馬戲團」。西元二〇一二年退休後改名二代目市川猿翁。長子為九代目市川中車（日本演員香川照之）。

280內田百閒（西元一八八九至一九七一年）：小說及散文作家。夏目漱石弟子之一。黑澤明遺作《一代鮮師》（まあだだよ，西元一九九三年）即改編自其二戰期間隨筆集。

281生命身（Etheric Body）：人智學用語。

282諧擬展（パロディ、二重の身──日本の一九七〇年代左右）：西元二〇一七年二月十八至四月十六日，主題為一九六〇至七〇年代日本高度經濟發展期大眾文化與傳媒的諧擬熱潮，參展藝術家除橫尾以外還有赤瀬川原平、作家筒井康隆等人，共展出三百餘件作品。

283柄谷行人（西元一九四一年至今）：後結構主義學家，思想家。

284《歡迎來到詩樂園》（Poes a Sin Fin，智利、法國，西元二〇一六年）：自傳片系列第二部。

285《安達魯之犬》（Un Chien Andalou，西元一九二八年）：超現實主義經典默片，全片充滿互無關聯的鏡頭，上映當時引起騷動。

286春分（國定假日）。

287《尋貓啟事》（ノラや，西元一九五七年）：描述作者與一隻不請自來的貓相依為命，該貓走失時心急如焚的情境。

288愛德華・孟克（Edvard Munch，西元一八六三至一九四四年）：挪威最有名畫家，代表作《吶喊》。

289中川千尋（なかがわちひろ，西元一九五八年至今）：童書譯者，繪本作家。

290阿曼多・安東尼・「奇克」・科瑞亞（Armando Anthony "Chick" Corea，西元一九四一至二〇二一年）：爵士鋼琴巨匠，橫跨傳統爵士與融合曲風。

291約翰・威廉・科川（John William Coltrane，西元一九二六至六七年）：中音薩克斯風傳奇。

292石原慎太郎（西元一九三二至二〇二二年）：以描繪戰後墮落青年「太陽族」起家的作家，後來成為保守鷹派政治家，曾任參眾議員、環境廳長官、運輸大臣、四任東京都知事。

293平假名與片假名：日文五十音的兩種寫法，分別源自漢字草書與楷書偏旁，平假名用於日文語詞，片假名多半用於外來語。

294牡丹餅（原文漢字為「御萩」，兩者區分方式相當複雜）：紅豆沙包白糯米糕內餡的甜點，日本習慣於春分與秋分前後食用。

295 文中的「那個」與「這個」分別使用片假名「アレ」與「コレ」。

296 淺田彰（西元一九五六年至今）：京都大學副教授，京都藝術大學教授，藝評人。

297 齋藤環（西元一九六一年至今）：精神科醫師，青少年文化研究者。

298 田中康夫（西元一九五六年至今）：小説家，前長野縣知事，參眾院議員，「新黨日本」主席。

299 中森明夫（西元一九六〇年至今）：雜誌編輯，偶像評論家，「御宅族」一名詞發明者。筆名取自玉女紅星中森明菜。

300 矢野優：文學月刊《新潮》資深主編，西元二〇二四年離職。

301 大島渚（西元一九三二至二〇一三年）：劇情片與紀錄片編導、作家、電視主持人。代表作包括《青春殘酷物語》（西元一九六〇年）、《感官世界》（愛のコリーダ，一九七六年）、《俘虜》（戦場のメリークリスマス，一九八三年）、《御法度》（一九九九年，遺作）等。

302 阿拉斯加（築地店）：位於朝日新聞本社二樓的西餐廳。

303 林布蘭·哈爾門松·范賴恩（Rembrandt Harmenszoon Van Rijn，西元一六〇六至六九年）：荷蘭黃金時代代表性畫家，擅長表現光影對比。

304 賈斯珀·瓊斯（Jasper Jones，西元一九三〇年至今）：畫家，版畫家，雕塑家，以現成物臨摹、等尺寸塑像成為美國新達達主義、普普藝術先驅之一。西元一九八八年威尼斯雙年展金獅獎得主。

305 詹姆斯·羅森奎斯特（James Rosenquist，西元一九三三至二〇一七年）：美國普普藝術主要代表人物之一，曾從事廣告看板畫師工作，畫作充滿美國當代消費文化符號。

306 詩琳·娜夏特（Shirin Nashat，西元一九五七年至今）：伊朗女性視覺藝術家，巴勒維王朝時代前往美國加州留學，並取得博士學位。何梅尼死後才返鄉，開始以伊斯蘭社會下的各種矛盾為主題發表攝影作品，並編導電影。

307 大衛·赫伯特·勞倫斯（David Herbert Lawrence，西元一八八五至一九三〇年）：英國現實主義作家，二十世紀英語文學最重要人物之一。著有小說《兒子與情人》（Sons And Lovers，西元一九一三年）、《查泰萊夫人的情人》（Lady Chatterley's Lover，一九二八年）等。

308《伊特魯利亞遺跡》（Etruscan Places，西元一九三二年發行）：勞倫斯造訪義大利中部古羅馬古墳（世界遺產）遺跡的記錄片段。

309《平凡 Punch》（平凡パンチ）：平凡社（Magazine House 前身）發行的男性向週刊，西元一九六四年創刊，一九八八年因銷量減少休刊。

310 北中正和（西元一九四六年至今）：前《Music

Magazine》編輯，樂評人，世界流行音樂研究者，東京音樂大學講師，ＮＨＫ世界音樂節目主持人。

311《今昔物語》：平安時代（西元八世紀末至十一世紀後期）流傳的千餘則民間故事集，編者不詳。故事一律以「從前（今は昔）……」作為開頭。

312駿台補習班（駿台予備学校）：日本連鎖升大學補習班。

313取日文「燈台」與「東大」諧音（とうだい）。

314《文化防衛論》：三島由紀夫於西元一九六八年發表於《中央公論》月刊，在當時學運如火如荼、大眾文化百花齊放的日本，提出將天皇視作文化概念的論點。

315原書名《本を読むのが苦手な僕はこんなふうに本を読んできた》。

316白隱慧鶴禪師（西元一六八六至一七六九年）：臨濟僧侶，以詩畫著名，傳「內觀」「軟酥」修行法。御諡神機獨妙禪師、正宗國師。

317山本嘉次郎（西元一九〇二至七四年）：默片演員起家的娛樂片導演，二戰期間拍攝空戰片《夏威夷·馬來亞大海戰》（ハワイ·マレー沖海戦，西元一九四二年）與《加藤隼戰鬥隊》（一九四四年，以上兩片特效由圓谷英二製作），戰後拍攝東寶第一部彩色長片《花園少女》（花の中の娘たち，一九五三年），晚年以編劇為主，並主持東寶演員訓練所。

318眠狂四郎：大眾小說家柴田鍊三郎（西元一九一七至七八年）代表作連載小說同名風流劍客，是一個被迫棄教的傳教士與日本人的私生子，持「無想正宗」一刀，擅長「圓月刀法」，共被改編成三次十餘集系列片、七部電視劇與七部舞台劇。

319井上昭（西元一九二八至二〇二二年）：巨匠溝口健二助導出身，擅長時代劇的影視導演。曾以田村正和為主角，執導風格迥異於過去「帶子狼」（子連れ狼，小池一夫編劇，小島剛夕漫畫改編）系列的《帶子狼：在那小手中》（子連れ狼 その小さき手に，西元一九九三年）。

320 Bunkamura雙叟文學獎（Bunkamuraドゥマゴ文学賞）：西元一九九〇年起每年獎勵新銳文學創作，可接受招待參加巴黎本家雙叟文學獎（Prix Des Deux Magots）頒獎典禮。

321李麗仙（이여선，早期藝名「李禮仙」，西元一九四二至二〇二一年）：在日韓國人二世演員，西元一九六〇年代後期東京「地下演劇女王」。前夫為前衛帳篷劇團「狀況劇場」及「唐組」創辦者唐十郎（一九四〇至二〇二四年）。

322大和悠河（西元一九七七年至今）：寶塚歌劇團「宙組」頭牌小生出身女星。

323山口春美（山口はるみ）：日本首席女性插畫家之一，擅長以噴槍創作美國風格寫實人物插圖，代表作為池袋「Parco」百貨廣告看板。

324小中陽太郎（西元一九三四年至今）：小說家、譯者、

社會評論家、「越南和平市民聯合」（ベトナムに平和を！市民連合，ベ平連）發起人之一。

325 大野慶人（西元一九三八至二〇二〇年）：舞踏大師大野一雄（一九〇六至二〇一〇年）的次男，曾參加土方巽（一九二八至八六）「暗黑舞踏」演出，後來為自己的父親編舞或同台獻藝。

326 園山晴巳：國際級版畫家。

327 小玉暱稱。

328 江戶晴美（エド・はるみ，西元一九六四年至今）：四十歲以前以講師與零星劇場演出為業，四十歲那年突然立志成為搞笑藝人，從吉本興業東京演員培訓班結訓後，開始在吉本東京劇場演出創作曲藝，西元二〇〇八年以高反差演技在電視綜藝節目上演出，成為年度流行與話題人物。

329 伊集院光（西元一九六七年至今）：落語家轉行的深夜電台名嘴，電視談話節目常客，次文化名人。

330 《文豪掌中怪談》（文豪てのひら怪談）：由鬼故事雜誌《幽》主編東雅夫精選一百則古今作家的八百字鬼故事而成。Poplar 文庫，西元二〇〇九年發行。

331 劇團前進座：西元一九三一年從松竹歌舞伎分家成立的大眾演劇團，演目從古裝劇、現代劇、女性演員參加劇目到兒童劇應有盡有，被稱為「演劇的百貨公司」。

332 《裏長屋騷動記》：山田洋次根據古典落語〈駱駝〉與〈井戶茶碗〉改編的前進座歌舞伎，西元二〇一七年五月十一至二十二日於東京國立劇場大廳首演，舞台由小野文隆導演。

333 勇克爾（ユンケル）：佐藤製藥生產的草本提神口服液，小玻璃瓶裝，藥妝店與便利商店通路販售。

334 羅曼・科波拉（Roman Coppola，西元一九六五年至今）：電影製片、導演、編劇、演員。從小看父親拍電影長大，在前兩集《教父》擔任臨演。長大後擔任父親、妹妹電影劇組第二班導演及各種雜務，並與導演魏斯・安德森（Wes Anderson）合作劇本。

335 亞馬遜原創影集《叢林中的莫札特》（Mozart In The Jungle，西元二〇一四至一八年）。

336 方托馬斯（Fantômas）：西元一九一〇年代轟動法國的犯罪小說同名主角。

337 《Transit》：前身為旅遊畫刊《Neutral》，前主編加藤直德（西元一九七五年至今）獨立後自組 Soup Design 設計工作室與獨立出版社 neutral Colors（{Nc} Books）。

338 《Atlantis》：小誌（Zine）型態的刊物。

339 永井一正（西元一九二九年至今）：平面設計大師，日本鐵路集團Jr、朝日啤酒、三菱ufj銀行等商標設計者。

340 淺葉克己（西元一九四〇年至今）：日本字體設計第一人，西元二〇一六年與永井一正共同參加二〇二〇年東京奧運主視覺第一次評圖。

341 尚・歐諾黑・弗拉戈納爾（Jean Honor Fragonard，西元一七三二至一八〇六年）：法國最後洛可可畫家。

342 高峰三枝子（西元一九一八至九〇年）：日本第一個

唱歌的影星，晚年以電視劇為主要舞台。

343 橫尾大約花了三個月繪製一百三十九位海內外藝術家的頭像。

344 海倫．凱爾馬赫特（Hélène Kelmachter）。

345 篠山廣角（Shinorama= Shinoda+Panorama）：篠山以多台相機同步拍攝，包含人像與全景的攝影作品。包含其他人物照片在內的「篠山廣角」系列，其中七十二幅作品，在西元二〇一〇年十月十六日至二〇一一年一月二日曾於台北市立美術館「東京廣角：篠山紀信攝影展」展出。

346 戌井昭人（西元一九七一年至今）：劇場演員，編劇，小説家，小説多次入圍芥川賞，獲川端康成賞與野間文藝新人賞。

347 田原桂一（西元一九五一至二〇一七年）：小劇團燈光師轉行攝影師，裝置藝術家。木村伊兵衛賞得主。

348 山崎博（西元一九四六至二〇一七年）：攝影及短片作家，大學教授。

349 大屋哲男（西元一九五七年至今）：視覺特效總監，負責包括多部平成《哥吉拉》在內的東寶怪獸片特效。曾在東寶製片廠成城攝影棚內擁有自己的特效公司，該公司二〇一九年破產。

350 影集《叢林裡的莫札特》主角，「紐約交響樂團」新任指揮，由墨西哥小生蓋爾．嘉西亞．貝納（Gael García Bernal）飾演。

351 奧利維埃．梅湘（Olivier Messiaen，西元一九〇八至九二年）：巴黎音樂院教授，巴黎聖三一大教堂司琴，二十世紀最偉大作曲家之一。作品繁多，作曲風格融合聖樂、印度古典音階及節奏、亞洲神祕主義與世界各地的鳥鳴轉譯而成的旋律。

352 野上照代（西元一九二七年至今）：黑澤明導演《羅生門》至遺作《一代先師》以來十七部電影場記，黑澤製片公司總經理。童年與思想犯父親書信往來的回憶錄，曾被山田洋次改編成電影《母親》（母べえ，西元二〇〇八年）。

353 小山田久（西元一九四六年至今）：西元二〇〇九年當選，二〇二四年仍在任（第四任期）。

354 磯邊行久（西元一九三六年至今）：地景藝術家。

355 若林奮（西元一九三六至二〇〇三年）：雕刻家。

356 長谷川祐子（西元一九五七年至今）：東京都當代美術館主任策展人，現任金澤二十一世紀美術館館長。

357 爆笑問題：漫才（對口相聲）組合，由太田光與田中裕二組成，跨足綜藝與知識性節目主持工作。

358 《IDEA》：誠文堂新光社發行的廣告季刊，西元一九五三年創刊。

359 室賀清德（西元一九七五年至今）：《Idea》當時的主編，卸任後跳槽 graphic 社擔任專業設計評論網站主編。

360 鈴木大拙（Daisetsu Teitaro Suzuki，西元一八七〇至一九六六年）：真言宗居士，大谷大學名譽教授，曾將《楞伽經》《大乘起信論》翻成英文，並向西方推廣日本禪。西元一九三四年訪華期間，曾與胡適交鋒兩次，均為日華思想界大事。

361 索爾．巴斯（Saul Bass，西元一九二〇至九六年）：美國平面設計巨匠，曾為希區考克的《迷魂記》（Vertigo，西元一九五八年）、《北西北》（North By Northwest，一九五九年）、《驚魂記》（Psycho，一九六〇年）設計片頭動畫。

362 藤井浩明（西元一九二七至二〇一四年）：任職於大映製片廠期間，擔任三島由紀夫自導自演默片《憂國》（西元一九六六年）製片，大映破產後獨立創業，企畫三部三島小說改編電影，最後一部為行定勳導演的《春之雪》（二〇〇五年）。

363 紫吹淳（西元一九六八年至今）：前寶塚歌劇團月組頭牌小生，退團後轉行劇場及電視劇演員。

364 藤井聰太（西元二〇〇二年至今）：十四歲晉升將棋四段（現為九段），出道七年內勝率超過八成，二〇二三年成為將棋史上首位八冠大滿貫，以及史上最年輕「永世棋聖」頭銜。

365 高平哲郎（西元一九四七年至今）：劇場導演，劇作家，短劇編劇。

366 劇名仿效江戶時期以來歌舞伎或文樂（杖頭木偶劇）標題，「外連」為歌舞伎各種特效（例如暗門、鋼絲、舞台機關、快速變裝等），「小洒落」為精美之意。

367 長谷工：綜合建商「長谷川工務店」現行名稱。

368 中澤新一（西元一九五〇年至今）：日本當代思想代表人物，於東京大學人文所博士班主修藏密，在尼泊爾修行時曾體驗過魂離肉身狀態。

369 田谷力三（西元一八九九至一九八八年）：活躍於大正、昭和古典歌劇與淺草喜歌劇的傳奇男高音，活動超過七十年，到晚年還保持年輕時代的美聲。

370 土井晚翠（西元一八七一至一九五二年）：詩人，英文學者。日本第一首西洋音律歌謠〈荒城之月〉（瀧廉太郎作曲，西元一九〇一年）作詞者。

371 空腹劇：經濟不景氣下人與狗搶剩食，最後演變成人咬狗之類的笑點。

372 田原總一朗（西元一九三四年至今）：前電視新聞記者，政論節目主持人。

373 「財團法人」日文發音。

374 山田亞樹：前電視台導播，現任「惠比壽映像祭」Digicon6 Asia 數位短片競賽單元總監。

375 羽生善治（西元一九七〇年至今）：棋聖，日本將棋聯盟會長。

376 天之岩戶：根據《古事記》與《日本書紀》傳承，太陽女王「天照大神（天照大御神）」因為弟弟「素盞嗚尊（建速須佐之男）」惹事生非，憤而自囚天岩戶，致天地昏暗無光。諸神只好以歌舞討好天照，獻上「八咫鏡」與「八尺瓊勾玉」，女神「天鈿女命（天宇受賣命）」在洞口忘形狂舞，天照大悅，被洞外神明拉出，從此天地恢復光明。古代日本人的日蝕傳說。

377 《最高睡眠法：來自史丹佛大學睡眠研究中心》（ス

タンフォード式　最高の睡眠）：西野精治著，西元二〇一七年（中文版：陳亦苓譯，悅知文化，西元二〇一八年）。

378《長壽呼吸法》（自律神経を整える「長生き呼吸」，西元二〇一六年）

379腦化（Encephalization）：哺乳動物大腦與身體比例的關係，腦化指數（Encephalization Quotient）可表現動物的智力。兔子的腦化指數零點四，貓為一，狗為一點二，黑猩猩二點二，寬吻海豚屬（瓶鼻海豚等）四點一四，人類七點四至七點八。

380橫尾忠則World Tour：西元二〇一七年四月十五至八月二十日，主題為一九六四年第一次去歐洲旅行以來，創作受異國文化影響的過程。

381《亂步與正史》（乱歩と正史　人はなぜ死の夢を見るのか）講談社新書，二〇一七年七月發行。從日本兩大推理大師江戶川亂步與「金田一耕助」作者橫溝正史的時代背景，對照日本社會的現代性。

382內田隆三（西元一九四九年至今）：東大名譽教授，現代社會專家。

383《半身棺桶》：與死亡有關的隨筆集。書名意為一腳踏入棺材。日本江戶時代採取座葬，棺材為桶型。

384馬略卡島（Mallorca）：西班牙東部外海大島，觀光業興盛。

385胡安·米羅·費拉（Juan Miró I Ferrà，西元一八九三至一九八三年）：加泰隆尼亞抽象藝術大師。

386百水（弗登斯列·漢德瓦薩 Friedensreich Hundertwasser，西元一九二八至二〇〇〇年）：奧地利自然主義建築大師暨造型藝術家，作品充滿童趣。「百水」為日本賜姓。

387曼·雷（Man Ray，西元一八九〇至一九七六年）：長期旅居巴黎的美國當代攝影師，藝術家，電影導演。

388宮前義之（西元一九七六年至今）：三宅欽點第四代設計總監。

389戶田菜穗（西元一九七四年至今）：平成女星，電視劇《庶務二課》（ショムニ，西元一九九八至二〇〇三年）配角。

390《費里尼》（Fellini，西元一九九四年）：費里尼死後發行第一本評傳，由澳洲作家約翰·巴克斯特（John Baxter，西元一九三九年至今）撰寫。日文版由椋田直子翻譯，一九九六年三月平凡社發行。

391宮口精二（西元一九一三至八五年）：劇場演員，二戰後接演許多大導演的作品，於山田洋次《男人真命苦：柴又慕情》（男はつらいよ　柴又慕情，系列第五集，西元一九七二年）特別客串。

392日野原重明（西元一九一一至二〇一七年）：醫學博士，內科醫師，東京聖路加國際醫院名譽院長。

393全名「六本木hills森摩天大樓」。

394朦朧派：明治時代畫家橫山大觀（西元一八六八至一九五八年）、菱田春草（西元一八七四至一九一一年）以色塊取代線條描繪輪廓，形成「朦朧（飄渺）體」風格。

395不染鐵：（西元一八九一至一九七六年）：傳奇畫家，作品經常使用原子筆或簽字筆創作。

396西元二〇一七年七月一日至八月二十七日。

397山田詠美（西元一九五九年至今）：成人官能漫畫家起家的戀愛小說家，曾榮獲直木賞、泉鏡花賞、川端康成賞等文學大獎。

398靜岡縣濱松市：靜岡第一大城，山葉、河合等鋼琴品牌創業地，日本大部分巴西歸國移民聚集於此。

399西元一九九二年，於紐約舉行慶祝狄倫第一張專輯發行三十週年的演唱會「The 30th Anniversary Concert Celebration」。前披頭四成員喬治·哈里森於二〇〇一年病逝。

400八月十六日，岡山縣澀川動物公園一頭脫逃半個月的母象龜「阿布」被園方尋回。

401中國地方：本州西部岡山、廣島、山口、鳥取、島根五縣合稱。

402高羽哲夫（西元一九二六至九五年）：《男人真命苦》主要攝影指導，在拍攝渥美清生前最後主演的第四十八集《寅次郎紅之花》（西元一九九五年）時病歿，交由長沼六男（一九四五年至今）接棒，在片頭掛名共同攝影。

403《我想吃掉你的胰臟》（君の膵臓をたべたい，西元二〇一七年）：住野夜同名網路純愛小說改編電影，東寶發行。

404《銀魂》（西元二〇一七年）：由空知英秋同名暢銷連載漫畫改編的電影，日本華納發行。

405森進一（西元一九四七年至今）：老牌歌謠曲歌手，嗓音高亢沙啞，國語歌〈懷念媽媽〉〈到底愛我不愛〉〈負心的人〉台語歌〈苦海女神龍〉等曲日文原唱。長子為ONE OK ROCK主唱Taka。

406一柳慧（西元一九三三至二〇二二年）：日本現代音樂作曲家，小野洋子前夫。與橫尾在紐約相遇後，隔年返國合作實驗音樂作品《歌劇歌頌橫尾忠則》（オペラ横尾忠則を歌う，西元一九六九年），專輯平面由橫尾設計。

407太陽之塔：西元一九七〇年大阪世博會地標，岡本太郎代表作，國定有形文化財。

408山口薰（一九〇七至六八年）：西洋畫家，東京藝術大學教授。

409二谷英明（西元一九三〇至二〇一二年）：播音員轉行日活電影演員，獨立後演出許多電視劇，大多擔任配角。

410大友柳太朗（西元一九一二至一九八五年）：東映古裝劍俠片影星，晚年跨足電視時裝劇演出。

411杉原紙研究所：西元一九七二年成立於兵庫縣多可郡鄉間，保存日本最早高級和紙「杉原紙」傳統工藝的單位。

412苔寺：京都西京區臨濟宗西芳寺（世界文化遺產）別稱。庭院裡共發現約一百二十種苔蘚。

413山下裕二（西元一九五八年至今）：明治學院大學教授，藝術史學者。

414「拇指孔大賞展」：岡之山美術館例行活動，向全國徵求「拇指孔」尺寸（拇指孔thumbhole即調色盤上的洞，日規畫布縱長二二點七，寬十五點八公分，接近「一號」大小）的裱框創作物（不限素材，含立體造型物），由橫尾、山崎與一名外聘評審共同從兩百幅展出作品中選出十一幅優秀作品，並由參觀者票選當屆最佳作品。

415原文三種飲料名稱都是外來語：Silver Beer、Bimbo（Blonde Bimbo）、Ginger Ale。

416《Dance》（ダンス・マガジン）新書館發行的芭蕾舞月刊。

417墨利斯·貝嘉（Maurice Béjart，西元一九二七至二○○七年）：法國芭蕾舞編舞大師。

418喬治·唐（霍爾黑·伊托維契·董恩 jorge Itovich Donn，西元一九四七至九二年）貝嘉舞團首席舞者，於電影《戰火浮生錄》（Les Uns Et Les Autres，西元一九八一年）留下經典舞姿。

419吉安尼·凡賽斯（Gianni Versace，西元一九四六至九七年）：時裝設計師，同名高級時尚品牌創辦人，死於連環殺人事件。

420《戴奧尼索斯》（Dionysus Suite）：西元一九八五年於紐約首演。橫尾負責舞台設計與背景畫。

421奧林匹亞·勒丹（Olympia Le-Tan）：巴黎新興時尚時裝品牌。

422笠原美智子（西元一九五七年至今）：專業攝影策展人，英文譯者。歷任公私立美術館館長、副館長、學藝員等職。時任攝影美術館事業企畫課長。

423長谷工高齡者生活事業控股（長谷工シニアホールディングス）：創業名稱「生活科學研究所」，後來被長谷工併購，主要業務為高齡者養護設施營運。西元二○二一年改名「長谷工高齡福祉設計」。

424原美術館：企業家原邦造（西元一八八三至一九五八年）故居，由原邦造後人俊夫改建為日本第一間當代美術館，西元一九七九年開幕，因應建物老舊與空間多樣性，二○二一年閉館，館藏移至群馬縣澀川市。

425川合玉堂（西元一八七三至一九五七年）：明治、大正、昭和國寶級山水畫家，故居改建為玉堂美術館（東京都青梅市）。

426細江英公（西元一九三三年至二○二四）：攝影家，代表作為三島由紀夫《薔薇刑》（西元一九六三年）與舞踏家土方巽《鎌鼬》（一九七○年）。

427大林宣彥（西元一九三八至二○二○年）：自主電影作者投入電視廣告圈，再轉戰電視劇與青春電影的鬼才導演。

428和田誠（西元一九三六至二○一九年）：平面設計師，散文作家，插畫家，西元一九六四年曾與橫尾、灘本唯人、宇野亞喜良等人合組「東京插畫家俱樂部」。

429花隈：神戶市高級料亭（有藝者、陪侍的高級宴席料理店）集中地。

430尼克·羅德斯（Nick Rhodes，本名 nicholas James Bates，西元一九六二年至今）：杜蘭·杜蘭創團主唱與鍵盤手，精通電子合成器。

431 安藤忠雄展——挑戰：新美術館開館十週年紀念展，二〇一七年九月二十七至十二月十八日。

432 黑川紀章（西元一九三四至二〇〇七年）：丹下健三高徒，日本代表性建築大師之一。

433 平安時代：恆武天皇於延曆三（西元七八四）年遷都長岡京，十年後再遷都至平安京，直到十二世紀末鎌倉幕府成立為止的期間。

434 象人（The Elephant Man）：十九世紀末倫敦一個被當成展品巡迴的全身畸形少年喬瑟夫．凱利．梅瑞克（Joseph Carey Merrick，西元一八六二至九〇年），後來被大衛．林區改編成電影《象人》（西元一九八〇年）。

435《家人真命苦 3：願妻似薔薇》（妻よバラのように家族はつらいよIII，西元二〇一八年）：故事向成瀨巳喜男（西元一九〇五至一九六九年）新劇改編的有聲片《願妻如薔薇》（妻よ薔薇のやうに，一九三五年）致敬，主題為「主婦禮讚」。

436《Eclat》：集英社發行的流行月刊，以五十歲前後主婦為主要訴求對象。

437 內田裕也（西元一九三九至二〇一九年）：日本第一代搖滾巨星轉型演員，生平話題不斷。

438「開運鑑定團」（開運！なんでも鑑定団）：東京電視台古物鑑定節目。

439《Sapio》：小學館發行的保守派政論雜誌，當時為雙月刊。前總統李登輝曾於本誌連載專欄〈給二十一世紀人〉（21世紀人へ）。

440 南洋一郎（西元一八九三至一九八〇年）：小學教員兼職、兒童文學、冒險小說、紀實文學作家，早年台灣流通之盜版《亞森羅蘋》系列，係從他改寫的少年小說版本翻譯而成。

441 安德烈．布勒東（André Breton，西元一八九六至一九六六年）：法國作家、詩人。

442《超現實主義宣言》（Manifeste Du Surréalisme）：西元一九二四年發表的第一次宣言，後來十八年間又增補兩次宣言。

443 超級歌舞伎：由「喜熨斗大馬戲團」第三代市川猿之助策畫主演的新創作歌舞伎，結合古典語法、京劇文武場身段、西洋戲劇架構與現代劇場聲光效果，還曾改編《航海王》《鬼滅之刃》等暢銷少年漫畫上演。

444 安娜．維亞傑姆斯基（Anne Wiazemsky，西元一九四七至二〇一七年）：法國新浪潮代表性女星之一，後來轉行編劇、作家與電視導播。

445 鶴岡雅義與東京 romantica（鶴岡雅義と東京ロマンチカ）：日本情調歌謠重唱團體。

446 三條正人（西元一九四三至二〇一七年）：單飛後不定期客串東京 romantica 節目通告或演出。

447 石黑一雄（Kazuo Ishiguro，西元一九五四年至今）：日裔英國小說家，六歲舉家移民英國。代表作《長日將盡》（The Remains Of The Day，西元一九八九年，布克獎得獎作）、《別讓我走》（Never Let Me Go，二〇〇五年，諾貝爾文學獎得獎作）。

448希望之黨（希望の党）：由小池百合子與其政界支持者「都民第一會」（都民ファーストの会）合組的中道右派政黨，與日本自由主義政黨「民進黨」短暫合併後分裂成「國民黨」與「新・希望之黨」（西元二〇二二年解散）。

449《冬季戀歌》（겨울연가，西元二〇〇二年）：韓國KBS製播連續劇，隔年在日本NHK衛星二台播出，其他電視網跟進重播，造成全日本女性瘋狂崇拜男星裴勇俊的現象。

450藤原新也（西元一九四四年至今）：攝影家、散文作家。代表作《印度放浪》、《全東洋街道》、《東京漂流》、《總覺得波斯菊的影子裡藏了誰》、《雙手合十，一無所求》等。

451廣井王子（西元一九五四年至今）：漫畫家，遊戲創作者，劇場導演。電玩遊戲《天外魔境》《櫻花大戰》動畫《魔神英雄傳》等系列原創者。

452《櫻花大戰》（サクラ大戦）：由sega公司發行的saturn主機用戀愛戰略遊戲，以及同一宇宙的動漫畫、小說、廣播劇、音樂劇等作品。

453《讀書到死》（死ぬほど読書）：幻冬舍新書，西元二〇一七年發行。

454丹羽宇一郎（西元一九三九年至今）：伊藤忠商事總裁，第一位非文官出身的全權大使（駐中國大使）。

455松方弘樹（西元一九四二至二〇一七年）：東映製片廠招牌小生之一，主要飾演反派武士與黑道。

456《柳生一族的陰謀》（柳生一族の陰謀，西元一九七八年）：深作欣二導演的大卡司時代劇電影。

457白羽明美：資深藝術顧問，獨立策展人。

458坂口安吾（西元一九〇六至五五年）：活躍於二戰前至戰後的無賴派小說家。

459高橋克彥（西元一九四七年至今）：推理小說家，直木賞得主。

460荷黑・法蘭西斯科・伊西多羅・路易斯・波赫士・阿謝維多（Jorge Francisco Isidro Luis Borges Acevedo：西元一八九九至一九八六年）：阿根廷文豪，五十餘歲失明，以口述發表大量作品。

461空海（西元七七四至八三五年）：平安時代初期僧侶，由唐土傳入真言密教，日本真言宗開祖，諡「弘法大師」。與天臺宗開祖「傳教大師」最澄（西元七六六至八二二年）共同把日本佛教帶入「平安佛教」時代。

462二代目花柳壽應（西元一九三一至二〇二〇年）：日本舞踊最大流派「花柳流」掌門人四代目花柳壽輔，在傳燈給第五代（西元一九九二年至今）後的隱居名號。

463植田紳爾（西元一九三三年至今）：劇作家，寶塚歌劇團特別顧問，日本演劇協會主席。

464轟悠：前寶塚雪組頭牌小生，寶塚時期代表作《凡爾賽玫瑰》歐思佳、《亂世佳人》白瑞德等。

465世阿彌（世阿彌陀佛，西元一三六三至一四四三年）：

與父親觀阿彌陀佛同為猿樂表演者，父子兩人成為能樂「觀世流」起源。著作《風姿花傳》（十五世紀初成立）為日本美學重要典籍。

466若嶋津六夫（西元一九五七年至今）：前相撲力士，別名「南海的黑豹」，最高排名大關。因糖尿病惡化轉行相撲教練與相撲協會理事。西元二〇一七年十月十九日被發現倒在路邊，腦部受創。

467遠藤賢司（西元一九四七至二〇一七年）：搖滾創作歌手，曾包下武道館舉行無觀眾演唱會並拍成紀錄片《不滅之男：遠賢大戰日本武道館》（不滅の男　エンケン対日本武道館，西元二〇〇五年）。

468安田登（西元一九五六年至今）：高中漢文教師因對能樂充滿興趣，轉行能樂師（下掛寶生流），也是日本少數羅夫身體結構整合認可保健師（Rolfer）之一。

469高階秀爾（西元一九三二年至今）：東京大學、巴黎第一大學名譽教授，前京都造形藝術大學校長，前日本藝術院院長，美術史學者，藝評人。

470風吹純（風吹ジュン，西元一九五二年至今）：玉女紅星轉型演技派女星，曾與橫尾一起演出電視單元劇《寺內貫太郎一家2》。

471〈月之沙漠〉（月の沙漠）：童謠，畫家加藤正男作詞，佐佐木英作曲，西元一九二三年發表，二七年電台播出，三二年推出首張唱片。西元二〇〇六年文化廳與日本家長全國協議會「日本之歌百選」之一。

472《白晝鬼語》（西元一九一八年）：在《大阪每日新聞》與《東京日日新文》連載的推理小說。

473蜂飼耳（西元一九七四年至今）：小說家，詩人，立教大學文學系教授。

474《仙境異聞　勝五郎再生記聞》：西元一八二三（文政六）年發表。篤胤親自找來號稱擁有前世記憶的農家兒童小谷田勝五郎（西元一八一五至七〇年）口述紀錄。

475魯道夫．史坦納（Rudolf Steiner，西元一八六一至一九二五年）：德奧神祕主義思想家，人智學（Anthroposophie）之父。

476《自由鬥士尼采》（Friedrich Nietzsche, Ein Kämpfer Gegen Seine Zeit，西元一八九五年）

477高橋巖（西元一九二八至二〇二四年）：日本人智學協會主席，日本史坦納研究第一人，美學家。

478伊藤若沖（いとうじゃくちゅう，西元一七一六至一八〇〇年），近代日本畫家，作品融合寫實與想像，被稱為「奇想的畫家」。

479《西城故事》（West Side Story，西元一九六一年）：世紀指揮李奧納德．伯恩斯坦（Leonard Bernstein，西元一九一八至九〇年）百老匯音樂劇名作改編電影，第三十四屆奧斯卡金像獎十一項提名十項得獎，包括最佳影片獎。與《萬花嬉春》《真善美》合稱好萊塢三大音樂劇電影。

480《鳥獸戲畫》（鳥獸戯画）：作者紀念成為全職小說家十週年紀念作。

481 西元二〇一七年「秋土用」由十月二十日開始，「丑日」為十月二十九日，十一月六日結束。

482 喬治亞．歐姬芙（Georgia O'keeffe，西元一八八七至一九八六年）：美國二十世紀代表性女畫家。

483 赤塚不二夫（西元一九三五至二〇〇八年）：昭和、平成代表性爆笑漫畫家、知名藝人，作品不斷被改編成電視動畫。

484《激進爆笑劇場》（ラディカル・ギャグ・セッション 挑発する笑いの構造）：西元一九八八年河出書房新社漫畫，文庫增訂版改名《這就是爆笑漫畫的祕密！》（ギャグ・マンガのヒミツなのだ！），二〇一八年發行。

485 柘植義春（つげ義春，西元一九三七年至今）：比赤塚不二夫早進入漫畫界的漫畫家，在實驗漫畫雜誌《Garo》上發表的作品，從「全共鬪」世代新左翼青年影響到後世海內外文青圖像文學愛好者。

486 伊藤亞紗（西元一九七九年至今）：美術學者，東京工業大學教授，MIT麻省理工學院客座研究員。

487 布魯斯．瑙曼（Bruce Nauman，西元一九四一年至今）：複合媒材藝術家，威尼斯雙年展金獅獎、高松宮殿下紀念世界文化賞得主。

488 克里斯提安．波坦斯基（Christian Boltanski，西元一九四四至二〇二一年）：法國裝置藝術家，高松宮殿下紀念世界文化賞得主。

489 大衛．林區（David Lynch：西元一九四六至二〇二四年）：美國導演，演員，歌手，藝術家。

490 鳳蘭（西元一九四六年至今）：歸化華僑，本名莊芝蘭，前寶塚星組小生。

491《改變是大腦的天性：從大腦發揮自癒力的故事中發現神經可塑性》（The Brain That Changes Itself）：多倫多大學精神科醫師諾曼．多吉（Norman Doidge）著。

492 布洛涅林苑（Bois De Boulogne）：巴黎高級住宅區十六區旁之大型綠地。西元一九八一年佐川一政食人事件的棄屍現場。

493 紀嘉良（Leslie Kee，西元一九七一年至今）：新加坡旅日時尚攝影師，曾拍攝濱崎步、倖田來未等歌星專輯封面。

494 橫尾曾於西元一九六四年推出拼貼動畫短片〈Kiss Kiss Kiss〉。

495 野坂昭如（西元一九三〇至二〇一五年）：作家，作詞家，歌手，藝人等。直木賞得獎短篇小說《螢火蟲之墓》（火垂るの墓，西元一九六八年）為半自傳。

496 米爾可．伊利克（Mirko Ilić，一作伊利奇，西元一九五六年至今）波士尼亞裔紐約平面設計師。

497 王志弘（西元一九七五年至今）：台灣第一線平面設計師，木馬文化 INSIGHT 書系、臉譜出版 Source 書系選書人。

498《往生要集》：天台宗源信（西元九四二至一〇一七年）撰，成立於十世紀末，介紹淨土思想的死亡觀。

499《野口體操》：由小學教師野口三千三（西元一九一四至九八年）開發的健身法。

500《歌德》（ゲーテ）：男性生活時尚月刊，幻冬舍發行。

501土門拳（西元一九〇九至九〇年）：寫實主義攝影大師，以大型相機拍攝日本各大古剎。

502日文「爸爸」（父さん）與「倒閉」（倒産）諧音，均為 tousan。

503大島渚（西元一九三二至二〇一三年）：電影編劇導演，被逐出松竹後成立獨立製片公司「創造社」，後來以《感官世界》（愛のコリーダ，西元一九七六年）、《俘虜》（Merry Christmas, Mr. Lawrence，一九八三年）轟動西方影壇。

504篠田正浩（西元一九三一年至今）：電影導演，離開松竹後成立「表現社」。第一任妻子為前衛詩人白石佳壽子（西元一九三一至二〇二四年），第二任為東映《極道之妻》系列多部電影女主角岩下志麻（一九四一年至今）。

505荒木經惟（西元一九四〇年至今）：國際級情色、街拍攝影家。妻子陽子病逝前後拍攝的攝影集《感傷之旅・冬之旅》（センチメンタルな旅・冬の旅，西元一九九〇年）發行後，一度與篠山紀信決裂。

506 21_21 Design Sight：位於東京六本木「東京midtown」內的設計事務所兼私人美術館，由建築師安藤忠雄與服裝設計師三宅一生聯合建立。

507北村翠（北村みどり）：前三宅一生祕書，三宅一生事務所總裁。

508《東京人》：東京綜合文化月刊，西元一九八六年創刊，現由都市出版株式會社發行。

509大竹伸朗（西元一九五五年至今）：混合媒材藝術家，著作《看不見的聲音，聽不到的畫》（見えない音・聴こえない絵，西元二〇〇八年單行本，二〇二二年文庫新版）由臉譜出版發行（二〇一六年，已絕版）。

510大迫傑（西元一九九一年至今）：日本中長跑名將，多項全國紀錄保持者。

511《上空女英豪》（Barbarella，一九六八年）：由法國成人漫畫改編的太空迷幻冒險片，杜蘭・杜蘭樂團團名取自劇中大壞蛋名稱。

512珍・芳達（Jane Fonda，西元一九三七年至今）：銀幕硬漢亨利・方達（Henry Fonda）千金，玉女紅星，少數前往北越反戰的美國人，「珍芳達韻律操」（Jane Fonda Workout）系列節目在台轟動一時。

513島田雅彥（西元一九六一年至今）：後現代小說家，法政大學教授。

514河鍋曉齋（西元一八三一至八九年）：幕末至明治時代的鬼才浮世繪師。

515伊東順二（西元一九五三年至今）：藝評家，策展人，活動統籌。

516橫尾版羅馬許願池（横尾版トレビの泉，西元二〇〇二年）：橫尾於東京都現代美術館個展「橫尾忠則　森羅萬象」發表之大型雕塑作品，展覽結束後由森美術館收藏。除重現羅馬特雷維噴泉（Fontana Di Trevi）與背後牌坊波利宮（Palazzo Poli），也幽默地加入許多東西方文化、電影場面。

517伊曼紐·史威登堡（Emanuel Swedenborg，西元一六八八至一七七二年）：瑞典科學家，哲學家，神學家，宗教改革家，陰陽眼。

518渡部昇一（西元一九三〇至二〇一七年）：英語學家，哲學家，評論家。上智大學名譽教授。

519細川護熙（西元一九三八年至今）：熊本藩肥後細川家第十八代當主，前《朝日新聞》記者，參眾議員，熊本縣知事，第七十九代日本首相，京都造形藝術大學校長，陶藝家。首相八個月任期內，曾兩度拜訪美國總統克林頓。

520永井荷風（西元一八七九至一九五九年）：推薦谷崎潤一郎出道的留洋派作家，散文體小說《濹東綺譚》充滿小巷情懷，《斷腸亭日乘》是寫作四十餘年的日記。

521十二月二十二、二十三日停刊。

522馬修·布魯涅（Mathieu Brunet）：單元主持人。

523舊山田邸：位於世田谷區成城四丁目的美式別墅，西元一九三七年由歸國企業家楢崎定吉興建，戰後一度被盟軍總指揮部接管，一九六一年成為畫家山田耕雨宅邸，二〇一六年整修恢復山田接收時面貌，整修完成後對外開放，一樓為復古風喫茶店。

524浪曲：又名浪花節，江戶末期由上方三味線彈唱發展出來的曲藝。

525玉川奈奈福：日本浪曲協會理事，首位登上能劇舞台的浪曲師，國際文化大使。

526《寒山拾得》（西元一九一五年）：森鷗外短篇小說，改編自唐土傳奇禪僧寒山與拾得的故事。

# 二〇一八年

共時現象。我常常把夢畫成作品，但有時也會覺得自己畫的畫已經製造夢境。

**二〇一八年一月九日**

在增田屋吃完烏龍麵，店裡太忙無人結帳，先回家叫妻子幫我去付錢，妻子說現在外面太暗，而且這麼早人家還沒開。看來像是我先夢到去增田屋，再夢到自己醒來與妻子說話。最近忽視現實境界的夢越來越多，是什麼的前兆？

**二〇一八年一月十日**

我家好像搬到市郊商店旁邊的邊角房子了，理由不明。這是一間昭和時代隨處可見的樓房，妻子好像無條件接受了。這是從這種屋子產生一種無法產生藝術的排斥反應的夢。上星期我才夢到搬到京都，無意識之下想的事情實在搞不懂。

看到前陣子《IDEA》出我的專題，在加拿大多倫多與伊朗德黑蘭發行的雜誌《Neshan[530]》申請轉載我的作品。

下午，來拍我預定展出作品的攝影師上野、按腳的中田師傅、松竹的濱田、凸版印刷的富岡先後來訪，我在混雜的時段中間創作。我衣服上沾滿了顏料，不能都怪在訪客頭上。

**二〇一八年一月十一日**

岩波書店的因幡、清水帶著《韓國的民眾美術》作者谷川美佳[531]來訪，想找我負責新書的平面設計。內容主要介紹政治宣傳性質的美術運動紀錄，與我正好是對立的主題。我是一個思想上對個人變革的關心勝過社會變革的人，這樣的委託可不可以算是在無法區分彼此的次元空間裡，自己可以做得出什麼來的試煉？

在我們討論的時候，文章的校對稿與工作聯絡的電郵又如雪片般飛來。

回家之前把快要完成的畫走火入魔地仔細畫了一遍，透過客觀表現創造與破壞的同時進行，逼出人為的瘋狂。

**二〇一八年一月十二日**

《pen[532]》雜誌特別企畫手塚治虫[533]專題。找我談當時與手塚先生對談的記憶。有一次，我收到一張他寄來的明信片：「你的展我幾乎都看過。」手塚先生不以漫畫家自稱，反而說自己是「畫畫的」。他好像還說過，一幅畫可以一下子就說出作家想說的內容，畫畫的夥伴可以一下子就打成一片，但是寫文章的人之間怎麼看都太有距離感了。

忘記自己已經看過荷多羅夫斯基的《歡迎來到詩樂園》的ＤＶＤ，又去電影院看了一次。我本來想成為一個詩人，詩歌感的字句時常困擾著我。他的電影充滿繪畫性，所以詩與繪畫帶有親和性。以視覺讀詩即可。對日本古典表演藝術有興趣的他，經常把日本的傳統樣式置入電影，但拍得像消化不良，有時會有欠缺纖細性，但是他還是想拍什麼就拍什麼，如今快要八十八歲，變得更加激烈。這是一部讓保守派覺得可怕的電影。不要思考！想做什麼就貫徹到底！則是他的訊息。

**二〇一八年一月十三日**

好像要越畫越順的時候，就會進入自我規範，想要遵從既有的方法論。「做想做的事」之類的心情越來越遙遠，結果製造出平均水準的作品。這種時候需要的是一股不怕失敗的勇氣，我總是與勇氣戰鬥。

**二〇一八年一月十四日**

「好！上吧！」我鼓起精神前往畫室，卻總是拿不出昨天的勇氣。或說是腦海裡浮現兩種方法，兩種都可能會成為未知的體驗。只要有兩幅同樣的畫，應該就可以同時進行兩種實驗了。但是在這也不是、那也不是的排除過程，說不定才是真正最愉快的時刻。

看白天錄的全都道府縣對抗女子長途接力賽跑。來自家鄉西脇工業高中的兩名跑者上場，從第九名決戰第七區段，最後兵庫縣終於奪得冠軍。

**二〇一八年一月十五日**

德永說：「英先生看起來很瘦，是不是生病了？」走進玄關的兒子，看起來確實像德永說的一樣。但是一瘦起來看起來更年輕了。他說：「想保持這麼瘦，再長出肌肉。」我想我是因為他前陣子得流感請假一陣子，才會做這種夢。

糸井每年發售的「HOBONICHI」日記封面，試印了由我以前畫作重組的版本來叫我「用用看」。他們申請各種精品圖案的授權，但他好像對我二十幾歲畫的插畫有興趣的樣子。

**二〇一八年一月十六日**

我以老師身分去鄉下赴任。與我一同履新的年輕老師像熊一樣全身是毛。他看起來就像是不習慣與人打交道的樣子，老師說在他教導學生之前，必須先接受教導，而這個小熊老師手作的畫框就像樸素藝術一樣，似乎具有創作天賦。我覺得他的個性應該也像樸素藝術。我為什麼會作這種夢？

國書刊行會的清水來訪，討論《卡地亞藝術家群像》（暫定書名）畫集的出版計畫，卡地亞當代藝術基金會美術館的館長艾爾菲（・尚德斯）就快要來日本了，要怎麼決定到時候再說。

吃完午飯，在公園長板凳上讀書，風有點大，我就去喜多見不動堂參拜，回程進了舊山田邸一邊喝著咖啡，一邊繼續讀書。我總不可能一直這麼優閒，就回到畫室繼續工作。

傍晚軟銀創意的美野帶著《橫尾忠則×九位經典創作者的生命對話：不是因為長壽而創造，而是因為創造而長壽》成書來，告訴我：「出來了。」對談者包括瀨戶內寂聽、磯崎新、野見山曉治、細江英公、金子兜太、李禹煥、佐藤愛子、山田洋次、一柳慧共九人。

**二〇一八年一月十七日**

町田市立國立版畫美術館的山本副館長、學藝員瀧澤（恭司）來訪，因為我捐贈版畫給他們，就把紺綬褒章與獎狀帶來給我。

本來打算去《朝日新聞》書評委員會，卻因為雨太大，等了四十五分鐘都叫不到計程車，只好放棄。

**二〇一八年一月十八日**

深夜起來上完廁所回床上睡，拿起《橫尾忠則×九位經典創作者的經典對話》來看，一不小心就讀到凌晨五點。這是一本耗費三年完成的書，我也把內容忘光了。不過現在讀起來，又覺得回到當時的情景，於是一時入迷。如果讀者看了也入迷也好，這些八九十歲人們的創造哲學，是人們遲早會遇到的情境，希望讀者有機會也能讀讀看。

二〇一八年一月十九日

上午按腳。

NHK大河劇《韋馱天～東京奧運故事～[534]》找我設計標題字與海報，製作主任訓霸[535]與岡本，總導播井上[536]、字幕設計師岩倉[537]等人來訪。他們明年要播的大河劇，要說戰前奧運選手的故事。日文標題「いだてん」寫成漢字就是「韋馱天[538]」。雖然指飛毛腿，其實也是佛教的守護神，聽說也是印度教溼婆神的兒子。溼婆神在日本被稱為不動明王，在希臘確實就是戴奧尼索斯，不論哪一種身分都掌管破壞與創造，所以是藝術之神。

柄谷行人送我一本《波赫士口述[539]》。他送我這本書是因為書中也提到史威登堡，但我在元旦《朝日新聞》上刊登與柄谷的對談中一直提到史威登堡，他大概覺得我對史威登堡有興趣，才特別買來給我。既然他都把書送我了，我就再拜讀一次。

二〇一八年一月二十日

昨晚連廁所都沒上就一覺到天明。有時候也會有幾天熟睡。

油彩冬天很難乾，等油彩乾的時間比畫畫還久。是一種需要耐心的工作。

昨晚重讀的波赫士論史威登堡，讓我再次對史威登堡感到興趣，於是從地下室的書櫥找出九本史威登堡的書，趁這陣子重新看過一遍。

二〇一八年一月二十一日

不確定是倫敦還是東京，英國人說我的繪畫與設計早就不需要再特別區分的夢。

下午在公園的涼亭一邊喝著熱騰騰的柚子茶，一邊隨機翻閱《通靈者史威登堡》。只要重新讀過的書，我就會仔細記得。

晚上看白天錄的全國都道府縣男子長途接力賽跑。比起拿下女子組冠軍的兵庫縣，男子組還有一段距離。

夢裡的男人說，不幸就是讓幸福屈服。

二〇一八年一月二十二日

今天好像下了入冬以來第一場雪。採訪一開始，畫室周圍的樹林就開始一片模糊，過了中午就變成水墨畫一樣。我前陣子才畫過一大片雪花的話，沒想到這麼快就付諸實現了！在這陣大雪之間，我聽著酷暑之國印度的音樂。這是喬治．哈里森[540]監製的《哈瑞奎師那真言》，可能是因為錄音品質差，無法為我重聽的耳朵帶來治癒的效果。

把腳踏車留在畫室，踩著積雪回家。與四年前的大雪相比，實際體會自己腳力的退化。

二〇一八年一月二十三日

很久沒見到片岡秀太郎[541]師傅了。「我很想看戲，可是我重聽很嚴重，很久沒看了。不過你兒子愛之助[542]還和你一起住嗎？我想應該各自住吧？」不好意思的是我的日記總是由夢境開始，秀太郎說不定會看到我日記寫我夢到他。

一夜大雪，天亮後窗外已成雪國。黑輪咬著窗框，好看到什麼可怕的東西一樣，對我露出痛苦的表情。

拿著手杖前往畫室。進了畫室就接到瀨戶內師父聲音顫抖語無倫次的☎。「你沒入院？是喔？沒入院，那就太好了。我再寄草莓過去。」我只要有一陣子沒☎她，她就會認為我住院。

風間來幫我鏟家裡與畫室的積雪。在四年前那場大雪的時候，他體力好到連走道的雪都幫我順便鏟起來，今年就沒辦法沒辦法。

終於到了被展覽新作追著跑的關頭。拿出自力、他力與狂野來！

**二〇一八年一月二十四日**

馬路上的雪凍結起來容易打滑，出門常常必須倚靠手杖。

東方出版的堅田來訪，討論要把我在推特、單行本、雜誌上發表文章之中，容易成為語錄的片段集結成冊。

在中國進行中的《藝術不撒謊》之外，我的自傳《我的一套玩法與實行法[543]》（筑摩書房）一下子收到中國三家出版社的中文版邀約，筑摩書店說我最好找開最好條件的出版社談。

一早右腰上側在咳嗽、打噴嚏與笑的時候突然痛起來，這是以前沒有的症狀。明天去醫院看看。身體出現異狀只能靠醫院解決。

**二〇一八年一月二十五日**

我把Princess天功送我的冰淇淋分給河竹登志夫[544]教授吃。是不是離公主送我的時候太久，導致冰淇淋過期？河竹才要吃進嘴裡，夢就結束了，我鬆了一口氣。

接下來，小野洋子問我：「能不能幫我找找看，有沒有表演用的眼鏡？」富山縣有不錯的眼鏡店，去買吧！夢就是可以一本正經地胡說八道。

去玉川醫院。在服務台指引患者的阿姨又問我：「您又要入院了嗎？」首先我照了電腦斷層，又去眼科看眼睛癢。大多數症狀都在與醫師談話過程中自然痊癒。

下午在畫室完成作品的最後一筆，完成畫作的未完成感。

傍晚去腳底按摩，舊傷疤受到刺激。「好痛！」

去年底才與香取慎吾進行《藝術新潮》的對談，這件事在最新一期《藝新》上市前都不可以對外張揚，今天解禁。

## 二〇一八年一月二十六日

接到做繪本的委託，但缺乏自信的資深編輯到底在想什麼？想做什麼？想說什麼？完全不明。難道這位資深編輯就是我嗎？只要把夢裡出現的人物當成自己的分身，一定不會錯。

為了委託木版畫創作，Gallery Art Composition 的水谷來訪。本來是靠別人作品賺錢的地方，卻提出意想不到的委託案。被不可預測的命運女神引領前進，難道就是我的老年生活方式嗎？

在意昨天腳的舊傷又痛起來，去成城整形外科看診。照X光看以前骨折的痕跡沒有異樣，鬆了一口氣。

水谷老闆送的佃煮是絕品！

馬路一樣結冰，換一條路線去畫室。

**二〇一八年一月二十七日**

在增田屋吃烏龍湯麵與天婦羅。回家路上先去舊山田邸一邊喝咖啡一邊讀拒絕成為大人的《彼得與溫蒂》，然後去喜多見不動堂參拜。在陸坡中間停下來，遠眺盤坐在天空另一邊的富士山。

**二〇一八年一月二十八日**

在卡地亞委託的藝術家肖像裡，我忘了畫大衛．林區的肖像，上午速速完成。

因為林區的關係，與山田洋次導演一起去橫濱看《大衛．林區：藝術人生[545]》，說不出感想。

與瀨戶內師父在☎上討論《朝日新聞》今早刊登的《生命》書評。我提到小說結尾提到臨終顯得有點突兀，她的回答：「大概從昨天開始，我就想再寫一篇新的呢。」請便。

**二〇一八年一月二十九日**

卡地亞當代藝術基金會美術館長艾爾菲等五人來訪。我在卡地亞舉行一百多位藝術家肖像畫的個展，現在正在韓國與上海展出的卡地亞館藏展也看得到，不過他們希望在東京舉辦一場只有肖像畫的個展。那麼，候補場地有哪些？

上海那邊希望我出席個展開幕，我重聽受不了飛機引擎聲，只好婉謝。「那麼，麻煩您設計展覽的廣告布條。」這樣的話我就接受了。在艾爾菲他們回去以後，我馬上設計長條圖，趁他們回巴黎之前先用電子郵件送過去。

晚上，住在巴黎的白羽明美打☎來說要寄梅斯龐畢度中心日本當代美術展我展間與大廳天花板作品陳列的照片來。我重聽，所以去不了現場，很可惜。

**二〇一八年一月三十日**

《藝術新潮》策畫人體藝術專題，找我談當年在羅馬德．奇里訶畫室裡看到的未完成遺作與原來的藍本。

**二〇一八年一月三十一日**

傍晚去帝國大飯店參加朝日賞的頒獎典禮。與妻子、德永驅車前往會場祝福今年得主瀨戶內寂聽師父、北川前進[546]、大佛次郎賞得主高村薰[547]等朋友。令我驚訝的事情是在活動進行到一半的時候，得獎者的合照印在《朝日新聞》紀念號外現場發放。我得獎的時候[548]根本就沒發號外。朝日記者聽到就告訴我，從去年開始就「開始這麼做」。在會場遇到大概十幾年不見的伊東豐雄與野田秀樹等人。可能這次沒遇到以後就遇不到了，遇得到的都很長命。有機會與體育類得主桐生祥秀[549]說到話，就問他零點零一秒的距離有多長。他好像說：「一公尺幅度。」

今天是一月最後一天，這一個月感受的時間停滯令我無法相信。每年總覺得一月過得特別飛快，但今年到底發生什麼事，時間一直沒有前進。可能把晚上做夢的時間也算進去就會覺得漫長，總之沒有時光流逝的感覺。一般常說人到老年會覺得時間感會變快，我體驗的時間感完全相反。過了一個月的今天，已經產生過了三個月的感覺。如果這種心理狀態持續下去，今年可能會過得像三四年那麼久。我不知道過了八十歲還會發生什麼事。

**二〇一八年二月一日**

糸井重里在下榻的飯店廁所門口吐完之後遇到黑人刁難，被迫站在危險的鷹架上進退兩難，然後就醒來的夢。

整天畫小玉在一片櫻花雨之間穿梭的畫。這是小玉的靈界風景畫，可以說是為小玉安魂的畫吧？

**二〇一八年二月二日**

大雪警報還未解除，下午卻變成雨。《昴》雜誌的岸來訪，問我女性主義的話題。藝術這種東西是透過男性原理與女性原理的合體產生。如果能理解女性的訊息接收能力與男性對社會的發信能力，兩者之間就不會對立而形成對等關係。

**二〇一八年二月三日**

與妻子、德永從都心搭計程車回成城路上，德永突然說：「我記得河竹登志夫教授有一場演講。」地點呢？「在野田。」野田哪裡？「這附近。」請她再叫一台計程車，結果我們在大馬路邊等車，一台空車也沒攔到。有一個男人走出自己的小客車，就請那人載我們一程，結果下車的男人反問：「什麼是不幸？」我回答不幸就是幸福的相反，結果他就說：「不幸就是讓幸福投降。」結果夢裡沒招到計程車。

昨天的大雪變成大雨，馬路邊的積雪也大量溶解，路面凍結全都消失了。

我神戶美術館的平林帶來預定在下下檔自畫像展中展出的作品清單。我驚訝自己畫的自畫像已經多到可以開個展。

二〇一八年二月四日

繼續畫小玉。本來打算為小玉安魂，結果小玉不像人類一樣受情感支配，知道的話應該只會覺得：「唉呀，你又因為對我有思慕才去畫畫吧？」人太過於在意雞毛蒜皮的小事，但貓沒有目標也沒有結果，只是普通地活著，普通地死去而已吧？這種普通活著、普通死去的生存方式是一種極端的意念，而達成這種普通也是難如登天的考驗，因為想普通地活著，本身就已經不普通。

傍晚買了鈴木大拙的《無心》與森鷗外短篇集。

晚上，女兒好像還在難過自己的愛貓「露露」失蹤三天還沒回來。

看女兒為貓難過的樣子，晚上我也睡不好。

貓不是靠道理行動，而是看心情行動。老年的理想生活方式，應該多向貓看齊。

傍晚去砧文庫舊書店買《量子力學·日月神示·般若心經·仁王三郎超結論》。

晚上看白天錄影的別府大分每日馬拉松。

二〇一八年二月五日

長女的愛貓露露失蹤五天，終於自己回來了！以前小玉失蹤四、五天的時候，我也每天失眠，女兒想必也經歷了悲嘆的深淵。她相信貓自己回來是神賜予的奇蹟。如果再加上她是天主教徒，就更相信是奇蹟了。

早上在畫室繼續進行昨天開始的史威登堡裝扮自畫像。

《海嘯下的靈魂550》是英國記者的三一一地震紀實，書中的壓倒性大魄力讓我讀到一半就把書闔上。

### 二〇一八年二月六日

昨天完成的史威登堡打扮自畫像，我今天多畫了一條大披風。我說史威登堡一定不會喜歡的。

山田詠美來訪。自從在澀谷一起吃一次鰻魚以來，我們就是忘年之交。她開始寫小說的時候，好像會先寫第一行與最後一行。我畫畫的時候，連第一筆與最後一筆都無法決定就倉促發車，最後還等不及目的地就先下車了。

### 二〇一八年二月七日

晚上從床上爬起來，發現被套上沾滿了黑輪的嘔吐物。想清理的時候覺得看了噁心，就把被套摘下來鑽回被窩再睡，結果又睡不著，吃了安眠藥但沒有效果。就在鬱悶的時候，一隻老虎爬進臥室舔我的臉。早上妻子爬起來，把這隻老虎趕往後院便門。窩在床上的老虎變得像貓一樣大，不過因為老虎畢竟是猛獸，妻子就說：「去打電話報警。」打電話的時候，長男帶了大約三十個朋友來家裡。大家都像新進員工一樣穿著西裝。我無視他們再次挑戰睡眠，卻越來越興奮以致睡不著。從床上爬起來走到院子，站在牆邊盆栽後，隔著馬路朝對面的河竹登志夫家大聲報告現在家裡的狀況，這種支離破碎的話很難傳達給別人，只好告訴他：「我把現在家裡的狀況拍成錄影帶，晚點再拿去給你。」

北齋研究家永田生慈[551]（六十六歲）過世。我以前曾經與他舉辦公開座談會。柄谷行人與《朝日新聞》的依田彰來畫室。今天的話題被柄谷的一段話作結：「依照靈魂而來，就像靈魂一樣，今天能和你好好聊聊，實在很好呢。」對，這是連白隱禪師也要嚇一跳，兩人之間前所未見的靈舟閒話。

**二〇一八年二月八日**

在京王百貨挑貨品的時候，不小心把京王大飯店住房預約券搞丟，與店內的服務員地毯搜索快三小時還一無所獲，精神瀕臨異常的片刻醒來。

與妻子、女兒與德永一起去東京國立近代美術館看「熊谷守一[552]」的個展，由研究員保坂健二朗與藏屋美香[553]兩人導覽。他從初期的寫實繪畫發展到晚年的簡約風格，演變過程相當有趣。他以建立自己的風格作結，我卻為了追求放棄風格的快感，畢生恐怕會像吉普賽人一樣繼續波西米亞式的旅程吧？

**二〇一八年二月九日**

卡地亞當代藝術基金會的上海展「陌生風景」申請展覽目錄預定刊登作品的圖像授權。三菱一號館美術館高橋明也館長與學藝員野口玲一來訪，談龐畢度中心梅斯分館的日本當代藝術展與巴黎美術圈的醜聞。

晚上平昌冬運開幕，但我早早就去睡了。

二〇一八年二月十五日

植松國臣[554]已經死十幾年了，眼前站著的他充滿生前的活力，開口大笑。我在家鄉市區的火車站前遇到。他說自己開始當賽艇選手。他第一次與其他快艇並排在起點線時，播報員一報到他的名字，說是「高興到都要哭出來了」。他說：「有機會來玩吧！」但我不知道他住在哪裡，然後一個站在旁邊的外國太太就拿了一張寫著地址的紙條給我。

三宅一生的宮前與21_21的員工來訪，開會討論最新合作計畫。

包括在畫室裡擺了很久的新作在內的二十幅畫，會拿到神戶的下一檔展覽「冥土旅行[555]」展出，所以就輕輕地搬出畫室。煞風景的畫室變得像被破壞過的墳場。

二〇一八年二月十六日

町田市立國際版畫博物館的瀧澤說是因為採買委員會購入新版畫七件，今天來拿版畫。

今天一樣畫小玉的肖像，以及瀨戶內師父在《東京新聞》上隨筆文用的肖像畫（石牟禮道子[556]）。然後保坂和志與磯﨑憲一郎來進行《文藝》連載的「畫室會議」。認真地聊些輕鬆話題，在無意義之中包含著意義。大聊特聊了六個小時。

二〇一八年二月十七日

與山田洋次導演在增田屋會合。他說去年的十大電影之中，大部分是外國片，其中的兩部日片都是動畫。意思就是日本動畫式的角色感就是現代日本人的總體像？前陣子在電視上看到男性動畫角色在台上表演像傑尼斯一樣的歌舞，人物本身是虛擬的，畫面看起來像是立體全象投影，怎麼看卻都只是平面的畫面。觀眾看到台上的表演者紛紛尖叫，一邊激動落淚一邊看。看起來像是神降臨在虛擬的身體上一樣。

從早就在畫室繼續畫昨天的畫。明明沒有其他委託，我發現身體越畫就會越健康。我想一個畫畫的人能一直畫自己想畫的畫，才是原本應該過的生活。為了營生的創作或不得不從事的工作，隨著年齡增長而逐漸變得沒有必要。

**二〇一八年二月十八日**

站在一片像是撒哈拉沙漠一樣大的地方，突然前方飛來五架戰鬥機，突然看到高射砲開火。應該是埋在地底下的高射砲，但戰鬥機一下子就被擊中在空中爆炸。不知從何而來的大批日本兵衝出來歡呼，並且高呼萬歲。

家鄉老家有一隻可以放在妻子手心那麼小的貓咪腳骨折，妻子說應該快點送去獸醫院。

在百貨公司裡的大書店買了一本超豪華的印度攝影集，只因為其中一兩張照片刺激了我的靈感。花了三萬圓。

在畫室畫完貓，就去做運動按摩。這間店的樓下就是 nico picabia，所以順便去洗頭。按摩搭配洗頭，可淨化身心。

**二〇一八年二月十九日**

《東京新聞》岩岡來採訪，詢問關於新發行對談錄《橫尾忠則×九位經典創作者的生命對話》的問題。我靜下來等提問，他就說：「內容自由。」你不問我我就無法回答，我只能大大地吐一口氣。這是我經過三年漫長旅程終於成書後才鬆的一口氣。

可能是因為昨天冷的關係，身體冷到無法伸手碰畫筆。去成城漢方內科診所看，體溫三十五點八度算是我平時的體溫。他們開了號稱對虛寒很有效的處方「津村麻黃附子細辛湯濃縮顆粒」給我。與大夫談一談身體狀況就好起來了。

**二〇一八年二月二十日**

瀨戶內師父問我：「我在山頂蓋了一棟可以看得到海景的新家，要不要來看日出日落？」於是我就去住一晚。在艷陽下，瀨戶內師父的臉上完全沒有皺紋，並且像室內擺飾一樣光亮。

前陣子有一個住在羅馬的女性藝評人寫關於我的書，寄電子郵件跟我要一些圖，現在仍在討論。她說新書會在義大利與美國發行，也想要推出日文版。

下午與磯﨑憲一郎在畫室為《群像》進行對談。平時我們盡量避免提正經事，今天專談文學與藝術的主題。因為「我不是很懂」是藝術的終極主題，在「我不懂」的方面，就花了兩個小時去講「不裝懂」這個主題。

**二〇一八年二月二十一日**

在報上看到金子兜太的訃聞，感到震驚。前年十月我為了《橫尾忠則×九位經典創作者的生命對話》與他對談的時候，他說他的母親活了一百零四歲，所以他就說：「我應該可以活到一百一十歲。」但只活了九十八歲，未免走得太早。

每日新聞出版的藤江來訪，委託設計穗村弘對談集的書籍設計。穗村的訪談對象大多數是視覺系樂團成員。

二〇一八年二月二十二日

福澤一郎[557]的長男一也[558]過世。他大我一歲多。我以前也去他們家打擾過幾次。

進行以重聽為主題的連作第一作。回想起來我已經畫出很多很多以耳朵為主題的畫了。

二〇一八年二月二十三日

妻子與德永陪我去神戶。在火車上重新拿起以前讀過很多次的森鷗外《寒山拾得》看，每次看了都被睡魔侵襲。說不定我才會忘記內容想再看一次。

明天要出席「橫尾忠則的冥土旅行」記者會，我會穿一身紅色不是為了表演，如果想讓人聯想到煉獄中最後審判，閻羅王旁邊負責支援的赤鬼，就已達到相當程度的效果。

在中華餐館「第一樓」晚宴上讓燒酎high[559]配回鍋low（肉）在嘴裡融合。

二〇一八年二月二十四日

可能是因為昨晚太累了，熟睡到一夜無夢。開幕從早上就開始，不過也有貴賓特地從東京趕來，場面盛大。淺田彰與國立國際美術館的安來正博每場必到，我很開心。井戶敏三知事每場活動都會詠唱新的短歌。淺田與吉本對於這次的展覽都有很高的評價，讓我心情更好。

新作是女人的畫像，女人的眼睛裡卻藏著捲筒衛生紙、皮鞋、高麗菜、書本、貓、青蛙等等。我故意讓觀者看不到他們期待的。有一種認為藝術就是要讓觀者看到那些看不到的事物，我之前在「Y字路」系列裡就曾經把「看得到的」故意「藏起來」，我以同樣的邏輯，採用了把觀者「想看的」全都「遮起來」，以表現對欲望的否定。

下午前往瀨戶內師父在京都的寂庵，為的是考察細川護熙前首相以後想放在院子裡的陶製五輪塔，看要怎麼設計整個墓地。

一到寂庵一定會吃到年糕紅豆湯。今天吃到的年糕紅豆湯，紅豆仁好像煮得太爛，總之是師父招待，沒什麼好抱怨。師父的祕書真奈穗560自從推出隨筆集以來，單獨訪問越來越多，最近也變成暢銷作家，今天說是去東京上電視節目什麼的，一樣不在家。

兩天不在家，黑輪看到我回來，以前本來還會裝作不知道，今天竟然跑來玄關迎接我。

**二〇一八年二月二十五日**

有建築設計師邀請我參加俄羅斯某地的都市計畫，他既不告訴我到底是什麼目的，我又不想出國，所以沒答應。

東京馬拉松說會頒給破國內紀錄的選手一億日圓，最後由設樂（悠太）561選手獲得。難道這些錢就不來自東京都民的稅金嗎？

傍晚去整體院。兩個整體師傅一個眼睛出了問題，一個去開刀割除息肉，分不清哪一個是病人了。

**二〇一八年二月二十六日**

可能是因為爆睡兩天，昨晚吃的戀多眠沒效，最大的藥效是失眠。隔天不只無精打采，連骨折的舊傷都隱隱作痛。失眠幾乎都出自精神方面的問題。

經過長期的摸索，決定個人創作樣式並迎向圓熟期的歷程與我無關。我希望人生就在不斷地摸索，摸索，摸索之中結束。我心理上一直逃避被不知從何而來的評價定調，希望能像森鷗外《寒山拾得》結尾的拾得一樣，在露出笑容之後一溜煙地逃走。

**二〇一八年二月二十七日**

這裡是洛杉磯的迪士尼樂園？最近畫家的畫作缺乏真正的情色美，盡是一些借來的東西。這時候我很榮幸邀請到瑪莉蓮·夢露搭檔，喚回畫家的情色美。她阻止我：「不能畫我下半身喔。」不論如何，對方是世界第一的性感女星，我妄想著她一定用了昂貴的香水，結果本人身上散發出鄉下姑娘的腋下汗臭（嗅覺）。眼前的夢露張著好像魏瑟曼[562]畫出的白痴大嘴唇叫出（聽覺）：「觸摸固態，愚圖具體」（觸覺）這是所謂的夢露式虛擬騷擾。可惜畫面不是用彩色底片拍的而是黑白，夢露卻突然變成彩色，對我說：「一起去吃燒肉（味覺）吧！」然後我們就去成城學園前站附近一間現實中不存在的燒肉館子，一個陌生人與他的妻子同行。夢中的五感表現，才是畫家缺乏的情色美？

覺得自己好像有點感冒，就穿很多層衣服，在房間裡開很強的暖氣，結果好像有點發燒。於是我就把衣服一件一件脫下來，就退燒了。

**二〇一八年二月二十八日**

為了寫書評讀書。為工作讀書，壓力大到連牙齒都痛。只要是需要用功才讀的書，就會讓我感到壓力。我只能在沒有目的之條件下讀書。

**二〇一八年三月一日**

川西浩史本來風光地想在紐約開一間絹印工作室，可能是因為收起來了，突然回到日本。他總是騎腳踏車來我這裡，說現在要從銀座騎腳踏車來。他是那種每天騎腳踏車往返於住處與銀座之間，看不出老態的七字輩老人。

今天去做運動按摩。因為太有效了，我好像睡到打鼾。

**二〇一八年三月二日**

晚上九點四十五分上完廁所就上床睡，醒來是凌晨三點半，我又去廁所。打開廁所門，看到馬桶顛倒過來，廁所好像被鬼鬧過，一片狼藉。我趕緊叫醒妻子，但她絲毫不為所動，只是默默地回到自己的房間。我根本搞不清楚到底發生什麼事了，等天亮趕快打☎叫警察來調查。下一次上廁所大概五點多，打開廁所門卻又看不到異樣。我已經分不清哪一個是夢，哪一個是現實，反正對我來說都差不多。

大阪吉本興業新劇場來討論開幕公演的海報，另外委託我設計各種圖像組合而成的元素，用在舞台裝置上。我還沒決定要不要接這個委託。雖然這會是一場演給來大阪的外國觀光客的戲，他們表示將用虛張聲勢或舞台幻術之類的邪門歪道，所謂的「外連」當作演出的概念。

《美術之窗》雜誌社送我一本之前來不及看的「入江一子[563]百歲展」展覽目錄。一百歲的老畫家才畫得出來，像兒童畫的油彩畫之中蘊藏的神奇性與神祕感，是當代藝術捨棄的部分。

今天開始練深蹲。

**二〇一八年三月三日**

今天就像初夏一樣熱。院子裡的稻田魚平安度過嚴冬的考驗，活得很好。大家辛苦了。

畫室就像地中海一樣溫暖。走到陽台，蔚藍大海的另一端就是非洲大陸。像羽毛一樣的沙灘盡頭，就是維蘇威火山。打瞌睡醒來，感到脖子痠痛。

在電視上看到有一隻大黑狗在主人死後全身的毛都變白。根據一個能與動物通靈的美國靈媒說，狗懷念與主人玩過的飛盤、有主人味道的紅色大衣，以及與主人散步的時光。如果家人成全狗的要求，狗身上的毛就漸漸變回黑色。這種現象不是因為狗厲害，只證明了人類已經成為文明的奴僕。

在成城車站前遇到椎名誠，他說：「我常在公車上遇到山田洋次導演，卻從來沒有和他搭過一句話。」我也一樣，但是有一天坐在一起，我送了一顆檸檬給他以後，就成了朋友。我才說完，在車站月台報亭買報紙的時候，就有一個男人突然像我搭話：「我是健康堂的筒井。」看起來像是我像他們預約按摩了。

**二〇一八年三月四日**

電視上說南方森林被過度採伐面臨絕滅狀態，木材百分之百輸出到日本，今天早上又在報紙上看到一個全版廣告，S林業公司發表「宣言」將在二十三年後在都心興建七十層樓的木造超高層大樓，說是「為了邁向地球環境保全的未來」。莫非是用外國砍來的樹木蓋房子？我認為在這個計畫實現之前，應該先讓日本國土森林化。

## 二〇一八年三月五日

連續痛了四年的左腳大腳趾突然產生一種咻一聲自己飛走的奇怪感覺，我差點不由自主叫出聲來：「咦——」。這是早上在被窩裡讀日野原重明大夫的書時發生的事。我一邊讀著書中關於「解救」的部分，一直點頭認同的同時，左大腳趾就不痛了。這種從長期痛楚解脫的歡喜很難形容，不過這種疼痛消失瞬間的過程，原來是這種滋味，對我而言算是帶一點奇蹟感的體驗，不過也帶著一抹不安。可能再過不久又會痛回來了。

平野啟一郎與本刊（《週刊讀書人》）我的責編角南範子來訪，要把我們之前關於《橫尾忠則×九位經典創作者的生命對話》的對談刊在下一期上面。我與平野通☎，常常一講就是一小時，有時候快兩小時。我☎通常講完要緊事就掛斷，只有和他通☎存在特例。他年紀差不多我的一半，和他聊起來卻像有種與高中同屆聊的感覺，一個話題接著一個話題，一直聊到天黑，才發現自己講了很久的☎。

到了晚上也沒感受到大腳趾的痛。

## 二〇一八年三月六日

睡了一整晚都沒有痛的感覺。心情上只希望就這樣好起來。

箱根強羅[564]的書香旅館「箱根本箱」正在興建，預定八月開幕。他們找了二十幾個知名人士列出自己喜歡的書，分別放在書櫃送給住房客，我成為計畫選書人之一。

畫室周圍的樹木開始綻放出各種顏色的花。被植物包圍卻叫不出大部分植物名字的我，只認得出梅花與山茶花。另外還看到白色的花，我卻叫不出名字。

**二〇一八年三月七日**

很久沒有熟睡八小時了。回想起來我也有過失眠八小時的經驗。本來以為睡這麼沉會做長夢也不奇怪，結果夢的記憶為零。如果是因為腳不痛了就可以好睡，我感到開心。

我買過三副助聽器，每一款都不合用，好一陣子過著「一直聽不見」的生活，瀨戶內師父跟我說過丹麥製造的不錯，所以就專程去青山的東京聽覺中心試聽。先試用一週看看效果怎麼樣。

**二〇一八年三月八日**

世田谷美術館要舉行「德．奇里訶展」，酒井忠康館長問我要不要在展場臨摹？我在展場漫步，物色臨摹的藍本，然後在作品前攤開腦內畫布一張一張臨摹起來。我臨摹了所有奇里訶的畫作，也想自己辦一場與真跡同樣大小的臨摹畫展。

我到了棒球場。兩隊各得幾百分，比到延長賽。兩隊球迷憤怒爆發，演變成球場暴動，其中傳出一位姓「行身」的總教練被殺死的消息，讓暴動更加嚴重。

今天一整天都在打噴嚏流鼻水，根本無法工作。

**二〇一八年三月九日**

瀨戶內師父一聽說我身體狀況不好，馬上叫我：「趕快入院！」她好像覺得我是那種喜歡住院的人，不過這次還加了一句：「老人得感冒會很可怕的！」我聽了就擔心起來，馬上去玉川醫院，診斷結果說是花粉症。這種症狀容易被誤診成感冒，醫師確認是「花粉症」。

二〇一八年三月十日

結果我還是覺得我一定有感冒的症狀，在成城漢方診所，果然被診斷「確定是感冒」。我被蓋了這個大印，反而比較放心。我如果以為是花粉症就直接去畫室再回家，只會讓病情更嚴重，所以決定吃處方藥然後在家睡覺。黑輪沒有感冒，卻來我枕邊一起睡。如果少了食欲，體力就會變差，所以我叫妻子幫我做咖哩與年糕紅豆湯。我必須先討好自己的身體才能恢復健康。光是睡覺覺得無聊，所以我就整理之前的日記，再讀書評要寫的書，打發不畫畫的閒暇時間。

二〇一八年三月十一日

早餐吃年糕紅豆湯，為了早點好起來，一定要吃好的。不過今天一整天還是與黑輪一起窩在被窩裡。如果我能像黑輪一樣猛睡，感冒應該也可以一次痊癒。我就是無法像貓一樣吳念無想，中間只要一醒來就讀日野原大夫的書。日野原大夫對活著這件事很積極。如果他今天狀況像我一樣，應該就會毫不猶豫進醫院接受治療，因為他工作的地方就是醫院，真令人羨慕。我請萩原整體師來家裡幫我治療。

藝術的理想，就是每一個人都變成藝術本身。

二〇一八年三月十二日

神戶橫尾忠則當代美術館的大廳突然變成慶典會場，像嘉年華一樣熱鬧。我不明白到底出了什麼事，但看到興高采烈的人們穿著爭奇鬥豔的衣服，人手一支畫筆看到什麼就塗上顏色，不分職業業餘。突然有人高喊：「這樣就好了！藝術的理想就是每一個人都變成藝術本身呀！」在眾人轉圈圈跳舞的同時，我也逐漸掉入睡意魔境的深淵。我一醒來就發現自己已經睡了九個小時。

我的感冒已經過了危險期，發現體溫下降後比較快活。這種像熱病般的喧騷，說不定正把我體內的毒素集中起來拋向何處。

今天一整天都在床上度過，我有預感明天應該就可以離開臥房了。黑輪幾乎整天都和我頭靠頭躺著，不過小女友不是病人。

**二〇一八年三月十三日**

一口氣從被窩奮起，驅趕晦氣。明明還不能把握身體的重心，還是騎腳踏車前往畫室。進了畫室就有一種很久沒來的感覺，未完成的畫還在原處。擠滿陽台窗外般的山茶花樹開滿紅花，漸漸侵入房間。烤湯圓一樣一串一串的淺玫瑰色花朵擠滿枝椏，看起來像風鈴般搖曳，整棵樹就像黃色的煙火炸裂般耀眼，這是杏花。當花朵被黃色的果實取代，就會引來大批小鳥搶食，宣告春天的到來。我受到季節變化的刺激，也拿出新的畫布，畫出一道龍捲風。為了紀念三年前千葉縣龍捲風災[565]使我重聽，我特別畫了一幅〈龍捲與耳〉。前天開始連續睡了兩天，我明白現在自己正在退燒，之前的高溫像吹牛一樣了無蹤影。

但是我的感冒好像傳染給妻子了，昨天傍晚她說她身體不太舒服。至於陪我養病的黑輪則沒有感冒的跡象。

吃了兩天外送，今天想吃熱騰騰的火鍋把體內的晦氣一掃而空。只要我吃完，妻子總是問我：

「明天想吃什麼？」我無法想像二十四小時後的菜單。準備飯菜對主婦而言，是痛苦的根源。我明日煩惱的根源則是「要畫什麼？」

**二〇一八年三月十四日**

總算覺得「感冒隨風而去」了。本來想去洗個頭轉換心情，結果體溫比平時高零點四度，先等體溫下降再去好了。我在畫室晒太陽，燒卻一直沒退。可能是房間太熱，我就脫到上半身只有一件T恤，怕會脫水，於是喝了很多水。身體的聲音可能宣告了我選到標準答案，體溫下降恢復正常溫度，我馬上趕去 nico picabia 美容院洗頭。我在想我的做法可能是種逆向治療，但這招奏效，像洗完三溫暖一樣全力擊退感冒的業報。

晚上收到森英惠送來的可愛花籃，好像是我送她書的回禮。

**二〇一八年三月十五日**

義大利文版與法文版的《ZOOM》來訪，主要找我談六〇年代後半的地下文化活動。

傍晚去運動按摩，不小心把按摩時換穿的內衣穿回家了。

玄關外除了兩隻黑貓，還來了另外一隻（長得很像死了的流浪貓），三隻排排坐下等飯吃。野貓之間好像很要好，但其中又好像有一隻會欺負黑輪。

**二〇一八年三月十六日**

不知道是誰送我一把武士刀。我對骨董沒有興趣，所以想要把整把刀（包含刀刃）都塗上顯眼的原色試試。我希望可以把塗上各種顏色的刀子一字排開。

帶著刊登我日記的週報去找前陣子在夢中遇見的世田谷美術館酒井忠康館長。他們的美術館還在整修，所以有一陣子分身乏術就沒來找我，我們開口聊的都是藝術話題。塚田美紀導覽正在舉行的「巴黎佳人展」。每一幅畫都具有很高的完成度，我深受刺激。

**二〇一八年三月十七日**

睡眠品質差，容易失眠。我心想該不會還沒痊癒吧，就去成城漢方診所拿漢方藥處方。我的肩膀、背脊、後頸都感到僵硬，想請醫師開漢方藥處方，不過要等一陣子看狀況如何再開始吃。回家路上到舊山田邸一邊喝咖啡一邊讀書。下午變暖，所以去野川的遊客中心涼亭晒了一小時太陽。上午有點發熱，後來恢復正常。

**二〇一八年三月十八日**

時間與意識。難道沒有意識流的話，時間就不存在嗎？有肉體才有意識，不過肉體一旦因為死亡而消滅，時間感也會瞬間消滅嗎？那麼沒有時間的死後意識又是怎麼回事？難道沒有時間意識就不會流動？不會流動的意識又會以何種方式存在？現在豈不應該思考什麼才是死後才會理解的事？

傍晚去按摩。

**二〇一八年三月十九日**

有人在我臥室的地板上滾來滾去。黑輪叼著一條約一尺長的黃色大蜥蜴進房。從黑輪嘴邊搶走蜥蜴的人是泉谷茂[566]。他大叫：「我幫你拿下來了，給我一百萬！」女兒：「好貴！」「那麼，」

「明天一起到哪看看?」他說他昨天已經與孩子們去爬過山。明天的話可以等店(他開餐廳)休息以後見面，說晚上十點以後可以去找他。我說：「太好了，我知道了。」然後就回家，不過想起來十點就是我的就寢時間，明白這是不可能的事。反正都是我的夢，他應該也不會記得我們約的時間。就算在夢中爽約，也不會有人抱怨吧?

預定刊登在《昴》上的對談，編輯部突然說想放幾張照片，所以來補拍。我對攝影師說：「一流的人只拍兩三張就不拍了。」所以他真的拍下兩三張照片就收手了。沒問題吧?

西脇市岡之山美術館的山崎均與竹內輝代來訪。預定九月開幕的西脇主題展期間，我會在展場內公開創作。說是年齡增長，鄉愁也隨著年齡增長回來了，打開一只名曰童年創作原鄉的潘朵拉寶盒，難道就不是人人共通的心願嗎?

**二〇一八年三月二十五日**

今天《朝日新聞》第一版上鷲田清一專欄〈偶發小語〉引用了我的對談集《橫尾忠則×九位經典創作者的生命對話》裡說過的話，但鷲田的解說比較有趣。這個專欄我每天都看，但是解說比引用的句子有深度，我愛看。如果我這樣說，一定會被我訪問的對象罵，不過事實就是如此……。

萬里無雲的藍天下，滿開的櫻花。心情浮躁，不如去野川河堤吹吹風。草地上則是一種馬奈〈草地上的午餐〉印象派滿開的感覺。

**二〇一八年三月二十六日**

睡五小時，四點醒來。讀了將近一小時的鈴木大拙，因為文章引人入勝，反而越讀越醒。在老家西脇，一直出現在我夢中的市區國道與椿坂路口附近，我與一個老宗教學者對話。「剛剛被一個陌生小夥子叫住，他讓我看他自己寫的書，希望我給他點意見，不過在我回絕並叫他自己評論之後，我就走進新神戶車站的廁所。大批乘客依序排隊等待許多小便斗，等最邊邊的小便斗空出來，我就站上去。旁邊的男人把一隻腳伸進我兩腳之間，我一生氣罵他，才發現這不長眼的傢伙長得一副東南亞臉，再仔細一看，不就是在西脇市區向我搭話的小夥子嗎？」兩個學者被我剛才說的話嚇得一愣一愣。大概是因為時空就像是艾雪[567]的畫一樣互相糾結，很難說清楚。

帶著NHK大河劇《韋馱天》委託設計的標題字草圖去東寶攝影棚討論。大家一同驚呼「哇！」為了扮演主角而剃了光頭的中村勘九郎[568]也睜大眼睛。「好帥喔。」

在員工餐廳與NHK工作人員一起吃咖哩的時候，有演員向我打招呼，突然兩眼模糊認不出是誰，一發現是岡田准一，補傳簡訊「剛才不好意思」給他，他馬上就回。

**二〇一八年三月二十七日**

與妻子、女兒、德永一起去三菱一號館美術館看「雷東——祕密的花園」展。我記得之前在奧賽美術館就看過一次，而且沒有今天這麼走馬看花，所以來了就有一種明白雷東花園祕密的感覺。和高橋明也館長與野口玲一吃完午餐，就在庭院留下到此一遊的合照，並且抱了一整疊過去展覽的展品目錄回家。

黑住教祖師爺的曾孫黑住宗芳從岡山來訪。現在二十七歲的人，很少像他這麼實在。

從巴黎回來的白羽明美來訪。她說明天會和卡地亞的艾爾菲見面，我拜託她傳話：「辦展覽有點難，畫集可以出。」

**二〇一八年三月二十八日**

《朝日新聞》書評版卸任責任編輯依田、前前責編加來、繼任責編西一起來訪。與三人去吃增田屋，回家路上繞路經過喜多見不動堂與櫻花滿開的野川遊客中心，才進畫室。今天要把每天的散步距離補回來。

晚上去書評委員會。新進委員多了四位女性，共六人。我之前沒與諸田玲子[569]說過話。

**二〇一八年三月二十九日**

今年不知不覺就過了三個月。時間過得快還是慢，好像可以從完成一幅畫需要的時間與創作活動量判定出來。就算為其他事情奔波，也稱不上相當充實。到頭來還是畫畫最好。我覺得畫畫的量與時間的量形成正比。

兩隻野貓從一早就默默地催我準備早餐。牠們是來問我要不要跟牠們「一起走」的嗎？

《哈潑時尚》來訪，問死後生命的話題。

**二〇一八年三月三十日**

兩年沒有畫出一百五十號[570]大型畫。以前曾經只花半天就完成，那也是以前的事情了。現在不知道要花幾天才能完成。

去前幾天神津善行介紹的「神戶屋[571]」。可能因為我事先預約，神津老師與店長特別跑出來迎接。看起來神津老師常常在這裡與人討論事情。

下午，町田市立國際版畫美術館的瀧澤與《東京新聞》的古田來訪。

我神戶美術館的山本來訪，討論下下檔由我親自策展的「自畫自讚」內容。想盡可能畫新作，但是館方擔心我的身心能量，才來討論。

傍晚，SEZON 美術館的難波英夫帶了紐約李歐．卡斯特里畫廊的芭芭拉．卡斯特里[572]來訪，一直逼問我六〇年代東京與紐約的各種問題。她看到我隨意放在畫室地板邊邊的小玉畫像，希望買走一幅。六十張小玉少了一張總覺得有點落寞，不過好歹知道去了紐約，好吧。然後我們三人一起去吃桂花。

**二〇一八年三月三十一日**

在畫室與公園讀鈴木大拙。公園處處可見馬奈〈草地上的午餐〉與秀拉〈大傑特島的星期天下午〉一般的風景。

傍晚去做運動按摩。可能是因為開始長距離散步的關係，腰在痛。按摩有效，疼痛減半。

晚上手上拿著鈴木大拙讀到被睡魔帶入魔域。

**二〇一八年四月一日**

咦？已經四月了？再睡幾天會死[573]？八十一年來，我每天都目不轉睛地注視著死亡。

很久沒買書了。買了鈴木大拙《淨土系思想論》《史威登堡》，平田篤胤《仙境異聞 勝五郎再生記聞》（糟了！原來我買過，想到時我已經在看了）。

在還沒下筆的自畫像前只能沉思。無為而為。

**二〇一八年四月二日**

展覽開幕記者會選在紐約雀兒喜的褐磚樓舉行，但路人與屋內全是日本人，這裡到底是美國還是日本？想臨時叫停，卻看在堤義明[574]遠道而來，恐怕不能說取消就取消吧？

河出書房新社的岩本來訪，提出豐島橫尾館導覽手冊的發行計畫，提案到當地實際走一遭，現在開始準備。

**二〇一八年四月三日**

參加由椹木野衣主持的研討會，被提問：「宗教與藝術之間有什麼關係？」我說兩者之間應該分開來想，在夢裡回答不需要負責。

我有重聽，每早起來都會對妻子叫一聲：「早餐！」等妻子把早餐端來，這種習慣已經持續了四十年。我四十年前第一次入院的時候，主治大夫還建議我出院後繼續維持住院期間的作息，結果到現在我還在繼續。難道是那時候生的病到現在都還沒治好嗎？

上午開始畫巨幅自畫像，卻沒有完成。先一口氣完成三幅卡地亞委託的藝術家肖像畫，連之前未完成的小品也一起完成。今天的能量是四字頭年紀的水準。

晚上散步，順道去三省堂買了大拙的三本書《大乘佛教概論》《禪學隨筆》《禪是什麼》。我早就買了《大乘佛教概論》。這陣子常常買過又買。

**二〇一八年四月四日**

鳥越俊太郎[575]在小學校舍走廊叫住我：「一起去喝杯茶吧？」他又說：「我現在跟團十郎[576]一起，請等一下，我去叫他。」鳥越端出的茶，卻是加熱的蘋果汽水。「四十八年前你父親[577]還叫海老藏的時候，我和他見過一次面。那是他過世前不久的事情，因為我不記得稍早曾經與他先見過面，對他說『初次見面』，他就回我『好久不見』，我嚇一跳。」我一邊喝著溫蘋果汽水一邊與團十郎說話的夢。前一代團十郎的故事是真的。虛實本一體。

這本日記故意把「夢」與現實並列（Juxtaposition），本報責任編輯角南好像常常覺得？？？？的樣子。前陣子提到的中村勘九郎與岡田准一就不是非物質存在，而是實實在在的血肉之軀。

視覺系樂團 LM.C 主唱 maya 與吉他手 Aiji 來訪，想找我設計 CD 封面。能被年齡只有我一半的樂手需要，就值得敬重他們。

**二〇一八年四月五日**

在大阪車站內一角遇到一群寶塚歌舞女郎體型的女性，看起來好像在一邊看著我一邊交頭接耳，難道是我以前遇過但不認識的寶塚女郎？走過去一看，確認完全沒有一個我認得，都是陌生人。好的再見，這是虛像。

終於在一百五十號尺寸自畫像上落下最後一筆，以未完成為這幅畫作結。我發現如果用這種感覺，以後還可能繼續挑戰一百五十號畫布。

晚上去運動按摩，治腰痛。

**二〇一八年四月六日**

當豬熊弦一郎[578]正在說「《漫畫少年[579]》的那個，那個……我想不起來」的時候，浮現在我腦海的《漫畫少年》是齋藤五百枝[580]畫的封面畫：綠色的背景前，一群孩子正一起抬著神轎。我對他說了之後，他就對我說：「你為什麼會知道我才要講的呢？我正想說那個封面。」話只說到這裡就沒了。這事虛像。

昨天開始著手的紐約藏家委託圖，今天終於畫了紐約 Y 字路的部分。我讓過去的 NY 與現代的 NY 並存。

下關青年會議所的尾崎氏來訪，委託我創作水族館建物外觀的鑲嵌畫底圖，讓小朋友用馬賽克磁磚貼滿。如果現實上技術面的問題可以解決就行得通，但我不馬上答覆。

**二〇一八年四月七日**

晚上出門散步。以前三十分鐘可以走的距離，到了最近因為腳越來越抬不起來，同樣的路線慢慢走，常常會超過三十分鐘。

**二〇一八年四月八日**

只要有那個念頭，好像可以一天畫出一幅小品，不過要看心情。被情緒支配比被大腦支配更加地形而上。

藝術圈內人，大部分是藝評人。只認得出一個建畠晢[581]，其他都認不出來。等等應該就會逐桌上菜了。只夢到這些。夢模仿的是現實生活。
接下紐約委託的Y字路案，隔了一年終於完成。想了一年，最後只花兩天完成，構思時間是必要的。
買了日野原重明大夫與金子兜太的對談集《活得滿足》。
妻子在院子裡滑倒，臉與腰受到重擊。所以晚餐吃外送。
晚上去按摩。腰痛差不多好了。病是自己給自己生的，也是自己去治好的。健康也是靠心情支撐身體就可以建立起來的。太把健康當成目標，就會變成一種叫「健康宅」的病。

**二〇一八年四月九日**

某電影導演想拍片，找我合作某個部分。這陣子計畫尚未發表，還不能走漏風聲，所以先裝作沒發生。
保坂和志在《群像》上連載的小說裡提到「妹妹」出生於六月二十七日，和我一模一樣。小說裡的妹妹就是他妹妹，聽他說是與我一樣屬鼠，這兩種巧合很稀罕。如果去做高島易斷占卜，一定會找出兩人共通的運勢，如果我前幾天背痛，他妹一定也一樣背痛吧？不過我是老化引起，對他妹來說未免太失敬了。
在畫室看過我的大尺寸自畫像的人，大致上都會目瞪口呆。先不說巨大的物體具有靈性，在我身上棲息的，應該是零知性的靈魂吧。

**二〇一八年四月十日**

旅行回家，一踏上車站月台，來接我的不是五十幾歲的長男，而是四、五歲還留著幼兒稚氣的英，他滿面笑容朝我跑來。我體會到一種鄉愁成真的幸福感。這是從過去再次浮現的夢。下一個夢回到大約四百年前。劣者搖身一變，成為宮本武藏之類的劍豪，看到一個像歌舞伎的武士造型一樣瀟灑，只差沒有自稱佐佐木小次郎。我遇到這樣的對手，拔刀出竅一對一，「呀！」一刀劈下去。說時遲那時快，旁邊突然殺出一個山姥大叫一聲：「比賽不公平！重來！」

磯﨑憲一郎受託為某媒體某節目工作，來訪。

愛知縣美術館南雄介館長寫電子郵件來，說接到報告指出我疑似下落不明的作品，已被堀美術館收藏。南館長還告訴我，他現在任職的美術館也收藏了我八〇年代的作品。個人收藏的作品經過多次轉手，哪天被收進那裡的美術館，我就感到相當榮幸。

**二〇一八年四月十一日**

白天畫室人進人出，非常熱鬧。晚上《朝日新聞》書評委員會要開會，雖然背痛在猶豫要不要去，最後還是忍痛出席。拿到想寫的書，心情為之舒暢。

**二〇一八年四月十二日**

昨晚才拿到手的書，凌晨五點就爬起來寫書評，到早餐時間就寫完。寫完馬上用傳真交稿給責任編輯西，並留言：「最快交稿，應該是金氏世界紀錄等級了吧？」

去青山的東京聽力維護中心調整助聽器。我的重聽只能戴著助聽器一起面對了。

傍晚收到通知，希望用更大的版面刊登早上收到的書評，希望我能再多寫三百字。好的好的，我是來者不拒派。

二〇一八年四月十三日

早上五點醒來。在被窩裡寫昨天書評的補充部分。我又趁興頭多看一本，覺得還可以寫，所以又寫了一篇。因為我留了三本書在編輯部，可以暫時不用再寫書評了。

二〇一八年四月十四日

夢見《週刊新潮》封面插畫是瀨戶內師父滿面笑容搭上星形熱氣球的圖。

一陣子沒有到舊山田邸一邊喝咖啡一邊看書了，今天再去。

我畫畫的原點是五歲臨摹的巖流島決鬥圖，後來只要一有機會就一直臨摹同樣的圖。看到大谷翔平在大聯盟活躍，也開始把翔平畫成二刀流的武藏。從某年開始，我拋開了一切的主題與樣式。我發現「包山包海主義」才是最符合自己性格的描述，毋寧說是自己的資質。說起來我二十歲決定從事平面設計的行業，就是命中注定的「包山包海」型工作。選定合乎自己性格的工作，如果不經思考，到底是本能因子決定，還是命運導引我去做，想起來都覺得相當奇妙。我常常在想，人生本身就是一個謎。

二〇一八年四月十五日

早上的雨停了。我趕緊前往畫室，繼續完成名為〈二刀流〉的大谷選手融合武藏的畫。我畫出與以前風格大不相同但有趣的畫。

我一邊與山田洋次導演吃年糕紅豆湯，一邊聽到有趣的故事。有一天棟方志功[582]到武藏野美術大學演講。「請看我。從正面看。接下來從左右側看。最後看我的背後。」學生回應：「沒辦法從上面看。」棟方就深深一鞠躬，讓大家看到他的頭頂。同學看到他的禿頭哄堂大笑，這時棟方說：「這就是藝術。」然後就大方地步下講台。又不是畢卡索講解立體主義。

傍晚去做運動按摩。痛了快兩星期的背，一下子就好了。

**二〇一八年四月十六日**

演員滿島真之介[583]來訪。七、八年前，我在世田谷美術館與他姊姊滿島光[584]座談的時候，他因為笑太大聲被館方趕出場，不過能讓他笑我就很開心了。想起來當時也有訪客看到我的畫，特地把學藝員叫出來臭罵一頓：「這種畫也拿出來展，真是莫名其妙！」

這陣子我受託畫大谷翔平的二刀流肖像。我不斷重複小時候畫過的武藏決戰巖流島場面，畫裡出現了打扮成武藏模樣的大谷。

**二〇一八年四月十七日**

一邊想著在一張一百五十號畫布上畫下巨大獅子頭，一邊醒來。醒後還想，如果能在獅子的鼻頭上再畫一隻螃蟹一定會很有趣。從夢中的畫繼續發展。是夢是真已經沒有關係了。

與糸井重里討論即將發行的新書《成為愚者的修行[585]》（東方出版），話題越扯越遠，近乎零工作感的基準線。這些內容將會刊登在「HOBO日刊糸井新聞」網站上。與糸井對談之後，想法就會自然而然被整理起來，一定是因為他擅長提問的關係。

**二〇一八年四月十八日**

夢見我畫的紐約Y字路裡的布魯克林橋畫錯了，趕緊訂正，為什麼夢會把魔爪伸向現實的問題，仔細想起來其實不意外。

完成南天子畫廊委託的藏家夫人肖像。好像是藏家要送給夫人用的。

我已經畫了四幅已故的高中同期肖像畫作為安魂圖，這三、四年間又走了快十五人，他們的照片陸續被送到西脇市岡之山美術館。過去的作品都有點陰暗，這次的第五幅就一反常態，畫成明朗的死亡慶典圖好了。死後供養之類的點子可行不通。如果生存的目的就是為了死亡，就一定要像普普藝術一樣開心地走向彼岸。

**二〇一八年四月十九日**

山田提出一個不必戴助聽器就能對話的點子。如果對方用手機說話，就用耳機聽，實驗結果相當成功。這件實驗發生了奇妙的現象。肉聲透過空氣振動傳達到耳裡可以聽見，如果從耳機收到的聲音，已經透過宇宙軌道上的人造衛星傳送而產生時差，可以同時聽到兩種聲音。所以比較長的句子會有點難聽清楚。

**二〇一八年四月二十日**

舉行露天市集的廣場角落，一個女人一邊演奏一種據說用整頭山羊骨頭做成的奇怪樂器，一邊以優美的歌聲對我唱著〈月之沙漠〉。我聽完以後自己也想跟著唱，結果因為忘了歌詞就無法唱出來的夢。第一次在夢裡清楚聽到一首歌。
受委託設計谷崎潤一郎《白晝鬼語》的封面。一個提案是封面只有標題字，另一個提案是從高速公路飛出來，正在墜落的驛馬車，但拉車的馬已經成為木乃伊的畫，畫面受現實中的車禍照片啟發，以這種圖作為封面應該也不差的夢。
NHK預定製作一小時專題訪問，問我希望受誰訪問？我想不到任何人。
動筆畫下突然湧上心頭的靈感。想以壓克力顏料畫線條，結果換成油彩。可能因為一直在畫，背又開始痛了。我自我診斷這可能是一種生活習慣病，我的自我診斷去了醫院，通常與大夫的診斷不謀而合。

**二〇一八年四月二十一日**

氣象說今天氣溫二十八度，是夏日型的天氣。電視上正報導中暑對策，現在卻沒有想像中的熱。我明明不是上班族，卻因為現在是週末而想休息。我坐在正要下筆的畫布前，東想西想卻揮不出決定打。
以前在回家路上常常會去辦公室和貓見一下面，貓也期待我去探望。今天去，假裝不知道禁止放真感情。

**二〇一八年四月二十二日**

在增田屋與「燒肉馬路」店長一起悼念我們共同的朋友土屋嘉男。他說了兩人常常遠赴沼津586釣魚的往事，我從沒聽說過。

看到不喜歡的畫，不只拒絕接受，還吸收畫中的毒素轉化為自身美學的行為，難道就是畢卡索剽竊行為的邏輯？委拉斯開茲或馬奈這些人對他來說就是毒素嗎？不過可以感受出畢卡索對這些畫家的敵意。致敬畫必須有毒。

我暫時逃出畫室散步到舊山田邸。之前這時候來都沒什麼人，這陣子突然來了一堆遊客。我一邊喝咖啡一邊讀書，過了快一小時就前往喜多見不動堂參拜，再去野川遊客中心。坐在公園長凳上喝柚子汁。眼前開滿五顏六色的花（是叫三色堇嗎？）。爸爸媽媽帶著小孩，手拿捕蟲網追著蝴蝶跑。

**二〇一八年四月二十三日**

比起追求美感，當代藝術的最尖端似乎更重視知性。靈性棲息在美感裡，無法從知性中得到。藝術出現的方式是一大議題，我會像皮卡比亞還活著一樣，決不放棄繪畫。

**二〇一八年四月二十四日**

進行委託創作的幾幅肖像畫。我上輩子到底是不是王公貴族欽點的接案人像畫家？南天子畫廊的青木給我很多麵包，帶走我畫好的肖像畫。

**二〇一八年四月二十五日**

下雨天穿著雨鞋，趴嘰趴嘰，噗啾噗啾，嘩啦嘩啦。

找出以前買的書出來看，發現書中都是紅線。過去的記憶已經被遺忘，我無言以對。

**二〇一八年四月二十六日**

【學校體育館煙火燒起來。我從高處俯瞰火勢。】【在電影院銀幕上看到巨大紅底白字寫著「藤純子[587]主演」與片名字樣。我跟著畫面唱出主題曲〈緋牡丹賭徒〉。】【在家鄉老家的玄關，與父親一起畫畫。委託人從馬路遠遠看著我們。】【攝影師橫須賀功光[588]告白：自己死於自殺。】【旅伴小玉在回程途中消失。】五片聯映的深夜夢劇場。

山本與平林從神戶來訪，討論下下檔展覽的細節。今年秋天包括海外在內，會有三檔展覽要我專心，下下檔的展覽要延後到下下下檔。

**二〇一八年四月二十七日**

在我轉行當畫家當初，在《美術手帖》上指名道姓地寫出惡毒評論，遭到各界圍攻的藝評家藤枝晃雄[589]過世。

收到演出某位知名影星執導電影的邀請，因為自己重聽，又只接能說關西口音的演戲通告，其他邀約一律婉謝。

**二〇一八年四月二十八日**

轉頭三百六十度環視天空，沒發現白雲的蹤影。在太陽西沉時，極簡的藍天上被貼上一片白色月亮。

從東大食堂牆上消失的宇佐美圭司[590]大型壁畫[591]被拆毀。連我在京都車站留下的陶板壁畫[592]，都曾經在車站整修前不久，就整個被無預警拆毀。這就是爺們居高臨下的常識。

**二〇一八年四月二十九日**

【向某人一五一十地描述自己過去曾經把石田由利[593]誤認成石田亞由美[594]，從東京車站叫計程車送她回家的失敗經驗。】把事實反反覆覆逐一吐出的夢。【有人把一條扁平的大蛇塞進我的被窩，我嚇得都快掛了。】

聽山田洋次導演說，橋本忍編劇在自己的百秩壽誕慶生會上，完全不理睬大家的祝賀，滔滔不絕地講述天下國家的大話題。到了一百歲還在談論日本的最後去處，不愧是電影人。

以前曾經為了報紙對談見面的竹本住太夫[595]過世。他本來還拜託過我「寫一篇會出現外星人的淨琉璃本子給我唱」……

**二〇一八年四月三十日**

【我母親不在家。我才向吉永小百合說完，她就說叫我演那個角色。我聽了很高興，我是一個高中生。】夢境亂七八糟，夢之神告訴我，畫畫也必須如此。

**二〇一八年五月一日**

維格登夫婦從紐約飛來，帶走我為他們完成的紐約Y字路畫。他們還委託了夏威夷與東京的Y字路畫。

**二〇一八年五月二日**

【與荒木經惟與森山大道[596]三個人一起去緬甸。這時荒木快門下的森山，就像一尊火焰菩薩。】

國書刊行會的清水來訪，討論推出我在卡地亞當代藝術基金會發表的一百二十三幅藝術家肖像畫集。

二〇一八年五月三日

【走進一家巨大大樓裡的餐廳，但店裡只能用手機點餐。女店員說用她的手機點點看，結果怎麼試都不成功，摸了一個小時都還不見起色。】太累以致醒來。

中午與神津善行老師去吃神戶屋。他送我一張《向平成告別》的CD，說他就算不實際彈奏，也可以透過電腦呈現幾可亂真的音樂，畫畫難道就不能像這樣玩嗎？

二〇一八年五月四日

【大草原上看得到像是印第安部落一樣三三兩兩的樸素小屋。我從空中俯瞰一切，感到心情祥和。】【河邊並排著窮人的住家。拉美長相的孩子們從窗戶裡探出頭來。我繞到後巷走進屋內，看到牆上都是看起來像住戶自己畫的壁畫，傳達出貧窮生活中的充裕。】【與外國朋友以一種欣賞樂園風光的心情，眺望有樂町上空似有若無的海市蜃樓奇景。】三場吉祥夢。一朗正從容不迫地走出自己的命運路線。

二〇一八年五月五日

畫家的每一天都是「兒童節」。

【戰爭突然爆發。我被家門口的鐵柵欄壓倒在地上，在動彈不得中吃著戰時公發的支那米。因為疲勞，覺得有點感冒。】【社區廣播公告：「現在社區傳出有人自殺。」我偷偷瞄著疑似凶宅。躺在走廊上的死者穿著家居服，醫師說：「到那邊去了，過去了。」】

整天都在讀小林秀雄[597]等人的書。

二〇一八年五月六日

黃金週的最後一天。相對於白天沒有夢的閒暇生活，在夢裡的生活則忙個不可開交，做夢的一週結束了。

嘿！總算可以反轉局面，狂野與破壞救了一幅畫。

二〇一八年五月七日

【在新西脇車站與難波約好要見面，我出門的時間早已過了那時間。但是下一秒人已在車站。】

夢與電影同樣使用剪接技法，自由自在剪輯時間。

下午，難波、河出書房新社的岩本、攝影師今井來訪。我已在夢裡先與難波見過一次面。這算是什麼夢？預言夢？還是未來夢？

討論預定在河出發行的豐島橫尾館攝影集內容。

傍晚下起傾盆大雨。

二〇一八年五月八日

紐約的弗利曼·班達[598]藝廊老闆親自來訪，來挑選預計九月舉行個展中展出的作品，並且預定展出十幅新作。幾年前開始，我只要有新作都改在紐約發表。心情就像一個紐約客。

二〇一八年五月九日

【擺在房間角落的雜物（？），從邊緣開始逐漸粉碎。】快感夢。

兩手空空散步走到東寶攝影棚。在町田市立國際版畫美術館與蜷川實花公開對談以來，都沒與她再談天說地過。

紐約個展的新作要畫什麼，想起來備感壓力（Stress）。畫從內在壓力產生，但外在壓迫（Pressure）也頗大。諷刺的是，少了壓力與壓迫的畫，既沒有威力也沒有能量。

宇野亞喜良得知我得了今年的東京裝畫賞599，打☎來問：「我在想，要不要去參加頒獎？」但我回答：「我去不了。」

晚上《朝日新聞》的書評委員會也不去了。

## 二〇一八年五月十日

深夜睡不著，於是打開電視，看到一個中國複製畫家在臨摹梵谷作品。他因為想看真跡而去了一趟荷蘭。他在梵谷美術館附近的街上賣自己畫的假梵谷，賣出遠高於自己酬勞的價格。看到梵谷真跡的中國複製畫家，發願要畫自己的作品，即使一百年後才會被認同也好。他畫下自己的奶奶與附近的風景，我被他畫風景畫的才能感動。

《日經・大人下班後600》雜誌策畫自畫像專題報導，來採訪我的巨幅自畫像。記者問我：「為什麼要畫自畫像？」我回答：「不知道。」但說不定也因為「不知道」才開始畫。難道「不知道」就是繪畫最終極的主題嗎？前一陣子我聽到有人說他「十分理解自己」，我就想，是這樣嗎？我認為，世界上有任何比自我更神祕的存在嗎？如果「十分理解自己」的話，不要說是畫自畫像了，連提起畫筆的必要都沒有。

這陣子來了四、五個電視節目的通告。只要紐約委託的畫還沒完成，就不適合再關心其他事情。

**二〇一八年五月十一日**

【參加一場大型宴會，細野晴臣、坂本龍一都應邀出席。我們三人聊到散場。對話漫無邊際。奇妙的是我們三人都穿毛衣到場，而且外型不是現在的樣子，而是很早以前的。如果高橋幸宏[601]也在，包括本來應該成為YMO團員[602]的我在內，就可以湊成四人，然而卻「總是三缺一」。不過我也是第一次同時遇到細野與坂本。我過去確實同時遇過細野與高橋。我對他們說，我最常遇到的組合是三人之中的任何兩人。】這種故事明明可以不必在夢裡重新說一遍……。黑輪半夜跳到被單上，仔細一看，抓來一隻老鼠。我連貓帶鼠趕出房間，把房門關上。然而早上起來又發現黑輪已經在房間裡，看來是自己把門拉開進來的。這傢伙像鬼一樣。早上又睡了回籠覺。【兩年前過世的藝評家南嶌宏[603]來電。「你在哪？」他沒回答。】【有一個看起來像巨大建築物橫放的立方體UFO在空中無聲移動。四周圍繞著好幾台小型UFO。】

**二〇一八年五月十二日**

把紐約風景畫的交貨日往後延。心情也清爽不少。結果惰性作祟，有點不想畫畫了。我偶爾還是需要這種脫離感。讀書評專書轉換心情。

看電視上播山田洋次導演與蒼井優對談。山田導演說他在拍片的時候重視心情平靜。我與他相反，總是與瘋狂相鄰而坐。如果我覺得心境圓通，是畫不出來的，我滿腦子只有怎麼一邊畫一邊破壞。

**二〇一八年五月十三日**

昨天畫的畫還卡在暗礁上。需要外科手術。我從一早就一邊吆喝一邊下筆。我強渡關山翻轉局面，完成這幅畫。這種時候要靠瘋狂與破壞才能把一幅畫救回來。

傍晚去按摩。

晚上看電視播橫山大觀的畫。這是一幅名為〈無我〉的畫作，無我不是用大腦畫出來的，更應該是依循無我的心才得以描繪。

**二〇一八年五月十四日**

就算是一幅油畫，也不需要等畫布上的油彩乾燥。畢卡索一天可以完成一幅畫，或以更快的方式完成。快筆畫是一種自然而剎那性的自動書寫，由於沒有思考介入的餘地，是一種直覺的連續。既有想法退吏，主導權由肉體掌握，所以自然會加入瘋狂與破壞，最後「竟然畫出這種東西」。

讀《寶田明自傳》讀到傍晚。以前我曾經在《新平四郎千鈞一髮》裡與寶田先生一起演過戲。因為是一齣電視武打劇，寶田受重傷，所以退出。我也在拍決鬥戲的時候扭到脖子而退出。一想到當時在秋川溪谷*604*還是什麼地方的高空吊橋中間拍決鬥戲，到現在我還是覺得可怕。當時我還真年輕呢。

我以前有一種徒手抓蒼蠅的本領。我在房間床上打倒一隻蒼蠅，然後往外丟。蒼蠅一直飛進來，結果我把十一隻蒼蠅趕到屋外。我除了蟑螂與蚊子以外，是不會殺生的。至於吃肉則是另一回事。

**二〇一八年五月十五日**

整天窩在畫室裡畫畫。還沒有最後構想，我總是戰戰兢兢。畫除了傳達驚奇以外就空無一物。

**二〇一八年五月十六日**

平林從神戶押貨運公司的大貨車來取我的〈自畫像〉。巨大的自畫像具有驅邪能量。雖然被拿走以後我會感到孤單，我又想畫另一幅驅邪畫。對呀，畫畫本身本來就應該具有驅邪的靈力才是。因為畫畫本身就是像惡魔借力氣從市的創作。

晚上去參加長男英的生日宴會，照他的願望，一家四口吃煎牛排。他的生日是昨天五月十五日。同一天過生日的，還有我朋友或點頭之交，例如瀨戶內寂聽師父、井上光晴、美輪明宏、伊丹十三[605]、美川憲一[606]、大竹省二[607]等。

**二〇一八年五月十七日**

【不知何故住進洛杉磯某家醫院的病房。主治醫師名叫「鮑華」。我問他：「你該不會是泰隆·鮑華[608]的兒子吧？」被我說中。我又接著說：「以前你的姊姊還是妹妹，不是當過演員嗎？就是跟諾曼·席夫[609]結婚那位。她請我吃過飯。那時候她剛生完孩子。」「對，那是我外甥。」

我還寫過影迷信給你爸爸，他寄給我一張簽名照。我還有伊莉莎白·泰勒特別寫給我的親筆信，她從世界各地寄來的影迷信上收集很多郵票，然後一起寄給我。另外，克拉克・蓋博與艾絲特・威廉絲[610]也都寄給我簽名照。「我不認識那個艾絲特・威廉絲。」我對鮑華醫師說，對呀，她以前曾經是游泳選手。】夢的內容都是事實。這是一場怪夢。最近的夢常常虛實一體，欠缺夢的獨自性，一點都不有趣。

西城秀樹[611]過世。長女美美是秀樹的歌迷，秀樹送過她一頭喜樂蒂犬「樂蒂」。我去演久世光彥[612]製作的TBS單元劇《寺內貫太郎一家[613]》時，常常和他碰面。女兒每年都會拉著我去後樂園球場看秀樹的演唱會。合掌祈福。

**二〇一八年五月十八日**

進行《文藝》連載的〈畫室會議〉，與保坂和志、磯﨑憲一郎雜談五個半小時。這種不痛不癢的話，對他們兩人的小說有幫助嗎？有吧？那我的畫也是雜談。

**二〇一八年五月十九日**

昨天保坂說，畫室外面的樹修整一下，視野就變得比較好。【我在想：是嗎？往外一看，結果真的沒有葉子，只剩樹枝。】但是今早一看又不是那樣。那麼，保坂與夢境都對我撒謊。

**二〇一八年五月二十日**

昨晚也做夢，但都是現實原封不動的移植，沒有特別必要的夢。以前我在夢裡曾經上了飛碟前往外星球，與酷似人造白人的外星人一起去西藏採集會發光的苔蘚，站在南極的冰冠上咬著碎冰，外星人看到我的牙齒，一臉驚訝的夢。相形之下，最近的夢都是一些不是夢的夢。

今天早上冷到發抖。

妻子跟我說什麼我都聽不懂，聽幾遍都一樣。過去研究耳朵，接下來呢？因為我聽不懂（聽不到）別人的話，接下來只好活出自己的步調。

傍晚去 nico picabia 美容院。花很多時間在頭上，不要說紓壓，連放鬆的時間我好像都一直睡著。上美容院與整體院，是我的精神伸展運動。

接二連三傳來年輕人的死訊。為什麼會生病都有不同原因，壓力果然還是最主要的一個吧？為了不產生壓力，最好不要胡亂猜測。

**二〇一八年五月二十一日**

【想像著如果鯉魚旗畫在手頭上進行的畫中一角，說不定會很好玩。】醒來再回想，覺得根本就很無聊。夢裡會出現讓我驚豔的靈感，但也會像今天的夢一樣給了最差勁最爛的點子。會出現這種貧乏夢，或許是因為壓力。夢一定要七彩繽紛。

玉置浩二演唱會海報的校色印樣出來了。他自己好像喜歡得不得了，畫的人只要一收筆，就會說：好，到此為止，沒有依依不捨。

紐約畫廊老闆班達送來賈斯珀．瓊斯的《詳解目錄[614]》五大本。換算成日幣也要十五萬，這老闆出手真大方。

**二〇一八年五月二十二日**

藝評家谷新[615]從那須[616]來訪。他才結束宇都宮美術館館長的任期，擔任獨立策展人，並參與活動策畫工作。我對日本藝術圈動向不熟，有時候也需要得到一點風評？

**二〇一八年五月二十三日**

下雨。昨天差不多完成的畫，今天再改一下背景的顏色。有時候會讓畫變醜，要看有沒有改變的勇氣。最後呈現出懦弱還是大膽前進，我的畫總是被放在試煉的斷崖上。想起來每一幅畫都是我的修煉場。

晚上去《朝日新聞》的書評委員會。沒有特別想寫的書。想讀的書未必就是想寫的書。書評委員大半換新，我卻因為重聽無法與任何人好好對話。我與藝評家椹木野衣有共通話題，所以比別人有機會搭上話，卻也因為我重聽變嚴重，只能理解他三分之一到四分之一的話。散會後去三樓的阿拉斯加續攤，我因為無法對話，幾乎不加入他們的討論。

**二〇一八年五月二十四日**

昨晚開完書評委員會，回家路上冷到，又因為早上下雨氣溫下降，不由得感到自己好像感冒，今天早上更為具體。我中斷工作服用葛根湯與綜合維他命，又吃下一碗熱騰騰的湯烏龍麵，總算成功驅離感冒。

**二〇一八年五月二十五日**

與妻子、德永一起去神戶，出席明天開幕的「橫尾忠則：畫家的肖像」展記者會與開幕典禮。在記者會上一樣充滿了積極的提問。對於一百五十號巨幅自畫像的提問還是最多。畫大就可以讓自己專注在「畫畫」上，使自己在無暇思考的情況下完成畫作。透過純粹肉體運動，讓類似

「自我誇示」或「畫醜一點」之類的主觀意識後退，讓自己的心與筆尖合而為一，進而消滅自我的存在。至於有人提問：「為什麼是自畫像？」媒體化的複數自我，已經變成脫離自我意識，不脫對象化範圍的第三者。所以雖然都在畫自己，我也不過在臨摹不是自己的複製品而已。

緊接著記者會結束之後的是開幕典禮，幾乎每場必來的淺田彰、安來正博（國立國際美術館）、四十五年來的老朋友、歌舞伎重量級旦角片岡秀太郎、福武美津子（豐島橫尾館）、為本次展覽目錄提供專文的富田章（東京車站藝廊負責人）都來了。在主持人介紹秀太郎師傅的時候，觀眾席陸續對台上大喊：「松島屋！[617]」與過去的氣氛都不一樣。兵庫縣知事井戶敏三每次都會吟唱和歌，但這次沒有在歌中暗藏我名字的讀音。

晚上在東天閣，在上述來賓的簇擁下舉行晚宴。秀太郎的話好笑嗎？我看到大家都在笑，但重聽的我卻完全笑不出來。後來我問妻子為什麼大家都笑這麼誇張，她說：「在開演前向觀眾問候的時候，每一個演員都有充滿個性的小故事，不過只有坂田藤十郎[618]總是照講稿說一樣的內容……之類的話。」歌舞伎圈的小故事好像很好玩。「反正上了年紀就老謀深算，演講也偷工減料呢。」

**二〇一八年五月二十六日**

上午參觀兵庫縣立美術館的「小磯良平與吉原治良[619]」展。小磯的畫沒有情色感。吉原在具象時代的作品很棒，但轉向抽象後，畫中只傳達了迷惘與苦惱，像是一個禪修者無法開悟的姿態。

中午去吃鰻魚飯。腳很痛所以脫下鞋子，只穿襪子走路，店裡的女服務生就脫下自己的鞋送我穿。

因為我兩天不在家，黑輪一看到我就黏著不放。貓怕寂寞的情感與人相同。

**二〇一八年五月二十七日**

為什麼又在路上巧遇磯﨑憲一郎呢？如果說是要一起出遊的話也就算了，我們兩人巧遇的機率未免也太高。只要一碰面不免大笑。

畫畫就像微微睡著。從睡眠中清醒，可以說是一種陶醉嗎？

**二〇一八年五月二十八日**

GLAY[620]樂團的主唱 TERU 上次來找我已經是二十多年前的事了。對呀，那時候他二十四歲，現在快要四十七歲了。二十幾年間他都在第一線不斷往前衝。滾石合唱團到現在都還健在，查理．華茲[621]也快要七十七歲？GLAY 也很有可能唱到八十幾歲。希望你活到一百歲，我們再見面聊聊。

**二〇一八年五月二十九日**

我上星期才在講，這陣子的夢境很低調，懷念以前七彩繽紛的夢，結果換成妻子說：「我做了很厲害的夢，以前都沒有過呢，真是嚇我一大跳。」她說她好像去了東北地方，忘了夢的開頭是什麼，但看到一條河流。河邊密密麻麻地排著很多石雕佛像，有淺棕色也有綠色，總之是多到驚人的佛像呢。她還以為是來接她走的。這是一場瀕死體驗夢，既然是一種靈驗夢，不妨當成是好兆頭。

畫新畫。我的畫布越用越大了。我沒有特定的風格，所以每次都會以不同樣式表現不同主題，說起來畫裡什麼都有。所以我沒有「要畫什麼呢？」的憂慮，也沒有努力的必要，只靠結果決勝負。腦海裡浮現什麼就直接畫出來。所以我不是時下流行的觀念藝術，也不是反藝術。可以的話，我希望自己是非藝術。

**二〇一八年五月三十日**

德國藝評人麥可．維茨爾[622]在《新日本美[623]》裡，引用杜象的「鬍子蒙娜麗莎[624]」來對照我「粉紅色女孩」系列中手拿內褲那一幅進行評論。這本單行本的封面也用了我畫的羅特列克像[625]。海外已經有四本書把我拿出來與杜象比，國內尚未出現任何把我與杜象比較對照的評論書。

**二〇一八年五月三十一日**

去虎之門醫院定期回診，結果沒有問題。糖尿病與腎臟的指數都下降了。「您做了哪些調整呢？」「完全不顧各位大夫的建議，每天都過得很隨便。」「那就照現在這樣下去吧。」多可貴的建議呀。我不抱持為了某種目的的努力，做想做的，不想做的就不做，以這樣的非目的生活，才會得到「沒有問題」的結果。

傍晚去德國文化中心。以「一九六八年」為主題的座談會上，他們先上映《新宿小偷日記[626]》，映後由我與東京車站藝廊成相肇學藝員對談。我通常會與新宿綁在一起，但我其實不太明白新宿這個地方。我知道的只有《新宿小偷日記》裡的新宿，難道我心目中的新宿，都只是虛構化的新宿了嗎？至於新宿派出所襲擊事件也不是現實，而只是電影裡的一個虛構場面。

**二〇一八年六月一日**

【小玉的家被一片水田圍繞。小玉住在屋子裡，我第一次去見她。幾個人一靠近，小玉就被嚇跑，但她聽到我的聲音，就露出懷念的表情，開心地朝我走來。小玉家裡有一尊神像，和以前在我家住的時候，我家裡供奉的神像一樣，看起來住得很舒服（人往生後會住在與在生時相同環境的理論）。小玉自己住在這間屋子裡，附近還有幾隻貓朋友，貓朋友常常帶孩子來，所以她看來並不孤單。小玉為什麼會離開我們家，跑來自己住在這個鄉下呢？該不會是因為這是死後的世界，而我像但丁一樣下來探訪，說不定只是為了見小玉一面。】跨越陰陽界的奇妙夢境。

左手手掌突然出現紫色斑點，本來以為是顏料，卻發現用去漬油洗不掉。原因不明？所以去了玉川醫院請中嶋大夫看。好像是靜脈出血，但不痛也不癢。只要我集中意識在這塊部位，大夫說，因為細胞是活的，就會自己產生反應，才有這種結果吧？就好像只要拿破崙在地圖上的領土越大，他肚皮上的白癬會越來越大片一樣。咦？？

朝日電視台想找我上「白色美術館[627]」節目。要我在白色空間裡表演？表演對我而言就是畫畫。

我想畫正在進行中（目前已畫六十幅）的小玉系列。

**二〇一八年六月二日**

黑輪連續兩晚上都抓到老鼠，在我床上甩開再咬回來，最後再把老鼠折磨到死。醒來看到的惡夢。

所以我睡眠不足，白天一直打盹。畫畫就像一種半夢半醒，在睡夢中醒來可以稱得上是一種陶醉狀態嗎？擁有維持這種境界的才能，就會創作出天才獨有的作品。達文西、委拉斯開茲、魯本斯、林布蘭、畢卡索、奇里訶、杜象，每一個都是這樣。

**二〇一八年六月三日**

有時會想吃年糕紅豆湯。紅豆湯喚醒我的大腦，不過大腦的覺醒並非創造性的狀態。最近的藝術太過追求知性，主張藝術要用理解的。在觀賞杜象作品時，如果放棄理性的解釋，而以感性體會，就應該可以看出杜象的靈性。反之，也有一派說法認為只能用知性（知識）去追求杜象的美，因為知性會把靈性逐出肉體。下一波將是人工智慧生成的藝術作品。人類過於執著唯物論，到頭來連死亡都朝向物化發展。人對於長生不好老的欲望，延伸到藝術上面。

**二〇一八年六月四日**

因為幫NHK大河劇《韋馱天》設計標題字，他們就順便委託我設計海報。「韋馱天」是印度教溼婆神的兒子之一，指健步如飛的人。戲明年會上檔，由中村勘九郎主演。聽說不少三十歲以下的人沒聽過「韋馱天」這個形容詞。我出生於戰前時代所以懂，不過日常生活裡不太會用。

在本報連載的六月一日日記上寫了我拜訪已故小玉住家的夢，責任編輯角南就問我：「該不會是因為小玉的忌日快到了吧？」我聽了背脊發涼。我完全忘了小玉是哪一天走的，但夢裡是五月三十一日晚上十二點多。這是牠忌日之間的夢。如果角南沒告訴我，我還不記得呢。原來小玉與角南編輯心靈相通。

二〇一八年六月五日

【在出門前，妻子在催：「快點把衣服換上吧，我們去相親。」「相親？」我之前沒聽說是怎麼發生的。我已婚，今年快要八十二歲了。怎麼搞的？在料亭的和室包廂，已經有大約二十人對坐桌子兩邊。坐我對面穿黑色和服的女人年紀大約四十左右，好像就是我的對象，但完全不是我喜歡的型。對面有一人問：「你在年輕的時候，會在浴室裡互看對方下面嬉鬧嗎？」別開玩笑了！另一人自言自語：「約翰．藍儂玩槍，大衛．鮑伊就叫約翰『殺人魔』。」我覺得坐在我旁邊的妻子，一定覺得相當奇怪。】最近我的夢缺乏持久性，後面的展開說來可惜，完全來不及預料就結束了。

二〇一八年六月六日

早上開始下小雨。一進畫室就聽到黃鶯叫聲。

晚上去《朝日新聞》的書評委員會。可能因為下雨，出席率不高。

二〇一八年六月七日

西脇市岡之山美術館的山崎與竹內來訪，討論接下來將在九月上檔的鄉土主題展內容。失蹤一陣子的畫作，後來被確定成為某位知名藏家典藏。那位藏家還有另外兩三幅我的畫。只要作品不消滅，一定會出現在某個地方。在海外被發現的作品就有三幅。還有在義大利不見的。

二〇一八年六月八日

卡地亞當代藝術基金會委託補畫的十幅肖像畫，都納入他們的收藏品。

整天都在讀《朝日新聞》書評要寫的書，先中斷畫畫作業。讀書慢，不過忘得也快，有時一本書需要讀兩遍，但還是會忘記。就算讀完也只記得片段，所以無法依照順序談論。因為覺得我不答應寫這些書，就沒機會拿來讀，但為了工作而讀卻又不覺得是真讀。有人安慰我，說這些書會有意無意讀進心裡，但真是如此嗎？

前陣子在推特上貼了為ＮＨＫ大河劇《韋馱天》設計的標題字以後，迴響好像大到連ＮＨＫ都大吃一驚，但事實上標題字好像還沒到可以發表的階段。我不知情。不過大家反應這麼熱烈，有人說反而是件好事。似乎也是一種電視台的宣傳策略。對不起，對不起。

**二〇一八年六月九日**

昨晚睡三個小時以後，就失眠到天亮。實在沒有辦法了，就拿起寫書評的另外一本書看。睡著的三小時都是非動眼睡眠，感覺像是熟睡，但完全沒有熟睡感。動眼睡眠階段出現的夢我看得很清楚，也記得內容。所以昨晚沒有夢。

**二〇一八年六月十日**

【我成為策展人，展覽上來了畢卡索、杜象、奇里訶、沃荷、皮卡比亞與曼．雷等人。看這些藝術巨匠如何運用「報紙」這種現成物為媒材創作，是一件賞心悅目的事。杜象馬上拿起亮片，準備貼在報紙上。參展藝術家全員死者，期待他們創作出不同於生前的作品。他們死後的創作，會如何被當代評價，一定很有趣。實相界[628]評價的基準不在世間，至於當今的創作者，又將對身處靈界的他們抱有何種認知？】像夢的夢，但在將來說不定就不會是夢了。

養成在每星期天按摩的習慣。雨勢很大，所以按摩師萩原師傅特地開車來畫室接我，按完後再開車送我回家。

這星期與畫對話，這些內容出現的已故人物多到像夢一樣。如果為了讓日記內容有趣一點，就往奇怪的地方改寫，例如與誰見面，說來似乎也不錯，但實在太麻煩了。這樣的對談，最後至少應該讓我和勘九郎拍一張合照才行。

長谷川等伯[629]那種雲深不知處的白內障繪畫，可以淨化知識分子的愚昧心靈，並引領他們走向開悟之道。

**二〇一八年六月十一日**

【個展下檔後，在上海的飯店裡準備回國，妻子與神戶美術館的學藝員忙東忙西，我卻只能站在原地一籌莫展。】夢預言了未來的現實。在上海美術館的個展預定在一年 or 一年半以後舉行，在夢裡卻已經成為過去式，就像是經過一場時空旅行。最近的夢裡時空時常交錯，虛實之間的區分逐漸曖昧不明。

南與藤井（亞紀）每年到了我的生日，都會送我大衛．鮑伊的T恤，今年是第二十件。請他們去神戶屋吃飯作為回禮。因為不服輸，在雨中的一段步行距離之中，我故意走得比他們兩個年輕的（？）快，運動過度，反而帶來腰痛。

舊金山的海倫說，大衛．鮑伊的第一百本書裡提到了我，所以就用電子郵件傳來兩張我和他的合照，但我還真是第一次看到，不記得是在哪裡拍的（兩則與鮑伊有關的記事）。

二〇一八年六月十二日

ggg的北澤策畫了《幻花》的插畫展。才從紐約回來的北澤，替我打聽了一些朋友的消息。大部分朋友都已經八、九十歲，但是「大家看起來都很有精神」，而且似乎都從曼哈頓搬到郊區住了。因為我和他們都已經無法出國旅行，可說在這個世間已經無緣再見面。下次見面，就是在另一個世界了。

晚上，配電盤的保險絲燒斷，家裡一片漆黑。這種時候負責危機管理的就是妻子了。

二〇一八年六月十三日

【只用一種顏色的墨汁，畫下亞洲某處的市場景色。】是照著睡前看的電影裡，詹姆斯．龐德騎機車載一個女人在市場裡橫衝直撞的動作場面630後留下的印象畫的嗎？一邊感受每一筆的感觸，一邊完成畫作的情景，根本就是現實中的狀況。

現在正在進行NY個展會展出的畫，只要畫出有點喜歡的畫，就不想拿出去展了。這種時候我應該畫出兩幅一模一樣的畫嗎？奇里訶與馬格利特都創作過很多同一主題的畫作，如果也有捨不得放手的畫，那麼藝術巨匠也有和我一樣的心情。

二〇一八年六月十四日

【飯店經理把我帶到二一一號房，卻因為房間的床還沒鋪好，我想先把行李留在房內，先到樓下咖啡廳讀點書打發時間。】光是這麼短暫的現實畫面，在我的記憶之中，卻具有與現實片段相同的價值。我記錄夢境並內化這些畫面，也是一種無意識的顯在化表現，只要夢的存量越多，就越能成為創作的發訊來源。

今天的心情不想畫畫，我該拿出寫評論的書看嗎？

這幾天我都在晚上六點以後離開畫室。我剛出畫室的門，又遇到正在散步的磯﨑憲一郎。很少這麼巧合，我們邊散步邊聊。我第一次遇到他，是在三省堂書店裡，他送我一本刊登他文藝賞得獎文章的《文藝》雜誌。後來他又介紹保坂和志給我認識，現在我們三人在《文藝》上一起擁有一個「畫室會議」的連載對談專欄，是很奇妙的緣分。

**二〇一八年六月十五日**

受委託創作木刻版畫，印樣完成。內容是寫樂[631]作品的重新組合。現在的問題是如何帶著惡意去破壞寫樂的作品。雖然是與雕版師與刷版師[632]合作完成的作品，在製作過程中點子會一直改變，所以會讓雕版師與刷版師都很麻煩。

傍晚玉置浩二夫婦等十一人來訪，一起進行《billboard japan》與《神戶之子[633]》採訪。我這次為玉置的演唱會設計海報與全版廣告。這是我第二次負責，這次以魔幻的意象創作。

**二〇一八年六月十六日**

陰天。整天都一邊看等伯的畫集一邊晃悠。像等伯這樣的作品，在西方沒有什麼藝術可以相提並論。等伯的景物都在一片五里霧中，以抽象形式呈現，就像是沒有聲音的重聽畫，他的畫就是白內障畫。如果把等伯稱為日本風寫實主義，西洋人大概無法理解吧？即使那種霧茫茫的世界太危險了，才無法進入，不過超現實主義的無意識世界，又是另一回事。那麼，等伯的畫作，從一開始就是虛構。等伯那個時代的繪畫，也可說大半部分都以虛構為主題。如果從等伯的角度來看，若沖與蕭白[634]看起來豈不像邪門歪道？說不定對當時的知識分子而言，等伯那些可以淨化愚昧心靈的作品，可以成為開悟的工具。等伯的畫裡可以感受出畫家的呼吸，是活著才畫得出來的畫。不能呼吸的話，也沒辦法畫了吧？

**二〇一八年六月十七日**

在增田屋遇到幾年沒遇到的絹谷幸二[635]。我每天往畫室的路上，都會經過絹谷家門口，但大部分時候都不會遇到他。很少有這麼不常見面的朋友。

晚上去按摩。

**二〇一八年六月十八日**

大阪發生地震[636]。我在想京都也會搖，就打電話給瀨戶內師父。「大家都在慌，我卻不知道有地震。」是她太放心，還是真的沒事？她就轉移話題了。前陣子本來還以為她會叫我設計墳墓，結果她這次要我設計飯糰的包裝。「好的好的，什麼事我都肯為師父效勞。」有點像吃了飯糰就可以神氣十足地進墳墓的感覺呢。「我臨終的時候不會特別打電報給你，你不來也沒關係喔。」電報聽起來有點過時，但臨終還是電報比較正式呀。「你就什麼都不用說，只要坐在第一排大位就夠了。」那會是什麼時候呢？「對喔，我想大概明年吧。」希望師父您長命百歲。

《文學界》的清水叫我在平野啟一郎出道二十週年特刊上寫一篇隨筆文。如果是談他私底下的樣子，我就寫。

喉頭痛，去看漢方醫學。收縮壓高達一百五十，嚇了一跳。再量就是一百二十。信比較合理的好了。

NPO日本聽障者藝術協會事務局長來訪。我雖然是醫院正式認證的社會障礙者，卻因為不需要聽一些沒有必要知道的事情，便對現狀感到滿足。聽障者的畫絕不陰暗，反而更明亮。上星期海倫寄來的我與大衛·鮑伊的合照，一度讓我想到本報角南對我說過的一句話：「該不會是在夢裡拍出的照片？」以前我曾經夢見自己在某場宴會上遇到他，說起來那張照片應該就是在夢裡拍下的。

**二〇一八年六月十九日**

【腳踏車騎到一半聽到有人在叫我：「橫尾先生！」原來是騎腳踏車的磯﨑憲一郎。】連夢裡都會不期而遇是怎麼回事？《週刊新潮》彩頁專欄「典藏我的京都」，每一期都看得到他。「他們希望橫尾先生您也上專欄，我和編輯部說說看怎麼樣？」

**二〇一八年六月二十日**

接受《週刊新潮》專欄「典藏我的京都」委託。如果我能去探訪京都的庭園該有多好呀。

昨晚覺得有點感冒。用各種自己想出來的方法，從末端開始逐一擊破，強行解決。

**二〇一八年六月二十一日**

晚上去《朝日新聞》書評委員會。晚餐吃了土用日才要吃的鰻魚，然後一口氣寫完《小偷家族[637]》的影評。

我明明就重聽，在畫室裡卻總是聽到別人說話的聲音。難道是我能把幻聽操控自如嗎？

上海當代藝術博物館（當代美術館）的館長帶著三個高層，與神戶的山本會合來訪。他們是有龐畢度中心那麼大規模的美術館，說想企畫一場最大的個展。我考慮新作的創作時間，希望能避開東京奧運那年，延到二〇二一年春天開幕。即使如此，也需要兩年半的時間準備。他們也考慮配合個展，推出小說《藍色樂園》的中文版。現在他們也在進行我自傳的出版作業。只要想像成人生最後的慶典，想做什麼就做什麼最好。

深夜，黑輪叼了一隻老鼠丟到床上。老鼠可不是我們家的寵物喔！

**二〇一八年六月二十二日**

昨晚的老鼠好像又爬進臥室了。

今天早上又與磯崎巧遇。不是夢，是現實。他看起來不是自己在散步，而是在讓狗散步，所以我們才會在想不到的地方碰面。這是石原裕次郎故居門口。

與山下裕二、NHK、日經新聞的社員一起討論「奇想的系譜」展零售用海報的設計。最好是沒有裁切的B倍尺寸[638]。

**二〇一八年六月二十三日**

與妻子一起去隔壁町的福澤一郎紀念館。這是在他的長男一也過世後，第一次造訪。福澤一郎老師直到九十四歲去世之前，都還持續創作，八十幾歲的時候，好像還畫出巨型壁畫尺寸的油畫。他長年旅居法國、墨西哥、紐約等地，一邊把各國的畫風帶進自己畫裡，一邊把自己的畫作主題變成聖經、日本神話、希臘神話、但丁《神曲》、《往生要集》，成為人類的歷史。充滿多種變化的題材，透過大魄力的筆觸表現出來。他早期走超現實主義路線的繪畫，還可以看出以恩斯特的拼貼為藍本，現在看來也感到新鮮。我們喝了館方招待的好喝咖啡與自製蛋糕，在那裡逗留了兩個小時。

受到福澤老師壓倒性的能量震撼，我一回到畫室，便趕緊拿出大型畫布。我來不及在他生前和他見面，現在已有一絲絲的後悔，但也感覺出今天得到新的相遇。

**二〇一八年六月二十四日**

【突然充滿一種自己也意想不到的自信，覺得可以拿到馬拉松優勝。看透我能力的大島渚導演推薦我成為名單第一位，但在奧運選手甄選委員會上落選。】我做了這樣的夢。

山田導演帶著大林宣彥導演參觀畫室。他就住在附近，但我五十年間從來沒遇過他。他被醫師宣告剩餘壽命後先拍出一部電影，這次又為了下一部片回到尾道[639]。他一定是因為一種不打算死的生命能量才能延命的。昨天的福澤老師與今天的大林導演兩人，都對我注入了創造的能量。

**二〇一八年六月二十五日**

【年輕時代的皇太子殿下（今上天皇）與雅子來到一間好像在輕井澤的木屋，我因應他們好像觀光客一樣的要求：「請讓我們為您拍張照片。」】我做了這樣的夢。

氣溫三十二度的炎夏天氣，可能因為年紀大的關係，我反而不覺得熱，甚至一直流鼻水。

站在腳架上畫畫危險，所以以後畫中不再出現腳架。

**二〇一八年六月二十六日**

【結束中南美某國的個展，心想可以回國，趁出發前在市區散步，在大馬路口看到一個孩子在賣草帽，從口袋裡拿出三萬日幣，旁邊的大人說：「太多了。」我收回兩萬，孩子開始大哭大叫並且逃走。我一直追著跑，最後在孩子跑進彎彎曲曲的巷道裡躲起來，我也迷了路，發現自己到了一個意想不到的地方。這裡是離剛才地點有一段距離，老舊大樓林立的街區，周圍沒有一個會說日文的路人。飛機已經飛走了，這樣下去，我只能一個人留在這個陌生的都市裡。這時候我看到一個長得像東方人的路人，問他：「您是日本人嗎？」他回答：「對。」我鬆了一口氣。如果他跟我說他以前住在日本的時候，常常看到我的畫作也就算了，比較要緊的是接下來應該怎麼辦，我東想西想沒一個結論，就慢慢醒來了。】像這種恐慌夢，如果沒有早早醒來，對身心都不是好事。

我不是在炫耀，但昨天到今天的兩天之間，我完成了七幅要給卡地亞的畫。朝日電視台「白色美術館」說想拍下完成的瞬間，就來畫室取景。我邊畫邊說話不要說不會帶來痛苦了，反而能更順利地紓解悶氣，對畫作而言絕對不是壞事。聽說馬奈會把客人叫進畫室，在吵雜中畫畫，這樣他反而更能集中精神，主要是因為可以把言語與思考趕出大腦。言語不能超越言語，但是繪畫可以超越。最近的小說家常常把身體長、身體短掛在嘴邊，但還屬於觀念層次的問題，指涉的部分異於畫畫的身體，而必然是個別的身體感受（對五感的關注）。三島的身體感覺也僅止於這五感，而另眼看待繪畫的身體性。所以他說他書桌上總是擺著《德拉克羅瓦[640]日記》。我倒覺得小說沒有對抗繪畫身體的必要。

野上照代說：「我早了一天。」先送我生日禮物。她今年九十一歲。

**二〇一八年六月二十七日**

大家紛紛送來生日禮物與祝賀，我固然高興，但過個生日製造騷動，反而會覺得「生而為人，我很抱歉[641]」呢。

前年的作品被紐約歸還，今天又回來了四十六幅。

傍晚與辦公室同仁、家人在神戶屋慶生，又收到很多禮物，連店家也送。妻子送我一套睡衣。最近好像連百貨公司都買不到睡衣，難道睡衣只有老人才穿嗎？

神戶美術館工作人員也送花來。雕刻之森美術館的與田（美樹）送了一隻黑貓。黑輪看著會發光的小男友，一臉問號。

**二〇一八年六月二十八日**

【好像很長】的夢。我明白既然是夢，又確認自己記下夢的結局，同時理性回味夢境的不明夢。既不有趣又不奇怪的時間流失夢。

石川次郎主持的網路節目「那件事還有下文」找我錄影。次郎也快要七十七歲，話題還是老年的生存之道。製作人森脇我也很久沒遇到了，好像打算把已經不想出遠門的我帶出國旅行的樣子。

二〇一八年六月二十九日

從朝日新聞社退休的大上，很久沒有來訪。他才從葡萄牙旅行回來，我很羨慕他那種優游自得的日子。

GLAY的TERU送我一頂貝雷帽當作生日禮物。只有每星期天畫畫的業餘畫家會戴這種帽子，但我是每天畫畫的業餘畫家，所以不如每天戴吧。

前陣子才上市的對談集《橫尾忠則×九位經典創作者的生命對話》將由台灣出版社發行，是自傳以來的第二本。

二〇一八年六月三十日

我養成了週末例假日提早進畫室的習慣。光是休假日的原因，就可以讓我得以工作、散步、逛街、在咖啡館讀書等等。

傍晚又與磯﨑憲一郎巧遇。馬奎斯[642]的小說裡曾經提過有一個男人拿著磁鐵走路，我們兩人應該是被彼此身上的磁鐵互相吸引吧？其實也沒有那麼誇張就是了。

二〇一八年七月一日

一下子就過了半年。未來是將過去視為虛構的行為，可以控制時間。

餵辦公室的貓吃飯，然後去按摩。

在被窩裡讀大岡昇平[643]的《野火[644]》，書中充滿三岔路（Y字路）。

奇蹟的共時性（Synchronicity）?異常現象?已經是「第三類接觸」等級了。

二〇一八年七月二日

【為幾張沾水筆繪製的人物畫指定顏色】的夢。夢的內容越來越日常化，只差沒有像三島一樣說出「我的字典裡沒有無意識」吧?

NHK委託設計大河劇《韋馱天》海報。我希望以未來派的風格，讓快速前進的跑者（中村勘九郎）表現出層疊的時間。

二〇一八年七月三日

【在西脇的老家，有一隻長得很像小玉死前養的米涅的小貓走回來，活潑地跳來跳去】的夢。與已經死去的貓，來夢裡與我交流，我好高興。

【同年級的女同學說要一起來我家，我在家鄉老家等，結果一直等不到，騎腳踏車去小學找，也沒看到半個人。說不定人家記錯時間。在校內角落看到一個美少女正在與一隻白貓玩，便加入她和貓一起玩。】連續兩場貓夢。

每天晚上在被窩裡讀《瘋癲老人日記》[645]，分兩、三天看完。谷崎老師在他七十七歲的時候，經歷過死亡的恐怖，整天光想著死亡，和八十二歲的我在心情上是一樣的。

有一間靜岡縣的和菓子店說瀨戶內師父介紹我，希望我為他們設計米煎餅的包裝設計。比起米煎餅，我更喜歡牡丹餅就是了。

帶妻小朋友一起去府中市美術館看「長谷川利行展[646]」。在看似荒廢的畫面，有一種自由跳上

**二〇一八年七月四日**

跳下的生命感，看了令人心情愉快。能畫出這種畫的話，人生就沒什麼好怕的了。在會場遇到佐佐木豐[647]老師。同樣是畫家，卻走上不同的路，後來不常見面，但他與利行有共通點。他剛好拿著拙著《橫尾忠則×九位經典創作者的生命對話》，說是他的同行好友，也是這間美術館的館長藪野健送他的，就塞給我：「幫我簽名吧！」

我每看完一場展就想馬上畫畫，但這場沒有。因為我沒有辦法像力行一樣能巧妙地把一幅畫畫得那麼拙劣。

前幾天才刊出一篇《銀幕上的愛[648]》的書評，作者寶田明寄來一封親筆感謝信。好像已經四五十年沒遇到他了。

晚上去《朝日新聞》的書評委員會。為了寫書評讀的書，就像是為了防止中暑而打的點滴。

**二〇一八年七月五日**

從深夜到早上，黑輪到處嘔吐。我的美感意識不允許這樣的事發生，所以先到會客室避難。遇到這種情況，主婦總是能不吭一聲地迅速收拾完成。

ggg的北澤與室內設計師有元利彥[649]來訪，討論秋天舉行《幻花》插畫展的展場架構。不知能不能做出使用透明布料的竹簾意象，總之我覺得應該呈現一種平安時代貴族的生活氣氛。

比較晚回家，但一想到還有點事要做，就去了辦公室。這時候突然從背後傳來一聲：「橫尾先

生！」本以為是幻聽，回頭一看，夕陽照耀下的人影竟然是頻繁遇到的磯崎憲一郎！偶然路過就產生了奇蹟般的共時性。已經不是「下次見」了吧？根本就是超自然現象了。

養成每天晚餐後散步的習慣。在住家附近的一片漆黑裡，與一家人擦身而過。背後傳來：「是橫尾先生嗎？」又是幻覺？本想繼續前進，他又問：「橫尾先生？」回頭一看，原來是山田洋次導演與女兒們。「你看起來這麼年輕，本來還以為看錯人了。」「我與別人擦身而過的時候，就假裝自己比較年輕……」「你看起來還有點帥呢。」我帥的時候還可以畫畫。

**二〇一八年七月六日**

夢境越來越抽象，乃至無法描述。這樣下去，連畫也會越來越抽象。

木刻版畫複校版完成。看起來不錯，但我想再反轉一次。怎麼看都覺得是我體內的破壞ＤＮＡ在作祟呢。至於雕版師與刷版師，可能就辛苦一點了。在多摩美術大學研究所出身的版畫家北村早紀[650]（名字與「北紫芋」諧音（笑））合作之下，應該可以挑戰B全開大的木刻版畫了。

在畫室沙發上打盹的時候，做一個【門打開之後，看到門外突然出現一個中年女性對我露齒而笑。剎那間覺得自己看到鬼，嚇了一跳】的夢。

**二〇一八年七月七日**

今天是七夕，去很久沒去的阿爾卑斯。在一樓收銀台又聽到有人叫「橫尾先生」。一回頭發現磯崎就像不存在一樣站在那裡。我們本來就很少一起來這裡，竟然在這時候遇到！他已經不是實體，已經是離體幽魂了。這是超越超常現象的「第三類接觸」喔。

**二〇一八年七月八日**

貓喜歡紙箱，我併排三只紙箱，貓就在箱子之間爬來爬去一整晚。

油畫顏料不是速乾性，需要乾燥時間。如果比較講究一點，畫與心情的性質或狀態，都會隨著時間與空間的推移產生差異。差異越大，帶來的刺激越強。

**二〇一八年七月九日**

【與紐約的十位畫家一起租了共同工作室，各自照自己的步調畫畫。一個跟隨我的畫家是紐約有名的女性，本來以為是珍妮佛·巴特列特[651]，但又不是。她畫得很快，卻和我的畫很像。其他畫家畫的也和我一樣都是具象畫。在同樣傾向的畫家之中，我必須畫出突出的作品。】不管睡覺醒來都離不開畫的夢。

住在同町的加藤剛[652]，上個月十八日過世。本來以為他比我大，結果還年輕我兩歲。差不多一年前，曾經在凬月堂見過他，怎麼看都像是波西米亞風的新劇[653]演員。

同樣姓加藤的學校同屆加藤一也傳出過世的消息。前陣子回到家鄉，有一個朋友對我說：「我發現我還沒死呢！」大家的健康，也是自己的健康。

《美術手帖》的部落格想談畢卡索，派十個人來我家採訪。浪費人力支出。

介紹一下掛在野川遊客中心的七夕許願紙條內容。「希望可以變成偶像」「希望所有人都吃得到飯」「希望能與家人和平相處」「想要弟弟長命百歲」「想要更多的朋友」「變成大富翁」「希望爸爸變成大人物」「希望死了以後可以復活」孩子們真誠地傳達了現代社會切實的願望。

**二〇一八年七月十日**

訪問結束後突然想畫畫。說完畢卡索以後，畢卡索的創作能量就在體內沸騰，開始猛烈地創作與破壞。

**二〇一八年七月十一日**

【在家鄉的街上遇到很久沒見的「文化堂書店」年輕老闆娘。她對我說：「明天來逛逛吧！」我就在想夢裡的「明天」是什麼。夢裡的老闆娘是人見人愛的美女，但現實裡只能說還好。在櫃台打收銀機的小姐，因為是夢，所以也是人見人愛的美女。但是兩人都不認得我，只能用流暢的英文交談】的夢。

**二〇一八年七月十二日**

昨晚黑輪外出，凌晨四點回來。早上九點又出門。

索尼音樂AXIS要發行西城秀樹的精選輯，希望隨雙CD精選輯贈送在秀樹家裡發現的經典海報的復刻版，說是已經得到秀樹那邊的同意。

**二〇一八年七月十三日**

【好像有一個團體叫做裸體畫家聯盟，不知何時也讓我加盟成為會員。我去了他們的集會，卻沒有發現半個熟人，只覺得渾身不舒服。】這時醒來。

【在國際會議廳二樓寬廣的走廊上俯瞰一樓的會議廳，看到坐在中央桌後的金正恩突然對著站在二樓的我打招呼：「我的橫尾！」我也嚇了一跳，與會者也跟著回頭，在位子上交頭接耳。

會議正要開始，我就遇到金正恩，但記憶就像夢境一樣差，我不太記得細節】的夢。
訪客總是很多，大部分都帶了甜滋滋的茶點來送我，我在推特上還寫了自己「不接受」甜食，但沒有效。如果真要送我，與其送我甜食，不如送我「方格稿紙」、「洗髮精」、「刮鬍刀」、「貓食」、「稻田魚的飼料」、「營養劑」、「週刊」、「PATECS痠痛貼布」、「紙餐巾」還比較划算，對我又實用，我一定會滿足的。

**二〇一八年七月十四日**

早上讀完大岡昇平的《野火》。我看過幾個人寫的空襲避難日記與麥克阿瑟自傳，至於前線文學還是第一次看。最近都找不到這麼有趣的小說了，書中對戰場的聲音與腥臭味的強烈描寫，為身體感官帶來完全刺激。小說就像一個上了戰場的惡棍。這部小說具有的奇妙死亡邊緣生命感，我覺得是繪畫無法呈現的內容。
我想要以這道謊言為出發點畫畫。我應該畫出像這部小說一樣天旋地轉的畫。但是畫又應該怎麼表現天旋地轉？就是找回過去的記憶，並加以虛構化。因為想多吸收一點大岡文學，就跑去買了一本《俘虜記[654]》來看。
廣川泰士寄來兩張照片，分別是三十年前與近年在同一場所拍攝而成。兩張照片拍的都是我，同時又不是我自己。攝影是時間的藝術。
走出店家大門，就被外面熱氣侵襲得差點跌倒，但馬上回過神來，回憶著小時候在艷陽下著迷於釣溪魚的場面，總算覺得舒服了點。皮膚晒到發紅，反而帶來一種奇妙的爽快感。

**二〇一八年七月十五日**

想測試一下自己的體力，就算準下午很熱的時候前往公園。雖然全身都像呼吸器一樣吸收四周的熱氣，只要習慣了也就不至於大呼小叫。近年氣象廳特別對高齡者發布中暑警報，但今年卻還沒發布。

傍晚去按摩，按到一半，自我（Ego）漸漸從身體脫離，十分舒服。

**二〇一八年七月十六日**

整個報紙版面上印著「酷暑」兩個大字，但妻子視若無睹，大熱天還是跑去打網球。

這種容易中暑的天，我熱心讀完大岡昇平《野火》之後，又緊接著熱心讀起《俘虜記》。順便也讀了貝里琉島[655]激戰的戰記。人家說熱的東西在熱天對身體好，說來諷刺但是真理。

晚上為了降低白天的暑氣，在床上讀內田百閒的怪談小說《百鬼園百物語》求降低體溫。

**二〇一八年七月十七日**

【「田中裕子[656]死了！」真的嗎？因為受不了研哥先死也跟著自殺嗎？笨蛋！才不是咧！她死得比研哥還早呢。「把電影與現實混為一談可不行呀！」家鄉學校同屆友人的話真難懂。】難懂的夢。

【高速公路就像艾雪的畫一樣拐來拐去，而且還是大彎道。我搭的計程車在激烈的搖晃下走完這段路。】雜技夢。

【已經不在這個世上的南嶌宏，滿面笑容出現在我的個展展場。】彼岸夢。流政之[657]過世。旁邊是濱田知明[658]的訃聞。流的訃聞篇幅比濱田的要小，他地下有知的話，應該會不高興吧？

繪製新作的素描。我一邊畫著素描，靈感就像泡泡一樣不斷浮現。心情像身在天堂，但馬上就會變成地獄、煉獄。

**二〇一八年七月十八日**

院子裡的栲木樹齡接近一百年。這棵朽木哪天倒下來都不意外，今天終於到了砍伐的時候。我家與我幾乎同年，落成已經超過八十年。我搬來這裡也將近四十年，這段期間這棵老樹在守護我家的同時，應該也觀察了我家的歷史。如果能與樹木通靈的芹澤光治良[659]在的話，一定可以從老樹身上聽出什麼訊息。我家的房子以前山田耕筰[660]住過，我希望透過芹澤與老樹的溝通，可以聽出一些關於山田不為人知，破天荒的生活點滴。被鋸成好幾節的老樹沒有年輪，樹幹全變成了空洞。砍樹的時候我才發現，老樹長出來的樹枝儘管都是枯枝，令我驚訝的是靠近樹根處，斑駁的樹皮之間，竟然長出一株小草般的嫩芽。這株嫩芽想必就是這顆栲木的分身吧？一棵老樹枯死以後，仍將新生命託付給下一個世代。自然界輪迴轉生的原理正大方地展現在我的眼前，我從中感受出奇妙命運鎖鏈一般的現象。

**二〇一八年七月十九日**

在電視上看到羅德海洋隊的球衣，花紋簡直就像夏威夷衫，大吃一驚。體育界不知從什麼時候開始邁向藝術的尖端。

我總是賣出很多舊書，但書總是沒有變少。

十幾年沒有這麼熱過，我不知不覺想吃刨冰，但吃了只覺得胸悶，一點都不覺得涼爽。

**二〇一八年七月二十日**

大阪新開的吉本劇場，開幕公演《KEREN》找我設計海報，但又說希望把海報上的意象搬上舞台。難道不就是點子的剽竊而已嗎？編導的獨特性在哪裡？

**二〇一八年七月二十一日**

在酷暑之中看到鳳蝶在飛。鳳蝶飛舞的樣子，就像同時揮舞著兩面扇子，如果不飛了，一定就會直接掉下來。

果然白天熱到連腳底都發燙，連螞蟻都不想離開螞蟻窩。地底的洞穴說不定很涼爽。

晚上的散步因為擔心夜間型中暑而取消。就算在家也流了兩只寶特瓶那麼多的汗，所以就喝經口補水液 OS-1 夏天應該就不必再節制鹽分攝取了吧？

二〇一七年的日本人平均壽命，女性八十七點二六歲，男性八十一點〇九歲。今年八十二歲的我。只比平均壽命多活了一毫米距離。厚生勞動省指出，今後「壽命高於平均值的長命者數將增加」。不過不分男女，香港高居全球首位，又是為什麼？日本女性世界第二，男性世界第三。瑞士男性世界第二，女性世界第五。又為什麼會反過來勝過日本？

前陣子本來還一起來的兩隻流浪黑貓，只來了一隻。妻子說：「該不會死了吧？」說不定是。

**二〇一八年七月二十二日**

【我看著年輕時候的高倉健與《昭和殘俠傳》的劇照。】【高中同屆齊聚一堂，交換同屆的消息。】回想夢兩場。

在神戶屋與神津老師吃披薩。店長給我們看他在代代木上原骨董店買來，三十五年前我幫「羅伯布朗[661]」威士忌設計的紙盒與玻璃杯。聽說市價非常貴，因為是幫幾個相關人士簽了名的品項。

**二〇一八年七月二十三日**

【男性雜誌跨頁照片，風景前面有五、六個男性一字站開，站在最右邊的是立花 Hajime[662]。他突然出現在我眼前，好像有話要對我說，結果一句話都沒說就走了。另一場面，我在詭異夜晚的卡斯巴暗巷裡。老虎合唱團（The Tigers）時代的年輕加橋克己突然出現，抓住我的手把我帶往一間像是地下劇場的空間，還對我說：「晚點我介紹田宮二郎[663]給你認識。」我對田宮很熟，今天就打算先離開，對他說「我還會再來」就打算回去，加橋卻追上來說：「我們很少碰面，先好好聊吧。」我們一邊從孤獨的後巷走到大馬路邊。但我又想到自己為什麼非回去不可，於是就說：「等等送你一本書。」他問：「什麼書？」我一下想不出書名，路過兩個女人轉頭對我說：「是《成為愚者的修行》喔。」加橋就對我說：「那本我買了。」當我們走到南北貨行一角，天空突然下起雨。我想叫一台計程車，但招不到空車。我在這座陌生的城市裡被拋棄，心情悶悶的。】黑暗夢。

【高橋睦郎在我結合老家西脇與以前住過的祖師谷的住處，與我死去的母親談話。母親好像對高橋說一些不能對我說的話，我用被子矇住頭，就在被子內側畫起春畫。我又與高橋談起了人生最後歸宿。總之他說他在大阪有房子，目前是別人在住。】祕密夢。
紐約McGaw Graphics表示，想要把我一九六七年在紐約完成，現在還在紐約當代館販售的畫，印成海報大小重新販售。

義大利PRADA委託我設計T恤圖案。售價好像要十萬日幣。
另外，Adidas也委託我設計背包。海外委託每次都毫無意外地集中在同一天發過來。這種共時性我以前我也遇過好幾次。

**二〇一八年七月二十四日**

傍晚與家人、員工一起去東京國際會議廳看玉置浩二招待的演唱會。可以容納五千名觀眾的大廳客滿。他就好像變成樂器一樣，投射在三菱大型電視牆上的表情顯得正邪一體，把沒用上的團名「危險地帶」戲劇化地搬上搖滾舞台。當然他也加碼唱了「安全地帶」的暢銷曲。

**二〇一八年七月二十五日**

整天畫畫。想嘗試新內容，所以新作的風格與上一幅作品不一樣。是故意的還是只求一個爽快，連我自己都不知道。

**二〇一八年七月二十六日**

【大塚OMI陶業664前社長奧田665來☎：「我看到飛碟在天上飛呢。」】飛碟夢。
雜誌《HOUYHNHM Unplugged666》來訪。主題是「願望列表」，問我表上會列出這一輩子想做的哪些事情。我到了這個年紀已經沒再想「有生之年」了。所以我就說我想吃輕井澤「柳」

的鰻魚飯，然後去草津溫泉的「大阪屋」住之類的小家子氣心願。像是環遊世界之類的大夢想，早已是夢中之夢。

**二〇一八年七月二十七日**

原本還以為夢境像現實一樣單純的日子會一直持續下去，昨晚的夢卻分不清是超現實，是抽象還是觀念性，超越了語言的表現。

【眼前一片彷如多佛海峽沿岸般的高牆，海浪不斷拍打碎裂，我騎乘的快艇幾乎失控。我這時想的是理性與瘋狂的衝突。海浪高漲的時候，我大腦中的舊皮質就裂開，迸發出新的皮質。既成概念與感性已經像是一團亂麻一般無法分離。我到底想起什麼呢？夢？現實？睡眠？清醒？我大喊 HELP ME。】從惡夢醒來，已是早上八點。

三宅一生的宮前來訪，說明明年巴黎春夏發表會的概念。真有趣，把一塊布揉成一團，讓穿著者自由改變衣服形狀的設計，稱為「自遊」。我一年與三宅合作兩次，每次他都會提出驚人的點子。現在我正在創作與他合作的繪畫部分。

上海當代藝術博物館寄來他們正在舉行的卡地亞當代藝術基金會（精選二十三位藝術家）典藏展的展覽目錄，他們在韓國展覽的時候也會寄給我，唯獨日本美術展的展覽目錄遠低於全球水準。

**二〇一八年七月二十八日**

很久沒有見到的流浪小黑貓，突然虛弱地出現在後院。妻子說她一看到就馬上拿食物過去。確認活下來的，暫時放心。

下午雨勢變大，傍晚回家時全身溼透。

**二〇一八年七月二十九日**

颱風遠離，藍天下一片積雲。一看到積雲。我就會想到松野一夫[667]在我小時候愛讀的《少年》上連載的〈夢與希望〉的插圖。這個時代的夢與希望，毫無疑問就是現實。我不想回到那個時代，而想把過去畫成虛構。

在畫室完成進行中的畫，然後去按摩。晚上叫了與妻子年齡相同數量（？）的壽司，祝賀她的生日。

在被窩裡看湯姆．克魯斯主演的《不可能的任務：失控國度》。

**二〇一八年七月三十日**

【好像是前任編輯的女性從東京搬到不遠的鄉下，找來朋友一起經營區域文化活動，還叫我去看看。下一秒我已經在那裡，她卻問我：「你是怎麼來的？」我回答：「從東京搭兩小時的車來的。」馬上掃興。「晚上住養老院，不過人家今天已經休息了，所以請移駕五樓旅館。」我想直接回去，她就說：「明天帶你到市區逛逛。」我才想著「想趕快從這裡消失」，就到鄉下的單線小車站等車子進站。一群乘客下車後，與下車人數一樣的乘客上車。車廂廣播：「前面車廂有空位。」我到前面的位子就座後，又看到隔壁比我年輕的老紳士正在看的週刊，風景圖片上出現我的身影。這片風景正是我剛才去的鄉下地方。發現我就是照片上的身影，隔壁的老紳士把他的週刊（《週刊朝日》）拿給我，並給我一張自己的名片。他好像是神戶某大企業的老闆。

本來應該在下一站下車的紳士搭過站，便坐到對面老人旁邊，兩人興高采烈地交談。不過我又要坐到哪裡去呢？】旅途夢。

ggg的北澤來訪，為《幻花》插畫展的網站宣傳進行採訪。

NY的米爾可·伊利克寄來他審稿的裸體畫集，不知道從哪裡找來的，總之收錄了很多我畫的畫。

**二〇一八年七月三十一日**

傍晚與家族、員工一起去上野毛的「神田菊川」為妻子舉行生日宴。以前每年她過生日，我們都叫成城「柳之鰻」的外送，但是他們搬到輕井澤去了，我們才特地去上野毛吃。

**二〇一八年八月一日**

【人名中帶有國、郡、都、道、府、縣字的人，都是●●●●】的夢，不過到底●●●●是什麼，我忘了。

NHK攝影師日下部健史來訪，討論NHK大河劇《韋駄天》海報照片拍攝方式。

傍晚《朝日新聞》書評委員會開會缺席。明天去拍照片，暫時先不畫畫。

**二〇一八年八月二日**

【在東京都內尋找以前一起去泡過全國各地溫泉的宮本，最後走到一個以前沒到過的地方。建築物在一個據點蓋了又蓋，簡直就像一座住宅的垃圾場，但是建築外觀都漆成原色，所以看起來又像藝術。沒帶照相機來拍有點可惜。】想是這樣想，但是就算在夢裡拍了也帶不回現實。

日本美術協會野津來訪，帶來紀念協會成立三十週年，過去十年高松宮殿下紀念世界文化賞得主介紹的總集DVD，由我負責封面插圖，我今天交稿。上一次總集封面插圖由理察．漢彌頓[668]負責，跟這次完全不同。

一個義大利女性藝評家正在籌備我的作品論集，想同時在日本出版，希望我跟她合作。我喜歡義大利人，但和工作扯在一起，覺得毛毛的。

北京的出版社正在進行《藝術不撒謊：橫尾忠則對談錄》的中文版發行工作，但上海的出版社也提出發行中文版的正式請求，後者我只能婉謝。

**二〇一八年八月三日**

討論預定在《週刊新潮》彩頁刊登的專題「古都之旅」行程規畫。他們希望我可以去逛逛京都的庭園，我就舉出宇治平等院、淨土式庭園、等持院、池泉式庭園（夢窗國師[669]）、一休寺的枯山水庭園等，還有和我以前在中國去過的佛寺同名的黃蘗山萬福寺，我對這間佛寺也有興趣。八尾編輯也發現我喜歡的Y字路，所以問我有沒有興趣把這些收進附錄。

**二〇一八年八月四日**

黑輪明明已經習慣睡在我床邊，這兩天卻開始在床中間睡成大字型，我被趕到床邊睡了。不管怎麼說，我都是黑輪的奴才，沒辦法。

很久沒去三省堂買書了。只要一經過還是進去買書，最後買了一本畫家培根[670]的書與一本地獄的書。

是因為今天溼度低嗎？覺得與其說溼熱，更像小時候經歷那種皮膚快要燒起來的乾熱。這陣子我每天都在吃刨冰。

**二〇一八年八月五日**

我在避暑地沒有別墅，但開始把座落森林一角的畫室想像成別墅，看著窗外的樹木，就開始有那種感覺了。

**二〇一八年八月六日**

傍晚去按摩。上星期以前按摩告一段落以後，外面本來還是亮的，今天同一時候突然變暗。

黑輪從昨天傍晚出門以後就完全沒消息，到了晚上睡覺時間也沒回來，我擔心到睡不著。就算是貓，也像是我家族裡的金孫一樣。

電通的齋藤與高齡者活躍支援協議會的岡本副理事長來訪。他們來是為了委託我設計支援協議會的大會標章。在討論的同時靈感突然閃現，我就口頭說明：「就用這個。」結果他們當場決定使用。後天就會發表我的「這個」。

**二〇一八年八月七日**

【與以前認識的I氏在我們昨天才抵達的大阪車站內的售報攤，I氏說他坐在自稱上上星期夢到飛碟的奧田開的車上，他說他看到昨天也到過的售報攤的女店員，我故作不認識的表情，那人就走過來，看著車站穿堂發光的物體，並且對什麼人說出「可敬」不是嗎？我聽了他的話，就說：【車站裡到處都是會發光的東西，所以車站也會變成可敬的房子對吧？】做了可敬夢？

負責 ggg《幻花》展展場裝置的有元利彥[671]，帶來會場的模型來訪。我頭一次知道有元的爸爸就是知名畫家．故有元利夫[672]。

常常光顧的美術材料行老闆米山突然去世。很多人死時都比我年輕。這陣子過世的演藝人員也多半比我年輕。

日本愛迪達委託設計托特包。

**二〇一八年八月八日**

【走在家鄉附近以前常走的路上，突然被三叉路（Y字路）擋住。修路工人說：「右邊不通。」我問：「中間呢？」他回答：「只有左邊。」反正我也沒特別想去哪裡，就原地折返。】Y字路之夢。

到砧的攝影棚監看NHK大河劇《韋馱天》主角中村勘九郎跑步畫面的拍攝作業。看到勘九郎拚命奔跑的樣子，我也不由得想發揮實力。拍攝結束後，超過十家？媒體採訪。上鏡頭前，勘九郎先去給人按摩。

**二〇一八年八月九日**

本來還相信昨晚到今天早上的大雨特報，取消了今天兩場外出行程，結果一滴雨都沒下。今天整個行程大亂，顯得特別無聊。我不是那種會自發積極行動的人，所以只要沒人委託幹事，什麼都不會做。但是今年與去年比起來，先不講老化，身體狀況還算可以。我總是訝異工作的委託都與健康有關係，當我身體出狀況住院的時候，沒有委託案，和我的狀況並沒有關係。最近能專心工作，就是健康的證據。委託案就像是我的處方箋。可能因為天氣差，或許無關，黑輪在我的被子上尿了很多尿。可能因為被妻子罵，一出門就躲在外面不回來。到了很晚，她才一臉無辜地回來，看到了我的臉又露出笑容。

**二〇一八年八月十日**

LM.C[673]的maya與Aiji帶著新專輯來訪，專輯包裝做成唱片大小的豪華版，CD與DVD總共三片。他們又帶來了給貓吃的肉泥與稻田魚的飼料。他們應該是看到我在推特上發文「不接受甜食」。我對於認真接受這個細節，並且用有趣的方法解決的年輕精神感到敬佩。前陣子勘九郎拍的照片送來了。他們說總共拍了八百張。那麼我的工作要從哪裡開始？晚上去富士見橋觀測火星大接近[674]。

**二〇一八年八月十一日**

豪大雨特報打亂行程，下午到了很晚才下起陣雨。

**二〇一八年八月十二日**

深夜醒來，看了一下電視上的外國風景，並且寫了一些筆記。晚上醒來，所以沒夢。沒有夢的日子，日記就像洩了氣一樣。如果夢就是我的日常，那麼沒有夢的日子就像是半日常（？），夢與現實結合，成為晚上的夢與白天的夢，讓日常生活與藝術融為一體。

不同於我把夢畫下來當日記，把夢畫成畫作大概只有一兩幅，那些夢沉澱到我的無意識層面，不知不覺間發酵成為表意識，並且透過繪畫具現化。超現實畫家把佛洛伊德的理論表象化，他們不管畫什麼都替換成性心理的問題，但藝術是一種精神分析學無法論斷的宇宙原理，也就是一種包羅萬象的表現，進一步說，連馬馬虎虎的世界都在肯定的範圍。

今天我到底把太陽眼鏡與老花眼鏡擺到哪去了，我回到之前去的地方東找西找就是找不到。我被讀書寫字的文化捨棄了。我沒辦法只好回家拿備用老花眼鏡，一走出畫室門口，居然在腳踏車底下撿到，所以才能寫下這星期的日記。不過太陽眼鏡還是找不到。

傍晚去按摩。眼鏡不見讓我交感神經過敏，但藉由按摩又讓我副交感神經恢復正常。

**二〇一八年八月十三日**

【生駒芳子[675]小姐看著最近一場美展的展覽目錄，抱怨為什麼日本人最近寫出來的文章不如西方來得有個性，一定有必要喚起時尚界的關切。】批判夢。

前幾天的天氣像是秋天要到了，但今天的酷暑又顯得異常。

**二〇一八年八月十四日**

【河竹登志夫老師開始為五萬分之一的地圖上色。】這陣子只有一個畫面的夢，以夢來說沒有價值。

訃聞上看到有一個八十三歲的人死於老衰。才大我一歲就老衰？

早上在玄關地上發現一隻六腳朝天的蟬。才要撿起來的時候，突然自己往院子裡的樹飛走了。昨天早上也遇到一樣的事。是同一隻蟬嗎？我才覺得像在做夢。

專門製作電影道具與擺飾的 Kagotani & Company 的籠谷武社長帶著員工，總共四人來訪，說有一些開發繪畫以外立體作品的構想，所以希望我參加。

兩天前不見的兩副眼鏡，有一副掉在畫室前面，太陽眼鏡還是找不到，才想一定會在什麼地方找到，結果在辦公室桌上的書堆中間發現。

**二〇一八年八月十五日**

【到日比谷一帶，突然想吃拉麵。在那裡遇到了之前在府中市美術館見過面的佐佐木豐與他的同伴。我們三人一起去吃拉麵，另兩人說正在探討「祈禱」這件事。我覺得是一種沉重的題材，就說：「問題就在於如何用比較輕鬆的想法，不求功名去做。」說完就醒了。】拉麵與祈求夢。黑輪的身上好像有跳蚤，整天看起來坐立不安，應該是壓力很大。跑過來蹭我的時候，眼裡看不出笑意，而且好像在害怕什麼。我只害怕黑輪又在我被子上撒尿。

睡回籠覺時又做夢。【去家鄉的澡堂路上會經過的後巷，倉俁史朗從長屋的一間店裡探出頭來叫我。現實感瞬間消失，不過倉俁二十七年前就已經過世了。那是變鬼的倉俁？還是我在靈界與已死的倉俁見面？只有這兩種可能。滿面笑容的倉俁看起來很有精神，我也一樣。他說：「現在我正在與磯崎新合編一本建築與室內設計的書，希望找你一起合作。」說完就與我握手。有身體感覺，所以應該不是鬼魂。】這場夢不是一般的夢，比較接近靈異夢。

正在進行的第一幅木刻版畫的印樣出來了，負責組版的水谷與刷版師久保田來訪。

明天就是我出生的第三萬天，有人調查，並且在網路上發表，比起八十二歲，稱為第三萬天，比較沒有年齡意識，我喜歡。

二〇一八年八月十六日

請相島用電動割草機幫我清理後院靠馬路面的雜草。

川西浩史說想在去NY以前看一下我的畫作，就騎腳踏車來了。他去市中心也都騎腳踏車。

我與他從四十八年前在紐約賈斯珀．瓊斯家見面以來就開始交流了。今天他突然和我談起他的幾次超自然體驗，我大吃一驚，因為我們以前從來沒有聊過。

我寄電子郵件給瀨戶內師父，她就打電話來。兩人都重聽，但我比較嚴重。「不過你都很確實回答了我的問題呢。」其實我只是說一個大概而已。

二〇一八年八月十七日

馬克．班達來看我今年秋天紐約個展的展品。他帶了太太、四個孩子、父母親、他弟弟一整群人來訪。因為馬克與他的長男喜歡炸豬排，我就帶他們去「豬排椿」吃午飯。雖然來日本旅行一星期，他的小孩們也已經很習慣出國，好像到什麼地方都不會怕。

下午德永來接我，帶黑輪去動物醫院治療到處亂撒尿的毛病，但原因不是疾病。似乎什麼貓都會在被子毛毯上撒尿，多半是壓力引起，不是什麼特別的問題。

二〇一八年八月十八日

黑輪很稀奇地在家裡待了快二十四小時，但早上出門又一去不回。神祕主義的黑輪到底在想什麼，人類不會知道。

整天都在畫愛迪達托特包的圖案。

晚上十點，黑輪回家。出門十六小時，歡迎回來。

**二〇一八年八月十九日**

【藝術家創作團體，沒有共同理念，沒有分紅制，不脫個人主義。我進入這支團體，建築物坐落在風光明媚的大自然之中。今天開始，這裡就是我的畫室。我的理想就是擁有好幾個創作空間，夢想在夢裡得以實現。】這種比現實夢更有幻想色彩的夢就很棒。

畫到一半去公園走走，在公園樹下的長椅上坐下來休息。去年此時我因為氣喘住院，今年健康。

傍晚去按摩。

**二〇一八年八月二十日**

由小池一子館長掌管的十和田市當代美術館展出了我畫的一部分小玉畫像，正向小池館長走漏風聲，說畫滿一百幅的時候要舉辦一場個展，她就介紹 SPIRAL[676] 的小林裕幸[677] 館長，並帶我去參觀。該館是一個大規模的特殊空間，小玉還是比較適合在小而樸素的藝廊展出。

中午去神戶屋吃漢堡。我總是覺得漢堡是把一團肉啪！啪！啪！不斷搗爛做成的，一直想點來吃吃看。以前頂多只有在飯店住房服務送餐的時候才會吃，不是很愛吃，不過在神戶屋好像是主打餐點。

**二〇一八年八月二十一日**

【有人說，就像世阿彌會一邊看觀眾的表情，一邊調整演戲力道一樣，我的作品也會調整，而且用「松、竹、梅」三種分類挑選我的作品。】作品偏差值夢。

我一直擔心的黑輪，竟然又在床單上撒尿。至少已經不是直接尿在被子上，而是在防水墊上，總算避免一場惡夢。人貓關係比人際關係更不透明，以至於推理進入停滯狀態。

為愛迪達畫的托特包圖案大受網路歡迎，而且兩幅畫都被選用。他們也想印成馬克杯。我希望委託的工作可以盡快完成，讓自己保持無事一身輕的狀態。

**二〇一八年八月二十二日**

成城有兩間印度咖哩餐廳。店員來自波卡拉[678]，問了才知道他們有一個老闆，擁有很多家店。老闆是印度人？還是日本人？下次再問問看。

傍晚，磯﨑憲一郎突然出現在畫室門口。他希望我能為他在《朝日新聞》連載的文藝時事評論畫一幅有貓的Y字路。他想談保坂和志的《哈利路亞[679]》，因為是貓小說，插圖有貓會比較穩當。

**二〇一八年八月二十三日**

【在巨大工房畫一幅三百號畫布的畫。站在我後面的畢卡索提醒：「不要畫成一篇故事。」為什麼？就算我不刻意去畫，都會形成故事。畢卡索的話到底由誰說出來的？說不定是我自己無意識之間脫口而出，但夢裡的畢卡索說的那句話，好像又不是本人說過的。就算是抽象畫，都有自己的故事。】

【在一間好像認識的攝影師開的攝影棚裡，他在一張大畫布上以大畫筆塗出色塊。看起來其實

很隨便，但我認同他的膽識。】

【某雜誌附錄是幾十張色卡，據說把這些卡像護身符一樣掛在身上，可以提升對顏色的美感。】

三場藝術夢。

之前幫我完成立體作品的 Kagotani & Company 籠谷與造型藝術家鈴木來訪。說什麼都不對，哪裡也去不了的四小時會議。

**二〇一八年八月二十四日**

美容院 nico picabia 的小八師傅說開了另一間工作室，於是就去新店面。不稱為美容院而故意以工作室自居，是因為把美容術當成一門藝術。小八從出雲大社[680]回來，還拿出手機給我看「拍到天上的龍」的照片。師傅幫我按摩頭皮的時候，我幾乎都在睡覺，從這時開始我都處在睡眠負債狀態。

神戶橫尾忠則當代美術館的山本與平林來訪，討論下檔與下下檔的展出內容。平林策的是下下檔展覽，將以我畫作中找出有「笑料」的作品展出。笑料是我人生的重要成分。我從杜象的作品裡，也找到「笑料」的原點。達達與超現實主義藝術，也普遍存在著「笑料」。

《朝日新聞》書評主編吉村千彰發簡訊來，表示對預定刊登的《玉碎之島貝里琉[681]》書評的感想：「生存體驗與讀書體驗合而為一，實際感受到『書評也是文學！』的意念。」我高興中帶有一絲疑惑。這篇書評還只是我一口氣寫完的底稿。

**二〇一八年八月二十五日**

【淺田彰穿了一身白西裝（連鞋子也是白的），錄完一支節目，我在電視台的休息室見他，但忘記我們談話的內容了。】TV夢。

【把黑澤明導演的《羅生門》所有樹林的鏡頭重剪成一部精華版。】剪接夢。

把NY個展要展出的作品都送出去了，畫室空空，腦袋也空空。敬請期待從這一片空空發展出來的空空作品。

**二〇一八年八月二十六日**

從早上開始在阿爾卑斯一邊喝熱可可，一邊整理日記，一邊讀書評要寫的書。大概是因為冷氣太強，一走出店門口，感到外面的灼熱天氣反而是舒服的。

畫室附近的大馬路突然停了兩台警車，十幾個警察走來走去，氣氛詭異。一個戴著太陽眼鏡的貴婦，在警察押送下走出家門。一下子以為是病人，但外面沒有救護車。又來了一台警車，總共三台。看起來發生了緊急事態，到底發生什麼事呢？從警察人數看來，應該是案件等級？儘管看起來好像很嚴重，除了我一個路人以外，卻看不到圍觀群眾。我走進畫室，再走回現場一看，現場卻又像什麼都沒發生過一樣空無一人，像做夢一樣，大腦都在為了推理空轉，根本無心工作。最近的夢都太過現實而顯得無聊，現實才取代夢境吧？

去按摩，請按摩師傅幫我推理中午發生的事件，他也說「不知道呢」。電影導演頭腦比較好，說不定比較有頭緒，我打電話問山田導演，他也抓不到線索，案情陷入泥淖。

**二〇一八年八月二十七日**

昨晚因為白天警察的大舉動員與不明女性逮捕場面，使得我陷入幻想整晚失眠。這種白日夢般的幻視光景，說不定哪天就會成為畫作中某種訊息的表象。

**二〇一八年八月二十八日**

為了秋天在西脇市岡之山美術館個展展品創作，與妻子、德永三人去西脇，到了以後先去祖墳上香，向死者打聲招呼。一場遠離家園後重回家鄉的原鄉奧迪賽之旅。

與高中同屆男女十餘人在西脇皇家飯店舉行同學會。從以前開始，每次都是男女分邊坐，兩邊沒有什麼對話，對話只在同性之間完結。這種現象是不是因為高中時代對異性的羞恥心帶來的距離感，到現在還留著的關係呢？想起來很不可思議，但沒人覺得不可思議，更讓我覺得不可思議。

因為西脇沒有任何觀光資源或在地產業，他們就想以「Y字路發祥之地第一號」這種沒頭沒尾的詞命名我畫第一幅Y字路的取景地點以資紀念，並決定把原地點中間的屋子整棟塗黑。這樣一來，一定會成為一個紀念性的景點。

晚上與片山（象三）市長等人在飯店吃飯。

**二〇一八年八月二十九日**

【在百貨公司的美術用品賣場挑貨的時候，一個以前遇過的百貨公司某部門主管與女店員走來跟我說，一柳慧四十九年前出的《歌劇．歌頌橫尾忠則》彩色LP，到現在還繼續收藏。】

【兩個跑建築線的記者到我畫室，對我正在創作的畫作指指點點。我開口說「Essence」，他們馬上糾正是「Elence」。】

【土屋嘉男來我家玩，不過不是現在的家，是另一個家，他說：「我寫了關於銅像的文章喔。」您對歷史也有涉獵？「對。」說完不久，他就回去了。屋外，土屋對隔壁的太太說：「好漂亮的花呀。」身為一個大受歡迎的演員，土屋卻能與普通人侃侃而談，我覺得他還是一樣健談。】

去比西脇更偏僻，深山杉原谷裡的杉原紙研究所一邊從紙漿抄紙一邊創作。但是美術館方的時段給得太差勁，我因此錯過了創作的適合時機。就如同相撲從預備姿勢到起身攻擊的過程，專注的絲線一旦斷裂，創作的意欲就會完全喪失，在這種狀態下就無法隨心所欲地創作。我先去對面的青玉神社參拜，向神明說「今天不行」，就叫了計程車下山回飯店。後來與學藝課長山崎討論接下來行程的變更，但重新挑戰與否一直停留在未定狀態，明天直接回東京。像夢一樣的現實。

二〇一八年八月三十日

櫻桃子[682]過世。她一開始就不公開自己的本名。《櫻桃小丸子》在她子女的學校裡很受歡迎，櫻桃子也非常有名，但她甚至對自己的子女隱瞞自己就是櫻桃子的事實。但是她的子女後來好像猜測出事實了，我也受邀拍攝給她子女看，宣稱自己不是櫻桃子的澄清影片，卻因為要求太突兀，我只能笑著婉謝。在展場上想向本人打招呼，但怕接下來的麻煩，根本無法打招呼。

在西脇休息站，妻子想買些什麼就回家。我已經聽說來往壽一前市長會經過這裡，果然他拿著今天的《神戶新聞》上關於我的報導，在休息站等我。他退休後還積極參加義工活動，在「又忙又有趣」的活動中，看起來比當市長的時候還有活力。

十一點半，從新大阪回東京。

**二〇一八年八月三十一日**

【唐納．基恩[683]老師從飛機的窗戶往外看，發現一架UFO用一樣快的速度貼近飛機前進。他看著外星人像特寫一樣的眼睛時，眼中所見全部轉播到我的腦內讓我看。那眼睛與地球人的眼睛沒什麼不一樣。】

上午，平林與山本為了別的事情，從神戶來訪。

下午為了《文藝》上的〈畫室會議〉，與保坂和志；磯﨑憲一郎對談。我的重聽一天比一天嚴重，嚴重到很難進行三腳對談，只要保坂與磯﨑兩人進入第三者對話，我完全聽不到。因為我無法掌握話題的內容，也就無法加入對話。

**二〇一八年九月一日**

上午在阿爾卑斯喝熱可可。

下午畫小玉。

**二〇一八年九月二日**

【在一棟很大的建築物裡，當著一群美術界人士的面公開創作。必須拿出自信來才行。我畫了一幅很大的畫，畫一個天使展翅飛翔。拿出自信來畫。大家讚嘆：「這是國際級的繪畫。」我聽了就得意萬分。】公開創做夢。

【在一間大劇場裡，與一位外國女舞者跳雙人舞。另一位日本女性也在大舞台上，像畫畫一樣滿場飛舞。舞伴在跳完舞以後，應該是因為太興奮了，就掀起衣服張開兩腿，展現她的性感魅力。另一個名叫「興貴都」的寶塚女星，也不隱藏她的一身疲態。】舞蹈夢。

卸任的SEZON當代美術館難波英夫館長來訪。他很久沒來了。我對難波說，我在杜象、畢卡索、奇里訶的時代找到自己的位置進行創作，而且還以生理狀態與心情為優先考量。

**二〇一八年九月三日**

山田詠美正在《日本經濟新聞》晚報上連載的《積罪人684》迎向第一百三十三回，這陣子有機會受她邀請「吃個飯也好」，與連載編輯、中央公論新社單行本編輯一起在新宿的希爾頓東京飯店吃鐵板牛排。結果他們的鐵板牛排不是現做，而是裝好盤再端到用餐區上給客人。我覺得鐵板料理還是要像鐵板燒一樣，有廚師在客人面前表演。與山田的對話，以小說家或編輯的八卦為主，與美術圈比起來，文學圈的欲望力學好像怎麼說都比較深厚。

**二〇一八年九月四日**

《文學界》清水陽介來訪。每次遇到他，都看到他穿著賞心悅目的時裝。如果穿在女生身上就很稀疏平常，但男生穿起來又像特別扮裝。我的文章很久沒上《文學界》了，他們就來問我：「總該給我們文章了吧？連載怎麼樣？」

**二〇一八年九月五日**

【在偏僻地方不毛之地上的一棟大飯店前，被兩三人歡送，打算走到國道旁邊叫計程車，但叫不到任何車，只好回飯店請櫃檯幫我叫。】這陣子一直在做無異於不動腦日常的夢。如果都是這種現實場面片段的夢，我也沒有看的必要吧？我才發現自己可能朝向夢境被消滅的命運前進。

高松宮殿下紀念世界文化賞找才想用我的畫作為二〇〇九年至二〇一八年得獎者作品集的封面，日本美術協會事務局的野津修敏局長帶著校對印刷稿來找我，還帶了一九九二年我與黑澤明導演的合照。我根本無法想像自己竟然會在二十三年後，得到和黑澤導演一樣的獎。

傍晚去 g g g 參加《幻花》插畫展685開幕。來賓很多，但我分不出一些一陣子沒遇到的人誰是誰，只能對他們傻笑，沒兩下子就累了，先撤退到辦公室的會客間。這間畫廊專門展示平面設計，所以業界的人也很多，大部分我都不認識。我重聽，所以人家叫我我也聽不到。人們說話的聲音，對我而言簡直就像在海底說話一樣（我覺得海底應該是無聲狀態），一場清醒的幻想。畫廊與我辦公室的員工，在銀座的「赤坂離宮」一起聚餐。畫廊回報，開幕第一天就吸引八百人到場參觀，說是開館以來的紀錄。最近的展覽都只顧比參觀者人數，一場展覽的評價也由人數決定。

**二〇一八年九月六日**

我在紐約亞伯茲·班達畫廊的新作個展686，延後一天到今天開幕。只可惜我重聽搭不了飛機，無法親自到場見大家，成為作者不在場的開幕。我在海外展出的開幕，其實會做得很華麗又很振奮人心，不過這七、八年我不管是哪一場海外展的開幕都沒有出席。

山下裕二委託製作東京都美術館展出中的「奇想的系譜」擺飾，而不是宣傳用海報。我構想的是B全開尺寸，結合絹印與膠印的作品。把「江戶前衛藝術」八大代表國芳、其一[687]、蘆雪[688]、蕭白、若沖、白隱、山雪[689]、又兵衛[690]的畫作齊聚一堂，做成一場壓軸展覽如何？蕭白與若沖都已經成為流行符號了，如果以新觀點重新關注其他畫家，說不定可以一舉再造超日本藝術的過度熱潮。展覽標題「奇想的系譜」由美術史學者辻惟雄[691]教授命名，他半世紀以前已經推出《奇想的系譜》，對少數藝術愛好者帶來很大影響，我也是其中之一，當時我偷偷地在自己的作品裡引用了「奇想天外」的作風。

**二〇一八年九月七日**

瀨戶內師父委託我設計找她掛名監製日式甜點的濱松春華堂[692]產品包裝設計。九十六歲高齡，在媒體上越來越活躍呢。我以前設計過洋酒與日本酒的包裝，至於甜點嘛，我沒試過。

**二〇一八年九月八日**

以前我的自傳出過台灣版，還在台灣得到文學獎的翻譯獎，今天寄來的是《我打算不要死》的中文翻譯版《人生唯一的不變就是變》。另外還有兩本書在台灣出版的提案，一本說要收錄很多插圖，另一本是之前已經出過的自傳，所以我兩個案子都拒絕了。現在中國正在翻譯我的自傳。

**二〇一八年九月九日**

我之前寫過，自己的夢境漸漸變成清一色日常生活的片段，總覺得有一天會被消滅，這星期很難得地一場夢也沒有。一旦晚上的夢就這樣沒了，連白天的夢都會不見。

**二〇一八年九月十日**

【與幾個朋友一起搭電車去某個地方，突然想上廁所，於是衝進公廁。可能因為太趕了，我就拿到一張寫著目的地的便條紙，但我無法理解，就要求等我一下。等我上完廁所正要離開，又發現小隔間裡傳出一個女人的低吟：「媽媽不給我食物，我快死了！」我就嚇了一跳。】恐怖夢。

受《週刊新潮》專欄〈典藏我的京都〉專訪，與妻子、德永展開兩天一夜之旅。在京都車站與編輯八尾久男、攝影師田邊邦男會合後，前往南禪院。穿過建築物外巨大的磚造水道橋，就像進入另一個世界。圍繞南禪院建造的回遊式庭園，雖然解說單上沒寫，應該就是夢窗國師設計。不論從哪一個角度看去，都像一幅一幅的畫。划過水面的水黽與蜻蜓引人鄉愁。中午稍晚在平安神宮的「權太呂693」吃完烏龍麵，就遠離市中心前往京田邊市的酬恩庵（一休寺）。在人工岩壁庭園與枯山水圍繞的茶室「虎丘庵」裡，有一幅大到不像話的一休禪師坐像。這幅肖像上面還黏了本人的頭髮與鬍鬚，走超寫實風格。

晚餐在大倉大飯店附近的小料理屋吃壽司。

**二〇一八年九月十一日**

早上七點去宇治市宇治平等院的鳳凰堂。坐車經過沒有京都樣子的鄉下地方，前往平等院。從童年收集的郵票上認識的平等院，比想像中更加美觀，彷彿浮現在空中的極樂世界。在夕陽照耀下好像會散發光輝的阿彌陀堂，在上午的陽光照耀下，像是還沒睡醒一樣。在逛完庭園以後，在茶店叫了宇治金時刨冰預防中暑，然後去伏見的法界寺。拜見了寺裡號稱平安時代日野資業[694]透過最澄帶來的藥師如來像[695]。八尾說我以前曾經在瀨戶內師父的《幻花》插圖裡畫過日野富子[696]，但我完全不記得。我與藥師如來有緣，離開前先買了一枚平安御守。在清水寺附近一家據說貝爾納．布菲[697]生前來過的和風肉料理餐廳吃晚餐。布菲的版畫，現在變成一幅只要三至五萬日圓，相當便宜的貨色。

訪問告一段落，看還有點時間，就想衝去京都水族館看看。五十九頭企鵝都以京都的街道命名，三個打扮漂亮的小姐一邊唱名一邊餵食，接觸的俗氣一掃白天逛佛寺的陰氣，讓我恢復了元氣。

**二〇一八年九月十二日**

出兩趟遠門去西脇與京都，覺得有點累，不過兩天後又要出發去神戶。這就好像在挑戰一場體能測驗。如果是去年的體力，一定撐不過去，但今年咬緊牙關總是撐過了。中午有人來訪，晚上去《朝日新聞》的書評委員會。

寶田明送來有他名字一個字的「寶壽茶[698]」。

**二〇一八年九月十三日**

南天子畫廊的青木康彥社長來訪。很久沒有和他一起聊東聊西了。青木每次都帶茅之崎當地的麵包當伴手禮。如果是銅鑼燒、薄皮紅豆酥、羊羹，我會更高興。

**二〇一八年九月十四日**

神戶我的美術館「在庫一掃大放出[699]」展開幕，我與妻子、長男、德永四人一起去神戶。午餐吃鐵板牛排增強體力。一樣是神戶牛肉，我老家西脇黑田庄產的黑牛，因為是得過全國優勝的肉，這裡的肉沒記錯的話，一定就是那裡產的。

記者會上，主辦單位從大阪請來了廣告樂隊[700]熱鬧地歡迎我到場。他們是神戶大學、立命館大學等校畢業生組成的高學歷廣告樂隊。紅色的燈籠從大廳天花板垂掛下來，學藝員與館員們也全部穿上紅色法被[701]。在這種環境之下舉行的記者會，一不小心說溜嘴，全場就會陷入一片大爆笑。

因為今天很多地方都有展覽開幕，本館的來客率推翻了山本課長原本的焦慮，還有很多觀眾專程從東京趕來，讓他笑不攏嘴。在東天閣共進晚餐，愛知縣美術館的南雄介、每次一定出席的淺田彰、安來正博等人，都來參加熱鬧的宴席，但我還是因為重聽，而覺得所對話都不干我的事。

**二〇一八年九月十五日**

【去拜訪磯崎新設在西脇的事務所】夢，以及【《朝日新聞》磯崎憲一郎專欄「文藝時評」上用的插畫不是Y字路，反而是〈粉紅色女孩〉與〈蒙娜麗莎〉。更何況色調很差，只是印得大而已。我想也不想就別過頭去】夢。

在兵庫縣立美術館蓑（豊）館長導覽下，參觀「普拉多美術館典藏展」。

中午吃鰻魚恢復體力。

ggg說《幻花》插圖展開幕十天以來已吸引三二九三人進場參觀，打破過去的紀錄。光是今天一天，到晚上六點為止就來了五一七人。那麼小的畫廊，要怎麼分配參觀者？

回東京，晚餐後家裡突然停電，而且只有我們家。東京電力與德永都趕來，現場一片騷動。

**二〇一八年九月十六日**

愛用的太陽眼鏡不見了。哭笑不得。

前陣子後院樹叢裡發現一隻烏鴉的屍體，今天早上在玄關前面又發現第二隻，看來是嘔吐之後才死的。很有可能是誰下毒驅除，對黑輪與兩隻外面的黑貓也很危險。我一直在想怎麼辦，卻苦無對策。

《朝日新聞》的西來訪，告訴我樹木希林過世了。上星期才在「The Non-Fiction 流轉的靈魂內田裕也」電視專題上看到樹木，我看了就對妻子說：「她看起來少了生命力，恐怕不太妙。」才說完真的就死了，我很驚訝。她還沒公開自己「癌症已經蔓延全身」之前，就已經先告訴我了，那時她還很有活力，看起來就好像開了一個玩笑。但是她從以前就是一個沒特別區分生死的人。

**二〇一八年九月十七日**

旅途勞累，在畫室裡盡情享受無為的時光。對喔，今天是敬老節，但沒人要敬我這個老。想要與同年齡層一起過敬老節，就約了神津善行老師去神戶屋吃咖哩。夏天沒有精神，就吃咖哩。神津老師叫了麵包與咖啡的輕食組合。他平時好像不吃早餐。與神津老師同年齡的五木寬之、谷川俊太郎好像也不吃。我則效法黑澤明與三島由紀夫早餐吃肉。

**二〇一八年九月十八日**

【一邊翻閱設計師長友啟典（故人）設計的月曆，對不知何人即興說出一篇故事。月曆的圖上，有一台逃出東京，開往有巴別塔的遠方的車。整幅畫充滿了飛揚的塵土，遠處背景中化作貧民窟的都市，在煙塵中迷茫。】末日夢。

【一個客人在外國街頭的書店找自己的作品集，說他找不到。麗莎·萊恩[702]突然跑來，不知何時變成一個日本女陪侍，結果還是來跟我說想買我的作品集。】的夢。

森美術館的近藤健一與小山田洋子來訪，來申借我為阪神淡路大地震設計的當代藝術家、設計師群像海報，在「災難與美術力量」聯展上展出。

英國企鵝圖書發行的三島由紀夫《明星[703]》預定用我一九六六年〈終結的美學〉版畫海報作為封面，寄來校正用試印版。以前義大利想出川端康成小說（書名忘了）的時候，也要求授權使用我六〇年代的作品，但那時候我應該是因為不喜歡，就推掉了的樣子。

**二〇一八年九月十九日**

手塚製作公司的員工來訪，問我和手塚老師的故事。手塚不以漫畫家自居，只說自己是個「畫畫的」，我記得他與小說家很難溝通，便對我說：「我們都是畫畫的，一說就馬上懂了呢。」我之前為了在西脇市岡之山美術館展出的糊紙作品前往市區，結果他們根本還沒準備好，我只去了三十分鐘就離開了，結果這種沒有新聞價值的小事，卻被各大新聞媒體大幅報導，我實在一頭霧水。對一個小鎮小分處的小記者來說，在無聊的每一天之中說不定是一件大事。那又是誰製造出這場鬧劇的？主謀者一定是那些人。

在NY的個展也已開幕，我可以來想想下一個主題了。我開始以「現在」的眼光把過去的作品虛構化。

**二〇一八年九月二十日**

個人藏家委託創作。為什麼這種案子都會一拖再拖。相較於不明所以的創作方式，類似這種具有預先調和束縛的委託作品，反而會一直往後延。如果沒有進入創作狀態，我就畫不出來了。

**二〇一八年九月二十一日**

去東京銀座 ggg的《幻花》展出席與平野啟一郎的座談。耳機設計精巧，讓我不必戴助聽器就可以聽得很清楚。平野聲音也很容易分辨，可以順利應付座談。問題是我對於自己在四十多年前畫的插畫，還是無法認同當時的心情，只能不斷像政客一樣用「不知道，我忘了，沒印象」突兀地搪塞，儘管我當時知道很多，但每一幅畫都維持未完成的狀態。之所以沒有完成的意欲，是因為我把自己的生活方式與心情放在優先位置，如果完結一件事或達成一個目標，對我而言就等同於封閉心門，我寧可像水、瀑布一樣不讓人追。或是成為一個遇到任一條路都可以走的岔路（Y字路），就隨遇而安的無軌跡生活，不刻意黑白分明的感情行事。這場座談在剎那性、生理性、感情性的談話中結束，不過平野的作品分析確實有他的一套。

**二〇一八年九月二十二日**

本月第二次三連休。市面上一直放假，連我也高興。我沒有特地出門的藉口。汗流浹背地活也是活此一生，醉生夢死中結束也是一生，哪一種都是人該有的生活方式吧？山田導演告訴我「醉生夢死」這句成語。「醉生夢死」很接近我畫畫時的心情。我很想在臨死的時候告白：「我過了醉生夢死的一生。」

**二〇一八年九月二十三日**

去年夏天因為氣喘住了一星期的院，今年還沒發作。氣喘通常在由秋入冬的時期最容易發作，所以現在還不能大意。

終於讀完前陣子在看的俄羅斯駭人災難紀實。與創作文學不同的地方，在於你一旦沉浸在紀實文學的世界，一定越讀越累。對我來說，杜撰的故事反而更接近人生。說不定我是靠虛構化自己的人生過活的。畫家之所以長命百歲，我發現一定是把現實生活的某一部分虛構化的關係。雖然我現實生活的壓力很多，虛構難道就沒有壓力了嗎？不過我不知道。

**二〇一八年九月二十四日**

依照過去習慣，又做了像是日常片段的夢，像是【買貓王全集ＣＤ】之類，無聊到丟人現眼的夢！

深夜打開電視，看到正在播放寶塚歌劇的歌舞秀，就看到整個播完。大和悠河的全盛期。於是我就穿上她送我的套頭運動外套出門。

熱天容易中暑，結果我還是在神戶屋一邊吃著咖哩，一邊寫《朝日新聞》的書評。

下午該畫畫還是出門散步？猶豫到最後還是選擇比較輕鬆的散步。橘色的蝴蝶在好幾種顏色的花叢裡，只挑與自己同色的花朵棲息。它們會分辨顏色嗎？或者它們說不定可以對顏色的波動產生共鳴？

**二〇一八年九月二十五日**

負責「黑澤明ＤＶＤ全集」監修，現年九十一歲的野上照代女士來訪。我們一直通簡訊，她一直傳簡訊來說自己腰痛腰痛，我還擔心一下，結果看起來神采奕奕，打扮也光鮮亮麗，看起來比以前還年輕又是怎麼回事？雖然不是正式訪談，而是關於黑澤明導演的回想與趣事，這些內容最後可以好好整理成文章嗎？能整理成文章的編輯，一定相當優秀。黑澤導演喜歡吃肉、鰻魚之類營養成分高的食物。碰巧今天晚上我家的晚餐，也是谷新送來的鰻魚。

妻子說找不到男生的睡衣，就買了女用粉紅色睡衣。從今晚開始，我都男扮女裝。「我是演戲的田村。」「好久不見了，不過我現在重聽很嚴重，你能聽得到我說話嗎？」「啊，這樣呀？

那個鈴木今天在嗎？」「我們這裡沒有這個人。」「那女生的鈴木呢？」「我們也沒有。」「我打錯了嗎？那我重打一次試試。抱歉打擾了！」對方還沒有發現不小心打來我家了，不過他是田村正和？還是他弟弟亮[704]？兩人都是演員，但我分不出是哪一個。

**二〇一八年九月二十六日**

受卡地亞委託創作的布條印樣抵達，風格簡單，樣子漂亮。同時也檢查了現在正在舉行的卡地亞典藏展中展出，一百一十多張肖像畫專刊的印樣。

覺得自己快要感冒了，本想取消晚上的外出，卻又因為有想寫的書評，先吃了一包葛根湯，喝了一瓶勇健好以後，出席《朝日新聞》的書評委員會。

**二〇一八年九月二十七日**

因為昨天下了整天的雨，黑輪沒有出門上外面的公廁，又跑到我的被子上尿了一大片。妻子一整天忙著收拾。

去青山的東京聽覺輔助中心調整助聽器。我進了小隔間，他們在另一間控制室裡操作機器調整我的聲音，但檢查的結果，人家說十句話，我聽不到五句，意思就是我沒有理解那些話的意思。現在大部分時候我都用直覺反應，該不會都牛頭不對馬嘴吧？

晚上，由住在同一街區的作家花輪莞爾[705]介紹的藤森針灸師來幫我醫耳朵。重聽者好像時常會出現三半規管硬化的症狀。重聽就算會出現身體的症狀，也完全沒有感覺。

《週刊新潮》的八尾攝影師帶來了預定刊登的京都照片。

二〇一八年九月二十八日

黑輪終於在我們準備的沙盆上上廁所了。可喜可賀。可喜可賀。

二〇一八年九月二十九日

【在大建築物裡面，必須使用智慧型手機才能通過一個關口，因為我沒有手機。就不能通過。要過那個關口要收錢，我付了一張萬元鈔，他們不找零給我】的夢。

藤森針灸師說針灸有健保給付，所以我馬上去附近的漢方醫學診所，找盛岡大夫開處方同意書。我負擔的費用會少很多。

在成城車站前吃完午餐，就去一陣子沒去的舊山田邸，一邊喝咖啡，吃自己帶去的甜麵包，一邊整理日記到今天的內容。

無意間讀到的蕗谷虹兒706著書提到，三島由紀夫曾經在《在海角的故事》找他負責過插畫。三島似乎受到虹兒的「昭和浪漫」少女風吸引。我過去總有一個疑問，為什麼三島終生都把我創作於一九六五年，近乎處女作的作品放在書齋裡，現在想起來才發現，那幅畫裡帶著一種昭和的浪漫，與虹兒的異國情調似乎有點共通之處。我有一種長久以來的謎團終於解開的感覺。

二〇一八年九月三十日

上午在阿爾卑斯讀書評要寫的書。我暫時不說書名，總之無聊，不過再無聊的書，都有寫出有趣書評的可能。不論如何，不會有人在書評上直接寫「無聊」。這本書我不覺得值得把書評寫得很有趣。

傍晚去整體院按摩。二十四號颱風說不定會接近，他們希望我從預定的五點半提前到四點半到。按摩結束時雨剛好停了，據說到半夜暴風圈就會登陸。我在家裡還沒有颱風要來的感覺。

**二〇一八年十月一日**

本來以為二十四號颱風侵襲日本各地，只是電視上的畫面，結果從二樓下來的妻子說：「整棟房子都在晃，陽台的水泥柱掉下來摔碎了。」我卻像坐在雪舟筆下夢幻山水中的竹筏一樣靜靜漂流。看著眼前庭院的荒廢景象，難過盛開的金木犀被肆虐散亂一地的花瓣，對於自然成為美的叛亂者只有憤怒。

《朝日新聞》的大西若人來訪。要我對「太陽之塔」的特輯發表評論。我回答：人凝視著眼前的對象，會透過無意識的思念與祈願，得到聖像化的對象帶來的奇妙靈力。我在想這是否就是太陽之塔受歡迎的祕密。

**二〇一八年十月二日**

昨天因為身體不舒服而到隔壁的水谷診所，結果因為那裡從一早就一大堆人候診而放棄。下午，為了討論ＮＨＫ大河劇《韋駄天》的第二款海報去東寶攝影棚，開會前正好看到綾瀨遙在錄電視劇，我本來想遠遠地看，他們就說：「讓我們介紹一下。」就把我拉進去跟她見面了。在電視廣告上看起來，像是時裝模特兒一樣的高個子女星，但本人身高其實和我差不多。她具有其他女演員沒有的端莊美，又有一種純真無瑕的幼兒性，希望她成為平成的「原節子[707]」。我走馬看花參觀了一下他們的布景，離開時還獲贈了一本非賣品寫真集。像天使一樣的姿態，與夏威夷的海水相當搭調。在很久沒來的東寶員工食堂吃午餐，每次都覺得這裡的菜色比看起來的樣子好吃。這裡的濃縮咖啡我也很喜歡。

負責現正舉行《幻花》展（ggg）的燈光設計師藤本晴美[708]小姐，在展覽期間的九月十七日過世了。她一九六四年我去巴黎旅行時為我帶路，此後就成為好友，總是這麼充滿活力的她，居然就這樣走了。我認識的女性，像是櫻桃子或樹木希林，接二連三地死了，深深感到生死的無常。我還沒發現畫室院子有一棵大樹被連根拔起，倒在畫室一角。

**二〇一八年十月四日**

【與故．土屋嘉男一起在成城與新宿的書店徘徊，這些書店總是出現在我的夢裡。這兩間書店都只出現在我這二十年來的夢裡，現實世界是找不到的。老闆的長相也跟二十年前一樣，卻是個老頭子。演過很多黑澤明電影的土屋，常常嘀咕他接不到案子：來的都只有無聊導演的無聊劇本，根本提不起勁演。】如果他在那裡再接一次《七武士》呢？

我叫朝日電視台的「白色美術館」幫我在攝影棚裡搭出一間大畫室，我在五十幅小玉畫像的包圍下，在棚內閉關五小時畫畫。這個節目的策畫者之一，也就是攝影師故．田原桂一的遺孀，帶來約十張我的簽名照送我。我沒有被他拍過的印象，但這些照片一定會成為在攝影史上留名的重要作品。

傍晚，上週來訪的野上女士說好要送來的靜岡鰻魚抵達。產地直送的鰻魚，吃起來就是不一樣。

我想送傳真向她道謝，卻因為不會操作傳真機，只好等到星期二再說。

**二〇一八年十月五日**

接受平成中村座[709]十一月大歌舞伎節目專刊的訪問。與勘三郎師傅第一次碰面時，場面有點尷尬。勘三郎師傅走在舞台延伸的花道上，與觀眾席裡的我四目交投，他突然在花道上對我打招呼：「看呀，這不就是橫尾家的主人嗎？」我也大吃一驚。後來實際碰面是在中村座的後台休息室，我們互贈海報並在上面簽上自己的名字，是最後一次見面。現在想起來，當時他的那句台詞，說不定就包含後來合作的預感。

把《日本經濟新聞》晚報版上，為山田詠美的連載《積罪人》畫的幾幅插圖做一次交稿。報上說紐約弗利曼．班達藝廊正在舉辦的個展，將有二十二幅畫會被伯格收藏[710]買下。我上次開個展他們也收了我的畫，對我而言是大藏家之一。作品賣到海外固然高興，然而國內就看不到了，又有些孤單。

**二〇一八年十月六日**

【完全不知道自己到底到了哪裡。我總要想個辦法逃出這座迷宮都市吧？所有出口都被封住。我身上沒有可以證明自己身分的證件。在被放行出來的通道，偶然遇到點頭之交小澤征悅[711]。跟在他後面走，說不定可以逃脫這個迷宮。】迷宮夢。

去整體院做恢復副交感神經功能的按摩。

**二〇一八年十月七日**

為了解決運動不足的問題，走路前往阿爾卑斯喝了一杯熱可可，寫了一篇給《朝日新聞》的書評，去增田屋吃了雞湯蕎麥沾麵，去辦公室逗兩隻貓，再去舊山田邸邊喝咖啡邊整理本連載的日記，順便晒晒太陽。在鱗片般的高積雲下走到喜多見不動堂拜拜，再到野川邊的遊客中心一邊喝著紅茶一邊讀書。離家六個小時以後，才總算進畫室。

我沒有特別的書房，今天經過的地方，全部都是我的公共書房。

**二〇一八年十月八日**

喝太多水會讓血液變稀，所以就改喝茶。茶也有利尿作用。暫時中斷重聽的治療，從耳朵變成全身的治療。我一邊期待著全身整復可以對重聽帶來正面影響，一邊在神戶屋吃沙拉與麵包午餐自助吧。

在畫室裡繼續過去中斷的委託作。

**二〇一八年十月九日**

《BIG COMICS》漫畫週刊迎接創刊五十週年，找我做專訪。我以前都拿《BIG COMICS》來順畫筆，根本沒拿出來讀，所以拒絕受訪；他們又說在創刊的時候，我曾經幫他們畫過「老虎合唱團的團員變成老人，在蓮花池裡泡溫泉」的彩頁插圖，因為我平時很少看漫畫，又跟他們說：「沒什麼好談的。」結果他們又一直死纏爛打，說即使一句話也好，回想起來，從白井主編[712]的時代，他們就一直希望我把夢境畫成漫畫，還每年上門拜託兩次，不知不覺之間我就只好答應他們的訪問。

野上照代送我鰻魚，我傳真感謝信給她，她又傳真回禮，說這裡的鰻魚是吉永小百合、仲代達矢、佐藤愛子、京町子[713]等演員都保證過吃了會「更有活力」，所以「請放心！」不愧是人面很廣的野上女士。

## 二〇一八年十月十日

可能因為我運動不足，一走路就開始喘。我覺得也可能是睡眠不足的關係。我比較常騎腳踏車，很少走路。沒畫出大作，可能也是疲勞的原因吧？畫出大作可以抒發心情，促進生體活性化。一個畫畫的，就是要畫畫才能維持身體的健康。覺得如果想健康到老，畫畫是最好的方法，但同時怠惰心也像惡魔一樣誘惑著我。像杜象就曾經花五年才完成一幅畫，最後的〈遺作〉甚至花了二十年心血。另一方面畢卡索或是畢卡比亞，差不多一天就可以完成一幅畫，甚至只需要幾小時就可完成。被問「你是哪一派？」時，我可以被歸類於其中任何一派，但我又不會輸給偷懶的快感或是畫畫的快感呢。活到八十幾歲，懶洋洋地活下去，還是比較忠於身體呢。

下午，小林稔侍來訪。在「家人真命苦」系列結束以後，他就開始演「寅大哥」系列，我就沒有機會再去東寶攝影棚探他的班，才叫他來畫室坐坐。我們一聊起來，話題總是「健哥」。稔侍總是和健哥同進同出[714]，隨時可以如數家珍地提起健哥的小故事。我一邊聽他說健哥的故事，卻起了一些念頭：「活著是怎麼回事？人生又是怎麼回事？」

晚上出席《朝日新聞》的書評委員會，卻發現吞口水的時候脖子淋巴腺與中耳部位會痛，心想：

「感冒？」就拿一包葛根湯顆粒來吃，摩擦雙手貼在脖子上，都沒有改善跡象。我下定決心明天就去醫院，入睡前把撒隆巴斯貼在脖子上。

**二〇一八年十月十一日**

一叫醒來發現吞口水就不痛了，因為症狀在睡覺時消失，今天就不去醫院了。

下午去電視台錄影（節目名稱暫時保密）。本來進度停滯的畫，趁錄影的時候完成。

英國企鵝圖書在出了三島由紀夫的《明星》之後，又委託我設計《性命出售[715]》的封面。今後只要有誰推出三島小說系列，也會找我合作全書的平面設計。

**二〇一八年十月十二日**

上午讓藤森大夫針灸。

下午，從神戶來的山本與林來討論下一檔展出「大公開創作劇場」展品清單與展期中的公開創作日期。我應該是第一個在美術館內公開創作的畫家，在更早以前勞森伯格[716]在草月會館就曾經發表過行為藝術。再往前追溯，北齋也曾經在佛寺中庭畫過一幅巨大的達摩圖。

**二〇一八年十月十三日**

【高三第一學期開始之前輟學】的夢，從以前就一直夢一直夢。昨晚也夢到一樣的場面而醒來，這種夢做了這麼多次，我在半夢半醒間會懷疑自己是不是真的輟學了？

那麼今天又要做什麼呢？我整天都在想這個問題。明日通常都會會客，像今天這種假日，卻出奇地想隨便跟誰見上一面。明明是不會客的假日，難道就不能放自己一馬好好休息嗎？但是對我來說，休息就是會客時間。所以我約了住在神戶屋附近的神津老師去神戶屋。神津老師的話題一直是音樂，但我與業界以外的人談話的時候，幾乎不會聊到藝術以外的話題。回畫室睡了近一小時的午覺。讀寫書評用的書，直到傍晚。

晚上在被窩裡寫了一篇書評。

**二〇一八年十月十四日**

野心只要隨著年齡增長消失，就會轉化到別的地方，並且不再努力。無欲亦無得，生活也變得漫然。日野原重明大夫說這就是憂鬱症的徵兆，但是我不覺得有憂鬱的症頭。我這陣子在這種狀態下複製的舊作，自己看了還覺得挺不錯的。雖然畫得很草率，卻帶新鮮感。我過去不想多看完成的畫一眼，唯獨這幅畫久看不膩。

傍晚接受針灸與按摩雙重治療。

**二〇一八年十月十五日**

六點起床，八點上接送車，前往新橫濱車站。

在神戶橫尾忠則當代美術館，接受某電視台專訪。他們說在十一月前正式發表之前，必須對節目名稱、來賓與內容保密。真是保密到家的節目呀。最近每一家電視台都下一樣的要求。

兵庫縣立美術館王子分館田中（敬一）館長與我美術館的平林，在新神戶車站迎接。我們在美術館附近的水道通商店街某烏龍麵店吃午餐。烏龍麵還是關西的好吃。至於好吃的蕎麥麵，應該在關東吧？

與談者已經在美術館等我了，但對方依照劇本應該是我在美術館等他，在我走進去的同時，對方為了避免露出馬腳，必須先從館內悄悄走外面的通道，假裝從館外進來。這種麻煩的戲劇性安排，就已經讓我覺得累了。我們的談話內容，當然還不能公開。工作時只想著這些橋段的人們，說不定選了一種不相信別人的生活方式吧？

**二〇一八年十月十六日**

整晚一直睡睡醒醒到早上。一直延伸到神戶港的紅色黎明，是孟克〈吶喊〉的紀錄片版。
上午無預警地在觀眾前進行小型公開創作，把批改作業用的「可圈可點」、「有待加強」、「畫更漂亮一點」圖章蓋在每一幅畫旁的牆上。
回程從新幹線車窗看到的富士山，連天空與周圍的風景，都在一片灰茫茫之中呈現出一種朦朧體繪畫般的全貌。頭一次看到這樣的富士山。
一回家妻子就欲哭無淚地對我說：流浪貓「小小黑」「死了」。說是使盡全身氣力上門打過招呼以後，兩天都不見蹤影。看來小小黑總是與妻子進行心電感應，妻子才會判斷已經「死了」。

**二〇一八年十月十七日**

我覺得小小黑應該還活著，就從臥室的窗戶往後院觀察了一下。在玄關口看到小小黑的夥伴「大黑」，所以就對他說：「把小小黑帶來吧。」
是否針灸的效果出來了？治療後疲勞感更強烈，所以今天暫停一次。
回家後發現妻子好像一直拍手，激動得又哭又笑，但我重聽完全搞不清狀況，看起來應該是原本以為死了的「小小黑回來了！」到頭來根本沒死嘛。前陣子我才看到他留下很清楚的腳印，在玄關養稻田魚的水缸喝水。但是妻子又說，他好像什麼都沒吃。

**二〇一八年十月十八日**

黑輪前天抓進來的老鼠，好像還在臥室某處。只要一想到要和老鼠睡在同一間房裡，就算睡著也無法放鬆。

上野來拍攝作品。

國立醫院機構東京醫療中心耳鼻喉科角田晃一大夫出了一本新書《讓聲音乾淨清亮，身體變得超健康》，來畫室說要送我一本。角田大夫是專門研究人聲的名醫，也是歌手、演員的發聲顧問。

看起來老鼠還躲在臥室某處，黑輪還在到處找。

**二〇一八年十月十九日**

共同通信社來訪，進行元旦報紙刊登用專訪，以及關於《橫尾忠則×九位經典創作者的生命對話》的專訪。我只說了兩小時，聽說已經可以排滿一個版面，文章的訊息量也很多的樣子。

下午去 nico picabia 美容院小八師傅介紹的 MEGUMI 牙醫診所。就如同傳聞所說，診所人員清一色美女，我就放心了。我要求除了有問題的牙齒，其他牙齒如果有蛀牙傾向也順便治療一下。牙齒的壽命如果比身體壽命要長，應該就不必特別治療了。我從小就與牙醫師無緣，緊張到從額頭流出冷汗。

在ggg展出的《幻花》插畫展，明天迎向展出最後一天。為了慶祝參觀者突破一萬人，晚上在銀座的星福717舉辦慶功宴。

**二〇一八年十月二十日**

可能因為昨晚藥膳效果太強，一覺直接睡到天亮。一年難得遇到一次的奇蹟。

今天是《幻花》展最後一天，所以我心裡祈求：「不要下雨！」結果傍晚正在按摩的時候，就開始下雨了。

**二〇一八年十月二十一日**

好天氣。我在畫室陽台一邊做日光浴一邊讀書寫稿。今天星期天，靜養一天。可能因為夏天暑氣帶來的疲憊還留著，在身體不舒服的時候，我的新作構想才會不斷湧現。這些靈感就像雜念一樣來來去去，我不得不做筆記。以前這些靈感我很少畫成畫，畫出來的就成了「幻之名作」。如果這些「幻之名作」沒有納入記憶典藏，也無法成為實際的作品。

下午在野川遊客中心涼亭讀書。

傍晚去 nico picabia 洗頭。

根據主辦單位報告，在ggg舉行的《幻花》展閉幕日入場人數一〇一〇名，總計一萬二四五〇名。

**二〇一八年十月二十二日**

六點起床，七點十五分，〇〇電視台派車接送。與在神戶外景與談的〇〇、青山的〇〇一起延續在神戶討論的〇〇話題，但今天我負責向〇〇提問。依照工作慣例我只能全部寫成〇〇，我卻覺得內容沒有什麼祕密，不過到公開日期為止，連與談人〇〇是誰都不能公開，對談內容〇〇，電視台〇〇，節目名稱也〇〇。全部保密的句子讀起來很像小說，但是我不會就這樣覺得賣這種關子跟愛倫坡、谷崎、亂步還是誰的小說有什麼不一樣。

**二〇一八年十月二十三日**

【在海上游泳。附近有兩個小女孩。我對她們說：「這附近會突然變深，很危險喔！」就引導她們到靠海邊的岩礁了。】

【去聽落語，很無聊，憤而起身離席，其他觀眾也跟我一起走。演藝廳外面是中華街，在很複雜的迷宮巷裡，住著一個按摩師傅。他不收客：「今天我無法專心，明天上午十點半再來。」我拚命想逃出迷宮，卻找不到車站在哪裡。突然有一班列車進站停靠，上了車卻不知道要去哪裡就下了車，下了車卻又發現把手提包忘在車上，車門已經關上，心想：糟了。】模仿谷崎潤一郎《鍵》的日記文體寫成的拼音體夢日記。

**二〇一八年十月二十四日**

在大倉飯店東京參加高松宮親王殿下紀念世界文化賞三十週年紀念大會，本來會有機會與天皇皇后兩陛下見面，我這陣子身體狀況不是很好，所以不克出席。

【石原裕次郎與川地民夫[718]在深山裡。他們用獵槍打傷一隻烏鴉。一隻貓跑來幫烏鴉包紮傷口。】

紐約藏家在夏威夷有別墅，委託我畫「夏威夷的Y字路」。我在夏威夷根本沒看過半條Y字路。

傍晚去《朝日新聞》的書評委員會開會。陰曆十五的滿月高掛在兩棟摩天大樓中間。這種像科幻片一樣的景色，在成城根本無法想像。

**二〇一八年十月二十五日**

與神津善行老師一起去很久沒報到的虎之門醫院。我尿酸值偏高，是因為過度飲食、運動不足與水分攝取不足。與神津老師一起去醫院，回程一定會到赤坂的中華料理「維新號[719]」。我看了神津老師愛吃的蠔油撈麵，發現有蠔油，所以就放棄了。

回畫室想畫夏威夷的畫，卻覺得一定會變成觀光風景畫，所以轉換方向。不過總不可能畫成零式戰鬥機滿天飛舞的珍珠港事變圖吧？

**二〇一八年十月二十六日**

今天不騎腳踏車，徒步通勤。結果還是騎車輕鬆，徒步徒勞？

午餐改吃碳水化合物偏低，熱量也不高的食物。醫師提出忠告，叫我吃什麼都可以，不過應該減量。

用壓克力顏料畫夏威夷的畫，中途改用油彩。以前住在夏威夷的時候，我可能也畫過一些熱帶風景畫，但如果變成拉森[720]那種風格，會最糟糕。畫起來感到某種程度的舒適感，是創作的大敵。畫給兩位夏威夷藏家的畫，全都畫得很爽朗。所以我更喜歡畫給紐約藏家那種包含很多要素，又帶點陰影的畫。

下午去野川遊客中心的涼亭讀偵探小說。偵探小說怎麼說都不適合在大太陽底下看。

回畫室以後，請師傅進行耽擱一陣子的氣功導引。我發現不知何時開始，全身都變得硬梆梆的。

**二〇一八年十月二十七日**

做了很無聊的夢，沒有記下來的必要，只覺得疲累。

早上的小雨也停了，中午放晴。本來下定決心要從騎腳踏車改成徒步通勤，並養成習慣，一天就放棄。

在畫室校對兩篇書評的印樣，預計下個月刊登。編輯部預留兩篇新稿，手邊也預留兩篇，時間寬裕。

下午稍晚才去野川，秋老虎讓我滿身汗。

**二〇一八年十月二十八日**

山田導演在東寶攝影棚拍《男人真命苦》的新作[721]，我就去片場探「莉莉」淺丘琉璃子的班。在阿寅死後，莉莉開了一家爵士喫茶店，在店裡也遇到了「櫻」與「博」的兒子（吉岡秀隆飾演）以及後藤久美子演的女朋友。淺丘相當有精神，我對她說：「您會成為日本第一個百歲女星呢。」她馬上回答：「好像真的是呢！」應該是一個占卜師告訴她的吧？我參觀了淺丘、吉岡、後藤三人的拍戲現場，對於搭景帶著的某種非現實感到驚訝。

晚上去整體院進行每週一次的例行保養。

**二〇一八年十月二十九日**

紐約個展閉幕。有二十四幅畫找到收藏者。今後好像也要照這種方法去賣。我重聽去不了現場，所以感受不到個展的真實性。雜誌專訪也只靠電子郵件傳問題列表。回答這些問題的樣式都和過往一樣。

接下來，關於前陣子紐約個人藏家委託的夏威夷風景畫，我還是處在一種好像被幽閉在雪花石膏隔離房裡一樣的膠著狀態。

**二〇一八年十月三十日**

我可能在步行上出現障礙了，走路不穩。我以為是運動不足的後遺症，有時還會覺得呼吸不順。我覺得對自己身體的印象一下被背叛，但我不可能因此承認自己的衰弱。這些不過是大腦投射的超現實幻想。我必須讓身體與大腦分離，擺脫大腦的支配。

走進畫室，映入眼簾的是像自己遺棄的孩子一樣，不想多看一眼的夏威夷風景畫，還掛在牆上。我視若無睹。

**二〇一八年十月三十一日**

木版畫組版師水谷與刷版師帶著第二幅作品的試印版來訪。都已經忠實地照著原稿刻上去了，我卻還有一種修正上去的衝動。我又提出了三幅新作的原稿。如果行得通，我希望發展成二十幅畫的系列作，但無法隨便開口，不論如何，這種創作都是需要資金投入的專案。創作者總是說一些隨便的話。

這陣子黑輪的碗裡開始有蛞蝓入侵。我抓起來往外丟，卻又自己爬回來。總不可能從外面自己開門爬進來吧？難道被我丟出門的蛞蝓，會變成大軍紛紛上門嗎？聽說蛞蝓是可以渡河的生物，為了過河可以先融化自己的身體，等上岸了再重新生成新的身體，難道是一種瞬間移動能力嗎？我不得不想想，為什麼我家裡門窗緊閉，這些蛞蝓還可以爬進來，還知道貓咪的碗放在哪裡？這些行動遲鈍的蛞蝓，又怎麼察覺出碗的存在？該不會是因為有眼睛鼻子嗎？仔細一看，才發現原來蛞蝓頭上長著比蝸牛小很多的觸角。知道了也沒什麼辦法，只想知道下次又會在什麼時候出現？

在往畫室路上，在田村家門口遇到田村的太太。「正和最近都會出來散步嗎？」「我先生都從家裡去輕井澤。」「我在週刊上看到他要息影的消息，是真的嗎？我是個畫畫的，沒有不畫的道理，非畫一輩子不可。」「畫畫的人很多都很長壽。我先生說時常遊玩可以保持活力。」「畫畫就好像在玩，所以可以讓人長壽。不過我耳朵越來越不行了，什麼都聽不到。」太太就拉住我的耳朵對我喊：「你聽得到嗎？」「那我先告辭了。」我向她道別後，發現剛才聞到的香水味還跟著我。我才在想「怎麼回事？」原來是剛剛田村夫人拉我耳朵的時候，香水味從指尖傳出，才跟著我一起走了。

二〇一八年十一月一日

上海當代藝術博物館來信表示，想提供機票讓我參加上海雙年展[722]的開幕，但我下星期預定要回家鄉西脇創作抄紙作品，所以就回信表示，會請我神戶美術館的山本代表我出席。

前陣子小八介紹我去的美女牙科，說我的蛀牙如果會痛就要抽神經，怎麼看都像是誤診，去別的牙科一看，有問題的不是牙齒本身，而是牙周病，所以需要治療牙周病，就幫我治療了。不一樣牙醫也這麼不一樣。美女真可怕！

**二〇一八年十一月二日**

慶祝高松宮殿下紀念世界文化賞三十週年，常陸宮[723]家特別訂製了有宮家菊紋的漆器懷錶，因為我沒有出席慶祝會，日本美術協會事務局的野津局長就幫他們帶來了。

淺丘琉璃子突然打電話來：「我現在在車上，江波杏子[724]去世了，所以我過去看她最後一面。我正好在拍葬禮的戲，剛好可以直接穿喪服去喔。」以前江波還送過我紅酒，但我總不記得為什麼。

**二〇一八年十一月三日**

雖然今天是文化之日，結果剛好是星期六，就不能三連休了。

不想畫的時候，最好就不畫。

晚上頭痛，叫妻子來幫我按摩，結果睡意侵襲她的指尖，就沒按下去了。

**二〇一八年十一月四日**

這星期沒有做夢，所以沒有夢日記。對我而言，晚上的人生與白天的一樣重要，因為晚上的人生直通我的創作。

傍晚去整體院解決頭痛。

晚上看白天錄影的大學接力賽跑。

**二〇一八年十一月五日**

與妻子在淺草寺庭院的臨時舞台看平成中村座主辦的中村勘三郎逝世七週年追思公演。中村勘九郎與七之助[725]的精湛演出超乎預料，令我感動不已。對於勘九郎的爸爸勘三郎，我絕不輕易給予客氣的評價，但兒孫的演出我只能說很了不起。我跟著大喊：「成駒屋！」當初是七之助來豐島橫尾館參觀的時候，我才認識他的，又讓我感動了一次。

**二〇一八年十一月六日**

【這是哪兒的美術館？個展馬上就要開幕了，我在展場裡創作，勝見勝[726]一走進來，就要我不要只放照片，也該放些文字。我沒理他。】【兩三人在大飯店的餐廳共桌，拿起菜單看一看，田中一光拿著一盤蛋炒飯走來。「如果我吃得跟一光兄不一樣，不就說不過去了嗎？」氣氛變得詭異。在餐廳的牆上，掛著一幅用掛軸裝裱的水墨畫，主題卻是聖經故事。有人說：「真不錯。」但是我批評：「下筆過快，沒有令人停下來想的地方，不成立的就是不成立！」】

瀨戶內師父可以一躺下就睡著。我發簡訊問她，如何解決失眠問題？她回答：「時常工作，時常飲食，時常談話。」把心聲全說出來，似乎就是解決失眠的方法。隨著年齡增長，我工作也逐漸少了，飲食也減少，耳朵越來越重，所以越來越少與人談話。今年九十六歲的瀨戶內師父，果然是個怪物。

**二〇一八年十一月七日**

【在陽光普照的草皮上，龜倉雄策對我說：「注射這種藥的話，可以健康一年。」並且對磯崎新注射。如果想打，好像可以找龜倉夫人預約。】

從今天開始，要回家鄉西脇三天，到杉原紙研究所一邊撈抄和紙紙漿，一邊創作作品。妻子與德永同行。在西脇與岡之山美術館的山崎學藝課長會合。把Y字路系列第一幅畫當作藍本的住宅整個塗黑，便告完成。古典美與現代性兼具，並具有煉金術般的魔法性。用這種方式完成的作品，今後將再畫成一幅畫。

**二〇一八年十一月八日**

早上八點半坐上市公所的車，前往杉原紙研究所。研究所位於西脇市北方，群山圍繞的河邊，旁邊還有休息站。我一邊撈紙漿，一邊把西脇織的布料、布料的商品標籤、衣架、絲線，橡皮筋等物全部混進紙漿裡，完成的作品很難歸類。我四小時內完成六件作品。對我來說，是一種像是瞬間藝術的剎那間創作。我脫離大腦的支配，僅相信身體的直覺。有人稱為是一種自力與他力的合體，像運動員一樣的運動，順從身體而停止思考，我在想是不是接近一種默照禪風格的無為？（說什麼鬼？）因為我一口氣發散全身能量，做完就累得不成人形。我該反省，今後禁止從事超越體力的創作。

今年職棒選秀以第一名進入軟銀鷹隊的甲斐野央[727]是西脇人。他與在市公所工作的母親一起來飯店找我。他的身高一八七公分，最高球速每小時一五九公里。該不會可以直接投入一軍作戰了吧？期待他下一球季的表現。今年的全國高中長距離接力，也期待西脇工業高中可以挑戰全國錦標。

在義大利餐廳與市長一起晚餐。

這陣子睡得不好，但回家鄉就好睡。說不定我的磁場與出生的土地合得來。

二〇一八年十一月九日

【瀨戶內師父在商店街的角落開了一間算命館，年輕女客人在外面大排長龍，怎麼看都覺得是騙人把戲，算得準算不準，說的都是同一套話，我進店裡借了廁所，撒了一泡尿就走了。】

八點半市公所派車接我，但我覺得體力還沒準備好，就請他晚一小時再出發。抵達杉原紙研究所的時候，已經十點半了。到十二點，我已經完成兩幅最大的作品。我已經發揮了超越體力的實力，必須小心。回程吃了鰻魚，但是食欲還沒準備好。

請他們把我們載到新大阪車站。

一回到家，黑輪就興奮地一邊喵喵叫，一邊衝向玄關迎接我，即使我上床睡覺也黏著我不放。

二〇一八年十一月十日

醒來同時有種感冒的感覺，到玉川醫院的時候已經是下午，所以他們把我送去急診。診療結果不是我擔心的流感，我做了吸入治療。應該是疲勞造成的感冒吧？老人的感冒是危險的訊號。大夫吩咐我今明兩天先安靜下來。

**二〇一八年十一月十一日**

一直猛咳嗽，都睡不著覺，於是吃了西藥的止咳藥與漢方藥。大夫說只要燒還沒退，最好不要亂動。我下定決心留在床上一動也不動。我過去幾乎每年都會像這樣感冒，但是這幾年體力一衰弱下來，反而就幾乎和感冒無緣了。所以我還對自己得的是不是感冒半信半疑。昨天三十六點五度，今天上升成三十七度。養病很無聊，但至少可以在黑輪面前假裝成病人。這種無聊帶來的無為時間，不就是一種純文學的感覺嗎？今天不是一個適合興高采烈的日子，不過只要不間斷的咳嗽不會引起氣喘都好。我沒有胃口，就叫妻子幫我煎了大阪燒。就寢前的體溫還在三十七度左右。

**二〇一八年十一月十二日**

半夜一醒來第一件事就是量體溫。燒正在慢慢退下來。早上八點半是三十六點三度，是白天的平均體溫了。症狀可能有點像吸入性肺炎，所以又去了玉川醫院。經過中嶋大夫與長大夫的診斷結果，可能有點吸入性肺炎的傾向，但是沒有嚴重到需要治療。要預防惡化，最好鍛鍊身體以提高免疫力。中嶋大夫建議我，與其為了畫畫活動筋骨，不如改變習慣，為了活動筋骨畫畫。

**二〇一八年十一月十三日**

早上第一次量體溫：三十六度三。最近改以運動取代休息治療感冒，所以覺得走路最好，於是走路去畫室。

國書刊行會的清水與凸版印刷的富岡來訪，帶來卡地亞典藏肖像畫集的校色版。

ＮＨＫ大河劇《韋馱天》的海報設計選擇似乎遇到瓶頸，希望我做另一個版本。怎麼說都像是ＮＨＫ的作風。

紐約的亞伯茲．班達畫廊寄電子郵件來，說美國兩個藝術雜誌要訪問我。

晚上的體溫終於下降到正常的三十五點六度。一個人好起來，就換另一個人感冒。妻子說：「我被你傳染了。」

**二〇一八年十一月十四日**

我囤積了大量漢方藥，但是忘了那些藥的功效，就去成城漢方內科診所請盛岡大夫解說。

為了編排豐島橫尾館的攝影集，與河出書房新社的岩本討論去當地取材事宜。

可能因為今天變冷，咳嗽變得更頻繁，體溫也從三十五度多上升到三十六度多。

德國庭院造景家委託設計海報。

**二〇一八年十一月十五日**

【某某地方的電車車廂裡，有兩三個刺青的男人一直大聲嬉鬧。我要他們小聲一點，他們就叫我「來這邊！」並把我帶到一棟小建築物裡，類似船塢的地方。男人們突然被一股無形的力量掃落水中。】

半夜黑輪又從外面叼進來一隻老鼠在我被子上玩，已經第五次了。於是我跟黑輪搶這隻老鼠。我好不容易抓到老鼠，就帶去院子放走。黑輪那個笨蛋，還在房間裡找來找去。

夏威夷的畫還是畫不出來，不知何以為繼。

卡關的還不只是畫，書評也寫不出來，我乾脆整篇作廢，換成完全不同觀點，結果一下子就寫好了。

中國某雜誌的小專題寄來校對稿，但我看得一頭霧水。中文我只知道「你好」而已。

**二〇一八年十一月十六日**

【把同伴留在外國街角的某間餐廳裡，自己上街走走，結果回不去。】我常常夢見在國外迷路。我到底多常夢到？這種夢又意味著什麼？

西脇市岡之山美術館山崎來訪，帶來明年春天展覽的展出計畫。

美國出版社來信申請授權刊登我的作品。自從我在NY的個展以來，這方面的案子變多。

台灣發行的對談集《橫尾忠則×九位經典創作者的生命對話》委託我寫序言。

**二〇一八年十一月十七日**

讓我頭痛不已的夏威夷畫，還處在凍結狀態，腦中思考也開始出現扭曲。引用具體資料的部分與憑記憶畫的部分，開始產生互斥而整個產生扭曲。這種事我開始畫畫這麼久以來，說不定從來沒一次遇過。我開始思考，不要把這幅畫塗掉，就一直擺著，並且把這幅未完成作品當成「紀念作」永久保存吧！再給一個標題叫〈扭曲現象〉，做了決定以後，心情就清爽許多。

**二〇一八年十一月十八日**

【站在一棟建築物的觀景台上，底下是一片湖，我與工作人員從事某種工作。這裡看起來應該是箱根。我想去參拜蘆之湖神社調適心情，順便求一支籤，便決定坐長男英開的車。】

越變成習慣，越容易忘東忘西，誇張到自己想笑。今天也找不到兩、三天前本來還在「居然在這種地方」發現的葛根湯藥包。不覺得自己「健忘」，只要想成那些東西自己「神隱」，就會自然記得，健忘症也馬上消失。

今天超乎這個季節原本的樣子，無風且溫暖，是相當舒服的天氣。我在增田屋吃完蕎麥麵以後，又去喜多見不動堂參拜，沿著野川邊的步道走到遊客中心的涼亭，拿出要寫書評的書來讀。這八年間我讀過的書，有百分之九十九都是為了寫書評才看的。如果沒有寫書評的工作，我該不會連一本書都不會看吧？

繼續前陣子被出差與感冒中斷的按摩。按摩與其說是健康管理，更像是讓我中斷思考的心靈放鬆活動。

野貓小小黑好像還是死了。大約兩星期之前，牠把本來不給碰，而且明顯變瘦的身體靠過去讓妻子摸。這似乎就是最後告別的親密行為。

**二〇一八年十一月十九日**

來搶黑輪飯吃的蛞蝓又出現了。該不會是打開已經上鎖的玄關門，自己闖進來的吧？現實上根本不可能推測出行經的路線。而且中間根本沒看到任何蹤影。這麼遲鈍的生物，總是突然出現而突然消失，是一種都市傳說。

有時候會遇到正在穩定進行中，心想一切順利的工作突然改變行程的情形，但是我不知為何，心裡卻想著「真好玩」。行程的調和性被打亂，說不定根本是我在無意識之中期待的事件。為什麼我遇到還能淡定，連自己的感到很神奇。然後又像是到頭來什麼也沒發生一樣，有時發展會比預期更理想。

接受ＮＨＫ教育頻道的訪問。在接受訪問談到ＹＭＯ的時候，我一定都會講自己為什麼突然放棄加入ＹＭＯ的原因。

**二〇一八年十一月二十日**

我逐條回答一個年輕健康鐵宅創業家的提問「為什麼？」之時，就會像科學家逐一回答「為什麼？」而形成問答核心，再反問最後會變得如何？對於這些「為什麼？」一律笑著回答「我不知道」是最好的回答。就像馬歇·杜象展出一只小便斗，什麼訴求都沒有，評論家卻一直努力尋求答案，反而加大作品的謎團。所以藝術既不是提問，也不是答案。

**二〇一八年十一月二十一日**

我神戶美術館的山本與林帶著「大公開創作劇場」展覽目錄的校對版來訪。這場公開創作展的點子出自世田谷美術館的酒井忠康館長。大量引用紀錄照片的展覽目錄，炒熱了創作現場的臨場感。山本怕我感冒，就以「預防感冒」為由，送我一箱紀州[728]的有田蜜柑。這種蜜柑最好吃，連膜一起在嘴裡溶解滲透，吃了就停不下來。成城石井[729]找得到嗎？

晚上出席《朝日新聞》書評委員會。市面上很多藝術相關書籍，但我想看到的是被名為藝術的惡魔附身之類的文章。

二〇一八年十一月二十二日

【被催稿一篇自己不記得的隨筆。】印象所及，我做過四次這種夢，就算醒來也不覺得是夢，太在意了所以就回頭去查。【在大劇場看外國人表演的歌舞秀，看到一半坐在旁邊的外國女性突然脫光衣服。看起來是表演者假裝觀眾，混在觀眾席裡等上台。】【海外的郵件大量抵達。應該是前陣子在外面認識的朋友寄來的，但我不記得是哪些人。】

在某電視節目上與某人對談，電視台要求我絕對不能洩漏節目名稱與對談者，對方今天來畫室玩。他是前馬拉松跑者瀨古利彥[730]，我們的對談會十二月一日早上十點會在NHK教育台播出一小時。我不知道這些為什麼一定要保密，還是我去問問製作人好了。

馬拉松是我最喜歡的體育競賽項目，因為「馬拉松是一種藝術」。人家問我為什麼是藝術呢？我反而不知道怎麼回答。我不知道為什麼不知道怎麼回答，總之就覺得是藝術嘛。瀨古的師父中村清[731]也出過一本叫做《馬拉松是一種藝術》的書。那麼「藝術是一種馬拉松」這句話也成立嗎？我也不知道。我們就馬拉松與藝術聊了六個小時，因為沒有答案，便約了下次再聊。

二〇一八年十一月二十三日

【YMO重組，新增兩名團員，分別是香取慎吾與我。我們在台上又要跳舞又要表演雜技，現在正在練習。我們好像還要作曲演唱的樣子。我試著把重聽聽不到的聲音？音響化。如果是林哥·史塔[732]程度的歌，我就唱得出來。】在夢裡，年齡從不成問題。

二〇一八年十一月二十四日

每星期四都會送到我辦公室與家裡的本週報，這期到了星期六還是沒送來。是出狀況嗎？我原本一走起路就會喘，而且兩腳無力，才在想我是不是不能再走下去了，連續七天走路之後，不知不覺間也變得健步如飛。只要自己覺得沒辦法，就沒辦法了，放著身體不用，只會加速老化。我現在正在體會這件事。

傍晚去整體院。

二〇一八年十一月二十五日

本來以為只是一個晴朗的秋日，沒想到萬里無雲。我沿著自宅↓車站前↓畫室外的步道散步。在變成溫室的畫室沙發上回覆中國雜誌的書面提問。為《週刊紐約生活》寫明年一月號刊登的隨筆。

太陽還高掛在天上的下午，在野川遊客中心的涼亭上發呆，貪圖享受無為的時光。

傍晚看完大相撲千秋樂[733]（貴景勝優勝）之後，看白天錄影的企業團體對抗女子長途接力賽。沒有超級跑者呢。

二〇一八年十一月二十六日

【我變成貝瑞筆下的小飛俠彼得潘，其他人成為史威夫特的格列佛或是卡羅的愛麗絲，在颱風眼裡與夢中仙境、柏奈特[734]的祕密花園、凡爾納的未知世界等其他故事主角不斷旋轉。】

製造各種周邊產品的公司，帶著重組我早年設計而成的周邊樣品來訪。總是有人想得出各種有趣的事情。

在野川遊客中心晒太陽。以前在這時候，土屋嘉男一定會像鬼一樣突然出現，我本來以為他變成真的鬼以後，會像以前一樣突然冒出來問我：「咦？你也來啦？」但太陽還這麼大，他應該很難冒出來吧？

**二〇一八年十一月二十七日**

感冒？用意志力與自癒力擊退吧。

河出書房新社的岩本與世田谷美術館的塚田美紀來訪，討論下星期去豐島橫尾館取材的詳情。

**二〇一八年十一月二十八日**

吃了戀多眠與漢方助眠藥一樣睡不著。在隨手翻開的薩莫塞特．毛姆小說內頁看到一行字「累了就睡得著」，我應該是不夠累吧？結果就一直失眠到天亮。明明失眠，昨天的著涼感卻完全不見了。我為了讓自己感覺累，刻意繞遠路去畫室。

昨天有一份中國的雜誌說想策畫我的海報專題，傳來希望刊載的作品列表，今天又有另一份中國的雜誌說要做我的繪畫專題，傳來企畫資料。我現在在中國與台灣的企畫，包含單行本在內，應該有五、六個了吧？從歐美來的委託也有四、五個，以前幾乎沒有這麼忙過。

SCAI THE BATHHOUSE 藝廊的白石（正美）與梅村（由美）來訪，提案問我明年要不要去開一場個展？我有一陣子沒展新作了，就答應「來展一個大的吧」。很久沒有開這種體力決勝負的展了。

### 二〇一八年十一月二十九日

【不知海外何處的鄉下老夫婦讓我住了一陣子，對我照顧有加。我快回國的時候，他們向我要姓名住址。總有種會發展成故事的感覺。】是夢。

【在西脇老家一角有兩只紙箱，一只裝著一隻兔子，一只裝著兩隻。其中一隻好像生病了，我餵牠喝牛奶，牠不喝。】

昨晚睡得比前一個晚上好。早上吃到年糕紅豆湯我有點驚訝，但是以前我剛搬來這裡的時候，每天都吃年糕紅豆湯，連招待客人也一樣。

TBS衛星台來討論「關口宏．人生之詩II」的訪談內容。他們說不打算再用編年體的方式介紹我的生平，希望我漫談自己的人生。他們說關口[735]也理解這點。我與關口是從一九六六年擔任他在TBS主持的晨間節目「青春七二〇」常態來賓之後，有五十幾年沒再碰過面。期待這次重逢。

### 二〇一八年十一月三十日

愛知縣美術館的南雄介館長來訪。五年前曾經監修過《別冊太陽　橫尾忠則》的南館長，打算把這本別冊策成「藝術沒有終點（作品編織而成的傳記）」展。距離開幕還有點時間，想畫一些新作。

下午，保坂和志與磯﨑憲一郎來訪，進行《文藝》連載「畫室會議」對談。保坂在他的愛貓「小茶」死後，考量到自己的年齡，說要停止養貓，我才預言（？）：「不可能，小茶走了讓你覺得寂寞，你一定會再靠近另一隻貓。」結果還真的出現一隻叫「鈴」的貓跑來靠近他，他用手機拍了很多影片給我看。貓不會像鶴一樣報恩，但至少呈現這種禮節。保坂怕我重聽無法參加對談，特地送來白板一面以便筆談。

磯﨑常常想聽我說三島的小故事。我說：「這些小事才是最重要的。」我在對談裡強調，自己從以前就常常這樣說，三島本人應該也這樣覺得。

**二〇一八年十二月一日**

洛杉磯的藝廊預定舉行日本當代藝術展，透過紐約的亞伯茲．班達畫廊向我邀展。

今晚ＮＨＫ的「SWITCH專訪　達人榜」播出我與瀨谷利彥的對談，妻子只說我一直在摸自己的脖子跟耳朵，好像在抓癢，幾乎沒有提到我發言的內容。電視不是麥克魯漢[736]，卻是這回事。以前我受電視節目訪問，談到藝術評論的時候，看到我上電視的藝評家東野芳明[737]教授，也在節目播完的同時打電話問我：「可不可以告訴我，你在電視上穿的那套西服是哪裡買的？」電視傳達的訊息，事實上就是這回事。

**二〇一八年十二月二日**

晚上看白天錄影的福岡國際馬拉松，轉播由瀨古擔任解說。

**二〇一八年十二月三日**

我、妻子、德永在新橫濱車站與河出書房新社的岩本、世田谷美術館的塚田、攝影師今井會合，六人抵達岡山站後，分坐兩台計程車前往宇野港。倍樂生老闆福武美津子[738]在港口迎接我們去豐島。

豐島橫尾館自從開幕至今已進入第五年，我才造訪兩次，只看自己有沒有臉說出來。每次來看，心裡都覺得已經來了很多次，完全沒有五年沒來了的感覺。穿過只有霓虹燈照耀的昏暗走道，打開拉門，看見刺眼陽光下，遍布大小紅色石頭的砂礫之間分出一道馬賽克鑲嵌的水池，一開始放流回水池的兩三條緋鯉，現在已經變成二十三條，其中還包括小魚在內。水池穿入建築物玻璃窗後的地板下，並且逆流回屋內展間的三連作裡的抽象畫底下。在這藝術計畫下的橫尾館，讓我感到一種彷彿回到老家的舒坦。很久沒再看過的作品，卻像是昨天才完成一樣熟悉。展示作品之一雖然是Y字路，展示空間卻湧進大批工作人員。開館五年間，石壁的一部分倒塌，其他部分則沒有改變。我還不知道在豐島上還有其他藝術家的作品，於是就去參觀豐島美術館與波坦斯基739的藝術計畫。前者是在巨大蛋殼內部體驗什麼都沒有的空間，後者是黑暗的房間裡充滿了心跳的回音。心跳聲與自己的脈搏產生共鳴，使我感到呼吸困難。

福武小姐招待我們在「海之餐廳」共進晚餐。在前院閃爍的光雕（長崎豪斯登堡荷蘭村製作）照到房間的玻璃上，在遠景的瀨戶內海夜景上投射出海市蜃樓。福武小姐搭接駁船回宇野港，岩本、今井與德永在豐島過夜。塚田與橫尾夫婦住在直島的倍樂生之家。

**二〇一八年十二月四日**

吃完早餐再前往豐島。今天的船比昨天小，妻子怕到緊抓著塚田不放。在橫尾館接受完塚田的專訪，便在海邊民宅改建的「豐島UMITOTA」吃午餐。晚上的住宿與昨晚一樣，分成豐島和直島兩組。晚餐後去參觀直島倍樂生之家附設美術館，回想起創作於更早以前，充滿鄉愁的當代藝術。

**二〇一八年十二月五日**

與豐島來的德永會合。與福武藝術基金會的宇野（惠信）一起去宇野港。妻子知道可以坐到大渡輪，特別開心，但她的喜悅沒多久就掉進悲嘆的深淵底下。她把背包忘在岡山車站的購物中心的廁所裡，在新幹線快要出發時才想起來。一下子要從回去找還是直接回東京之間作抉擇，德永也在車站裡東奔西跑，結果已經找不到了。德永從新幹線車上聯絡車站服務中心，得到「正在保管中」的好消息，不禁高呼萬歲。可惜我們無法得知是誰撿到交給車站的。三天不在家，一回到家裡黑輪就開心地嗷嗷叫。但過了十分鐘，又回到不吭一聲的沉默貓咪狀態。

**二〇一八年十二月六日**

旅途勞累，與被冷落三天的黑輪兩個呼呼大睡。下午去麻布錄製「關口宏．人生之詩Ⅱ」。距離我們一起在TBS錄「青春七二〇」，已經過了五十二年，有種老同學開同學會的感覺。

**二〇一八年十二月七日**

一家四口去東京博物館參觀「馬歇．杜象與日本美術」展。杜象的最後著陸點，還是比較適合美術館嗎？

紐約時尚品牌希望能與我以前的數位作品（Technamation *740*）聯名合作，帶來了試作樣品的企畫書。我將視野拓展向歐洲、美國與亞洲。

**二〇一八年十二月八日**

【去西脇蓬萊座看電影，帶了七紙箱行李，希望可以寄放在電影院，終於得到同意。】電影院大到常常夢見館內的樣子。

【看起來像大島渚導演的人催我：「什麼時候可以收到校對稿？」從上次對談算來，也已經過了半年。我該向出版社問問了。】

今天是約翰·藍儂被槍殺的日子。《想像》攝影集的書評，也安排在今天見報。

我注意到明年五月個展要展出的作品，再想也沒有幫助。我只能相信靈感爆發的瞬間。

**二〇一八年十二月九日**

各大報爭相報導預定延期的西脇市岡之山美術館的橫尾展，即將繼續進行。我覺得不需要有什麼進展都報導。

讀松竹製片廠濱田給我的《男人真命苦第五十集》劇本。引用前面四十九集的片段拼貼出一部新片，原本是我出的點子。但山田的引用法，與我的創意又大不相同，將會變成充滿鄉愁的引用。

晚上看白天錄影的埼玉國際馬拉松（女子組）。不論是男子組女子組，要在東京奧運拿到獎牌，我覺得都很難。

**二〇一八年十二月十日**

錄製富士衛星台「SUNDAY SPECIAL」的柴田鍊三郎專題。我與柴鍊老師曾經在一九七〇年，為了畫時代小說的插畫，在高輪王子大飯店的套房一起趕工了一年。我上電視談當時兩人的生活與工作。柴鍊老師曾經在戰場前線體驗過戰爭，坐的運輸艇在巴士海峽上被美軍的魚雷炸沉。他曾被爆炸的威力震到海裡，與同袍一起抓住一塊木板在海上漂流。據說個性開朗，不時唱歌的傢伙，最後都一個一個淹死。他最後被利爾亞當[741]的詩找回人生。進入文壇以後，他說Y．I[742]總想成為衝最前面的旗手。他交往過的一個女生為他自殺。只要一打高爾夫球就原形畢露的S．I[743]總是虛報得分……柴鍊的大話充滿了拗口的描述，我在一年之間跟他對話的量，比他陪伴四十年（當時）的老婆還多，把每一句話接起來，應該可以到月球吧？我在節目裡只能說出其中的千分之一，但總算讓守口如瓶的柴鍊開口說出自己的故事。現在回想起來，如果當時能全部錄音，應該可以推出全部超過十冊的傳記大全，覺得可惜。

**二〇一八年十二月十一日**

【安裝人工大腦的小型女機器人到我家來。不過人類的尊嚴，卻在這個小小的女孩玩弄下，陷入破滅的危機邊緣！】醒來後也覺得夢與現實已經很難區分。

平林從神戶來訪。她總是從水道通商店街買來大量的蜜柑送我，這次來是為了討論下下檔展覽「食人鯊魚與金髮美女——橫尾忠則的笑」。目前正在計畫整理出我好笑的作品，辦成一場好笑的展。杜象批評超現實主義缺乏好笑的部分，不過我對於以藝術讓人笑這點就擁有自信。

**二〇一八年十二月十二日**

三宅一生工作室的宮前來訪，討論明年巴黎秋冬發表會邀請函的設計。我已經接了將近四十年的委託，這陣子展出的計畫也在進行。宮前是一個年輕的設計師，但他從日用品裡得到布面素材的靈感，創造出了不起的發明。

**二〇一八年十二月十三日**

左腳中趾無名趾緊緊貼在一起並且刺痛，我走起路來很吃力。暫時拿一條ＯＫ繃貼在腳趾接觸的地方應急。

洛杉磯的 BLUM & POE 藝廊預定明年舉行「附件：一九八〇至九〇年代日本當代藝術」聯展，策展人 Mika Yoshitake[744] 來找我參加。我還沒在國外展出過的三幅畫布交疊作品被她選中。

**二〇一八年十二月十四日**

【為了寫一本畢卡索研究的書評，沒來由地產生去岡山一趟的念頭，於是找了喜歡旅行的Ｍ一起去岡山。想在大飯店訂房，他說希望能找到贊助商幫他出住宿費，就打電話給第一個想到的贊助商。我心想他為什麼要自找麻煩？他說：「像龜倉先生的話，只要一通電話就可以馬上把贊助商叫來喔。」然後就有一個奇怪的女人冒出來，手持一根棍子追著Ｍ跑。】

今井帶著在豐島橫尾館拍的照片來訪。塚田與岩本也一起來，討論攝影集的編輯作業。

去水野診所接種流感疫苗。候診大廳居然就坐了三十位患者。看起來比我年輕的老人，反而站起來想讓我坐。今年八十二歲的我確實像是三十位患者之中最老的一個，我沒想到會被讓座，但是一到診所就馬上被叫進診間接種疫苗。好像不是因為被禮遇，而是接種者優先的關係。

蘇黎世造型美術館希望我許可他們複製館藏的《腰卷阿仙[745]》海報。

熊本當代美術館展出村上隆典藏展，其中有一件展品是我畫小林亞星扮演寺內貫太郎的肖像畫，後來他們才知道這幅畫是偽作，所以不作展出。真品由神戶橫尾美術館典藏。看起來村上買到冒牌貨了。選出要刊登在中國雜誌上的作品列表，回給他們。

**二〇一八年十二月十五日**

身體很重無法移動，但最後還是起身去拿一百號畫布。

下了第一筆，有一種「咦？原來我還動得了嘛」的感觸，所以就繼續畫下去了。這到底是怎麼回事？我居然無法理解自己的狀態。為了這一筆，我醞釀了一兩個月那麼久。在這一筆畫下去的同時，畫不下去的難題便迎刃而解。說不定只有我會發生這種問題，不過繪畫與畫家之間的關係，事實上只能以神祕兩字解釋。好，就這樣加油繼續畫下去吧！

**二〇一八年十二月十六日**

接著昨天繼續畫，總之畫什麼都好，想上什麼色就上什麼色。顏色上一上就會出現喜歡的顏色，我不去想應該怎麼畫。我只需要期待過程中會變成什麼。這就是繪畫的自由。

**二〇一八年十二月十七日**

與神津善行老師去才從虎之門醫院搬到日比谷的新石綿診所，這裡不像大醫院一樣擠滿病患，不必等就可以看到病了。我有點擔心自己尿酸值偏高，但不是痛風，醫師提醒我盡量少吃一點甜食或水果。

我只要一離開都心就會覺得累，今天暫停創作。

**二〇一八年十二月十八日**

國書刊行會的清水帶來卡地亞當代藝術基金會修訂的《卡地亞：棲息者[746]》，對這本畫集在海外的發行充滿期待。

下午去練馬的水下攝影棚拍攝大河劇《韋馱天》第三波海報用的照片。這次的模特兒是另一個主角阿部貞夫，他穿上紅色西裝在水底拍照。與第一波的勘九郎海報走完全不同的風格，不過要等明年五月才會公開。雖然我掛名海報設計總監，演員卻是一種不得不什麼角色都演的生意，更是不得了。

傍晚，才從中國回來的平野啟一郎來電，我們約好今年結束前碰個面。

**二〇一八年十二月十九日**

上午開始畫西脇Y字路作品。光是這一年，不，可能更久吧？我一避免自己畫大幅的畫，盡是畫一些小品（盡量控制在五十號[747]以下）的話，畫出來的畫會變成思考的產物，而失去身體感。所以我決定再回頭畫一百號至一百五十號的大作品。繪畫與文章不一樣，繪畫的身體性就是這回事（身體的大腦化）。最近有些人提出關於作者身體性的發言，我只覺得是一種觀念性理論。把觀念與言語都逐出身體，才能獲得真正的身體性不是嗎？

下午，高倉健的養女小田貴月來訪，距離前一次來已經三年。健哥的全國巡迴主題展在最後一站長崎閉幕後結束。她說：「總算可以好好睡上一覺了。」我才酸她可以靠遺產安心吃一輩子，她馬上回答：「沒那種事啦。」我再問，那妳打算去演戲嗎？她好像沒有那種興趣。健哥享年八十三，就是我明年的年紀了。他走也已經四年了呀，時間過得真快呢。

傍晚出席《朝日新聞》書評委員會的忘年會，他們叫我向大家逐一問候。我重聽所以聽不到他們說了什麼，不過我不忘記笑容。我說的話他們都沒反應：「今年一整年都沒聽人家怎麼說。」我以為他們會懂，不過會覺得重聽好笑的人總數為零。

**二〇一八年十二月二十日**

背景是一片被火光染紅的天空，一台B-29悠然飛過屋頂之間，並且沿途空投傳單的畫。「學藝員遲到三十分鐘　橫尾憤而停止表演離場」我把刊登這條新聞標題的報紙拼貼在畫上。

晚上，瀨戶內師父來電。我之前傳簡訊給她，說我夢到她變成騙人的算命師，本來一直以為她一定會火冒三丈，結果沒有，今天換平野傳簡訊給師父，說他在小說裡花了不少篇幅在稱讚我，我想師父才會特別打電話給我。

「我跟他說不如傳簡訊跟你玩玩，結果只發了一通。不好意思呢。」我就說：電話我又聽不清楚，不如把這通電話的內容直接打成簡訊給我。

**二〇一八年十二月二十一日**

【去卡達克斯的達利與加拉的別墅玩，該離開的時候才發現身上沒有帶錢，結果陷入恐慌狀態。就在一籌莫展的時候，我就覺得這一定是夢，對自己說：只要能用力睜開眼睛，一定可以擺脫惡夢糾纏，就把眼睛睜到最大，結果站在旁邊的安德烈·布勒東對我說：「喂！橫尾！你才是真正的超現實主義藝術家呀！」】我到這時候才醒來，心想這場夢真是不得了，達利、加拉、布勒東三個人都在，如果我在夢裡更享受就好了。

平野上午來畫室玩，一對他說出早上的夢，他就說：「你可以夢到達利與布勒東，果然與眾不同呢。」只要能自由自在控制夢境，夢就變成一種思想，一種藝術，也會變成一種現實。

**二〇一八年十二月二十二日**

今天還是昨天就是冬至吧？接下來白天會一天比一天更長，可以畫畫的時間也越來越長。

本來預計在年假結束後才交的書評，今天提早完成。

**二〇一八年十二月二十三日**

全國高中長途接力男子組的兵庫縣代表，今年由家鄉的西脇工業高校出馬。過去的優勝次數是史上第二，但這陣子表現失常，今天也只跑出第十三名。這樣下去可不行呢。

以前在熊本市當代美術館的公開創作上畫八代亞紀[748]肖像畫的時候，忘了多畫一顆晚白柚，才想著應該回頭補上去，國立醫院機構東京醫療中心的角田大夫就送我一箱晚白柚。

**二〇一八年十二月二十四日**

【電視螢幕出現了伊莉莎白·莫瑞[749]的作品。下一個畫面是珍妮佛·巴特列特[750]在看山口長男[751]畫集。下一個畫面是珍妮佛拿刨子刨木材的鏡頭。】兩個畫家都是我朋友，伊莉莎白已經在十多年前過世。

過了冬至，白天就突然變得很久，是我的願望。
我與聖誕節無緣，有緣的只有信天主教的女兒。

**二〇一八年十二月二十五日**

【在廣大的空地上，只有一個地方堆著土。這裡本來種滿了杉樹，結果全被砍光。我問：「誰砍的？」得到回答：「女王陛下砍的。」我對妻子說：「砍掉別人所有地上的樹，太不像話了。」妻子：「我又不是女王。」】
ggg北澤帶著送舊賀禮：大日本印刷的月曆與十年不變的鹽漬昆布來訪。

**二〇一八年十二月二十六日**

在路上常常遇到的養樂多阿姨，常常向我問好，以為仔細一看，相當具有鄉土美女的姿色，其實根本不可能，總之從明年開始請她送養樂多來。

**二〇一八年十二月二十七日**

【黑澤明導演的家就在我家鄉老家對面，來我家作客的黑澤導演問：「你愛我嗎？」我回答：「愛，我愛你。」】
【澤渡朔[752]問我：「想跟我合作嗎？」】以前去黑澤導演家的時候，澤渡好像幫我們拍過合照。
在東寶攝影棚看《男人真命苦第五十集》的初剪版。我個人給它的評價，應該只有☆☆★吧？
在美國舉行的「田納西．威廉斯藝術節」，今年以三島由紀夫為主題。他們覺得我的普普作品意象與兩個作家對於傳統與近代的感知相呼應，所以希望我提供作品展覽。好好好，請便。

二〇一八年十二月二十八日

南天子畫廊的青木帶一堆麵包來送我，並報告我的三件作品被「馬的博物館」收藏。

二〇一八年十二月二十九日

♪再睡幾天，就是正月。

二〇一八年十二月三十日

無為終日。我完全沒有畫畫的念頭。儘管如此還是非畫不可，就是畫家的宿命了呀。杜象到了晚年，就停止畫畫。

二〇一八年十二月三十一日

散步路上順便去神戶屋吃午飯。今年最後一天，店裡客滿。我沒看「紅白大對抗」，泡澡很久，洗去一年汙垢。體重減輕一公斤。我難道已經累積這麼多的汙垢嗎？

## 譯註

527 克里斯提安・波坦斯基（Christian Boltanski，西元一九四四至二〇二一年）：法國代表性雕塑家，畫家，攝影師，曾多次於日本舉辦個展。
528 布魯斯・瑙曼（Bruce Nauman，西元一九四一年至今）：美國混合媒材藝術家。
529 橋本忍（西元一九一八至二〇一八年）：《羅生門》《七武士》《白色巨塔》《日本最長的一日》《砂之器》《日本沉沒》《八甲田山》等日本影史超大作編劇。
530 《Neshan》：由伊朗裔設計師薩耶德・梅史基（Saed Meshki）創辦的英文・波斯文設計雜誌，該誌第四十二期（西元二〇一八年冬季號）轉載米爾可・伊利克於《Idea》發表文章的英文版。
531 谷川美佳：前日本駐韓大使館專門調查員，西元二〇一六年釜山雙年展策展人，朝鮮美術文化研究者。
532 《pen》：精品時尚雜誌，Ccc Media House 發行。
533 手塚治虫（西元一九二八至一九八九年）：日本漫畫之神。
534 《韋馱天～東京奧運故事～》（いだてん～東京オリムピック噺～，西元二〇一九年）：NHK綜合台於每週日晚間八點播出的年度製作長篇連續劇（大河劇），慶祝預計兩年後舉辦的東京奧運。
535 訓霸圭（西元一九六七年至今）：女星石田光丈夫。
536 井上剛（西元一九六八年至今）：曾任大河劇《利家與松》（利家とまつ～加賀百万石物語～，西元二〇〇二年）單元導播，電視小説連續劇《小海女》（あまちゃん，二〇一三年）總導播。
537 岩倉暢子：ＮＨＫ設計中心舞台美術設計師，曾任《小海女》主視覺、標題字及人物造型設計。
538 韋馱天原為「違馱天」，但「違」為「建」字誤抄，最早譯名為「建馱天」。
539 《波赫士口述》（Borges, Oral，西元一九七九年）：波赫士於西元一九七八年於布宜諾賽利斯貝爾格拉諾大學（Universidad De Belgrano）講學紀錄。
540 喬治・哈里森（George Harrison，西元一九四三至二〇〇一年）：披頭四樂團第二個故人，印度狂熱者。
541 二代目片岡秀太郎（本名彥人，西元一九四一至二〇二一年）：歌舞伎人間國寶，擅長旦角。
542 六代目片岡愛之助（本名山元寬之，西元一九七二年）：童星出身，被片岡秀太郎的父親十三代目片岡仁左衛門（西元一九〇三至九四年）收為門徒；生父母相繼過世後，由秀太郎正式成為養子。曾演出大河劇《真田丸》（二〇一六年）與超級歌舞伎《火影忍者》（二〇一八年）。女星藤原紀香丈夫。
543 《我的一套玩法與實行法》（ぼくなりの遊び方、実行法 横尾忠則自伝，西元二〇一五年）一九八八至九二年間連載的自傳，描述一九六〇至八四年間的各種活動經歷。連載因雜誌停刊而中斷。
544 河竹登志夫（西元一九二四至二〇一三年）：早稻田

大學名譽教授，歌舞伎劇作家河竹默阿彌（西元一八一六至九三年）曾孫，畢生研究歌舞伎美學，曾帶領歌舞伎團至蘇聯時代的莫斯科與列寧格勒（聖彼得堡）公演。

545《大衛．林區：藝術人生》（David Lynch: The Art Life，西元二〇一六年）：網路募資製片，以四年時間跟拍林區的創作過程。

546北川前進（北川ふらむ，西元一九四三年至今）：越後妻有藝術三年展、多項城鄉藝術計畫藝術總監。

547高村薰（西元一九五三年至今）：硬派懸疑小説家，與宮部美幸、桐野夏生合稱「日本三大推理女王」。

548西元二〇一一年，與作曲家富田勳（西元一九三二至二〇一六年）共同獲得藝術類朝日賞。

549桐生祥秀（西元一九九五年至今）：短跑名將，亞洲田徑史上第二位一百公尺九秒內跑完的選手。

550《海嘯下的靈魂：三一一地震，生與死的故事》（Ghosts Of The Tsunami: Feath And Life In Disaster Zone）倫敦時報（The Times）亞洲組總編輯李察．洛伊德．派利（Richard Lloyd Parry，西元一九六九年至今）著，濱野大道譯，早川書房，二〇一八年發行。

551永田生慈（西元一九五一至二〇一八年）：浮世繪收藏與研究家，專門收藏浮世繪的東京太田紀念美術館副館長，島根縣葛飾北齋美術館館長。法國文化軍官勳章得主。死後個人收藏全部捐贈島根縣立美術館，不再對外租借。

552熊谷守一（西元一八八〇至一九七七年）：出身望族卻堅持清貧生活之「畫壇仙人」，晚年兩度辭退政府的贈勳表揚。

553藏屋美香：東京國立當代美術館企畫課長，本展策展人。

554植松國臣（西元一九二七至二〇〇六年）：日本平面設計大師，日本設計中心共同創辦人，擔任橫尾構思大阪世博纖維館執行設計，作品被紐約當代美術館典藏。

555橫尾忠則の冥土旅行：西元二〇一八年二月二十四日至五月六日，橫尾忠則當代美術館（兵庫縣政一百五十週年紀念事業，開館五週年紀念展）

556石牟禮道子（西元一九二七至二〇一八年）：作家，俳人，報導文學作品《苦海淨土》（苦海浄土―わが水俣病，西元一九七〇年）為水俣病重要紀錄之一。

557福澤一郎（西元一八九八至一九九二年）：西洋畫家，留法期間接觸超現實主義繪畫，二戰期間被迫從事戰記繪畫創作，戰後成為日本美術界進軍國際主力，畫風轉趨簡潔。

558福澤一也（西元一九三四至二〇一八年）：福澤一郎紀念藝術基金會代表。

559燒酎highball（燒酎ハイボール，簡稱チューハイ）：受威士忌混蘇打水影響，以燒酎、伏特加等蒸餾酒或利口酒為基底，混合碳酸水或通寧水調成之日式調酒。

560瀨尾真奈穗：瀨戶內寂聽最後十一年重用的個人祕書，由於兩人年齡相差六十六歲，宛如黃昏之戀的關係引起媒體熱烈討論。

561設樂悠太（西元一九九一年至今）：與雙胞胎弟弟啟太都是職業馬拉松跑者。

562湯姆．魏瑟曼（Tom Wesselmann，西元一九三一至二〇〇四年）：美國普普藝術家。

563入江一子（西元一九一六至二〇二一年）：小學六年級畫作被昭和天皇收藏，戰後成為絲路風景畫大師。

564箱根強羅：箱根地區僅次於湯本的溫泉鄉。

565西元二〇一五年九月六日晚上，千葉縣千葉市中央區突然出現龍捲風，七十五棟房屋損壞，三人受傷。

566泉谷茂（泉谷しげる，西元一九四八年至今）：日本創作歌手，漫畫家，演員，慈善家。

567墨里茨．科內利斯．艾雪（Maurits Cornelis Escher，西元一八九八至一九七二年），荷蘭錯視藝術版畫大師。

568六代目中村勘九郎（西元一九八一年至今）：歌舞伎演員第五代中村勘九郎（西元一九九九年大河劇《元祿撩亂》男主角，西元一九五五至二〇一二年）的兒子，二〇二一年東京奧運開幕典禮最後一棒聖火跑者。

569諸田玲子（西元一九五四年至今）：歷史小說家。

570日規一百五十號畫布（F Size）：長邊二二七點三公分，短邊一八一點八公分。

571神戶屋：大阪同名麵包工廠連鎖餐廳，主打現烤麵包吃到飽。成城店為關東最早開幕門市。

572芭芭拉．卡斯特里（Barbara Bertozzi Castelli）：李歐最後一任妻子，卡斯特里畫廊現任總監，義大利藝術史學家，日文流利，專攻「物派」研究。

573日本兒歌〈元旦〉（お正月）歌詞：「再睡幾天，就是元旦。」

574堤義明（西元一九三四年至今）：西武創辦人堤康夫（西元一八八九至一九六四年）私生子，前西武鐵道、王子飯店社長，西武百貨、Saison 集團會長，日本奧委會最高顧問，原富比士評鑑世界首富。

575鳥越俊太郎（西元一九四〇年至今）：前電視政論節目主持人。

576十二代目市川團十郎（西元一九四六至二〇一三年）：歌舞伎演員。兒子十一代目市川海老藏（西元一九七七年至今）於二〇二二年正式繼承團十郎名號，是為十三代目（第十三代）團十郎。

577十一代目市川團十郎（西元一九〇九至六五年）：繼承團十郎名號前藝名為九代目海老藏。

578豬熊弦一郎（西元一九〇二至一九九三年）：享譽國際的前衛畫家，二戰後為三越百貨設計的紅白包裝紙「華開」（華ひらく）不但開日本百貨界先例，成為商業設計史一大經典。上野車站中央口大廳壁畫〈自由〉（西元一九五一年）則深得留法時期恩師馬諦斯（Henri Matisse，一八六九至一九五四年）真傳，幾經修復保存至今。

579《漫畫少年》：西元一九四七年創刊的小學生漫畫雜誌，由一九一四年創刊的《少年俱樂部》（大日本雄辯會講談社發行）前主編另外創設「學童社」發行。包括手塚治虫、石森章太郎在內的許多職業漫畫家均由本刊連載發跡。

580 齋藤五百枝（西元一八八一至一九六六年）：電影美術指導、背景畫家、書刊插畫家，《少年俱樂部》創刊以來的封面畫家。

581 建畠晢（西元一九四七年至今）：前國立國際美術館館長，前多摩美術大學、京都市立藝術大學校長，藝評人，詩人。

582 棟方志功（西元一九〇三至七五年）：國際版畫大師，昭和「民藝運動」代表人物之一。

583 滿島真之介（西元一九八九年至今）：影視舞台演員。

584 滿島光（満島ひかり，西元一九八五年至今）：青少年偶像重唱團體出身的影視歌表演者。其獨特詩意氣質深受喜愛，台灣的二十張出版以其名成立「hikari」詩集書系。

585《成為愚者的修行》（アホになる修行　横尾忠則言葉集）：西元二〇一八年七月發行，選錄二十年間對談及個人推特帳號（與日記同步連載）的名言。

586 靜岡縣沼津市。

587 藤純子（現在藝名「富司純子」，西元一九四五年至今）：東映製片廠多部江湖片女主角。

588 橫須賀功光（西元一九三七至二〇〇三年）：以資生堂廣告、《Vogue》雜誌法國、西德、義大利版照片與日本傳說名模山口小夜子（西元一九四九至二〇〇七年）攝影集聞名於世的國際級商業攝影大師。

589 藤枝晃雄（西元一九三六至二〇一八年）：武藏野美術大學名譽教授。引進美國形式主義（Formalism）評論。

590 宇佐美圭司（西元一九四〇至二〇一二年）：素人畫家，曾參加紐約當代美術館年展、巴黎青年雙年展、威尼斯雙年展等。武藏野美術大學、京都市立藝術大學教授。

591《絆》（きずな）：西元一九七七年為紀念東京大學學生福利社（東大生協）成立三十週年完成之創作，設立在東大學生福利社中央食堂牆上。二〇一七年九月拆除牆壁後才發覺。

592 大阪車站陶板畫《Dancing On The City》（西元一九八三年）。

593 石田由利（石田ゆり，西元一九五一年至今）：一曲歌手，推出四張單曲與兩張專輯後，與作詞大師中西禮（なかにし礼，西元一九三八至二〇二〇年）結婚並引退，僅在幾部電視劇扮演小角色。

594 石田亞由美（いしだあゆみ，西元一九四八年至今）：滑冰選手、童星起家歌手與影視演員，石田由利二姊。

595 七代目竹本住太夫（西元一九二四至二〇一八年）：三味線彈唱「淨琉璃」人間國寶。獲日本文化勳章、朝日賞與法國文化司令勳章。

596 森山大道（西元一九三八年至今）：國際知名黑白攝影大師，曾任細江英公助手，與中平卓馬（西元一九三八至二〇一五年）創業，於傳奇攝影刊物《Provoke》刊登攝影作品，一九七一年曾被橫尾叫去紐約住一個月。

597 小林秀雄（西元一九〇二至八三年）：日本文藝評論

類型的建立者。
598弗利曼．班達藝廊（Friedman Benda）：私人藝廊，收藏許多橫尾作品。
599東京裝畫賞：日本圖書設計家協會自西元二〇一二年至二〇二二年間表揚最佳書籍設計的獎項，共舉辦七屆。二〇二三年宣布停辦。
600《日經．大人下班後》（日経おとなの off）：日本經濟新聞商業出版（日経ＢＰ）發行的休閒文化月刊。
601高橋幸宏（西元一九五二至二〇二三年）：ＹＭＯ鼓手，時裝設計師。
602ＹＭＯ到西元一九八三年宣布「散開」為止，都以細野（貝斯）、高橋（鼓）、坂本（鍵盤樂器）為中心，日本合成器教父松武秀樹負責合成器音色設計與編曲機操作，被公認為該團「第四人」，橫尾原被指定為團員設計舞台服裝。
603南嶌宏（西元一九五七至二〇一六年）：當代藝術思想研究家，東京女子美術大學教授，前熊本市立當代美術館館長，西元二〇〇八年布拉格當代藝術三年展國際策展人。
604秋川溪谷：位於東京都西部秋留野市秩父多摩甲斐國立公園內，為多摩川最大支流，溪谷全長二十公里，每年秋季成為賞楓勝地。
605伊丹十三（西元一九三三至九七年）：電影導演。
606美川憲一（西元一九四六年至今）：中性打扮的香頌、歌謠曲歌手，多次參加「ＮＨＫ紅白大對抗」。成名曲《柳之瀨卜露斯》（柳ヶ瀬ブルース，西元一九六六年）在台港被多位歌手翻唱，國台語版均為〈淡水河邊〉（台語版葉俊麟作詞，國語版慎芝作詞）。
607大竹省二（西元一九二〇至二〇一五年）：人像攝影大師。
608小泰隆．埃德蒙．鮑華（Tyrone Edward Power Jr.，西元一九一四至五八年）：好萊塢性格小生，曾主演《蒙面俠》（The Mark Of Zorro，西元一九四〇年），並與豔星麗泰．海華斯（Rita Hayworth，西元一九一八至八七年）聯合主演彩色文藝片《碧血黃沙》（Blood And Sand，一九四一年）。
609諾曼．席夫（Norman Seeff，西元一九三九年至今）：南非前足球選手、醫師，獨闖紐約從事人像攝影與平面設計，後來去洛杉磯發展，為許多名人拍照。
610艾絲特．珍．威廉絲（Esther Jane Williams，西元一九二一至二〇一三年）：前全美游泳冠軍，米高梅製片廠「美人魚影后」。
611西城秀樹（西元一九五五至二〇一八年）：一九七〇年代巨星。
612久世光彥（西元一九三五至二〇〇六年）：作家，作詞家，影視導演。
613《寺內貫太郎一家》（第一季：西元一九七四年；第二季一九七五年）：ＴＢＳ聯播網高收視率單元劇。橫尾除了飾演居酒屋的神祕常客外，還繪製片頭的演員頭像。
614《詳解目錄》（Catalogue Raisonné Of Drawing）：西元一九五四至二〇一五年間的作品全集，共六冊，已絕版。

615 谷新（西元一九四七至二〇二〇年）：西元一九八二及八四年威尼斯雙年展執行專員，宇都宮美術館創館館長。

616 櫪木縣東北部總稱。

617 歌舞伎資深觀眾對頭牌演員的登場與招牌動作表達激賞時，會直接對舞台大喊該演員的「屋號」（即各演員所屬戲班）作為喝采，在歌舞伎領域稱為「大向」（大向こう，原指離舞台最遠的三樓觀眾席站位），喝采時機有嚴格默契，資深觀眾間甚至在各地形成一年看一百場以上歌舞伎男性觀眾限定的招待制團體。除了演員屋號以外，有些傳承藝名（第幾代）的演員也會被台下叫：「●代目！」有些戲碼的台詞及場面，甚至提供觀眾同聲高呼口號的機會。歌舞伎的看戲文化，也對昭和後期的偶像文化帶來影響。

618 四代目坂田藤十郎（西元一九三一至二〇二〇年）：原藝名三代目中村鴈治郎，國寶。

619 小磯良平與吉原治良展：西元二〇一八年三月二十四日至五月二十七日，以「並列對比」方式展出神戶出生的留法人像畫家，東京藝術大學名譽教授小磯良平（西元一九〇三至八八年）與大阪出生的「具體美術」代表人物吉原治良（一九〇五至七二年）作品。

620 GLAY：視覺系樂團，西元一九八八年成軍於北海道函館市，以主唱 TERU 與吉他手 TAKURO 為中心。

621 查理・華茲（Charlie Watts，西元一九四一至二〇二一年）：滾石合唱團鼓手。

622 麥可・維茨爾（Michael Wetzel，西元一九五二年至今）：波昂大學當代德語文學與媒體科學教授。

623 《新日本美》（Neojaponismen: West-Östliche Kopfkissen）德國 Wilhelm Fink 出版，西元二〇一七年十二月發行。

624 鬍子蒙娜麗莎（L.H.O.O.Q.，西元一九一九至六五年）：法國實驗藝術家馬歇・杜象（Marcel Duchamp，西元一八八七至一九六八年）在達文西〈蒙娜麗莎的微笑〉複製品臉上加小鬍子。包括失傳與非公開在內共推出八幅「作品」，最早版本收藏於巴黎龐畢度中心。

625 亨利・德・土魯斯・羅特列克（Henri De Toulouse-Lautrec，西元一八六四至一九〇一年）：石版畫家、平面設計師、後印象派畫家。橫尾讓羅特列克穿上日本古代官服，左右手各拿著日本與法國國旗。

626 《新宿小偷日記》（新宿泥棒日記，西元一九六九年）：大島渚導演，橫尾忠則飾演在新宿「紀伊國屋書店」偷書的賊，並設計該片海報。唐十郎「劇團狀況劇場」等新宿地下文化代表人物客串演出。

627 白色美術館（白い美術館）：深夜時段藝文節目，電視台播出五分鐘精華版（一集十分鐘內容分兩次播出），衛星台播出三十分鐘完整版。

628 實相（Sanskrit）：佛教概念下的真實本無相，但實相絕非實存實體；在不同佛典與宗門當中，以「法性」、「真如」、「無為」、「涅槃」、「法界」、「如來藏」、「佛性」等稱之。

629 長谷川等伯（西元一五三九至一六一〇年）：安土桃

山末期至江戶初期的畫家，畫作多為國寶與重要文化財，其中包括日蓮、武田信玄、千利休等人肖像。

630 〇〇七情報員電影第十八集《明日帝國》（007 Tomorrow Never Dies，西元一九九七年）。

631 東洲齋寫樂（生卒年不詳）：江戶時期版畫家，西元一七九四至九五年的十個月間，大量發表歌舞伎演員肖像版畫。長年以來身世成謎，二十一世紀以後的日本學界多半認定他就是阿波德島藩（四國德島縣）藩主蜂須賀家專屬的能劇演員齋藤十郎兵衛（西元一七六三至一八二〇年）。

632 雕版師（彫り師）：將畫稿刻成原版的工匠。刷版師（摺り師）：調整紙張後將原版分色印在紙上的工匠。

633《神戶之子》（神戸っ子／Kobecco）：神戶、蘆屋、西宮區域休閒資訊月刊，西元一九六一年創刊。

634 曾我蕭白（西元一七三〇至一七八一年）：幻想畫家，以大膽構圖著稱，橫尾忠則曾臨摹、諧擬其多幅畫作。

635 絹谷幸二（西元一九四三年至今）：壁畫大師，大阪及東京藝術大學教授，日本藝術院院士。「絹谷幸二 天空美術館」位於大阪梅田藍天大樓觀景台。

636 西元二〇一八年六月十八日上午七點五十八分，震央位於大阪府北部，深度十三公里，芮氏規模六點一，最大震度六弱。

637《小偷家族》（万引き家族，西元二〇一八年）：是枝裕和編導同名電影（第七十一屆坎城影展最佳影片，日本第五部金棕櫚電影）的小說版。

638 B倍（B1）：寬一〇三公分，縱長一四一點四公分。

639 大林在罹患肺癌第四期，被醫師宣告只剩半年～三個月壽命一年多以後，先於西元二〇一七年底推出文學電影《花筐》，一八年七月開拍時空穿梭片《大林宣彥：電影藏寶盒》（海辺の映画館——キネマの玉手箱），一九年於東京國際影展首映，二〇年受感染性肺炎影響延後三個多月上映時，大林早已病故。

640《德拉克羅瓦日記》（Le Journal D'Eugène Delacroix）：法國浪漫派畫家歐仁·德拉克羅瓦（Eugène Delacroix，西元一七九八至一八六三年）一八二二至一八五〇年的日記。日文版最早於一九四二年發行。

641「生而為人，我很抱歉」原來是詩人寺內壽太郎（生卒年不明）創作之一行詩「生而為人我很抱歉」（生まれてすみません），太宰治直接用於西元一九三七年發表的〈二十世紀旗手〉（原文：生まれて、すみません），導致寺內精神崩潰，最後人間蒸發。

642 加布列·賈西亞·馬奎斯（Gabriel García Márquez，西元一九二七至二〇一四年）：哥倫比亞作家、駐外記者，西班牙文學史上最偉大作家之一，西元一九八二年諾貝爾文學獎得主，代表作《百年孤寂》（Cien Años De Soledad，一九六七年）、《愛在瘟疫蔓延時》（El Amor En Los Tiempos Del Cólera，一九八五年）。

643 大岡昇平（西元一九〇九至八八年）：小說家，評論家，法國文學研究者。戰爭末期在菲律賓民都洛島（Mindoro）

曾被美軍俘虜，成為日後創作主要題材，榮獲日本多座文學獎。晚年定居成城，責任編輯之一為坂本龍一之父坂本一龜（一九一二至二〇〇二年）。

644《野火》（西元一九五一年）：由自身在菲律賓從軍經驗改寫而成，但刻意參照愛倫坡長篇小說《南塔克特島人亞瑟·戈登·皮姆》（The Narrative Of Arthur Gordon Pym Of Nantucket，一八三八年），並提及食人求生。發表同年獲讀賣文學賞小說部門獎。被兩度翻拍成電影（一九五九年：市川崑，二〇一五年：塚本晉也自導自演）。

645《瘋癲老人日記》（西元一九六二年）：長篇小說，谷崎晚年代表作。本書表現出對女性雙腳的癖好，與另一小說《鍵》（一九五六年）、川端康成《睡美人》（眠れる美女，一九六〇年）並稱日本三大老人異常性欲小說。

646長谷川利行展（長谷川利行展　七色の東京）：西元二〇一八年五月十九至七月八日。展出放浪素人畫家長谷川利行（西元一八九一至一九四〇年）人生最後十八年從發跡到潦倒晚年的油畫作品，其中包括近年發現的未發表作品。

647佐佐木豐（西元一九三五年至今）：受正規美術教育的西洋畫家，並兼任各級學校、文化教室講師。

648《銀幕上的愛》（銀幕に愛を込めて　ぼくはゴジラの同級生）：西元二〇一八年五月，筑摩書房發行。

649有元利彥（西元一九八三年至今）：曾於銀座與紐約的畫廊工作，現為布展工作室higure 17-15 Cas負責人。

650北村早紀（西元一九八九年至今）：武藏野大學美術所版畫研究碩士，擅長人物版畫。

651珍妮佛·洛許·巴特列特（Jennifer Losch Bartlett 西元一九四一至二〇二二年）：紐約蘇活區新表現主義大師，結合絹印與油畫形成獨特風格，曾與日本版畫家合作「在日本的海邊」（At Sea, Japan，一九八〇年）系列作品。

652加藤剛（西元一九三八至二〇一八年）：資深影視、舞台演員。推理片《砂之器》（西元一九七四年）男主角。

653新劇：有別於歌舞伎等傳統舞台藝能的「舊派」與翻譯劇、時裝劇的「新派」，於大正初期「築地小劇場」上演的革新派藝術演劇。對一九六〇年代的「地下演劇」與八〇年代的「小劇場」都帶來啟發。日本許多影視演員也由文學座、俳優座、劇團民藝、演劇集團圓等新劇劇團出身。

654《俘虜記》：（西元一九四八年，第一回橫光利一賞得獎作品）大岡的戰俘營體驗。受高中時代家教小林秀雄鼓勵寫成。前半描寫被俘前的人生，後半藉由戰俘營的荒謬，諷刺戰後日本社會。

655貝里琉島（Peleliu Island）：南太平洋島國帛琉主島之一。南部的飛機跑道具有重要戰略地位。西元一九四四年九月十五日，美國海軍陸戰隊第一陸戰師搶灘大戰死守飛機跑道的帝國陸軍十四師團，史稱「貝里琉戰役」（Battle Of Peleliu，美方作戰代號「欠行二號行動」Stalemate II），美國投入兩個師鎮壓，日軍作戰指揮部全員玉碎，但死守其他陣地的四十餘士兵（包括一名女性）於一九四七年才向美軍投降。

656 田中裕子（西元一九五五年至今）：影視女星，以NHK晨間電視劇《阿信》（おしん，西元一九八三年）同名女主角青年期角色深受亞洲觀眾喜愛。

657 流政之（西元一九二三至二〇一八年）：自學雕刻家，庭院造景師，雕刻作品〈雲之砦〉（西元一九七二年）成為紐約世貿中心雙塔中間廣場地標，在「九一一」恐攻後為清理現場而拆除，二〇〇四年完成一半大小的複製品〈雲之砦Jr.〉，於北海道當代美術館展示。據信為四國香川縣在地美食「讚岐烏龍」命名者。

658 濱田知明（西元一九一七年至二〇一八年）：雕刻家，日本代表性銅版畫家之一。在歐洲舉辦多場個展，獲法政府頒贈文化騎士勳章。

659 芹澤光治良（西元一八九六至一九九三年）：小說家，代表作《魂斷花都》（巴里に死す，西元一九四三年）被翻譯成法文版後轟動法國，自傳小說《人間的命運》（人間の運命，一九六二至六九年）獲日本藝術院賞，長篇小說「神的系列」為其與大江健三郎的書信往來。

660 山田耕筰（西元一八八六至一九六八年）：作曲家，指揮家，日本管弦樂之父，兒歌〈紅蜻蜓〉（赤とんぼ，西元一九二七年）作曲。最晚年遷居成城。

661 麒麟羅伯布朗（Kirin Robert Brown）：因應外國烈酒解禁帶來的洋酒熱潮，麒麟麥酒成立新公司，在靜岡縣興建「富士御殿場蒸餾所」後，於西元一九七五年推出的第一款調和式威士忌。

662 立花hajime（立花ハジメ）：日本元祖科技流行樂（Techno-Pop）團體plastics鍵盤手，平面及字型設計師。

663 田宮二郎（西元一九三五至七八年）：影視演員，電視主持人。電影版《白色巨塔》（白い巨塔，西元一九六六年）主角財前五郎角色。拍攝同劇電視版期間飲彈自殺。

664 大塚OMI陶業株式會社：與大塚製藥、大塚食品同屬大塚集團，生產大型磁磚與客製陶板。

665 奧田孝。

666 《Houyhnhnm Unplugged》：美系男性時尚期刊，一年發行兩期，講談社BC發行。刊名HOUYHNHNM（慧駰國）為《格列佛遊記》主角登陸的一個由高等智慧馬匹主宰的島。

667 松野一夫（西元一八九五至一九七三年）：西洋畫家轉行雜誌插畫家，曾與江戶川亂步、小栗蟲太郎等推理小說家合作。

668 理察．漢彌頓（Richard Hamilton，西元一九二二至二〇一一年）：英國普普藝術大師。

669 夢窗疎石（西元一二七五至一三五一年）：臨濟宗夢窗派祖師，擅長造園與枯山水造景，其設計之靈龜山天龍寺與洪隱山西芳寺均為世界遺產。

670 法蘭西斯．培根（西元一九〇九至九二年）：在愛爾蘭出生的英國具象派畫家，二戰後人像畫的臉部多為如長時間曝光般扭曲或恐慌哀號表情，把委拉斯開茲名作〈英諾森十世〉臨摹成恐怖畫（西元一九五三年）。

671 有元利彥：東京布展業者higure 17-15 Cas負責人。

672 有元利夫（西元一九四六至八五年）：融合日本古典佛畫技法的洋畫家。

673 LMC：日本視覺系二人組，現場演出時另尋樂手組成樂團。曾多次來台演出。

674 火星大接近：火星與地球公轉週期不同（地球約三六五日，火星約六八七日），軌道形狀也不同（地球軌道接近圓形，火星為橢圓形）。火星每隔七八〇日就會接近地球（「會合」），即為火星看起來最大的時候。

675 生駒芳子：時尚記者，流行評論家，策展人，傳統工藝開發顧問，藝術顧問。曾策畫橫尾「粉紅色女孩」個展。

676 Spiral：位於東京都港區南青山的複合式藝文空間，西元一九八五年由內衣業者華歌爾株式會社完全出資成立。建物由建築大師槇文彥設計。

677 小林裕幸（西元一九五九年至今）：兼任華歌爾藝術中心代表取締役社長。

678 波卡拉（Pokhara）：尼泊爾中部城市。

679 《哈利路亞》（ハレルヤ，西元二〇一八年，新潮社發行）：短篇小說集，收錄川端康成文學賞得獎作〈此處與他處〉（ここよそ）。

680 出雲大社：位於本州西部島根縣出雲市，最早於西元八六七年由熊野大社（島根縣松江市）分祀而來，明治時代以後全日本唯一大社。祭祀大國主大神。歷代天皇之中只有二十世紀以後的裕仁天皇與明仁上皇得以進殿參拜。

681 《玉碎之島貝里琉》（玉砕の島ペリリュー　生還兵34人の証言）：「太平洋戰爭研究會」發起人平塚　緒著，PJP研究所，西元二〇一八年發行。

682 櫻桃子（さくらももこ，西元一九六五至二〇一八年）：自傳漫畫《櫻桃小丸子》（ちびまる子ちゃん）作者，散文作家。

683 唐納．基恩（Donald L. Keene，鬼怒鳴門，西元一九二二至二〇一九年）：知名日本學者，哥倫比亞大學名譽教授，曾翻譯古典文學、俳句，永井荷風、川端康成、太宰治、三島由紀夫、安部公房等作家之小說。西元二〇一一年東北大地震後選擇歸化日籍。

684 《積罪人》（つみびと）：由大阪年輕母親把親生子女關在家裡活活餓死的真實事件改編的寫實小說。單行本西元二〇一九年由中央公論新社發行。

685 橫尾忠則　幻花幻想幻畫譚 1974—1975：銀座平面設計藝廊，西元二〇一八年九月五日至十月二十日。橫尾為瀨戶內於《東京新聞》連載的歷史小說《幻花》繪製的小篇幅插圖，被認為是橫尾插畫的最高峰，過去曾多次在不同場館展出。

686 Tadanori Yokoo: Death And Dreams，西元二〇一八年九月六日至十月十三日。

687 鈴木其一（西元一七九五至一八五八年）：江戶琳派傳人，近代日本畫先驅，河鍋曉齋岳父。

688 長澤蘆雪（西元一七五四至一七九九年）：圓山應舉弟子，擅長大魄力構圖與特寫。

689 狩野山雪（西元一五九〇至一六五一年）：狩野派傳人，擅長垂直、水平與等腰直角三角形構圖。〈猿猴圖〉為日本「卡哇伊」文化始祖。〈寒山拾得圖〉為橫尾創作重要啟發。

690 岩佐又兵衛（西元一五七八至一六五〇年）：安土桃山時代武家出身，岩佐派祖師。〈洛中洛外圖屏風〉（國寶）被譽為江戶浮世繪源流。

691 辻惟雄（西元一九三二年至今）：東大與武藏野美術大學名譽教授，代表作《奇想的系譜　又兵衛——國芳》（西元一九七〇年）重新評價日本美術史極少提起的幾位畫家（本文中橫尾提及的又兵衛、山雪、若沖、蕭白、蘆雪、國芳等），後來數度推出新修版。

692 春華堂：位於靜岡縣濱松市中區，創業於西元一八八七（明治二十）年和洋菓子店。

693 權太呂：西元一九一〇（明治四十三年）創立於大阪的蕎麥麵店，一九四六（昭和二十一年）移轉至京都。主打昆布湯頭。

694 日野資業（西元九九〇至一〇七〇年）：平安時代中期公卿，藤原北家氏後代，出家後成為日野家第一代。

695 法界寺藥師如來：在日野法界寺的藥師如來像又名「日野藥師」或「乳藥師」，傳說是藤原家第三代開始供奉，內藏最澄手作三吋藥師像。近代流傳之如來像可能已經不是最早佛像。

696 日野富子（西元一四四〇至九六年）：室町幕府八代征夷大將軍足利義政（一四三六至九〇年）正室，兩人自從生下一兒早夭後就一直生不出兒子，原定由義政親弟弟義尋（後改名義視，一四三九至九一年）還俗繼任，但生出兒子義尚（一四六五至八九年）後，各方即為將軍正統問題爆發「應仁之亂」（一四六七至七七年），日本進入戰國時代。

697 貝爾納．布菲（Bernard Buffet，西元一九二八至九九年）：法國表現主義畫家，雕塑家，版畫家。

698 寶壽茶：十八種成分混成的青草茶，原為東京某日本料理店招待用茶飲。

699 在庫一掃大放出展：西元二〇一八年九月十五至十二月二十四日。以「特賣會場」為展出主題，但展示作品均為非賣品。

700 廣告樂隊（ちんどん屋）：又稱東西屋、披露目屋，日本西化後誕生的傳統演藝之一，在鬧區遊行演奏宣傳商品、促銷活動或公演。本次擔任演出的「琴動通信社」（ちんどん通信社）為日本現在最活躍的廣告樂隊之一，在展期中也有兩場演出。

701 法被：日本百貨賣場促銷專員穿著的日式半袢外套。

702 麗莎．萊恩（Lisa Lyon，西元一九五三至二〇二三年）：美國健美女郎，國際健美總會第一位女性健美冠軍。

703 《明星》（スタア，新潮社西元一九六一年）：三島短篇小說集，收錄同名短篇小說（一九六〇年）。英譯本由山姆．貝特（Sam Bett）翻譯，二〇一九年發行，日美友好基金日本文學翻譯獎得主。

704田村亮（西元一九四六年至今）：著名銀幕小生坂東妻三郎（一九〇一至五三年）與正房四個兒子中的老么（高廣第一，正和第三），下有一異母弟（妻三郎私生子）水上保廣（一九四七年至今）。

705花輪莞爾（西元一九三六至二〇二〇年）：法國文學家，譯者，兒童文學家，國學院大學名譽教授。曾翻譯過《海底兩萬哩》與賀克多．馬洛（Hector Malot，一八三〇至一九〇七年）《小英的故事》（En Famille）日文版。

706蕗谷虹兒（西元一八九八至一九七九年）：「大正浪漫」代表性畫家，詩人，日本彩色動畫之父。「虹兒」為開始在《少女畫報》擔任插畫家後，由仕女畫大師竹久夢二（一八八四至一九三四年）親賜筆名。

707原節子（西元一九二〇至二〇一五年）：昭和時代最具代表性女星，主演小津安二郎、成瀨巳喜男、今井正、稻垣浩、黑澤明等大導演作品中。一九六三年小津安二郎病逝後即拒絕一切通告，過著神祕的後半生。

708藤本晴美：在巴黎與羅馬國立實驗電影中心（Centro Sperimentare Di Cinematografia）學成歸國後，以油水投影燈光秀（Liquid Light）造成轟動。西元一九六九年設立mgs照明設計事務所，業務從大阪世博會主題館、展覽、夜總會、時裝秀、商業空間照明規畫、燈具設計到歌劇一應俱全。

709平成中村座：西元二〇〇〇年，《韋駄天～東京奧運故事～》男主角六代目中村勘九郎的爸爸五代目中村勘九郎（傳名於子後改名十八代目勘三郎）曾在淺草隅田公園搭建臨時劇場上演歌舞伎。六代目勘九郎接手劇團後，曾在紐約林肯中心藝術節演出。

710伯格收藏（Burger Collection®）：瑞士藏家伯格夫婦（前獵頭公司與私人銀行主管Monique與她的丈夫，香港高聯投顧董事長Max）以香港為據點的當代藝術典藏事業。

711小澤征悦（西元一九七四年至今）：指揮大師小澤征爾之子，曾主演多部劇情片、電視偶像劇與NHK大河劇，包括《韋駄天～東京奧運故事～》。

712白井勝也（西元一九四二年至今）：《Big Comics》創刊主編，後來成為小學館副社長及最高顧問。

713京町子（西元一九二四至二〇一九年）：「日本伊莉莎白泰勒」，大映製片廠頭號女星。黑澤明《羅生門》、溝口健二《雨月物語》（一九五三年）、山本薩夫《華麗的一族》（一九七五年）女主角。

714小林與高倉在東映製片廠時期待遇懸殊，後來高倉親自為小林說媒，擔任小林的主婚人，並為小林新家貸款作保，小林也將兒子取名健（現為演員）。電影《鐵道員》（西元一九九九年）為兩人首度共同主演的劇情片，小林以本片獲得日本電影學院獎最佳男配角。

715《性命出售》（命売ります，西元一九六八年）：中文版高詹燦譯，好讀，二〇一八年發行；吳季倫譯，大牌出版，二〇二二年發行。

716羅伯特．勞森伯格（Robert Rauschenberg，西元一九二五至二〇〇八年）：美國普普藝術家，與賈斯珀．瓊斯並稱美國新達達兩大代表。

717 中國藥膳料理「星福」。

718 川地民夫（西元一九三八至二〇一八年）：影視演員，在日活製片廠時期經常與石原裕次郎搭檔。日活倒閉後主要在出東映製片廠的黑道片或時代劇擔任配角或反派，並於《超人力霸王迪卡》（ウルトラマンティガ，一九九六至九七年）飾演地球防衛軍總司令。

719 維新號：西元一八九九（明治三十二，光緒二十五）年由橫濱的寧波華僑鄭餘生成立的家鄉飯館，據說早年魯迅、蔣介石、周恩來都曾是座上賓。民國成立後數年改作日本人生意，招牌菜色為燉魚翅與肉包。

720 克里斯蒂安·芮斯·拉森（Christian Reese Lassen，西元一九五六年至今）：藍天海豚畫家，一般視為泡沫經濟時代暴發戶品味象徵。

721《男人真命苦：歡迎歸來》（男はつらいよ　お帰り寅さん，西元二〇一九年）：系列第五十集，系列五十週年紀念作，渥美的鏡頭取自舊作名場面。淺丘琉璃子第六度擔任單元女主角。

722 第十二屆上海雙年展：主題「禹步」，西元二〇一八年十一月十日至二〇一九年三月十日。

723 常陸宮：昭和天皇第二子義宮正仁親王於一九六四年結婚，成為現行皇室典範下成立第一個宮家，日後將自然消滅。

724 江波杏子（西元一九四二至二〇一八年）：影視及廣播劇、舞台劇演員，電影代表作為大映《女賭博師》全系列十七作（一九六六至七一年），後來演出電視警匪劇《猛龍特警隊》（Gメン，一九七五至八二年）、校園劇《極道鮮師》（ごくせん，第三期，二〇〇八年）等。

725 二代目中村七之助（西元一九八三年至今）：十八代目中村勘三郎的兒子。

726 勝見勝（西元一九〇九至八三年）：藝評人，日本設計學會、桑澤設計研究所共同創辦人，西元一九六四年東京奧運設計委員會主席。

727 甲斐野央（西元一九九六年至今）：投手，西元二〇二四年跳槽西武獅隊。

728 和歌山縣別稱。

729 連鎖精品超市。

730 瀨古利彥（西元一九五六年至今）：日本多項長跑紀錄締造者，波士頓馬拉松兩屆優勝，後來歷任學校及企業教練、日本田徑聯盟理事、東京都體育委員等職位。

731 中村清（西元一九一三至八五年）：日本馬拉松教父。

732 林哥·史塔（Ringo Starr，西元一九四〇年至今）：披頭四鼓手。

733 千秋樂：連續演出或比賽的最後一天。

734 法蘭西絲·賀吉森·柏奈特（Frances Hodgson Burnett，西元一八四九至一九二四年）：英裔美籍兒童作家，著有《小公子》（Little Lord Fauntleroy，西元一八八六年）、《小公主》（A Little Princess，一九〇五年）、《祕密花園》（The

Secret Garden，一九一一年）等兒童小說。

735 關口宏（西元一九四三年至今）：「料理東西軍」（どっちの料理ショー）等電視節目主持人。

736 赫伯特．馬素．麥克魯漢（Herbert Marshall Mcluhan，西元一九一一至八〇年）：多倫多大學教授，當代傳播理論之父。

737 東野芳明（西元一九三〇至二〇〇五年）：多摩美術大學藝術系創辦人兼名譽教授。

738 福武美津子：倍樂生（Benesse，《巧連智》發行者福武書店現行名稱）福武家第三代，負責海之餐廳、藝術空間 Umitota 與白色宿舍的經營。

739 克里斯提安．波坦斯基（Christian Boltanski，西元一九四四至二〇二一年）：法國當代觀念藝術家，擅長攝影裝置藝術。高松宮殿下紀念世界文化獎得主。

740 Technamation：技術（Technic）與動畫（Animation）組合而成，以兩面旋轉偏光板製造移動錯覺的看板。

741 奧古斯特．維利耶．德．利爾亞當（Auguste Villiers De L'isle-Adam，西元一八三八至八九年）：法國頹廢派詩人、劇作家，科幻小說的「人造人」（Android）概念出自他晚年長篇小說《未來的夏娃》（L'éve Future，一八八六年）主角的發明 andréide。

742 疑為歷史小說家井上靖（西元一九〇七至九一年）。

743 疑似歷史小說家池波正太郎（西元一九二三至九〇年）。

744 Mika Yoshitake（吉竹美香）：獨立策展人，曾為草間彌生、李禹煥、村上隆藝術工廠、奈良美智策展。

745《腰卷阿仙》：唐十郎地下劇場代表作，海報創作於西元一九六六年，已成為日本文化遺產。

746《卡地亞：棲息者》（Fondation Cartier: The Inhabitants）：共收錄世界各地藝術家一一九名，一三三幅肖像畫。

747 日規五十 F 尺寸長邊一一六點七公分，短邊八十點三公分。

748 八代亞紀（西元一九五〇至二〇二三年）：演歌歌手，影視演員，油畫家，熊本市、八代市親善大使。

749 伊莉莎白．莫瑞（Elizabeth Murray，西元一九四〇至二〇〇七年）：芝加哥新表現主義畫家。

750 珍妮佛．巴特列特（Jennifer Bertlett，西元一九四一至二〇二二年）：紐約新表現主義畫家。

751 山口長男（西元一九〇二至八三年）：日本抽象畫先驅，前武藏野美術學園園長。

752 澤渡朔（西元一九四〇年至今）：日本人像攝影師，擅長拍女童與女星。

二〇一九年

**二〇一九年一月一日**

別人每年送我們的年菜，我每次都只是看看而已。一點點摻酒喝的屠蘇散。雜煮年糕一碗。自家製栗金團一顆、煮黑豆一人分。就這樣。

看新年長途接力賽跑，看到一半就不看了。

去體驗元旦吃家庭餐廳，店裡客滿到誇張的程度。所有客人都攜家帶眷，只有我一桌是一個人。我被當成一個遭遇不幸的老鰥夫嗎？

一年之計在於元旦，問我想求什麼變，第一件事就是先下手為強，請按摩師來畫室幫我把今年的疲勞變成過去式。

**二〇一九年一月二日**

今年的第一天也過了，進入第二天。

我看箱根長途接力賽跑的去程。角逐優勝的青山學院排名第六。希望他們明天回程不要掉進死胡同裡。

田中將大[753]說：「就算我投了胎，下輩子也要打棒球！」我如果下輩子也當畫家，會受不了。我不想再說自己想做到人生盡頭，我已經畫膩了！而且我也不想投胎做人。

從藏書中找出澀澤龍彥的書，想尋找西洋文明的黑暗面。首先從《世界幻想名作集》讀起。

**二〇一九年一月三日**

箱根長途接力賽跑的回程，王者青山學院再怎麼努力也被東海大學搶走優勝寶座。

在畫室裡寫賀年卡。

**二〇一九年一月四日**

【與靈魂、宇宙、靈界、神接觸。】言語無法描述的觀念與感性？交會的夢。以元旦的夢來說堪稱一流。

事事都提不起勁，難道是因為環境千篇一律嗎？改變環境，會帶來截然不同的感性。就像森鷗外一樣，只要換一個不同環境寫作，就會產生不同的作風。我想趁今天晚餐後，把臥室也改成畫室，並且像勞動者一樣工作。然後也想消滅自己的惰性。這些可能就是我今年的小聰明。

**二〇一九年一月五日**

獅子襲擊水牛，水牛的同伴就衝向那頭不能動彈的水牛，用角把獅子頂到半天高。啪一聲掉到地上的獅子，馬上又被頂到半空中。獅子慌張地鑽進草叢裡。我第一次看到這種畫面。

**二〇一九年一月六日**

我本來以為元旦連假終於結束了，但連假早就結束了。如果把一年當成長途接力賽跑來看，第一區段才起跑，領先集團擠成一堆，要等到下星期才會分散。在我體內有十二個小小的「自己」一年到頭都不斷往前狂奔，為了保持某種種子權。

NHK大河劇《韋馱天》開播，每星期天晚上八點準時播出。請大家看標題字在跑的樣子。開年第一工作，內容是不屬於任何系列的「我的奇想畫」。

**二〇一九年一月七日**

【飯店的服務小弟跑來告訴我：「請打內線給三五一號房。」到底為了什麼？誰在那裡？「今天房先生（松竹製片）出院，明天淺丘（琉璃子）也會出院。橫尾先生，您從今天開始要打點滴。」這裡到底是什麼地方？明明應該是飯店，什麼時候又變成醫院的？】

今年第一項進行工作是為了「奇想的系譜」展特別新作（出售用）的油彩畫。我以一個昭和的奇想畫家身分，引用少女畫家藤井千秋[754]的畫作，對江戶時期的奇想畫做自己觀點的回應。

**二〇一九年一月八日**

三十五年前在京都版畫院[755]品川的監修下，印出很多木版畫，現在他們已經停止刻印版畫，當時印製的作品還剩下一些庫存，就說要全部送給我。我遇過好幾次的老闆娘已經因為癌症過世，他六年前與泰國小姐結婚，老婆看起來不像是四十一歲，卻會通靈，這位長得很可愛的太太陪著他來訪。他從推特上看到我重聽，覺得無法對話，所以就給我一封很長的信。他們現在住在埼玉，因為沒有工作上的往來，我有一種預感說不定今天是我最後一次見到他，所以看著他離去的背影。

巴黎與休士頓的畢卡比亞委員會[756]提出請求，希望能借我收藏的五幅畢卡比亞畫作刊登在全作品目錄裡。

香港M＋（亞洲最大美術館）請求，希望能複製館藏的我的作品。

**二〇一九年一月九日**

雜誌《BRUTUS》前副主編鈴木芳雄採訪我為「奇想的系譜」創作油彩畫的樣子。我問他以前《平凡PUNCH》時代的編輯與攝影記者，得知大部分都已經死了，過去的時光只有不斷遠去。到傍晚都在畫「奇想的系譜」展出用的原創作。即使在自己作品的系譜裡，這幅畫都似乎會變成無法歸類於任何系譜的「我的奇想畫」。要等油彩變乾，先暫停創作兩三天。為了恢復身體狀態，這個中斷也來得剛好。

**二〇一九年一月十日**

畫累了就窩在被窩裡讀澀澤龍彥的《前往幻想的彼方》直到中午。這本書雖然是關於藝術的隨筆，不過澀澤並屬於三島那種行動型作家，而是窩在書房的人，所以那種沒有伴隨體驗的藝術論，總讓人很難不對那種身體的匱乏感到空虛。他稱自己是「眼睛的人」，但在我眼中只看到一個「感知的人」。

中午去神戶屋吃咖哩。以前上來的本來都是兩大塊五花肉，今天只有一塊肥肉，我請店家幫我換，結果他們就破格招待我兩人份的肉。

美國雜誌《Apartment》來拍攝我畫室的空間，預計下週拍攝自宅。

以色列耶路撒冷Department of Visual and Material Culture of Bezalel Academy of Arts and Design（哎呀，真長！）為了新書，委託我授權刊載「加爾美拉商會[757]」海報。

**二〇一九年一月十一日**

在塚田美紀學藝員導覽下，參觀世田谷美術館的「布魯諾．慕納利展[758]」與常設展「非洲當代藝術典藏的一切（本館典藏）[759]」前者充滿童趣的遊戲性作品，與後者的野性生命力，同樣具有超越近代框架的輕快與清新感。在陽光傾瀉的餐廳裡與酒井忠康館長、塚田學藝員一起吃西式午餐。只要聽酒井館長說他所遇過那些住鎌倉文學家的故事，描述到連作家的皮膚感都出來了，我總是覺得「真好」。才一回家，酒井館長又送來一本卡地亞肖像畫集當禮物，還附上一張明信片，上面寫今天聚會很開心。

洛杉磯獨立策展人吉竹美香好像要求把在「附加物：日本的當代美術一九八〇至九〇年代」展覽中展示的作品再增加兩件，成為五件。

另外，大英博物館也要求我授權他們複製典藏的九幅我的畫。

今年明明還沒經過幾天，海外的展覽、作品借展與授權與採訪已經將近十件了。平均一天就有一件？不過這些案子沒有影響到我原來的工作，創作還是以自己的步調進行。

傍晚好像有點感冒的感覺？高齡者最怕感冒，我趕緊穿上厚外套並加熱湯烏龍麵。

**二〇一九年一月十二日**

可能是看見未來，覺得身心解放，從昨天開始就覺得四肢無力。問我要聽大腦的話還是聽身體的，我本來還覺得應該跟隨身體，但如果身體消散，我反而更輕鬆。光是這兩天的連續失眠，就讓我體力大為減退。

最近到處可以看到名叫「黑輪」的貓。雖然有人會問我：「我可以幫我的貓取名黑輪嗎？」不過名字是沒有著作權的，差不多已經到有人自稱「橫尾忠則」的地步。

傍晚還在發燒，開始咳嗽。

**二〇一九年一月十三日**

一醒來就開始咳嗽。怎麼想都覺得是氣喘？去阿爾卑斯喝一杯熱可可。中午和山田導演和松竹的濱田去增田屋。

晚上看白天錄影的全國都道府縣長途接力賽跑女子組對抗賽。長途接力賽跑越來越好玩了。

**二〇一九年一月十四日**

【兩隻貓肚破腸流，另外一隻身體斷成兩截。真是可怕。】反正是夢。

梅原猛去世。我聽說過他身體不好，聽到死訊還是不免吃驚。每次遇到梅原教授，他總是露出福神惠比須一樣的笑容，一直跟我說他正在進行的工作計畫。我接過他委託的工作，是為他與茂山千作[760]師傅合作的「超級狂言三部曲[761]」設計戲服與舞台美術（榮獲圓空賞），以及海報的設計，他們去巴黎公演的時候我也一起去。另外還有梅若六郎[762]（現．梅若實）師傅主演的超級能劇《世阿彌[763]》的海報。他本來還摩拳擦掌對我說：「下次來做一休。」他出了《人類哲學序說》，那本論呢？他說他即使可以活到一百歲，工作也多得像山一樣。他還說，必須要以日本文化思想原理「草木國土悉皆成佛」去批判西方哲學。

帶著沒退的微熱去畫室。咳嗽很緊，喉嚨發出秋風的颼颼聲。我變成半個病人。

**二〇一九年一月十五日**

【我在很大的和室裡脫下和服外衣，旁邊拉門凹槽上站著一個理平頭穿學生服的年輕人，手拿短刀像勇士一樣站在我腳邊，監看著我睡覺的樣子。好像還有誰在妨礙我睡覺。】一場把失眠具象化的惡夢。

【巴士乘客之一說：「你聽到耳鳴嗎？」我回答：「不是耳鳴，是重聽。」一問一答間，發現已經坐過站，就到下個站牌下車。司機說，如果一直開下去，前面就是中央商店街。這裡怎麼想都覺得是神戶。】

散步的時候遇到田村正和。說不出話的人與耳朵聽不到的人，對話牛頭不接馬嘴。

下午去玉川醫院，胸腔內科長大夫說不需要太擔心，不過先暫停出門兩三天，並且注意保暖。

就寢前體溫三十六點八度。

**二〇一九年一月十六日**

【在飯店辦理入住，走進房裡看到隔間是一件掛起來的和服外衣，隔壁的住房客是一個在酒店上班的女人。她向我搭話，我本來不想打擾，穿著長睡衣的小姐就直接掀開和服進來問我：「怎麼？你不滿意嗎？」】

【與椹木野衣憶起去看藝術家在舞台上表演。穿著當代服裝的藤純子一邊唱著〈緋牡丹博徒〉的主題歌一邊走來，跟她談起過去的回憶，她不知為何開始說起荒川修作的故事。】

把畫室變成像溫室一樣，躺在沙發上讓疲憊的身體好好休息。

**二〇一九年一月十七日**

體溫變化還是一樣激烈。上午我都窩在被窩裡。

前幾天來拍畫室的《Apartment》雜誌（本以為是美國雜誌，結果是西班牙的《apartamento》）來家裡拍照與訪問。

到隔壁的水野診所檢查是不是得流感還是肺炎。兩種篩檢結果都是陰性固然可以放心，但是發燒經常是流動性出現。體溫一度從三十六點五度下降到三十六點一度，本來以為退燒了，結果晚上又反彈回三十六點八度。

**二〇一九年一月十八日**

剛從水野診所到家的時候，體溫本來還一度下降，後來又再度上升，沒再下降過。體溫太高讓我睡不著，熬到早上才又睡了三、四個小時。

在快要醒來以前，夢到自己以前去一個離羅馬有點遠的中世紀風格鄉村地方時發生的事。【兩個日本人在這個村子過夜那晚，出門散步的時候看到一場慶典，很多人一邊喝酒一邊唱歌，兩個日本人也加入慶典。他們醉醺醺地回到村裡，向村民說明祭典的經過，村裡的人說：今天沒有這種節慶，以前中世紀的時候還有那樣的慶典，現在沒有了。】後來的故事：其實這兩人是為了《藝術新潮》的企畫出差的商務客。這是現實發生的現代奇譚。

早餐吃紅豆年糕湯，體溫從三十六點五度一下降到三十五點八度。喜歡吃的東西，果然是醫治萬病的良藥（畢竟急轉直下的解熱不可信任）。

《文學界》清水來訪。他總是穿著一身鮮豔的女裝，看了讓人眼睛一亮。根本就是來自異世界的守護天使。

懷疑自己得了前列腺癌，便去讓玉川醫院的五十嵐（一真）大夫檢查，全無異狀。

**二〇一九年一月十九日**

去年也被一樣的感覺侵襲，但今年還沒過二十天，就讓我感到好像過很久了，就像三個月那麼久。這種緩慢的時間感到底是怎麼回事？

燒一直沒退。但未必就是不舒服的。這是一種診斷未發現異常的不快感。

紐約 West 寄來運用我以前的數位旋轉板作品（一九九〇年代）的花紋，製成十種周邊販售的商品設計企畫書。

一整天體溫依舊在三十七度上下浮沉，苦惱不堪。

**二〇一九年一月二十日**

大晴天，身體欠佳。看ＮＨＫ電視台「週日美術館」介紹馬蒂斯。不只這個節目，只要是特別來賓，對於主題一律讚不絕口。只要有評論之眼，就有必要進行批判。

燒一直沒退，只好自暴自棄地大畫特畫，三十六點幾度的體溫變成三十五度多。畫太多畫我會倒下，大畫特畫我會很快康復。「橫尾老師，您總是自己讓自己生病，自己把自己的病治好，對醫生來說，是沒有必要看的患者。」這是玉川醫院中嶋大夫的說法。

看白天錄影的全國都道府縣對抗男子組長途接力賽跑，福島縣優勝。

冒著危險得到成果。自我引爆的公開創作。

**二〇一九年一月二十一日**

木版畫發行商 Composition 畫廊的水谷（有木子）老闆和刷版師，帶著我以寫樂為主題的系列第三波十幅作品的印樣來訪。我這次刻意挑戰使用與江戶木版畫一樣的木版。我會成為撲火的飛蛾，還是不入虎穴焉得虎子，做什麼事都必須抱持著先冒著危險，才能得到最初成果的決心。

**二〇一九年一月二十二日**

中國網路媒體「一条」來錄製單元。我的自傳《海海人生！！橫尾忠則自傳》（文春文庫）的中文譯者鄭衍偉先生來訪。這本自傳在台灣得到了文學獎「開卷好書獎」的翻譯類大獎。就算在台灣得了文學獎，在日本卻完全沒有成為話題。他說就是因為得這個獎，我在台灣的文學界知名度，還比我的藝術家身分高。真的嗎？沒騙我？不過來訪的四個華人，日文都說得很流利，我很驚訝。

**二〇一九年一月二十三日**

在為「奇想的系譜」展（東京都美術館）設計的B全尺寸原稿前，與山下裕二對談。現場有電視台的攝影機，我問館方：「為什麼？」「『週日美術館』會播。」我覺得今天沒有上相的心情，所以就讓山下獨挑大樑。這時候辻維雄教授帶來意外驚喜，辻教授常常寄明信片來向我問好，但我上次和他見面，應該已經是幾年前的事了？中國寄來刊登關於我報導的《觀念與設計 DESIGN 360°》贈書。

**二〇一九年一月二十四日**

《藝術新潮》大久保來訪，找我談肖像畫集《卡地亞：棲息者》（國書刊行會）以寫進書評。我實在很不擅長談論自己的作品。因為對我來說，畫畫不是精神勞動，而是肉體勞動，所以不需要言語。如果你能把看到的、想到的、感覺到的直接寫成書評的話呢……。

**二〇一九年一月二十五日**

本來還會猶豫，能不能忍住這幾天比平時高的體溫就跑去小旅行，最後還是為了考驗自己的體力能耐，下定決心去了神戶。流感剛痊癒的德永也跟我一起去，對她而言也是一種體力的試煉。妻子擔心得馬上跑去接種流感疫苗，但效能只有兩星期。

明天在橫尾忠則當代美術館的「大公開創作劇場」即將開幕，今天出席記者會與開幕典禮。八〇年代初期我剛轉行當畫家的時候還沒有自己的畫室，所以就開始在各大美術館公開創作。沒有一間美術館願意免費出借場地，才以公開創作當成交換條件，也就成為這場展覽的開端。但是本次的公開創作，意義上又有點不盡相同。隨著年齡增長，也開始變得懶得出門，整天窩在室內，面對什麼事情也都越來越消極，為了要自我爆破，才計劃出這樣的驚喜行動。我下定決心辦一場「公開創作」的展。記者踴躍提出問題，問我對常態的公開創作有興趣嗎？在開幕典禮上也看到很多從東京趕來的藝術界關係者。他們一如往常展現活力。

**二〇一九年一月二十六日**

早餐沒有食欲，今天的公開創作本來提不起勁，但展場已經擠滿參觀者。我被參觀者的熱情推到畫架前。以前曾經自告奮勇擔任我助手的前世田谷美術館學藝員高橋直裕，突然穿著工作服走出來，我一時還以為見鬼了。以前我還以為他完全脫離藝術圈以後就不知下落。以前曾經聽聞他跑去當浪曲師，但沒有人知道進一步的消息，他的突然出現也像「幽靈」一樣。他在當我助手的同時，也像是教練一般的存在，在我畫畫的時候，會在我耳邊悄悄說：「線條畫得很好。」「是放下畫筆的時候了。」讓我有自信可以繼續創作。

在大阪往京都之間的新幹線高架軌道上出現一件異物阻礙交通，臨時停駛，讓我可能會延誤回東京的行程，不過還好恢復通行了。中午在車站一樓的餐廳買了外帶便當，同桌包括高橋、愛知縣美術館的南雄介、評論家淺田彰以及《朝日新聞》的大西若人等。

從上午花了不到三小時完成的公開創作，讓一樓大廳像沙丁魚罐頭一樣水洩不通。我一陣子沒畫過大作品，我畫了總算確認體力可以勝任。

**二〇一九年一月二十七日**

晴天，不過氣溫低。在溫室化的畫室裡讓昨天公開創作疲憊的身體好好休息。

傍晚從整體院回家的時候，本以為已經把信箱裡的晚報與郵件都交給妻子，妻子卻堅稱那些都已經放在我床上了，結果找不到。我們把家裡都找過一遍，就是沒看到。不過，等等！今天是星期天，晚報或郵件應該都不會送來。結果兩人都著了自己幻覺的道，這就是一種似曾相識感？

**二〇一九年一月二十八日**

中央公論社的山田與橫田來委託我設計山田詠美在《日經新聞》連載的小說《積罪人》的封面。我還在幹設計師的時候，每個月都負責好幾本書的封面設計，現在則是每年一、兩本，或是零。如果時間都花在設計封面，就沒有機會畫畫了。在控制我工作量的是老天爺嗎？還是命運呢？沒有無關緊要的事情纏身。謝天謝地。有點時間發呆，就拿來畫小玉。沒有委託案的時候，就是百分之百的自由時間，可以從事喜歡的事情。

晚上回家再看信箱，居……居然和昨天看到的一樣，塞了兩份晚報與一本用淺藍色信封裝的雜誌。昨天晚報送報與郵差都因為星期天而休息。那麼昨天發生的事情是地獄在開我玩笑嗎？但是妻子卻說她確實從我手上拿了報紙與郵件，並且放在我床上。然後！今天竟然發生和昨天一模一樣的事！這種現象又該如何解釋？我只能說：「時間跳回去了！」以科學角度要怎麼解釋？是因為我對報紙與信件的關切，慢慢轉變了我的意識，並把我的時鐘轉快了一天嗎？我實際體驗的是愛因斯坦的理論嗎？昨天所見的景象，是以一種「反似曾相識」的未來式呈現出今天的現實嗎？以前我有一段期間常常經歷這種現象，但最近因為沒什麼夢，現實才會夢境化嗎？我應該試著確認自己意識領域的擴展與認知。

**二〇一九年一月二十九日**

在神戶屋一邊吃飯一邊處理雜務。在公共空間裡，我反而可以體會出一種奇妙的孤獨感。這種感覺與公開創作時的心理狀態性質相同，讓我可以專注於自己身上。我應該好好運用這種空間。

下午在進行大作之前，先畫出一幅小玉。畫小玉就好像在抄佛經一樣，因為是在為小玉安魂。我無法與小玉保持距離，所以沒有辦法以小玉為主題進行大膽的繪畫實驗。畢卡索與沃荷都曾經畫過他們已故愛貓的畫，但在創作上投入情感，反而是危險的。

**二〇一九年一月三十日**

和神津善行老師一起去日比谷的石綿診所。我本來對體溫變化有點焦慮，但是大夫說：體溫沒有變化反而異常，年紀一大體溫不會變，會變才是年輕的證據！日常飲食上避免太甜的飲食，少鹽少油，除了吃肉還要吃很多青花魚。還有多喝水。

**二〇一九年一月三十一日**

寶拉．雪兒[764]從紐約來訪。她是我長久以來的知己西摩爾．庫瓦斯特[765]的夫人。她目前是市場上炙手可熱的設計師，但也從事藝術創作。她說在美國，藝術創作與美術設計隔行如隔山，兩者之間無法跨界。她覺得不必遵從那樣的社會規範，把自己的主張放在最優先位置又會發生什麼事呢？把自己的創作全部稱為「藝術」，又會發生什麼事呢？我則認為沒有主題與樣式，就是自己的主題與樣式。她問：「像畢卡比亞那樣嗎？」不對，他每四年就變一次風格，我每天都變。我擁有無數風格，只是想要讓自我消失。

漫長的一月終於在今天結束了。剩下的十一個月會不會拉得像兩年一樣長？對於自身欲望的冷漠，一定會擴展時間感，但這也是一種欲望。

二〇一九年二月一日

河出書房新社岩本來訪，討論豐島橫尾館作品集的內容。因為《文藝》主編換人，我與保坂和志、磯﨑憲一郎的對談集「畫室會議」也跟著結束。他們提到想出成單行本。

《朝日新聞》書評的西編輯來訪。他們希望我本年度也繼續寫。我與柄谷行人、保阪正康三人續任。我應該也寫到第九年了吧？

晚上在代官山的蔦屋書店出席《卡地亞：棲息者》的簽名會。我不習慣這種活動，所以要我簽名比在公開創作畫畫更讓我害羞。

疲勞之後，吃鐵板牛排恢復體力。

二〇一九年二月二日

我明明不是上班族，到了例假日我還是很開心。什麼都不做的無為時光是奢侈的。有人會把自己行程表上的空白塞滿，但我本質上就是個懶惰鬼，空白的時間能讓我停止思考，所以很重要。

二〇一九年二月三日

有人跟我講到電影，但電影內容和我的體驗很相似。有一個男人打開報紙，看到報上的內容在現實中陸續原封不動地發生，新聞報導在時間順序上排在前面。

晚上看白天錄影的別府大分每日盃馬拉松，但一如過去，非洲長跑健將們一參賽，日本選手根本跑不贏。以前日本馬拉松的盛世，就這樣結束了嗎？日本選手表現再好也只能拿第四，在東京奧運要怎麼比？九月就要舉行國手選拔賽了。

**二〇一九年二月四日**

元旦以來的一月讓我覺得很漫長，二月度過速度的飛快，又可稱得上是「二月危機」。香取慎吾來畫室。他發表作品才過了一年就在羅浮宮舉辦個展，這次要在國內辦展。我們看著他的展覽目錄對談。藝人進入畫壇固然顯眼，不過大家都一下子就進主要場館了。如果想成為主流藝術家，首先應該在演藝圈得到成功。

某文藝雜誌委託我寫橋本治[766]的追悼專文。他們好像因為那時候東大學園祭的「媽，別攔我[767]」海報「聽說是與橫尾先生合作的作品」才找我，我倒是驚訝怎麼到現在還有這麼多人覺得我是那張海報的作者？看起來是因為當時報上說他借用了我設計的高倉健海報上的那種意象，才產生了一種海報是我的作品或是共同創作的誤解。

**二〇一九年二月五日**

西脇市岡之山美術館的山崎來訪。說是我的展覽[768]讓一個鄉下小美術館一個月湧進將近一千位參觀者，連市公所都很驚訝。那則新聞報導帶來的波及效應極大。而且新創作的抄紙作品也大受好評，希望能舉行第二波展覽，如我要展，我就得追加創作一百幅新作，然後在別的美術館舉辦如何？新提案不斷成形。

很久沒畫大尺寸畫作，去年底畫了一幅一百五十號自畫像，對自己的體力有點自信，也希望在自己在神戶的美術館嘗試公開創作，今天再次挑戰在畫室裡提筆。過去的三十年間，一百五十號是我常用的尺寸，不過這十年間，我的作品尺寸都在縮小。畫布尺寸會隨體力變化，但是太過消極總是不好，我要趁現在回歸大作路線！

### 二〇一九年二月六日

洛杉磯 BLUM & POE 藝廊的老闆提姆．布朗姆帶著住在洛杉磯的巴西藏家，也是「曼德斯伍德藝廊」的老闆馬修．伍德與佩卓．門德斯[769]一起來訪。這次在日本當代藝術展上展出的作品項目增加，光是大作品就有七件。

### 二〇一九年二月七日

吉本興業的 COOL JAPAN PARK 大阪ＷＷ展演廳完成，招待我去看大開幕的優先公演我本來受邀擔任高平哲郎導演〈KEREN〉舞台美術的一部分，但我說如果要做，就負責整齣戲，所以就拒絕了，並且只負責海報設計。

馬德里的索菲婭王后美術館委託授權使用我為英國藝術家李察．漢彌頓[770]拍的照片。我其實沒遇過漢彌頓，也沒拍過他的照片。不過他曾經聲稱讓世界上的一百二十八位藝術家拍他的照片，並且找一個人幫他照了一百二十八張照片，並且在每一張照片上寫了不同藝術家的名字與日期，然後把這些照片當作自己的遺作，拿到倫敦泰德當代與馬德里本館展出。不管館方是否知情，還是他們一時糊塗，真的個別聯絡包括我在內的一百二十八位藝術家。漢彌頓比照杜象的遺作，創造出一流的仿遺作。因應漢彌頓的這種「玩笑」，一百二十八位藝術家才要將計就計跟著做出反應。我還是不免有種「被整了」的感覺。他想成為神話人物。

**二〇一九年二月八日**

【在一間院子有草皮的高台小屋上，窗外可看到熱海的外海？我坐在桌邊的一張椅子上，與谷崎潤一郎老師交談。他對我說：「以後記得常來喔！」我好高興。】夢。

下午在東京美術館看「奇想的系譜」開幕前導覽。與辻惟雄教授和山下裕二師生仔細鑑賞每一幅展品。接下來的對外開幕，應該會再招待很多貴賓吧？在展場第一次遇到村上隆[771]。

**二〇一九年二月九日**

本來被玉川奈奈福[772]師傅邀請去看她的浪曲專場演奏會，但今天因為下大雪，計程車暫停接受預約。擔心電車停開，交通網癱瘓，所以昨晚提前婉謝邀請。結果天氣預報不準，成城這裡只有入夜以後才開始下雪的程度。

**二〇一九年二月十日**

在正要下筆的畫布面前，突然靈光一現，堪稱決定性靈感。我雖然想對人說，畢竟企業機密就是機密。

在畫室裡寫給岩波書店《圖書》要的稿。這時候有報社要我對於堺屋太一[773]去世的評論。我說我不認識他，報社說堺屋在我設計大阪世博會纖維館的時候和我見過面，所以要我發言。因為我當時太年輕，不會記得堺屋是哪一個。我太大意了。我問妻子，妻子說：「見過喔！」真是不好意思。一路好走。

電視的電電（我家對遙控器的稱呼）不見了，這兩天都沒看電視。可能是叫我：「別看了！」

**二〇一九年二月十一日**

可能是因為今天是三連休的最後一天，神戶屋中午人滿為患。騎腳踏車代步，體力會下降，走路可以避免生病。為什麼以前都沒有想過這種方法，如今我也在不知不覺間活到把這種習慣當成生活必備條件的年齡了。中午前往神戶屋，慢慢走大約十分鐘，不過這十分鐘的距離有一種一天比一天長的感覺。我明明打算卯盡全力去走，反而被邊走邊看手機的女學生輕易追過。我抱怨不了任何人。我只能放棄：老了！沒辦法了！

**二〇一九年二月十二日**

夢如果沒有想記憶的意思，就算有做也和沒做一樣。

SCAI THE BATHHOUSE 的白石與梅村來訪。我七年沒有在那裡舉辦過個展了。創作期間只有三個月，為了把畫塞滿整間畫廊，只有讓自己變成超人，把其他時間都吸引過來。在尼采的虛無主義世界裡超越自我，朝超人目標努力之類的麻煩事，我是絕對不幹的。

**二〇一九年二月十三日**

【這是哪裡的車站呢？我搭上進站的電車，在下一站下車，有人說從那裡再搭上另一班車，可以回到家鄉西脇。】一再轉搭火車的夢，其實我記得以前已經夢過三次一樣的內容，但是昨晚到底在夢裡重複三次，還是以前也夢過一樣的內容？夢中的時間與現實的時間，到底哪一個才是我真正的內在時間，我根本就不知道。

【走進西脇的蓬萊座。在入口驗票的婆婆正在接電話，瀨戶內師父、祕書真奈穗、她的編輯三人預約明天要來。】這樣的夢。

池江璃花子[774]罹患白血病。為什麼明星選手或影視紅星特別容易得這種病呢？

大坂直美[775]宣布解除與教練合作的關係。從啟靈學的角度，教練就是指導靈。只要指導對象日益進步，指導靈就會跟不上，就必須改教別的學生。這件事是現代版。

《朝日新聞》大西若人來訪，找我談公開創作與卡地亞肖像畫集。公開創作不知何時也變成一種註冊商標。我畫的肖像，多到即使被稱為肖像畫家也不奇怪。我應該畫了將近三百幅了吧？晚上去《朝日新聞》書評委員會。因為我的個展就快開始了，每個月暫時先只寫一本。

**二〇一九年二月十四日**

大型T恤公司提供展示，希望能推出各種印製我以前作品的各種服飾，並送來四十幅試作品。他們的努力與能量固然可敬，但設計顯得過剩。不只要用加法，也需要減法的邏輯，我叫他們再挑戰看看。

一九六七年在紐約曾經遇過的繪本作家湯米·安格勒[776]先生過去，報導讓我略感刺激。據說從NY搬到冰島[777]去住了。我記得他以前應該是娶了米爾頓·葛雷瑟[778]的美女祕書莎拉，如果是死在女兒家裡，莫非是跟莎拉離婚了？

**二〇一九年二月十五日**

我神戶美術館的平村（惠）學藝員來訪，說明下一檔個展的展示計畫。負責空間規畫的有元利彥也帶來把我作品貼上去的展場模型。他們將空間裝置介紹我為梅原猛劇本的茂山狂言設計的戲服、舞台美術與各種道具，同時會在一樓大廳演出茂山狂言〈附子〉。每次在這裡展覽，我都會找認識的人來表演。以前的演出者包括：細野晴臣、林英哲[779]、玉川奈奈福、Agata森魚[780]、玉置浩二、Ayuo、大野慶人、加橋克巳、琴動通信社，下個月會是澤村謙之介[781]等人。

二〇一九年二月十六日

在往畫室路上，看到整片藍天上出現和北齋《富岳三十六景》〈凱風快晴〉富士山背後靈一樣的東西。在畫裡看起來很抽象，但我證明他是寫實畫。這樣的發現可能就是我改變對北齋畫作看法的轉機。我還沒從北齋畫裡吸收、消化的部分還很多，不能錯過這種遺產。A．M來訪，距離上次見面已經快四十年。他跟我說自從十八歲坐過飛碟至今的太空體驗。他的知識與體驗多樣化，聽完以後只覺得神奇到振奮。

二〇一九年二月十七日

大晴天。在畫室畫一下畫，讀一下書，寫一下書評，小睡一下，吃一下黑芝麻鯛魚燒，喝一下熱可可，一下子日光浴，一下子什麼都不做，過了神清氣爽的一天。

在進行快要完成的大作品的過程中，又在一旁畫了三幅小品。有人會請助手，我則是享受製作過程大過完成，所以主張應該自己來。畫的時候一直產生變化的快感，可不能假由他人之手完成。

二〇一九年二月十八日

二月時間的飛快流失，就像《韋馱天》的海報一樣。未來派是我的創意泉源，藉由繪畫的創作，我可以在一定的程度上控制時間。繪畫擁有某種魔法一樣的功能。
岡部版畫工房的牧野表示，有意把我畫的小玉做成版畫，並帶來試作版。他的點子非常具有創造性，為了把心愛的小玉刻成版畫，我巴不得馬上投入印版畫的現場。我總是跟隨著別人的努力，讓事情發展成自己意想不到的樣子。
體溫有點高，但如果只有這點燒，一直畫畫就會自己好起來。最後一如預期，完成三幅畫。

**二〇一九年二月十九日**

昨天也失眠，今天也失眠，不如利用失眠的時間畫畫。昨晚畫了一幅，今天又畫了一幅，算是大收穫。我應該有十幾年沒有連續兩晚失眠了。日野原重明大夫過了一百歲也曾經整晚沒睡，搭上隔天的新幹線去地方巡迴演講。比大夫年輕二十歲以上的我，才熬個夜身體就吃不消，真是丟臉。
我負責蜷川實花新片《殺手餐廳782》的美術。片子出來我還沒看過，不過聽說我在片裡負責的場景在暴力場面中損壞，美術指導只差沒有暴怒。我覺得電影美術這種東西，與其呵護不如粗暴地對待來得痛快。創造與破壞間，具有虐待與被虐的關係。
在畫室裡小睡片刻，突然聽到一陣從好像從房間某處傳來的聲音……高天原尊座親神，神呂岐、神呂美命所生，皇御祖神伊奘諾尊，係於筑紫日向橘小戶阿波岐原行淨身之儀時現化之神也。……聽起來像是祝詞。到底是哪裡傳出來的？我沿著聲音尋遍畫室每一個角落，也到外面去找，結果聲音是房裡傳出來的。這聲音一直念到……據此敬白，誠惶誠恐。這段祝詞鐵定就是我小時候每次出門上學前一定會唸一遍的「身滌大祓[783]」。奇蹟發生，不要想太多。回家後，從屋外聽到的是類似印度教誦經的聲音。妻子說沒聽到。晚上的誦經聲一下就消失了……。

二〇一九年二月二十日

一間叫「atmos」的鞋類設計工作室的老闆來訪，委託我設計一款耐吉的鞋子。變成鞋子的作品被陌生人穿在腳上，走遍世界各地，很有夢想。我們一起來設計一雙有趣的鞋吧？

德國雷根斯堡的「從短片看日本歷史」影展會上映我一九六五年左右拍的〈KISS KISS KISS[784]〉，一直希望招待我去。這部片已經在海外上映過很多次。雷根斯堡是德國中世紀風格的小城。我很想去，但是一去了就失去準備個展的時間了呀。

二〇一九年二月二十一日

「NIIZAWA 純米大吟釀」給我一座 NIIZAWA Prize by ARTLOGUE[785]，我就幫他們畫酒標，他們親自送來這瓶酒。我不碰酒精，所以不知高級酒（居然要六萬圓）的滋味。

今天也畫出兩幅小品，總計十四幅。

二〇一九年二月二十二日

睡睡醒醒又過了一個晚上，早上起來又畫了一幅畫，合計十五幅。

《文藝》別冊要出北野武特刊，岸川真編輯委託我，說北野武指名要訪問我談北野武的藝術活動。說是北野武宣誓「我要成為文豪！」並且發表小說。我看了幾頁，與其說像是饒舌調的小說，更讓人出聲朗讀，身體也跟著起舞，正是所謂的身體派小說。其他小說家對於這個大型新人又會怎麼反應呢？

**二〇一九年二月二十三日**

中午把神戶屋變成書齋，完成很多工作。周圍人來人往，有適當交談（我重聽所以多半沒有關係）的環境，反而讓我的緊張與放鬆合而為一，變得更具創造性。

**二〇一九年二月二十四日**

【有一隻貓掉進激流裡，看不到身影。過了好一陣子終於有人下去找，發現已經沉在靠近河邊的水底。身體已經開始僵硬，但是我一叫：「黑輪！」牠就微微睜開眼睛，但是牠身上的花紋卻是小玉。】

七點起床，早餐前又畫一幅小品。

中午在增田屋吃天婦羅蕎麥麵。

在畫室畫了一幅小品。

朗讀柄谷行人送我的《世界史實驗》。

星期天一片寧靜。

樹林的落葉掉在地上，發出窸窸窣窣的聲音。看見平時看不到的遠方風景。窗外沒有樹林，從行人步道抬頭可以直接看到畫室窗內的樣子，也有路過的行人停下來往窗內偷看。

晚餐後畫出三幅小品的草稿。

**二〇一九年二月二十五日**

【想找國書刊行會的清水與前平凡社的及川一起喝茶，一走進飯店，因為飯店沒有電梯，他們說只能爬樓梯到八樓到喫茶室，我們就離開了。】

唐納．基恩過世。我與基恩先生見過很多次面，有一次問他長壽的祕訣是什麼？他說：「多運動，多吃，多說話。」基恩先生本來委託我幫他畫一幅肖像畫，沒多久又反悔：「橫尾先生你都在畫已故文學家，但我想多活幾年。」懂得討一個吉祥，說不定就是基恩先生對日本文化的認識。

與保坂和志、磯﨑憲一郎在《文藝》上連載的〈畫室會議〉最終回。《朝日新聞》的中村說希望能以什麼形式繼續下去，決定轉移到朝日網站上連載。

**二〇一九年二月二十六日**

【在電視上打扮成窮苦浪人，在鏡頭前像椿三十郎[786]一樣咻一聲拔刀。】在夢中想著如果讓鬍子亂長，在現實世界會不會更帥？結果醒來後又摸著自己的下巴一直深思。

對《藝術新潮》的大久保記者談為梅原猛的超級狂言擔任美術設計的趣事。我參加了三部製作，但每一齣作品都是預言現實的故事，就覺得梅原不愧被稱為是怨靈。他本來還想找我負責《一休》那齣更破天荒，活得更趨近無限大的戲的美術。

傍晚前又畫了一幅。

妻子因為看牙的壓力而胃痛。她討厭去醫院，但我還是押著她進了隔壁的水野診所。她吃錯處方藥，吃到血壓的藥，結果「吃下去就好了」。這不就是「心誠則靈，拜沙丁魚頭都行」嗎？

**二〇一九年二月二十七日**

【與寶塚花旦A約好一起上劇院，結果和前寶塚花旦（資深級演員）、妻子一起到會合點卻等不到人。她終於出現，我還以為她會被資深學姐罵，結果兩人一見面就抱在一起舌吻。不愧是寶塚花旦，能巧妙把現實轉換回虛構。我從眼前的場面體會到愛與寬容。】

一起床就馬上畫一幅畫。今天還是第十天，我就已經劃了二十二幅畫。但這樣還稱不上快。晚上去《朝日新聞》的書評委員會。我得到三本新書，但討厭讀書。

**二〇一九年二月二十八日**

每天畫畫，所以覺得累。不過我如果是公司職員，一定每天一直在從事指定工作。所以我的累應該也不叫累吧？不過你等等，我今年已經八十二歲了，距離六十歲退休年齡也已經超過二十二年了，與未滿六十歲的上班族不一樣。我當然會累，不過並不是受人家的發號施令才工作，規律性的工作反而對體力帶來好處。想成是在上健身房就好了。

山田詠美在《日經新聞》上連載的小說《積罪人》告一段落，在銀座的鐵板燒餐廳「銀明翠」舉行慶功宴。山田又被幾年前想追她的人搭訕。她常常被人搭訕，但自己好像也會搭訕。現在的丈夫該不會也是搭訕來的吧？我會接這本小說的插畫，該不會也是被搭訕談成的吧？一定是。我們約好單行本發行的時候再一起吃飯，就從下著雨的銀座分頭回家。

**二〇一九年三月一日**

在靜岡市美術館舉行的「八〇年代作為起點」展上，與谷新對談。我大致巡了一遍展品，心想：「這就是日本的八〇年代？」世界同時發生的大規模繪畫運動「新表現主義」席捲了八〇年代的當代藝術界，然而日本卻孤立於世界之外，無法跟上世界的動向與潮流。這時候日本到底是從什麼位置看著什麼？展覽中沒有一幅繪畫挑戰或思索八〇年代具象繪畫的復權、身體的回復、歷史再思考，故事性的回歸等主題。遠遠比不上巴斯奇亞[787]或基斯·哈令[788]（街頭藝術）那些人的街頭塗鴉。好不容易展出日本那些藏拙派[789]的插畫，又缺乏表現的魔法。創作者的人選以學藝員同一世代者為中心，也讓我感到不服氣。這種落差，甚至是一廂情願，讓我啞口無言。八〇年代初我轉行畫家以後，被評論家藤枝晃雄批評為「一敗塗地」：「新繪畫的畫家許納貝[790]與橫尾，都是丑角。」不顧世界動向，只對於創作者個性一頭熱，結果被世界拋棄的日本，才會有這種自家人互捧的村里意識吧？這種鎖國思想就證明了他們對於追隨六〇年代普普藝術還落後一大截，至今還是沒有任何反省。就算介紹「具體」藝術的世界時出現怠慢，也是同一回事。

**二〇一九年三月二日**

觀眾席上坐著愛知縣美術館的南、世田谷美術館的塚田、原美術館ARC的青野（和子）、橫尾忠則當代美術館的山本與平林等藝術圈的朋友，讓我覺得好過一點。

當日往返的旅行多少有點累，但只要睡一晚就好了。今天只畫了一幅。

本來每週四會收到，快則週三就收到的《週刊讀書人》，這一期晚四天才收到。

**二〇一九年三月三日**

到今天為止，我完成了三十二幅小品畫。希望再為這個系列畫出十幅畫。我最近畫畫既不是義務又不是習慣，已經慢慢變成一種癖好。

晚上看白天錄影的東京馬拉松。我期待的大迫，跑到一半就退賽。我沒有其他感興趣的比賽，所以在東京奧運的時候，是不是應該像六四年東京奧運的時候一樣，離開喧囂的日本呢？

**二〇一九年三月四日**

河出書房新社的岩本編輯為了豐島橫尾館以相片與作品為主的導覽專刊向我催稿，害我有點擔心。因為我不是那種遵循綿密計畫執行的人，說不定在執行過程中不知道接下來的變化，才讓編輯一個頭兩個大。

**二〇一九年三月五日**

中國媒體「一条」採訪團一來就是六個人，這陣子我被中國與台灣媒體密集採訪，但今天來採訪我的鄭衍偉，卻是我自傳《海海人生！！橫尾忠則自傳》的譯者。光是憑他翻譯過我的自傳，對我的身世就瞭若指掌。他的提問也條理分明，不用平常的口語而用文語，發音也像中文，所以我有很多地方聽不懂。這本自傳在台灣得到文學獎的翻譯獎，說不定是因為用比較硬的表現翻譯，才被譽為「文學」。希望我可以用表現帶有邏輯性的華語，閱讀這些微不足道的文章。今天被中華旋風吹得滿天飛舞，結果只畫出一幅畫。

自家門口到玄關間的走道以砂石鋪成，為了避免再次發生瓊斯骨折[791]（腳掌外側壓到產生的骨折），就把它改成無障礙水泥地。整個工程一天就完成了。

傍晚去整體院。每星期固定整體一次，在解開肌肉緊繃的同時，整頓自律神經也是我的目的。

**二〇一九年三月六日**

【海外旅行最讓我頭大的是買禮物。】做出這種不需要特別見到的夢。

日本經濟新聞出版社的苅山來訪。在討論新單行本企畫的同時，內容又發展到完全不同的方向。對於遵從過程的我來說，寧可歡迎驚喜，而話不投機只會一再挫折。

下午，SCAI THE BATHHOUSE白石來訪，偵察我個展的準備進度。雖然還沒進展到可以見人的程度，不過預定刊登在美國藝術雜誌《Artforum》廣告上的新作還沒完成，我就提案：把我畫室裡散亂一地的顏料畫筆之類拍成照片刊上去怎麼樣？

到傍晚時已完成一幅小品。本來應該更從容不迫才對，結果我太過放鬆了。

**二〇一九年三月七日**

昨天我昨晚為了想熟睡十個小時，從晚上就一直放空。

上午在畫室完成一幅畫。已經完成三十三幅，但還是太少。我該畫五十幅嗎？

天皇與皇后的專屬設計師瀧澤直己說想看自己被收進卡地亞肖像畫集那幅畫的原圖，帶著送我的新作襯衫來訪。在他去年身體有點累壞的時候，靠兩本書恢復健康：小林弘幸[792]的《看漫畫學會自律神經整頓法》（EAST PRESS）與《健康的真面目》（7&i出版），他也帶來送我。

二〇一九年三月八日

在睡六小時之後，早上六點趁早餐前畫了一幅小品。

《Art Collectors' 793》德岡來訪，進行關於《卡地亞：棲息者》的訪問。為什麼這本書的專訪與書評特別多？

今天也只畫了一幅。

二〇一九年三月九日

【西城秀樹說他現在自由了，過得很舒服。】夢到他說了類似這種話。把死亡說成「自由了」很有趣。他從現世中的藩籬與病痛解放出來，應該已經在享受自由的感觸了吧？

中午去很久沒去的桂花。回程經過賣鯛魚燒的店，結果被一大群女高中生擋住，沒買就走回畫室了。

三點多，桂花老闆帶了三顆凮月堂的牡丹餅來送我。鯛魚燒脫皮變成牡丹餅，兩種我都喜歡。「那你又為什麼要帶牡丹餅給我？」「我在想什麼是一個人可以吃的，就碰運氣買買看。」

牡丹餅帶給我的力量，讓我一口氣畫出四幅畫。

二〇一九年三月十日

【畫室附近新開了一家「姑姑的鯛魚燒」，馬上去買。】這夢是昨天遭遇的延續，太過誇張，是不是沒有變成夢的必要呢？如果夢沒有更超自然的場面，就沒有無意識的價值了。

今天的收穫是兩幅新作，共四十二幅。過去我會以直覺創作，現在卻發現已經不需要倚靠這種直覺了。身體會知道接下來要發生的事，只要忠於身體，手頭的事物就會繼續活動。所以我發覺自己待人接物，只要帶入「空」的想法就行得通。因為所謂的空，就是無限。

**二〇一九年三月十一日**

八年前東日本大地震發生的瞬間，我在有樂町大樓二十樓的日本外國特派員協會[794]裡。看到窗外的高樓層大樓左右搖晃，又看到自己的身體在搖晃的大樓裡不聽使喚，當下不想承認這就是自己。那次之後，在無法逃避東京直下型地震各種幻覺的氣氛下過著每一天，一切的荒謬反而都變成理所當然。

八年後的今天，在毫無預期下，去日比谷的石綿診所看診。兩腳站不穩不是地震的預兆，八年前也曾經站不穩，但我不覺得是地震的後遺症。一個超過退休年齡二十年的上班族畫家，至今一天工作整整八小時。石綿醫師提醒我：「不要再模仿未滿六十歲的上班族了。上午工作，下午就好好休息吧！」至於可以舒緩疲勞的甜食，就不必特別忌口了。

**二〇一九年三月十二日**

【筑紫哲也[795]】整天都一邊走一邊訪問我：「最後想問你對政治的看法。」怎麼說都是筑紫特有的提問。「我每天都透過創造實踐政治行為，這就是我的政治。記得在高達的《賴活[796]》還是哪部片裡，安娜．凱莉娜與男人分手，為自己的房間換上新窗簾。這是生活革命，也是一種政治。」】夢。筑紫就算死了也在當記者，真是一種合乎因果論的生意。據說就寢同時從肉身脫離的星體，會直接飄向靈界。我就是在那裡與筑紫見面的。據說在靈界無法擺脫活著時的習慣。他也說，這份工作就是一種「希望」。

院子水缸裡新養的稻田魚，今年才度過了第一個冬天。映照在水面上的藍天倒影裡，橘色的稻田魚游來游去，稻田魚與貓咪，對我來說都是創造的動力。

今天收穫是一幅畫，合計四十六幅。

二〇一九年三月十三日

出發前往《朝日新聞》書評委員會的歡送會之前，趕工到最後一刻。歡送七位委員，我就自然而然地被分配與椹木野衣一起負責藝術相關新書的書評，但現在椹木也不幹了，我能不承擔這工作嗎？

二〇一九年三月十四日

小品終於達到五十幅。每一幅都是安迪．沃荷的肖像畫，我本來要舉辦一場五十個橫尾的聯展，結果最後全部都變成橫尾一個人的畫作。

曾找我設計山塔那專輯封面，在 CBS Sony 工作且小我四歲的大西傳來訃聞。那些已退休人士幾乎都沒有消息。在這段期間以內，任何人都可能下落不明。

二〇一九年三月十五日

與攝影今井、編輯岩本一起為豐島橫尾館導覽專刊進行最後校對。

順便請今井幫我拍攝準備刊登在《Artforum》（USA）上的廣告要用的照片。

這一個月到現在，我第一次整天沒畫畫。在不動筆的日子，腦袋還是不眠不休地畫著畫。有些作品也從未具現化，成為幻之作品。說不定我從未發表在光天化日下的作品比我畫出來的還多。就如同人在睡眠中產生的夢境也有生活一樣，我在想現實中未曾實現的幻之行為，是不是應該當成人生的一部分？走路的時候還是覺得像走在甲板上一樣搖搖晃晃。我在想該不會是體內存在讓酒精發酵的荷爾蒙，才會讓身體開始搖晃的吧？

**二〇一九年三月十六日**

【一對母女住在飯店房裡，女兒是冷硬派797小說家，想委託我幫她畫插圖。】的夢。

應該是突然想到，而悄悄來日本的小野洋子突然來畫室玩。她說：「我來只有這個目的。」說是明天起會去京都漫無目的閒晃兩天，然後就直接回國。根本就像到附近的便利商店溜躂一樣。而且她還坐輪椅從紐約飛來，這股勁該說是行動力，是意欲還是衝動？如果是普通人，行動不便還不會這麼幹。這種沒有目的的自在活動，讓我讚嘆、尊敬，甚至覺得感動。這種人在我的朋友之中也只有她一個了。所以依照常理，一般人會以各種理由要她別再傻了，不過她是完全無視常識規則的那種人。她與約翰對抗世界，並且橫越世界的混亂，意志力已經超乎普通人。在三、四人陪伴下以輪椅移動，怎麼看都像是生了重病的患者，但精神其實相當健全。她夢想一百歲時的大計畫，而我們兩個重聽的人，對話大部分靠心電感應。

**二〇一九年三月十七日**

整天發呆無為。接下來要如何享受眼前的混亂，是目前的夢想。

晚上在電視上得知內田裕也的死訊。

**二〇一九年三月十八日**

【在神社境內一棵人稱樹齡很久的大樹下，一個認識但不記得來頭的點頭之交（？）自言自語了一大串心願。「如果你有事相求，就假設願望已經實現，先去以過去終止型許願，說一聲『非常感謝』，會比較有用喔。」】畫蛇添足的夢。

內田裕也就像跟著樹木希林的腳步一樣走了。話說感情好的夫婦，忌日相隔也不會太久。這兩人之間的裂痕，就去那個世界解決。有一陣子我穿的襪子剛好與裕也同一個牌子，就問他：「我們交換穿好嗎？」我一套上他的襪子，發現襪底已經被他穿到像紗布一樣薄。他還是穿著紅色的襪子，鞋帶的穿法也充滿概念性。不過希林就比較直覺。憑感覺行事，我覺得是一種「癖性」。

為了和我討論下下檔展覽，山本與平林從神戶來訪。山本帶來上海名產茉莉花茶，據說是「天山茶城」的名茶。他還帶來白桃酒，號稱是水鄉「朱家角」農家自釀，喝了對健康有幫助。不過不碰酒的我，沾一小口覺得順口，而且還是甜的，應該可以喝。

**二〇一九年三月十九日**

【受參加東寶新人選秀少年的父母委託，畫一幅少年的肖像以祈求通過甄選。】的夢。

東大醫院的稻葉俊郎大夫寫親筆信來說想和我見面。相對於知性只承認科學可證實的現實為真，知性背後另有一個他們否定的另一個現實的現象或存在，透過一連串的討論，我竟然能與東大的老師有了同感，甚為愉快。

經過長期編輯作業之後，中國豪華精裝本雜誌《知日》終於出刊，並且寄了一本來。「一本全解！」（是全一冊的意思嗎？）的全一百七十頁個人特集。翻開每一頁，都感受得到中國破天荒的熱氣在沸騰。在中國這種什麼都吃光的精神能量下，日本已經輸了。

**二〇一九年三月二十日**

得知前《新聞週刊》東京分局長伯納德．克里瑟[798]過世的消息。他在創立柬埔寨第一份英文報紙與戰後重建上，都奉獻了心力。我為他畫過海報，有點交情。一路好走。

決定為玉置浩二設計第三款海報。這回不使用照片，來畫一幅他的肖像畫。他的白髮是自己長出來的。就算上了年紀也不感覺老，就具有更高的商品價值。

今天小野洋子毫無預兆地從京都飛回洛杉磯。她的衝動性舉止就像一陣颶風，讓我忍不住想問：「You 來日本做什麼？」

**二〇一九年三月二十一日**

今天是春分日，但我不知道今天休假。明天打算照計畫表行事。所以今天等於「沒有」賺進一毛錢。

一朗在深夜舉行退休記者會。會選擇在這種時機退休，果然是一朗的作風。一朗不違抗命運的生存之道之中，有些部分讓我感同身受。他對命運已經編寫在宿命之中產生了自覺，我覺得他不抗拒必然形成的結果。他的球迷還活在他的過去，但是他對於自己的過去，應該沒有那麼深的執著，毋寧對自己的未來抱持著更多的期待吧？

**二〇一九年三月二十二日**

「the fashion post」（網站）來做《卡地亞：棲息者》的書評專訪。

比利時《BILL》雜誌以一百二十八頁介紹倉橋正*799*七二↓八〇年拍攝的《Shoot Diary*800*》。這本攝影集由《藝術生活》雜誌連載兩年的日本縱斷紀實攝影〈日本原景旅行〉集結而成。這趟旅行隨行的兩位編輯都年紀輕輕就往生了。

**二〇一九年三月二十三日**

早上要下雪的徵兆不見了。

在畫室裡把預計下週要刊在《朝日新聞》上的書評全面改稿。把告一段落的產物整個毀掉，充滿了一種被虐的快感。五月個展展出的作品，總算生出一幅來。接下來預定要畫三到五幅大作，先畫兩幅出來。如果真的趕不及，就把以前的作品拿出來並列。在得到的時間內，作品數就是一切，再求更多，只會成為自我犧牲。忠於世面的時期已經過去，我活到這個年齡，只能以忠於自己當成生存之道。應該不會有任何神明對我的決定表示意見吧？看不到結果的現狀，雖然不是地獄，卻無限接近煉獄。總之，就是一種懸在半空中的狀態吧？

**二〇一九年三月二十四日**

總算要著手進行大作（再大也是一百五十號）。希望可以畫以前沒畫過的內容。只要把思考移轉到指尖，頭上的大腦就可以先休息。移轉到指尖的腦，會成為一股靈力，只要不假思索地在畫布上東奔西跑就夠。

二〇一九年三月二十五日

前《朝日新聞》書評委員野矢茂樹801問我：「想吃什麼甜點嗎？」我一回答：「蕨粉糕！」就真的帶來畫室送我。野矢才結束兩年的任期，以後看不到他風格獨特的書評有點可惜。哲學家說的話，對我而言總像是一團謎題，看似能解，其實又像無解⋯⋯。一個畫畫的人在畫畫時，行為之中難道就沒藏著哲學嗎？

二〇一九年三月二十六日

三井住友銀行的理財資訊網站「Money VIVA」來訪，問我關於金錢的看法。

我想在凍結中的畫上補筆，但想不到應該畫什麼，就沒有繼續進行。快感與苦惱背對背相倚，要避開苦惱達到快感，是不可能的事。如果能無動於衷一點，苦惱應該都會變成別人的事。為了達到無動於衷，如果還需要勇氣，說來可能顯得可笑，不過事實卻是如此。

妻子說她腳在痛，就帶去前陣子來找我的東大醫院稻葉大夫看看。腳痛或覺得浮腫，與內臟其實沒有關係，聽了就比較放心。他說沒有發現受年齡影響而惡化的部位，我們就回家了。

今天《朝日新聞》晚報上，大西若人在對「福澤一郎展」的評論裡提到福澤的超現實主義繪畫，他認為接近我的作品，我覺得很有趣。如果我被人家這樣說，我並不能否定作品間的共時性，但創作根源說不定有點不一樣。

二〇一九年三月二十七日

一百五十號畫布果然難搞，我不能因為尺寸大就屈服。用回一陣子沒畫的大尺寸，已經不是大腦與感性的問題，而是身體的問題了。

找我擔任客座教授的京都市立藝術大學寄來研究所碩班畢業製作展的展覽目錄，每一個作品看起來都像是明天可以變成全職藝術家的高水準作品。我還在他們那個年紀的時候，畫出來的都是一些樣子拙劣的作品，覺得有點丟臉。

幾天前開始每晚小酌一些以前還不能喝的酒。雖然是山本從上海帶回來送我的白桃酒，喝了一定可以促進血液循環。

**二〇一九年三月二十八日**

這一個多月以來，每天都在畫畫。身為畫家，畫畫理所當然，但我遠離這種習慣已經很久了。畫畫的時候常常會擔心時間不夠用，但事實上完全沒發生過這種情況。這個月又快要過了。我在二月結束的時候本來還在嘀咕，想起來也已經是一個月以前的事了。因為要辦展覽才畫畫，聽起來總覺得有些不單純的動機，我還是有點在意，不過有動機才讓我使得出力來。我認為畫畫本來就是沒有目的的行為，以畫畫行為本身為目的，那麼邊畫邊玩也有一種自由。以為了展覽而畫的堂皇理由遊玩以逃避現實壓力，並且稱為一種自我啟發的話，我也會有點在意。

妻子為了考自小客車駕照去考失智症量表，帶著九十七分的成績回家。我問：「為什麼被扣三分？」因為把時鐘的長短針搞錯了才扣分，我就說連小學低年級生都會看時鐘呢。

**二〇一九年三月二十九日**

才想著裕也跟著希林的腳步，現在輪到萩原健一[802]跟著裕也的後塵過世。萩健生前留下很多可笑的小故事。裕也喜歡惹事，萩健也差不多，他們近乎瘋狂的專注與我行我素的言行渾然一體，這種性格也出現在我畫中的人物上，所以我與他們兩人很投緣。

我被委託在裕也的葬禮上讀悼詞，但我實在不擅長對付這種場面，就準備好文章找一個人幫我上場宣讀。我用毛筆把文章寫在為他畫的海報背面。

在完成一百五十號畫之前，又來一次大翻盤。每次我都沒辦法完成一幅畫。既不是這樣也不是那樣，就是我的癖好。結果一幅畫就呈現出我的心情或突然想到的東西，也形成一種癖好。

原武史[803]送我一本《平成的終焉[804]》。我對這本書的主題感到陌生，得趁這幾天好好研究研究。

野矢茂樹送我《不在這裡的》與《充滿哲學的日子》兩本書。他說這些書是我靠《不需話語》得到講談社散文獎的那屆，得到第二高分而結下樑子的作品。

**二〇一九年三月三十日**

沒有寫在日記上，不過連續兩晚我都夢到只有一句「吉爾伽美什[805]」的夢。

今天一發現就嚇了一大跳，我左手的食指末端像萎縮一樣彎曲。看起來真煩。

**二〇一九年三月三十一日**

【長男家裡窩著一條蛇，一片慌張。】騷動夢。

畫中的畫面有時出現，有時消失。這種感覺很難用話語形容，我用畫畫表現出話語表現不出來的感覺，用畫的我還表現得出來。再過一天半我就會離開這幅畫。只要進入這種狀態，就表示下一幅畫準備出現了。

國立新美術館的「池村玲子展806」最後一天，全家出動參觀。她一個人去西班牙→瑞士→德國的野性繪畫時期，正好與我轉當畫家同一時期，但她向來孤軍奮戰，在無所屬狀態下單打獨鬥。在看展當中，新元號也決定叫「令和」。我是在二戰結束同時，就把昭和紀元自動切換成西元的人，所以今天才知道今年本來是「平成三十一年」。

**二〇一九年四月一日**

在中國剛發行的《知日》（我的特刊號）大受好評，一上市就決定再版。恭喜！

前陣子連續兩天做了一樣的夢。

【在眺望沙漠的時候，突然從天空一角傳出「吉爾伽美什」的聲音。】剛才那是什麼聲音？怕等等旺季，就在床頭用紙筆記下「吉爾伽美什」五個字。本刊（《週刊讀書人》）的編輯角南告訴我，「吉爾伽美什」是「吃遍天下，知道所有味道」的半神半人，並且重視夢境。好像是重視夢境的冥界神，可以靠夢占卜或打探神意。所以我希望可以從這場夢判斷吉凶。據說吉爾伽美什是美索不達米亞一個在沙漠中間的都城「烏爾克」的君王。所以我在夢裡看到的沙漠，不就是烏爾克的沙漠了嗎？所以我馬上去買了《吉爾伽美什敘事詩》與繪本回來看。

**二〇一九年四月二日**

前幾天接受訪問，回答對一朗引退的看法時說了：「反正一朗就在這個時候死了嘛。」編輯就瞪大了眼睛，露出一副「你剛才說什麼？」的表情，但一朗昨晚在電視上明明就說過：「我已經死了喔。」證明我說的沒錯。

在神戶的下檔展覽「食人鯊與金髮美女——橫尾忠則的笑」，由野田秀樹提供真正好笑的介紹文。

與保坂和志、磯﨑憲一郎錄製從《文藝》轉戰《朝日新聞》網站的「畫室會議」第一回，話題還是從新元號「令和」談起。

**二〇一九年四月三日**

自從骨折以來，星體（幽體）就從腳底冒出來的突起，保坂也曾體驗過。他好像踩踩竹片就不見了。我挑戰穿上有突起物的健康拖鞋。

內田裕也的搖滾樂葬禮上，我請本木雅弘[807]幫我讀悼詞。祭壇採用我為「新年世界搖滾音樂節」首度公演（一九七三至七四年）設計的海報使用的喜馬拉雅山、金字塔與富士山為素材，做成巨大裝飾。

西班牙高級時尚品牌LOEWE的「Paula's Ibiza 2019」副牌委託我聯名設計，但我完全不知道要合作什麼。海外來的委託很多都是這種摸不著頭腦的案子。

今天覺得累，喝了一瓶勇健好，又吃了鰻魚飯。岸川真[808]帶著女兒去豐島橫尾館。他女兒說「鬼魂好像會出現」，我覺得含意很深。不過等等，該不會是發簡訊的時候把「洗」打成「現」[809]了吧？

**二〇一九年四月四日**

展覽的作品總算進入第三幅，一樣看不到盡頭。我的心情就好像搭上了引擎故障的飛機一樣。

成城櫻花樹很多，雖然沒有賞櫻的心情，還是去了野川河堤。在草地上排開桌子，直接擺出野外餐廳的主婦們。

晚餐吃年糕紅豆湯。吃好吃的、想吃的食物對身體最好。

**二〇一九年四月五日**

油畫乾得慢，就同時畫好幾幅吧。雖然缺點是專心不起來，展覽的進場日還是不會變。這次也已經把截稿日延後兩次了。

今天養足一口氣完成八十號[810]的氣勢。我打算以剎那間的畫法而不是仔細思索的方法，在一天以內完成。關於我的畫，有沒有完成的時候，連自己也不知道。離畫布遠一點看，會覺得畫作在對我大叫：「完成了！」也就是說，要我「把筆放下！」

**二〇一九年四月六日**

這陣子迷上《吉爾伽美什敘事詩》。前陣子在夢裡聽到的聲音「吉爾伽美什」，我現在總算明白是什麼意思了。卡雷爾．傑曼[811]（捷克電影創作者）說過的話，似乎就是我那些夢的靈感：「越是透過藝術創造新的美，最終創造出新的生活方式，對藝術家而言，就越是需要努力從事，同時又帶來喜悅的工作，除此之外，別無他所。」（《吉爾伽美什王的故事》露得蜜拉．傑曼著，岩波書店）。今天畫出來的畫上，畫出了 B-29、憲兵與在 Y 字路邊小便的女人，也讓吉爾伽美什王出場。變成一幅意義不清但有趣的繪畫。

**二〇一九年四月七日**

【與彩色照片裡的達利見面。】稱不上是夢的夢。比以前在達利卡達克斯家裡見到的本人再年輕一點的達利。

在增田屋裡與山田洋次導演、松竹的濱田見面。很久沒有與濱田在阿爾卑斯談了。

在畫室裡畫畫到傍晚。就算遇到瓶頸，只要繼續畫下去，就會突然從天上打下一道光」宣告這幅畫的完成：「已經完成了！！」相信沒有過不了的山頭，人應該挑難的路走。「信不信由你。」我在說什麼鬼？

**二〇一九年四月八日**

畫進行得很順利，可以早點去畫室一氣呵成，但願可以當成在吃好吃的糖果餅乾一樣慢慢地吃。

NHK大河劇《韋馱天》的製作人岡本非常喜歡的第三波海報，有些小問題被匿名投訴，高層就找我討論。我又回想起以前當設計師的時候，如果一一處理這些雞毛蒜皮小事的話，會影響自己的壽命。居上位的人工作都只需要出一支嘴，不可能找得出什麼根據。

就寢時間突然想起：「今天是什麼日子？」明明沒什麼特別行程，卻一直在意。四月八日是釋迦佛祖的誕辰。而且也是父親的忌日。這種時間已經買不到父親愛吃的牡丹餅了，所以代替父親吃紅豆麵包，把糖分傳給父親在天之靈。

這陣子一直在腦海揮之不去的吉爾伽美什，以丹尼肯[812]的觀點來看，應該就是外星人。

**二〇一九年四月九日**

【在空中俯瞰藍色大海中的孤島，島嶼四周的海浪，輕微拍打著白色的沙灘。叢林的正中央是一片被塗成橘色的地面，上面寫著4・3・18字樣。怎麼看這座島都像是我的領地。】

與平野啟一郎為了在《T・The New York Times Styles Magazine: Japan》刊登的《卡地亞：棲息者》書評進行對談。我與他的單獨對談，應該也有五六次了吧？

**二〇一九年四月十日**

高倉健的養女小田貴月送我一張我和健哥還年輕的時候，在東映京都製片廠出品《荒野渡世人[813]》（一九六八年）拍攝時的合照。

西脇市岡之山美術館的新館長笹倉邦好與副館長山﨑均就任後初次來訪。

晚上會冷，但還是出席了《朝日新聞》書評委員會。七人第一次同桌，但記不得誰是誰，誰是幹什麼的。我只認識兩年沒回來的伊藤正功而已。

**二〇一九年四月十一日**

第三幅作品畫到一半中斷，想繼續畫完，卻無法從混亂中脫身。只能對一開始的構想提出異議，並且變更目的地。這種時候受考驗的就是破壞性的勇氣了。創造經常與危險只有一線之隔，跨過那條線以後就會決定畫家的命運。

東方出版的堅田[814]傳來一支影片，內容是一九七〇年在紐約百老匯的某電視攝影棚拍攝，隔年元旦播出的「大衛・佛洛斯特時間[815]」，約翰・藍儂參加小野洋子「塑膠小野樂團」的特別演出，從舞台上射出許多紙飛機，當時拍攝的錄影帶日前才出土。這支影片應該可以在YouTube上找得到。那時候美國的媒體在介紹我的時候，直接一口咬定我是「日本安迪・沃荷」。以前我和三島提起這件事，他就說：「我去美國，美國人都說我是日本楚門・卡波提[816]或日本田納西・威廉斯，英國人說我是日本奧斯卡・王爾德，法國人說我是日本的尚・考克多。」叫我不可以害羞。

**二〇一九年四月十二日**

【在天文館球型劇場裡模擬太空飛行】的夢。在七〇年代我就常常做搭上飛碟參觀地球外行星的所謂「夢幻接觸」夢。反正夢就是夢，如果不是異想天開的非現實奇觀夢，就沒有價值。克羅心[817]在日本開店二十週年，委託我設計第二款絹印海報。現在他們在日本有時一家門市，全世界共有二十九家門市，是聞名全球的名牌，被譽為重機族的愛馬仕。因為他們的展品是一般人買不起的奢侈品，我得拿自己的畫跟老闆李察以物易物。NHK大河劇《韋馱天》的第三波海報還是得修改，我就說：好，好，就照貴公司交代的做。才過不多久，就傳來《韋馱天》全版廣告得到讀賣廣告大賞準優勝（廣告贊助商頒的獎）的消息，他們的態度馬上大轉彎，看起來權威怕的還是權威。

**二〇一九年四月十三日**

自從吉爾伽美什的夢以來，夢裡的吉爾伽美什就像擁有預言能力一樣，讓我的意識接觸到都和吉爾伽美什沾上邊。以前聽說梅原猛本來也打算和市川猿之助（現名猿翁）一起把吉爾伽美什的故事改編成超級歌舞伎。

瀨戶內師父在《東京新聞》上的連載《現在，緣的去向[818]》中斷很久，卻因為萩原健一的死而交出新的隨筆，並且叫我畫插圖。我希望她也順便寫一下梅原猛、唐納·基恩以及流政之等她好友的文章。

四月都快過一半了卻還很冷。櫻花也變得很髒，看起來像蒙上一層灰。

**二〇一九年四月十四日**

【想寫散文，結果字每次每次都打在同一個地方，變成一塊全黑的造型物。】可讀性為零，所以應該稱為一種造形作品。

今天還是不想面對畫布。麻煩死了，隨便他去。總覺得有種看開的心情，看開類似開悟，是件好事。

**二〇一九年四月十五日**

為了準備展覽，我盡量不排行程，不過沒有一點雜音的生活，也總讓我覺得被一種封閉的孤獨侵襲。我已經無法再像小孩子一樣，忘我地投入某件事情之中了。我想釋迦佛祖當時為了避免完全與世隔絕帶來不好影響，還是會覺得在外面適度透風會比較好。所以我會趁創作空檔和朋友互傳簡訊，或是上推特發文回文輕鬆一下。然後即使期限逼近，我總能發揮瞬間爆發力，剎那間完成剩下作品。

**二〇一九年四月十六日**

霧中徬徨已久的第四件作品終於看見完成的眉目。這種瞬間的快感，正是我畫作存在的理由。對畫家而言，是一種難以被其他事物取代的陶醉時光。

《Mrs.[819]》雜誌的專訪連載「給下一代的信」在訪問完瀨戶內師父、養老孟司老師、岸惠子[820]、中村稔[821]之後，第五回來訪問我。每次專欄都由廣川泰士負責攝影，逆光照片有《陰翳禮讚》的感覺，看起來很美。

**二〇一九年四月十七日**

【就像第一次看到一樣盯著保險套看。】這場夢不是沒有來由的事，因為我正在進行的畫裡真的就出現保險套，構想下一幅畫的時候，又覺得需要參考實體，所以才會夢到。這陣子不斷生產跨越夢與現實的作品，就像是實現超現實的願望，相當愉快。

這陣子睡眠不足，進了畫室就覺得好像有點感冒。我馬上吃了「四川蟲草益精」以求更快痊癒。重聽以後與人對話變少，用簡訊和外界往來就變成一種樂趣。我很能理解年輕人漸漸不讀書的心情。不只聽力，連視力也退化，所以才會不讀書。

結果今天停止創作，轉寫書評，去拿外帶咖哩，吃蕨餅，還有那個什麼，總之整天沒有完成任何有意義的事情。最近連「非……不可」的使命感與義務感都不見了。

在床上看《尤里西斯》的漫畫版。這不就是《吉爾伽美什》的現代版嗎？

**二〇一九年四月十八日**

【準備安迪．沃荷致敬展的展品，又多做了一幅。】另一場夢：

【請身上有刺青的娼婦露出刺青給我看。圖案是廣告。】新媒體。

為《HailMary Magazine[822]》談沃荷與寺山修司。這兩人對他人的興趣多過對自己的關心。沃荷日記的中心是他者，遠大過寫自己。寺山對他人感到興趣，時常想要觀察，結果常常被逮捕……。不過去私則公，是開悟的一種型態。

五木寬之在週刊隨筆專欄上說：「所有的動作，都不應該在無意識下施行。」正是這樣。意識本身就是養生的基礎。

看電視學到泡澡泡到脖子，會讓交感神經活躍，擾亂睡眠規律。水深到胸部以下，會活化交感神經，所以比較好睡。

**二〇一九年四月十九日**

【在Junko Koshino[823]東寶攝影棚專屬的裁縫間裡工作，畫出來的畫很大，聽說顏料用的是蛋彩。攝影棚內的一角，正在播放內部研修影片給員工看。在Koshino旁邊站著一個不動產仲介，說他的妻子要他來找大型攝影棚】的夢。

【學校的教室。Princess天功突然一邊唱歌一邊從外面走進來，用唱的問我要不要一起跟她一起吃晚餐？】做完這兩場夢再打開電視，看到Junko Koshino也上了Hiroko Koshino[824]主持的節目，發現連電視上都會出現夢與現實的交錯。

二〇一九年四月二十日

今天和昨天一樣都有認識的人過世。妻子說：「死掉的多半活到八十幾歲呢。」人們一個一個離開候車室。

眼前一片模糊，去眼鏡行檢查。說誇張一點，失去焦點的模糊風景，輪廓全部一片朦朧的狀態，只要把它想成自己心目中的寫實主義，這種不幸說不定就會變成值得高興的一件事，就像莫內因為得了白內障而畫出傑作一樣。

二〇一九年四月二十一日

【躺在深夜的臥房裡，美美穿著外出服，站在我的腳邊。房間一片漆黑，她身上發出微光。】死者的幽魂叫做幽靈，活人的靈魂叫做生靈。結果她還活得好好的。

二〇一九年四月二十二日

【木村恒久[825]設計的新海報太有趣了，打電話告訴他：「真有趣！」但他一下子說太快，我都聽不清楚，就藉口要掛他電話，這時候就問他：「您今年貴庚？」他好像說九十一歲。】等等，木村十一年前就死了，既然是故人，用虛歲算他今年應該九十二歲。實歲九十一歲就和他夢裡說的年齡一樣了。這又是怎麼回事？夢與現實都在同一時間呢。死掉的木村其實知道現實的時間。不過我在夢裡也一樣重聽呢。

二〇一九年四月二十三日

【走在家鄉的馬路上，每一戶人家的門口都放著牛奶瓶。我要了一瓶來喝，看到別人家門口也有，就拿起第二瓶喝。隔天也做一樣的事。】我醒來才發現自己幹的，不就是失智症會做的事嗎？不，應該是說身體反應最近沒喝到牛奶才託夢吧？我判斷可能性，早上馬上拿來喝。

**二〇一九年四月二十四日**

【在音樂會的舞台上模仿指揮，一揮動手臂，就有白煙從指尖冒出來。看起來是一種生物能量。台下觀眾看到我變成魔術師，雖然露出驚訝的表情，結果我還是不合格被叫下來。】

【以前在天上最亮的兩顆星之中，有一顆是我的星星，另一顆消失了，只剩我的星星，結果我的也消失，被滿天星星之中的一顆吸收掉。】

**二〇一九年四月二十五日**

《婦人畫報[826]》來訪，找我談為什麼在ＹＭＯ記者會開始前臨時決定離團。

創作像在暗中摸索一樣地進行。在毫無規畫下進行的個人風格，時常處在地獄煉獄之中。

嚴重疲勞，晚飯就吃鰻魚。

**二〇一九年四月二十六日**

在神戶展出的下下檔展覽，將是我自己策的自畫自讚展，但名稱卻反過來稱為「自我自損」。

主要在勸戒自己，太過於突出自己，吃虧的會是自己喔。

**二〇一九年四月二十七日**

今天開始是舊天皇退位，新天皇登基的大連假。

今天早上的《朝日新聞》書評緊急三刷，在網路上引發熱烈討論。我只是交出和夢裡一樣的描述，書評本身的作者到底是我的夢還是我自己則不得而知。

**二〇一九年四月二十八日**

【被要求搭上一台跑車，下車的地方是家鄉市公所舊址對面的白色建築物。高山上傳來動聽的詠嘆調歌聲。沿著白色螺旋梯往上走，心想這裡該不會是外國吧？在一間白堊土的豪華建築裡，女歌劇歌手一邊唱著詠嘆調，一邊下樓梯。圍繞在建物四周的樹林一直綿延到遠方，給我一種進入迪士尼音樂片世界的感覺。】

畫到一半覺得自暴自棄，便產生了破壞行為，我不得不朝向自己也無法預測的誇張結果。假如不和自己的畫作翻臉打一架，也不會成為不打不相識的好友。

**二〇一九年四月二十九日**

《朝日新聞》的書評主編吉村千彰發傳真告訴我網路迴響有多大。

**二〇一九年四月三十日**

【停電了，戰爭突然在狹窄的房間裡爆發。從書桌角落看不見的敵人開火。戰爭終於結束，電也來了，從書桌角落陸陸續續走出一群外國人。敵我已經停止對立，在敵陣裡看到賈斯珀．瓊斯，很高興彼此都安然無恙。房內全部都是藝術界人士，並遵守朋友亞倫．普魯特狄納的約法三章。】

第一次知道今天是平成紀元的最後一天。

【我跟誰說出自己的浪漫幻想：自己不想再投胎轉世了，希望下輩子當馬。】

【在家鄉錢湯的浴池裡尿失禁。約二十個鄉下猛漢走進浴場。我假裝什麼都不知道地離開浴池。】

**二〇一九年五月一日**

平成的最後一天，畫了一幅二重橋[827]的畫。我只有在這種時候才會畫，沒有什麼企圖。吃完平成最後一頓晚餐，泡了平成最後一泡澡，剪了平成最後一次指甲。

**二〇一九年五月二日**

令和第一天。粗略完成第五幅作品。

**二〇一九年五月三日**

【在東京郊外某百貨公司，女性值班經理兩度把我用過掉下來的面紙拿來給我，還告訴我如果有什麼需要，隨時都可以找他們服務。】

**二〇一九年五月四日**

睡不著。上了年紀以後，DNA好像就會變這樣。我先什麼都不做，構想下一幅作品的點子。

【身穿夏威夷襯衫的灘本唯人好像在印尼與當地女性一起住的樣子。不知為何，我一直在意灘本襯衫的袖子。】不管夢見的是木村還是灘本，都是設計界的已故前輩。很久沒去舊山田邸了，我喝兩杯一百日圓的咖啡，同時寫出十張稿紙的萩健追悼文讓《EUREKA[828]》刊登。

這幾天連休，心情就像沉到深海底下，心有一半是死的。

**二〇一九年五月五日**

媒體每天都在瘋新天皇登基的消息，想一直營造出令和的氣氛，但我只覺得今天只是沒什麼特別的大連休其中的一天。日常記錄少，只好靠夢境撫慰現實。

我完全否定了昨天之前畫成的畫，並在上面再畫上別的內容，反而產生意想不到的畫來。

兩週沒有按摩，晚上去按。

**二〇一九年五月六日**

【我是抓蒼蠅達人，在頭上十五公分的空間裡，可以直接抓住停下來的蒼蠅。因為蒼蠅有像直升機一樣垂直起飛的習性，我可以直接把蒼蠅抓進手掌心。我秀給椹木野衣看，他大吃一驚。】

不只是夢裡，我現實中也用這種方式實際抓過幾十幾百隻蒼蠅，不過全都逃走了。不知為何，這些蒼蠅全都沒再飛來我這裡過。

明天要接受訪問，傍晚先去 nico picabia 洗頭順便修頭髮。

**二〇一九年五月七日**

總算放完像山洞一樣又長又黑的連假，新信件像山一樣高。

接受《GOETHE[829]》雜誌派來的瀧川 Christel[830] 訪問。她直接把我在《朝日新聞》上刊登的再版書評快速地讀出來，我不知道這種視力要叫動體視力還是什麼，總之她應該就是有這種能力的人。訪談內容是很嚴肅的生死觀議題，與她的容貌很不相稱。

**二〇一九年五月八日**

【有一天，跟一個好像是我朋友的人一起走進一個山洞，山洞很長，我們越走越深。我們在山洞裡走了好幾天，有一天打開人孔蓋，就離開山洞了。外面是大馬路的正中央，有很多行人跟車子，看起來好像是中南美洲的某城市。是委內瑞拉嗎？？我們好像抵達地球的另一邊了。往四周一看，正對面就有一家日本壽司店。對呀，進去問問看就知道自己在哪裡了。】只夢到這裡就醒了，不過我的夢就像我的畫一樣，永遠是未完成狀態。

【為了灘本唯人特刊寫新的文章。已經死了的灘本笑著對我說：「真是給你添麻煩了！」】

《Art Collectors》訪問 SCAI THE BATHHOUSE。

**二〇一九年五月九日**

【坐在劇院觀眾席，旁邊有一位好像很有名的學者演講。他一邊講著我沒興趣的主題，不經意看著我的臉說：「我懂你喔。」說完又繼續說無趣的話題。然後他就坐到我旁邊的位子，又對我說：「我懂你。」然後又對著座位附近的的觀眾，繼續說無趣的話題。】

我記得夢的內容，但昨晚幾乎沒有睡著的記憶。因為夢到這種說話無趣的學者，說不定我有一瞬間是睡著的。相對於一成不變的日常，夢還是日常生活的延長，但看到這樣的夢，又讓我覺得沒那麼無聊了。仔細想起來，畫畫的行為就像是在描繪夢境，我把畫出來的畫當成一種夢，應該也沒問題吧？那麼我就等於活在日常、夢與繪畫三種現實之中。我發覺自己正以繪畫結合夢與日常，但我不會說這就是我的三神器。我不會說，不會說。那要說是什麼？

**二〇一九年五月十日**

昨晚沒睡好，睡在我枕邊的黑輪則睡太多，把我的睡意全部吸走。

為減輕失眠痛苦出門散步，順便走到喜多見的蕎麥麵店外面。慢慢地走了十五分鐘，卻有一種辛勤工作之後的感覺。回家路上在野川邊的步道一邊走著，一邊想著這種時候好像會出現飛碟……下一個瞬間，在我正前方就出現了一道強烈的光柱，中間是橘色，周圍銀白色，發光之後隨即熄滅。後面是虛無的空間，什麼都沒有出現。我還來不及拿出我的 iPhone 打開相機拍，就在一瞬間結束的遭遇。這也算是白日夢的一種嗎？讓我覺得晚上做的夢與現實處在同一空間。

**二〇一九年五月十一日**

鑽進被窩的時候，腦海裡還浮現著白天那些光體的殘像，腦袋也在記錄的同時完全清醒。

昨天的清醒體驗，反而讓我的失眠症狀消失。

想面對畫布，卻因為昨天看到的光柱在腦海揮之不去，而無法下筆。如果我更進一步把看到的光景畫成畫，殘像說不定就能跟著消失。

**二〇一九年五月十二日**

【在還是木造的成城學園車站前，與島田雅彥一起向行人叫賣文庫本，但完全沒人理睬。】

【在偏鄉的小畫廊希望能舉辦我的早期版畫展，但我完全沒有參加的意思。】這類夢好像也會在現實之中發生呢。事實上一定有哪間畫廊真的這樣做。

把畫畫出來很快樂，不過離開畫布什麼也不做，卻一直想著要怎麼畫的時光，又有另一種樂趣。人家說老了以後時間會變得飛快，我卻不會討厭浪費寶貴時間。老了以後這種時間或許是等待死亡的時間，但是這種時間卻有一種稱得上甜美的感覺，不過我不知道原因。

晚上去按摩，調適心情。

**二〇一九年五月十三日**

【我搬到學校去住，在教室裡鋪床展開家庭生活。】

【《朝日新聞》記者來訪，問我對書評再版的看法。我適度模糊焦點。】

【有兩個小說家來到故鄉的老家，問我對思兼命[831]的看法。我就回答，祂是出品天之岩戶事件的製作神。】

朝日電視台的「報導STATION」說要介紹我在SCAI THE BATHHOUSE舉辦的個展，但他們要我談戰爭，想在八月十五日前後播放，我說和訪問大綱有出入，就拒絕他們的採訪。

這幾天創作中斷。我有自信畫出有趣的畫，但畫不出來，或說我不想畫。我沒有畫畫的義務。

本來只需要寫三張稿紙就完成的書評，我寫了四十七張稿紙。有四十四枚作廢。我忘記這是「工作」，就把寫文章當成了和畫畫一樣的作業。

**二〇一九年五月十四日**

下雨沒什麼不好，心情最好帶點水氣。

受《中央公論》邀請，在丸之內某飯店與五木寬之就「生涯現役，幕後祕訣」之類的主題進行對談。有什麼祕訣？有的話一定就是健康吧？五木工作量大，好像都靠別人幫他處理工作。他說他最近從事各種行為時，也意識到身體性，喝水的時候就告訴自己「我要喝了！」坐在椅子上的時候就告訴自己「我要坐下去了！」。我畫畫的時候，意識優先也多過無意識呢。

在訪問剛告一段落時，《朝日新聞》的吉村就傳來京町子的死訊，問我的感想。

**二〇一九年五月十五日**

【貓（小玉？）叼來一隻大蜥蜴。我想把蜥蜴拉走，但蜥蜴太可怕了。這時候蜥蜴變成其他小動物，這隻小動物開始在餵奶母親的肚皮上睡覺，我就把小的往屋外扔，一想到小娃娃就這樣與母親拆散很可憐，就開始想該怎麼辦。】

不畫畫，什麼也不做的日子還在繼續。畫圖時可以保持腦袋空白，但什麼都不想做的時候，腦內的妄想在大海穿梭不停。

**二〇一六年五月十六日**

【預定在飯店大廳與安倍首相會面，想寫原本只差一張稿紙就完成的講稿，因為稿紙不夠了，想寫在藥局處方箋的背面。】夢只記得這裡的畫面，如果繼續看下去，就可以看到與安倍首相見面的畫面，覺得可惜。

《朝日新聞》的責任編輯從西變成今田，為了討論今後的工作進行方式，約在畫室見面。

與京町子要好的野上照代傳真過來，說京的最後一句話是「不行，我不行了」。她說自己已經超過九十歲了，也已經進入不行的狀態了，我就罵她。

二〇一九年五月十七日

【一個會說日文的外國女性問我，要不要去看克里斯多[832]自認很成功的個展？我問：什麼時候？在哪裡展？她說明天在倫敦。等我回過神來，自己已經一個人待在展場裡。克里斯多正在演講，但我重聽全都聽不到。我沒細看作品就上了電梯，電梯往上往下就是停不下來。】為什麼夢會以焦慮為主題？這種夢一定是對焦慮的淨化劑。

神戶我的美術館的蓑豐館長與山本亮三理事長來訪，不是很要緊的事情。這時候畫室廚房出現很大隻的臭青公，德永怕得要死。趕快請工程行來把牆角的蛇洞老鼠窩用水泥堵起來。在夢逐漸現實化的同時，家裡竟然會出現蛇，正是一種夢境。在夢與現實之間的領域，說不定就是藝術。

到頭來我到底要什麼時候才會開始畫畫？懶惰的滋味實在太甜美了，再讓我享受一下。

二〇一九年五月十八日

不知何時開始不再失眠。無法區分夢還是幻覺的妄想，像一種佛教的境界。

自從重聽以來，生活裡少了音樂，但是我發現畫作的音樂感更強了。簡直像歌劇一樣。我吃力地站起來，用五木的方式自我意識：「我要畫了！」並且提筆。繼續進行兩幅中斷的未完成作品。

二〇一九年五月十九日

本週比較稱得上工作的工作只有對談，剩下的時間都是無職狀態。我可能已經把剩餘時間都用來讀書，不過貪圖享受無為的時間，也是一種有效的時間運用。什麼都不做就是最具創造力的行為。藝術季沒有意義也沒有目的，而且也不負擔義務，所以閒暇時間最好拿來玩，然後放棄。這難道就是一種領悟？森鷗外的文學作品也把諦觀當成一種好事，無所事事的貓咪，生存方式就像是即身佛，也知道放棄的道理。人生到了黃昏期，有這種想法也是一種風雅。（才怪。）

**二〇一九年五月二十日**

《紐約時報》刊登「神戶」專題。這篇文章讓我心情愉快一點。「假如在神戶只逛一間美術館，請跳過安藤忠雄設計的兵庫縣立美術館，改去造型奇特的表兄弟——橫尾忠則當代美術館吧！」文章還刊登了我的介紹與大篇幅展場圖片。報導好像是年輕的美國記者寫出來的，文章充滿機智不是很有趣嗎？日本記者應該就不會這樣寫吧？

把兩週前夢到灘本唯人的內容再寫一次：【為了灘本唯人特刊寫新的文章。已經死了的灘本笑著對我說：「真是給你添麻煩了！」】這場夢成真，今天果然受到灘本神戶個展的委託，接下一篇推薦文。我當場寫完就回覆了。這陣子夢與現實都連接在一起，說是覺得奇妙，更覺得越來越有趣了。這就是三島所說的「沒有無意識這種事」嗎？

**二〇一九年五月二十一日**

【一個看起來像藝術家的邋遢男子，在成城街上繞著我叫：你飛舞起來，什麼都做不成。】一場抽象與具象合體的夢。

POLA化妝品宣傳雜誌安排我與森川未來[833]對談，主題雖然是喜怒哀樂的樂，我們卻沒有各自談論，而將話題拉往無關的方向。森川好像也很關注日本舞蹈的樣子。他問我關於土方巽的故事，說來我很久很久以前也為「嘉爾美拉商會」設計過海報。

傍晚，山田洋次導演帶來柏餅與紅豆小饅頭來訪，說膝蓋在痛，能不能幫他聯絡一下玉川醫院整形外科。

**二〇一九年五月二十二日**

住在附近的小學館中川來訪，說對我的「游泳的人」系列有興趣，想發行畫集。同一主題的畫有三十幅，其中二十幾幅都在美國藏家手上。說是希望可以在東京奧運那年發行。回頭繼續畫一陣子沒碰的沃荷系列，想追加五幅，畫了三幅。

今天《朝日新聞》的書評委員會沒有發我想寫的書，本日不出席。

**二〇一九年五月二十三日**

明天要去神戶，所以去美容院 nico picabia 剪頭髮。推高的結果，讓我的頭看起來像鳳梨。如果我再年輕一點，說不定會把頭髮染成綠色。

**二〇一九年五月二十四日**

全國都熱到三十度，像夏天一樣。

與妻子、德永搭乘十點九分發的希望號去新神戶。我美術館的山本與田中在車站等我。山本學藝課長可能因為被榮昇館長助理，看起來很拚命。在「東天閣」吃榨醬涼麵。

「食人鯊魚與金髮美女——橫尾忠則的笑」開幕記者會。展出與梅原猛、茂山狂言合作演出的三齣戲所有戲服與舞台美術。狂言的舞台基本上幾乎沒有布景美術，只留下最低限的道具，不過梅原的超級狂言完全不顧這種常識。希望這種展也可以拿到東京辦。

藝術通常與喜感無緣，但我會把幽默要素藏在畫裡。在藝術世界裡，幽默好像是一種次原很低的元素，而不太會成為議題，想觸犯這種禁忌，應該也是人之常情吧？

開幕典禮上井戶知事與蓑館長都缺席，代理出席的副知事與美術館理事的致詞都相當精彩。歌舞伎名旦角片岡秀太郎與淺田彰分別從大阪與京都前來。

晚餐帶淺田與東京來的日經新聞出版社苅山一起去吃東天閣。晚上入住大倉神戶大飯店。

**二〇一九年五月二十五日**

上午又去看一次美術館的展覽，並且討論下一檔展覽的內容。

傍晚回東京。看家的黑輪非常興奮，一直嗷嗷叫。

**二〇一九年五月二十六日**

【我設計了新型助聽器。】夢。覺得應該付諸實現。

**二〇一九年五月二十七日**

在畫室踩歪拖鞋滑了一跤。大人也像小孩一樣滑倒。可能因為我順勢轉身，沒有受傷。

為了四天後的個展，新畫兩幅小品。

**二〇一九年五月二十八日**

【妻子被帶進一台好像時光機的機艙裡，接受某種檢查或治療，在結束的同時，全身開始發抖，陷入半狂亂狀態並且說出聽不懂的話。】一種夢中的煉金術？

我常常覺得畫室門口有人在說話。我明明就重聽，不知道為什麼就是聽得到。

NY藏家來收委託創作的Y字路風景畫。

**二〇一九年五月二十九日**

【建物一樓與二樓的外牆倒塌，變成一個奇妙空間，我造訪一位認識的女性，卻一直記不起對方的名字，就心想直接去附近家鄉的電影院好了。】夢在這裡結束，醒來打開腳邊的電視。螢幕上出現的是鶴田浩二與藤純子。「對呀，我去找的就是藤純子呀。」這種共時性證明了夢與現實間的時間屬於平行關係。

與製作人榎本了壱[834]第二次討論奧運年執行的某個計畫。

為了兩天後在 SCAI THE BATHHOUSE 個展前置作業忙得不可開交。

**二〇一九年五月三十日**

【開始在信樂大塚 OMI 陶業上班，卻無法順應其他員工的工作節奏。】意義不明的夢。

國書刊行會的清水來訪，討論山田詠美小說《積罪人》全插圖集。整本書會充滿著電影特寫鏡頭一樣的畫面。這些去除言語意義的畫面，放在一起說不定稱得上是一種新小說。

繼續畫手頭的夏威夷Y字路風景畫，並且再整個塗白。一玩再玩，結果就成了「玩樂的王國」。

在公園長椅上看了幾本書以後，一個與我同年齡的男性，像高中棒球開幕校隊進場一樣一邊搖頭高一邊舉雙手，又抬腿把膝蓋舉高及腰，像一台蒸汽火車一樣大步從我前面走過。他活得真認真呢。

二〇一九年五月三十一日

【與妻子在神戶待一陣子之後，妻子說想自己留在神戶。我在東京還有畫畫的生活。】小說或電影會在這裡結束，不過真正的故事，應該會在故事結束的時候才要開始。為什麼一定要給故事一個結局？畫裡是沒有這種像故事一樣的結局的。

把《朝日新聞》再版的書評印成T恤，限量六十件。才在推特上發文，一天之內幾乎就賣光了。今後要改成預訂制。

傍晚去參加在SCAI THE BATHHOUSE舉辦的個展「B-29與原鄉——從幼年期到沃荷」開幕典禮，家人與員工也一起參加。現場來賓很多，我來不及向每位來賓問候，對認識的人就只能眼對眼心電感應。來和我久聊的來賓全都是我不認識的人，話題都以自吹自擂為中心。開幕典禮大概都變成社交場所，幾乎沒有對於作品的感想與評論。是作品把話語封印起來了，還是來看畫的客人自己抹殺了話語呢？這間畫廊本來是錢湯，聲音會反射迴盪。大家都脫光，可能更適合這個空間。

會後晚宴，展覽相關人士搭上兩台遊覽車，前往神田好吃的中華餐廳。畫廊作東。

二〇一九年六月一日

整天在畫室裡放空全身。傍晚去按摩。

【老詩人一邊走一邊談論藝術與文學。他說文學需要意義，但藝術不需要什麼意義】的夢。

**二〇一九年六月二日**

養樂多隊十六連敗。連敗一定有它的意義在。

【北野武在我家鄉的自宅前，用八乘十大相機拍攝我的人像照，但觀景窗裡出現的不是我的臉，而是堆積如山的山羊骨骸。拍照要趁好機會，北野聽我的命令才會按快門。】

**二〇一九年六月三日**

設計玉置浩二預定刊登在《朝日新聞》上的廣告。衝擊會很大。

【隔著公車窗，看到大樓門口外的長凳上坐著兩個女性。有一人正是京町子。我隔著玻璃窗與京交談。】認識的藝人不論生死，都常常入夢。

**二〇一九年六月四日**

神津善行老師接我去日比谷的石綿診所。晚餐後有點火燒心的感覺，骨折的那隻腳，大腳趾還覺得痛，兩手大拇指會痠痛，走路會覺得輕飄飄，容易喘……看起來全都像是老化現象。驗血的結果要下次才能看報告結果。

【在海外的飯店裡接到時尚雜誌的工作委託，卻因為不會用 iPhone 而困擾】的夢。

**二〇一九年六月五日**

我在多摩美術大學研究所當老師的時候一起的藝評人本江邦夫[835]突然過世，說是出差回來一到了機場就馬上心肌梗塞發作。他才七十歲。

負責組版的水谷與刷版師，帶來了創作中的寫樂系列第五、第六幅木版畫試印版。這系列預計要做十幅，同行的收藏者彌榮畫廊居松靖正收藏我很多作品，但他說全都是拍賣會上標來的。

**二〇一九年六月六日**

上次沒有仔細回看在 SCAI THE BATHHOUSE 展出的作品，就攜家帶眷又去看了一遍。與畫廊老闆白石討論想像中豐島橫尾館新專案的構想。放畫也好，不過這次比較想嘗試的是大地藝術規模的大型專案。

**二〇一九年六月七日**

【把粗釘子插進蝗蟲的後頸部，把它固定住。感覺就好像身上被插了巨大的地樁，渾身發抖。】就像重現小時候虐殺昆蟲小動物原罪一樣的惡夢。創價女子短期大學的入學測驗考題引用了《不需話語》（青土社）的內容，但我自己試著解答，看到的考題都很難，如果我去考，一定會考不上。

**二〇一九年六月八日**

神津老師在網路上查到了和我夢見的原理一樣的助聽器，冒著大雨從家裡走路帶來家裡。他說想要向廠商訂做，就在推特上發文，結果真的有廠商願意做做看。我對於已經有相同原理的助聽器感到吃驚，不過我的設計應該可以更好看。

下雨天讓我高興，是因為院子裡養稻田魚的水缸，水位會上升。另外還有院子裡的樹林看起來會更綠。

二〇一九年六月九日

山田導演在增田屋告訴我，他的二女兒受到我女兒美美的影響去信了天主教。我女兒信天主教大概也快四十年了吧？這陣子她不論去國內外哪裡旅行，每天一定都會去望彌撒。我只能說她已經信仰到近乎瘋狂了。

我一邊讀著要寫書評的書，一邊用現場演出的方式寫書評。因為我還沒看完原書就寫好了，這篇書評會變成未完成書評嗎？我畫的畫大部分都未完成，鑑賞者可以自己靠想像完成。那些未完成部分。書評的未完成部分，也讓讀者自己評論的話又會如何？

晚上去按摩。在半睡半清醒的狀態下，覺得如果能這樣一覺到天亮，該有多好呀！

昨天神津老師送我的助聽器，好像是百圓商店就買得到的便宜貨，不過戴上以後終於聽得見很久沒聽到的電視聲音。這種像是反文明玩具一樣的助聽器，性能反而比要價一百一十萬日圓的丹麥製機器要強。

二〇一九年六月十日

《週刊朝日》森下香枝主編與木元健二副主編冒雨來訪，希望能連載我與瀨戶內師父的往復書簡。我問：如果以瀨戶內的工作步調，一個月應該只能寫一篇吧？他們回答：不是，如果是瀨戶內大師的話，每星期她也沒問題的。我又為瀨戶內師父著想：那麼隔週連載呢？

二〇一九年六月十一日

【在故鄉的街道上可以看得到，在大一點的市鎮也一樣。三架美軍隱形戰機與兩台飛碟的編隊以驚人的速度低空飛過街道上空。】難道這是隱形戰機與飛碟的聯合演訓嗎？

南天子畫廊的青木帶了麵包來訪，討論為了明年紀念開幕六十週年，找我舉辦個展的計畫，主題是自畫像。我開始想像整面牆都是自畫像的樣子。雖然是難題，我是逆來順受主義者，不試試看怎麼知道？嗯？

傍晚前寫好《文學界》新連載的第一回，共二十張稿紙。

**二〇一九年六月十二日**

【下雨的晚上，一個穿著黑色雨衣的男人沒脫鞋子就闖進屋內，做了一些筆記。我打了一一〇報警，他就一溜煙地消失了。】

【不知道是小玉還是黑輪，叼了一條蛇進家裡，家中大亂。】

本來打算要辦《豐島橫尾館觀光指南》（河出書房新社）發行慶功宴，卻因為塚田感冒而延期舉行。

把《文學界》新連載的二十張原稿交給清水編輯，他們希望把文章命名為〈原鄉〉。文章談的是繪畫，但有隨筆，有小說，也有繪畫論。清水編輯負責的作家還有山田詠美、平野啟一郎、磯﨑憲一郎，全是我的朋友。

本來打算找出三十年前的畫補筆，我還可以加在哪裡呢？

本木雅弘到 SCAI THE BATHHOUSE 看我的個展，還傳來和我畫作的自拍。簡訊上還寫他以前帶萩餅來畫室找我，看我吃萩餅的樣子，感受到一種怪物般的力量就很感動，他到現在還記得很清楚。只要是我喜歡的食物，我說不定就會狼吞虎嚥。

**二〇一九年六月十三日**

早上很涼，中午一下子變得很熱。

瀨戶內師父簡訊回覆：要我寫多少我都寫得出來，每週連載ＯＫ。

我不常上電台，為了讓電台幫我宣傳展覽，就上了文化放送的「大竹真黃金電台」節目。和大竹要好的作家岸川[836]也趕來播音間助陣？大竹與他的主持搭檔光浦靖子[837]也說他們去看過我個展，討論以作品為中心，但大竹問：「您眼中的顏色都是那種感覺嗎？」如果真的是那種感覺的話就會太過危險，我連路都不敢走吧？出了電台以後就與岸川一起喝茶，三浦純來加入討論。回程經過岸川位在三鷹的住處，花了不少時間。在車上一直與岸川聊東聊西。

**二〇一九年六月十四日**

我平時盡量避免工作，但最近又出現自己想幹的委託案子，如果以三島的說法，就是一種讓無意識消失，意識與無意識合而為一的狀態。

全日本咖啡協會發行的會刊《Coffee Break》來訪，找我聊咖啡。我覺得咖啡有一種地瓜燒焦的味道，不過與高倉健一起去咖啡館喝的咖啡還是最好喝，健哥在車上總是準備一水壺咖啡；此外和柴田錬三郎老師在飯店閉關創作一年的時候，每天早上喝的都是藍山。在巴黎聖日耳曼德普雷[838]的咖啡館裡，每個客人都在喝卡布奇諾，我後來也跟著喝卡布奇諾。

大竹夫婦第二次前往 SCAI THE BATHHOUSE 參觀我的個展。

洛杉磯獨立策展人吉竹美香來報告洛杉磯 BLUM & POE 畫廊展出的情形。

**二〇一九年六月十五日**

【一觸即發的戰爭快要爆發。敵軍陣地沒有那麼遠，不知什麼時候會打過來。考慮要不要先設局，變成一種互猜心思的狀態。如果戰爭爆發，就一定會同歸於盡。】這陣子很常夢見戰爭騷動的場面。

早上長男從救護車上打電話來，說自己搭計程車出了車禍，正被移送到玉川醫院急診。我與妻子、德永一起衝往醫院。

在雨中搖搖晃晃走路去車站吃飯。下雨天稻田魚最高興，但黑輪會不會因為下雨懶得上廁所，又讓我擔心起來。

**二〇一九年六月十六日**

晚上熱到開今年第一次冷氣。

去阿爾卑斯想寫稿，卻忘了把眼鏡帶出來，沒辦法看書，只好無為發呆。在咖啡聽工作的人，是被趕出家裡的，還是逃出來的？也有人看起來像作家。可能很有名，但我不認得他是誰。

天氣實在很好，所以去野川綠地廣場找一張長椅坐下，拿出內田百閒的《百鬼園戰前．戰中日記》來看。這是我出生那年，昭和十一年的日記。他每天只記下對方的姓，為什麼見面，對方是哪裡的誰，讀者根本不會知道。內文幾乎沒有事實以外的描寫。如果日記可以這樣寫，可能也不錯。那我的日記不就稱不上日記了嗎？

**二〇一九年六月十七日**

愛知縣美術館南雄介館長來訪，討論往後的計畫。到了這把年紀，一聽到人家提起往後的計畫，我就覺得壽命一定會延長到那時候。反正我至少要保持健康，活到那時候才行。再來呢？我已經不再有欲望了，只剩下努力讓應該成就的事情都得以成就。同時，藝術圈的很多人也都前往另一個世界，不管他生前是藝術家還是藝評人。不知道為什麼，我會覺得有人死了的時代，是一個好的時代。等我不在了以後，下一代的人們，應該能把我們還在時的時代看得更清楚吧？所以我們才應該把想做的事情都做一做。

聽到外面林間行人專用道傳出割草的聲音，一股草地露水的芳香也跟著飄進畫室裡。

內田百閒只把事實寫進日記裡，排除其他的感情。應該是那個時代文人的一種風雅吧？

只要有各界名人去 SCAI THE BATHHOUSE 參觀我的展覽，館方就會向我報告。年輕觀眾很多，他們好像很驚訝。

傍晚突然想到，就去按摩。

**二〇一九年六月十八日**

想著要做什麼，結果什麼也沒做，一整天在無為中結束。

**二〇一九年六月十九日**

【劇場裡坐滿了人。突然有兩個看起來像畫家的男人吵了起來，其中一個大喊：「我要把你幹掉！」另一個人回：「來呀？」結果一個人真的就去掐另一個人的頭。被掐的人感受到快感，忍不住說：「好舒服呀！」等他恢復意識又覺得痛苦，連忙要掐他的人快把他殺了。】惡夢。

下午回簡訊並校稿，從事與畫畫無關的文字副業。

晚上去《朝日新聞》書評委員會。前陣子把再版書評印成T恤，又有人希望我能把上週寫畢卡索的書評也印成T恤。想試著在推特上接受預約，馬上有一百四十五人留言預約。馬上開始印製。

**二〇一九年六月二十日**

【去賈斯珀．瓊斯住處附近，想到兩手空空，就在素描本上畫了一幅用文字構成的畫，畫了什麼連自己也說不明白。】這樣的夢。

最近常常找不到東西。或者可能是記憶消失了。只要想要找回失物與記憶，不順利的話可能會忙一整天。

下午山本與林從神戶帶來下一檔展覽的展示構想。下一檔展覽會叫做「兵庫縣立橫尾醫院展」。這場與疾病與醫院關係密切的展覽，光是活動策畫就很好玩了。打算把整個展場裝潢成醫院。

**二〇一九年六月二十一日**

【與妻子一起抵達釋迦佛祖的靈泉，滿滿都是人，還在人群裡看到糸井重里。本來以為晚點還會碰到就算了，結果人就不見了。人實在太多，結果就從往一邊倒的路邊掉下去，又有一班電車飛快地通過。我就這樣無法再與糸井見上一面。】

前陣子接受咖啡雜誌訪問，提到卡布奇諾，但我愛喝的其實是濃縮咖啡。

岡部版畫工房的牧島帶來小玉版畫的印樣。這是一幅絹印混合蝕刻法做成的版畫。本來以為兩種方式會像水與油一樣互斥，結果出乎意料地搭調。

不知道是我太閒還是對方太忙，我身邊的人多半很難確定要什麼時候碰面。為什麼會用這麼多的行程讓自己動彈不得呢？

晚上在NHK衛星台看了路易．馬盧[839]的《瑪利亞萬歲！[840]》，全片又前衛又超現實，充滿娛樂性，是一部刻意處處模仿好萊塢電影，對電影進行批判的電影。我想起當時透過大島渚介紹，與馬盧見過一次面的往事。

**二〇一九年六月二十二日**

今天是一年中日照最長的夏至，整天卻陰陰的。

瀧川Christel去了SCAI THE BATHHOUSE看展拍了一些照片，用簡訊傳給我。前陣子本木雅弘在我的自畫像前拍的照片，也擺出一樣的姿勢。

傍晚，原本在《朝日新聞》的依田彰突然來畫室找我。他說剛才才在世田谷美術館看柄谷行人怎樣怎樣，正要回家。在他屆齡退休以後，想要做好多好多事情，像是畫畫。對於他以畫畫作為興趣，我非常贊成。我畫畫也是出於興趣。

**二〇一九年六月二十三日**

好久沒有在散步的時候遇到磯﨑憲一郎了。我約他暑假的時候一起去河口湖，他反問我要不要「在那裡直接進行《朝日新聞》網站的〈畫室會議〉對談？我也問問保坂和志的意見。」原來是談工作呀。

**二〇一九年六月二十四日**

隨年齡增長，到昨天為止還沒什麼異狀的部位，今天突然自己痛起來，還不聽話起來。每次去畫室路上，都會經過大江健三郎家門前。去年七月以來，有將近一年的時間，大江看起來都不在家的樣子。他家房子外的樹木茂密充滿陰影，就像要掩蓋整棟房子一樣。

**二〇一九年六月二十五日**

【大島渚導演問我：「橫尾，你會畫人還是動物什麼的嗎？」「我什麼都畫，接下來會畫從懸疑小說得到靈感的東西。」他又對一旁的五木寬之說：「五木，你在《週刊新潮》連載上說過，你都看懸疑小說打發空閒的時間，如果有那種有趣的懸疑小說，可不可以告訴我？」五木沒有回答。】會出現在夢裡的人，是不分死活的。已死的人也在夢裡活著，活著的人也像死了一樣，才像是夢裡的世界。

細野晴臣來訪。東方出版策畫一本我和他的對談集，不過自從一九七六年的對談以來，四十三年間好像也已經對談接近十次了。能與同一人對談這麼多，也很稀罕了。不過對談的內容幾乎沒什麼變，就是兩人從初次見面到一起去印度旅行，回國以後就合作出一張專輯《交趾之月[841]》之類的話題就占了對談大半，讀者看了一定會說「聽過了，聽過了，已經聽過好幾遍了」吧？細野的音樂和我的繪畫一樣，都把反覆當成一種個人風格，所以對談內容會反覆也是理所當然了。

二〇一九年六月二十六日

【受委託同時設計日本喜劇演員大會串活動，以及榎本健一[842]劇團的海報】的夢。喜劇是我作品底層流動的基本元素之一。

克羅心的安岡曜一[843]與武井法香[844]來訪。他們帶來我拜託他們跟洛杉磯訂的貝雷帽，這是我的第四頂，每一頂都是別人送的。

野上照代女士送來濱松町「天乃字」的鰻魚說要為我慶生。仙台的佐佐木憲司送來櫻桃。

二〇一九年六月二十七日

滿八十三歲生日。

正在群馬縣澀川市原美術館ARC展出中的「Y的冒險——原美術館典藏展[845]」找我去參加座談，便在妻子與德永的陪同下出發。在高崎車站迎接我們的青野和子館長，帶我們去「蕎麥喜利」吃午餐。然後就去富岡市立美術博物館附設福澤一郎紀念美術館。館內依照不同時代，展出不同傾向的作品。接下來好像還會去其他博物館逛，但還是提早去伊香保的「岸權旅館」入住。晚餐前先去了包場的澡堂。想不到連原美術館的原俊夫館長夫婦也來了。與原館長的長男一起吃的晚餐相當豪華。

二〇一九年六月二十八日

【遇見三島由紀夫與梅原猛。三島說：「如果你要寫小說，我就把我日記借你喔！」】我對於把三島日記改編成小說很感興趣，但我就是沒有這種本事。

早晨去大浴場泡澡。富含硫磺與鐵質的溫泉水溫度偏低，但總是在冒著泡。由磯崎新設計的原美術館ＡＲＣ，是一棟矗立在廣大綠地上的全黑木造建築。這種讓人無法掌握整體樣貌的神祕造型感令人愉悅。座談會上我一邊回答青野館長的提問，一邊談自己被這裡典藏的五件作品。看到這麼多從不同地方來的觀眾，來到這麼偏僻的美術館，人數超過預期，聚集的能量也讓我變得善辯。愛知縣美術館的南雄介館長、SCAI THE BATHHOUSE白石正美老闆、我神戶美術館的平林惠都專程趕來。看到熟面孔，總是讓我比較放心。或許是今天早上泡澡的效果，一整天在座談以外的時間，全都處在心不在焉的狀態。看家兩天的黑輪應該是很高興，只要看到人的臉就輕輕地喵了一聲。

**二〇一九年六月二十九日**

在畫室繼續畫畫。

晚餐吃野上女士送的祝壽用鰻魚飯。不愧是產地直送，真是好吃。

**二〇一九年六月三十日**

上午在阿爾卑斯一邊喝著可可，一邊讀《黑澤明的羅生門[846]》。中午與山田洋次導演一起吃增田屋。傍晚去整體院按摩。

晚上看《你的名字[847]》。重聽，只能仔細看畫面的細節。

**二〇一九年七月一日**

看起來不是因為溫泉水溫度不對還是著涼，總之溫泉水的療效還在我身上持續，身體還一直熱熱的。也可能因為這樣我才昏昏沉沉的，沒辦法。

Two Virgins 出版社的淺見英治編輯來訪，討論復刻版寺山修司《拋開書本，到街上去》的發行計畫。我負責原版的封面與內頁設計，以隨筆集來說，在當時就掀起一股話題。他們預定把這本書與續篇（別人設計的）出成套裝書賣，委託我設計全新的外包裝。

**二〇一九年七月二日**

《文學界》雜誌找媒體藝術家落合陽一848訪問我，談「日本當代藝術的先驅者」。說起來更像是以我作品的評論，或說是解說為中心。

**二〇一九年七月三日**

預定本週在《朝日新聞》書評版的內田百閒《百鬼園戰前．戰中日記（上．下集）》評論上，我記得以前在哪裡看過夏目漱石說「日記應該只記錄事實」，所以就在書評上寫「百閒的日記上也寫滿了沒人關心的事實」，但吉村主編查遍各種資料，卻無法找出這件事實，我對自己的記憶則充滿自信。我當初看了那篇文章，連自己寫的日記都受到漱石影響「只記錄事實」，就相信不管是漱石還是百閒寫的書，裡頭一定找得到這句話，我就把我的記憶直接寫在書評上，才會刊登在這星期的書評版上。如果哪天有熱心的漱石迷跳出來客訴橫尾的文章沒有可信度，到時候的事到時候再說。

近十年沒有什麼備工作追著跑的情形，除了在本刊（《週刊讀書人》）連載的日記《日常的另一側　自我的內側849》以外，《朝日新聞》每個月刊登兩篇我寫的書評，《文學界》開始連載我像小說一樣的文章，在《週刊朝日》上與瀨戶內寂聽師父的書信，也將從下個月開始無限期連載下去。畫畫方面還有很多個展、聯展之類的同時在進行。其實我也不是沒意識到這些工作已經超過一個八十三歲老人的能耐，但是有種與年輕時代工作樣式同化的感覺，我也不是沒意識到以前的身體與精神，有一種轉生到現代的感覺。

晚上去《朝日新聞》的書評委員會，因為突然感到惡寒，中途退席回家。

**二〇一九年七月四日**

《J PRIME 850》雜誌來訪，找我談「想說的話，想留下的事物」。我說明為什麼沒有想說的話，也沒有想留下來的事物。

今天是讀賣廣告獎的頒獎典禮，會頒獎給《韋馱天》的報紙廣告。缺席。

**二〇一九年七月五日**

東大醫院稻葉俊郎大夫來訪。我請他為明年在神戶橫尾忠則當代美術館舉行的「兵庫縣力橫尾醫院（暫定名稱）」寫展品目錄的解說文，並參加展期中的座談。稻葉大夫的藝術造詣很深，所以我想請他聊一些與醫療問題有關的話題。

**二〇一九年七月六日**

在報紙全版廣告上刊登為玉置浩二畫的肖像，市場反應好像很熱烈。我把他畫成三面阿修羅，可是藝術界有些人只會用畢卡索、立體主義或畢卡比亞之類藝術史的脈絡去看，與大部分人會用佛像（佛教）的觀點來看，顯示出藝術界只拘泥於狹隘的定見框架內，讓我覺得很孤單。

**二〇一九年七月七日**

這一週很難得沒有夢。我不再做夢了嗎？我可能做了，但都不是足以留下印象的夢。但是像《文學界》連載的類小說文，本身似乎就會變成像夢一樣的虛構。我覺得上了年紀就是活在半夢半醒的狀態之下。不過活著就是夢，而我們思考的死亡與其說不是夢，更像是一種實相的世界。

**二〇一九年七月八日**

在濱松擁有四百位員工的和菓子店「春華堂」想企畫新產品，我提案推出自己想吃的和菓子。第三本單行本的台灣版上市，書名《橫尾忠則×九位經典創作者的生命對話》。

這陣子左右大拇指都在痛，暫停圖文創作。我又去伊香保溫泉泡「華之湯」，又把手指泡在洗手台裡。這是連醫師都判斷不出來的不明病痛。「畫太多畫，寫太多字」是千篇一律的診斷。我自己診斷：「不對！」

**二〇一九年七月九日**

【與卡地亞的艾爾菲一起在飯店喝茶。我進了廁所，分不出哪個是洗手台，哪個是馬桶。總之找一個用了。艾爾菲去了一間日本室內設計師的工作室，我跟他一起去。我和艾爾菲道別後，接下來要做什麼呢？自己卻不知道。計程車司機對姿小姐說最好叫他的車，那位姓姿的小姐卻不在附近。首先我已經忘了剛才的飯店叫什麼名字。】為什麼我老是夢到在外國的飯店落單的場面？確實是夢地獄。

克羅心委託我做絹印底圖，負責刷版的伊丹裕師傅帶了新技術的資料來訪。好像連絹印都進入數位時代，趕快試試看。

箱根雕刻之森美術館的永井和與田來訪，討論在八月一日新裝開幕的畢卡索館，我與高階秀爾[851]老師對談的內容。我要求前一天就在溫泉旅館過夜。

一時中斷放棄的書評，在我上床準備睡覺的時候，突然又出現了靈感，於是一氣呵成地完成。說不定放棄的事情必有進展，是一種法則。

**二〇一九年七月十日**

期待一年之中日照最長的夏至到來，結果從夏至前後天氣就一直很差，這幾天總是悶悶不樂，一整天都暗暗的，好像冬至一樣。

拇指的疼痛一直沒有消。

《TOKYO VOICE[852]》訪問。好像一開始有一個主題，但逐漸地變成無關的話題。不過最近大家送我的禮物多半是銅鑼燒，已經多到可以賣給別人了。

**二〇一九年七月十一日**

平時沉默寡言的黑輪，只要一看到人，又開始喵、喵地叫。看起來好像是生病了。我請德永把黑輪帶去獸醫院，結果說是有膽結石之類。

東京電視台的節目「新美術巨人」想來拍我，製作人深堀銳與導播二瓶剛來訪。他們想去神戶拍我下一檔展覽「自我自損[853]」。

晚上，黑輪在我的床上撒了一大泡尿。

**二〇一九年七月十二日**

雨一直下，夏至的樂趣全沒了。

《豐島橫尾館觀光指南》（河出書房新社）補辦慶功宴。塚田美紀、今田智己、岩本太一來畫室和我一起一邊吃「椿」的炸豬排一邊乾杯，不過大家喝的都是無酒精飲料。

前幾天沒出席讀賣新聞廣告獎，他們送來獎盃。聽說《韋馱天》的海報一出來，大家就熱烈討論「實力派新人」的出現。哈哈哈哈。其實我心情很愉快。

本來以為明年還沒有個展，馬上就有了個展邀約，後年（也就是奧運的下一年）也要在美術館舉辦個展。才以為個展辦完就沒事，下一年，也就是二〇二二年，又要在美術館辦展。到時候我就已經八十六歲了。我發現只要有個展的邀請，我的壽命就會延長到那時候。不過如果是太久以後（再久不過三年）的展覽邀請，反而帶給我壓力。保持不多不少的中庸最好。

**二〇一九年七月十三日**

黑輪沒有食欲，卻對於點心的肉泥有反應。看起來累，是因為脖子上塗了跳蚤藥。

今天整天都沒有陽光，暗暗的。享受不了一年應該最快樂的時光，我的怨氣要向誰傾訴呢？

整天無為，無為，無為，無為。

黑輪的樣子不好，離不開床。

**二〇一九年七月十四日**

雨，怨恨的雨。

我的畫越畫越差了。要差到什麼程度，才會變成厲害的畫呢？我繼續修行，希望畫得更差勁。因為夏至沒有樂趣，就去按摩。

二〇一九年七月十五日

海之日，我過著與海無緣的生活。頂多在坐新幹線的時候，往窗外看一下熱海的海邊，海對我來說就像虛構。

二〇一九年七月十六日

逐一回覆三天連假累積的郵件。收信回信也是我一天的樂趣之一。

二〇一九年七月十七日

神津善行老師帶我去日比谷的石綿診所。「檢查到現在，今天的結果最差。腎臟、尿酸、膽固醇的數值會偏高，是因為水喝得不夠多，還有飲食過量，所以您要把現在的值減半，至少要減重兩公斤。只要您回到原來的體重，尿酸值恢復正常，腎臟也會跟著恢復。像那些糖分偏高的甜食、水果還是果汁之類的盡量少喝。魚類肉類可以吃沒問題。其他什麼都好，但最好不要暴飲暴食。」

晚上缺席《朝日新聞》書評委員會，早早就寢。

二〇一九年七月十八日

【百貨公司、賣場、飯店、廁所、亞洲打掃阿姨、一個陌生阿姨，各種場面像拼貼一樣轉換】的夢。

把絹印用的稿交給刷版師伊丹師傅。叫師傅幫我做出有鑽石亮面、金粉，並且用特殊墨水印製的華麗作品。

瀧川 Christel 來訪。她從十年前就開始推行防止棄養貓狗被撲殺的動保運動，活動資金以競標方式取得。她說：「一個國家的偉大與道德發展，從國內對動物的對待方式就看得出來。」現在已經向《朝日新聞》交出三篇書評，暫時可以放心。《週刊朝日》與瀨戶內師父書信往來的連載，也已經交出兩篇，十分期待瀨戶內師父會怎麼回答。瀨戶內師父也很期待，自從連載開始以後，好像「活下來真快樂」的樣子。在無限期的連載中，兩邊在拚誰活得比較久。保坂和志傳了一張把我的臉拼貼在慈禧太后身體上的照片。本來還在想是誰在搞這種惡作劇，他說這是慈禧太后本人。我給妻子看了照片，她分不清自己的丈夫與慈禧太后有什麼不一樣：「你什麼時候去扮的？」連本人都上當。保坂是那種常常會發現奇怪東西的人，他的小說之間總察覺得出某一種共通的感性，那方面我就不是很懂。

**二〇一九年七月十九日**

【剛來東京發展的時候住過，澀谷榮町通旁的公寓「美山莊」一小戶，房間突然變成兩戶寬，一打開房門，西城秀樹送給女兒的喜樂蒂牧羊犬「樂蒂」飛撲而來，欣喜雀躍。你死了以後我們就沒再見過面了呢。保坂也打電話來，說他今天要開始去學校，叫我跟他一起去。說他現在就在澀谷。】夢到這裡而已。西城與保坂以前好像學校同屆，每天都一起上學。樂蒂高興的樣子不只是夢，我覺得一定是牠的靈體。逼真得就像一種託夢。

這陣子天氣不好，我家的煩惱，尤其是妻子，總是擔心黑輪又到我被子上撒尿，每天戰戰兢兢，黑輪今天早上果然又幹了第三次。

可能是腎功能讓我尿酸值偏高，我完全不想回到畫一半的畫前面。明明只要三十分鐘就可以完成，卻下不了筆。比起畫畫，寫文章反而比較容易。大概因為畫畫要動用全身的力氣吧？

**二〇一九年七月二十日**

【正要下計程車的時候，擔心身上的錢不夠付車資，找遍口袋想撈出所有鈔票硬幣，因為還差一點點，直接折返我家，總算付清全額。】前陣子在現實生活，我坐計程車到朝日新聞社，才發現身上沒帶半毛錢，就先去辦公室請大家幫我先墊。夢在模仿現實。

片岡秀太郎師傅變成人間國寶！以後我就不能隨便說他是我朋友了。總之，恭喜你了。

把未完成的一百五十號畫一氣呵成，感覺就像把夾在大臼齒縫的食物殘渣剔掉一樣清爽。用畫畫消除畫畫帶來的壓力。

唉呀，我居然畫出來了。接著又寫了一篇書評。

**二〇一九年七月二十一日**

天氣不好，所以黑輪一直在家撒尿，晚上就讓牠外出，結果沒回來，才在擔心一去不回，凌晨兩點突然出現，唉呀。

【把過去畫在素描簿上的畫找出來，在上面又畫了新的畫】的夢。想早點試試看。

傍晚去按摩，回程去投票[854]。明明才七點，天色已經很暗。

**二〇一九年七月二十二日**

Poplar 社的朝井、自由編輯及川來訪。因為《人生唯一的不變就是變》增刷，問我要不要口述第二集。我說我想離開死亡的話題，討論「命運與宿命」，他們就回答請務必撥空說一說。我希望可以用避暑為由，去一個溫泉區慢慢地講。

今天也是陰天，拇指刺痛。就算是天氣的關係，這痛法也不像是腱鞘炎。原因不明。

義大利時尚品牌 BVLGARI 委託聯名設計，將在八月中連休前來日本開會討論。

谷新送來很多鰻魚。特別適合在炎夏食用消除疲勞。

**二〇一九年七月二十三日**

【在半山腰上建造的醫院裡請院方調製青銅色的藥粉時，一台巨大的陀螺儀朝我這裡飛來，我拿出 iPhone 拍攝】的夢。

牙齒突然從昨天開始抽痛，把一顆喉糖含在嘴裡就不痛了。

三宅一生的北村綠社長、巴黎春夏時裝秀的新設計師近藤悟史[855]等四人來訪。他們帶來新設計的衣服，以及多到讓我可以穿到死的時裝。

**二〇一九年七月二十四日**

自由編輯中川千尋說，希望能編出一本只有「游泳的人」畫作的畫集，打算奧運年發行。不知道要不要為了新書多畫幾幅？

國立東京醫療中心眼科的野田大夫兩年沒來找我了。兩年前眼底出血惡化到懷疑自己難道時辰已到的時候，只有野田大夫看出來出血已經差不多停了，可以不必動雷射手術，讓我嚇一大跳。連他都不知道我為什麼會痊癒。可能是年齡增長伴隨而來的老化，不過像那次一樣身體自我修復的情形，我還第一次體驗。其他疾病可能也會產生相同的現象，難道也沒有立刻動手術的必要嗎？

螞蟻大軍從一樓陽台沿著牆壁爬到二樓，目標好像是甜點。我對螞蟻的超自然感官只有停不住的驚訝。

**二〇一九年七月二十五日**

這幾天正在進行把新作覆蓋在舊作上的翻新計畫。透過新舊樣式的同時呈現，也可說是與過去的自己合作。有時感受出一種格格不入的突兀感，不過在這種畫上突兀也好。

昨天看到的螞蟻，今天一隻不剩。我本來以為它們已經放棄，覺得似乎螞蟻早就解決人類的「我從哪裡來，我到哪裡去」哲學問題。有這回事嗎？

**二〇一九年七月二十六日**

【我跟某人說：樹木希林早期叫做悠木千帆，不過這個名字已經在拍賣會上賣掉了。對方：那麼要怎麼寫？我想了一想，悠應該是內田裕也的裕吧？】夢到這裡就醒了，我又想起來「悠木千帆」怎麼寫。為什麼我老是在做這種無聊的夢？

上午去美容室 nico picabia，剃了一個適合夏天的髮型。

晚上與第一次去的「喜多見」烤鰻魚店員工一起為妻子過生日。明天剛好就是土用丑日。妻子獲贈一個向店員說漂亮想要的托特包。我則收到兩件夏威夷襯衫。

**二〇一九年七月二十七日**

【一個人去小時候母親常帶我找的一個親戚家。他鄉下住家的客廳，簡直就像旋轉舞台一樣大。當時只見過面沒說過話的人，現在已經死得一個不剩了。】簡直是自己死後，靈魂又去逛生前去過的屋子。

到傍晚完成兩幅畫在舊畫上的新作，新舊合體。透過在舊作上加筆，感覺像是把過去人生經歷過的事情再做一遍。

晚上，眼前的黑輪突然在床上大量撒尿！才想破口大罵，又發現房間裡出現一隻十公分長的巨大蜘蛛！被詛咒的臥房。

**二〇一九年七月二十八日**

【阿部寬與友近跟我說私事。】只有這樣的夢。我沒跟兩人當面說過話。慢慢開始做一些沒關聯的夢。這種夢不可能是無意識的顯象。

畫畫到傍晚，沒有大進展。

黑輪身心不順，不是今天才開始的。黑輪原來是三姊妹之一，歷經了車禍九死一生，離開欺負她的姊妹，又從辦公室帶回我家養，不過狀況很多。回想起來黑輪也是夠可憐了，不好苛責她。

誰叫黑輪這麼可愛……。

看報上說手指會痛，是因為雌激素減少（這是什麼？）。我去看眼睛的國立東京醫療中心剛好有專科醫師在看手痛，太好了。

二〇一九年七月二十九日

我大概是從今年春天左右，發現自己的手指開始往右邊偏，或往左邊扭曲變形。從更早以前就開始痛，不過當時只覺得是一時的症狀。

《週刊文春》來訪問我當時為什麼臨時取消參加YMO的預定。

夏至快要結束的這幾天，太陽更早下山，天色更早黑。已經有一種進入冬至的感覺。

光是少吃甜食，體重就減了一公斤。

二〇一九年七月三十日

手指太痛，所以去東京醫療中心整形外科看手部專科門診。手指的X光照到一半突然感到不適，暈倒。聽說是手指照X光帶來的壓力導致的自律神經失調症併發中暑。一下子跑來一大堆大夫，他們急了，我也一樣。為了調查我失神以前的狀況，為我做了心電圖，不過心臟沒有問題。腎臟有點問題，不過還不必擔心糖尿病，我比較放心之後，狀況就好很多了。在院內餐廳吃薑汁豬排。

傍晚，SCAI THE BATHHOUSE的白石與梅村來報告展場近況。好像是說「總之，來了一堆人」。

二〇一九年七月三十一日

【在巴黎的飯店裡，收到即將開始在《週刊朝日》上，我與瀨戶內師父的書信連載原稿。書信內容都是阿部定[856]，我只能勉為其難地回答。】的夢。

與妻子、德永一起搭小田急浪漫列車前往箱根湯本。來迎接我們的是雕刻之森美術館的永井（泰山）、與田（美樹），我們中午在宮之下的富士屋飯店（菊華莊）吃了有名的咖哩。在美術館與高階秀爾夫婦會合，為了明天與高階老師的對談，先逛了畢卡索館一圈。從美術館解散後，我們先去箱根神社參拜。以前就不喜歡的長長石階，現在已經爬不上去了，只好在旁邊的社務所抽七福神籤。以前求兩次籤都抽到比較小的金剛佛「壽老人」籤，今天來抽還是壽老人籤。壽老人是掌管延命長壽的神，幾年間三次抽到的都一樣，難道就是我的守護神？

箱根玻璃之森美術館[857]正在展示艾吉迪歐·康斯丹第尼[858]的玻璃工坊受託製造的世界五十位名家雕刻作品。畢卡索、恩斯特[859]、夏卡爾的作品都在這裡展出。我第一次見到自己的作品被做成玻璃雕刻，對於完成度之高感到滿足，對我來說是一大驚喜。日本的三個代表除了我以外，還有三木富雄[860]與成田克彥[861]兩人。

晚上住箱根凱悅溫泉渡假村，晚餐與高階夫婦吃和食。

**二〇一九年八月一日**

【與黑澤明導演在成城的街上散步，他說家裡有好看的電影錄影帶，可以去他家看，所以就去黑澤家。上二樓（其實不是他家）的黑澤導演，從樓梯上把錄影帶丟過來。】

吃完早餐就去泡溫泉。浴池像游泳池一樣大。我趁機把兩手泡進溫泉水裡。

酒井忠康從鎌倉趕來。對談的主題是畢卡索透過剽竊委拉斯開茲〈侍女[862]〉與馬奈〈草地上的午餐〉創造的行為。我也剽竊過這兩件作品，所以也和他對談。
會見四十年沒碰面的田窪恭治[863]。
解散後大家各自回家。我請館方把我們送到小田原車站，轉搭電車回東京。
一回到家裡，不知道黑輪是鬆了一口氣還是太過興奮，對我無聲嘶吼。

**二〇一九年八月二日**

【與不知哪一家版畫工房的老闆阿姨吵架，我做的版畫被砸壞。】的夢。
整天都在畫室，手痛所以即使開門也只能停工。無為的一天。回家同時黑輪一樣吼我。妻子說是「只要看到你在就這樣」，不過我的臉看起來可能像貓廁所。我又不是杜象。

**二〇一九年八月三日**

貓好像有一種習性，只要主人出遠門回來，一覺得安心就會隨地撒尿。另外就是讓貓覺得害怕，只要恐嚇牠，也會隨地撒尿。今天也是無為的一天。

**二〇一九年八月四日**

愛知三年展「表現的不自由展・後續展[864]」展出中斷。我也有兩件作品遭殃。明明就不打算為了批判誰而畫，卻被負面解讀而拒絕展出。藝術在本質上就包藏了恐怖的資質。

**二〇一九年八月五日**

好熱。京都三十八度。外國觀光客熱到動彈不得：「好像火山一樣。」我在印度經歷過四十度高溫，不過那裡溼度很低，覺得像被烤乾一樣反而舒服。

下午攝影師上野來訪，翻拍我在以前畫的一百五十號上加筆的三幅畫作。

傍晚，從ＮＹ來的約翰．傑[865]約我和瀧澤直己去目黑的 HIGASHI-YAMA Tokyo[866]。這裡沒有招牌，外觀完全看不出哪裡是入口，是一間構造複雜的餐廳。才以為是一家充滿祕密的店，準備離開的時候發現已經客滿了。時尚男女的祕密基地？約翰是紐約藝術圈的重量級人物？光是我認識的美國人，幾乎每一個都認識他。他的消息甚至靈通到誰收藏我的作品都一清二楚。離開前，瀧澤送我一件他最新設計的外套。

**二〇一九年八月六日**

集英社新書伊藤直樹主編與文宙社高木真明來訪，說想要我口述一本新書，問我如果是類似「藝術裡的異界」的主題行不行。

愛知三年展「表現的不自由展．後續展」執行委員會與津田大介分別送來很長的聲明說明各自的立場。與其說求客觀，兩邊寫的都是主觀的內容。

**二〇一九年八月七日**

三宅一生巴黎時裝秀的新設計師近藤悟史來訪，說明明年春夏新款式的設計概念。上回的宮前義之主打材質，近藤看起來像要主打樣式（Form）。與年輕設計師一起工作，是我健康的泉源。

晚上電視上播出小泉進次郎[867]與瀧川 Christel 宣布結婚的臨時新聞，令我震驚不已。前陣子 Christel 還來我畫室兩次，那時的樣子在電視上完全不見了，又讓我震驚。她說以後還會再來，不過這下她就出不了門了吧？

**二〇一九年八月八日**

下午舉行「畫室會議」，保坂和志、磯﨑憲一郎，以及《朝日新聞》網站「好書好日」主編野波健祐、中村真理子一起來訪。從《文藝》轉升到朝日網站的「畫室會議」，聽說有不小的點閱率。我們進行沒有主題的對談，想到什麼就說什麼。保坂不知道從哪挖來的慈禧太后照片，照片上的臉跟我一模一樣，就成了這次的話題之一。這種日常生活話題，每次應該都變成對談的主題吧？三人間鼎談，到了另兩人交談的時候，我就什麼都聽不到，我可以趁機讓嘴與耳朵都輕鬆一下。三不五時問他們：「你們在講什麼？」保坂每次都會把話題寫在白板上向我說明。兩人間的對談有趣，我是可以加進去討論，不過如果話沒那麼有趣，我就先不說話。總之我們都沒在說什麼了不起的話題，重聽就是這點最方便。

**二〇一九年八月九日**

大拇指痛到以為不能畫畫。硬上或許可以撐一下，不過還是要讓手休息一下。寫文章不需要花那麼大的力氣，花好大工夫總算拿起筆，卻只能寫出像蚯蚓在爬一樣的字。如果不能把字寫得更仔細，連文章的內容都會變成蚯蚓在爬的樣子。我的風格是就算畫得像蚯蚓在爬一樣，反而更不像任何人，所以也算是因禍得福。

傍晚開始寫給《文學界》連載的《原鄉之森》。我不是作家，所以沒有先想出合適的文體，只管把腦海浮現的文字全部嘩啦嘩啦寫下來，就像是對人說話一樣。幾乎寫了三十張稿紙。以保坂的說法，我這種文章如果拿去投新人獎一定會落選，不過寫文章既不是為了和誰競爭還是挑戰文學，所以寫起來很輕鬆。

二〇一九年八月十日

今天去神戶屋，發現完全沒有熟悉長相的店員，可能因為服務生都是兼差。前陣子每天都會有兩隻野貓一起來吃飯，前天就沒再出現了，連飯都沒有動過的痕跡。我想這兩隻野貓一定一邊討論要去哪裡一邊行動，不然不會一起消失。

二〇一九年八月十一日

【與糸井重里一起走在東京鬧區馬路上，一邊用超能力描繪出認識的人公司裡的樣子，兩人都成功描繪出來，但傍晚以後，不知為何住在我家鄉的攝影師倉橋正找我們去他家玩，所以就上了糸井的車一起去。】東京與西脇在夢裡是相連的，夢原本就是一種拼貼。

上午去阿爾卑斯，隔壁桌坐著兩個女生，其中一人完全不管同伴，只顧滑著手機。

在增田屋吃完蕎麥麵以後，就去很久沒去的舊山田邸一邊喝茶一邊完成《原鄉之森》第三回原稿。

傍晚遇到正在散步的磯崎。他每天都會出門走路，全年無休。明明這麼年輕，卻這麼有毅力。

野貓的虎斑雙打剩下一隻等我回家。

二〇一九年八月十二日

山之日，前一陣子是海之日。就因為生命源自自然界，為表示謝意，空之日、土之日、花之日、蟲之日、魚之日、蚯蚓之日應該全部放假。

**二〇一九年八月十三日**

【在外國的機場搞丟護照！】海外旅行恐慌夢。

酒井忠康在粕谷之森美術館[868]刊物《IMBOS》上寫了一篇叫〈相聞往來〉的隨筆文，提到很多柴田鍊三郎很多小故事，其中提到柴鍊和我的往來，我看了就覺得「這篇寫得真好」。

**二〇一九年八月十四日**

【才出紐約機場，就有美國年輕人對我說：「NY服務就交給我。」我就說：「請幫我連絡小野洋子。」畫面就變成可以俯瞰中央公園的希爾頓大飯店。洋子從達科塔大廈[869]窗外，隔著公園向我招手】的夢。紐約令人懷念。醒後腦袋還不清楚，一直在想如果能像那樣在紐約住兩三個月該有多好。

過了今天以後，就有放暑假的心情。第一天先去國立東京醫療中心眼科，請野田大夫幫我開眼鏡的驗光單。中午耳鼻喉科的角田大夫請我吃炸豬排。

**二〇一九年八月十五日**

我記得很清楚，七十四年前的今天，在附近鄰保長家裡聽玉音放送，當時的光景就好像昨天才發生一樣。那時候我小學二年級。

早上在院子裡聽到蟬嘰嘰叫。昨晚放的飯被野貓吃光。

一整天下雨，停了又下，下了又停。

**二〇一九年八月十六日**

時裝設計師瀧澤直己說暑假沒行程，就來我這裡玩。不知為何，他這陣子突然迷上印度，四十多年前我在印度亞美達巴德與當地畫家合作的畫，前陣子我又拿出來多畫幾筆成為新作，他對那幅畫非常感興趣。在迷上印度的同時，他對於辯財天870與天臺密教也充滿興趣。他也設計了上皇、上皇后、秋篠宮殿下與悠仁王子去不丹訪問時穿的外出夾克。透過瀧澤，我可以窺看皇室生活的一些片段。

**二〇一九年八月十七日**

手在痛。手痛畫畫會很麻煩，這時候就拿出一本畫集，假裝自己在畫畫，用眼睛創作。手還在痛，耳朵重聽，兩眼朦朧，我想是因為身體已經對畫畫感到厭煩了。我覺得我也有可能變成一個不畫畫的畫者。我不覺得每天像反射動作一樣畫畫就行了。奇里訶晚年也說他已經畫到膩了，就畫得越來越有氣無力，但他那些有氣無力的形而上繪畫反而是傑作。森鷗外再怎麼厭煩，都寫出像從醫學書移植出來的小說，谷崎潤一郎晚年也寫出好笑的小說。每一個創作者老了都對創作感到厭煩。這種厭煩之中呈現的發亮美學，又是好東西。無精打采的畫如果在順其自然的狀態下創作，我覺得是最棒的。如果能把畫畫從職業變成興趣，就會是一件好事。但是我沒有因此成為一種匠人，只需要用集郵玩家一樣的感覺畫畫就好。這種心態與畫家的長壽關係密切。黑澤明、費里尼與三島都是少年派，小津安二郎是成人派，杜象則是兩派的合體。

**二〇一九年八月十八日**

經過三小時的非快速動眼睡眠，過了一小時稍微爬起來看了一下聽不到的電視，又回頭補眠，共計睡了六小時。好久沒吃安眠藥了。據說夢是在快速動眼期出現的。以前的夢很多都是超自然現象，充滿了外星人、幽浮、神佛、末日故事，最近的夢完全不值一提。

**二〇一九年八月十九日**

玉置浩二夫婦來訪。我為了說明為什麼把玉置畫成阿修羅像，在玉置的專訪節目中露臉了一下。大家常常問我：為什麼？為什麼？就是因為想畫畫看，就畫出來了。這樣不是很好嗎？為了在明年奧運年在一場「當日本經典藝術與當代藝術的相遇」？聯展上展出以蕭白為主題的大尺寸（兩百號）新作，試畫草圖。我總是不打底稿直接在畫布上想到什麼就畫什麼，這次想試著先想好構圖才畫。有時候也需要嘗試一些不像自己的做法。

**二〇一九年八月二十日**

依舊是迷濛不明朗的天氣。名古屋模型工廠的恒川等四五人來訪，提出各種把我早期的插畫或平面設計做成各種小禮品的企畫案。

下午，神戶的山本帶著下一檔展覽「自畫自損」展覽目錄校色刷，與奈良縣岡村印刷工業的宮內（康弘）一起來訪。我提出把整體的黑色再減少一點的要求。

**二〇一九年八月二十一日**

在報紙上看到勝井三雄[871]十二日過世的消息。我之前就聽說他身體不好，他更早也曾經生過大病然後恢復健康，印象中他總是充滿活力，死訊不免令我吃驚。享年八十七歲。這一代的設計師們：田中一光、福田繁雄[872]、粟津潔、木村恒久、片山利弘[873]也都不在了。

《天然生活[874]》找我談日本茶點。有時候也需要這樣的調整時間。

下午動筆寫《文學界》連載《原鄉之森》第四回直到傍晚。

目前我還必須保密：英國某牌將在全球發售的運動鞋試做樣品完成，做得很好。

晚上就寢（十點）前，寫出《原鄉之森》原稿二十七張。

**二〇一九年八月二十二日**

SEZON現代美術舉辦的「辻井喬[875]展」上，展出我當初被邀展時的簽名簿，內頁有辻井老闆的簽名與詩文。

**二〇一九年八月二十三日**

ggg的北澤帶了住在米蘭的東亞藝術史研究者羅賽拉．美涅加佐[876]來訪，她說想在海外策一場我的個展。

下個月在阿姆斯特丹市立美術館舉行的日本海報展，可能因為我曾經在那邊辦過個展（一九七四年），好像會準備我專用的休息室。其實我那時候個展開幕或是展期中都沒去到荷蘭。

熊本市當代美術館的館藏展「橫尾忠則——一九六五↓」聽說會從八月二十八日起，展出我從六〇年代到NHK大河劇《韋駄天》時候的設計作品。

**二〇一九年八月二十四日**

【在四周視野良好的土地上，蓋了一戶新家。屋子看起來像寺院一樣，但屋內非常寬廣，如果能當畫室用就太好了。只要價格合適我就會買，便與妻子討論要不要租來住。我這個年齡還想買房子，人家可能會拿來說嘴，不過我沒想過會怎麼樣。反而我買了房子才應該長命百歲吧？】

思考夢。

在增田屋一邊吃著冷的甜豆皮烏龍麵，一邊校對《原鄉之森》連載第三回的印樣。

萬里無雲，空氣清新，在往畫室路上就順便進舊山田邸一邊喝著紅茶，花差不多一個小時一邊讀筆記一邊寫。

在畫室裡整理本週日記。每天幾乎都有訪客，卻讓我覺得是悠閒的一週。明天好像會發生一些變化。

一隻翅膀斷了的蟬，停在畫室大玻璃窗上。它的腳還在動，表示應該還活著。

**二〇一九年八月二十五日**

《週刊朝日》的專欄「人生的晚餐」介紹成城桂花中華料理店的魚翅湯麵。我趁採訪之便，在桂花與妻子一起吃魚翅。

下午去世田谷美術館聽高橋秀、藤田櫻與酒井忠康館長的座談會，我即使戴助聽器還是完全聽不到。

每年到了我生日的時候，南雄介與藤井亞紀就會送我大衛．鮑伊的T恤。中午我請他們吃桂花

## 二〇一九年八月二十六日

當作回禮。南從他任職的愛知縣美術館來，藤井從東京都當代美術館來。藤井的腳三天前骨折，一隻腳用石膏繃帶包得好大，感謝她願意來。兩人一開始是東京都當代藝術館負責策畫我「森羅萬象877」個展的學藝員，至今已經快二十年。我撐到現在，自己都覺得很神奇。我父親和母親分別在六十九歲與七十四歲過世，爺爺今年八十二歲，還比我現在小一歲。我不知道自己之後還會活多久。

## 二〇一九年八月二十七日

接受《週刊朝日》的「人生的晚餐」採訪。克羅心人員來訪，討論海報的事情。然後大家一起去喜多見吃鰻魚。《朝日新聞》大西若人來訪，詢問「表現的不自由展．後續展」詳情。一提到我的部分，「沒有主義和主張」就是我的主義和主張。

## 二〇一九年八月二十八日

【我正創作十公尺那麼大的作品，是舊作的集錦。有人來問我：「你夢過龍嗎？」我回答看過兩次，就把兩條在空中交錯的龍畫進畫裡】的夢。在夢中說夢。

神津善行老師開車載我去日比谷石綿診所抽血。晚上感到疲憊不堪，缺席《朝日新聞》書評委員會。

### 二〇一九年八月二十九日

與妻子、德永、長男在小田急浪漫電車上與糸井重里、他手下菅野綾子878會合。到了箱根湯本車站，糸井公司的田口智規879開車把我們載往站前溫泉街遠處的蕎麥麵店，到了店裡又與糸井的女兒女婿與孫子會合。本來要搭出租車去強羅，可能山上硫化氫濃度太高，整個禁止通行。我們改道去仙石原蘆之湖的碼頭。到處都是外國觀光客，我們只能看到湖的一小部分，總覺得空虛。這裡風很大，所以我們提早離開，前往晚上一起過夜的仙鄉樓880。我在館內的溫泉池泡大拇指，一邊在大浴場泡澡，一邊耽於晚餐前的無為時光。

晚餐的時候，巨人球迷糸井用手機看巨人對廣島的比賽。在習慣的 DeNA 球場打球，照例一定會逆轉勝。

### 二〇一九年八月三十日

溫泉的效用讓我熟睡到早上。早上下雨，我就先去泡露天池，再泡大浴池。大涌谷泉源水中的硫磺與鐵質，包滿我全身。

十點以後，在會客大廳對談「HOBO日」的單行本。

在往湯本的路上看到評價不錯的肉品店，大家下車採買。我買了萩餅。在店裡遇到以前在富士電視台附設畫廊的負責人五辻夫婦，他已經變得我無法一眼認出了。他說現在正在箱根的別莊避暑。

中午吃中華餐廳。我們去的全部都是糸井推薦的店。湯本賣的紅豆年糕湯，紅豆都是煮爛的，沒有鮮度。坐浪漫電車回東京。向糸井道別，在成城學園車站下車。

**二〇一九年八月三十一日**

整天還在溫泉後遺症的茫，就此無為。

**二〇一九年九月一日**

【編輯催稿：「新選組的稿子寫好了嗎？」咦？沒聽過這回事。我對新選組根本沒興趣。電話那頭只傳來「明天截稿前請再寫三頁」就掛斷了。看起來是他搞錯人了吧。我請德永幫我上網找新選組的資料，但我覺得這一定是夢，因為之前也曾經因為在夢裡被催稿，醒來後還以為是真的結果大慌亂，所以這次就覺得一定也是夢，就睜開眼睛。本來以為沒事了，結果才知道剛才只是夢見暫時從夢中醒來，心想果然現在不是在做夢而是在現實，大感驚訝】的夢。夢的三層構造？

上午在阿爾卑斯整理到今天為止的日記內容，不小心把熱可可打翻一桌子。本來打算去增田屋，先拿出一本昨天拿到，書評要寫的書來看。為什麼我老是要寫這麼難懂的書？小林秀雄說過，難懂的書只能寫出難懂的書評，不過越難懂的書，更應該要用簡單的方式評論呀！即使繪畫是用困難的方法去描述簡單的事物。

吃完午餐，在舊山田邸一邊喝茶，一邊寫《文學界》連載的《原鄉之森》。

晚上在被窩裡（應該說是床頭吧）寫完《原鄉之森》二十八張稿紙。

## 二〇一九年九月二日

上週在石綿診所驗血的報告結果，腎臟的功能比以前恢復一點，尿酸值顯著改善，血糖值OK，中性脂肪值恢復正常範圍，惡性膽固醇比以前好一點，不過還是高於平均值。總之比上次結果好。

目前正在進行的寫樂主題木刻版畫，在今年結束前會完成十幅，我特別想自己挑戰親自刻B全尺寸的原版，所以發行木版畫的Composition水谷來訪。對於這樣的挑戰意願，我的創作意願卻幾乎等於零。如果一個運動員遇到我這種狀態，應該就會宣布退休吧？不過為了要刺激創作意願，也有一些假退休。

## 二〇一九年九月三日

【與高倉健在攝影棚聊一聊，一回神已經快要半夜了。場面變成故鄉的小學，因為父母沒有告訴我就自己返鄉了，我就問健哥的助理，可不可以幫我打電話回家？】的夢。

今天早上起來時，發現自己流了很多汗，有點像中暑。我喝了OS-1總算穩定下來。然後發現自己的感冒症狀與妻子昨天一樣。只要家裡有一人感冒，其他家人也跟著感染。

新幹線車內贈閱（「綠車」商務車廂限定）《一會881》要出貓的特輯，要求我去介紹豐島橫尾館周圍的貓，以前曾經和我一起花兩年的時間泡盡日本各地溫泉的宮本和英這次也會同行。

整天身體狀況都很差。

到天亮都一直失眠。

**二〇一九年九月四日**

去玉川醫院給中嶋大夫看。他說：「橫尾先生您的主治醫師就是您自己。」叫我自己給自己診斷，不把我當病人。

NY的亞伯茲．班達畫廊把展出作品送還給我。我大部分NY的藏家都是著名藝術家，沒有為投資而收藏的藏家，我就放心了。

**二〇一九年九月五日**

深夜連續咳嗽，今天一樣處在失眠狀態。

上午十點，我神戶美術館的山本來訪，把我下一檔展覽「自我自損」的展品運走。《朝日新聞》書評吉村千彰主編與我的新一任責任編輯，剛從德國回來的坂垣麻衣子來訪。每次換人當責任編輯，我就覺得書評寫法也會不一樣。

覺得身上還有一個竅門還沒打通，所以又去東京醫療中心看鄭東孝大夫。我每天都去不一樣的醫院看診。我在這裡接受詳細的檢查。驗血、X光、心電圖。結果我得從入院與每天上醫院二選一，我選了後者。明天以後每天都要上醫院。氣喘發作導致這次的狀況，但也有其他因素，必須依照對應相關症狀的藥物使用後的情形才能判斷。

**二〇一九年九月六日**

突然生病，奇妙的現象。本來以為不論發生什麼狀況都不會有問題，現在的狀況也可以看成是與現實對峙的機會。

上午德永陪我去東京醫療中心，我重聽，請她幫我即時翻譯。上了這年紀，沒人陪伴的話，將有發生麻煩事情的可能。不知是否因為藥效發揮，我的數值昨天檢查的時候好一點，但還是驗尿並吸入蒸氣，還打了類固醇點滴。結果呼吸在數值上應該是變得相當充裕，不過也發現呼吸中斷與手抖的症狀。本來擔心有甲狀腺內分泌疾病的危險，但是數值正常，大夫叫我放心。另外我這陣子體內沒有奇怪細菌，也不會有感染的危險。但是我的身體狀況只剩下平常時的一半不到，所以下週最好不要去神戶，盡量不要亂動會比較好。我又被開了一種可以恢復精神的藥方「潑尼松龍」，今天開始服用。今天以後，每天都要上醫院一點一滴地檢查，以找出病因。處方藥一週就會吃完，類固醇點滴還需要打三次。吸入器一天要用兩次。這間醫院的大廳跟機場一樣寬廣，有兩間餐廳、咖啡廳、美容院、書店、便利商店，可以玩上一整天。如果離家近，我每天都報到，可以速寫，可以讀書，可以寫稿，還可以在附近的公園散步。

今天開始要持續兩週實行完全停止業務。

**二〇一九年九月七日**

昨天聽鄭大夫一說，我才發現自己有手抖的症狀，我在翻書或報紙的時候，指尖確實會抖，以至於很難翻頁。我寫的字也會抖。手指的變形也和老化脫不了關係，不過身體已經在不知不覺之中，逐漸失去應有的功能。對我來說，真是一個重大發現。發現會改變對事物的觀感，是創造的核心，未必都是否定性質。

整天有為地在畫室裡度過無為的時間。

## 二〇一九年九月八日

氣喘的聲音，連重聽的耳朵聽起來都變得轟隆隆的。

## 二〇一九年九月九日

起床的同時就感到呼吸困難。德永會跟我一起去東京醫療中心，所以來幫我叫計程車。車上冷氣很強，讓我呼吸比較穩定。經過與鄭大夫討論，喉頭乾渴、味覺障礙、食欲不振都是藥的副作用，再加上我的自我診斷，決定先把藥停了。因為呼吸困難而做了吸入治療，和上週一樣氧氣的量都比較少。考量身體狀況，入院會比較快恢復，所以今天就決定入院，馬上有五六個醫師組成醫療團隊。從九樓的單人房可以看到東京灣方向的風景，這間房舒服得就像豪華郵輪的客艙。一個女醫師成為我的新主治大夫。她開了各種處方，馬上給我一支類固醇點滴，動作俐落。耳鼻喉科的角田大夫與助手馬上帶來水與果汁探我的病。晚餐是我不大喜歡吃的魚，不過我還是吃完了。晚上德永帶來妻子做給我吃的年糕紅豆湯，愛吃的食物對身體比較好。原來看我門診的鄭大夫也來關切。晚上十點打第二支點滴，來幫我插針的護理師都是美女，眼睛都很漂亮。不過一卸下口罩，可能會變成另一個樣子。我喉嚨發出的哮鳴，就像海浪拍打岸邊一樣擾人。把房間的燈關掉，遠眺下弦月的時候，月亮與地面突然出現強烈的光體，後來都沒再看到。十一點打完點滴，就寢。第三支點滴凌晨四點注射。

## 二〇一九年九月十日

手上有一點刺激，讓我醒來。

點滴打完以後，好像已經處置完畢。不過四點打的點滴，我好像因為熟睡而毫無印象。五點半起床，滿身大汗。輕微咳嗽。隔著窗玻璃看著眼前的大樓群。近處沒有大樓，近乎展望台。只是這一個晚上，我發現住院生活居然這麼舒服。我沒有經歷過單身生活，所以獨居顯得新鮮。女主治大夫、鄭大夫先後來診療，我雖然比較好了，但體溫還是有點高。上午打點滴。供餐令我滿意。前院長，也是我以前的主治醫師松本（純夫）大夫來關心我的病況。其他時候，各個護理師、營養師與藥劑師都進來詢問。

神戶的「自畫自損」展我去不成了，就寫了一張短信送去。

沖澡時的呼吸不順又是什麼？醫院裡有許許多多的患者，和那些人比起來，我即使稱不上身體狀況差，曾幾何時自己也成為許多患者的其中之一呢？

過敏科的大夫介紹吸入器的用法。大夫說這種治療非常重要，叫我每天最好持續使用。今天以前我都疏忽了。

晚上，鄭大夫再來看診。距離預定的出院日，還有明天一天，不過我要痊癒還沒那麼快。延後出院。

晚上十點，點滴。

**二〇一九年九月十一日**

凌晨三點鐘醒來，等四點護理師來幫我掛點滴。到打完為止的一小時都沒有睡。過六點起床，速寫窗外的景色。女大夫負責早班看診。早餐。這幾天都只吃魚。我不喜歡吃魚，但假裝自己喜歡，並且「漫不經心」地吃完。

鄭大夫來診。我要求接下來的六、日、一三連假回家嘗試自宅生活。

手抖得太嚴重，很難提筆寫字。如果用顫抖的手畫畫說不定會很好玩，與大夫討論的結果，處方的副作用可能太強，改吃比較弱的藥！

變成病人對我來說固然是一個驚喜，但也是一個洞察自我的好時機。這裡是時間感完全不同的異境。醫療團隊的醫師一個一個出現。這裡伙食很好，我覺得體重一定增加了，與沒有食欲的時候根本是雲泥之差，只不過血壓與體溫比平常要高。是不是像在脫皮一樣，身體也會跟著慢慢好轉呢？

鄭大夫與女性大夫每天都會來看我。傍晚鄭大夫也會來。角田大夫帶著他的助理來探病。

德永轉發簡訊與郵件。我還把校好的稿送出去。

傍晚去便利商店買點心吃。

今天也打了三支點滴，晚上十點結束。十二點時，已完成《文藝》連載用的十七張稿紙。

**二〇一九年九月十二日**

可能因為打完全部點滴的安心感與寫稿的關係，我一直失眠到凌晨五點起床為止。身體狀況馬馬虎虎。接下來我連續花了七小時寫給《文學界》的稿，到傍晚的時候已經累到不能再累。本來以為需要再打點滴，結果身體狀況是穩定的。總之我失眠又操勞過度才會這麼累。

傍晚鄭大夫報告我的檢查結果，德永在旁邊做筆記。晚餐前，角田大夫送我一盒葡萄。明天可以先出院回家，下星期再回診。腎功能只要一退化，血壓就會從以前的一百二十多變成一百四十多。我不太會出現這種症狀。

**二〇一九年九月十三日**

昨晚吃的戀多眠沒用，精神太過清醒，覺得再這樣下去會累上加累，血壓也達到以前沒有的高數值，恐慌發作，護理師進來處理，再給我一顆悠樂丁。趁睡意出現之前的一小時，就一直看著夜景，直到十二點就寢。醒來已經是五點，約五小時的睡眠，卻有熟睡感，覺得有早日康復的預感，比較放心。入院後，另外發現其他症狀。

為了回家過三天連假而先回家。

**二〇一九年九月十四日**

或許因為藥的副作用，覺得出現口內炎了。我覺得天氣不好和身體狀況可能都有關係。

**二〇一九年九月十五日**

晚上身體突然惡化，深夜被搬上救護車。

**二〇一九年九月十六日**

昨晚出現突發事態。不知道自己昨天是出了什麼事。我一個人站不起來，總之先聯絡隔壁水野診所的大夫，請他在診療時間外幫我檢查，水野大夫判斷已經超乎診療範圍，所以聯絡了我三天前還在住的東京國立醫療中心附設急診中心。掌握事態的院方，早就連絡救護車出動。我在高燒的恍惚狀態下被搬上車，妻子與德永和我一起去。這時已經是深夜了。一到醫院我馬上被送進急診室，他們說：「三十九度會危及性命，可能是肺炎。」所以馬上給我注射含抗生素的點滴與其他成分（詳情不明）。在急急忙忙之中，我又去做了電腦斷層掃描之類的檢查。我的腦海裡一直出現一個念頭：「啊，原來人要死的時候就是這種狀態呀？」在急救都告一段落之後，都已經是新的一天了。

回家後一直離不開床，痛苦總不離身。

**二〇一九年九月十七日**

過了一天還是沒有找出病因，在準備重新入院手續，又去找了國立東京醫療中心的鄭大夫（德永同行）。十五、十六日發生的狀況，已經全部都告訴鄭大夫了，至於氣喘也已經在出院的時候平息下來。

不過這幾天，平時原本沒事的肚子，突然也自己痛了起來，就像埋伏已久，趁我氣喘還沒好的時候突然冒出來。為了找出原因，我又驗尿、驗血，接受超音波檢查。檢查結果詳細列出來，也與各位讀者沒有關係，總之是另一種壞細菌在我體內活動的關係。德永推著我的輪椅帶我逛了醫院一圈，重回門診，確定星期四（十九日）還要回診，漫長的一天終於告一段落。

**二〇一九年九月十八日**

昨晚不知何故，整晚幾乎都在失眠。早上六點早餐，食欲從昨天開始已經慢慢回來了，好像已經可以要求自己想吃什麼菜色了。

下午，無為。

傍晚，無為。

晚上，無為。

瀨戶內師父打電話給妻子，說在《週刊朝日》上的書信專欄，我可以試著用口述回覆。

傍晚到晚上兩腳小腿虛弱無力，妻子就幫我按摩超過一小時。

吃了戀多眠以後，暫時得到安眠。

**二〇一九年九月十九日**

有一個看起來像是小妖精的精靈，仔細一看其實身上穿著緊身衣，緊身衣上還穿像透明蕾絲一樣的薄紗，背上還長出像蜻蜓一樣薄的兩片翅膀，穿梭在床上散亂的資料之間，然後突然停在我的肚子上，拍拍翅膀，然後好像用兩手對我比出一個可愛的手勢，就飛走了，並且不見蹤影。就像蘇格蘭鄉村還是哪裡的妖精，身高大概五公分，樣子像小女孩，身上發著金色光芒。小仙女好像說自己名字叫「平克兒」，我起來翻開字典，沒找到那個詞。我刷牙刷到一半，突然想到正確名稱應該叫「婷克．貝兒」，不自覺發出聲來：「小仙子婷克．貝兒。」小仙女在我的意識之中，已經有一個可以牢牢記住的名字。

確實是一個奇妙的體驗。本來想把床鋪整理好，但想到小仙女只會出現這一次，不可能出現第二次。不過「小仙子」的全身樣貌已經烙印在我心裡了，再次出現我也ＯＫ。她（？）停在我肚子上的時候，就像在預言我的身體會恢復健康一樣，讓我感覺是種好預兆。我想在接下來的畫裡，要常常偷偷夾藏「小仙子」的身影。

二〇一九年九月二十日

與德永去國立東京醫療中心的鄭大夫。我的氣喘已經好很多了。今天看驗尿結果，關於一直擔心的前列腺癌數值是正常的。其他項目還有讓我擔心的部分，但檢查結果全部合格。我就懷疑那我到底是哪裡出問題？

我坐在輪椅上在院內到處跑，在寬廣的大廳休息，醫師說我可以吃重口味多鹽的精緻料理。所以就叫了桂花的魚翅湯麵，外送壽司，以及妻子煮的年糕紅豆湯吃到撐。晚上又叫了萩原師傅來幫我按摩，以兩腳為重點按了足足兩小時。

二〇一九年九月二十一日

整天在家過著住院生活。

二〇一九年九月二十二日

為《朝日新聞》寫的書評見報。我的拇指與食指緊緊貼在一起，無法拿筆，於是開始練習口述筆記。畫畫的口述筆記好像比較有趣。德永送來東京會館地下商店街名產萩餅。

今天又有認識的人過世（本月十八人）。

熱手指動彈不得。

口述筆記

蘋果原汁。

在家住院

無為。

**二〇一九年九月二十三日**

繼續在家休養中。昨天第一次去舊山田邸喝一杯，今天也試著出門。在公園長椅上休息，然後牛步走向畫室。花的時間是平時的兩三倍。兩腳還不協調，喘息與心悸都很嚴重。味覺障礙？總之沒什麼胃口。

晚上睡得差，躺在床上看《回到未來三》。但看電影也需要體力。在時光車從十九世紀的美國馬上回到未來（現代）的瞬間，有一種H．G．威爾斯與儒勒．凡爾納冒險小說合而為一的感覺。這種異想天開的片最好看，而且有字幕，即使重聽也看得懂。

**二〇一九年九月二十四日**

與德永去東京醫療中心。喉嚨還是覺得乾渴，看起來是抗生素與類固醇的副作用，驗血結果會決定我可不可以停藥。結果是可以不用吃藥。今天開始要改成用營養恢復體力。雖然我沒有食欲，還是需要口味重的食物。在院內餐廳吃午餐，不知道是原本就不好吃，還是味覺障礙，總之還是吃不下。在院內無所事事。
前幾天在床上遇到的小仙子，一直在我的腦海裡揮之不去。本週刊的責任編輯角南還幫我找資料，說是小仙子喜歡床與睡衣，我房間確實是那樣的情境。如果我是小女孩子也就算了，這居然是一個八十三歲的老人親眼目睹的現象，無法以客觀的角度描述。如果成為一種個人體驗，那應該就是一種幻視現象了。不過我看到的幻覺可不是簡單描述得出來的景象，對我而言，再說都不外乎現實中的真實事件。

**二〇一九年九月二十五日**

上午都在被窩裡無為。
想試一下自己的體力，拖著牛步走到桂花吃魚翅湯麵。出門吃飯也變成我的工作之一。花了超過一小時，桂花↓辦公室↓喜多見不動堂↓野川河堤↓遊客中心↓神明之森三之池↓畫室，有種旅行的感覺。
晚餐吃家裡煎的牛排。我愛吃的牛排可以刺激食欲吧？

**二〇一九年九月二十六日**

可能是昨晚吃太多，或是甜食的關係，覺得胃食道逆流。這陣子完全看不到野貓小黑出現在院子裡，該不會是我入院的時候就不見了吧？只剩下一條的稻田魚也不見了。
上午在舊山田邸喝茶。我就此整天愣著，什麼都不做，滿腦子妄想的不是乾枯的荒野，而是沙漠。點子像腦內進進出出的雜念接二連三地冒出來，卻一下子就不知去向。

我屬於用視覺（畫畫）表現感知的人，至於那些靠話語吃飯的人，又會怎麼處理洪水般不斷湧現的話語呢？語言講求思考，不過我腦海湧現的不是思考而是回憶。因為這些回憶說出來實在太麻煩，我反而對於自己變成畫家感到慶幸。

**二〇一九年九月二十七日**

吃牛排不會胃食道逆流，但昨天吃的炸豬排還是因為太油而讓我火燒心。我試著騎腳踏車去桂花。如果走路危險，騎腳踏車也一樣嗎？我心想好久沒吃担担涼麵了，一吃晚上又胃食道逆流。我暫時不吃甜食，但（在舊山田邸）喝了太多玉露茶。甜食（包括水果）、炸豬排（油）、中華料理（油）、玉露茶（咖啡因？）都會導致胃食道逆流，那我應該吃什麼才好？

晚餐吃家裡的牛肉蓋飯。

**二〇一九年九月二十八日**

早上覺得冷，就把房間空調切換成暖氣，可能因為失敗了，起床（八點半）同時就有種中暑的感覺。大口喝下 OS-1 以後，一下就穩定下來。

瀨戶內師父來電。「請問哪裡找？」「我是寂聽。」「原來是師父呀。」瀨戶內師父的重聽比我嚴重。她的聲音聽起來很有精神，應該會活得比我久。

吃完晚餐，覺得有點不舒服。本來考慮去水野診所，一下子又好了。

**二〇一九年九月二十九日**

可能因為最近都用水枕睡覺，每晚都睡得很好。

【寶塚花旦到家鄉巡演，準備為她們拍照，結果想不出拍攝概念。】的夢。

起床後的疲勞可能變成常態，也可能只是一時現象，我自己都搞不清楚。

一個月沒去增田屋了。走路很累，騎腳踏車去。應該也超過一個月沒遇到山田洋次導演了，他帶他女兒來。在舊山田邸喝茶，然後去畫室。下午為了測試體力，去野川綠地廣場。屋漏偏逢連夜雨，被蚊子叮，一一打死。

**二〇一九年九月三十日**

對於理所當然的事情不再理所當然感到震驚，對於自己不無可能跳出人的框架，又產生恐懼。

？？？

**二〇一九年十月一日**

我記不得昨天發生什麼事，而且也不可能強迫自己想出來，因為每天都是昨天的反復形。

一早就去東京醫療中心報到。喉頭覺得卡卡的，很難出聲音，該不會是吸入劑的關係？氣喘藥對其他器官可能有副作用？

從醫院回到家後，覺得肚子太脹，傍晚就跑去水野診所。生病的疲勞讓腹部太多沒有放出去的氣體？吃下一粒普林倍朗糖衣錠馬上解消。

與妻子去有明體育館看網球賽，晚上九點回家。

晚餐吃的是相島帶來的印度烤餅與咖哩。

**二〇一九年十月二日**

今天早上起來就沒有之前已經習慣的不舒服感。牛步前往畫室。半路上遇到養樂多阿姨送我一瓶養樂多。

荷蘭的紀錄片導演來信，想找我合作一部影片。正在爆發大規模示威的香港，一間藝廊來信委託舉辦一場個展。廣島市當代藝術館來信，請求授權讓年輕藝術家臨摹我被他們典藏的作品，然後在現場演出行為藝術。現在不只是我的體內，連外部都開始發生混亂了。

**二〇一九年十月三日**

【在飯店的咖啡廳與清原和博[882]談自己喜歡的話題。】醒來的同時也記不得了。【去家鄉探望穿著正式禮服的生父母，他們說想買我的畫作。我把生父母介紹給養父母】摸不著頭緒的夢。【畫作的收藏者帶著油彩剝落的畫作，上門要求修復】的夢。

在身體有問題的時候都沒有做夢，又開始有夢是恢復健康的好預兆？

**二〇一九年十月四日**

【把從德國帶回來的珍貴唱片拿去日本的唱片公司播放】的夢。【與自稱住在家鄉隔壁村的張本勳[883]與掛布雅之[884]三人，在深夜見面。】在夢裡大家都是朋友關係。

去東京醫療中心看鄭大夫門診，我自己診斷後提案今天發表「病情平息宣言」。大夫也說「同意」，我就此脫離長達一個月的病痛。平息宣言怎麼說都是回應身體的呼喚，我希望這也是重新打開畫畫之門的動機。

把底色塗在兩張大尺寸畫布上。很久沒有聞到的油彩香氣讓我陶醉。這種陶醉對我而言只是創造的能量。

晚餐為了補充體力，吃家裡做的鰻魚飯。

**二〇一九年十月五日**

【以為看到一隻銀背大猩猩在車站的鐵軌上狂奔，結果又不知從哪裡突然冒出一條大蟒蛇在地上爬。瀨古利彥的額頭上被畫上一個像是基督的圖案，有一個東方風格的神仙出現，把他額頭擦乾淨以後又在他頭皮上抹了什麼東西。我獨自逃離現場，在一間外國飯店裡找不到智慧型手機，十分慌張。】一再出現的恐慌夢。

今天《朝日新聞》刊登我的書評，但我過了九年的奇怪讀書生活，除了評論對象，沒再讀其他的書。

中午在桂花吃完魚翅湯麵以後，去舊山田邸一邊喝茶一邊寫連載日記到今天為止的內容。

**二〇一九年十月六日**

五點半起床，看多哈世界田徑大賽男子馬拉松。日本馬拉松正在遠離世界水準。

接續昨天畫兩幅小玉的畫。寫文章會讓精神疲勞，畫畫會讓身體與靈魂合而為一，讓人體會自然的生命法則。這次的大病讓我學習到，自己的健康不是遵守他人或社會的步調，只能遵守自己的步調去保護。

**二〇一九年十月七日**

「奶油」合唱團[885]的鼓手金傑．貝克[886]過世。我記得六七年在紐約，聽人說有一支

「比披頭四厲害的合唱團要來」，就在第八街的一間小小的表演場聽我人生頭一次現場演奏。場地鋪滿地毯，吉他手是艾瑞克．克萊普頓[887]，當時還沒人認得他。現場觀眾不到三十人，離場時我還買了一張他們的第一張唱片《新鮮奶油》。他們隔年就解散了。中村東洋[888]還說沒有任何日本人親眼目睹過奶油合唱團這場歷史性的傳說現場演出。

四百勝投手金田正一[889]過世。他從國鐵隊時代就是歷史性超級巨星。

我一邊說著「跌跤就完了」，一邊大動作摔倒在玄關地板上。只要一摔下去，就無法中間轉身，只能倒在地上。砰！磅！打滾。

連畫兩天小玉，累了就無為。

**二〇一九年十月八日**

好像有史上最強颱風要吹過來。冷冷的微光不時從灰色的雲間滲出。我什麼都不想做，還是為了復健，畫出一幅小玉的小品。小玉的臉越畫越像怪物了。

**二〇一九年十月九日**

愛知三年展「表現的不自由展．後續展」在重度警戒下，以參觀人數管制的方式重新開放參觀。

這一個月多，完全沒有為了工作會見任何人。就算一年不會客，畫家畢竟是愛好孤獨的人種，沒事沒事。

有廣告媒體想要求授權使用我上報的書評，書評本身就是一種廣告，請拿去盡情使用。

可能因為體力減弱，覺得有點感冒了。吃葛根湯消除感冒。

以前妻子撿到的太陽眼鏡，我因為很喜歡，就拿來用了很久，後來不見了。這副野生太陽眼鏡，似乎是因為時辰到了才回歸大自然的。過了不久，妻子又在都心撿到另一副太陽眼鏡。這次撿到的太陽眼鏡和上一副同一牌。那為什麼原來的會回歸自然？野生太陽眼鏡好像本身就有一種命運的法則。

**二〇一九年十月十日**

風間來我臥室幫我整理書本。我才出點力氣就快要斷氣了，表示之前的病還沒完全好。

整天像在沙發紮根一樣，窩在畫室裡寫著毫無把握的文章。唉，好累。

天上的雲形狀越來越奇怪，是不是到了週六週日，十九號颱風[890]就會北上了呢？

**二〇一九年十月十一日**

十九號颱風害我身體又亂起來。

和田誠走了。我聽說在他最後兩三年，完全沒有人和他取得聯繫。他七月入院，死因好像是幾天前感冒引發的肺炎。高齡者要留意肺炎的徵兆。

**二〇一九年十月十二日**

為了預防十九號颱風的災害，請業者來把畫室的玻璃貼上膠帶。下雨天不能出門的黑輪，果然還是在我的被子上幹了好事。

每一家電視台都在播報颱風動態。我看得懂「求保命」，但背後的畫面都與以前的一樣，接下來會如何進展，根本就不會知道。

**二〇一九年十月十三日**

早上總算從電視上看到各地河川氾濫的景象，也知道世田谷區因為多摩川大水出現嚴重災情。遇到正在散步中的磯崎憲一郎。他走起路來好像充滿活力的樣子，我怎麼努力都學不來。他接下來想出五百頁的新書，說是書裡會收錄我和他的對話，還有他以前對我作品的評論。所以現在的年輕人也漸漸開始認真起來，我說這樣會變得很無聊。我一直想讓自己變得更不正經一點，大開時代倒車，帶來無政府主義的快感不是很好嗎？

去舊山田邸，發現他們今天沒有免費咖啡或紅茶可喝，就離開了。

在塗完底色的畫布上畫寒山拾得像。寒山與拾得是超脫世俗的隱者，我上了年紀以後的偶像。我把寒山手上的經卷改成捲筒衛生紙，拾得手上的掃帚改成吸塵器。

畫大尺寸油畫的運動量比散步更大。

**二〇一九年十月十四日**

【正要通過車站驗票口的時候，站內廣播突然播放安倍首相宣布放棄美日同盟關係，發表聲明向美國宣戰，並得到天皇承諾的新聞快報。】我的夢多半是個人事件，以前沒做過這種社會夢。

【在西脇的商店街遇到穿和服的大島渚導演。他問我：「一起拍一部電影怎麼樣？」我笑著對他開玩笑：「當過一次主角以後。對於只當配角的電影就沒有興趣了呢。」大島導演也一起笑。

我旁邊的長男說喜歡大島導演髮油的香味，就往化妝品店走去。】

整天都在下雨，出門散步順便吃飯與購物，走在下著小雨的街上。街上的人們都為了各自的目的快速行走，像我這種無職者，大概算是群眾裡百分之幾？成為一個與他者不同的存在，其實會過得很舒服。

**二〇一九年十月十五日**

無所事事的日子還在繼續，為了轉換心情，就更換了畫室內裝的花色。我的員工手腳比我俐落，把房間整理成看了心情好的空間。想追求變化的時候，最好先從改變環境做起，環境一變，連畫風都會變，完全不需要為了改變而努力，是一種自然療法。

**二〇一九年十月十六日**

瀨戶內師父在《東京新聞》上中斷幾個月的人物隨筆專欄，突然向我委託插圖。專欄的責任編輯說要從文化部轉到社會部，所以畫圖當成最後紀念，這次的人物是瀨戶內的祕書真菜穗，我畫的是兩人的合照。

**二〇一九年十月十七日**

奧運會的馬拉松與競走項目都會拉到札幌舉辦，我覺得不必拖到現在才下這些脫褲子放屁的決定。

卡洛斯·山塔納為了明年的奇蹟巡迴，希望我授權使用我過去的作品當成宣傳主視覺。我和山塔納的合作關係，經歷過大小事，持續了四十年。

**二〇一九年十月十八日**

中國的出版社發行了《藝術不撒謊：橫尾忠則對談錄》的中文版，樣書今天抵達。這書的平面爛得像大便一樣。不過這書名怎麼看都像在撒謊，如果當時直接叫「藝術會撒謊」就好了。

覺得身體好像有點有氣無力，就動手畫一畫讓身體回神。畫畫果然是我的主治醫生。

**二〇一九年十月十九日**

又笨又無聊的爛夢，沒有記下來的價值。

接著昨天的進度畫畫。作品尺寸大，我一下站在畫布前，一下蹲著，然後又站遠點，不久就滿身大汗。畫畫是身體性勞動，說的就是這回事。因為靠身體運動創造，就沒有奇怪觀念或話語登台的機會。

接著昨天進行的，是自己也很少有機會看到的畫。我沒有一個特定的畫畫樣式，才會產生這種突變型的化學反應。因為我畫畫沒有計畫，焦慮與快感同時存在，就算畫得率性、隨便也好。畫畫的時候已經不顧職業意識，而強調興趣。說是興趣卻又有種不悅感。我覺得這種不悅違反人的心情，同時又覺得更接近神明的心情。

**二〇一九年十月二十日**

在進出醫院的時候都在吃藥，病情平息後改以養分取代藥物。我多吃肉類，也增加吃鰻魚飯的次數。肉類盡量以牛排為主是因為肉比較接近生食。聽說生肉真的好。當然也需要吃青菜。我覺得畫畫也是一種藥，所以就大量地畫，媲美吃到肚子裡那些肉與鰻魚的量。

話雖如此，成城令我驚訝地出奇缺乏好吃的店。

世田谷美術館的酒井忠康館長常常為我寫文章，他把我的作品論集結成冊，名為《給橫尾忠則先生的信》（光村圖書出版）。我也得到從外部遠觀自己，發現自己原來是這種樣子的良機。

**二〇一九年十月二十一日**

【在像原鄉之森一樣的叢林深處，有好幾棟房子緊緊相鄰。這些房子好像是好萊塢明星的住宅。好像可以把這些住宅當成素材自由改造，並且轉換成自己的作品。那我又會怎麼打理這些豪宅？需要相當大的魄力。】的夢。

在新幹線裡提供閱讀的雜誌《一會》本來預定要採訪豐島橫尾館的野貓，後來因為我健康問題而改成專訪。這是兩個月以來第一次工作關係的訪問。

去成城漢方內科診所，領取家庭常備處方藥。

**二〇一九年十月二十二日**

天皇即位之禮。

前天開始喉頭開始出現症狀。本來以為是感冒，吃了葛根湯卻沒有起色，好像不是感冒脖子、肩膀與背都在痛。原因不明的病痛就會想得很誇張，像是以為自己得了喉癌。今天全國休假一天，醫院也一樣。妻子問我要不要叫救護車？但我又不是急症。我抱著可能是喉癌的危險，繼續挑戰大型作。體內的能量活力好像可以把喉癌治好。

午後前往野川遊客中心，在沒有一片白雲的晴空下，坐在涼亭裡行日光浴。不到十分鐘，就覺得汗像洗三溫暖一樣從不斷額頭上冒出來，趕緊回到畫室。

**二〇一九年十月二十三日**

以前曾經幫千代之富士設計過兜襠布前垂圖案，本人曾經一直向我索取原畫，於是我就一口氣送了三種版本，結果在九重親方（原來的千代之富士）活命的時候就被拿去拍賣了。其中一幅畫被我在紐約的畫廊得標，並被香港的美術館買走，今天又傳出東京的古美術商收到千代之富士周圍的人帶著另兩幅中的一幅委託鑑定真假。一定是真的，不過他原來是這樣的人呀？

職棒日本大賽，巨人對軟銀鷹，軟銀鷹四戰全勝，奪得第二座日本冠軍。軟銀鷹第四戰的第六局，讓甲斐野上場擔任後援投手。今年才加入鷹隊的甲斐野在本壘板上打出安打，在投手板上投出三振，平安過關。這麼重要的比賽，工藤[891]總教練卻大膽派出菜鳥上陣。其實甲斐野也是我家鄉西脇出身，我在他集訓前和他見過面，沒想到這麼快就上陣了，真是驚人。

一個月沒有去按摩了，按下去胃食道逆流就不見了。

**二〇一九年十月二十四日**

神津善行、善之介[892]父子來訪。我幫從西班牙回到日本的善之介出的畫集寫文章，他們特地來答謝。

這陣子總覺得時間過得頗慢，是為什麼？是因為我太閒了嗎？

東京醫療中心的角田大夫來電：「我們沒聽過急性癌這回事，請您放心。」

英國大英博物館希望我同意授權將在「密續展[893]」展出的「香巴拉」其中一幅作品（印成T恤、手機外殼、電車感應票夾、托特包等），說以前格雷森．佩利[894]與班克西[895]等藝術家也曾經聯名過。

**二〇一九年十月二十五日**

神津老師容易哽到，像我一樣。他帶著一盒Capfilm[896]來訪：「你一定要試試看。」他說是用蜂王乳粉末做成的。吞口水的時候就很容易哽到喉嚨。

可能因為睡覺時踢了被子，覺得又有點感冒。在畫室挑戰大作。全身冒汗之後，感冒的感覺也跟著消失。果然沒有一個主治醫師比畫畫更有效。

**二〇一九年十月二十六日**

失眠感不知不覺消失了，但白天反而愛睏。這種時候我本來都會畫畫，現在連拿起筆來都會想睡。

這幾天一直下雨，院子裡的桂花都被吹掉了。

**二〇一九年十月二十七日**

以前都會把夢到的內容記下來，至於醒了什麼都不記得的內容，我發現本身就像是一場夢。

不想提筆畫畫，卻因為時間很多，又畫了小玉。我想嘗試在不甘願的時候畫出來的畫，又會是什麼感覺？結果出乎意料是自由奔放的畫。我想用這種心情再挑戰大作。

**二〇一九年十月二十八日**

【機場的電梯故障，改走樓梯下樓，趕在出境查驗口關閉前衝進登機門。我雖然上了飛機，卻不知道要去哪裡？去幹什麼？跟誰會面？】最近都是這種機場恐慌夢。

九月初我進醫院以來，野貓小黑就不見蹤影，到現在已經快要兩個月。就算是野貓，我也會擔心。如果又出現，我會很感動。

今天又心不甘情不願地畫了一幅小玉。這種心不甘情不願的畫風，正慢慢地成為我的習慣。

**二〇一九年十月二十九日**

【這裡稱不上是海也稱不上是河流，應該是入海口吧？我在水裡游泳。岸邊出現認識的人與他的朋友，和水裡的我說話。】的夢。

【在小房間的天花板上開一個洞，並且計畫在屋內陳列裝置藝術，這時候有貓鑽進天花板夾層玩耍。小學三年級的時候看到，低空飛過校園的格魯曼戰鬥機，會是裝置作品的主題，我正構想把照片貼在抽取式面紙的紙盒上展覽。】的夢。

十年前我在西村畫廊舉辦過「東京Ｙ字路」攝影展，畫廊的人帶兩張照片來，說有藏家想找我簽名。很久沒看到這些照片，我覺得拍得很好。

身體比較恢復健康以後，畫室也跟著運作。

谷新寄來一本《游魚》，說他寫了一篇橫尾論刊在上面，說下一期還有續篇。

**二〇一九年十月三十日**

【小野洋子從羽田空港打電話來，說今天一點鐘就回到日本，現在該怎麼辦？對了，她根本就忘了先連絡淺井慎平897安排。我馬上打電話給他，但沒人接聽。怎麼辦，很麻煩。我心想是夢就好了，眼睛突然睜開，覺得總算得救了。】但今天是真的醒來，太好了。找我寫和田誠回憶文的媒體很多，才交出兩篇，今天又有一家來問。在人家在世的時候多給點關注，說不定本人會比較高興，不過也說不定等人家死了，大家才會知道他的好。

**二〇一九年十月三十一日**

【對一群想去南洋的人說：那種地方都是單一民族的文化，幾乎沒有多種文化的交會，去兩天會很無聊的。我以前去過大溪地，去過復活島，去過薩摩亞，不過像峇里島那種地方，你不覺得看起來就很俗氣嗎？】講理夢。

牛津大學艾西莫林[898]博物館將舉辦的「TOKYO: Art & Photography」主題展來信詢問參展意願。他們好像已經先從維多利亞與阿爾伯特美術館[899]借到我的作品了。

**二〇一九年十一月一日**

Poplar社淺井來訪，問我要不要把《疾病之神[900]》（文春文庫）出成新書版。他還提案如果確定要出，可不可以再為新書版加寫一篇新的養病記，然後再重新編輯。我心想必須寫出新作？的話，就寫出四篇文章，十八張稿紙。

我面對一幅自己的畫，看畫的時間比下筆的時間要長更多，就像是古裝片的刀劍場面。以前我聽柴田錬三郎說過，他會把劍拔弩張場面的時間寫成半天那麼久，比實際交鋒的時間還要長，他說的難道都是真的？我的圓月刀法也需要醞釀半天左右，打鬥場面大概要想三十分鐘吧。

**二〇一九年十一月二日**

【與三島和另外一個不知道是誰，一起去印度攀登深山，爬到一半去上廁所，從廁所出來以後，發現兩人都不見了，我大聲呼喊，回答的只有山谷回音。】的夢。

每週六都是《朝日新聞》刊登書評的日子。我這一個月都沒寫，只看其他委員怎麼寫。有些書評可以告訴讀者不必買那本書。那我又屬於哪一種？我暫時沒寫，是不是該繼續寫了呢？

這陣子只看莫理斯·盧布朗的《亞森·羅蘋》，有一種回到十幾歲的感覺。

**二〇一九年十一月三日**

看全日本大學長途接力賽跑。前幾天在電視上看到瀨古說，現在是「戰國時代」。常勝的青山學院大學，今年好像又得冠軍了。

**二〇一九年十一月四日**

【在大阪車站後面有一大片空地，小玉與其說是住在這裡，更像是變成這裡的野貓。我想把牠帶回家，本人（本貓？）好像不太領情。我只好把眼淚往肚裡吞，尊重小玉的決定。】的夢。接下來又有另一場。

【跟誰？談到想畫相撲比賽的計畫，那個人就跑去通知某美術館，變成一場個展。我就急忙趕回家畫相撲畫。】的夢。

我不太有印象自己吃過叉燒麵，今天在桂花下定決心叫了一碗。我原來吃的湯麵本來是擔擔麵，而且我每次都吃魚翅湯麵，就是從來沒想過叉燒麵原來這麼好吃，以後來應該多點。回程買了鯛魚燒。

山谷初男[901]過世。我以前只遇過他一次，記得已經超過十年了。我在東京車站被山谷叫住，他說：「我以前待過天井棧敷，住在你家隔壁。」我聽了大吃一驚，原來他就住我隔壁，我卻一點印象都沒有。「以後我會去秋田住。」本來以為他是為了舞台公演去的，結果從訃聞上看到他是秋田人，在秋田的醫院病逝。

眉村卓[902]早年還在從事廣告文案的時候，我也在大阪遇過。他和山谷一樣都享年八十五歲。

**二〇一九年十一月五日**

銀座 ggg的北澤就住在附近，他受邀寫了關於和田誠的往事，說是想聽他不知道的和田，就來找我了。咦？嚇我一跳。

進行第二幅一百五十號。

**二〇一九年十一月六日**

瑪麗．拉佛赫[903]過世。我從看過她的第一部電影以後就一直是她的影迷，她到日本的時候，我也曾經從電影院的座椅上拍她在台上的樣子。她這天本來要向觀眾致意，卻因為牙痛而一句話也不說，只上台二十秒就離開了。

西村畫廊的西村（建治）來訪，先來考察再決定要不要辦小玉的專題展。至今已經畫了七十多幅。

晚上，黑輪從外面叼了一隻老鼠鑽進被窩裡。我已經恐慌到無法寫文章了！！黑輪完全沒有想出門的感覺，所以人、貓與老鼠擠在同一張床上睡。

**二〇一九年十一月七日**

平林與林從我神戶的美術館來訪，討論接下來連續兩檔展覽內容。平林從愛沙尼亞帶回當地的筆記本、蜂蜜與貓食，林帶來萩的濃縮夏採蜜柑濃縮原汁。根本隆一郎[904]在得知我的投稿曾經被刊登在昭和三十一年[905]的《週刊朝日》的投稿，於是送我一本當時的《週刊朝日》。二十歲的作品（？）現在看起來就有種古代遺跡出土的感覺。

**二〇一九年十一月八日**

瀧澤直己送來他新推出的短外套。我身上穿的衣服，全是設計師朋友送的。稍晚，剛結束上海行程的卡地亞當代藝術基金會美術館的艾爾菲館長來訪，每次來我畫室，他一定都會說一樣的台詞：「來到這裡就覺得自己到了日本。」他還告訴我在上海博物館的個展，預定在二一年四月十七或二十四日開幕，我之前還沒被通知。中國每次都提醒我，一定要提出要求。我在卡地亞主辦的個展畫了一百幾十人的肖像，後面好像還要補畫二十人。他好像還要在代官山的蔦屋書店辦肖像畫展。

**二〇一九年十一月九日**

聽說今年流感的規模是去年的五倍。上午去隔壁水野診所做預防接種。他們說今天我盡量避免會流汗的運動，但我一畫畫就滿身大汗了。

**二〇一九年十一月十日**

在正在創作的一百五十號畫上補筆，畫出來的卻不如預期。說我是創作，不如說從一開始就是破壞。既然標題是〈寒山拾得〉，畫得不順也沒辦法嘛。我不是一邊畫一邊創作，而是一邊畫一邊破壞。三途川的童子與惡鬼，在畫家的意念中並存。

晚上看白天錄影的即位遊行。我在電視上看到的，難道是用錦繪筆法畫的令和歷史繪卷嗎？

**二〇一九年十一月十一日**

《文學界》清水編輯來訪。他今天穿的是西式頭巾拼布圖案的女用雨衣。男裝不適合他。他負責的作家除了我以外，還有山田詠美與磯﨑憲一郎。我之所以指名他來當我責任編輯，就是被他的穿著吸引。我在《文學界》連載的《原鄉之森》已經進入第四回，不過我這裡已經完成第五第六回的底稿。與其被截稿追著跑，不如反追編輯，這是我減輕壓力的方法。

**二〇一九年十一月十二日**

酒井忠康把有機會就寫的評論集結成單行本《給橫尾忠則先生的信》，中午找來整理年表的塚田美紀、光村圖書出版的赤穗淳一與吉田史一起小聚，吃午餐慶祝新書上市。

現在慢慢可以畫畫了，為了測試自己的體力，也想嘗試公開創作，希望在自己在神戶的美術館舉行。

**二〇一九年十一月十三日**

ＣＨＣ（Circle House Corporation）的福武美津子從岡山來訪，主要是討論關於豐島橫尾館的幾個拖很久的問題。

晚上去整體院。

二〇一九年十一月十四日

還是晴天。

早上繼續在第二幅一百五十號畫作上加畫很多筆，但完全找不到著地點，就好像在森林裡迷了路一樣。每次我畫一幅作品，都會迷路好幾次。每次總是能走出來，不過每次都想著這次絕對走不出來，結果每次還是走出來了，好像但丁《神曲》的情節。

下午，我神戶美術館的山本理事長、田中分館長與山本館長助理來訪。

我一直在搞丟助聽器，找不回來的狀況可能已經發生過兩三次了吧？這次多虧東京聽覺輔助中心的保險，讓我得到新的助聽器。裝起來還是比較聽得到聲音，不過對於自己的聲音變成生化人這點，即使沒辦法接受也無可奈何。

二〇一九年十一月十五日

在畫室讀寫書評用的書，卻因為兩個月沒寫書評了，再怎麼讀都讀不進腦海。耳朵已經重聽了，現在連腦袋也重聽？讀書速度更慢。寫字也吃力。以前覺得沒什麼的事情，隨著年齡增長，本來理所當然也越來越不理所當然。

二〇一九年十一月十六日

今天想起了「隨緣」這兩個字。我認為隨緣是佛教的用語，事物因佛祖結緣而起而生，受到影響的是有情物的生命。這陣子雖然對畫畫感到厭煩，即使覺得自己討厭，卻想知道自己在這種狀況下能畫出什麼這件事，說不定是我的自我摸索。換句話說，也可能是一種為了產生全新生活方式而出現的「討厭」。就算說出自己「討厭」，還是相信水到渠成，產生出新的結果，說不定是我在無意識狀態下知道的事情。所以我並不害怕。採取新的生活方式，會創出新作品，這是拜隨緣之賜。

改變環境，可以讓人做出新的創造。我這一兩年才發現，以前固定化的臥房，讓我身體也跟著變得僵硬，結果也產生不出新主意。病後衰弱的身體開始恢復，成為一個改變的契機，我就想改變臥室的位置，以改變生活與意識環境。我在這個家裡的臥室，從四十年前開始就一直在同一個位置，也是一個異常現象。我就是改變了畫室的環境，才讓創作變得更順。經過近三個月的休養期間，我已經看出作品變化的預兆，所以這陣子想進行一個盡可能改變臥室環境的小小實驗，變下去說不定會改變家裡的氣場。這其實是件好事，我稱之為隨緣。

**二〇一九年十一月十七日**

【糸井重里開始經營一件大事業。他委託我做一個超乎我能耐的事。好像不是我分內的工作。】光是看自己這陣子進行的畫，就一直陷入該怎麼介入的迷宮。我說不定想要刻意嘗試失敗的結果。比起大成功，大失敗常常會帶出下一步。

傍晚突然遇到原本在《朝日新聞》負責我書評編輯的依田。我很意外他就住在附近，和神津老師住在同一棟公寓，屆齡退休後應該也經過四年左右。依田推薦我寫書評以來，說今年已經過了十年。他說他退休以來什麼也沒做，可以過什麼也沒做的生活，就是最大的奢侈我前陣子也經過了三個月的奢侈生活。什麼也沒做不是一種罪惡，我實際體驗這是一種美德。我希望人生剩餘的時光也可以這樣。

二〇一九年十一月十八日

小玉死後，我就一直畫小玉的畫。我到一個地方旅行，就把畫具帶去飯店旅館畫，連住院都會帶著畫布。在等上台演講之前，也在後台休息室運筆，畫出來的畫已經超過七十幅。說是工作，更像是在抄經，算是為小玉安魂。我突然想到小玉的時候就畫，畫出來的畫應該稱不上工作吧？把這一大堆小玉掛在畫室牆上，那些出版社與畫廊的人，卻總是把這些畫與我的「工作」扯上關係。「預定會發表嗎？」「不會。」我已經拒絕五年，但是隨著越畫越多，也聽到更多「讓這些畫見見世面吧」的聲音，打算接受委託出書或展覽，當成對小玉逝世七週年的供養。講談社的新井來訪，就是為了討論出書的可能。提案中包括了單行本的體裁，我想就照這樣做。小玉的畫得以成為系列作品問世，不是我的心血結晶，而是接近興趣的畫。這隻不算漂亮的貓，卻被我畫出這麼多幅畫，我從沒想過觀者的反應，到底大家能不能接受呢？我完全不期待也不預料。到底小玉會不會在空前的貓咪熱潮之中敬陪末座呢？

二〇一九年十一月十九日

設計師白井敬尚906帶著我在神戶的下一檔展覽「兵庫縣立橫尾急救醫院」的展覽目錄印樣來訪，我希望他連展場結構、展覽目錄都做成醫院的感覺。白井以前曾經長期住院，應該很清楚醫院應該是什麼氣氛。

二〇一九年十一月二十日

【我把刊登在雜誌上的照片一張一張撕碎，然後再細心拼湊出原來的樣子】的夢。

文藝春秋武藤來訪，討論把本週刊從二〇一六年開始連載的日記做成單行本。說是明年秋天會出。

二〇一九年十一月二十一日

和 Poplar 社的淺井討論要不要推出《疾病之神》新書版的續集。因為我寫了很多新稿，覺得可能性很高。

二〇一九年十一月二十二日

【跟小玉、黑輪一起去澀谷看約翰．藍儂演唱會。美國的工作人員晚上十一點到機場，我也趕去見他們，但是忙中有錯，趕不上飛機，就取消美國行程。】

【又去埃及，抵達吉薩金字塔前，一路上都不知道為什麼要來。】在這時候醒來。

隔一個半月再回東京醫療中心找鄭大夫。他曾經給我氣喘用的吸入器，但我不知何時開始一直忘了用，檢查結果反而完全聽不到喘息音，大夫和我都鬆了一口氣。其他部位的問題，上次入院的時候都恢復或比以前更加改善，我只要少吃點甜食，他確定我在身體健康上完全沒有問題。不過在抽血的時候，護理師經驗太少，插針期間都很痛，有一種動手術忘了麻醉的感覺。我在院內偶遇角田大夫，他就請我吃午飯。我向他抱怨抽血很痛，他就說我務必寫問卷給醫院參考，拿了一張給我。

《朝日新聞》兩個月沒刊登過我寫的書評了。我接下來還有一篇要寫。

**二〇一九年十一月二十三日**

晚上下雨，黑輪懶得出門撒尿，直接在我被子上尿，我算準了時間放牠出門。邀稿累積得有點多。想寫的時候卻又想睡。再拖一下吧。

**二〇一九年十一月二十四日**

明天是三島的忌日。每年到了三島忌日的時候，很奇妙的是我都會突然想起來。他已經走了四十九年了呀。

我本來預約修頭髮順便洗頭，卻因為突然頭痛就取消了。我憑心情感覺行動，大概會被人家覺得難應付吧？難道我判斷事情的基準只有心情嗎？

晚上為了轉換心情，就去按摩。

**二〇一九年十一月二十五日**

UGG成衣商品（套頭運動上衣、短褲、T恤、運動鞋）請旅美法國女性設計師重組我七〇年代創作的版畫（〈仙境〉*907*）作為花樣，試作品完成了所以就帶來給我看。預計明年二月全球上市。看起來完成度很高，不過要我把自己的圖穿在身上，又需要勇氣，因為作品就是羞恥心的曝露。

傍晚去美容室「jab」洗頭，順便去按摩。

**二〇一九年十一月二十六日**

和愛知縣立美術館南雄介館長與東京都當代美術館的藤井亞紀三人，從上午一直聊到晚上七點。與兩人的交流，從二〇〇二年東京當代的「森羅萬象」以來就沒中斷過。他們比我更懂我的作品。

**二〇一九年十一月二十七日**

與妻子、德永一起搭上上午十點九分新橫濱發的希望號一〇九班次前往新神戶，中午在神戶大倉飯店吃午餐。午餐後，去我的美術館看自己的「自我自損」展，這次就好像一場沒有脈絡的作品排在一起的團體展。明信片瀑布的裝置，讓人印象深刻。展出作品都是我自己選的，但展場布置由山本學藝員（館長助理）負責。

快傍晚的時候又與蓑館長到橫尾忠則典藏展示間的預定地討論計畫案的可行性。

晚餐與蓑館長、山本理事長、田中分館長一起去「和黑」908北野坂本店，也為了明天的公開創作補給能量。夜宿神戶大倉飯店。

**二〇一九年十一月二十八日**

想不出今天公開創作的點子，有點失眠。應該算得上是九月入院以來最硬的創作了吧？

創作前又逛了一圈展場。

十點開始公開創作，雖然是臨時企畫，沒有充分宣傳，還是驚訝來了這麼多參觀者。到十二點午餐時間，不知道消息是從哪傳出去的，觀眾更多。上午已經完成一幅沒有畫完的一百號畫，下午會再畫一幅一百五十號。我完全在沒有意象的情形下進行，對自己接下來要怎麼做也不太清楚。我想觀眾應該也不會知道吧？總之三點先中斷創作，留下沒有畫完的畫布就結束了。我說「剩下的再找機會完成」之後就離開會場，前往新神戶車站。
六點十四分抵達新橫濱站，天氣雨，覺得不妙，因為黑輪下雨天就不會出門。……果然不出意料，黑輪又在我被子上幹了好事。

**二〇一九年十一月二十九日**

本季最低氣溫。上午去整體院，請師傅幫我把昨天公開創作時不舒服的手臂與腰按鬆。
下午為收錄「畫室會議」（《朝日新聞》電子版），保坂和志、磯﨑憲一郎、野波健祐主編、中村真理子、河出書房新社岩本太一與攝影師齋藤順子來訪。我的重聽越來越嚴重，這種座談越來越難進行。我只能靠保坂送的白板和大家進行筆談而非手語。我已經是如假包換的社會派身體障礙者。外面冷，避免出門吃，就請「椿」外送。

**二〇一九年十一月三十日**

今天《朝日新聞》早報上的書評改為橫排文字，可能還有人沒發現。
下午，山田洋次導演突然來訪，不是為了特別理由，只是來看看。他說：「展出快畫完的畫也挺好的。」我說這不是快畫完的畫，而是已經完成的作品。
回家路上腳踏車的頭燈忘了打開，被警察提醒。我停下來和警察聊了一下，聽到了一些腳踏車被偷的資訊。

**二〇一九年十二月一日**

【坐在公眾澡堂的浴池裡刮鬍子。在學校教室裡聊天。走出大型建築，過了兩、三個小時，發現自己忘了拿外套，就回去拿。在十字路口找公共電話。淡島千景909穿著和服倒在地上。我拒絕演電影的邀約。死後進入死後世界。】充滿拼貼風格的夢。

我驚訝現在已經進入十二月了。一日吃紅豆飯與鯛魚。

中午在神戶屋與神津善行老師一起吃午飯。

二〇一九年十二月二日

磯崎憲一郎才走進增田屋，店家就一直問：「橫尾老師都沒來，是不是因為我們一直在提起他的鬍子？」「橫尾老師一定很生氣吧？」「我們在檢討了。如果他不願意來，我們也考慮把店收一收不幹了。」「請幫我傳話，拜託橫尾老師一定要來坐！」

為《EUREKA》寫了十張稿紙的和田誠追悼文。為《婦人畫報》寫兩張稿紙的溫泉遊記文。為《週刊紐約生活》（美國）寫了三張稿紙的近況。

我搞丟了一隻德永送我的手套，今天本來以為長男會幫我去UNIQLO買一雙帶來，結果德永又送我一雙新的手套。我是不是應該把脫下來的手套用繩子綁住掛在脖子上？

二〇一九年十二月三日

林從我神戶的美術館帶著下一檔展覽目錄的設計印樣來讓我校對。不過設計師白井以為是下星期才見面，今天沒有來。林大老遠從神戶來，卻撲了個空。這是身為專業設計師不該有的行為。

二〇一九年十二月四日

《pen》來訪，要我談在紐約與約翰・藍儂會面那三天的經過。我不斷提起差點忘記的回憶，覺得有點懷念。

小說家岸川真之來訪，找我詢問各種事情。

傍晚去《朝日新聞》書評委員會。回程搭車逛夜晚銀座的街道。大馬路上裝飾了滿滿的燈飾，令我陶醉。晚上出門很累。

**二〇一九年十二月五日**

【旱災侵襲的土壤上有一片小小的積水，裡面游滿小魚，積水全部蒸發的話，這些小魚恐怕就會死光吧？我祈求上天在這些小魚還活著的時候下雨，讓積水多一點。】的夢。

歌舞伎研究家中村哲郎[910]來訪。他提到的全都是我忘光的故事：我投宿巴黎洗衣船邊的「樂園旅館」的兩個月之間，中村也住在同一間旅館，早上九點半的時候，我總是請中村叫我起床；三島葬禮之後，我和妻子還和他、高橋睦郎四人一起吃飯。妻子也可能不在場。後來有一次在巴黎的時候，還和竹本忠雄[911]三人還一起吃過飯，在朝日賞的頒獎典禮上還見過面……每件事我都已經不記得了。今天他與中央公論新社的吉田大作一起來，是為了要委託我負責《中村勘三郎之死》的平面設計。而巧合的是，他們說今天剛好又是勘三郎忌日。即使報上沒寫，他們也告訴我堂本正樹[912]已經在今年九月過世。

下午劇烈牙痛。

獲報得知台灣的出版社發行的《橫尾忠則×九位經典創作者的經典對話》榮獲二〇一九年「美好生活好書獎」。我馬上完成得獎感言。我在台灣已經出了三本作品的中文版，其中自傳還得到台灣的文學大獎。

**二〇一九年十二月六日**

香港設計師陳幼堅[913]來訪。他不只在東京開過個展，在京都有自己的藝廊，在香港還有一間更大的藝廊，他來邀請我在那裡開個展。讓我先想一下。

下午，很久不見的花田紀凱來訪。將近二十年前，他就一直說想把我說過的爆笑故事編成一本書，今天也不例外。應該沒辦法實現吧？所以我在《月刊 Hanada》上又開了一個新連載。

牙齒從昨天就開始痛，大概跟疲勞有關吧？

**二〇一九年十二月七日**

下午快到傍晚的時候，宇野亞喜良說他剛好在成城，所以就上門打招呼。他帶來了四年前與杉浦康平公開對談的紀錄集。在兩人對話裡提到的各家設計師裡，雖然都是我們認識的人，在他們兩人開始交流的時候，我別說幾乎不認識那些人，甚至可以說是完全的圈外人。好像圈內都會常常一起交流，但我幾乎和他們沒有交流。我當時屬於設計界，但幾乎不跟大團體一起行動，像是一個人悶著頭在幹。可能是我記不住他們的名字，或是不擅長說話，總之就是沒有自信。

除了和宇野、和田以外，好像大部分時候都是孤立的。

去美容院 *nico picabia* 洗頭順便修鬍子。

**二〇一九年十二月八日**

大晴天。牙齒很痛，所以去桂花點了中華粥與麻婆豆腐當午餐。回程經過三省堂，看到一堆書

（當然），卻覺得好累。在店裡晃晃就走了。

看要寫書評的書。

晚上打書評的草稿。開始寫書評以來，我幾乎沒有再讀其他的書。行為模式逐漸從自主活動轉變成受託工作，說起來好像很輕鬆，不過我還是覺得遵從命運方向才能享受快感，我發現這也像是老後的生活方式。

**二〇一九年十二月九日**

正想著該是時候完成那些只畫一半就擺著的未完成畫作，突然有了靈感，就一口氣把它給完成了。

或許是因為星期一是一星期工作的開始，我收到了一大堆新郵件。有些是工作的委託，覺得人多嘴雜。

今年得到日本建築學會今賞的武松幸治[914]來訪。他提出神戶美術館預定興建的個人典藏展示間的構想。

不小心被一顆柿之種米果噎到，擔心到馬上打電話給鄭大夫。他說不用擔心，但上了年紀還是小心為上。

川口市冰川神社鈴木宮司來問我元旦有沒有什麼預定行程。

我自己判斷牙痛可能跟肩膀的僵硬有關，所以去按摩。疼痛減緩了一點。

**二〇一九年十二月十日**

黑輪在家裡來回踱步，奇怪，我才想是不是在床上尿尿了，放牠出去進房一看果然是。

八重洲「新丸之內大樓」正在把我的明信片瀑布放大貼在牆上，榎本了壹（專案製作人）帶著工作人員來訪，報告專案進度。

《週刊金曜日》來訪，找我談生死。

**二〇一九年十二月十一日**

N Y 友人米爾可希望能在日本舉辦他策畫的世界海報巡迴展，派了代理人馬修·沃德曼[915]來訪，希望我能合作。

Poplar 社說要發行新書版的《疾病之神》，帶校對本來訪，說是希望可以刪除一些批評醫療問題的段落。因為醫療疏失會變成社會問題，所以他們的判斷是在開倒車。

**二〇一九年十二月十二日**

【這裡是紐約，香取慎吾說要開演唱會，但什麼都沒有準備，連一個觀眾都沒有。】的夢。

梅宮辰夫[916]過世。記得以前梅宮還在東映的時候，我曾和他在雜誌（忘了是哪本）上對談，從頭到尾都在聊健哥。

成衣品牌 DBSS 的深民尚社長提出要求，要我授權幾幅畫印在衣服上賣。現在海內外已經有很多種同類商品的計畫正在進行，很多品牌都推出我的圖案，很有趣。

從我神戶美術館來的林，帶著「兵庫縣立橫尾急救醫院」個展目錄的設計圖，與設計者白井敬尚一起來訪。

晚上滿月，月亮總是像貼在天上一樣，高掛在筆直小巷的正上方。

山田洋次直接把我提出的概念挪用在《男人真命苦：歡迎回來，阿寅》上，我提出抗議。影壇的抄襲風橫行，電影通也說過不要隨便把自己的點子告訴別人。朋友歸朋友，工作歸工作，希望他不要混在一起。

**二〇一九年十二月十三日**

【與失蹤的年輕人見面，聽他說近況。他的父母還在擔心他的死活，但本人說很滿足現況。】

在電視上看到一個具有感知狗心思的美國女性與幾隻日本狗無言對話的節目，明白狗靠愛維生，情感又比人類豐富，攝影棚的來賓都流下眼淚，令人感動的節目。

**二〇一九年十二月十四日**

把要交稿的隨筆文拿到神戶屋寫。

牙齒還在痛，好像自己會痊癒。

**二〇一九年十二月十五日**

附近的黑貓失蹤。牠十天前才睡在我臥室裡，旁邊還有一個同伴。我聯絡飼主，可能因為對方覺得「不可能」，就不理我了。

FBI探員搜索失蹤者的足跡，一個女學生被殺，大家卻只關心她怎麼被殺的。我覺得應該先調查為什麼深夜打扮得漂漂亮亮出門的女學生「為什麼」被殺，追求結果意義多於原因的風潮，不管看哪一起案件都是一樣的。

二〇一九年十二月十七日

木版畫業者COMPOSITION的水谷有木子與刻版師久保田憲一來訪。費時兩年製作的全十款木刻版畫完成，後面又追加五款，預計明年夏天發表。

畫一幅大衛·鮑伊的肖像畫。卡地亞基金會委託的畫還有十幅還沒下筆，明年春天才會開始畫。

松竹電影公司的製片深澤、濱田、房來訪。

牙齒還在刺痛。

國書刊行會的清水來電：我為《心不甘情不願地寫出魯邦的作家917》寫下的書評造成絕大迴響，各界不斷下單訂購。

繼安妮·維亞傑姆斯基、瑪麗·拉佛赫之後，新浪潮女星安娜·凱莉娜也過世了。

二〇一九年十二月十八日

終於忍不住去找牙醫了。牙齒蛀了一個很大的窟窿，牙醫幫我清理蛀牙，用藥把洞填平以後，好像把我的洞蓋起來了。手術動到一半，先去找三宅一生。我和他好像兩年（或更久？）沒有見面了，他看起來還是容光煥發。我順便探望了ISSEY MIYAKE的辦公室。從樓上窗外借景的設計很棒，讓我想借那裡畫畫。離開後再回診所完成所有治療。

二〇一九年十二月十九日

舌頭本來很痛，沾一點蜂蜜就不痛了。

NHK大河劇製作人岡本伸三帶著一張中村勘九郎和阿部貞夫已經簽名的海報來訪。他又向我報告《韋馱天》的標準字在外國人眼中，會馬上理解成三腳卍。好像有些人還反應這是在暗示納粹鉤十字標誌。

晚上《朝日新聞》書評委員會要舉辦忘年會，我才補完牙齒，除了重聽還說不出話來，所以缺席。

**二〇一九年十二月二十日**

還有十天，今年就結束了。老後時間過得極端地快。

獲報：以前辦過個展的漢堡工藝美術館，將會從館藏中選出六件我的作品，在海報史回顧展「The Poster」上展出。

德國路德維希博物館[918]還是來要求我授權，讓他們把館藏我的作品做成各種周邊。

**二〇一九年十二月二十一日**

【參加馬拉松，一直繞著跑道跑，在四十五位選手中排名第二十。】的夢。

【卓別林來一邊轉竹節拐杖一邊表演橋段。】的夢。

《週刊POST》的內山與小說家岸川真來訪，問我關於我怎麼構想出《男人真命苦：歡迎回來，阿寅》的原案。

**二〇一九年十二月二十二日**

很久沒有失眠，昨晚又失眠了，原因是接下來新作的構想與妄想。明年舉辦的「古典×現代二〇二〇：超越時空的日本藝術」展（國立新美術館），會展出以前仿蕭白風格畫出的寒山拾得圖與新作共七幅，我要畫以蕭白筆下寒山拾得為主題的新作。不過我已經畫到不想畫了，雖然不像心不甘情不願寫出亞森．羅蘋的盧布朗，還是在不甘願之下繼續畫。在心不甘情不願之下畫出的圖，又會變成什麼樣子呢？我畫出來的將會是像這樣的作品。我想觀察在不甘願的狀態下的自己又會怎麼行動。不只心情不甘願，連動作的身體也不甘願，畫出來的畫一定會很奇怪。就算不用大腦想出奇怪的畫，心情與身體的動作也會在不甘願之中畫出來，所以我不需要努力。老了以後，欲念都會自然消失，所以畫家還是要活久一點，才畫得出奇怪的畫，說不定這才是值得慶幸的事。

**二〇一九年十二月二十三日**

與住在神戶屋附近的神津善行老師一起喝茶。美空雲雀死後，這陣子好像又發表新歌。只要收集她的歌聲資料，好像就可以輕易生成出和她一模一樣的歌聲。如果把健康的耳朵移植到我身上，不知道聽不聽得出來？

今天冬至是一年最短的一天，我寫日記的時間才下午四點，不過外面已經是一片鬱悶的薄暮。我寫到這裡的時候，按摩師傅萩原打電話來：「下雨了，請搭我叫的車來成城健康整體院按摩。」

按摩後，回家看全國高中長途接力賽跑。家鄉的西脇工業高校今年也被選為兵庫縣代表，他們的全國優勝次數應該也是全國數一數二的。不過他們在第一區間就失速了，結果只跑了第二十四名，比我二十一日夢到的第二十名還低，面子有點掛不住。倉敷高中與仙台育英的選手在決勝跑道上纏鬥不休，最後雖然是仙台育英優勝，卻帶來很久沒看到的刺激場面。阿姆斯特丹的紀錄片導演說明年初想來日本拍我的紀錄片，並傳來已經完成的試拍片段。

**二〇一九年十二月二十四日**

我九月入院後，一邊回診一邊休養了兩個半月，這陣子沒有離開過都心。大概是因為休養奏效，我的體力慢慢回來了。

去國立東京醫療中心進行今年最後保養，大夫只問診沒有檢查。沒有異狀。

武松幸治來訪，帶來了我神戶美術館新設藝廊的設計計畫。如果進行順利的話，應該會很有趣。可能是不小心動到電視遙控器的什麼按鈕，螢幕上的字幕一行一行地冒出來。對重聽的我帶來好大的幫助。

今天是聖誕夜，我卻完全沒有心情。我長女信天主教，今天對她來說可能比較特別。

從上一場發表會開始挑大樑的設計師近藤悟史與 SHŪ 兩人帶著我愛吃的蕨餅來訪，討論明年巴黎的秋冬裝發表會邀請函的設計。

冬至已經過兩天了，但會覺得白天時間變長，應該是我想多了吧？

**二〇一九年十二月二十五日**

【搭上末班電車，在韓文站牌的車站下車。一出車站，四周一片漆黑，沒有半個人影，只有幾頭獅子在徘徊。我好像走進一座野生動物園了。】

【在某處的辦公室裡，與田原總一朗一邊喝茶一邊討論無意識的話題。我才說「如果在無意識

下畫畫，會畫出好的作品」，田原就說：「哪本書上寫過這種話？」我回答：「我想我是從經驗得來的。」」】

【想去家鄉以前去過的大阪燒店，卻不由得感到害羞。平野啟一郎走過來說：「最近我開始畫畫了。」那麼，我想我也好開始畫畫了。】三片聯映的夢。

講談社的新井公之帶著圖文書《小玉，回來吧！》的原寸裝訂試作本來訪。

福武藝術基金會的宇野惠信來訪，說明橫尾忠則當代美術館與豐島橫尾館交換展的計畫以及其他事項。

晚上看電視播的希區考克《拳擊擂台[919]》，這是一部一九二七年的默片，故事一開始就沒完沒了。到底會怎麼結束呢？讓觀眾自己推理就是希區考克的作風吧？

**二〇一九年十二月二十六日**

奈良岡村印刷的宮內康弘帶來我在神戶的下一檔個展「兵庫縣立橫尾急救醫院」的展覽目錄校對本。

SCAI THE BATHHOUSE 的白石正美邀請我在明年三十週年紀念展提供作品展出，以及出席開幕。

**二〇一九年十二月二十七日**

把舊書全部賣給安藤舊書店，總共五萬五千圓。

義大利一家專出當代藝術書的出版社，說希望我授權發行一本只收錄牙齒與嘴巴畫作的畫集。

中國的「三度圖書」要發行一本介紹唱片與CD平面設計的書，要求我提供數位資料。

二〇一九年十二月二十八日

南天子畫廊的青木康彥來訪，希望我為他們明年的五十週年舉行個展，也帶來了麵包與蕨餅。

二〇一九年十二月二十九日

可能是因為運動不足，光是走路到車站就好喘好喘。我好像九十歲的老人。

內閣府要我回信，說準備在迎賓館赤坂離宮重現六四年奧運會的圖像文字[920]，我拒絕。

二〇一九年十二月三十日

小雨。在神戶屋一邊吃午餐，一邊寫《文學界》小說連載，寫了十四張稿紙。

二〇一九年十二月三十一日

上午開始畫畫。本來想在年內就完成，結果會拖到明年。

傍晚去增田屋買年夜吃的蕎麥麵。

## 譯註

753田中將大（西元一九八八年至今）：金氏世界紀錄棒球連勝紀錄者，曾效力日本職棒東北樂天金鷹隊、東京讀賣巨人隊投手、美國職棒紐約洋基隊。

754藤井千秋（西元一九二三至八五年）：二戰後在少女圈風靡一時的女性插畫家。

755京都版畫院：原名「西宮書院」，西元一九三五年由品川清臣創業於兵庫縣西宮市，二戰末期毀於美軍轟炸後遷至京都，並改名京都版畫院，一九五二年於東京成立木版工房，一九八〇年二代目社長品川大和開始印製橫尾十餘幅版畫，一九九八年搬到埼玉縣和光市後停止營運。

756畢卡比亞委員會（Comité Picabia）：專門整理法國畫家畢卡比亞全作品目錄的組織。

757「加爾美拉商會」（バライロダンス—— La Maison De M. Çivecawa〔薔薇色舞踏：前往澀澤家〕，西元一九六五年）：橫尾初期代表作之一，原為暗黑舞踏家土方巽（一九二八至八六年）公演海報。畫面主體為法國楓丹白露派代表作〈嘉布利葉．戴斯特雷與她的一個妹妹〉（Gabrielle D'Estrées Et Une De Ses Sœurs，一五九四年，羅浮宮藏）。

758布魯諾．慕納利（Bruno Munari，西元一九〇七至九八年）：義大利藝術家，兒童美術教育家，設計師，與日本藝術界交流密切。企畫展「布魯諾．慕納利展：做出無用機器的男人（ブルーノ・ムナーリ―役に立たない機械を作った男）」西元二零一八年十一月十七日至二〇一九年一月二十七日。

759非洲當代藝術典藏的一切（ミュージアム コレクション　アフリカ現代美術コレクションのすべて）：西元二〇一八年十一月三日至二〇一九年四月七日。

760四世茂山千作（西元一九一九至二〇一三年）：大藏流狂言師，人間國寶。

761超級狂言三部曲：《彈塗魚》（ムツゴロウ，西元二〇〇〇年）、《複製人生島》（クローン人間ナマシマ，二〇〇二年）、《國王與恐龍》（国王と恐竜，二〇〇三年）。

762五十六世梅若六郎（西元一九四八年至今）：觀世流能樂師，人間國寶。二〇一八年引退，改名四世梅若實。曾將瀨戶內寂聽改編的《源氏物語》章節與少女漫畫《千面女郎》（ガラスの仮面）搬上能劇舞台。

763《超級能劇：世阿彌》（スーパー能　世阿弥，西元二〇一三年）：東京國立能樂堂開幕三十週年暨世阿彌六百五十週年冥誕紀念作。

764寶拉．雪兒（Paula Scher，西元一九四八年至今）：平面設計師跨足美術指導，普普藝術家。

765西摩爾．庫瓦斯特（Seymour Chwast，西元一九八一年）：普普藝術家，設計工作室「推圖釘」（Push Pin Studios）共同創辦人。與雪兒離婚後再婚。

766橋本治（西元一九四八至二〇一九年）：插畫家改行小說家，女高中生小說代表作《桃尻娘》（一九七七年）被日活製片廠改編成兩部成人電影、一部普遍級青春片與兩部電視單元劇。

767西元一九六八年，在學運風暴中不顧反對舉行的東大「十九回駒場祭」推出一款官方與一款橋本製作的海報，以老氣的鄉土剪紙藝術風格構成，江湖男子背上刺的是東大校徽。

768「橫尾忠則　西脇幻想」展（副標題「發光的小鎮，發光的記憶」——光る町・光る記憶——）：西元二〇一九年一月六日至三月二十四日。

769曼德斯伍德藝廊（Mandes Wood Dm）西元二〇一〇年由佩卓・曼德斯（Pedro Mandes）、馬修・伍德（Matthew Wood）與菲利浦・迪瑪卜（Filipe Dmab）設立於聖保羅，專注巴西當代藝術、巴西非裔藝術與素人藝術作品收藏，在阿姆斯特丹、紐約、巴黎均有藝廊。

770李察・漢彌頓（Richard Hamilton，西元一九二二至二〇一一年）：英國普普藝術始祖，世界第一幅普普藝術作品《是什麼讓今日住家如此不同，如此吸引人？》（Just What Is It That Makes Today's Homes So Different, So Appealing?，一九五六年，德國杜賓根美術館藏）作者。

771村上隆（西元一九六二年至今）：當代藝術集團Kaikai Kiki老闆，時尚界寵兒。

772玉川奈奈福：日本浪曲協會理事，與落語、能劇、西洋歌劇都曾合作。

773堺屋太一（西元一九三五至二〇一九年）：小說家，多場博覽會活動監製人，經濟企畫廳長官，流行語「團塊世代」發明者。

774池江璃花子（西元二〇〇〇年至今）：創下多項日本紀錄的游泳國手。

775大坂直美（西元一九九七年至今）：四座大滿貫得主，父為海地裔美國黑人，日本首位贏得大滿貫賽的選手。

776湯米・安格勒（Jean-Thomas "Tomi" Ungerer，西元一九三一至二〇一九年）：法國旅美兒童文學作家，插畫家。

777事實上是愛爾蘭的科克（Cork）。

778米爾頓・葛雷瑟（Milton Glaser，西元一九二九至二〇二〇年）：美國平面設計師，藝術家。推圖釘核心成員之一。

779林英哲（西元一九五二年至今）：國際級和太鼓演奏家，「佐渡之國・鬼太鼓座」與後續團體「鼓童」核心人物之一，後來自組太鼓團「英哲風雲會」。

780 Agata森魚（あがた森魚，西元一九四八年至今）：創作歌手，跨足演員、導演、散文。

781澤村謙之介（西元一九八二年至今）：大眾演劇「劇團澤村」三代目座長。

782《殺手餐廳》（Diner　ダイナー，西元二〇一九年）：平山夢明恐怖小說《Diner：噬食者》改編，藤原龍也、玉城蒂娜、奧田瑛二等主演。橫尾負責殺手餐廳的內裝。

783身滌大祓（みそぎのほほらひ）：又稱天津祝詞或禊祓（音「企伏」）詞，神道教祈福用禱詞。

784橫尾曾於一九六四年在實驗動畫家久里洋二（西元一九二八年至今）主持的實驗漫畫工房協助下，拍攝由普普藝術風插畫組成的本短片（一九六四年，二分十二秒）與商業用平面設計大全（Anthology No. 1）（一九六五年，七分十二秒）。

785 宮城縣新澤釀造店贊助藝術網站 Artlogue，由南條史生等評審委員票選橫尾為得主，得主作品將印成新澤最高級酒酒標。

786 椿三十郎：黑澤明古裝劍俠片《大鏢客》（用心棒，西元一九六一年）《大劍客》（西元一九六二年）共通主角，由三船敏郎飾演。

787 尚米榭．巴斯奇亞（Jean-Michel Basquiat，西元一九六〇至八八年）：被沃荷發掘的街頭塗鴉客，與沃荷舉辦聯展被差評後兩人決裂，沃荷死後耽溺毒品，最後死於藥物中毒。

788 基斯．哈令（Keith Haring，西元一九五八至九〇年）：街頭藝術教父，八〇年代美國代表性當代藝術家之一。與沃荷、巴斯奇亞關係密切。餘生為愛滋病患者權益奔走，最後死於愛滋病併發症。

789 藏拙派（ヘタウマ）：一九八〇年代，插畫家湯村輝彥與糸井重里合作，在反主流漫畫雜誌《Garo》上連載龐克漫畫《企鵝飯》（ペンギンごはん），以拙劣但強烈的畫風與充滿黑色幽默的劇情造成轟動，也為此類畫風的作品帶來市場能見度。

790 朱利安．許納貝（Julian Schnabel，西元一九五一年至今）：畫家，執導作品包括巴斯奇亞傳記片《輕狂歲月》（Basquiat，一九九六年）、《潛水鐘與蝴蝶》（La Scaphandre Et Le Papillon，二〇〇七年）、《梵谷：在永恆之門》（At Eternity's Gate，二〇一八年）等。

791 第五中足骨基部骨折在日本稱為「木屐骨折（下駄骨折）」。

792 小林弘幸（西元一九六〇年至今）：順天堂大學醫學系教授，日本自律神經醫學第一人，多本著作在台灣發行中文版。

793 《Art Collectors'》：藝術典藏月刊，生活之友社發行。

794 公益社團法人日本外國特派員協會（The Foreign Correspondents' Club Of Japan，縮寫 fccj）：外國媒體駐日記者的會員制組織，由麥克阿瑟下令成立「東京特派員俱樂部」，西元一九五四年盟軍撤守後改名至今。

795 筑紫哲也（西元一九三五至二〇一八年）：前《朝日新聞》記者，朝日及 TBS 電視台主播、新聞主編、節目主持人。

796 《賴活》（Vivre Sa Vie: Film En Douze Tableaux，西元一九六二年）：高達的第三部劇情片。

797 冷硬派（Hardboiled）：美國西元一九二〇年代實行禁酒令時期，流行以具有心靈創傷的硬漢為主角的偵探小說。單字原指全熟水煮蛋。

798 伯納德．克里瑟（Bernard Krisher，西元一九三一至二〇一九年）：擔任《新聞週刊》記者期間，成為唯一單獨訪問昭和天皇的記者。經過《財富》（Fortune）雜誌與新潮社

《Focus》週刊編輯工作，於柬埔寨創辦《柬埔寨日報》（The Cambodia Daily）。東京駐外記者圈稱他為「Mr. 日本」。

799倉橋正（西元一九四七年至今）：紀實攝影家，曾拍攝琉球回歸日本後的沖繩本島居民生活。

800《Shoot Diary》（Arabelle 出版，西元一九八一年）：拍攝於一九七一至八一年間，單行本封面由橫尾設計。荒木經惟評：「這是橫尾忠則的寫真集。」

801野矢茂樹（西元一九五四年至今）：分析哲學家，東京大學名譽教授，日本維特根斯坦研究權威。

802萩原健一（西元一九五〇至二〇一九年）：演員，前重唱團體「誘惑者合唱團」（ザ・テンプターズ）主唱，原樂團解散後又與其他兩支同類型樂團成員（包括澤田研二）共組「Pyg合唱團」。生平花邊與社會新聞不斷，最後參加演出的電視劇為NHK大河劇《韋馱天》。

803原武史（西元一九六二年至今）：明治大學名譽教授，日本政治思想史學者，專攻近現代天皇與近代神道，著書由民營鐵道與公營集合住宅「團地」探討「空間政治學」。

804《平成的終焉：退位與天皇・皇后》（平成の終焉 退位と天皇・皇后）：岩波新書，西元二〇一九年三月發行。

805吉爾伽美什（Gilgamesh）：西元前二六〇〇年左右，美索不達米亞的烏魯克國王，生平除了被寫成英雄史詩，也被後人用於各種創作，包括電玩遊戲《最終幻想》（Final Fantasy 又名「太空戰士」）同名怪物、梅原猛劇作、樂團名稱、日本深夜成人節目「東京情色派night」（ギルガメッシュないと）等。

806池村玲子（イケムラレイコ，西元一九五一年至今）：旅德畫家，雕刻家，前柏林藝術大學教授。個展「土與星 Our Planet」二〇一九年一月十八至四月一日。

807本木雅弘（西元一九六五年至今）：前傑尼斯八〇年代偶像團體「澀柿子隊」（シブがき隊）成員，同團解散後成為演員，奧斯卡最佳外語片《送行者：禮儀師的樂章》（おくりびと，二〇〇八年）主角。娶了內田裕也與樹木希林的獨生女也哉子，並入贅內田家，本名改姓內田。

808岸川真（西元一九七二年至今）：作家，編劇，接案編輯。

809日文「鬼魂好像會出現」與「好像可以洗淨靈魂」讀音相同。

810八十號：長邊一四五點五公分，短邊一一二公分。

811卡雷爾・傑曼（Karel Zeman，西元一九一〇至八九年）：捷克斯洛伐克定格動畫及特效片導演，曾在法國從事商業短片製作。執導多部凡爾納冒險小說。女兒露得蜜拉（Ludmila Zeman，一九四七年至今）繼承父業，嫁給傑曼手下動畫師後移民加拿大，也創作童書。

812艾利希・安東・保羅・馮・丹尼肯（Erich Anton Paul Von Däniken，西元一九三五年至今）：瑞士「偽科學」小說家，主張人類文明由外星文明創造，廣為內容農場與陰謀論社群引用。搞笑諾貝爾文學獎得主。

813《荒野の渡世人》（西元一九六八年）：佐藤純彌導

演，第一部在澳洲拍攝外景的武士道西部片。

814 堅田浩二：西元一九九四年進入東方出版（イースト・プレス）後，即負責數本次文化書籍的編輯工作。

815 The David Frost Show：英國旅美名嘴大衛・佛羅斯特（西元一九三九至二〇一三年）主持。

816 楚門・嘉西亞・卡波提（Truman Garcia Capote，西元一九二四至八四年）：小說家。《蒂凡內早餐》（Breakfast At Tiffany's，一九五八年）、《冷血》（In Cold Blood，一九六六年）作者。曾與三島由紀夫見過兩次面。

817 克羅心（Chrome Hearts）：好萊塢高級銀飾品牌，主打哥德華麗搖滾風。

818 《現在，緣的去向》（縁の行方、今）：隨筆專欄，連載於西元二〇一五年五月至一九年十一月。

819 《Mrs.》（ミセス）：已婚女性向月刊，發行《裝苑》的文化（服裝學院）出版局發行，西元一九六一年創刊，二〇二一年停刊。

820 岸惠子（西元一九三二年至今）：日本二戰後代表性女星、製片之一，主演作品包括《請問芳名》三部曲（君の名は，西元一九五三至五四年）、小津安二郎《早春》（一九五六年）、小林正樹《怪談》（一九六四年）、席尼波拉克《東洋黑幫》（The Yakuza，一九七四年）、市川崑《細雪》（一九八三年）等。

821 中村稔（西元一九二七年至今）：詩人，智財權律師，日本藝術院院士。

822 《Hailmary Magazine》：四字頭至六字頭年齡的「流沙中年」男性向時尚雜誌，主打美系穿搭。

823 Junko Koshino（コシノジュンコ，本名小篠順子，西元一九三九年至今）：時裝設計師小篠綾子（一九一三至二〇〇六年）三千金之一，曾在北京、古巴、越南、緬甸舉行時裝發表會。

824 Hiroko Koshino（コシノヒロコ，本名小篠弘子，西元一九三七年至今）：Junko Koshino的姊姊。

825 木村恒久（西元一九二八至二〇〇八年）：戰後第一代設計師，曾與橫尾同屬東京設計中心。擅長照片拼貼，曾為英語系國家多張專輯設計爭議性封面。

826 《婦人畫報》：西元一九〇五年創刊，第一代主編國木田獨步（西元一八七一至一九〇八年，作家），日本歷史最悠久婦女及時尚月刊，近年由講談社經銷。

827 二重橋：東京皇居正門內正門鐵橋一般通稱，或與石橋合稱二重橋。除正式預約參觀，一般民眾不得進入。

828 《Eureka》（ユリイカ）：文學評論雜誌，原為個人出版，現行刊物由青土社發行。每期均以詩文作家、動漫畫作品或創作者、藝術家、類型、潮流為專題。

829 《GOETHE》（ゲーテ）：男性生活風格月刊，幻冬舍發行。

830 瀧川・克莉絲蒂兒・雅美（Masami Christel Lardux Takigawa，西元一九七七年至今）：前富士新聞網深夜新聞「News Japan」主播，動保活動家。

831 思兼命（おもひかねのみこと）：《日本書紀》智慧女神，《古事記》稱「（常世）思金神」。天照大神自囚於天之岩戶時，向八百萬神獻策在外面嬉鬧。在「天孫降臨」章節，天照大神之孫天津彥彥火瓊瓊杵尊（《古》稱「邇邇藝命」）降臨豐葦原千五百秋瑞穗國（《古》稱「豐葦原中國」）時，也偕同另五神陪伴。

832 克里斯多．符拉第米羅夫．雅瓦切夫（Christo Vladimirov Javacheff，西元一九三五至二〇二〇年）：保加利亞裔美國環境藝術家，與同年同月同日生的法國愛妻珍妮克勞德．紀樂朋（Jeanne-Claude Denat De Guillebon，西元一九三五至二〇〇九年）以「克里斯多與珍妮克勞德」名義創作許多環境藝術作品，以大面積塑膠捆包材料包覆地景或建築。

833 森川未來（西元一九八四年至今）：舞者出身的影視劇場演員，日本文化廳文化交流大使。

834 榎本了壱（壱同「壹」，西元一九四七年至今）：美術指導，京都造形藝術大學客座教授。

835 本江邦夫（西元一九四八至二〇一九年）：歷任東京國立近代美術館美術課長，畢卡索、高更、手塚治虫等人畫展策畫，多摩美術大學名譽教授，同大學美術館、府中市美術館館長。

836 前面以自由編輯身分與橫尾合作的岸川真。

837 光浦靖子（西元一九七一年至今）：前喜劇藝人，負責「黃金電台」每週四主持搭檔。

838 聖日耳曼德普雷（Saint-Germain-Des-Prés）：巴黎六區聖日耳曼德普雷修道院附近，雙叟咖啡館與花神咖啡館（Café De Flore）等文人聚集地均在本區域。

839 路易．馬盧（Louis Malle，西元一九三二至九五年）：法國金獎導演。

840 《瑪麗亞萬歲！》（Viva！Maria，西元一九六五年）：義法合作冒險喜劇，由法國兩大豔星碧姬．芭杜與珍妮．摩露聯合主演。

841 《交趾之月》（Cochin Moon，西元一九七八年）：細野第五張個人錄音室專輯，橫尾與細野在印度的水土不服紀行，找來YMO的坂本龍一與第四人松武秀樹（鍵盤、合成器編曲等）演奏，橫尾負責封面拼貼。

842 榎本健一（西元一九〇四至七〇年）：由大正年間淺草輕歌劇起家，透過默片、有聲片、舞台、電視馳名全日本的「喜劇王」。死前兩個月曾在台灣巡迴演出。

843 安岡曜一：時任克羅心總經理兼united Arrows高層，藝術藏家。

844 武井．納普．法香（ナップ法香，西元一九五一年至今）：克羅心青山門市首席銷售員。

845 Y的冒險──原美術館典藏展（Yの冒険──原美術館コレクション）：西元二〇一九年三月九日至六月三十日，參展藝術家姓氏拼音都是y字頭。展品包括橫尾五件大型繪畫，以及京都造型大學教授柳美和（やなぎみわ）的七件攝影作品。

846 《黑澤明的羅生門》（Kurosawa's Rashomon: A Vanished

City, A Lost Brother, And Voice Inside His Most Iconic Films，西元二〇一七年 pegasus Books 發行）哥倫比亞大學日本文學教授保羅．安德勒（Paul Anderer）著，日文譯本由北村匡平譯，二〇一九年新潮社發行。

847《你的名字》（君の名は。，西元二〇一七年）：新海誠編導的大成本製作音樂動畫，在日本國內外均締造票房紀錄。

848落合陽一（西元一九八七年至今）：作家落合信彥（西元一九四二年至今）長子，那斯達克上市新創公司老闆，京都藝術大學客座教授。

849日常の向こう側　僕の内側。

850《J Prime》：大丸．松阪屋百貨發行的高收入男性時尚網站。

851高階秀爾（西元一九三二至二〇二四年）：東大與巴黎第一大學名譽教授，前國立西洋美術館、大原美術館館長，前日本藝術院院長。

852《Tokyo Voice》：活動企畫者森口康成發行的免費藝文誌。

853日文「自我自損」與「自畫自讚」（自賣自誇）讀音類似。

854參議員選舉。

855近藤悟史（西元一九八四年至今）：服裝專門學校畢業後即進入三宅一生工作，二〇一七年進入母公司三宅設計事務所，一九年就任女裝首席設計師，二〇年起在巴黎時裝秀發表新作。

856阿部定（西元一九〇五年生）：大島渚禁片《感官世界》（愛のコリーダ，西元一九七六年）女主角藍本，一九三六年勒死情夫，把情夫陰莖切下來帶在身上，在東京街頭買醉兩天後，從容給刑警逮捕，判刑六年期間，一九四〇年因「紀元二千六百年」大赦獲得減刑，隔年出獄後隱姓埋名，一九七一年後音信全無。

857箱根玻璃之森美術館：日本第一座玻璃藝術專門美術館，主要收藏威尼斯古今玻璃工藝品。

858艾吉迪歐．康斯丹第尼（Egidio Constantini，西元一九一二至二〇〇七年）：義大利玻璃工藝大師，畢卡索好友。

859馬克斯．恩斯特（Max Ernst，西元一八九一至一九七六年）：德國達達主義及超現實主義藝術家，第三帝國興起時曾被打成頹廢藝術家，前往法國並曾在美國流亡。旅法期間曾與加拉交往，流亡美國期間與世紀藏家佩姬．古根漢結婚後離婚。

860三木富雄（西元一九三七至七八年）：西元一九六三年個展以來，只發表各種左耳的金屬鑄模雕塑作品。

861成田克彥（西元一九四四至九二年）：物派代表之一。

862〈侍女〉（Las Meninas，西元一六五六年）：被最多人研究的西洋畫作。馬德里普拉多美術館藏。

863田窪恭治（西元一九四九年至今）：「後物派」藝術家，主打「風景藝術」。在法定居期間再造諾曼第「蘋果教堂」，返國後參與四國香川縣琴平山藝術再造計畫。

864「表現的不自由展・後續展」（表現の不自由展・その後）：延續西元二〇一五年因抗議三年前在東京尼康攝影藝廊展出的慰安婦攝影展被迫停辦，先於私人畫廊舉行的「表現的不自由展」（展覽名稱沿用自一九六七年 hi Red Center 設計海報），在愛知三年展期間，展區製作人津田大介展出韓國〈和平少女像〉與日本藝術家大浦信行焚燒昭和天皇肖像後踐踏灰燼的行為藝術影片〈懷抱遠近 Part 二〉（遠近を抱えて遠近を抱えて Part 二），遭到右翼團體圍剿被迫停辦後，數年間陸續在不同地方展出，包括二〇二〇年在台北當代藝術館之場次（二〇二〇年四月十八至六月七日，策展人：岡本有佳、新井博之）。

865 約翰・傑（John C. Jay）：優衣褲全球創意總裁。

866 Higashi-Yama Tokyo：傳統工藝精品店附設的預約制京都風懷石料理餐館。

867 小泉進次郎（西元一九八一年至今）：前首相小泉純一郎次子，發言天真無邪屢次掀起爭議。

868 粕谷之森當代美術館（カスヤの森現代美術館）：神奈川縣橫須賀市私人美術館，常設展品包括德國激浪派藝術家約瑟夫・博伊斯（Joseph Beuys，西元一九二一至八六年）、白南準、李禹煥、雕刻家宮脇愛子（一九二九至二〇一四年）等人作品。

869 達科塔公寓（The Dakota Apartments）：曼哈頓西七十二街歷史豪宅，恐怖片《失嬰記》（Rosemary's Baby，西元一九六八年）外景拍攝地，藍儂即在本公寓門口外被射殺。

870 辯才天女（Sarasvati）：佛教護法之一，日本七福神之一，簡稱辯（弁）財天或辯天。塑像分八臂與兩臂，兩臂者多半持琵琶。

871 勝井三雄（西元一九三一至二〇一九年）：商標設計大師，前日本平面設計師協會理事長。

872 福田繁雄（西元一九三二至二〇〇九年）：日本世博會官方海報設計者，日本可果美公司設計總監，前日本平面設計師協會理事長（勝井前一任）。

873 片山利弘（西元一九二八至二〇一三年）：設計師、建築師、公共藝術家，哈佛大學教授暨視覺藝術中心主任。ggg 空間設計。與永井一正、田中一光、木村恒久並稱大阪五〇年代「少壯四天王」。

874《天然生活》：女性向生活資訊雜誌，原發行者扶桑社發行。

875 辻井喬：即西武集團第二代總裁，西武百貨、巴而可、無印良品、吉野家老闆堤清二（西元一九二七至二〇一三年）寫作用筆名。致敬展「堤清二／辻井喬致敬展：最終章」：二〇一九年九月七日至十一月二十五日。

876 羅賽拉・美涅加佐（Rossella Menegazzo）：米蘭大學東亞史助理教授，日本藝術專家。

877「橫尾忠則 森羅万象」：西元二〇〇二年八月十日至十月二十七日，繪畫回顧展。

878 菅野綾子：東京糸井重里設計事務所編輯。

879 田口智規：糸井重里事務所設計師。

880仙鄉樓：超過一百五十年的溫泉旅館，溫泉水富強酸性，顏色白濁。

881《一會》（ひととき）：以高收入階層為訴求對象的旅遊月刊，株式會社 wedge 發行，全國銷售，只有新幹線商務車廂贈閱。

882清原和博（西元一九六七年至今）：前日本職棒東京讀賣巨人隊選手，球評。

883張（本）勳（장훈，西元一九四〇年至今）：前日本職棒東京讀賣巨人隊選手，三千安打紀錄保持者（日本棒球名人堂），球評。

884掛布雅之（西元一九五五年至今）：前日本職棒阪神虎選手、二軍教練，球評。

885奶油樂團（Cream）：英格蘭超級搖滾三人組。

886彼得．愛德華．「金傑」．貝克（Peter Edward "Ginger" Baker，西元一九三九至二〇一九年）：英格蘭超技鼓手。

887艾瑞克．派崔克．克萊普頓（Eric Patrick Clapton，西元一九四五年至今）：英國藍調吉他之神。

888中村東洋（中村とうよう，西元一九三二至二〇一一年）：《音樂雜誌》（Music Magazine）月刊發行人，主編，前董事長。資深樂評。自殺後，五萬張唱片全數捐贈給武藏野美術大學。

889金田正一（本名金慶弘김경홍，西元一九三三至二〇一九年）：前日本職棒國鐵燕、東京讀賣巨人隊選手，千葉羅德海洋隊冠軍教練，棒球名人堂成員。

890強烈颱風哈吉貝：在日本造成一〇五死，三人失蹤，三七五人受傷，東北地方宮城、福島兩縣災情最為慘重。

891工藤公康（西元一九六三年至今）：前日本職棒選手，時任福岡軟體銀行鷹隊總教練。

892神津善之介（西元一九七二年至今）：神津善行與中村五月子的獨子，上面有兩個大十餘歲的姊姊。

893密續（怛特羅）展（Tantra: Enlightment To Revolution）：二〇二〇年九月二十四日至二〇二一年一月二十四日。

894格雷森．佩利（Grayson Perry，西元一九六〇年至今）：英國普普藝術家，以塗鴉風陶瓷花瓶出名。

895班克西（Banksy）：蒙面塗鴉藝術家。

896山田養蜂場製造的可食用薄膜，主要成分為辣椒素、茶胺酸與蜂王乳粉末，適用於咀嚼能力退化者。

897淺井慎平（西元一九三七年至今）：攝影家，曾跟拍在日本演出的披頭四一百小時。

898艾許莫林博物館（Ashmolean Museum）：西元一六七七年由私人捐贈典藏成立，公認為英語世界第一座大學博物館與公眾博物館。

899維多利亞與阿爾伯特美術館（Victoria And Albert Museum，簡稱 V&A）：位於倫敦的工藝美術、應用美術博物館。

900《疾病之神》（病の神様：横尾忠則の超・病気克服術）：單行本西元二〇〇六年四月，文藝春秋發行。

901山谷初男（西元一九三三至二〇一九年）：影視、劇場名配角。

902眉村卓（西元一九三四至二〇一九年）：科幻小說家

903瑪麗・拉佛赫（Marie Laforêt，西元一九三九至二〇一九年）：法國豔星，香頌歌手，一九六三年訪日同行者包括影星亞蘭德倫、導演佛杭索瓦・楚浮等人。

904根本隆一郎（西元一九六一年至今）：日本戰後大眾文化史愛好者，「往日美好文化繼承會」（NPO法人古き良き文化を継承する会）代表。

905西元一九五六年。

906白井敬尚（西元一九六一年至今）：平面設計師，武藏野美術大學視傳系教授。

907〈仙境〉（ワンダーランド）。

908和黑：嚴選但馬牛的神戶牛排。

909淡島千景（西元一九二四至二〇一二年）：寶塚花旦轉行演員，曾演出《請問芳名》三部曲、小津安二郎《麥秋》（一九五一年）《早春》（一九五六年）、成瀨巳喜男第一部彩色寬銀幕長片《捲積雲》（いわし雲，一九五七年）等。

910中村哲郎（西元一九四二年至今）：國立劇場初期員工，評論與研究榮獲多項重要獎項。

911竹本忠雄（西元一九三二年至今）：法國文學研究者，文藝評論者，筑波大學名譽教授，前法蘭西公學校客座教授。

912堂本正樹（西元一九三三至二〇一九年）：劇場導演、劇作家，能劇評論者。寺山修司早期合作夥伴，在三島掛名的劇團「浪曼劇場」曾執導多齣三島由紀夫多部劇作，三島死後以評論為主，並創作新作能劇。

913陳幼堅（Alan Chan Yu-Chien，西元一九五〇年至今）：室內與平面設計師，曾設計張國榮與梅豔芳唱片封面、維他奶、可口可樂中國市場用標準字、日本光文社新書封面視覺等。鰂魚涌「27畫廊」、京都「Kyoto 27」經營者。

914武松幸治（西元一九六三年至今）：一級建築士事務所e.P.A創辦人，多摩美術大學客座講師。

915馬修・沃德曼（Matthew Waldman）：慶應大學媒體設計所教授，品牌nooka創辦人。

916梅宮辰夫（西元一九三八至二〇一九年）：東映黑道片演員，在電視劇與綜藝節目上走慈父路線。

917《心不甘情不願寫出魯邦的作家：墨利斯・盧布朗傳》（いやいやながらルパンを生み出した作家 モーリス・ルブラン伝，Maurice Leblanc, Arsène Lupin Malgré Lui）：賈克・戴胡亞（Jacques Derouard）著，小林佐江子譯，國書刊行會，西元二〇一九年九月發行。

918路德維希博物館（Gesellschaft Für Moderne Kunst Am Museum Ludwig Köln）：西元一九七六年，藝術收藏家路德維希夫婦將十餘年收集，以當代藝術為主的私人收藏捐贈給科隆市。館藏中的畢卡索作品數量為歐洲第一，世界第三。

919《拳擊擂台》（The Ring）

920一九六四年東京奧運圖像文字（Pictogram）由版畫家原田維夫、插畫家柳原良平與橫尾等新銳設計師共同開發，並成為國際標準。二〇二一年東京奧運閉幕典禮向其致敬。

二〇二〇年

**二〇二〇年一月一日**

今年很忙的預感，在暗中步步逼近。

元旦吃雜炊稀飯配屠蘇酒。中午去神戶屋寫了一點《文學界》連載的小說原稿。

傍晚，前《朝日新聞》依田彰突然來訪。

**二〇二〇年一月二日**

今年的初夢【在紐約某倉庫裡與幾個日本人聊天。坐在窗邊大木箱上的貓一直吵個不停。我仔細一聽，原來是在抱怨人類聊天的內容太無聊。我就問大家：能不能換點有創造力的話題？當我們改談創作，貓就不叫了。】讓今年成為充滿創造力的一年吧。

中午去神戶屋。

**二〇二〇年一月三日**

從畫室回家路上，看到天上突然出現一大片閃光，今年一開始就有好兆頭。

中午去神戶屋，寫賀年卡的回禮。

**二〇二〇年一月四日**

覺得牙齒還是怪怪的，又去看牙。下午去神戶屋寫給《文學界》的稿，共寫三十張稿紙。

深夜看電視，看到一個節目在介紹三個原生藝術[921]畫家，就一直盯著螢幕看。

**二〇二〇年一月五日**

上午去畫室。中午去今年第一次去的增田屋。去文具店與便利商店購物。中午前後共走了一小時的路，既沒有心悸也沒有暈眩。今天的感覺就像回到七十歲。

寫賀年卡的回禮。

去進行今年第一次按摩。

**二〇二〇年一月六日**

我習慣每年元旦連假過後才開始寫賀年卡。我也可以確認哪些人每年都會寄來。

開始在神戶發行的雜誌《神戶之子》上連載關於神戶的自傳性隨筆。我想寫一些住在神戶的五年間，還有我開在那裡個人美術館的各種故事。

**二〇二〇年一月七日**

終於完成十幅寫樂主題的版畫，從開始創作至今共花了三年。別的不說，光是製一面版印在紙上，就要花兩、三個月的時間。在十幅版畫以外還想嘗試油彩版畫，就提出三幅底圖。為了在水谷的畫廊（SCAI THE BATHHOUSE）發表新作水彩、油彩木版畫，想再畫一幅一百號尺寸的油畫。

**二〇二〇年一月八日**

昨晚睡不著。可能是因為事情太多吧？想極力讓生活單純化，但是突然出現一大堆雜事。現在的生活處在預定調和以外的狀態，剩下的時間應該很有限吧？

十二點半有一台車把我接送到TBS電台的播音室，上中村五月子主持的「昭和文化空中沙龍」。對談的主題雖然是昭和，五月子卻說：「提到橫尾先生，都會有一種可怕的印象。」她的丈夫神津善行老師也說了一樣的話。五月子還說吉行淳之介922也很可怕。看起來兩個都是很恐怖的人。不過像廣播節目或電視節目之類時間有限的工作，我實在不太擅長處理。

離開TBS電台之後，就去成城的美容院nico picabia修頭髮與鬍子。

**二〇二〇年一月九日**

Poplar社的淺井與撰稿人吉川來訪，討論《疾病之神》（文春文庫）的新版《生好病積陰德》發行的事情。屬於某協會的某位醫師，讀過《疾病之神》之後認為書裡為將來的醫療問題提出了解決的線索，所以舉辦演講還發行小冊子。我問詳情又是怎麼樣，說是從我靠靈感帶來的念頭讓自己痊癒那段，讓他得到提示。

下午去神戶屋寫投給《神戶之子》的隨筆文。

現在，為了下一幅新作，把一百五十號畫布靠在牆上，卻想不出來該畫什麼好，畫布也放在那裡一片空白。這種時候如果有一個畫家專屬教練來告訴我「這樣做，那樣做」就好了。反正我就怕麻煩，這種時候一定頭大。

**二〇二〇年一月十日**

中午與神津老師去神戶屋，吃了起司披薩與薑汁汽水。神津老師胃口很小，只叫了麵包與咖啡。

最近我不騎腳踏車，改用走的。不是為了去找吃的，而是為了讓自己多走路。

神戶的美術館派車，把下一檔展要展出的作品運走。

在《神戶之子》上的連載原稿已經進入第三回，但第一回還沒刊上去。只要我能寫字，就多寫一些擺著。《文學界》上的小說，我也已經累積兩回的量。

二〇二〇年一月十一日

這星期完全沒有夢。會做夢的時候，每晚都有，雖然多半不是值得記錄的內容。我以前甚至出過《我的夢日記》（KADOKAWA）與《夢枕》（NHK出版）等書，現在很懷念以前頻繁做夢的日子。每一場夢的內容都是超自然現象。不過現在看起來，反而覺得都像是日常生活的延長。

今天早上刊登在《朝日新聞》上的《薩賓娜之死[923]》書評，是不換行的短句：「希望讀者用饒舌歌的節奏，一邊跳舞一邊讀。」一句話就能給指示，真好呀。

二〇二〇年一月十二日

【在京都的料理店裡與幾位服務生說話，但只有一個我認識。】的夢。

【被邀請去寶塚劇場看兒童歌舞秀，回了一句「我又不是小孩」就拒絕了。】的夢。

讀書用的眼鏡搞丟了，去 Inspiral 成城店重配一副。

新創作一幅以戰場為舞台的畫。一畫下去就越畫越快。

晚上看白天錄影的全國都道府縣對抗女子長途接力。比賽總算越來越有看頭了。

二〇二〇年一月十三日

【達達主義研究家漢斯．李希特[924]來日本的時候，跟我說他想要把我拍的動畫短片《KISS KISS KISS》拿去紐約大學放映，問我有沒有拷貝，當時我還沒有籌齊拍片的成本，就為了沒辦法給他而道歉。】的夢。現在這部片在歐美各地都不斷上映，然後到處都流傳史都華．紀拉德[925]在他導演的《金童玉女》[926]裡抄我的畫面。
傍晚頭很痛，去整體院一壓馬上就消了。

**二〇二〇年一月十四日**

國立新美術館的長尾來訪，收錄預定三月開幕的「古典×現代二〇二〇」展的語音解說與導覽影片。

幸宏到隔壁的樫尾俊雄[927]發明紀念館參觀，來畫室打招呼：「我剛好路過。」我們大概從與細野晴臣一起去看狄倫演唱會以來，就沒這樣不期而遇了吧？還有一次，我們和他太太一起去某餐廳吃飯。已經超過十年以上了吧？

**二〇二〇年一月十五日**

《週刊POST》山內副主編來訪。之前在他們週刊上的報導轟動日本，獲得很大迴響，他們就想要刊登第二波，另外還想出一本以我重聽為主題的新書。重聽患者很多，希望以我的正向思考為主題出一本新書。

傍晚為《文學界》連載《原鄉之森》原稿進行最後校對。這部小說的歸著點至今還沒找到，好像會像大河劇一樣永遠繼續下去。我不急著馬上找到著陸點，想要營造出死者藝術論與生者藝術論之間的對峙局面。

**二〇二〇年一月十六日**

宮本和英在新幹線車內雜誌《一會》的溫泉紀行文（宮本）與插圖（橫尾）連載要列出走訪的溫

泉地具體清單。

晚上，黑輪樣子看起來不妙，臉色很差。可能因為生病動彈不得，還是不想動，就直接在被子上撒尿。然後連我的背包也遭殃了。

**二〇二〇年一月十七日**

上午畫一點畫，油彩乾燥狀況差。

西脇市岡之山美術館的山崎均來訪。本來以為是來報告什麼事，結果只是為了來說一些關於西脇Y字路的都市傳說，就專程來東京一趟。怪人一個。他還給我看他畫在素描本上的很多幅速寫。對呀，我受了震撼，不能輸給一個學藝員。

講談社荒井公之帶來《小玉，回來吧！》裝訂試作本。距離最後截稿日還有十天，不如多畫幾張。我訂了很多張畫布。

**二〇二〇年一月十八日**

從紐約來日出差的約翰·傑在瀧澤直己陪同下來訪。傑問我要不要參加他在日本進行的計畫，但我今年會專心準備展覽的作品，怎麼辦？

很久沒有畫小玉了，今天又畫了一幅，我希望可以在畫集與個展火燒屁股的時候多準備幾幅。

**二〇二〇年一月十九日**

妻子說：黑輪可能是因為被闖進家裡的野貓小黑欺負才變得這麼衰弱。

今天又畫了一幅小玉。和以前畫的小玉完全不一樣。只要來到最後一刻，我就會產生異常的變化。

**二〇二〇年一月二十日**

今天的日期是20200120，數字排列好像暗號。

亞伯茲·班達畫廊的老闆馬克·班達來訪，討論明年個展的可行性。他們打算策畫一場主打沒有主張的展，說是紐約藝術圈有一種對抗科技的內省傾向。我以前就只做得出這種東西。比起語言的思考，我更重視「看到」行為的普遍化，這一點從以前到現在也沒變過。他還說另一方面，美術館的參觀人數減少，Instagram已經取代美術館，成為藝術訊息的來源。這種趨向我可不接受。

晚上去按摩，每週一次的進廠保養。

**二〇二〇年一月二十一日**

奈良原一高[928]過世。大概是六〇年代後半吧？我在紐約的時候，曾經訪問過奈良原。我們聊的都是四度空間與飛碟之類的話題，跟美國的社會潮流間總有種疏離感。不過後來，美國的異次元文化變得內省，也與目擊飛碟的體驗同步化了。

黑輪的樣子看起來更差，我不忍看到牠在我床上撒尿。後來又外出八個小時。本來還以為該不會是來道別的吧？結果還是回來了，我鬆了一口氣，真拿牠沒辦法。

我神戶美術館的平林來訪，會場空間規畫的有元同行。

《月刊Hanada》花田紀凱來訪，叫我寫一篇隨筆。

深夜對不想走動的黑輪施行導引術。

**二〇二〇年一月二十二日**

昨夜的導引術有效，今天黑輪突然就好了。

向濱松的日式茶點店「春華堂」提案的茶點模型完成。現在還不能公開是什麼，總之是近乎健康食品的日式茶點。

傍晚畫出第三幅小玉新作。

**二〇二〇年一月二十三日**

【大島渚導演與夫人小山明子來我西脇的老家。因為沒有話題可聊，他們提案去咖啡廳，就上了電車。車上滿是乘客，擅長搶位子的妻子就撥開滿車乘客，占住四人座位。】的夢。

【讀賣巨人隊奪冠後去美國慶祝，不知為何找我一起去。從很高的大樓外牆，才能抵達屋頂的美國海關，一行人賣命往上爬。一到屋頂遇到大島導演，他對我們說：「我喜歡原[929]。」我回應：「我喜歡元木[930]。」】大島導演橫跨兩場夢。

**二〇二〇年一月二十四日**

昭和三十年代主題雜誌書來訪，我說這個時代對我來說是什麼都沒有的空白時代，編輯說：「這樣反而有趣。」

發行《an・an[931]》與《Olive[932]》的 Magazine House 來訪，找我談以前工作過的兩份雜誌。年輕的編輯們不知道這個時代的事情。

下午張嘴發呆，度過無為的時間。時間一點一滴地奪走我的壽命。對了，我想到《週刊朝日》連載的瀨戶內師父書信集，截稿日快到了。我來寫瀨戶內談「防水檔板」，我談「防霧檔板」的故事好了。越寫越誇張，連自己都笑出來。詳情請見週刊連載。

**二〇二〇年一月二十五日**

很冷。我的氣喘老毛病帶來的危機感，就是「我的啟示錄」。我的所有作品共通的訊息，就是一個啟示錄式的世界。我的原來意圖，學藝員好像沒興趣，被整個跳過。

下午讀書評要寫的書。我幾乎不讀現代背景的小說，不過這陣子開始讀懸疑小說。從結局開始寫的故事，好像很有趣。不過我並不是為了要推銷什麼書就是了。

**二〇二〇年一月二十六日**

【在以前的東京車站遇到一個「以前您來過的鯨魚料理店」對我打招呼，叫我再去坐坐。我進店裡，覺得不舒服。】的夢。

下午寫這篇日記。

寫完以後，在未完成的一百五十號上著色。在畫上加筆後塗掉的作業就像下圍棋，一種吃對手棋子，然後被對手吃掉自己棋子的感覺。

**二〇二〇年一月二十七日**

打開電視，看到每一台的新聞，還是從早就一直播報新型冠狀病毒肺炎感染擴大的新聞。

中午叫了一年只吃一次的漢堡外送。這家店的漢堡餡料很多，會沾得兩手都是，美感上是吃不下去的，有一種因為蛀牙治療中沒有感覺之下的空虛口感，一種嚼空氣的感覺。去年把已經搖搖欲墜的智齒拔掉以前，我幾乎不會看牙醫，感嘆自己不敵歲月的摧殘。

把《文學界》連載的小說《原鄉之森》第九回的校對用印樣交給清水。

**二〇二〇年一月二十八日**

英國大英博物館的「密續展」會做各種精品，現在想把我的版畫印成海報。

《月刊 Hanada》的川島龍太在雨中來接送我去 109 CINEMAS 二子玉川與花田紀凱一起看《男人真命苦：歡迎歸來》。日本電影沒有字幕，對重聽者而言都是默片。

**二〇二〇年一月二十九日**

天氣好得像春天。出門散步順便吃神戶屋，吃完以後繞了遠路，從《神明之森》主要素材的神明之森．三之池的另一面走回畫室。

「HOBO 日」的菅野帶著糸井重里修訂的《YOKOO LIFE》我與糸井的對談校對印樣來訪。有點雜誌書的感覺呢？

覺得喉嚨有點癢癢的，去國立東京醫療中心找鄭大夫與角田大夫討論後天可不可以去神戶。他們診斷：「絕對不行。」大夫說冠狀病毒固然可怕，不過正在肆虐的流感對氣喘比較危險。

中國的出版社說我自傳的中文版已經上市了，但時機太壞，決定請他們晚點來。

**二〇二〇年一月三十日**

今天一樣天氣良好，希望就這樣進入春天。

能穿出門的牛仔褲只剩下一條，所以去JEAN'S MATE買兩條LEVI'S。正好遇到他們改裝前清倉大特賣，運氣很好。即使沒有便宜多少錢，為什麼我還是這麼高興呢？

下午寫要給《朝日新聞》的書評。

晚上去按摩。我睡到結束。

**二〇二〇年一月三十一日**

今天，神戶的「兵庫縣立橫尾急救醫院」展開幕典禮上的來賓，聽說比以往更多，真讓人想不通呀。淺田彰也到場，館長助理山本學藝員回報他的感想：「相當有趣，二〇一八至一九年的新作與近作，每一幅都很棒。其中去年在館內的公開創作〈耳朵的肖像〉更是秀逸，堪稱是最近公開創作之中最出眾的作品不是嗎？」

新書《生好病積陰德》（Poplar社）說已經在展場搶先發售。雖然館方已經要求出席觀眾戴上口罩，他們會照做嗎？

我沒去開幕，都在東京處理雜事與寫稿。

晚上看動物片《我很乖因為我要出國》，驚訝動物演員們的高超演技。這種片應該得金像獎。

**二〇二〇年二月一日**

【我說畢卡索還是只有畫可以看，站在旁邊的杜象點點頭。考克多站在略遠處裝作不認識。】這種夢。

比平常略晚到神戶屋，店內客滿。我等了快一小時。

回程買的週刊上印著大恐慌式的標題：東京奧運因為疫情陷入混亂！辦得成嗎？新作中斷以來一直沒有進展。整天煽動恐慌的社會現狀與個人的現實一直乖離之中，我在斷線兩頭之間的虛空中飄浮。

**二〇二〇年二月二日**

「202022」看起來好像暗號。幾乎每次到了星期天，都會去增田屋。自宅↓畫室↓增田屋↓畫室↓自宅。合計散步九十分鐘。

為《月刊 Hanada》寫了十張稿紙的隨筆。寫隨筆的速度比畫畫快，可能是因為我沒想過靠寫隨筆吃飯吧？不論如何，畫畫好像需要一種特別的覺悟。我並不知道是哪種覺悟，可能是描悟[933]吧？

別府大分每日馬拉松，日本選手第一次跑出第三名（日本國內第一名）。

**二〇二〇年二月三日**

【給安迪·沃荷畫肖像畫，我說我也來畫，所以也來畫沃荷。兩人聊一聊，想輸出貼在火車車廂上。貼著兩人肖像的火車，會變得非常有趣。】的夢。

打開電視，全都在播報新型冠狀病毒的擴散消息，我明明重聽，卻聽得到末日時鐘秒針的轉動聲。

中午吃外面買回來的青花魚壽司。吃青花魚以取得肉類攝取的平衡。

**二〇二〇年二月四日**

【造訪在阪神．淡路大地震的幾十年前上班過的神戶新聞會館，不知為何裡頭一個人都沒有，連一樓的商店街「MINT神戶934」也一樣。難道這裡變成鬼城了嗎？】的夢。

愛知縣美術館的南雄介館長與東京都當代美術館的藤井亞紀學藝員來訪。我與他們是東現美個展「森羅萬象」以來的好友。我們三人都是大衛．鮑伊的忠實歌迷，每年生日他們都會送我鮑伊圖案的T恤。

**二〇二〇年二月五日**

【與死了的父親一起去曼徹斯特市區找人。他問我：「自傳帶來了沒？」「啊！忘了帶了。不過我可以拿到昨天寄來的中文版自傳。」他又問：「中國版嗎？」一聯想到新冠病毒，就露出一副不耐煩表情。】的夢。

電視上說今天早上是寒流最強的時候，但實際上沒那麼冷。

NHK電台深夜節目來訪，我連錄兩晚上播出的內容。我的談話能力太爛了。

**二〇二〇年二月六日**

克羅心的安岡曜一、更科水樹與武井法香來訪。我之前給他們的海報藝術，他們希望我再做一張美工感更強的海報。看起來克羅心迷有很多都是搖滾樂或時尚愛好者，和藝術性相比，它們好像更喜歡美工。那也沒差。前陣子他們給我的真皮貝雷帽發霉，拿去洗衣店洗，黴菌卻沒洗掉。用嬰兒油一擦就消失了，不過嬰兒油也流到我臉上。

**二〇二〇年二月七日**

齒縫間有種長出軟墊的感覺，變得有點咀嚼困難。去看牙發現原來是牙縫塞住了，就請大夫幫我洗牙。牙齒覺得怪怪的，就盡量避免咀嚼，但牙齒還是繼續使用比較好。即使是自己的身體，還是充滿未知。我還是不要放著不管，好好保養的話，身體就可以用得比較久。

講談社新井與共同印刷的印務總監共三人來訪。目的雖然是顏色校正，他們還來不及問，我就馬上說ＯＫ了。新井的主編上司看了《小玉，回來吧！》，聽說哭出來。我也收錄了關於小玉生前的日記，自己寫的日記，本人讀了以後沒有哭。

**二〇二〇年二月八日**

嚴冬的冷是很特別的，但今天騎腳踏車上街，卻感覺不到電視上說的那種「很冷」。畫到一半的話還是畫不下去。如果我接收不到「畫吧！」的聲音，是不會繼續的。如果我畫下去，就會一氣呵成。不下筆的時間，反而是等待下筆感覺降臨的重要時刻。

**二〇二〇年二月九日**

有點像泡澡著涼的症狀。醒來同時就吃了葛根湯顆粒，過了三十分鐘就恢復正常。看外面一片春天暖洋洋的感覺，就徒步前往增田屋。↓進三省堂書店繞了一圈，沒有買書↓去不動坂拍遠方的富士山↓去喜多見不動堂參拜↓野川河堤散步↓在野川遊客中心的涼亭一邊喝著歐樂那蜜Ｃ，一邊讀書評要寫的書↓神明之森三之池↓溫室化的畫室。

《週刊朝日》與瀨戶內師父的連載書信往返已經沒題材可寫了，接下來我們該說什麼好呢？

想到該去按摩了，到門口才發現師傅感冒，臨時停業。

我原本以為滿月都會在同一個地方出現，其實根本不是那回事。

這兩三天，黑輪都躲在被窩裡裝睡讓人看不到，是又有什麼難言之隱了嗎？

**二〇二〇年二月十日**

我以國立新美術館從三月十一日起舉辦的「古典×現代二〇二〇」展為主題，接受「DISCOVER JAPAN」專訪，主要談新作主題引用的蕭白「寒山拾得」。唐朝時期的天臺山國清寺有兩個和尚寒山與拾得，據說是文殊菩薩與普賢菩薩的化身。這兩個看來漫不經心的僧人，卻是森鷗外與蕭白許多創作的題材，所以我也想畫出自己風格的寒山拾得。在這裡也通用黑住宗忠說的愚者相。

世界在一片病毒帶來的混沌之中看不到未來，新聞上只報導看不到盡頭的感染者與死者。因為沒有報導感染者的減少，感染人數只會和死者人數一樣不斷增加，像一波一波的浪潮上岸，無計可施。現在還有人提出沒有根據的預測，說是過了四月高峰期就會消退，但疫情的前線，目前已經逼近到家門玄關口了不是嗎？

義大利瓦雷澤市的日本展向我借展品，然而現實已經逐漸變成虛構，現在已經沒有什麼真實性可言。

**二〇二〇年二月十二日**

《週刊朝日》木元健二來訪，說是如果我提出一些主題，瀨戶內師父可能不會回應，於是提出各種腦力激盪的主題：童年、戰爭、昭和等等。

傍晚去《朝日新聞》書評委員會，前陣子寫書評的《南極殺人事件》作者竹古正[935]送來感謝狀，我又寫一封回禮狀送去。

**二〇二〇年二月十三日**

聽說今天的氣溫會快速上升。氣溫上升會造成病毒繁殖或是可以控制擴散，難道都沒有具體的對策嗎？然而我卻一直發生無關疫情的悸動與喘息。

與榎本了壹討論正在進行的計畫。他看了我在《文學界》的連載，對我說他的感想。擅長冷笑話的榎本記得我小說裡所有澀澤龍彥說過的冷笑話，讓我一下子無言以對。為了這樣的讀者，我得多研究一些冷笑話才行。

**二〇二〇年二月十四日**

【在不明旅館裡，與高倉健、他的養女貴月三人一打撲克牌，健哥一邊打牌一邊哼唱〈網走番外地〉主題曲。清唱版聽起來別有一番享受。】的夢。

【自己在鏡中的臉，不知從何時開始，變得一根鬍子都沒有。】的夢。夢依照現實進行。

《MEN'S Precious[936]》來訪，找了立木義浩拍照。我和他不是形影不離的交情，五十年間只有被拍照的時候才會見面，是很奇妙的機緣。這種朋友總會帶來新鮮感，很珍貴。他拍的人物照充滿都會感，銳利又時髦，期待照片的發表。不過他會突然拿相機靠得很近，我會怕。

為了避免感染新型冠狀病毒，我想改變行程，避免進入人多聚集的地方，也不要接觸太多人。

更何況我是一個有慢性病的八十幾歲高齡者。

**二〇二〇年二月十五日**

【夢到我在做健哥唱歌的夢。】的複雜思考夢。

去桂花吃魚翅湯麵。每次去他們都說感謝我為他們宣傳魚翅湯麵，說為了表達感謝，每天要招待我一兩碗。他們已經跟我說幾次了呢？如果今天他們宣傳吃魚翅湯麵就不會感染新冠病毒，一天吃二十碗四十碗都不無可能吧？這陣子真的滿腦子只有病毒而已。

**二〇二〇年二月十六日**

又下雨又冷的天氣是出門走路的好機會，但沒有特別理由。

好痛！指甲斷了。我本來看到指甲變長，一邊想剪卻又遲遲不動，才會導致災難性結果。念頭出現什麼，思考出現什麼，就憑直覺立刻實行下去。

消毒噴霧被搶購一空，我直接去美容院洗頭，忘了把帶去的一邊防寒手套帶回家。

**二〇二〇年二月十七日**

岡部版畫工房的牧島帶著刻印中的小玉版畫樣本來訪。我想把這幅印成掛軸，想表現出小玉踩在抽屜上往上爬的運動感。還有一幅會是以絹版與蝕刻法完成的作品。

雨後隔天涼爽宜人。

自從去年九月入院以來，我就開始留鬍子。最近在電視上看到很多人留鬍子，好像是種流行。每天早上都要刮鬍子很麻煩。老人就算留了鬍子，再刮應該也很麻煩吧？我上了年紀以後，什麼事都嫌麻煩。活著也很麻煩，希望能活成一個恰到好處的老人，從容迎接死亡。

**二〇二〇年二月十八日**

吉本芭娜娜937寄來一封很長的電子郵件，是《生好病積陰德》的讀後感。她的信裡也提到我對山田洋次導演的發言，對我的「毫無畏懼的發言」給予好評。芭娜娜好像也遇過類似的事情。來採訪我寫出《週刊POST》的小說家岸川真向我報告，他也收到很多電影相關人士的好評。

**二〇二〇年二月十九日**

我神戶美術館的山本與田中來訪，說我期許多年的個人收藏展間已經決定設立。預計明年開幕，到時候美術館的內容應該也會跟著升級。

**二〇二〇年二月二十日**

決定明年一月在愛知縣美術館舉辦個展。南、藤井與國書刊行會的清水來訪，討論展覽目錄的發行。

**二〇二〇年二月二十一日**

《文學界》連載，又寫了二十張稿紙。剩下十張稿紙等明天完成。

【和來日本的卡洛斯．山塔納見面。】的夢。

原來停滯不前的《朝日新聞》書評，總算寫完了。

可能是感冒吧？一直咳嗽。如果去見人一定會被討厭，請辦公室把會面全部延後。

**二〇二〇年二月二十二日**

令和二年二月二十二日是「nyan nyan nyan nyan[938]」的貓咪日。馬路上、店裡人都很少，是因為新型病毒感染者增加的關係吧？我外出就戴口罩，隨身攜帶消毒酒精，去什麼地方都把手洗乾淨。

寫《文學界》連載的小說，共計三十張稿紙。

從傍晚就下雨下到深夜。只要外面一下雨，黑輪就會在我床上撒尿，晚上我都得讓牠到外面去。

**二〇二〇年二月二十三日**

【加入巨人軍，進中心集訓。我已經超過五十年沒有練習過接投球，卻一下子就成為職棒選手，擔心的事情很多。首先我第一次參加棒球比賽，守備位置好像是一壘，但幾乎每次被接的球都會投來一壘。那些球一定都很快吧？我覺得自己一定接不到那些球。他們就問我，去當投手怎麼樣？憑我八十三歲的體力，已經無法投出讓捕手接得到的球。因為我是在球季開幕前最後一刻加入的，也沒有時間練習。就算我再怎麼希望這是夢，每次睜開眼睛，都會被帶進球場，看起來應該不是夢了。我又想到可以要求退出，但今天才剛加入球隊，應該不可能說退就退。】的夢。

昨天、今天、明天三連休。

中午去增田屋，店裡只有我一個人戴口罩。可能因為這裡是成城吧？大家未免太缺乏危機意識了吧？都心應該又不一樣了吧？

可能因為昨晚夢到加入巨人隊，今晚沒什麼睡。

**二〇二〇年二月二十四日**

早上就被電視報導的新冠病毒感染狀況嚇醒。歐美批評日本的對策「太天真」，甚至直接指名批評：「危險度最高的就是日本！」日本的政治呈現出的現狀，就是政府事不關己的態度，只要自己還在安全圈內，對於國民的水深火熱，幾乎就像不關心一樣。

**二〇二〇年二月二十五日**

深夜看電視上播「GLAY 傳說的二十五年」。出道後不久，他們的團員就來我家玩，與當時相比，現在他們即使不再年輕，存在本身帶來的訊息比以往更多。與 TERU 第一次見面時，他是團員裡最聽話的一位，前陣子來我畫室的時候，反而變得健談，我吃了一驚。他渾身散發著自信的光彩。

【沿路下坡，發現腳邊出現巨大蝌蚪。這支全長五十公分的蝌蚪，與其說是安迪．沃荷的作品，更像一種裝置藝術。】的夢。

一進畫室就開始咳嗽。荷蘭的紀錄片導演說想拍紀錄片。我說日本現在正陷入新冠病毒大恐慌，下次你來日本再讓你拍。最後訪問以錄音解決。

**二〇二〇年二月二十六日**

【嵐山光三郎[939]導覽一場文人畫展，他的自畫像很不得了。我仔細端詳，想知道這麼棒的畫是怎麼畫出來的。展覽開幕的時候赤瀨川原平還致詞，聽說兩天後他就死了。另外，一個住在法國的日本作家，也在作品展出後四天自殺的樣子。】的夢。

《朝日新聞》大西若人來訪，問我關於我在「古典×現代二〇二〇」聯展展出蕭白主題作品的問題。

開始氣喘，今晚的《朝日新聞》書評委員會缺席。

**二〇二〇年二月二十七日**

因為實在太擔心心悸、呼吸困難、氣喘之類的症狀了，就打電話給國立東京醫療中心的鄭大夫問診。我是可以直接去檢查，但現在醫院太危險，院方叫我盡量少去。大夫建議我充分睡眠，避免體力消耗，也不要出門。同一醫院的角田大夫也勸我「請冬眠」。

與展覽有關的三場活動全部取消。

**二〇二〇年二月二十八日**

愛知縣美術館個展目錄，到了必須決定講評作者的時候了。作家是怪盜二十面相，評論家是明智小五郎，看他們怎麼解析作品會很愉快，但不輕易揭發畫家本性的，反而是二十面相。靠在畫室牆邊的未完成作品一直盯著我看，我與其說是不想畫，反而是畫不出來。就算我畫，也是心不甘情不願地畫。這種心不甘情不願下畫出來的畫，只要看起來沒有自己的風格，就有心不甘情不願的效果，我說不定還會感到慶幸，總之我只能試試看吧。

去年年底以後，沒有再和瀨戶內師父通過電話了。一接通：「在《週刊朝日》連載書信集的同時還通電話，總覺得怪怪的呢。」「對呀，好像高中生交筆友一樣。」瀨戶內師父在信上寫「我會在奧運開幕之前就死」、「好想早點死」，同時又說：「能在這部連載裡談各種話題，所以我也更有活力了。」

**二〇二〇年二月二十九日**

黑輪又亂撒尿了。每次妻子都會抱怨洗被單之類的雜事變多了。如果說小玉是資優生，黑輪就是劣等生，我們人類可以從劣等生身上學到更多事情。不過在出現撒尿前兆的時候，我就發現黑輪會在家裡走來走去。我預測出跡象，就只能夠把牠放到屋外去。這種發現又要怎麼反映在藝術上呢？

**二〇二〇年三月一日**

從早上開始看東京馬拉松轉播。即使沒拿到獎牌，大迫選手也透過非常引人入勝的表現，締造出日本新紀錄。不過離世界紀錄，還有一大段路要走。

左腳大腳趾骨折已經過了五年，到現在每天還在隱隱作痛，不過我發現這四、五天竟然不痛了。難道疼痛會隨著老化的進行退化？自然痊癒？我要再多觀察一陣子。

**二〇二〇年三月二日**

極端寒冷，又下雨。一進了畫室馬上出現感冒的徵兆，靠葛根湯趕走感冒。冠狀病毒也一起去死！

國書刊行會的清水☎感謝我寫出前天刊登的《旅途上的黑澤明[940]》書評。只要他們得到新的訂單就會特別開心。

二〇二〇年三月三日

【一開始讀硬派小說，不知不覺自己就已經進入電影的場面裡。才沒多久又進入電影外景的拍攝現場。瞬間移動。我才以為是外景，就馬上察覺這不是虛構，是現實場面。子彈飛來飛去！車子衝進樓房裡！感到性命受到威脅。】唉呀，得救了，原來是夢。

電視上為什麼出現日本娃娃「雛人形」祭壇？喔對了，原來今天是女兒節呀。我突然想到以前每年都會在家中玄關擺出雛壇，不過那也已經是三、四十年前的事情了。

今天沒有風，我把畫室裡的長椅搬到陽台上行日光浴，提高免疫力以防止感染流行感冒。比冠狀病毒可怕的是氣喘與肺炎。我把手心朝上吸收陽光，讓體內生成維他命D，以預防呼吸道感染。

二〇二〇年三月四日

鄭大夫（國立醫療中心）☎問診，他說我的喉頭發出像秋風一樣的哮鳴，從兩公尺遠都聽得到。被置之不理的畫，將面對何種命運？我正想以未完成狀態完成這幅畫。傍晚腰椎刺痛，請師傅來畫室幫我按摩。

二〇二〇年三月五日

【我從橫跨市區的河流裡被人一把抓住，再自己爬上岸。有人說這個場面很像黑澤明的《天國與地獄[941]》，那又是怎麼回事呢？】的夢。

【在家鄉老家對面的大馬路上，有人在辦婚禮。我問：「哪裡的人家結婚？」說是賣菜的某某人。我又問，那新郎是誰？說是一個劇場導演，很愛哭。「久世嗎？」「不是。」「服部？」「不是。」「應該是宮田吧？」「不是，為什麼你都猜一些死掉的人？」】被質疑的夢。

【在飯店裡，為了出一本妖怪故事的書，與編輯見面。我說這種題材別人已經出過書了，編輯就失望地大叫：「難道不行嗎！」我就問他要不要一起去餐廳吃個飯再說，他說只想吃茶泡飯。真是難搞的傢伙】的夢。

【從偏遠地區☎回家，對母親說明天記得把童話故事書的插畫交出去，女性編輯透過母親傳話：「總算實現了心願完成這份工作，不論如何今晚都想見面。」但是我還在遠處，覺得這編輯真是個不懂常理的傢伙。】的夢。

【有人給我一張開了一個直徑五毫米小孔的卡片大小厚紙板，叫我用來從二樓觀眾席看台上的歌劇，看過去只覺得眼界變窄，一點效果都沒有。】的夢。連續五片聯映的夢，讓我沒有實際的睡眠感。

隔了兩個月，終於在未完成的畫布上再次下筆，畫出一幅怪畫。昨天的腰痛也不翼而飛了。

**二〇二〇年三月六日**

【一個看起來像老師的人，要我們把自己的家譜寫在黑板上。第一個上去的同學，寫的是自己祖先的名字與土地名。我被點名接著寫。我寫「宇宙．天孫降臨」】醒來我才想起來：「咦，原來是這樣呀？」突然產生拿《古事記》出來讀的念頭。

接續去年秋冬，進入第二次休養。

**二〇二〇年三月七日**

日本列島逐漸被冠狀病毒地圖區分成不同顏色。冠狀病毒本來是政治病毒，逐漸變成人類病毒危害人類。想改變政治也沒有力氣，想改變時代也沒有力氣，那麼如果發生像法國大革命那樣的大事件，又會發生什麼事呢？革命應該也不會發生吧？地球構造本身就感染了病毒。

**二〇二〇年三月八日**

天氣與心情都是要撐傘的陰天。明明就沒有下雨，還是撐起雨傘在街上閒晃。吃完一碗蕎麥麵就回家了。

我每天像狗到處小便一樣，東畫一點，西畫一點，沒有完成的打算。完成一幅畫的不是畫家，反而是畫本身，所以畫家可以保持任性。

**二〇二〇年三月九日**

整天都在畫室裡。寄信回信，校稿，寫連載的隨文，有時候停下來想想應該去畫畫還是做別的事，一決定就全力去做，撿起地上的週刊來看，小睡補眠，做著做著今天就結束了。

**二〇二〇年三月十日**

為了避免睡眠不足引發感冒，我調高畫室內的溫度；為了改善通風，就不時開關窗戶；衣服脫了又穿，以調節體溫。

新冠病毒的恐慌會不會拖過今年？接下來有幾檔展覽會延後舉辦還是取消？

走點路就心悸、呼吸困難，是自己才有的症狀，還是老人共通的毛病？哪一個啦！

二〇二〇年三月十一日

【在內田裕也的葬禮上，細野晴臣對我說：「請您設計一本裕也的超豪華版盒裝紀念專刊，然後上市。」我做的話，誰來贊助？一本幾萬日圓的書，誰會買？我覺得不可能，所以就說這種書最好不要發表。】的夢。

黑輪一遇到外面下雨就不想出門，我想把牠關在外面尿尿，才想沒多久牠就不見蹤影了。人類把貓解釋成五感敏銳的動物，根本只是人的觀點。即使是愛貓人士，也不是很明白貓咪其實具有查知人心（心念）的能力。人與貓之間唯一的溝通工具，就是心電感應。

二〇二〇年三月十二日

《朝日新聞》電子版「好書好日」網站本來預定來收錄「畫室會議」，暫時取消。

把吃剩的食物放在畫室後院，不知道被誰吃得一乾二淨。我想起以前禪寺有一種以吃剩食物讓餓鬼食用的習慣。

醫院的大夫說頭髮與鬍子也會附著病毒，就因為他說「鬍子剃掉會比較好」，我就把鬍子剃掉。以前留起鬍子就被說「看起來比較年輕」，不過剃掉以後一樣被說看起來比較年輕。哪一個啦！

二〇二〇年三月十三日

很難睡著，有些時候處在非雷姆睡眠階段。同時也很難進入第二次非雷姆睡眠，到天亮為止還分不清自己在雷姆還是非雷姆階段，就算勉強振作，也只能極度疲憊地走向畫室。我覺得可以用某種方法改善，但就是不知道那是什麼方法，就一直煩惱到現在。以前嚴重失眠很困擾的時候，在書尾廣告上看到一句廣告文案「不睡就會死」大受震驚，結果從那天開始又好睡了，這次又怎樣？

今天的天氣明明就這麼好，黑輪卻窩在被子上，不知道在想什麼鬼點子。呆子、懵頭、白痴、笨瓜、白痴臉、茄子、南瓜、Cambodia、乖乖隆地咚、尿床鬼！

母校同屆的養蜂家高橋國人同學送來一大批蜂蜜。紫雲英蜜[942]屬於高級品，顏色透明，睡前飲用說是有助於熟睡。

**二〇二〇年三月十四日**

電視上說今天整天都會下雨。我擔心的是黑輪撒尿。我必須抓準時間把牠放到外面去。

很久沒去站前的阿爾卑斯。我本來以為新冠病毒期間會沒人，結果一堆人。去桂花吃魚翅湯麵。又拿到新的酒精噴霧。在雨中前往畫室。雨滴在空中結冰又變成雪，不久又變成冰雨。開了暖氣沒用，我一邊發抖一邊開始寫《文學界》連載《原鄉之森》第十一回。

**二〇二〇年三月十五日**

【一邊看著B-29飛過的天空，一邊對一位美術館的女性學藝員說明終戰那年三月十日發生了東京大空襲，三百架B-29飛到東京上空丟炸彈。】的夢。

對於野貓小黑只期待牠來吃飯，但牠也會欺負黑輪。兩個在搶地盤，輩分比黑輪更大的野貓小黑，並不知道黑輪的飼主也是這裡的主人。

整天待在畫室沒有踏出一步，寫《文學界》連載《原鄉之森》原稿共二十二張稿紙。因為我還沒決定要寫幾張，我覺得寫到這裡就夠了。

**二〇二〇年三月十六日**

【石原裕次郎在面對銀座大馬路的建築物前，一手扶牆以「壁咚」的姿勢在我耳邊唱著自己的歌。但我本來以為重聽就應該聽不到，結果聽得非常清楚。】是因為做夢嗎？

昨晚睡得奇差，中間起來吃安眠藥完全沒效。

保坂和志的太太送我她手工縫製的口罩。這張口罩可以反過來用，在他人面前裡外翻轉，就會出現不同的圖案。

我突然想泡澡，把溫水的溫度調高，等我一離開浴缸，體溫就急降，然後就感到一陣睡意。我反而忘了趁這種時機睡覺，可以解決失眠的技術。

**二〇二〇年三月十七日**

昨晚的失眠消除術大成功，與黑輪一起熟睡。

我忘東忘西越來越嚴重，連做夢都受到影響，記得自己看到，卻想不起來。以前都是長篇夢，最近都只剩下極短篇夢，連這麼短的夢都會忘記。

**二〇二〇年三月十八日**

三年前一個女性特異功能人士曾經說過，東京奧運會「不辦」。當時本來還以為會是天災還是恐攻，結果反而是因為病毒。以「最完美的形式[943]」舉辦應該已經不可能了吧？贊成舉辦的人保得住面子，反對者又會覺得話中有話，難道這就是他們認為的中道嗎？

**二〇二〇年三月十九日**

【在梵諦岡宮殿廣場前的群眾之中，打了一個很大的噴嚏，同時被無數的眼睛盯著看。】新冠病毒夢。

【把三島寫的評論〈爆米花的超能力[944]〉畫成畫。】清醒夢。

可能因為在推特上說自己要休養，就收到一堆禮物。

**二〇二〇年三月二十日**

【走進紐約一間飯店的房間，☎鈴聲響起。約翰·納遜[945]打電話來告訴我：「約翰·藍儂死了。」我大為震驚。】雖然只是夢，夢裡的我難道是別人？我不是很懂。

妻子為了迎接春分前後的「彼岸週」，做了巨大的鄉下口味牡丹餅。我吃了兩個阿母的好滋味。

打了好幾次☎到辦公室都沒人接。到了下午才知道今天是假日[946]。

開始畫一幅兩百號正方形[947]畫布的新作。一個彈著三位線的藝者（瑪麗蓮·夢露）、一個手握清酒瓶，醉臥美人膝上的涅槃相佛陀，以及一尊特攻隊員銅像共同組成的畫。

**二〇二〇年三月二十一日**

櫻花全開。我家的大櫻花樹，每年開花的數量都在減少，所以我就去野川的櫻花小路。本來以為新冠肺炎會讓大家節制出門，我很驚訝大家反而都冒出來了。想在昨天的畫裡加上一截櫻花樹枝，後來我覺得還是不要多此一舉比較妥當。想在野川遊客中心的涼亭坐下來喝熱可可，卻發現自己忘了怎麼開易開罐，拉環弄一弄就斷了，結果沒辦法喝。

歐美的小吃店多半都因為疫情封閉，結果日本的危機意識低下，去什麼地方都一堆人。

**二〇二〇年三月二十二日**

大概昨天開始，黑輪就出現行為幼兒化的現象，開始自己跟自己玩。到底是怎麼回事呢？我發現這兩星期幾乎沒有見什麼人。萬一這種狀態，才是我真正應該度過的時光呢？我本來以為自己東忙西忙才是普通生活，新冠病毒讓我反省這種感覺才是異常嗎？

**二〇二〇年三月二十三日**

就算不是三天連假，每天都過著無聊的生活。電視上的市區街道一樣擠滿了人，看起來就像傳遞一種訊息：有幾個人是新冠病毒感染的預備軍了！

**二〇二〇年三月二十四日**

《朝日新聞》圖書版吉村千彰主編來訪，說馬上就要被轉調去大阪本社。我在吉村任職時期，曾經把書評圖像化，大部分人對於吉村能包容我發表這麼任性的書評，都會說「真會選呢」。他能獲得好評，我也感到榮幸。最高興的應該就是讀者了，網路上的迴響就說明一切。

為了解決運動不足的問題，就去按摩院藉由別人的手進行被動性運動。成城健康整體院的岡師傅過世。前陣子他才問候我：「您看起來很有精神呢！」真搞不懂人的命運。

**二〇二〇年三月二十五日**

寫電子郵件給米蘭的丹妮耶拉與法比歐夫婦：「我看到新聞上說你們義大利疫情很嚴重，你們還好吧？」他們就寄來一張戴著口罩的合照，以積極的態度帶來勇氣：「疫情給我們一個深入思考人生的機會。」

下午寫兩篇隨筆文連載的內容。畫畫已經很痛苦了，寫隨筆不至於那麼痛苦。

畫集《小玉，回來吧！》的樣書寄達。本來預計出版同時舉辦畫展，決定延期。另外還有兩檔展覽延期。

本來進行東京奧運相關的計畫，這項當然也延期。

**二〇二〇年三月二十六日**

在延期、延期之中，GUCCI 設計師亞歷山卓·米凱雷[948]與時尚藝文雜誌《Tokion[949]》來信委託參加聯名計畫。

這兩天東京新增八十八名新冠肺炎感染者，政府要求民眾這個週末盡量避免不必要的外出。基於上星期三連休的判斷？政府一邊說感染爆發的重大局面就要來了，同時卻又做不了下一個決定。日本政府比較海外的狀況，還覺得來日方長？如果直覺遲鈍了，先決思考就會亂掉。就算演藝圈與職棒界都出現感染者，只有政壇覺得還沒問題，又是怎麼回事？

**二〇二〇年三月二十七日**

為還只有鉛筆底稿的畫上色，卻覺得畫的進行就像新冠肺炎一樣，完全看不到前面的路。

**二〇二〇年三月二十八日**

今天與明天都必須減少不必要的外出。

起床後，怎麼覺得身體不正常？熱熱的。我回被窩裡想了一下，可能是水分不足？該不會是中暑吧？馬上拿運動飲料出來喝，熱馬上就消了。果然就是中暑。前幾天一直很冷，沒有充分喝水。以前的中暑體驗，成為很好的教訓。

**二〇二〇年三月二十九日**

【四國八十八所遍路巡禮途中，在某一個札所聽說出現一個「特麗霓虹[950]」星人變成的人類。旁邊一個不知從哪來的女人就建議：如果「特麗霓虹星」人與地球人生出一個混血兒的話呢？】完全摸不著頭緒的夢。

從早上開始下雪。從房間看出去，櫻花樹枝看起來都很沉重，原來是蓋住櫻花的雪。似有若無的珍貴景色。黑輪看到雪花蓋住的櫻花，露出一臉不可置信的表情，一直盯著不放。

今天是減少外出的第二天。因為主人都在家，黑輪看起來好像很開心，黏著我不放。才跟牠說一直黏著不放，會感染新冠病毒喔！這時候長女就來跟我說：「聽說貓也會感染新冠肺炎。」怎麼說都像是被人感染的。

我連元旦都不會在家，現在就像個病人一樣。

今天東京說是有最高紀錄六十八人感染，想像在家會產生壓力的年輕人，在電視訪問上說：「所以才要來逛街。」我覺得這是真的，但是缺乏自覺的年輕人，會在人少的市區沒目的地遊蕩。區分現實與虛構的界線，已經變得更難辨認而危險了。

**二〇二〇年三月三十日**

一進畫室，德永就告訴我：「志村健[951]過世了。」在那一瞬間我就覺得新冠病毒不是事故而是事件，同時也覺得他是一個殉道者。他的死會為日本的疫情帶來救贖嗎？政府會作何反應？還是無動於衷？

醫師聯合會說緊急事態宣言發表的時機是剃刀邊緣，安倍首相根本無動於衷，就像不想對他人意見作出反應的呆頭鵝。另外，小頭銳面的菅官房長官[952]那一臉自信，又是幹什麼的？

**二〇二〇年三月三十一日**

屋內屋外都陰陰的。新冠肺炎感染者有增無減。政府一邊與專家討論緊急事態宣言，結果對他們的意見完全視若無睹。前不久才在發布口罩作作秀。

我的畫室開著卻停止營業，什麼人都沒來。

**二〇二〇年四月一日**

每戶只分到兩面口罩，今年的愚人節玩笑是「緊急事態宣言」吧？既然上面聽不到民眾叫他們別鬧了的怒吼，我不如把我多出來的助聽器都送給他們吧？

外送午餐剩下的飯粒，外面的鳥吃得一粒不剩。希望這些鳥來當日本的總理。

每天電視上都大大地標示新冠感染者創下新高。安倍不看電視，只看祕書寫的小抄。

**二〇二〇年四月二日**

【去東北還是哪裡採訪，一個像是編輯的人當伴。經過討論，午餐吃鰻魚。不知道哪邊出錯，我們找的日本料理店沒有鰻魚。】只能放棄的夢。

我不再等待國家的緊急事態宣言。為了保護自己、保護家庭與員工，我自己發表了一人緊急事態宣言，對日本國實施鎖國！

明明父母都是陰性，未滿一歲的乳幼兒又為什麼會被感染？比起高齡者，現在的高感染危險群，已經往四十九歲以下中壯年層移動。不過想出門與朋友見面之類，出門喝杯小酒就可能被感染的上班族，也是遺忘恐懼的一群。有些年輕知識分子也會對於新冠大恐慌過度激動，就像看到電影得到快感一樣，把現實世界虛構化。疫情絕對不是電影小說的情節，新冠肺炎是一種現實喔！像又老又有慢性病的「我」，是一點都激動興奮不起來的。

今晚的晚餐吃鰻魚便當，與今朝的夢製造出共時性。

**二〇二〇年四月三日**

自主禁止活動進入第二天。我變得像一條深海魚，旁邊沒有任何一條魚接近。不過工作委託的郵件倒是一大堆。原來這種時候還有人在工作呢。

與海外友人的電子郵件來往，也已經超越國境，以共通意識連結彼此。

**二〇二〇年四月四日**

黑輪真好，可以冥想一整天。一直冥想下去，會變成高僧貓喔。

秋山祐德太子[953]過世。他應該算是不常見面的朋友吧？他大我一兩歲，死因卻是老衰。訃聞看著看著，卻不知為何湧現創作念頭，這是哪種感覺？

畫家是身體勞工，我帶著愛妻便當前往畫室，便當裡裝的不是新冠病毒，是撒滿黃豆粉的安倍川餅[954]。我從這個安倍的頭咬下去。

吉本芭娜娜又寄來《小玉，回來吧！》的讀後心得。我的畫就是為這種讀者而畫。

神津善行老師又送來很多口罩。戴口罩的人之間，保持一段距離彎低了腰交送口罩的樣子，本身就是一種社會諷刺漫畫。

今天東京也創下新高，一百八十一人確診。接下來應該每天都會聽到「今天再創下歷史新高」吧？

有一陣子沒消息的野上照代女士傳真，是從老人之家傳來的。她不顧自己已經九十二歲：「我現在正在照顧八個老奶奶、兩個老爺爺，全都是半痴呆的老人喔。」這通不顧自身病痛的傳真，為我的生活點亮了一盞明燈，使我可以暫時忘了新冠肺炎。可能是這間老人之家與新冠肺炎無緣，傳真裡連新冠的「新」都看不到，野上女士是黑澤明電影的出名製片人，就像一本活的黑澤電影百科全書。

**二〇二〇年四月十日**

【外國人要我舉出風流紳士，我就說：例如珍妮．摩露、蒙哥馬利．克利夫特[956]之類。「摩露也算風流紳士？到頭來舉誰為例都好吧？」我說，「那，還有卓別林。」】下一場夢：【大聯盟選手夫婦在一棟大樓看窗外的風景，我在旁邊用彆腳的英文解說。】不值得一提的夢。

角川春樹說想找我討論新冠肺炎的事情，就☎來。我說我耳朵聾了，用傳真，他就用傳真提問。

今天一百八十九人。你們看，是不是和我說的一樣呢？每天都是歷史新高。

**二〇二〇年四月十一日**

大林宣彥過世。前幾天秋山祐德太子才走。一個大我兩歲，一個小我兩歲，但我還活著。
中午去便利商店買綠茶，店內店外客人一樣多。
今天一百九十七人感染新冠肺炎，打破昨天紀錄創歷史新高。

**二〇二〇年四月十二日**

陰天。打開電視每一台都在播新冠肺炎的節目，現實變成虛構故事。
在田原總一朗的推特上發現《小玉，回來吧！》的短評。「這本書徹底粉碎了人類的常識，小玉的畫也非常可愛。」田原觀察入微，這麼一段話就說透了愛貓書的本質！我也順便看了「採訪筆記」與「議論堂」[957]的文章。

**二〇二〇年四月十三日**

緊急事態宣言發表以後，不論發生什麼變化，感染者還是有增無減。那傢伙是一個欠缺直覺的人，是一個時常從結果判斷才會有所動作的傀儡。
《朝日新聞》書評委員經過舊委員卸任與新委員優先選書權，留任組可以先鬆一口氣。

**二〇二〇年四月十五日**

【安倍首相像是在自宅沙發上休息一樣出現在我家裡。我批評他這陣子的政策，他就反駁我：「我也認識批判你的人。」「請你不要顧左右言他。」】醒來。
【家鄉西脇的文具店賣一種手工的綠色口罩，所以我去買。】為什麼我會夢到這種與新冠肺炎有關的時事夢？我不知不覺也被感染了新冠病毒！

《小玉，回來吧！》一上市就被搶購一空，馬上決定再版。在社群網站上幫我介紹的讀者一天比一天多，好像也是因為這樣才賣到再版的。

在人命與經濟哪一個優先的辯論之中，我的工作失速，委託也都中斷了。我是說日本的業主，每一個國家的情況都一樣，不過外國就會趁這種時候，積極促進文藝活動的發展。在新冠疫情恐慌之中，紐約當代館、英國的大英博物館、義大利的 GUCCI 與同樣紐約的一家成衣品牌都來委託我工作。就像一個空城化的無人都市地底冒出來的經濟活動復甦能量在驅策我前進，有一種得到強大免疫力的感覺。

二〇二〇年四月十六日

每天騎腳踏車去畫室，一路上完全沒遇到半個人。見不到人，耳朵也聾了，所以沒☎。用電子郵件交換訊息。

二〇二〇年四月十七日

半夜發生超自然現象（？），電視突然自己打開，暖氣也自己打開，頭上也被水潑到。這類事件會擴展我的現實領域，成為我的靈感泉源。

安倍被大家指著罵，才把緊急事態宣言擴大到全國等級。我以為會有縣廳會說「太慢了」，結果居然還有一些縣說「一下子就警戒也太快」。這些縣好像都沒想過「喔，原來是這樣呀」之類的反應。

二〇二〇年四月十八日

【打☎給石原裕次郎。接☎的人問：「請問有何指教？」「沒有啦，就是很久沒跟你聯絡了，想知道你好不好，其實也沒什麼事。」「我現在沒出門。」這☎越講越麻煩，所以就掛斷了。】的夢。

安倍在接受田原總一朗訪問時說過「第三次世界大戰[958]」，但是田原以前為《週刊朝日》訪問安倍的時候，安倍就提過第三次世界大戰的論點，所以安倍如果不是在田原面前說說而已，而是真正抱有第三次世界大戰前兆的危機意識，就應該會排除幕僚的意見。不過我從他的臉上看不出他的本意。

**二〇二〇年四月十九日**

原本以為手頭上的畫差不多完成了，不想還好，一想起來這幅畫怎麼畫都沒有盡頭。畫本身其實就是一個難纏的對手，最後我只能夠丟下畫筆逃走。不過畫如果沒有被畫的惡魔附身，就不會有趣。被天使附身的畫，不會產生有趣的內容。如果讓我那個信天主教的女兒聽到，大概會生氣吧？

新冠病毒感染具有空間特性，就像一種主題，我認為新冠肺炎是一種時間性的存在，如同我的畫作。

現在每天想什麼事情，都已經離不開新冠病毒了。我要嘗試把新冠病毒的負能量轉換成正能量，並且畫成畫。畫家具有一種不依賴任何人而創作的自由。如果要靠畫畫維生，大概會影響壽命，新冠病毒也會不請自來。

同一家醫院的鄭大夫也說：「請不要來醫院。氣喘雖然和新冠沒有關係，為了預防氣喘，要不要先拿吸入器用兩個禮拜看看？」

**二〇二〇年四月二十四日**

又失眠了。今天跑去與成城漢方內科診所的盛岡大夫諮詢，他說：「補中益氣湯是可以提升免疫力的藥方，不長期服用就不會有效。請從明天開始，三餐飯前服用。」

**二〇二〇年四月二十五日**

我發現畫室前面每年都會出現的螞蟻，這次又出現了。冬天已經結束，春天來了。不過新冠與季節沒有關係。

昨晚好睡得像夢一樣，但沒有做任何夢。

大晴天，大馬路上的行人多得像螞蟻一樣。

昨天再次接受導引術。角田大夫說叫我不要接近慢跑的人，騎腳踏車是用到肺活量的運動，不如慢慢走路保險。電視上明明就說應該運動呢？那些運動教練都是平時就活動身體的人，即使過剩也沒關係，不過平常沒有運動習慣的人，最好不要學他們。什麼事物都以中庸為上。

以前上「花丸咖啡館[963]」的時候，曾經和岡江久美子[964]見過一次面，感覺她的突然過世就好像遇到無差別殺人一樣。我只能說她實在很無辜。

**二〇二〇年四月二十六日**

【宇野亞喜良想買從一張畫分成兩等分的作品】的夢。

想去按摩，但按摩師傅太靠近。

**二〇二〇年四月二十七日**

【被困在鏡子圍成的迷宮裡，只要一動就會被對手（敵人？）發現。我動彈不得，連聲音都不敢發出來。】像是進入懸疑片場面的夢。

**二〇二〇年四月二十八日**

【在西式古典風的場地舉行回顧展，南與藤井出現在空蕩蕩的會場裡。新冠讓會場沒有觀眾來看。】

整天在畫室裡，畫也一進一退。

**二〇二〇年四月二十九日**

晴天。

整天都在讀要寫書評的書，傍晚寫書評。

連假好像開始了，我一整年都在連休，那我的連休是哪一天開始的？哪一天會結束？

**二〇二〇年四月三十日**

【被招待參加某場聚會，我不想去是因為場地三密[965]？】新冠病毒連夢都能滲透，意識與無意識的境界已經消失了。

**二〇二〇年五月一日**

鷲田清一連續兩天在《朝日新聞》的〈偶發小語〉上提到貓，我寫簡訊感謝他提到我的書，鷲田就告訴我他第二害怕的就是貓，好像就是因為小時候被恐怖片裡的貓精嚇到。說起來鈴木澄子[966]貓精很可怕，入江鷹子[967]的也很可怕。鷲田好像到現在還不敢住日本式傳統旅館。天花板角落的破洞，好像隨時會有貓精爬下來。我家則有一隻大笨貓黑輪。

**二〇二〇年五月二日**

【此生最後一場大型個展的展場裡，只有我一個人。】前幾天也夢到沒有參觀者的展場，難道是新冠的強迫觀念產生的夢嗎？

這陣子脖子異常刺痛。想請師傅按摩，密集卻是新冠的溫床。就怪我趴著寫稿。一個畫家還是應該站著面對畫布，才是畫家的自然體態，不會存在沒有原因的結果。

**二〇二〇年五月三日**

【宮本和英[968]策畫專題，聚集很多年輕女孩，給篠山紀信拍照。】的夢，是不需要特別變成夢的拷貝版現實。看起來我好像連夢的素材都越來越少了。

今天是夏季天氣，二十七度。

**二〇二〇年五月四日**

【去看一場森村泰昌也參加的聯展。他推出的是高到可以碰到很大會場天花板的巨大作品。因為作品實在太大了，根本看不清楚。轉換場面，到了一間飯店套房，一直聊天。我一回神才發現自己已經離家好幾天，完全沒有向家裡回報自己在哪裡。我聯絡辦公室，德永說和我約好的外國人正在等我。我現在人在大阪，就算飛奔回去，也需要四、五個鐘頭。不知從何時開始，我也變成這麼來無影、去無蹤的浪人呢？看來我的性格變得十分任性。虛實間的界線好像已經不見了。感受這種自己不喜歡的場面，好像一場夢。】好像真的是夢。

**二〇二〇年五月五日**

【決定拔牙，被釘在牙醫診所的診療椅上。為了調適心情，有一群年輕女性不知道在嬉鬧什麼，她們好像是讓患者放鬆，扮演麻醉藥角色的女孩們。】

每天都是每天的反復。

**二〇二〇年五月六日**

今天好像是黃金週的最後一天。

**二〇二〇年五月七日**

【在大飯店高樓層，視野寬廣的餐廳裡，偶然遇到島田雅彥。島田為了預防新冠感染，戴著像潛水裝一樣的重裝備頭盔。我看不到他的臉，但還是明白他就是島田。他抱著一個大概兩歲的幼兒。他說：「我們好久沒碰面了，一起合照一張吧！」然後就走到視野寬廣的窗邊。】做了這樣的夢。

今天好像是黃金週結束後第一天上班。晴天。

院子被無數小片落葉掩蓋。我暫時先放著不管好了。

附近的一大片空地，變成一片橘色的花海。我停下腳踏車，看得出神。這裡大概沒多久就會蓋出好幾戶住宅吧？

連休後上班，收到一堆新信。一個年輕作家沒有事先聯絡就闖進我的畫室。他自己帶了吃的喝的進來，吃完就走了。不，是我叫他回去的。他在避免不必要外出的期間沒有判斷狀況，缺德又不禮貌。你也不想想看，我可是八十幾歲的高齡者呢。

**二〇二〇年五月八日**

在畫室裡只和作品打交道的一天。

**二〇二〇年五月九日**

昨天的反復。

**二〇二〇年五月十日**

三日連續的反復。重聽一天比一天惡化。百分之九十九的無耳芳一969狀態（意義不明）。

**二〇二〇年五月十一日**

前陣子脖子與肩膀開始劇烈疼痛。據說新冠肺炎患者也會出現強烈的肌肉痛。因為我沒有發燒，沒有咳嗽也沒有頭痛，就不擔心。總算去找針灸師針灸。師傅說心肌梗塞的時候脖子會痛，所以我又打電話給我的主治醫師。醫師說心肌梗塞的脖子痛只會發生在左側，所以不用擔心。

**二〇二〇年五月十二日**

【前中央公論社的故．荒井問我：「花字旁寫一個花的字怎麼讀？」我回答沒有那個字，他就說那個字讀「和」。】

最近的夢裡，生者與死者的區別開始越來越模糊了。以前夢到的死者一定站在我的枕邊，以一個亡靈的姿態見我。以前的死者比較懂得自律。

**二〇二〇年五月十三日**

脖子肩膀還是一樣僵硬，叫了按摩師傅來按。以後不要兩星期只泡一次澡就給人按摩了。

**二〇二〇年五月十四日**

【很大的雪。想叫計程車，身體卻動彈不得。計程車居然開走，拜託停下來吧！】的夢。

**二〇二〇年五月十五日**

畫在未完成狀態下停筆，現在只差一步。還少了畫龍點睛的手續。刻出佛像不能不開光。

**二〇二〇年五月十六日**

今天早上發行的《朝日新聞》刊登的書評寫的是《座敷童子與老奶奶的爐邊故事》（河出書房新社），這本書的作者佐佐木喜善[970]其實是《遠野物語》的原作者，柳田把喜善的話「羅縷記述，不增不減，寫其所感」，推出了名著《遠野物語》。喜善除了是作家還是民俗學者，不過他去找柳田，口述遠野的傳說。據說喜善對柳田的第一個印象，竟然是「一股官僚臭，很煩」。之後他一個月拜訪柳田家兩次，持續講述遠野鄉的故事。柳田以泉鏡花的文章為範本，把喜善的話重新寫成簡潔的文章，以自己名義發表成的著作，就是今天我們看到的《遠野物語》。

柳田在金田一京助[971]的陪同下與喜善會面，金田一對喜善的印象是「直率樸素而單純的性格」，但另一方面柳田對於有志於文學的喜善卻又相當嚴格。喜善的作品因此被否定，很難有嶄露頭角的機會。不知為何，柳田一直想去除喜善文章裡的文學氣息。當時喜善已經與泉鏡花、三木露風[972]等文學家進行交流，甚至也體驗過各種靈異事件。柳田該不會對懷有真功夫的喜善心存畏懼吧？有些看法認為，一旦喜善成為注目焦點，柳田就沒有存在的理由了。這點不過是我私人的推測，不過我認為喜善的特殊體質，對柳田來說毋寧是能躲就躲的麻煩。

有文筆又有才華的喜善，又為什麼要把金山銀山拱手讓給柳田呢？喜善大可以自己完成《遠野物語》，卻只能過著落魄的生活，又是一大悲劇，最後懷才不遇，窮愁潦倒地死去。如果是現代，《遠野物語》的作者就會是佐佐木喜善，而柳田國男就應該是責任編輯或是幽靈寫手了吧？那柳田又為什麼要無視喜善的存在，而自己站在聚光燈下呢？《遠野物語》會成為名著，其實充滿了謎。此外，本書，佐佐木喜善著《座敷童子與老奶奶的爐邊故事》當中，對於自己與柳田之間的關係也隻字未提，這點除了實在欠親切，同時也很難理解。

**二〇二〇年五月十七日**

好幾星期沒去桂花，就點去車站口。行人還是像以前一樣多，不過幾乎看不到沒戴口罩的人。好幾星期沒去桂花，就點了魚翅湯麵來吃。以前只要到中午就客滿，現在已經沒什麼人敢內用。我是從家裡走過去的，到餐廳就覺得很累。回程為了避免中暑，一邊喝運動飲料一邊往畫室前進，有一種從一個車站走路到下一站的感覺。

結果在避免不必要外出的期間，只畫出兩幅一百五十號的畫。新冠害我時間感整個錯亂。新冠除了會讓空間感異常，也會讓時間感變得麻木。

**二〇二〇年五月十八日**

請針灸師傅幫我治肩頸僵硬的問題。針灸結束過了三十分鐘，還覺得有點舒緩，不過還談不上治本。結果好像自己處理還是最好的辦法。

夏威夷的小田真由美[973]（畫家）來信，她從朋友那裡得知我在《週刊讀書人》連載的日記裡提到約翰·納遜。世界真小。

**二〇二〇年五月十九日**

進行「千年王國」系列作的第四幅畫，是第三幅作品中室內風景的另一版本。

**二〇二〇年五月二十日**

【ggg的北澤告訴我，《朝日新聞》的一位女性書評委員住在成城，於是我們就一起騎腳踏車去找她。在大河邊的堤道邊，蓋著一間小屋，小屋外面的棚架上擺著二手文庫本。這間舊書店好像就是那位女性書評委員開的。我買了一本文庫本取代問候，她就對我說：「這本送您。」】的夢。這間小屋周圍的風景，很像以前夢見過的地方。那麼現實與夢就合而為一，同時擁有兩個現實的我，自我認同又屬於哪一邊呢？

我在《朝日新聞》上為佐佐木喜善的另外一部《遠野物語》：《座敷童子與老奶奶的爐邊故事》寫的書評上報以後，一位自稱喜善四男的八十二歲讀者來信，說我這篇書評總算「舒了一口怨氣」，讓他很高興。我上週的日記上也提到，以柳田國男名義發表的《遠野物語》其實源自喜善的原作，似乎也讓相原苦惱了很久，就像是「絕對不原諒柳田」的恨意。我覺得好像理解到一點歷史的另一層面貌了。

**二〇二〇年五月二十一日**

前陣子一直持續的肩頸痛更嚴重了，甚至開始有微微的嘔吐感。我把手放在額頭上，覺得很燙。該不會是新冠的發燒吧？我心驚膽跳量起體溫。三十五點七度。？？

我就以這種狀態接受ＮＨＫ「週日美術館」的訪問。我重度重聽，所以聽不到自己的聲音，因為想說的內容與自己的聲音之間產生落差，對自己的發言毫無自信。

訪問結束後，馬上趕去水野診所。完成心電圖、心臟、肺部X光、血壓、體溫、抽血等檢查，診斷結果是完全不用擔心感染新冠。其他詳盡結果，三天後才會出來。暫時放心了。

**二〇二〇年五月二十二日**

【日本料亭。我不得不向坐在對面的女性舞踊家說些吉祥話，但根本想不出來該說什麼。然後坐在我後面位子的黑澤明導演，就靠近我耳邊悄悄說：「這樣說就好了喔！」結果我重聽，完全聽不到他說什麼。】我老是做這種進退兩難的夢。

昨天天氣像初夏，今天像初冬。明天呢？

這陣子我在Instagram和推特上都會對特定的朋友或點頭之交發「WITH CORONA」標題的口罩繪畫。這種口罩畫也開始紅到海外了。因為無法在展覽上發表，每天都會透過電子郵件與

Instagram 傳送，製作過程其實相當繁忙。

**二〇二〇年五月二十三日**

【在東京某大樓內的餐廳裡，等從神戶趕來的山本夫婦。他們拖著很大的行李來訪，說要把這些行李先寄放在七樓認識的人開的公司，於是就搭電梯上去了。這種行李，我覺得帶進餐廳就行了。他們去了七樓就沒回來，就這樣過了一小時。他們一定是在大樓裡迷路了。我可以不用多此一舉，卻因為雞婆而製造更多麻煩。過了兩三小時，他們還是沒回來。】夢裡的時間，不可能與現實的時間具有同質性，只會在夢裡成立。

我沒寫在日記裡，但這半年來牙齒的狀況變差，因為新冠也不能去看牙醫，才在想怎麼辦，今天早上卻突然不痛了。

**二〇二〇年五月二十四日**

【細江英公帶了一台天體望遠鏡，說要觀察月球表面的隕石坑。德永說她也想看，但怎麼看都看不到。】的夢。

按照常理，脖子與肩膀僵硬會導致牙痛，也可能是一種可以雙向論證的現象。可能是因為牙齒不痛，今天早上才會發現連脖子肩膀都不痛了。就像是雞生蛋還是蛋生雞的問題，哪一個先都已經沒那麼重要了。

**二〇二〇年五月二十五日**

【在學校教室裡睡醒，外面正在下大雨。一台計程車在校園裡，我就上了車。回到家鄉的老家，馬路上的積水深到膝蓋。我發現荒俁宏還留在學校裡，就要求司機回去接他，但司機說車子動不了。】與前幾天在大雪天叫計程車很像的夢。我快沒有新內容可夢了。

【設計師勝井三雄給我看一張說是海外委託設計的海報。】不值得成為夢的夢。浪費時間。

**二〇二〇年五月二十六日**

創作「WITH CORONA」系列，正在推特與 Instagram 上發表。紐約的班達畫廊也同步發布。

**二〇二〇年五月二十七日**

【不知是誰，總之是一個認識的外國人，正在唱一首叫〈七色彩虹男〉的歌。這是一手容易上口的歌，我也想跟著唱。】夢裡我就不是重聽了。

油彩現在應該乾了。再畫一層上去。

養老孟司與曾野綾子[974]都已經在《女性 SEVEN[975]》的「給新冠時代的銀髮世代」專欄上發表散文，現在雜誌社找我寫。

**二〇二〇年五月二十八日**

以前沒畫過，就創作「WITH CORONA」口罩主題繪畫。只要畫出一幅，就放到推特、臉書上發表。

**二〇二〇年五月二十九日**

【去家鄉西脇的「日之出湯」泡澡。澡堂內只有兩、三人，很空。我泡完澡穿好衣服走到外面，向老闆（為什麼是增田屋的大姐）提案建議改個店名。我說最好是「一千零一夜湯」。】我已經夢過十幾次日之出湯，如果從更早以前算，可能已經超過二十次。只要夢到這裡，就是感冒的預兆。一醒來我就吃了一包葛根湯。夢會透過預兆連結現實。

我兩三天前才在推特上貼文表示，第二次感染好像會「不知怎地」發生。問我理由我也說不出來。「不知怎地」本身就是理由。我常常「不知怎地」就開始行動。沒有理論的依據，但沒有比「不知怎地」更確實的形容了。

在一大片空地上長滿開花的野草，種子應該是風吹來的吧？空地成為一片花海，每天早上看了都覺得舒服，然而今天房仲業者卻把整塊地整平，上面插了一塊「土地出售」的看板。就沒有人把這塊地買下來，重新種出一片花海嗎？

小池知事在電視上宣布從今天開始「與病毒共存」，並且拿出一面「與新冠共存（With Corona）」的立牌。「WITH CORONA」是我一個月前響應防疫開始創作的口罩畫系列的標題。是不是從推特上抄來的？還是想宣傳我的「WITH CORONA」藝術創作？姑且用善意的解釋吧。

**二〇二〇年五月三十日**

【看一個找夫妻檔參加的電視節目。這對夫妻策畫的節目上，不知為何會有我在一道兩側是岩石峭壁的泥流裡，被一個全裸的舞踏劇團演員追著跑。主持人問先生：「為什麼橫尾先生要被人追？」然後丈夫就回答：「因為橫尾先生是天才。」】這種夢很難判定吉凶。我是夢的創作者，但夢的敘事者是別人。說不定根本就是自我在自賣自誇的夢。

**二〇二〇年五月三十一日**

【今晚要去某國，但不知道是哪裡。為了什麼目的？與誰見面？如果是夢，我早已習慣，不過這次不是。如果是現實，就希望以現實的方式解決。】果然還是夢。我老是夢到與現實交錯的夢。這是什麼的前兆？

我在ＮＨＫ「週日美術館」的「＃分享藝術　希望大家現在就看的一幅作品」單元上推薦了〈格爾尼卡〉。其他人幾乎全部推薦以自然為主題的作品，讓我覺得很意外。只有我一個人提到人與死亡以及戰爭。這是媒體幾乎不碰的人．戰爭（政治）主題。另外我還看到紐約當代館要舉行四場展覽的預告片段。通常這種常設展，不會特別聯絡藝術家本人。

**二〇二〇年六月一日**

【一個記不得叫什麼名字的設計組織找我去參加公開座談，成員都是一臉嚴肅的人。內容不可能有趣。】

【共通友人在成城向我介紹仲代達矢，大家一起說某一間甜點店的壞話。】兩個夢。

我在家裡二樓踩空樓梯，掉到樓下。滾了好幾大圈，不只沒受傷還不痛。是我的守護靈在保佑我？我身上沒有這種東西。我就是自己的守護靈！

**二〇二〇年六月二日**

整天都在社群網站上傳「WITH CORONA」的口罩畫，收到的人不斷發表感想。我一一回覆。

**二〇二〇年六月三日**

卡地亞當代藝術基金會的艾爾菲·尚德斯館長問我可不可以把我的「WITH CORONA」系列轉貼到 Instagram 上？我說可以，傳到全世界去。

米蘭的丹尼耶拉·莫蕾拉976也轉發給藝術圈與時尚圈的朋友。她是藝術記者，也是沃荷的朋友，卻稱讚「這些畫比沃荷的康寶濃湯還棒！」就算是恭維也要說聲 Grazie。

脖子肩膀的嚴重疼痛到底是怎麼來的，我還是去了成城整形外科。說是只要在肩膀上打兩針就可以止痛？我只想在手臂上打針，所以拒絕了。他們幫我做了復健就結束了。拜託也防止一下群聚吧？

我已經簽好四百本《小玉，回來吧！》，聽說還有一千本要簽。就算我想發「小玉，夠了沒？」的牢騷，也沒有辦法。

**二〇二〇年六月四日**

【龜倉雄策與勝新太郎977一起來我家鄉的老家。勝新一直盯著我家的書櫃看，直說很感動。】

可能因為沒人活著，我夢裡一直出現已故的人。

兩星期前還跟我說已經「三刷」，今天又跟我說已經決定「四刷」。我說的是小玉的書。

文藝春秋的武藤旬說要把本週刊連載的四年分日記集結出書，帶來了六百多頁的校對用印樣來訪。他們幫我核對所有日記裡出現的人名，一想到這一定是很費工夫的工作，覺得十分感動。日記就是一種詳盡的自傳呀。可不可以這樣寫到臨終呢？

美國當代藝術家克里斯多過世，他大我一歲。我應該是去過他在紐約的工作室，他那時候的夫人也早已不在了。日本方面，另一個藝術家桑畑茂久馬[978]也走了。他大概大我兩歲吧？我跟他只有通過一兩回明信片，沒有實際見過面。

時事通信社委託我開一個為期一年的報紙連載。之前的連載委託，讓我覺得是延命的承諾，很神奇地讓我再度恢復活力。

**二〇二〇年六月五日**

前天與昨天，今天、明天與後天，都會畫出「WITH CORONA」作品，然後貼在社群網站上。新冠「帶我前進」。能從始至終都做一樣的事，才叫真正的敬業精神。至於藝術家，則是「今天要幹什麼好呢？」的未定性。不過文藝復興時期的藝術家，例如達文西或米開朗基羅，大家都是職業畫工，如果把藝術從腦袋移除，就能瞬間得到自由。

日本第一的搖滾樂團GLAY委託我設計CD封面。把我當成同輩，是一種莫大的榮幸。

只要持續做一件事，一定會得到某種響應。《藝術新潮》與《週刊朝日》都報導了「WITH CORONA」系列作品。

**二〇二〇年六月六日**

藝評家谷新過世。我曾經在谷入院的時候和他通過信，本來以為他早就出院了。他生前幾乎參觀了我的每一場個展，連我身體不舒服都會特別送鰻魚來，身後留下了寫了一半的橫尾論來不及完成。他每個月都會在圖書館讀我在《文學界》連載的《原鄉之森》，並寫心得文寄給我。

連他的讀書心得都未完成，一股強烈的衝擊在我體內激盪。

晚上看電視播的《與森林共舞[979]》，驚人的視覺效果，刺激內在感官的宇宙感。

**二〇二〇年六月七日**

昨天沒有食欲，有一種體內窩著一塊巨石的感覺。該不會是中暑了吧？我喝了運動飲料，留在畫室觀察一下狀況。

下午在野川公園的長凳上寫稿。看到很多規矩戴好口罩帶孩子出門的家長。

**二〇二〇年六月八日**

脖子與肩膀用的止痛藥發揮百分之百的效果，不過也讓我食欲不振，全身出現遲緩狀態。看起來是鬆弛肌肉的藥，把我身上的力量也一起鬆弛下來了。我能不能接受這些藥的副作用呢？還是就此排除服藥，讓身體自然治癒呢？我決定選擇後者。

我的「WITH CORONA」已經在海內外發表了，現在法國的卡地亞當代藝術基金會說想買兩幅上星期發表的作品。

晚餐吃的是被調動到《朝日新聞》大阪本社的吉村千彰送來的切短穗[980]。今年第一次吃的料理，最好面向南方面帶笑容食用[981]。嘻嘻嘻，嘿嘿嘿，呵呵呵，哈哈哈，哇哈哈。

**二〇二〇年六月九日**

痛的地方還是在痛。每晚飯後，請妻子幫我按摩三十分鐘。

聽說從三月起就一直待在家裡沒出門的王貞治寄給我一封信。雖然是感謝我出小玉的書，他每次都特別寫信來道謝，我才要由衷感謝他。自從與王第一次見面以來，他常常寄明信片與信給我。

**二〇二〇年六月十日**

開始在畫室裡校對準備要在文藝春秋社發行的本週刊連載，怎麼說都有七百頁厚。我連自己四年前發生什麼事都忘記了，讀出來閱讀越有趣，忘了要校對。

**二〇二〇年六月十一日**

幾乎整天都窩在畫室的沙發上工作，有點運動不足。我今天不騎腳踏車去畫室工作，用走的就感到相當疲勞。本來覺得非走不可，後來又越來越覺得麻煩。我這樣一年一年下去，會變成一個老人。這個月我要滿八十四歲了，不過一直說自己老了老了，其實心裡覺得一點也不老。

平野啟一郎常常向我分享「WITH CORONA」系列作品的觀後感，還傳了外國名畫戴上口罩的報導與圖片給我看。看起來雖然是在開名畫玩笑，讓畫家尊嚴掃地的雕蟲小技，難道也是藝術的終點嗎？我只要一想到這裡，也看到了想像力的終點。藝術的平息與疫情的平息，不約而同地逐漸一致。新冠是一種隱藏在現實裡的恐怖攻擊嗎？不要叫「新冠」，改叫「新恐」如何？

**二〇二〇年六月十二日**

送來我的隨筆《神戶之子》校對稿，我全部重寫，再寄回去給他們。

**二〇二〇年六月十三日**

【近距離觀看渡邊明[982]棋聖對藤井聰太七段的棋局。看到入迷，就想要鑽進藤井聰太體內，操縱他的身體下棋。終於下到最後局面，快要看出勝負。總算體驗到那種贏家的興奮心情了！】的夢。

我重聽就聽不到，不過妻子在廚房卻看到幾隻喜鵲飛過來一起發出「嘎——啾嘎啾」的啼叫聲，從昨天開始就一直叫到今天，讓她好開心。

畫畫的點子一直浮現，卻懶得畫出來，屁股很重。不動筆只用想的，說不定比較愉快，所以就一直想下去。

**二〇二〇年六月十四日**

很久，大概幾個月吧？沒去美容院 nico picabia 了。店裡呈現三密狀態，但老闆小八卻說還沒出現新冠病人。洗完頭以後，來幫我按一直在痛的脖子與肩膀的年輕男師傅，按摩工夫好到就算不當美容師，光靠按摩也可以過活，讓我很感動。多虧有他，讓我僵硬感少了很多。要離開之前，還擔心我口罩戴太久、手洗太多次皮膚容易粗糙，就送我一罐乳液。為了迎接夏天，我就把留長的頭髮剪短了。至於鬍子，因為好玩，我會剃了再留，留了再剃。

有很長一段時間都以為已經死了的黑貓（野貓小黑），靠以前每天來吃飯的記憶，趁我回家的時候在我家靜靜等著晚餐。貓的時間概念到底是怎麼一回事呢？果然是特異功能。

**（完）**

## 譯註

921 原生藝術（Art Brut）：未受正規藝術教育，未經雕琢而展現強烈創造力的創作，其中包括先天智能障礙、精神異常者或是業餘創作者。智能或精神異常者的藝術創作，後來又被稱為能力藝術（Able Art）。

922 吉行淳之介（西元一九二四至九四年）：戰後「第三波新人」小說、隨筆作家，多座文學獎得主。代表作《驟雨》（一九五四年）等。

923《薩賓娜之死》（Sabrina，西元二〇一八年）：美國漫畫家尼克．德納索（Nick Drnaso）繪，曼布克獎史上第一部入圍英國曼布克獎初選的圖像小說（探討嚴肅題材，脫離一般漫畫表現之漫畫）。

924 漢斯．李希特（Hans Richter，西元一八八八至一九七六年）：德國畫家，電影導演，第一次世界大戰流亡蘇黎世期間參加達達主義運動，並拍攝實驗片。二戰期間流亡美國，於紐約市立大學任教。晚年定居瑞士。

925 史都華．湯瑪士．紀拉德（Stuart Thomas Gillard，西元一九五〇年至今）加拿大影視導演。

926《金童玉女（溫馨赤子情）》（Paradise，西元一九八二年）：加拿大、以色列合作青春浪漫冒險喜劇，《藍色珊瑚礁》（The Blue Lagoon，西元一九八〇年）跟風片。

927 樫尾俊雄（西元一九二五至二〇一二年）：發明家，卡西歐創辦者，與長兄忠雄、弟弟和雄、幸雄四人共同開發日本第一台小型純電子計算機。

928 奈良原一高（西元一九三一至二〇二〇年）：攝影集團「Vivo」（一九五九至六一年）成員，早年曾拍攝軍艦島（長崎）與櫻島（鹿兒島）日常。

929 原辰德（西元一九五八年至今）：前日本職棒東京讀賣巨人隊選手，選手退役後成為一軍教練及球團總裁專屬特別顧問。棒球名人堂成員。

930 元木大介（西元一九七一年至今）：前日本職棒東京讀賣巨人隊選手，時任球評，低成本黑道劇演員，巨人一軍助理教練。

931《an．an》：女性流行週刊，西元一九七〇年創刊時原來是法國《Elle》雜誌日本版。橫尾負責創刊初期平面指導。

932《Olive》：讀者年齡層比《an．an》年輕。原為青年雜誌《Popeye》西元一九八一年增刊號，八二年獨立創刊，二〇〇三年停刊。二〇二〇年以《an．an 特別編集 olive》雜誌書形式發行一期。

933 日文漢字「覚」與動詞「描く」讀音均為 kaku。

934 Mint 神戶：位於阪神電鐵三宮站、三宮客運轉運站旁。

935 竹谷正（西元一九三三年至今）：推理小說家。

936《Men's Precious》：小學館發行的高級成年男性時尚刊物，西元二〇二二年五月後，由一年發行兩期改為不定期發行，網站繼續營運。

937 吉本芭娜娜（西元一九六四年至今）：詩人，小說家，代表作《廚房》（キッチン，一九八七年）、《白河夜船》、《鶇》（Tugumi，一九八九年）等。

938 日文的貓叫擬聲語。

939 嵐山光三郎（西元一九四二年至今）：前《別冊太陽》、《太陽》主編，小説家，散文家。

940 《旅途上的黑澤明》（旅する黒澤明）：國立電影資料館編著，西元二〇二〇年一月，國書刊行會發行。

941 《天国と地獄》（西元一九六三年）：黑澤明最後一部時裝懸疑片，美國刑案小說改編。抓錯人的綁匪因嫉妒有錢人犯下擄人勒贖，銷贓時從煙囪冒出粉紅色的煙，是黑澤明一九七〇年以前作品中唯一的彩色畫面。

942 紫雲英蜜：由紫雲英（Astragalus Sinicus，又名紅花草）採集而來的蜂蜜。

943 最完美的形式（完全な形）：當時日本首相安倍晉三，曾在十六日舉辦的七大工業國線上高峰會上表示今年的東京奧運將「以最完美的形式實現，並已經得到支持」。

944 〈爆米花的超能力：橫尾忠則論〉（ポップコーンの心霊術：横尾忠則論，西元一九六八年）：橫尾忠則策畫，

945 約翰．納遜（John Nathan，西元一九四〇年至今）：美國日本文學研究者，加大聖塔芭芭拉分校教授。曾翻譯三島由紀夫《午後的曳航》與大江健三郎《個人的體驗》，著有《三島由紀夫傳》（Mishima: A Biography，一九七六年），並為電視台導播多支日本文化紀錄節目。

946 春分之日。

947 兩百號正方形（日規）：二五九公分見方。

948 亞歷山卓．米凱雷（Alessandro Michele，西元一九七二年至今）：前GUCCI，現范倫鐵諾創意總監。

949 《Tokion》：兩名美國人在東京創辦的藝術雜誌，漢字名「時音」，後來推出美國、英國、香港版。二〇二四年二月底停止更新。

950 特麗霓虹（Trinitron）：新力彩色電視系列使用的單槍式映像管。

951 志村健（西元一九五〇至二〇二〇年）：諧星。「志村大爆笑」（志村けんのだいじょうぶだぁ，一九八七至九三年）在日本播出期間，僑民盜錄空運回台，上字幕後在各地錄影帶出租店流通，也被許多台灣綜藝節目抄襲。

952 菅義偉（西元一九四八年至今）：前自民黨眾議員，安倍重要幕僚，安倍晉三與岸田文雄之間的首相（二〇二〇年九月至二〇二一年十月），現任自民黨副總裁。二〇一九年於公開記者會上發表新元號，被稱為「令和先生」。

953 秋山祐德太子（本名秋山祐德，西元一九三五至二〇二〇年）：當代藝術家，畸形秀（見世物：畸胎標本、飛碟照片、雌雄同體、吞劍吞火、侏儒摔角等奇觀巡迴表演）研究者。

954 安倍川餅（安倍川もち）：靜岡市名產，類似北京甜點「驢打滾」。

955 一月二十八日，來自武漢的觀光客被發現確診，成為北海道第一起案例。經過札幌雪祭病原流動，二月底全道五十四人確診。北海道知事鈴木直道於二月二十八日發表道內緊急事態宣言，至三月十九日解除。

956愛德華．蒙哥馬利．克利夫特（Edward Montgomery Clift，西元一九二〇至六六年）：百老匯天才童星轉戰好萊塢小生，曾演出伊麗莎白．泰勒主演的《郎心似鐵》（A Place In The Sun，一九五一年）、二戰片《亂世忠魂》（From Here To Eternity，一九五三年）、馬龍．白蘭度主演的《岸上風雲》（On The Waterfront，一九五四年）、瑪麗蓮．夢露的銀幕遺作《亂點鴛鴦譜》（The Misfits，一九六一年）等片。

957「採訪筆記」（取材ノート）、「議論堂」（ギロン堂）：分別是NHK記者採訪記錄（已停止更新）與朝日新聞出版《Aera》週刊網站aeradot.的田原總一郎專欄。

958四月十六日，田原在個人部落格上爆料，安倍在十日會議中指出，新冠肺炎帶來的疫情，就是第三次世界大戰。

959原文即為兩天重複。

960冰川神社朱印帳：「朱印帳」為證明參拜神社的印章收集冊。橫尾捐贈給埼玉縣川口市鎮守．冰川神社三幅作品，朱印帳由其中一幅改編，主題是神社主神素盞嗚命與稻田姬命。

961山田五郎（西元一九五八年至今）：次文化評論家，Youtube頻道主。

962清水義範（西元一九四七年至今）：幽默推理小說家。

963花丸咖啡館（はなまるカフェ）：TBS聯播網下午檔直播談話性節目「花丸市場」（はなまるマーケット，西元一九九六至二〇一四年）預錄單元。

964岡江久美子（西元一九五六至二〇二〇年）：電視演員，「花丸市場」主持人。四月三日因癌症檢查在肺部發現黑影，被懷疑可能感染，六日入院隔離，八日確診，二十三日死於新冠肺炎。

965三密：日本厚生勞動省（衛生部）冠狀病毒肺炎群聚感染預防規定指出，群聚感染空間的三大特徵：①空氣不流通（密閉Closed）②人員密集（密集crowded）③與非特定多數人員接觸（密接Close-Contact）之場所。

966鈴木澄子（西元一九〇四至八五年）：日本「怪貓片」代表女星。一九三一年開始主演古裝怪談片，二戰期間轉進大眾演劇，晚年接演電視版《白色巨塔》（一九七八至七九年）。

967入江鷹子（入江たか子，西元一九一一至九五年）：默片女星，擅長摩登女性角色。戰後生過大病，只能在古裝怪談片演「怪貓」，晚年於黑澤明《大劍客》（椿三十郎，一九六二年）、大林宣彥《穿越時空的少女》（時をかける少女，一九八三年）等片擔任配角。

968宮本和英（西元一九五五年至今）：在新潮社擔任三十年編輯後，獨立創業並創辦中學女生雜誌《Nicola》（新潮社經銷）。

969無耳芳一：日本鬼故事，一個盲眼琵琶僧「芳一」被武士帶去，在一群貴族面前彈唱《平家物語》凡七天七夜，但住持知道找他去彈琵琶的業主其實是平家的怨靈，便在芳一全身寫上〈般若心經〉。武士（也是怨靈）找不到芳一，只看到一對沒有寫到經文的耳朵，就把那兩隻耳朵扯下來。英國裔小說家小泉八雲（Patrikios Lafcadios Hearn，西元一八五〇至一九〇四年）將許多日本古代傳說及鬼故事編成之英語短篇小說集《怪談》（Kwaidan，一九〇四年）之中，就收錄了本故事。

970 佐佐木喜善（西元一八八六至一九三三年）：民間譚保存研究者，被後人譽為「日本格林」。

971 金田一京助（西元一八八二至一九七一年）：日本語言學者，民俗學者，北海道原住民愛努族語言研究先驅。東京帝國大學教授，國學院大學名譽教授，日本學士院院士。橫溝正史筆下名偵探「金田一耕助」姓名由來。

972 三木露風（西元一八八九至一九六四年）：詩人，作詞家，與同樣創作童謠歌詞的詩人北原白秋（一八八五至一九四二年）活躍之期間，被稱為「白露時代」。

973 小田真由美（小田まゆみ）：西元一九六二年與納遜結婚，兩人移居紐約，小田也開始從事反越戰與婦女解放運動。一九七八年離婚後，在夏威夷經營有機農場，並積極從事反核運動。畫作中經常出現「女神」形象，參加過多場國際雙年展。

974 曾野綾子（西元一九三一年至今）：作家，與《冰點》作者三浦綾子（一九二二至九九年）並稱「兩大綾子」。二〇〇七年曾與丈夫三浦朱門（一九二六至二〇一七年）一起陪同李登輝參拜靖國神社。

975《女性 Seven》（女性セブン）：小學館發行的婦女八卦週刊，以皇室、演藝圈八卦為主。

976 丹尼耶拉·莫蕾拉（Daniela Moreira）：藝文記者，《Vogue》雜誌駐義大利記者，紐約當代館客座策展人。

977 勝新太郎（西元一九三一至九七年）：暱稱「勝新」，大映製片廠招牌明星之一，「盲劍客座頭市」等系列片主角。

978 桑畑茂久馬（西元一九三五至二〇二〇年）：以福岡為據點的前衛畫家，脫離「九州派」後，也致力於推介礦工畫家山本作兵衛（一八九二至一九八四年）的礦坑紀實畫。

979《與森林共舞》（The Jungle Book，西元二〇一六年）：迪士尼動畫長片《森林王子》（一九六七年）真人版，所有電腦合成動物角色均由好萊塢一線影星配音。

980 切短穗（きりたんぽ，又稱切樸英、烤米棒）：東北秋田縣鄉土料理，以白飯搗爛沾味噌烤脆，或煮雞湯火鍋食用。

981 關西一帶每年立春前後，有朝大吉方向（惠方）吃長條未切海苔壽司「惠方卷」的習俗。

982 渡邊明（九段，西元一九八四年至今）：史上頭銜第四多的將棋選手：永世龍王（十一勝．九連霸）、永世棋王（十連霸）、王將（三連霸）、王座、棋聖（各一屆）。

# 後記

我之前已經出了好幾本單行本，不是書名包含「日記」兩字，就是具有日記的體裁，還包括了隨筆集。這些書的內容，幾乎都是日記。安迪．沃荷或寺山修司都對別人的生活感興趣，我似乎更加關注自身。我想自己不是透過誰去觀看這個世界，而只能透過自己的肉體觀看世界。說不定我有些自戀呢。不過在另一方面，如果有像我這樣的人在，也一定會有人覺得這傢伙真煩，覺得我是完全不踏出自己象牙塔一步的自我中心者，並且提出反駁：藝術是從個人進入個體性這種共通價值的境界云云。林布蘭曾經畫出很多自畫像，每一幅自畫像都是扮演著他人角色的自己。徹底描繪自己，並且把筆下的自己轉變為他者，透過這樣的變容（Metamorphose），達到對自我的超越。透過在日記裡徹底描繪自己以讓自己消失，可能是埋藏在我心某處的念頭，但是我盡可能不想太深入。我對於重讀自己寫出的日記沒有興趣。所以審閱本書校訂本的時候非常痛苦。好在責任編輯會完美無缺地改正我的錯字與誤記，我只有順順地掃過一眼。是自己寫的日記，在寫完的剎那間，卻又變成了他人的日記。像這種他者化的日記，為什麼要集結成冊呢？只要人家這麼問我，我必詞窮，其實連我都不清楚。總之，一開頭我說了太久，只要各位讀者看過就會明白，每一天開頭幾句，是前一晚做的夢。

以前我曾經在現實日記以外，推出一本專寫夢的日記，不知何時開始，我判斷日記裡可以不必再區分這是日常、這是夢，開始把兩種紀錄並列起來。夢是一種虛構。我把紀實文學與虛構合為一體，把一日作息編成一則一則的故事。換句話說，就是潛意識與顯在意識的統合行為。榮格說，只要統合兩者，就可以產生共時性（Synchronicity）。偶然會成為必然。藝術（創造）

也會就此產生。夢日記的紀錄帶給我這樣的效用。這樣的思考不是發自思考內部，更是從思考的外部出發，進而使內部與外部一體化。

以這種意義而言，共時性就是我生活與創造的核心。所以白天發生的事與晚上夢境的結合，直通我的創作。然而我最近的夢，盡是一些不像夢的夢，與日常生活沒什麼兩樣。這樣的夢裡只含有相當稀少的無意識，結果失去了夢原本的價值。不過我白天的日常生活，說不定也開始逐漸夢化（無意識化）。說來我白天的時候，已經時常遇到像夢一樣非現實的事情。本書的日記裡，已經極力排除這種非日常、反常現象的描寫。如果我不避免，不無可能被當成「奇怪的傢伙」看待。我從小就養成這種習慣，即使我現在已經高齡八十四，還是會看到非日常的現象。這些現象本身，已經可以稱為夢境化的現實，不過對我的創作也帶來很大的幫助。

另一方面，本書是《橫尾忠則　一千零一夜日記》（日本經濟新聞出版社）的續集，從二〇一三年開始在《週刊讀書人》上連載日記，本書是將二〇一六年五月到二〇二〇年六月間，四年左右幾乎沒有中斷的日記，在文藝春秋社集結而成。責任編輯武藤旬一字一句地把我的文章校對到十全十美，連我這些像備忘錄一樣的文章之中提到的事實關係與人名，他全都下了很深的工夫下去考證。

另外在《週刊讀書人》連載的時期，責任編輯角南範子也和我一起前進，在很多方面給我建議，七年間相當盡責。我從沒想到連載日記累積的篇幅，可以做成兩本單行本。我已經寫了五十年日記，日記的內容就是我的自傳。到頭來我可能還在追尋「我到底是誰」，同時我也

## 譯註

983 田中一光（西元一九三〇至二〇〇二年）：日本設計中心共同創辦人，西武 Saison 集團創意總監，無印良品設計總監，昭和平面設計大師之一。

〔festival〕002

# 橫尾忠則的創作祕寶日記

## 橫尾忠則 創作の秘宝日記


作者 橫尾忠則 TADANORI YOKOO
譯者 黃大旺

副總編輯 洪源鴻
企畫選書 董秉哲
責任編輯 董秉哲
封面設計 adj. 形容詞
版面構成 adj. 形容詞
行銷企畫 二十張出版

出版 二十張出版 — 左岸文化事業有限公司
發行 遠足文化事業股份有限公司（讀書共和國出版集團）
地址 新北市新店區民權路108之3號3樓
電話 02・2218・1417
傳真 02・2218・8057
客服專線 0800・221・029
信箱 akker2022@gmail.com
Facebook facebook.com/akker.fans
法律顧問 華洋法律事務所 — 蘇文生律師

製版 中原造像股份有限公司
印刷 中原造像股份有限公司
裝訂 中原造像股份有限公司

出版 二〇二五年三月 — 初版一刷
定價 八〇〇元





ISBN — 978・626・7445・99・0（平裝） 978・626・7445・74・7 (EPUB) 978・626・7445・95・2 (PDF)

國家圖書館出版品預行編目（CIP）資料：橫尾忠則的創作祕寶日記／橫尾忠則 著 黃大旺 譯
— 初版 — 新北市：二十張出版 — 左岸文化事業有限公司 2025.3 704 面． 13 × 19 公分．
（festival; 2） ISBN：978・626・7445・99・0（平裝） 861.67 113020236

AKKER
二十張出版

横尾忠則

創作的祕寶日記

創作の秘宝日記